Li Ming
Chen Mian

黎明沉眠

岳千月 著

长江出版社
CHANGJIANG PRESS

图书在版编目（CIP）数据

黎明沉眠 / 岳千月著 . — 武汉：长江出版社，
2025.1.--ISBN 978-7-5492-9914-0

I.I247.5

中国国家版本馆 CIP 数据核字第 202466HG24 号

黎明沉眠 / 岳千月 著
LIMING CHENMIAN

出　　版	长江出版社
	（武汉市解放大道 1863 号）
出版统筹	曾英姿
市场发行	长江出版社发行部
网　　址	http://www.cjpress.cn
责任编辑	陈　辉
印　　刷	湖南天闻新华印务有限公司
版　　次	2025 年 1 月第 1 版
印　　次	2025 年 1 月第 1 次印刷
开　　本	700mm×980mm　1/16
印　　张	22
字　　数	400 千字
书　　号	ISBN 978-7-5492-9914-0
定　　价	52.80 元

祭人类英魂千古：
纵难埋骨故土，苍天寰宇可葬。
我见英魂飞赴星海，应似白鸟归巢。尚飨。

纵使命运的磨难已向两人逼近，但这场相遇意外地平静，一切都还在清晨微风的吹拂下，被阳光照耀着。

彼时，他们还只是赤诚而纯粹的少年。

血雨蛛尸之中，
他如降临的神祇。

CONTENTS

目录

明知殊死当前时
只要回头、只要退避
身后就是完全舒适的归宿
就是等待征战者归来的人们

但纵观人类文明
跌跌撞撞的数千年历史
无论何时何地
总有一些固执的灵魂

—— 选择了浴血前行

卧千月

第一卷
我见英魂

1.

半梦半醒之间，他感到了盛夏清晨的风。

姜见明意识蒙眬，他想：我这是在哪儿呢？

阳光搅乱了苍绿色，光从外头的枝叶间漏下来，鸟雀在远处啾啾轻鸣。

年少的军校生趴在亚斯兰国立图书馆一张靠窗的阅览桌上浅睡，右手搭在翻开的书页上，宁静的白光簇拥着他。脚步声打破了静谧又消失，有人在他的面前驻足。

姜见明眼睑动了动，许久才睁开眼。有个修长的身影逆着光站在他的面前，白金色的鬈发沐浴着光辉。身影微微低下头，于是鬈发散落，逆光中隐约露出一双翡翠冰湖般的眼睛。

姜见明依然伏在桌上，侧头半睁着眼，一缕发丝垂在右眼前："莱安……"

他叫出这个名字，沉默了一瞬。目光下移，他看到自己的右手下面压着一本新出版的诗集，摊开的那页上赫然写着：

"刀刃枕在烧焦的旗帜上，悲凉的风自北吹向南方。

"丧钟在凌晨敲响，挽歌为黑夜吟唱。

"黄昏时分，最高峭的山崖旁，凋零了一朵桀骜的金玫瑰。"

金发碧眼的皇子俯身，伸手将一枚勋章递给他。唇瓣开合间似乎说着什么，却没有声音传出来。投下的阴影随着他的动作移动，使光与影交织在诗集那雪白的纸上，仿佛昼夜在印刷的黑体字上轮回。

嘀嗒，嘀嗒……巨大的亚斯兰国立图书馆内，古地球制式的挂钟发出轻响。

四周是无数排漆木书架以及上面古老的纸质书籍，除此之外再无旁人。

"莱安。"姜见明又叫了一声，叹了口气，而后他抬头，神情平静地说，"小殿下，我说过，死人就不要进入活人的梦里来了。"

咔嚓！宁静而明亮的梦境突然破裂，裂缝正好将皇太子劈成两半。不远处的书架、近处的玻璃窗、眼前的阅览桌，还有那本摊开的诗集，都化作碎片，在梦境中消逝。

唯有黑色的文字像追逐光芒的黑蝴蝶，扑棱棱地飞离白纸，悼亡诗的最后两行在半空中渐渐消失：

"不要哭泣呵，永恒的太阳陨落之时——

"我见英魂化作洁白之鸟，飞赴星海之巢。"

"如果你实在想要托梦，"姜见明的目光竟显得很诚恳，"应该去陈汉克老元帅的梦里走走，赶快告诉上层和皇室，他们的皇太子殿下的遗骨究竟凉在哪里——"

在他的面前，莱安的身影正一点点碎裂。姜见明却无悲无喜地看着，自顾自地说："但是莱安，其实我很怀疑你真的还有遗骨吗？三年过去了，你被秃鹫和豺狼吃干净了吗？"

哗啦……像是不堪忍受这样尖刻的言语，眼前的人影彻底消失。

姜见明闭上了眼。下一刻，他的脚下也轰然裂开，意识呼啸着坠落。

刹那间，黑暗没顶。

……

姜见明缓慢地睁开了双眼，映入眼帘的是凯奥斯帝国军校第一学院的墨蓝色建筑，玻璃在阳光下反射着美丽的色彩。

他头痛欲裂，抬手按住了一侧太阳穴，慢慢支撑着自己从长椅上坐直起来，怔怔地扶额自言自语，"远星际战场也有秃鹫和豺狼吗？没有吧？没有。"

摆脱梦境后五感回笼，初秋午后的日头还有点热，但风一吹就很凉爽。不远处，年轻学生们的吵闹和笑声、飞快走动的脚步声穿过身旁的树林传来。军校的毕业季总是令人兴奋的，至少对大多数人来说是这样。

姜见明站起来，拍了拍被压出褶皱的绀蓝色军官常服，目光落在手里的成绩单上。

大约一个小时前，他领取了自己最后一门课的纸质成绩单，然后找了个地方补觉……再然后，做了个不那么愉快的梦。姜见明瞥了眼第一页，撕下姓名栏，再将整沓成绩单揉成一团，丢进了白色的回收箱……这东西对他已没什么用了。

他从树荫下转出来，准备回宿舍，结果才走了两步，就被旁边一个冲过来的人狠狠地撞了一下。一股奇异的波动随之传来，体内的五脏六腑都被激起了一阵剧痛，姜见明踉跄了两步。

"残……残晶人类？"撞人的惊叫了一声。

姜见明扶着树站稳了，目光往后瞥去。眼前的是两个军校生，撞他的那个是棕头发，后面跟着个金发同伴，都是一脸闯了祸的惊慌。阳光下，两人的右手上赫然覆盖着一层晶体状物质，像猛兽的巨爪一样熠熠闪光，而这也是那股令他难受的波动的源头——这是新晶人类的体外晶骨骼，俗称"晶骨"。

自黑波辐射的降临为旧蓝星纪元画上句号之后，是否生有晶骨便成了划分"新晶人类"与"残晶人类"的唯一标准。

晶骨飞速地收回体内，那两个小伙子跑过来，慌张地伸手扶他："同学，你没事儿吧？我俩真不是故意的！"

姜见明没让他们扶，自己站直了摇摇头："没事。"

"哎，你慢点儿啊，"棕发的小伙子显得更加无措了，"那什么，我刚刚释放了晶骨。同学，你有没有哪儿难受？有没有头晕胸闷……要不，我们送你去医务室？"

姜见明顿了一下，抬眉回过头来——他身材清瘦，皮肤格外白，近似于略缺乏血色的苍白。于是因睫毛与鼻梁造成的阴影使眉眼更显深邃，这样的长相天生给人一种精致易碎的感觉。然而，这种感觉仅止于他抬起眼眸之前。或许是因为那双漆黑的眼眸过于沉静和包容，而他的神态又过于散淡，使得外貌上的文弱在无形中被抹消，反而酝酿出另一种摄人心魄的气质。

姜见明温声说："别担心，我真的没事，回去喝口镇静剂就好了。"

那两个小伙子愣在那里，直到姜见明自顾自地转身离去了，两人才回过神来。

棕发青年惊魂未定，自言自语："吓死我了，残晶人类怎么会来一院啊？咱们一院哪儿有残晶人类能上的课？"

他的金发同伴抓了抓头发："说不定是来找人的呢。"

棕发青年长出一口气，拍了拍胸口说道："亏得人家大度不计较，要不然……在残晶人类面前释放晶骨，按帝国法律，咱俩得被逮进牢里去。"

他嘴里说着抬腿往前走，很快看见了树荫下的长椅，还有长椅旁的白色回收箱。箱里挺干净，最上面是那张被揉皱了的纸。

棕发青年乐了，忍不住把那一沓成绩单拿出来，冲同伴笑道："哟呵，还真有毕业当天就扔成绩单的，这得是考得多惨啊。"

人类的好奇心总是难以抑制的，两个小伙子饶有兴趣地翻开这位同学的成绩单，才看了第一页就被那一排低分给震得皱鼻子："啧啧……还真是。"

晶粒子操纵 57 分、实战演习基础 62 分、实战演习进阶 50 分、新晶机甲驾驶 76 分、射击基础 79 分……好一个惨不忍睹。

棕发青年咋舌，随意翻了一页，成绩单上的课程竟然更多了。

身旁的金发伙伴却忍不住"咦"了一声，这一页的成绩似乎漂亮了不少。新晶兵器学 87 分、人类进化学 89 分、异星生物学 91 分、旧纪元哲思史 90 分……

两个小伙子愕然对视一眼。

棕发青年又把目光转回手上，嘟囔道："这人修的课还真杂，哪个院的啊……等等！战场心理学94分？这门课咱们一院的最高分好像也就90出头吧？"

金发青年倒吸一口气，指着一栏喊道："精神意识投射92分！这是三院最难的主课，可是那边不是说今年连上80的都没几个吗？"

棕发青年咽了口唾沫，手指颤抖着翻开下一页，猛地瞪大了眼睛："见鬼了……战术模拟对抗97分？帝国战略史分析100分——满分？"

那已经是成绩单的最后一页，旁边附着的是院长评语。

评语这东西总是大同小异的格式：该生平日如何，优劣如何，以及一句礼貌而套路的祝福。

在这份成绩单上，评语却是简单而震撼的短短两行字：

"天妒奇才，美玉生瑕。

"推荐军方破格录入核心文职职位。"

两个青年在原地愣了许久，忽然一个激灵，想起来去看看这份成绩单的名字。然而翻回到第一页，他们却发现基础信息栏已经被人撕掉，唯有下面几个平平无奇的科目成绩，还安静地躺在纸上。

日头偏西，薄薄一层霞光笼罩在凯奥斯军校第六院的宿舍楼上。姜见明倚在窗边，慢悠悠地将深色的作战包拎到床头放稳。

忽然，宿舍门被砰的一声打开，一个青年三步并作两步冲进来："小姜！姜见明！"

"嗯？"

姜见明才回过头，就被来人一把抓住胳膊，那青年哭笑不得："你还'嗯'？平常的课也就算了，你总不至于连毕业典礼都想逃吧？"

这是一个英俊的年轻人，浓眉大眼、五官有神，配上那身端正的绀蓝色军官常服，整个人身上有股生动的冲劲儿。凡是六院的学生都认识这张脸——帝都唐家的天才小少爷唐镇，哪怕出了六院，在整个帝都第一军校里都排得上号。

姜见明被唐小少爷抓着疯狂摇晃了好几下，被晃得发晕，面无表情地盯着好友道："我忘了，对不起。"

唐镇快崩溃了："罗老师点名半天找不到人，通话也没人接……你的联络腕机呢？"

"啊……"姜见明愣了一会儿，才慢吞吞地发出声音，"罗海老师？"

他低头看了一眼自己手腕上佩戴的小液晶屏，又抬起头淡淡地说："他隔三岔五就要给我引荐军方的人，我又不太想去，上周把他拉黑了，对不起。"

唐镇感到无比绝望，一巴掌拍在自己的额头上。把老师拉黑……这是什么逆天操作？

等唐镇拖着姜见明赶到大礼堂的时候，毕业典礼果然已经开始了。

"愿帝国的荣光与人类的英魂，永恒指引年轻的后继者们——"

黄色的灯光落下，讲台上的军官一张黑脸，身材活像铁塔，肩章上的三颗金星象征着上校军衔，正无声地泛着光——赫然是他们的罗海老师。

毕业典礼这种仪式，无论放在哪个大学都漫长得无聊。凯奥斯军校也未能免俗。几位老师轮番致辞，唐镇还作为优秀毕业生代表上台去背了一通稿子，毕业生们齐唱帝国国歌，紧接着是校长致辞。

最后走上讲台的是一位两鬓斑白却腰背笔挺的老人，几乎所有毕业生都瞬间热血沸腾。没有帝国人不认识这位老人，因为他便是当今帝国军方首脑，也是除皇帝陛下以外的最高军权执掌者，二十年前被册封为荣誉大统帅的陈汉克老元帅。

姜见明只感觉昏昏欲睡，或许是因为他曾经亲眼见过这位老爷子灌了整整八大杯伏特加之后，脸红脖子粗地对他高唱军歌。英雄滤镜这种东西，一旦碎了一次，就很难再拼起来了。

他默默地点了点腕机，把罗海老师从黑名单里放出来，闭目养神。

唐镇在旁边忧心忡忡地问他："怎么脸色这么差，你又折腾什么了？"

姜见明："这两天没睡好。"

唐镇皱眉，就差把"你别糊弄我"五个字写在脸上了。

姜见明叹了口气，按着眉心低声说："下午我去一院的时候不小心遇见两个人释放晶骨，受了点波及……没事，晚上睡一觉，明天就好了。"

唐镇的脸色一下子就变了，小声骂了一句，当即把他拉到人少的角落："你别乱动，在这里等我。"

姜见明微微一怔，他都来不及把唐镇叫住，后者就已经从人群中挤了出去。

等唐镇偷偷回来的时候，陈老元帅正从台上走下来。四周响起热烈的掌声，连绵不断。

"喏。"唐镇变戏法似的在姜见明眼前把手一伸，递来一小瓶果汁。

当然不是普通的果汁，这个成年男子手掌大小的瓶子上赫然贴着薄膜标签，上面印着一行字——添加15%晶粒子镇静剂。

姜见明心情微妙地抬眼看了好友一眼："你知道我喝不起。"

唐镇气笑了，把瓶盖拧开重新递过去："废话，请你喝的。"

他动作时，手腕上栗色的结晶体在微微反光——唐家引以为傲的小少爷，自然也是新晶人类。

姜见明只好接过。

唐镇意有所指地弯起眉毛："哎，你听说了没，有人在一院门口的回收箱里捡到了一份很神奇的成绩单啊。战术模拟对抗97分、帝国战略史分析100分……建校以来还没出过这种成绩，就一个下午的工夫，学校六个院都传疯了。"

唐镇眯起眼，咧嘴一笑："小姜，这是你的吧？"

"不知道，没看分数。"姜见明双手捧着果汁，不紧不慢地边喝边说道，"战术课没满分吗？"

唐镇实打实地噎了一下，他面露诡异之色，憋了半晌憋出一句："你傻了吧，咱们学校自开设这门课以来，就没给过任何一个学生97以上的分！当年军校引进这一批新型对抗战模拟机的时候，皇帝陛下亲自来督检，上机试用了一次，成绩是98分……怎么着，你还想骑在陛下头上？"

姜见明了然，于是点头表示理解。虽然他点头像极了对"是的是的，我就是很想骑在陛下头上试试"这句话的认同。

"唐少！"

幸而，不远处清脆的女声恰巧打断了姜见明的"危险行为"。一道倩影穿过人群，带着身后好几道看热闹的目光飘然而至。

棕色短发的漂亮少女眼睫毛忽闪，快乐地跳到唐镇身边："唐少，毕业快乐。你怎么在这儿？一群人正在找你呢。"

她又冲姜见明甜甜一笑："姜同学也在啊！怎么样，定下去向了吗？我和唐少都想去前线，你呢，有什么打算吗？"

姜见明礼貌地点点头："谢谢，差不多决定了。"

周围悄悄看热闹的学生更多了，都说一院的院花贝曼儿在疯狂追求唐家的小少爷，纵使后者毫无兴趣也不放弃，这事已经成了凯奥斯军校内流行的八卦之一。

果然，贝曼儿一双水润的眼睛亮亮的，毫不在乎周围目光："唐少和姜同学接下来有安排吗？咱们三个一起去逛西银河街吧！"

姜见明轻笑，抬手将军帽戴正，压了压："你们去玩吧，我宿舍的东西没收拾好，待会儿还要去图书馆还一趟书。"

——开玩笑，作为一个连镇静剂添加饮料都舍不得买的穷人，他当然不可能和高门少爷、贵族小姐一起逛街。

虽然如今的帝国几乎已经实现了明面上的一切人权保障，法律也在年年向着平等自由的方向发展……然而新晶人类和残晶人类，高门贵族和普通平民之间，这其中隐形的差异还是很大的。

姜见明是个孤儿，领养他的是个普通军官，五年前被帝国征召到远星际后就再也没回来。据说军方已经授予了这位军官烈士称号。也就在那一年，姜见明入了军校。直到现在，他的生活费的一大半都是靠帝国的补贴金和军校的助学金来支撑。

而唐镇和贝曼儿这样的少爷小姐，每个月的零花钱足足抵得上他半年的日常花销。

唐镇脸色沉了沉，扭头对贝曼儿道："不了，小姜他今天身体状态不好，我送他回宿舍。"

贝曼儿吃了一惊，连忙关心了几句。姜见明只得又连称没事，并且坚决拒绝了贝小姐希望带他去看看私人医生的提议。

忽然，腕机液晶屏闪了闪，姜见明低头一看，显示来电是罗海老师——刚被他从黑名单里放出来的那位。

姜见明连上耳麦，点了接通。一个投影小窗就在眼前闪现，罗海上校那双眼中闪着严肃的冷光："姜见明，有一位军方的长官点名找你，马上到六院一楼的会客室来，马上。"

姜见明沉默，心中暗想该多拉黑一阵的："罗老师，我……"

罗海却打断了他："是一位贵客，你无权拒绝。"

姜见明怔了一下，心中明了："是，我明白了。"

他暂别了唐镇和贝曼儿，赶去六院——凯奥斯军校第六院，全称医疗后勤学院，是主要面向残晶人类的院系。主课大多是后勤指挥、战地医疗等与文职相关的课程，还有不少乱七八糟的杂课。

姜见明在院门口刷了指纹进入，独自穿过空旷的走廊，在一楼找到会客室，敲了敲门。

里面传来一位老者的声音："请进。"

这声音刚刚在毕业典礼上听过，姜见明握着冰凉的门把手，闭了闭眼，深吸一口气，然后推开了门。

会客室内很安静，只有一位军装老者负手站在温柔的夜色中，金底金穗的肩章熠熠生辉，映着老人的满头白发。

姜见明在门口站直，敬了一个军礼："陈老元帅。"

陈汉克缓慢地回头，老元帅眼中仿佛盛了窗外无垠的星空。但当老人的目光落在门口的年轻人身上时，那刻着皱纹的眼角便弯起来，周身冷硬的气质无声地融化。

新帝国历 63 年，战火纷飞的乱世早已落幕。

新世纪的到来正如旭日东升,令和平与繁荣的光辉普照在每一个帝国人身上。

人类在银河系内占据了三大恒星系统,其中九成都属于帝国疆域,三星系之外的区域则被统称为"远星际"。在这个亘古未有的大一统时代,除了偶尔骚扰边疆的宇宙盗贼之外,人类内部的争斗已经变得很少了,发展与探索成了新时代的主题。

夜色如薄纱般垂落,笼罩着亚斯兰星——帝国首都所在的星球。

六院一楼的会客室内,还亮着朦胧的灯光。一老一少两人,在沙发上相对而坐。

陈汉克老元帅拿起茶杯灌了一口,放下时露出一双弯弯的眼睛:"毕业了,有什么想法?"

姜见明:"没什么有志气的想法,您听了会失望的。"

陈老元帅摇了摇头:"我不跟你多客套,孩子。银北斗远征军今年已经开始征兵了,你愿不愿意去?只要你点个头,老头子我明天就直接派专舰过来,护送你去远星际后方指挥部核心。"

陈汉克的语调轻描淡写,内容却如平地惊雷。

金日轮帝国护卫军与银北斗星际远征军,这两个名字象征着帝国最强悍的两支军队,汇聚了来自三大星系的最强人类精英。又因前者守卫国土,后者开拓边疆,被合称为帝国的"金盾银矛"。

如今世界太平,金日轮已经多年处于韬光养晦的状态,唯有银北斗的精锐们还在远星际浴血奋战,承担着开采资源与抵御异星生物的重任。可以这么说,一个人只要挂上银北斗的军章,只要身在人类星系之内,永远都会是全帝国人心目中的英雄。

可姜见明的脸上一片平静,他非但没有点头,相反还飞快地摇了摇头:"抱歉,请允许我拒绝。"

他慢条斯理地从桌上的玻璃盘里拿起一块饼干,撕开包装,将饼干放到嘴里,笑了笑:"远星际……那是连太子殿下都牺牲了的战场,我身为残晶人类,主动去找死算什么呢?"

陈老元帅眉头微微一沉,立刻道:"当然是让你去后方,我以帝国大统帅的名义担保,你去到远星际之后,只需要在要塞做些战略分析的文职工作,不用上前线,不会有任何人身危险——除非银北斗全军覆灭,金日轮一兵不剩!"

"来,看看,"老人从军大衣的内侧口袋里摸出一样东西,轻轻放在桌上,神色郑重,"这是银北斗的特级调令。以你的才能,只要在要塞待上两三年,建功的机会大把的有。到时候老头子给你升迁,那群天不怕地不怕的新晶人类小崽子,都得乖乖叫你司令——"

被推到眼前的,是一个黑色的芯片盒。姜见明试着把手指放上去,指纹锁居然打开了。盒盖缓缓开启，内里放着指甲盖大小的一块芯片，正面闪烁着银北斗的军徽。

姜见明调整了一下呼吸，而后无声地笑起来："元帅，您知道吗，今天我梦见小殿下了。"

陈老元帅的脸色微微一变，会客室内的气氛似乎无声凝固了。

在老元帅的对面，年轻的军校生慢慢地吃着东西，眼眸深处藏着温柔的光："梦里我请他离开，我说死人不应再打扰活人的清梦，然后平静地醒过来。"

咔嚓。姜见明咬碎了饼干，他默然喝了一口茶水，低声喃喃："三年了，我好不容易……才能平静地直面这样的噩梦。我不想再面对那些旧事，也不想再奢求自己不配得到的赏识和名誉……我只是个平平无奇的残晶人类，充其量在某些方面有一点天赋——但是这世上的天才太多了，帝国并不独缺我一个。"

"嚯，胡说什么呢。"陈老元帅故意竖起眉毛，瞪眼佯怒道，"你这孩子，如果殿下在天有灵——"

姜见明忽地抬起眼，沉声道："您想说，他会为之痛惜吗？

"三年前，殿下牺牲在远星际……我并不是最早知道消息的人。"

脸色苍白的青年垂下了头，几缕碎发落在额前。他的神情还是那么淡漠冷静，但是声音分明微微发紧："那一天，一群帝国士兵带着证件闯进了我的宿舍。当时没有任何先兆，他们驱逐了整栋楼的学生，只留下我一个人。唐镇想护着我，后脑直接挨了一枪托，被几个士兵架着拖了出去。

"我被客气却不容反驳地请到一边，眼睁睁地看着他们翻遍了我的每一个抽屉和储柜，指纹锁都被军方的电子仪器打开；他们翻看我的每一本纸质图书、笔记、日记，当然还有腕机和存储盘里的每一个文件。

"我问他们有什么问题，又问莱安殿下是否出了什么事，没有人回答我。他们只是搜查……搜查到最后，那些军官与士兵面面相觑，又疑惑地上下打量我。他们不敢相信，因为他们什么也没搜到——这太可疑了，殿下生前的至交，怎么会过得那么寒酸？

"当他们检查我的收支，发现余额只有几百币点的时候，他们更怀疑了。于是开始有人装作闲聊，问我近日的行程。

"最后，一个军官戴上了感应手套，搜遍了我的全身——他怀疑我贴身私藏了什么东西。"

不知何时，在姜见明淡淡的嗓音中，陈老元帅的表情变得复杂起来，哑声说："好孩子，是帝国对不起你。"

姜见明摇了一下头，安静片刻，轻轻叹息："莱安生前对我过分信任，行事又肆无忌惮，上层有人猜测我这里会有什么不该有的东西——比如最尖端的晶粒子镇静剂配方、新晶械武器、机甲甚至帝国的政治与军事机密。小殿下突然不在了，他们怕我这个平民在打击下，做出什么不应当做的事……比如把帝国的机密卖给宇盗，换个一辈子不愁吃穿。"

姜见明抬起头来："我完全理解。"

"但是——"意外地，军校生的神情几乎可称温润，眼眸清澈得令人不忍心，"如果小殿下的知己是一位身份高贵、声名显赫的新晶人类小姐或者少爷，他就不会遭受这样的猜忌和对待。"

陈老元帅沉默着。算来他认识姜见明已经快五年了，他早知道，眼前的这个孩子有着与其年龄不符的智慧与通透，以及……隐藏在散漫之下的执着。

而此刻，这孩子正恳切地对他说："陈老元帅，我很感激您的赏识，但姜见明只是一介平庸之辈，请让我过普通人的生活吧。"

"普通人的生活？"陈老元帅深深地看着他，咀嚼似的重复了一遍。

姜见明颔首："是的，我大致有些计划。先找个文职，帝国第一军校出来的学生想要糊口应该没什么问题……如果可以的话，我考虑留在帝都星城的某所院校教书。"

老元帅将手指捏得咔嚓轻响，涩声说道："我看过你的毕业成绩，这太委屈你了。"

老人摇头吐出一口浊气，喃喃地又说了一遍："太委屈你了……"

姜见明只是笑了一下，自顾自地继续说下去："我已经决定了未来的路。我不想结婚，只想留在亚斯兰找份清闲工作，或许以后会养条狗，再领养一个孩子……就像我的养父当年领养我一样。最好是个残晶人类女孩，乖一点。如果能攒到足够的钱，我想在退休后搬去光荣自由领。那里虽然物价高一点，但是残晶人类能过得比较好。您说对吗？"

不知过了多久，老元帅长长叹息一声："我明白了。"

姜见明轻声说："谢谢您。"

军校生站起身，敬了个军礼："不早了，我该回去了。"

说完，他顿了一下，垂下了目光。就好像忽然想起什么一样，他又抬起头，状若不经意地说道："对了，小殿下的遗体，至今没有找到吗？"

陈汉克道："我很遗憾，也很抱歉。"

姜见明摇了摇头："您是帝国大统帅，也是小殿下的老师，于公于私，您都不必对我说抱歉。"

陈老元帅默然片刻，敲了敲桌案，指着那个打开的芯片盒："拿上它走吧，孩子。如果你改变主意，或者以后需要什么帮助，随时来军方找人。期限是无期，这是帝国欠你的。"

姜见明回身，他的脸上掠过一丝复杂神色，将手缓缓放在孩童手心大小的芯片盒上。犹豫似的停顿了两秒，他终于将盒盖关上，将芯片盒放进了自己的左前胸口袋："谢谢您，元帅……我很抱歉。"

陈老元帅笑起来："更用不着你对老头子说抱歉。好孩子，快回去吧，天要下雨了。"

姜见明又敬了一个礼，无声地退出了会客室。

走出六院的时候，他站在大门前停了一下，回了头。会客室的灯依然亮着，老人的身影依稀映在窗口，在夜幕之下显得沧桑而孤独。

姜见明垂下眼睑，他抬手摸了摸胸口的小盒子，抿唇向宿舍楼的方向走去。没想到才走了几步路，忽然发现柏树小道旁的灰漆路灯下站着个熟悉的人影。唐镇嘴里正嚼着一块糖片，百无聊赖地摆弄着他的腕机，一只脚蹬在路灯杆上，不知在这里站了多久。

直到姜见明缓缓走到他面前，唐小少爷才抬起头，挑起眉毛冲他笑："终于出来了？和军方的大人物聊得怎么样，要被破格提拔到哪里去啊？"

姜见明微微蹙眉："你没和贝曼儿去西银河街……你一直在这儿等我？"

唐镇满不在乎地扭了扭腰："哦，我怕军方直接派直升机把你接走了，五年的室友，要是连个告别的面儿都见不着也太憋屈了吧？"

两人往宿舍楼的方向走回去，影子穿过凯奥斯军校内的弯曲小道，风吹得叶子沙沙作响，沿途的路灯稳定地发着柔和的光。

唐镇双手抱着后脑勺，懒洋洋道："让我猜猜呗，咱们小神仙是不是要去银北斗了？正好啊，我也想去远征军，咱们说不定能从室友升级成队友。"

姜见明淡声道："你别开玩笑。"

唐镇道："谁跟你开玩笑？"

滴答。一滴冰凉的雨水落在姜见明的脖颈上，让他闭了一下眼。

刚才天空就阴沉了一阵，这时候果然下起雨来了。

小道两侧的感应灯闪了闪，嗡的一声升起浅蓝色的屏障，将两位刚毕业的军校生与不断落下的雨点隔绝开来。

姜见明的侧脸被薄薄的蓝光映得更加清秀："我可是残晶人类，上什么战场……其实你猜得也没错，是有人想特招我过去，我刚拒绝了。"

唐镇脸色一沉，皱眉咋舌，换了个姿势抱臂上下打量他："呸，我看你才是在给我装吧！你不是——"他压低了声音，眼睛盯着姜见明，"皇太子殿下三年前不是……不是阵亡在远星际战场吗？你不去银北斗？就你，怎么可能不想去银北斗！"

姜见明仿佛没听见，自顾自地抬腿往前走。

阵雨来得急，等两人回到自己的宿舍时，窗外竟然全黑了，狂风卷着雨点拍打在草木和建筑之上，哗啦啦直响。

姜见明摸索着想开灯，冷不防听见唐镇在身后说道："我说小姜，你虽然是孤儿，但你养父是被授予烈士称号的牺牲军官，帝国按最高额度发放补贴金，每月也该有三千币点吧？"

姜见明沉默了一瞬，"嗯"了一声。

"军校的助学金是每学期五千币点，这些加起来，你就算称不上富裕，也不会真穷到哪儿去。"唐镇话音一顿，猛地抬起一张怒气冲冲的脸，他上前两步把姜见明一推，眼底似有火烧，"可我就没见过能把日子过得像你这么紧巴巴的学生！连瓶加了晶粒子的镇静剂果汁都买不起，你每月的补贴金都花哪儿去了？"

姜见明踉跄一步，后腰磕上窗台。

呼啸的雨声灌入耳中，他为难地低声道："唐镇，别这样。"

唐镇却不肯罢休，他逼近两步："一院那些战斗课的科目，你从三年前开始每学期都硬要跟着进修，哪次晕在训练场上不是我去医务室接你，现在你跟我说不上战场？"

姜见明轻轻叹了口气，抬起眼睑，无奈地说："唐少，你在生什么气呢？"

"你还问我生什么气？"唐镇怒极反笑，他伸手一抓——姜见明放在床头的作战包被他拎了起来，扯开，又狠狠地往地上一掼！

姜见明神色微变："唐镇！"

里头的东西哗啦啦滚出来，滚到姜见明的脚边。

刹那间，云端一道闪电划过，将天地映照得一片雪白。

这冰冷的白光穿透宿舍楼的窗户，清晰地映出两个青年紧张的面庞、对峙的眼神，以及——地板上，静静地躺着一支银灰色手枪，枪口泛着一丝寒光，闪烁着美丽而危险的光泽。

还有盒装的军用高纯度晶粒子镇静剂，满满的一打注射针管，在盒子里整齐地排列。几个在这个时代已经颇为少见的纸质笔记本，封皮上是清秀的手写字迹：《异星生物调查》《银北斗要塞基础构造》《远星际三维星图》……

"姜见明，你当我傻吗？"唐镇气得直哆嗦，捡起一个笔记本摔在床上，"这么大的事都要瞒着我，你有没有把我当朋友？"

轰隆隆……雷声仿佛从很远的地方传来。

姜见明垂着眼睑，脸色苍白地凝视着脚边的东西，不再说话。他的表情依然是平静的，不知为何，整个人却显得很孤独，也很哀伤。

他用很轻的、如泡沫般缥缈的声音说道："唐镇，你真傻。知道了又能怎样，你想和我并肩作战吗？想在远星际战场上保护我吗？"

姜见明弯下腰，捡起那把银灰色的手枪。苍白的手掌握紧枪柄的时候，金属的凉意渗入肌肤，令神经也为之一颤。他扶着膝盖慢慢直起身，却忽然手腕一转，枪口无声地对准唐镇的额头。

姜见明神色清冷，沉声道："战场不是开玩笑的地方。在那种情况下，带着一个残晶人类拖油瓶，你会死的。"

很久以前唐镇就知道自己这个苍白清瘦的室友一点儿也不简单。

在战术模拟对抗的课上被这位残晶人类压着打，一次都没赢过的时候，他觉得这人不简单。

在宿舍里看着这家伙从亚斯兰国立图书馆抱回一摞又一摞他连名字都看不懂的纸质书，还读得津津有味的时候，他觉得这人不简单。

唐小少爷很快意识到他还是太天真了，他深觉更加"不简单"的时候是某一天下午。他和姜见明上不同的选修课，下课后就听说自己这室友出事了。这家伙居然逃了本院的军事后勤动员学，偷偷跑到二院去旁听一位特聘教授的讲座，主题是机甲精神操纵技术的研究成果。

结果万万没想到，人家讲课的老教授示范的时候释放了晶骨。某位悄无声息混进来还敢蹭前排座位的姜同学，据说是当场吐血昏迷，十万火急地被送进医务室打了镇静剂。

也就在这个下午，等唐镇冲回宿舍的时候，惊悚地在姜见明的床边看到了气得眼角发红的金发少年——帝国储君，莱安·凯奥斯殿下。

于是他才知道，他这室友是被早早内定的帝国栋梁。不出意外，毕业后便是皇太子的近身幕僚，能直接进白翡翠宫的那种。

再后来，意外还真就出现了。

三年前的那天和今天很像，也是到了晚间下起大雨，雷电交加。也不知姜见明怎么从一次巡逻军警的换防中瞧出漏洞，居然冒着雷雨去闯了白翡翠宫，回来时浑身湿透，脸色惨白得像死人。

水不停地从黑发上落下，他对着唐镇沉默了快半个小时，才沙哑地说了一句："皇太子牺牲了。"他说完这句，又揪着唐镇嘱咐了声"别叫医生"，随后人就晕了过去。

那个晚上，唐镇浑浑噩噩地照顾着室友。不料次日清晨雨一停，姜见明就醒了，并且神色平静。他推开窗，闭眼吹了会儿风，随后就在唐镇的瞠目结舌之中，开始飞速收拾东西。

首先，姜同学从柜子里搬出一架雪白的半折叠机械，在某处按了两下，机械迅速缩得更小，变成一个精巧的白晶手镯。唐镇跟跄一步，愣愣地张大嘴巴。他认出那是半年前轰动一时的新式微型折叠机甲"S-雪鸠"，据说刚开始在军方内部试用。

紧接着，姜同学从床底下摸出一把银灰色的手枪，放在折叠机甲旁边。唐镇摇摇晃晃坐倒在地，他又认出来了，这是维纳斯之翼，光荣自由领的佩罗大师专为帝国皇族所设计的一款手枪，属于新晶械兵器。

还没完，姜同学又从书架里抽出一个伪装成书的暗盒，打开，里面赫然是高纯度的晶粒子镇静剂，注射器上还刻着金日轮的徽章。唐镇头昏脑涨，他记得私藏军用物品，最短的刑期是八年……

最后，他的好室友将这几样东西摞在一起，抱起来往唐少怀里一塞："帮我收几天，谢谢了。"

唐镇瞪圆了眼，又听姜见明说道："殿下出事了，很快军方就会找上门来。这些东西……被发现了就是没收充公的命。"

唐镇被搞得一头雾水，内心疯狂咆哮这不废话吗，哪家军校生能拿着这种规格的东西啊！

姜见明："我昨天去白翡翠宫应该没有被发现，既然一整晚没人找上门，那就是上层还不知道我知道了噩耗。现在把东西藏起来还来得及。"

唐镇更崩溃了，心想你要不要命了。以前有这些东西可以推托是殿下给的，现在殿下亡故，你去跟帝国军方玩儿心计，万一栽了，那性质就截然不同了！

他咽了口唾沫，结结巴巴说出口的却是："我……我放哪儿啊？"

姜见明毫不客气："放你家吧。"

唐镇："哈？"

姜见明说话时手上并未停止动作，他快速地将一枚枚指甲盖大小的芯片撕下标签，放进芯片盒里，口中道："唐家是帝都的贵族世家，军方的人不可能去你家搜，也想不到往这里来搜，很安全的。"

那撕下来的标签上全都是什么"第×次军方联合大型战术演练记录""×年×月银北斗晶巢探索录像"之类的，一看就不是普通人能接触到的信息。

唐镇看得背后发凉，腿弯发麻，指着芯片盒语调都变了："你……你这……这些玩意儿，已经算是绝密军机了吧，啊？什么机甲枪械也就算了，殿下他怎么会给你看这些？"

姜见明认真道："殿下以前喜欢把重要的战役拿来和我一起复盘，但是他又忙，就先把芯片复制了扔我这里，有些还没来得及看……现在要藏起来，不然也会被没收。"

"你要怎么——"

"先匿名捐到亚斯兰国立图书馆,过几天再说自己弄错了,要回来。"

姜见明吧嗒一声合上芯片盒,神情淡然:"管理员检查捐赠的书和信息芯片内容的时间,是每月的二十五号到二十九号,来得及的。还有不少别的东西,我都能想办法处理——你帮我收一下那三件就行。要快,没有太多时间。"

……

再后来,帝国上层与军方果然几次来往,那群人把宿舍翻了个底朝天,甚至跟踪了姜见明几天,却一无所获。

这时候,唐家的小少爷才算真正地见识到了,他的室友确实是一个不简单的人。这个看似文弱散漫的残晶人类,他敢瞒天过海,他能偷星换日。他看似淡漠的眼眸深处,藏着烧也烧不尽的胆大包天的胆气。

窗外大雨滂沱,黑暗卷土重来。静谧只持续了一秒,狭小的宿舍间内响起一声懒洋洋的嗤笑。

"哟,肯说实话了?"唐镇缓缓抬起头来,嘴角咧开一丝笑容,"当年都敢把军用机甲往我怀里塞,现在还有什么好磨蹭的?"

黑暗中,青年的眼睛亮得惊人。啪的一声,他抬起手狠狠握住了额前的枪口:"别小看我——怕死的孬种,去什么远星际。"

姜见明盯了他半晌,慢吞吞把枪放下了,他淡淡道:"小少爷,你把我的东西都弄散了,请你收拾干净。"

唐镇还真就蹲下开始捡东西,又问:"为什么拒绝邀请?"

"来的是陈汉克大元帅,他让我去后方做文职。"姜见明摇了摇头,"老元帅一直很疼我,如果真跟他走了,我这一辈子都得被妥善保护起来。"

唐镇一愣:"你……"

"远星际情况复杂,一言难尽。如果我真的想去找莱安殿下,那就必须……亲自上前线。"姜见明摸了一下胸前的芯片盒,低声道,"军校的应届征兵只限定新晶人类,但是,我刚刚拿到了银北斗的特级调令,可以从地方军部的途径进入远星际,再绕个圈子混进部队。"

唐镇噎得说不出话,饶是有了心理准备,此刻还是瞪大双眼:"我给你跪下了成不,你你你——你敢从陈老元帅手里骗调令?"

姜见明面无表情,一板一眼地道:"没有骗,是他主动给的。何况,我也对他说了,我很抱歉。"

2.

第二天凌晨，天蒙蒙亮的时候，雨停了。积水反射出粼粼的光。凉爽的风一吹，树叶上的水滴就像小碎珠子一样往下掉，淋得人浑身舒畅。

这场雨仿佛宣告着入秋，将燥热一扫而光。唐镇一大早就出去了，凯奥斯军校作为帝国第一军校，每年都有几十个银北斗星际远征军的名额，考核惯例在毕业次日进行。

姜见明站在窗边看着唐镇走远，有点犯愁。

帝都唐家是将门贵族，唐老爷子是当年跟随开国大帝打江山的猛将，如今已经光荣退役。家主唐少将育有三子二女，只可惜……奔赴银北斗的长子、次子与次女先后牺牲在远星际。唐镇是唐家的小儿子，天赋异禀，性格又正直，唐少将饱经丧子之痛，实在不舍得将这孩子也送进银北斗。

凯奥斯军校的老校长也怜悯唐家，这才导致当年唐镇被"调剂"到残晶人类居多的后勤六院。只是唐小少爷一直对此很不满，跟家里闹过好几次，现在连唐少将也管不了他。

姜见明暗自摇头轻叹，他本来是想，要是能糊弄过去就瞒着唐镇得了，看样子是没这个可能了。

嘀嘀——腕机叫了起来，姜见明回神，他轻车熟路地从机身侧面取下耳麦，戴上之后点开。

腕机上浮现出一道灰色贵族正装的清俊身影，稳重的中性嗓音传来："姜，好久不见，是今天出发吗？"

姜见明放松地坐在床上："明天。我等陈老元帅回到军方总部再出发，保险一点。"

"你要的东西已经寄到了。"腕机另一侧的说话人并不寒暄，似乎习惯了这样简洁的说话风格，"亚斯兰图书馆前的咖啡厅，上午九点，暗号是'一杯龙舌兰'。"

姜见明轻轻颔首，郑重道："谢谢，奥德莉。替我向黛安娜问好。"

那边的人沉默了一息，低声说："我不会劝阻你，但……请多保重。如果有什么可以帮到你的，请随时联系。"

那人话音刚落，通话就被切断了，腕机的液晶屏黑了下去。但姜见明在床上坐了很久。随后，他把军校生的绀蓝色军官制服换下来，穿了身普通的白衬衫黑长裤，去亚斯兰国立图书馆，把自己借的所有书都还了。

前台的小姑娘早就认识了他，还笑着说最近进了一批新书，是他感兴趣的类型，要不要看看。姜见明也笑了一下，说不用了，他毕业后准备离开首都星，短期内恐怕不能回来。

他又掐着点去了咖啡厅，开门时风铃叮当作响，胖老板笑眯眯地问他喝什么，他说："一杯龙舌兰。"

老板立刻瞪起那双小眼睛，压低了声音："哦——哦哦，你就是兰斯少爷的朋友！"他搓了搓肥胖的手，把姜见明引到后台去，小心翼翼地提出一个黑色的小手提包，递到年轻人手上。

姜见明拉开拉链，里面是几盒型号适用他那把手枪的子弹，最下面是一个芯片盒，盒子里躺着两枚黑色芯片。

旁边胖老板神秘兮兮地道："嘿嘿，微型折叠机甲专用炮，最新强化型号，几个月前刚研发出来，还热乎着呢。小哥，这玩意儿可不简单，咱得找个厉害的机甲师给你装上……"

好歹是在二院蹭过不少课的军校学生，姜见明自认装个机甲炮还是没问题的。于是他婉拒了殷勤的胖老板，反而正儿八经地点了一杯咖啡、一块焦糖吐司，在外面的厅里坐到了中午。

他选了靠窗的座位，眯着眼看着外头的街道——

街道上铺满了灰白色的地砖，形形色色的路人来来往往，偶尔会有磁悬浮公交车驶过，到站时发出叮叮的提示音。建筑之间挂着随风飘扬的小彩旗，半个月前才新挂上的，这是因为帝国女皇的九十岁寿辰就在今年冬季。而最近，亚斯兰的街巷间其实还有个传闻：据说在陛下的寿辰，帝国会正式向公众宣布新的储君人选。

姜见明怅然地看着来往的行人，他明白自己很快就要与这个名为亚斯兰的帝国首都星城告别了。这是他居住了五年的地方，他在这里入学求学，遇见了许多同学和师长，更结识了他的朋友。然而到了明天，这一切都将被他抛在身后……说实话，他虽然已经做了尽可能多的准备，但并没有活着回来的打算。

远星际战场，本来就不是什么能保证让人活着回来的地方。

中午，姜见明收到了来自唐镇的信息，后者毫无悬念地成为六院唯一一名入选者被录入银北斗，意气风发地跟他说先走一步。

切断了腕机通信之后，姜见明走出了咖啡厅，漫无目的地在附近的几条大街上闲逛起来。他也不买东西——主要是他没有钱买，所以只是四处闲逛，偶尔在某些橱窗前驻足，回忆起曾经与莱安殿下并肩走过这里的情景。

姜见明垂下眼帘，手指触碰玻璃橱窗时，一种物是人非的恍惚感扑面而来。

直到太阳渐落，姜见明走到中央广场，挑了张长椅坐下来。他就在这里安安静静地坐到日头彻底落下去，看着四周渐渐暗淡，头顶上浮现出星星。

大约因为刚下过雨，银色的星河时明时暗，看久了有种朦胧的梦幻感。姜见明仰头望着，渐渐地感到困倦，天边的星云也变成了一团朦胧。

夜更深了，他在星光中睡着了。

次日清晨，姜见明在长椅上迷迷糊糊地醒来，身上竟然盖着毯子，大概是夜里哪个好心的巡逻警给他披上的。姜见明抓着毯子愣了一会儿，把毯子叠好，站起来，忽然脸颊旁吹过一阵清爽的晨风。他回过头，被阳光晃得抬手遮眼。

这是首都星最繁华的地带，有拄着拐杖的老人走过，也有欢笑的孩童追逐奔跑。广场中心有五六只白鸽漫步，清澈的喷泉反射着阳光，也映出一道可爱的小彩虹。

"您好。"忽然，一个小男孩跑到姜见明面前，他戴着帽子，圆润的脸上有健康的雀斑。

小男孩笑嘻嘻的，将一本小册子塞进姜见明手中："哥哥，您是无晶人种吧？"

姜见明有些讶然，就见小男孩正色道："我们是无晶人种保护协会——哥哥，你知道吧？就是现在俗称的'残人类'呀，我们协会一直致力于为无晶人种争取权益保护……"

姜见明了然。

面前这个男孩神情自豪，他先是快速地讲了一通残晶人类的相关历史，又科普了如今在帝国生活的残晶人类的现状，最后说："现在我们协会在推动'去残运动'——'残人类'这个叫法，是从旧帝国的黑暗时期遗留下来的糟粕，我们希望能在陛下九十大寿之际，推动帝国再次修改法案，用'无晶人'代替'残人类'这个带有歧视含义的称呼。哥哥，您也是无晶人种，我们是同胞——为了无晶人的未来，加油！"

小男孩说着，直接往姜见明手里塞了一把东西，后者低头一看，是添加了镇静剂的糖果。

姜见明于是微笑起来，虽然他知道很快自己就与这一切无关了。

他挥了挥小册子，道："谢谢你，我会看的。"

他拎起作战包背在背上，抬腿穿过中央广场，白鸽在他身后扑棱棱飞起来，穿过了建筑间飘扬的小彩旗。

这是一个繁盛而安定的时代，这是新帝历 63 年的清晨。

姜见明向宇宙车站的方向走去。

第一星系，艾尔伯恩。

姜见明背着包从宇航列车中走下来，映入眼帘的就是铁灰色的星城。

艾尔伯恩星驻扎着帝国近四分之一的星际战舰，建筑风格粗犷，军事气息浓厚，素有"钢铁舰母"之称。它同时也是帝国的交通要道，直接连通三大恒星系。

这时候是银北斗征兵季的末期，银北斗对外征兵的途径有两种：一是由各大军校推荐毕业生，二是由特定几座星城的军方进行无差异的实力选拔。而艾尔伯恩是历年来固定的海选考核地点之一，和姜见明一同下车的人中就有不少气势不凡的新晶人类。

就算在未释放出晶骨之前，分辨新晶人类与残晶人类也并不是很难。首先，新晶人类的体表皮肤常会有晶粒子凝结成结晶体，骨关节处尤为明显；其次，大部分新晶人类身周的空气中都会有细微的晶粒子波动现象，对此残晶人类往往更加敏感；最后，是那些比较玄妙的气质、神情等，据说有经验的人一眼就能辨识出来。

姜见明从作战包里翻出一双黑色手套戴上，遮住了未结晶的腕关节。然后，他轻松地混入了这一群新晶人类精英之中，随着人流，不费吹灰之力地抵达了军部大楼所在的城区。

之后的流程进行得很顺利，姜见明给军部的人出示了芯片，接待的小伙子很年轻，芯片插进腕机后弹出一句话："对不起，您的权限不够，无法查阅该级别信息。"这句话把小伙子吓得够呛，他点头哈腰地把姜见明请了进去。

他在茶水间等了一会儿，又来了一位中校。也不知道陈老元帅在芯片里录入了什么，很快那位中校看着姜见明的眼神也变得敬畏。

之后没有遇到任何阻碍，他在军部休息到了晚上，直接与一众新晶人类精英和数位银北斗军官一起登上了飞往远星际的军舰。

直到这时，姜见明才松了一口气。他卸下作战包，扣上安全带后靠在座椅背上，闭目养神。

忽然间，他座位旁边咚地一沉，有个高大的男人坐了下来。姜见明撩起眼皮，转头一看，心里一惊……这家伙也太高了，超过两米，浑身古铜色皮肤和鼓起的肌肉，看起来活像个异族巨人。

"巨人"嘿嘿一笑，冲他伸出足有常人两倍大的手掌："第三星系，玛斯，高隆，小兄弟从哪儿来？"

这意思就是他来自第三恒星系的玛斯星，名字是高隆。

军校生轻笑一下，礼貌性地触碰了一下对方的手指："姜见明。第二星系，紫丝绸。"

他没有说自己来自亚斯兰，因为首都星城是有军方选拔的，正常人没理由再跑到艾尔伯恩来。他绕这么大个圈子是为了瞒天过海，但在外人面前就不太好解释了。第二星系的紫丝绸星城，是姜见明进入军校之前与养父一同居住过的行星，正好可以搬出来打个掩护。

高隆挑起一边眉毛，"唔"了一声，把眼前的年轻人上下打量一番。

"小兄弟，你和我们所有人都很不一样。"沉吟片刻后，这位大高个子抓了抓下巴，眯起眼睛，"你身上有一种特殊的气质。"

那其实是残晶人类专属的菜鸟气质……姜见明暗想着，面上只是淡笑。

军舰起飞了，穿过星城的大气层飞向太空。从窗口往外看，星城艾尔伯恩正化作弧形的地平线被抛在身后，几座太空站飞速掠过视野，接着就是无边的宇宙景色。

等最初的高速适应期过去之后，姜见明取下戴在右手手腕上的雪白金属镯子，从包里拿出折叠炮的芯片，隔着手套又戴上了机关指套，就在自己的座位上开始组装。他并没有刻意避开旁人，S-雪鸠在当年是尖端的军用机甲，但如今已有少量流落民间。作为能拿着特级调令进入银北斗的人，拥有一架机甲也不算什么怪事。

高隆好奇的目光越来越明亮，瓮声瓮气地问："小兄弟是机甲师？"

姜见明埋头干活："也……不算，只会点简单的组装。"

高隆咧嘴笑了起来："我明白，我明白。一般这么说话的，都是深藏不露的高手。"

姜见明微怔："不，我只是个普通人，真的，走后门混进来的。"

高隆夸张地点头："你不用多说，我明白，我明白！"

姜见明：不，您真的不明白。

这时，舰身开始震动，一股压力使得在座众人紧紧贴在椅背上。电子音回荡起来："本舰即将进行虫洞跃迁，请做好准备……本舰即将进行虫洞跃迁，请做好准备。"

下一刻，军舰内的窗板齐齐落下，舰体震荡得更加强烈——倘若此时从外面看，就会看到铁灰色军舰前方的宇宙空间一阵扭曲。异光如旋涡般陡然延展开来，军舰缓缓驶入其中，消失了。

轰轰……

"唔……"姜见明脖颈后仰，脸色竟然变得苍白，紧紧扣在座椅上的手背骨节暴凸，绽出青色的血管。

在没有缓压液保护的状态下承受跃迁的压力，对于体质柔弱的残晶人类来说无疑是酷刑……也只能硬扛过去。

高隆显然发现了旁边这个神秘年轻人的异样，愕然问："小兄弟？你没事儿吧？"

冷汗从额角淌下，姜见明难受得一句话都说不出来，只能摇头。

直到又轰然一声，军舰完成了跃迁，从虫洞中飞出，他才浑身一颤，扶着座椅扶手，剧烈地咳嗽起来。

高隆瞪圆了眼睛："你……"

"喀喀……不是你说的吗？"姜见明撑着扶手，脸色苍白地转过头，盯着高隆，"我和你们不一样。"

他颤抖着喘了一口气，手指点了点自己仍在起伏的胸口："这是代价。"一个残晶人类，非要往远星际战场跑的代价。

高隆看着他的眼神更古怪了，几秒的沉默后，他喉结滚动一下："我明白了。"

太好了，您又明白了……姜见明很好地维持着不动声色。

就在这令人一言难尽的扯淡中，军舰已在减速降落。

众人头顶闪了闪，一道投影浮现在虚空之中。那是一位身穿银黑相间军装的军人，他目光锐利、语调沉稳地开口："诸位英勇有为的战士，我是银北斗负责本次新兵引导与接应事务的路易斯中校。在此，我代表银北斗星际远征军全体官兵，对于诸位的到来，致以最诚挚的感谢与欢迎。"

姜见明认出这就是在艾尔伯恩查看他芯片的那位军官。

路易斯中校继续说道："现在我们的军舰已经降落在代号为'贝塔'的远星际异星球上，请诸位打开联络腕机，接收贝塔星及其周边的三维宇宙星图。"

一时间，周围启动腕机的嘀嘀声此起彼伏。姜见明一边等待腕机接收信息，一边听着耳边的声音："我们的军舰降落在安全区，周围半径十五公里之内理论上不会有异星生物出没——然而远星际战场瞬息万变，每一刻都有突发危机的可能。请谨记：在这里，大意与傲慢就是催命符。

"接下来，请诸位做好随时释放晶骨的准备，与我们一同下舰。我们将为诸位派发军用机甲，三分钟后出发前往银北斗第二要塞。"

舰门在眼前徐徐开启的那一刻，姜见明有些恍惚。

暗红色的土壤在远处延展直至天际，灼热的烈风吹过，风中有微焦的干燥气味。空气中晶粒子的浓度很高，这就是远星际的环境……也正因如此，无法承受晶粒子波动的残晶人类才会被公认为不可能走上远星际战场。

姜见明背着作战包踩上地表，又从口袋里摸出两颗在亚斯兰被小男孩塞进手里的镇静剂添加糖果，剥开糖纸，将糖果放进口中。他温和地含着糖，静静凝望着自己脚下的红土……贝塔异星，他曾经来过的。

其实，银北斗的三座要塞所在的异星，他都去过，是莱安殿下带他去的，所以他被保护得很好。当时他躺在最先进的医疗舱里，用着最纯净的镇静剂。

姜见明眼神微黯，他咬着糖，心想：小殿下，你想不到吧，最后我还是来给你收尸了。

身旁投下庞大的阴影，打断了姜见明的思绪。

高隆摸了摸鼻子，那条手臂上肌肉鼓起，似乎蕴含着无穷的力量："出门靠朋友，小兄弟不介意交个朋友吧？"

姜见明回神，温和地笑了笑："当然。"

两人和周围约百位新晶人类一起站在那里，看着几位穿着银北斗制服的军人打开舰体的舱门，露出一排青黑色的机甲，依次派发。机甲的型号是 M- 激电 18，银北斗普通士兵的常备机，属于非人型机甲，四条金属腿上顶着椭圆形的机舱，左右各两条机械臂，各项性能平均，是最容易上手的机型。型号前的字母"M"意味着它属于中小型机，驾驶舱最多可容纳两个人。

片刻后，高隆抚摸着眼前冰冷的金属机体，瞪大眼睛发出轻轻的赞叹声："这大家伙，哟嘿，老子喜欢。"

"激电系列在银北斗是低级机，等级评定只有 C，"姜见明拉开驾驶舱门，双手撑着舱门用力一撑，坐上了主驾驶座，"等立了军功，以后会有更好的。"

舱门砰的一声合拢，昏暗中，展现在面前的是闪烁着蓝绿色光的操纵台。

姜见明扣好安全带，轻车熟路地拉出虚拟面板，将晶骨操纵切换为手动操纵。

也就是这时，他的腕机再次发出提示音："嘀嘀嘀——嘀……刺啦刺啦……嘀嘀！"

耳麦里忽然传来一个与此前不同的合成音，是一板一眼的少年音色："感应到机身，赛特·亨利已苏醒。主人，好久不见。"

姜见明猛地一惊，但下一刻，他的眉间浮现出温柔之色，轻轻说："赛特，好久不见。"

他屈起食指敲了敲腕机的液晶屏，嘴角上扬，道："来，汪一个？"

越过缥缈的宙海星河，远星际的另一端，阿尔法异星，银北斗第一要塞，最深层。

这里已经许久没有人踏足，黑暗中静静地停放着一架机甲。自它的主人阵亡后，这架曾被誉为传奇与神迹的机甲已经在此沉睡了整整三年，没有人能够唤醒它。它像一架被封印在时光中的巨兽骨骸，向世人苍凉地宣告：帝国那位失落在星海中的储君永远无法归乡。

然而，就在这一刻……机甲内部的驾驶舱深处，无人的操纵台上，突然有一束金光亮了起来。那束金光飞快地聚集，竟似受到了什么感召一般，自动形成了手动操纵的虚拟面板。

面板上正不稳定地闪动着一个字……和一个符号："汪！"

姜见明第一次见到……或者更准确地说，"见识"到赛特·亨利，是大约四年前的事。

直到现在，他还是忘不了那一天，自己和莱安并肩站在皇家的机甲演练场，望见那架修长神武的机甲时内心的震撼与惊艳，以及被机甲智脑缠上时三观碎裂的感觉。

"汪！汪汪汪！汪汪汪汪！"

"嗷呜嗷！汪汪汪汪汪汪汪汪汪！汪呜汪呜，汪汪汪汪汪汪汪汪汪汪汪，呜嗷……"

姜见明茫然地站在机甲前，开始怀疑人生。他无比僵硬地一点一点抬起手，指着眼前的虚拟面板上正疯狂刷新的狗吠拟声字："小殿下，你这机甲的智脑……"

"它的确一直这样。"莱安殿下正弯身替他拉开驾驶舱的门，此刻抬起头来，轻描淡写地解释，"所以我的智脑语音常年保持关闭，太吵了。"

姜见明：对不起，但是就算关了语音，它也会闪到我的眼睛。

莱安："看来它很喜欢你，平常赛特只对我叫。"

姜见明十分慎重地发问："不，小殿下，你就没有想过，你这个机甲智脑有哪里不对劲吗？"

不料莱安承认得很爽快："知道，赛特·亨利是帝国黑鲨基地秘密研发的特殊智脑，那群科学家都说它有很大的不可控性，当初所有人都反对我选它安装。"

"所谓不可控性……"姜见明深深地望了一眼驾驶舱，咽下了跑到嘴边的后半句"就是学狗叫吗"，轻声道，"那你？"

"但是，"莱安翻身跃入舱内，抬手轻触了一下虚拟面板，又敲出一连串的指令，"我把所有 S 级以上的机甲智脑都拉过来做了实战测评，它最出色。"

说罢，帝国储君探身，向机甲外的军校生伸出手掌："姜，上来试试我的机甲，我教你驾驶它。"

后来……那天，他驾驶莱安的机甲玩得其实很过瘾，和赛特更是配合得很好。

莱安挑选的智脑，在辅助功能和计算能力方面确实没话说，虽然时不时地"汪"一声，可一旦接受了这个设定就觉得很可爱。

一句话，狗狗很喜欢他，他也很喜欢狗狗。

傍晚下机甲时，姜见明的体力都耗尽了，是被莱安殿下从驾驶舱里扶出来的。

莱安埋怨他玩得太过头，他还不舍地摸着面板，笑着连声说这个智脑好可爱。

就是这句话惹出了大事儿。

姜见明这个人，天生物欲极低。如果单从吃穿玩乐的角度考虑，被封为重臣也好，在贫民窟做孤儿也好，对他来说其实并没有非常大的区别。

所以，像这样明显地流露出对某样东西的喜爱，乃至留恋不舍，确实是极其罕见的事情。他自己都没有意识到，但是莱安意识到了。

几天之后，莱安把自己的机甲智脑从机甲上卸了下来，然后安装在了他的腕机上。

姜见明死活研究不出来这到底是怎么安装上去的，至今也不知道，只能无奈地接受一个事实：这位皇太子殿下一旦固执起来天王老子都拦不住。

直到皇太子殿下真的以天王老子都拦不住的架势去了远星际深处，他和他的机甲便再也没能回来。而赛特毕竟是机甲智脑，与机身相隔太远的它一直处于休眠状态，姜见明已经很久没有见到这只"小狗狗"了。

青黑色的机甲封闭驾驶舱内，姜见明有条不紊地操纵着这架 M- 激电 18 快速行进。与他一同飞速移动的，是周围近百架同样制式的机甲……在这里的都是通过了艾尔伯恩星城军方选拔，获得进入远星际资格的精英，基本的机甲操纵自然是没有问题的。只不过……姜见明将目光落在眼前的手动操纵面板上，像他这样没有晶骨，只能依靠纯手动操纵的，恐怕再也找不出第二个了。

他沉默了两息，又问智脑："赛特，你的机身在哪里，能定位吗？"

小狗狗委屈巴巴地回应："地理信息破损，无法进行定位，汪！"

姜见明一边飞速操控，一边勉强腾出一只手，扯开作战包，从中摸出一个笔记本扔在旁边："这里面有简略版的远星际三维星图，你转换一下导入信息库……记得加密。"

赛特·亨利是 S 级机甲智脑，这个时候早就鬼魅般地"入侵"了这架 M- 激电 18，机甲的机械探爪伸出来，抓住那个在这个时代已经颇为少见的纸质笔记本，开始扫描。

很快，电子音在耳麦中响起："已进行模糊定位，据初步估计，机身位置为阿尔法异星。"

阿尔法……第一要塞吗？他记得军校生们被送往的就是第一要塞。

姜见明眯了眯眼，沉声道："好，再帮我联系唐镇。"

一秒后，唐镇的投影闪现。

唐镇瞪大了眼睛："小姜——你在哪儿？这是……机甲驾驶舱？你真到了远星际了？"

姜见明诚恳道："抱歉，有点急事，阿尔法异星的地图和周边星图能给我传过来吗？"

唐镇腹诽：瞧着彬彬有礼，张口就要军事机密地图，这个危险分子！

很快，姜见明确认了地图接收成功："赛特，导入，进行精准定位。"

“精准定位成功！机身位置定位为阿尔法异星，E2 区域，银北斗第一要塞地底层，地表下五十米深度。”

姜见明眼底一沉，心想果然……

唐镇还在他耳边说话：“小姜，你人到底在哪儿了？要不要我找个时间出去，接你过来？”

他又愁闷地叹了口气，自言自语道：“你是不知道，我们的长官脾气臭得要命，我得想想怎么偷溜出去接你……”

姜见明正在琢磨事情，随口应付：“你接不了，我人在贝塔异星，很快到第二要塞了。”

唐镇眼珠子都快瞪出来了：“啥？”

姜见明：“放心，雪鸠配备了完整的宇航系统，我会尽快过去和你们会合，你在那边等着就行。”

“啥？等等——”

“你自己也当心一点，不要总想着照顾别人。远星际近几年不太平，什么都有可能发生，别大意……回见。”

“喂，喂？慢着，你别乱来，我说姜见明，你有没有点儿身为残晶人类的自觉，高维跃迁的负荷对你来说——”

嘀，姜见明无情地挂断了电话。

既然莱安的机甲在阿尔法星的第一要塞，说不定莱安的许多遗物也会在那里，他必须过去看看。反正已经抵达远星际，又有特级调令在手，去第一要塞还是第二要塞都没什么问题。不过……姜见明暗自思忖，自己能找个什么机会溜走呢？

正打算着，他忽然隐约听见外头有人在喊什么。那声音还很熟悉，是他新交的“朋友”：“小兄弟！哎——小兄弟！嘿嘿，这机甲跑得还挺快，我喜欢，太喜欢了！”

这个傻大个……姜见明无奈地扯了扯嘴角，姑且挥了挥手。

高隆的大呼小叫吸引了不少人注意，周围那些新晶人类精英一个接一个地把目光投了过来。

忽然，有人惊叫：“哟，这个大个子……不是玛斯星的‘巨人’高隆吗？那个在好几年前的大尘暴里活下来的新晶人类！他居然也来银北斗了？”

高隆听别人议论他，也不生气，仍旧憨憨地咧嘴笑着：“我啊？我家的浑蛋老爹在这里，我是来找人的。”

众人聊上几句，熟悉起来，气氛就更热烈了。

这时，银北斗的士兵大喊：“编号 X-071 的驾驶员！机甲行进中不允许打开驾驶舱——那个驾驶员，听到没有？”

高隆挠头："谁，谁？说我吗？"

"重复命令，不允许打开驾驶舱，不……"

轰隆！那士兵话没说完，大地毫无征兆地巨震。呜呜……警报声尖锐地响起，下一刻机甲歪斜，半边机体悬空。姜见明脸色骤变，他整个人被往前甩了一下，安全带几乎要把腰腹勒断！又是一波震感。视野中青黑色的机甲倒下好几架，互相碰撞时砸出巨响，飞火混着电光爆炸开来！

路易斯中校又惊又怒："有情况，停止行进！重复命令，所有驾驶员停止行进，原地整队待命！"

剧烈摇晃的驾驶舱内，赛特嘀嘀直叫："前方感应到晶粒子剧烈波动反应，初步推定为高阶晶骨干扰所致……正在锁定波动源，正在……"

姜见明猛地将操纵杆扳到极致，他浑身的骨骼与内脏都因空气中混乱的晶粒子而剧痛起来，却死不放松的力道，咬牙厉声道："赛特，镇静剂——"

砰！一秒后，半悬空的机甲重新落地，与此同时，极细的针头从后颈刺入皮肤，冰冷的液体推进姜见明体内。

"危险警报，地下侦测到未知生命体接近，危险警报！"

"紧急更改感应对象，正在锁定该生命体——"

什么？姜见明刚刚疼得眼前发黑，忽然心头一跳。比之前剧烈几倍的震感再次传来……竟好巧不巧地在他正下方。下一刻异变突生，赤红地表猛然崩出裂缝，无数尖锐的暗影从地底暴涨伸出，他的整个机甲都被往上顶了起来！

一个刚刚还和蔼可亲的大叔变了脸色，高喊道："地下……地下有东西，要出来了！"

巨力沿着机甲的铁壁传来，视野天旋地转——姜见明连地下撞出来的是什么东西都没看清，凭感觉先轰了一炮出去。后坐力将机甲弹飞，他听见一声震耳欲聋的惨叫——不属于他认知中的任何一种生物。

有人尖叫："异……异星生物？"

电光石火之间，姜见明的头脑异常冷静。他逼自己忍着眩晕睁眼，在炮火的强光中眯眼看清了地面。地面已经彻底裂开，一个足有两层楼高的巨大白色蜈蚣状生物钻了出来，仰天挥动着密密麻麻的毒肢。

"咯咯咯咔嚓咔嚓——"尖锐的怪叫在贝塔异星的上空回荡。白色的巨型蜈蚣疯狂扭动身躯，它像是刚刚经历一场苦战，被切割得遍体鳞伤。刚刚姜见明的那一炮则打断了它的一条伤腿，血液四处喷溅，味道腥臭难闻。

周围的好几架机甲已经被它掀飞出去。姜见明双手稳住操纵杆，冷汗沿着鼻尖滴落——他离那东西太近了，白蜈蚣的头部已经向他砸过来，阴影瞬间笼罩在机甲上！

路易斯中校急红了眼，大吼："孩子！快后退！"

姜见明的第一反应却是拉高机甲炮口，不退反进。可他还没来得及再次开炮，眼前就骤然掠过一线冷光。咻！残影闪过，下一刻污血喷上天际。巨大蜈蚣的头部被旁侧刺来的晶骨贯穿，发出刺耳的连绵惨叫，翻滚着砸向地面。

姜见明喘息着回头，只见一架 M- 激电 18 站在那里，驾驶舱空荡荡，机身上却站着个身形高大的男人——高隆。他高耸宽阔的肩膀上"生长"出两根尖锐的晶状棱柱，暗黑剔透，就好像一对水晶拳头，竟延伸出几十米长。

高隆脸上的表情还是憨实，瞧着姜见明看过来，居然还冲他挤了挤右眼，笑得露出白亮的一排大牙。与此同时，他肩膀与手臂上的肌肉却暴凸，晶骨刺啦一抖，收缩回来，污血洒落一地。

几个银北斗军官合力开火，一通狂轰滥炸之后，巨型蜈蚣喷血倒下去，震裂了大片岩石，尘埃飞扬，气氛紧张了起来。

几个银北斗的士兵从晶粒子的逸散现象中确认那巨型蜈蚣已经死透，其中一个惊慌说道："不可能啊，中校，这里明明是安全区，离要塞只有——"

"闭嘴，还看不出来吗，要塞出事了。"路易斯中校脸色铁青，"现在还没联络上要塞，叫新兵们采取防御阵型，时刻警戒。"

机甲内，姜见明缓缓地舒了口气，仰在驾驶座上揉了揉眉心。

旁边有一架机甲靠近，高隆早就收起了晶骨，探头探脑地去看白蜈蚣的尸体："哟！什么玩意儿这么厉害，把晶粒子波动都传到这儿来了，都凝聚成真晶了。"

"真晶？"姜见明微怔，他直起身来，目光重新落在巨型蜈蚣的尸身上，忽然凝住——

他后知后觉地看到无数水晶状的尖刺穿透了蜈蚣的硬甲。这怪物从地底冲出来的时候，本就已经重伤。那些晶刺如一簇簇沾着血生长的荆棘，均呈半透明的赤金色，好似纯红岩浆在金河中流淌，美得炫目，却也暗藏危险。

这就是"真晶"，大气中原本无形的晶粒子在遭受激烈的外力扰动后聚集结晶的状态。

新晶人类的晶骨，其实就是一种自主可控的真晶形式。只不过自然形成的真晶无色无纹；而人为意志操纵的晶粒子结晶时，则会带上各异的色彩与纹路。

姜见明的眼底逐渐掀起惊涛，他定定地望着那异星生物尸体上的金红真晶。

他握着杆的手收紧了，用力至骨节泛白："怎么可能……"

咔嗒！姜见明将机甲的操纵模式切换为自动，手指落在领口，飞快地钩出一串项链。项链的末端挂着一枚勋章，同样是透亮的赤金色，同样具有反光的晶石质感。除了异星生物尸体上的真晶充满了暴戾危险的气息……两者简直一模一样。

“赛特，”姜见明嗓子发哑，带着微不可察的颤抖，“为什么……莱安的晶骨会……”

赛特反常地沉默了一瞬，然后才说：“主人，想要匹配真晶与晶骨，需要衡量两者的色光数据、纹路走向以及内部晶粒子活性是否一致，这是很复杂的过程，呜汪……您不能仅凭肉眼观察就断定那是旧主人的晶骨凝出的真晶，呜汪。”

姜见明深吸一口气，闭上了眼。

下一秒，姜见明猛地打开驾驶舱，从机甲里探身出来，神色嗓音都异常地冷：“是人，高阶晶骨在释放出来的瞬间就能让晶粒子真晶化……刚刚和这个异星生物战斗的，是很强大的新晶人类。”

他和高隆说着话，直接从机甲上跃下。

断裂的赤色硬土上，怪物的尸身就横在眼前。

后面传来银北斗士兵的喊声：“那个小孩，你干什么？！现在情况不明很危险，快回机甲驾驶舱！”

姜见明置若罔闻，伸手握住一小片真晶，干脆利索地用力一掰！

“不要乱动！我们已经在联络要塞询问情况，服从命令，快回驾驶舱——”

好硬，掰不动。

姜见明尴尬地沉默了一下，若无其事地缩回手，淡定地转向高隆：“好朋友，麻烦你下来，用你的晶骨帮我取一段这个真晶。”

“噢，好嘞！”于是高隆也跳了下来。

这两人过于胆大包天，刚刚稳固好队形的一众新兵都看得一愣一愣的，有士兵迟疑道：“中校，这……”

路易斯中校沉着脸，他想到那枚特级调令芯片，摇头道：“先别管了。”

腕机恰好在此时闪烁起来，中校抬手做了个“安静”的手势，转身接通了电话。

姜见明刚拿着那块真晶回到机甲驾驶舱，塞给赛特让它做所谓的复杂对比分析，这时候心思一动。他指了指中校，小声对赛特说：“赛特，你的信息库里还有没有银北斗军方的通信频率……他们的对话帮我截过来，可以做到吗？”

赛特·亨利，跟随已故皇太子征战多年的超级万能智脑，基本上只有你想不到，没有它办不到：“相应频率已确认——正在入侵该通信频道……汪！”

只见屏幕滴答滴答跳了几秒钟，忽然闪出一片雪花。再一闪，竟映出了硝烟滚滚的铁黑色要塞建筑，以及一个身穿银北斗制服的中年人的脸！

路易斯中校神情一振：“我是接应新兵的路易斯中校，询问要塞情况！”

中年人火急火燎地抓了下军帽，他似乎焦躁不堪，在轰鸣的背景音中大吼：“呸，别提了，熔岩那帮贼宇盗用干扰波阴了咱们的机甲，还引来了异星生物——老兄，带着你们那帮新人好好躲着，千万别回来！”

这话一出，不仅偷听的姜见明心惊，路易斯中校更是语调都变了："什么？那你们现在……"

"现在机甲全都不能升空，技术人员正在破解！"

路易斯中校脸色沉了下来，扫视一圈："我们这里还有一百多架激电，如果需要支援——"

不料中年人神情大变，连连摆手："别来！异星生物不是问题，殿下在这边呢！"

姜见明瞳孔猛地一缩，他屏息，一股寒气从头直透到脚底。殿下……他有多久没从陌生人口中听到这个称呼了？而对面说的是，殿下在这边？

路易斯噎了一下，愕然道："加西亚殿下？"然后他松了口气，"原来殿下回要塞了，那没事了。"

对面欲哭无泪："没事个头！出了这么大的娄子，殿下已经在发火了！喏，瞧见我身后这烟了吗？不是宇盗也不是异星生物，是殿下的晶骨给炸的！路易斯，千万看好那帮新兵，可别再给殿下火上浇油……还有，可能会有逃窜的异星生物溜到你们那边去——什么？已经过去一只了？"

之后两位银北斗军官又说了什么，姜见明没有仔细听。他想起在自己离开亚斯兰之前，帝都内偷偷流传过不少诸如陛下要在今冬另立某位储君的言论。等他回过神来的时候，路易斯中校已经挂断了电话。

"不好意思，请问——"姜见明再次从机甲里探出身来，异星干燥的风吹动他的黑发，柔软发丝下，一双眼清澈如天边银河，"您刚刚说的……加西亚殿下，是哪位？"

路易斯中校"噢"了一声，环顾一圈："帝国二皇子加西亚·凯奥斯殿下，你们不认识很正常。"

显然，他这话不仅是对姜见明说的，更是趁机告诉所有新兵。

"加西亚殿下与已故的莱安太子不同，自幼长在远星际，就连帝国公民也很少有人听说过。但，殿下是绝不逊色于已故皇太子的强大新晶人类，更是银北斗要塞的至高指挥官之一。只不过，加西亚殿下常年在第一要塞和外太空星舰之间往返，这次能停留在第二要塞，应该也算特殊情况。"

中校顿了一下，弯起嘴角，继续说："不过没关系，诸位都是在各自的星城赫赫有名的英才，只要你们表现优异，以后总有机会面见殿下。到时候你们就能见识到，什么才是真正的……哼，强悍到不讲道理。"

周围果然又响起一阵窃窃私语声。

姜见明脸上露出了然的神色："原来是这样……谢谢。"

砰，他缩回机甲里去，顺手甩上了驾驶舱的门。然后，他把安全带一系，双手按在操纵屏上，快速敲动。

屏幕上红字连闪。

"目标位已锁定：银北斗第二要塞。"

"收到指令：M-激电18即将切换形态，汪！"

"开玩笑。"姜见明眉宇间透出冷意，"莱安从来没跟我说过，他还有个皇弟。"他隔着衣服捏了一下那枚勋章。

"切换飞行形态中……20%……40%……70%……90%……100%！"

下一刻，这架M-激电18机甲猛地绽放出强光，四足关节与两条机械臂、炮口齐齐收缩，左右两侧机翼、后方机尾弹出，引擎疯狂发力，变形切换在两秒之内完成。

"小孩，你要干什么！你……回……"率先反应过来的路易斯中校只来得及惊怒交加地喊了一句。

风声淹没尾音，姜见明甚至没有去听他喊的内容是什么。他将操纵杆一拉，机甲瞬间升空！狂风卷起赤土，扬尘大作。

风中只传来高隆扯着嗓门儿吼的一句："喂——小兄弟，你要去哪儿啊——"

3.

银北斗第二要塞，坐落在贝塔异星的C5区域。连绵的黑铁墙壁为驻扎在远星际的人类军团圈起一片天地，这是最沉默又最坚硬的堡垒。

然而此刻，要塞的上空炮火纷飞。几十架灰黑色机甲如飞掠的鹰隼，疯狂开火。每一架机体的两翼上都画着一个狰狞的红色图腾，像流淌的岩浆，又像恶鬼的笑脸。而大地上，密密麻麻的异星生物正蠕动前行，用它们坚硬的壳、刺、角、爪以及牙齿，咆哮着撞击要塞的城墙。

"报告长官，3区撑不住了，万一墙体塌了，后面就是真晶矿仓库，紧急请求支援！"

"4点钟方向！加强火力！老李，带你的人补上——"

"报告长官，技术人员破解干扰波还需要十分钟……"

嘈杂的声音在各种轰鸣声中此起彼伏，人影在奔走，机枪在喷吐子弹，不时有人被空中扫射的炮火击中，空气中弥漫着血腥的味道。

最高的黑色瞭望塔顶端，斜坐着一个年轻英俊的贵族。他并未穿银北斗的制服，而是一身帝国贵族制式的黑金劲装。白金色鬈发在脑后用红丝带束起，随着烈风飘扬。

这样的人，这样的姿态，乍一出现在炮火纷飞的战场上，耀眼得近乎嚣张。

要塞的防卫官——刚刚与路易斯中校通信的中年男人正瑟瑟发抖："殿……

殿下……"

那被称为殿下的俊美贵族沉着脸，闭了一下翡翠色的冰眸，眉宇间似乎有怒焰跳动："机甲还有多长时间才能升空？"

"半……半个钟头……最多一个钟头！"

"一群废物。"加西亚皇子吐出毫不留情的判决。

他站起来，身姿格外修长："让要塞把高射炮停下，熔岩的机甲全都是特化了空战能力的型号，你们打不中。"

皇子又垂眼一扫下方，沉吟道："效率太低了……对异星生物的射击也停下，这是在给熔岩当活靶子吗？"

"可是……可是殿下，异星生物那边没了火力压制……"

"火力压制，"皇子平静地闭了闭深翠的眼眸，"我来吧。"

话音未落，要塞外的地表轰然崩裂，无数赤金色真晶凭空穿刺而出，龟裂纹蔓延几十米。

异星生物刺耳的惨叫声震天响，连要塞的墙壁都接连炸开一串火光，黑烟滚滚而上。

"殿下——殿下息怒！"军官哭丧着脸，"殿下，您别……别这样，再来几下这么大的，咱们的要塞就要被炸塌了！"

"难道你们更喜欢让宇盗来炸？"殿下冷笑一声，抬手掌心向上，修长的五指屈起，骨节轻响。

下一刻，真晶再次在要塞外炸开，硬土与异星生物的碎尸一起被掀上半空。

军官更加崩溃："殿下，那殿下您轻点炸成不？再轻点，再轻点……"

空中，熔岩的灰黑色机甲群列成阵，将一架通体赤红的机甲簇拥在正中。赤红机甲的驾驶舱内坐着一个少年，一头张扬的红发下面是张明媚漂亮的脸蛋，只是眉眼间带着一股子暴戾煞气，破坏了外表的精致。

——宇宙盗贼团熔岩的少团长，传说天生 S 级晶骨的小魔鬼，名号"赤龙"。

"失策了……"赤龙阴森地眯起眼，舔了舔下唇，"加西亚这个怪物居然在要塞里。"

他又嗤笑："哼，帝国皇族也真是有趣，一个怪物死了，就又冒出来一个。要说他们没在暗地里做基因实验，鬼都不信。"

在少年的身后，站着一个身材高大的古铜色皮肤的男人，赤裸的胳膊上凝着黑色晶骨，末端贴合在机甲操纵屏上——这是很典型的晶骨操纵手法。

男人俯下身来，姿态非常恭敬："头儿，撤吗？"

"撤？为什么要撤？"红发少年咧嘴，恶意地笑起来，"你看看加西亚那个脸色……嗯哼，能看到帝国的皇子殿下吃瘪的机会可不多，再逗他半个钟头再走嘛。”

瞭望塔顶端，加西亚的目光落在那架红色机甲上，眼底掠过一丝寒意……距离太远了。他的晶骨再强，也无法在那样的高度直接与飞行状态的武装机甲搏斗。此时哪怕有一架最普通的“激电”……不，哪怕是一架破烂的民用机甲带他升空，他也能把这群宇盗的机甲轰下来大半，只是现在……

加西亚往前迈了两步，前脚正好踩在建筑物的边缘，漆黑的鞋尖已经悬空。

防卫官顿时吓得魂飞魄散：“殿下，您别……别冲动，殿下您还是继续炸吧，殿——”

加西亚一个眼神都不给他，只是目视下方，忽然，在下一刻深深皱起眉头，薄唇吐出两个字：“机甲？”

“主人，您冲动了，汪，这并不是理智的方案。”

M-激电18的驾驶舱内，各种红蓝光点闪烁不定。

驾驶员的操作已经逼近了这架可怜机甲的极限，只要一个不慎就会因超负荷产生故障。

姜见明神色温和，毫不慌张：“你在跟一个跑到远星际来的残晶人类谈理智吗？”

“您不该这样冒险，汪，只要您正常进入银北斗要塞，有60%以上的概率可以日后找到机会面见二皇子。汪汪，但现在，您有97.6%的概率要接受军事审讯，汪，并且有78.5%的概率暴露身份被遣送回亚斯兰星，汪，汪汪汪汪……”

姜见明抬手关闭了智脑语音，笑意不达眼底：“好的，赛特，我知道你也很激动。别让情绪影响到你的计算能力……不对，我为什么要跟智脑谈情绪。”

“汪！”赛特小狗狗委屈巴巴地闭上“嘴”，显示出一排又一排的数据图。

想要在宇盗机甲群的火力轰炸下平安在要塞上降落，哪怕是姜见明也觉得不太可能。但如果只是借助掩体，在战场外围快速兜一圈，瞧瞧那位“加西亚殿下”的真容的话……只要操纵得当，倒也不是没有可能。

飞行态的M-激电18义无反顾地切入了战场，化作一道弧线掠过密密麻麻的异星生物，一头扎进了熔岩的火力范围！

很快，第二要塞里的不少人都发现了这架型号熟悉的机体，愕然地面面相觑。

“看那儿，那不是咱们的激电机甲吗？”

“自己人？怎么只有一架，他是怎么过来的？”

有人一拍脑门，惊喜道：“哎，咱们都忘了，今天是新兵抵达要塞的日子啊！”

“可是只有一架激电有什么用，再靠近，不被异星生物撕碎也得被熔岩给轰下来。”

"请示长官，是否要向那架激电发出信号？"

熔岩的不少宇盗露出不屑的笑容："嘿嘿……头儿，有只不自量力的小虫子飞过来了。"

赤龙也笑起来，少年笑时带着一种天真的残忍："碾死它。"

半空中，十几只炮管掉转方向，朝向那架普普通通的机甲。

第二要塞内的所有人，此刻心都不禁怦怦直跳。

通信员连上军方内部频率，也不知道对面听不听得见，便吼道："对面激电的驾驶员！军方命令，请立即撤离战场，请立即……"

姜见明当然听见了，毕竟片刻前他还在窃听军官之间的私人通信。他动了动手指，M- 激电 18 的驾驶座前，挡板甲咯噔一声收起。于是此刻，透过合金玻璃，谁都能清晰地看到操纵这架"神兵天降"般的机甲的主人——是个清俊瘦削的……甚至因为有些过于瘦削，而与战场格格不入的黑发年轻人。

赤龙挥手："开火，别让小虫子飞跑了。"

黑发年轻人并没有跑，他昂起头颅，沉静的视线穿透硝烟与天际，锁定在要塞顶端那位白金长发的皇子脸上。

加西亚几乎在同时垂眸。普普通通的军校生与叱咤远星际的皇子，同样坚不可摧的目光，在虚空中有了转瞬即逝的交会。

刹那，姜见明的手掌猛然将操纵杆推至最深处，眼底爆发出凌厉至极的寒芒！

之后的一切，都发生在电光石火之间。

在很多年之后，目睹了这一幕的银北斗士兵，还会一遍遍向自己的儿孙讲述。老兵们的眼里总会带着缅怀与憧憬，以及岁月也无法磨平的激动。

那一刻——十几架熔岩的机甲炮齐齐开火，黑烟与炮光淹没了那架极限飞行的 M- 激电 18；同一瞬间，皇子却突然从要塞最高处的瞭望塔尖顶翻身跃下，背后霍然释放出日冕般耀眼的巨大晶骨。

熔岩宇盗们措手不及。惊恐之下，无数炮火扫荡过来，机关炮竟打不穿皇子殿下的晶骨巨翼。赤金光芒一闪，真晶凭空穿刺而出，熔岩的机甲被打穿无数，嗡鸣着冒烟坠落！

而那一架青黑色机甲攀升而上，它自滚滚浓烟与烈火之中冲出，残损的机翼撕裂扬尘，直达天光之下。就如古世纪传奇中侠客出鞘的霜刃，又像雪松湖畔惊飞的鸿雁。

下一个瞬间，皇子落在了这架机甲上。

可惜，机甲的驾驶员却不太好受。赤金晶骨在千分之一秒的时间内释放，砰然刺入机甲两翼时，给驾驶舱带来的巨大冲击力不亚于头顶遭受一颗炮弹。姜见明生理意义上两眼一黑，胸口气血翻滚到差点窒息——后来他坚信这时没被震晕过去是自己意志坚强。

早知道就该换更高级的雪鸠过来了……姜见明一咬舌尖,逼着自己清醒过来,眯着眼去看机甲上的那道人影。

尊贵的殿下被宇盗轰炸了一路,坠落时甚至连个缓压防护都没有,却像没事人一样直起身来。白金鬓发在烈风中舒展,皇子收起修长的晶骨,宛如一尊俊美无俦的战神像。

姜见明再次无奈地感受到了人种之间的巨大差异……他甚至觉得残晶人类和新晶人类之间的差距或许要比旧纪元人类和黑猩猩之间的差距都要大。

"紧急情况,紧急情况!机甲破损度达到27%,随时有坠机可能……"

姜见明侧过身,提高声音喊了一声:"殿下。"

他的神情还是那么温和散漫,哪怕智脑正在疯狂发出警报,哪怕近在咫尺的皇子有着一张和已故的莱安储君几乎一模一样的面容。只是这张脸更加成熟了些,仿佛那个记忆中的容貌确实经历了三年的光阴。

"升空。"加西亚只是垂眸扫了一眼这个奇怪的年轻人,下达命令时嗓音冰冷,"追击残敌。"

经过刚刚那一战,熔岩的机甲群损失不小,已经在列队撤离了。

姜见明:"殿下,这架机甲快撑不住了。"

加西亚的语气不容置疑:"它不会再受损了,升空。"

姜见明立刻解读出了皇子的意思:因为他来了,他站在这里,所以哪怕是在枪林弹雨之中穿梭,这架机甲也不会再被击损。

太像了,就连这样冷肃又极具攻击性的性格和堪称轻狂的作风都……

姜见明手上操纵着机甲升空,眼底晦涩。如果说唯一的区别,大约是他记忆中的莱安从不会用这样居高临下的语气和他说话。

"机甲破损度达到27%,请立刻降落……"

宇盗团负责断后的几架机甲还在疯狂开火,然而加西亚身后再次释放晶骨,像一对天神羽翼一样,将这架已经破破烂烂的M-激电18护在了中央,没有一颗炮弹能够打穿这对巨大的赤金晶骨。

姜见明沉默着。他记得莱安的晶骨,展开时好像世间一切光芒都会被吞噬,强悍得令人畏惧,好像天生带着近乎残忍的侵略性。那是帝国屈指可数的超S级晶骨,拥有机甲大炮都打不穿的硬度,以及随意延展形态的韧性。

他本以为此生不会再见到了。

"1点钟方向,倾角16.3度,开炮。"上方传来皇子略显冰冷的嗓音。

姜见明很听话地开了一炮,远处似乎有一架灰黑色机甲坠下来,又或许是两架……这并不重要。他听见自己的呼吸不受控制地变得急促而粗重,耳膜内咚咚鼓动,浑身的血脉也在随之搏动,从冰冷变得滚烫。

容貌、嗓音、性格、晶骨、举止……哪怕细微处还是有着微妙的差异,但也过于相似了,相似到足以认定为同一个人。

姜见明咬紧了发抖的牙关。他做了万般筹划来走这一趟,其实只是为了八个字:生要见人,死要见尸。可能性有很多,但不外乎:他找到了莱安的活人,或者他找到了莱安的尸体,又或者他在找到什么之前自己先变成了尸体。

当下的情况,显然不能归入其中的任何一类——他来到远星际的第一天,就遇见了本应死在宙海深处的小殿下。小殿下却另有了名字与身份,并且似乎从未认识过他。

他间或往下一瞥,银北斗基地已经渐渐被甩在后面。姜见明让机甲减速下来,任由前头熔岩宇盗团的机甲纷纷冲破云层,很快就跑没影儿了。

加西亚眼神一沉:"你在干什么?"

姜见明淡淡道:"殿下,这架机甲只是一架弱小可怜的 M- 激电 18 而已,您不能勉强它去追熔岩的特化机甲。"

加西亚:"我说过……"

"——也不能勉强我。"姜见明抬起清冷的眉眼,他的脸色略显苍白,但神情很认真。

他身子向后靠在驾驶席上,指了指自己:"毕竟,我也只是一个平平无奇的新兵,负荷不了这样高强度的机甲战,如果待会儿我突发休克导致机甲坠毁了,帝国还会有第三位传奇皇子冒出来吗?"

意外地,加西亚并没有被这足以称为大逆不道的话语激怒。他只是不紧不慢地将目光转过来,视线第一次落在姜见明身上。皇子翠绿色的眼瞳很深,他忽然俯身,单手抵在驾驶舱外的合金玻璃上,修长的五指隐隐带来一股压迫感。

"阵前抗命,妄议皇族。"加西亚沉声开口,"银北斗今年收的新兵胆子不小。"

姜见明低声道:"区区一个新兵,胆子大点小点并不重要。但您是皇子,哪怕是为了保护要塞,也不应该这样以身犯险。"

加西亚眉头一挑。

片刻前,他坐在最高的瞭望塔上狂轰滥炸,当然不是因为那儿的风吹着凉爽,而是为了把宇盗的火力吸引过来。而他如今这么单枪匹马地撵着熔岩的机甲群,当然也不是为了乘胜追击……而是因为,如果他不把虚张声势做足了,宇盗必然会回头继续攻击要塞。

加西亚深深地看了姜见明一眼,有些意外这么个年轻新兵能看得如此透彻。

他启唇问:"谁让你一个人开机甲闯过来的?"

姜见明道:"没有人。路易斯中校让我们原地待命,我……就像您说的,阵前抗命。"

加西亚不禁惊奇地轻笑起来，归功于那副神灵恩赐的瑰丽容貌，皇子展颜时眉梢都仿佛带着耀眼而锐利的光："为什么？"

姜见明："我曾经见过另一个拥有金红晶骨的人，见之难忘……但他死了，至少世人都说他死了。"

他顿了一下，忽地抬眸："殿下，有没有人跟您说过，您和莱安皇太子很像？"

有那么一瞬间，姜见明分明看到皇子那深翠色的眼底掠过一线怒火。咔嚓……抵在驾驶舱前的五指猛地用力，机枪都打不碎的合金玻璃居然迸出几条裂缝。

姜见明眯了眯眼，不禁暗想：这人生什么气？

但仅一瞬之后，那股戾气又被皇子克制地收拢回去——就像他曾把那样耀眼又危险的晶骨收归体内。

"返航。"加西亚平静地收回手，居然直接在机甲上换个舒服的姿势坐下了，手肘搭在膝盖上，"回要塞。"

姜见明正琢磨加西亚刚刚那一瞬的火气是从哪儿来，这时听见"返航"两个字，神色微妙地一动——他不能返航。他搞的动静太大了，军方的审查问话无法避免，按姜见明的计划，自己的特殊身份至少要瞒到银北斗将他的档案录入才行。

其实，如果不是半途遇上了活生生的一个莱安——或者说加西亚，他本应该找个机会用雪鸠跃迁到阿尔法异星，和唐镇、贝曼儿他们会合，以凯奥斯军校的军校生身份加入第一要塞才对。可是现在，计划全都被打乱了。

"殿下，"姜见明想了想，又开口试探道，"从艾尔伯恩星城一路带领我们到这里来的路易斯中校说，您平常待在第二要塞的时间并不长？"

加西亚屈指敲了敲驾驶舱外的玻璃，漫不经心地说："第二要塞在远星际属于后方，没什么战事，有用的兵迟早会被调往前线……再说一遍，返航。"

姜见明："那您接下来去哪里？"

加西亚："阿尔法异星，第一要塞，明晚就出发。"

半空中，青黑色机体一个摇晃，刚启动的激电又停下了——看来，计划还没到全都被打乱的地步。

加西亚皱眉低头，却见那个黑发年轻人抬头，眼中笑意有些神秘，抬起食指竖在弯起的嘴唇前："殿下，我们刚巧顺路——别返航了，我直接送您去第一要塞，怎么样？"

片刻后，破损的M-激电18停在荒芜的异星土地上，驾驶舱门从里面打开。姜见明站在机甲旁边，随手一捋被风吹乱的头发。他细瘦的手腕上，机甲雪鸠折叠成的金属镯子在阳光下闪了两下。

"雪鸠启动，切换驾驶形态。"姜见明食指在白色手镯上一拂，小巧的手镯泛起微微的荧光，先是飞快地延伸出半透明的神经导能纤维，在他前后勾勒出闪烁的驾驶舱图景。紧接着，手镯的金属片开始层层展开——明明只有那么小的一个镯子，却好像能够无限分裂下去，白色金属依次贴合在神经导能纤维上。

姜见明的身后身下都传来坚硬的触感，他被组装起来的驾驶舱托升至半空——转眼间，一架机身流畅优美的机甲就在这如梦似幻的光芒中凭空组装起来。

加西亚还坐在那架激电上面，尊贵的殿下这时又不急着返航了，将机甲的展开过程看了个完全。

"S-雪鸠，"皇子似乎是觉得有趣了，语调也变得慵懒，带着一点辛辣的讽刺，"这个型号还算不错，高速高防低攻，适合……临阵脱逃。"

姜见明扬了一下唇，诚恳道："雪鸠曾经被评为第一美人机，您应该说，它适合中看不中用的花瓶临阵脱逃。"

众所周知，帝国在机甲方面的管制一向很严。民用机甲与军用机甲的性能差距比天大，最明显的一条就是民用机甲不允许装备炮火。而军用机甲又被划分为D、C、B、A、S、超S六个等级，同时分为普通机甲、特化机甲与折叠机甲三种。

以M-激电18为代表的普通机甲，通常都有着海、陆、空三种形态变化；特化机甲则着重加强其中一种形态，熔岩宇盗团刚刚的那一批来犯者，驾驶的就是显而易见的空战特化机甲；而折叠机甲又称"晶机甲"，属于尖端技术，使用可瞬间扩张的晶粒子合金，展开后机甲的性能与普通机甲有天壤之别，甚至可以安装高维跃迁系统。能被评为A级及以上的机甲都属于折叠机甲。

别看皇子殿下和姜见明在这荒野里你一言我一语地调侃，A级机甲可不是一般人能拥有的。哪怕是以高防低攻著称的雪鸠，一炮的威力也抵得上五架激电一齐开火。

加西亚看了姜见明一眼，暗想：配他倒也不亏。

刚刚那一连串的机甲操纵手法，看似凶险，其实稳得很。那绝对不是一般人能做到的。

加西亚站起来，上前几步，手掌按住雪鸠机体，低声问："你是什么人？"

到了这个地步，鬼也不可能相信这人说的什么"我只是个平平无奇的新兵"。

姜见明内心发凉，暗想：我才该问问你是什么人，诈尸、还魂还是白日见鬼？

他表面上却故技重施，从前胸口袋中摸出带有银北斗军徽的芯片盒，在皇子面前一晃便收了回去："至少不是您的敌人。"

加西亚的腕机在这时闪烁起来，姜见明瞥了一眼："要塞的人找您来了吗？那我先走一步。这一届的新兵里有个叫高隆的大个子，殿下方便的话帮我给他带句话——好朋友，日后战场上见。"

加西亚没有理会要塞的呼唤，按在雪鸠上的手掌不动，沉声道："不是要送我一程吗？"

姜见明微怔了一下，而后哑然失笑。

"当然是开玩笑的，殿下。"他摇了摇头，"您既然是帝国皇子，那就请行事再慎重一点——比如，难道没有人教过您，不可以随便上陌生人的机甲吗？"

话音未落，一股巨力震开了加西亚的手掌。机甲雪鸠发出细小的鸣声，嗡嗡地悬空，它就像一只振翅欲飞的天鹅，眼见着就要直冲天际。

加西亚神色一凛："站住！你……"

他右手腕上猛地刺出赤金晶骨，竟然想仅凭晶骨的力量压制住这架雪鸠！

砰！电光石火之间，一枚子弹与晶骨相击，发出叮的一声脆响。

迅速升空的机甲雪鸠的驾驶舱内，姜见明右手握枪，温声说："很抱歉，殿下……我实在不方便应付要塞那些审查，只能临阵脱逃了。"

他刚才还在笑，可此刻对着皇子开枪的时候决绝而精准，没有丝毫犹豫。

机甲升空的狂风将皇子的白金色鬈发吹乱，加西亚含怒抬头，动作却猛地一顿。连宇盗团的炮火轰炸都打不穿的晶骨，自然无法被一枚子弹所伤。然而……皇子看到了姜见明手中的枪，枪身正泛着银灰色光泽，如一匹星河织出的绸缎。

加西亚瞳孔微微收缩，不确定地低声自语："维纳斯之翼……"

就是这一瞬的迟疑，给姜见明争取到了时间。雪白的机甲腾空直上，只留下驾驶员的一句："阿尔法异星再见，加西亚殿下。"

尘土飞扬的大地上，加西亚望着天际，若有所思的目光久久不离。

阿尔法异星，E1区域。蓝色双月高悬，不停歇的长风带来寒意。天际裹着厚厚的一层云，正飘着小雪。

阿尔法异星，这是在已探索的远星际范围内，距离人类帝国三大可居住恒星系最远的一颗星球。这里常年严寒，一年有八个月都在吹白毛风。银北斗远征军的第一要塞坐落于此，年复一年地坚守着人类文明的前线。

机甲雪鸠停在覆雪的大地上。驾驶舱内，姜见明双眼紧闭，几缕被冷汗打湿的黑发黏在惨白的脸侧，人已经昏过去了。

一天之内，他先是骤然进入晶粒子含量过高的远星际环境，经历了那样高强度生死攸关的机甲战……再加上生生承受了两次高维跃迁的压力。这样接连的负荷叠加，放在寻常残晶人类身上，直接猝死都不奇怪。

不知过了多久，姜见明的身子微微抽动。他模糊地找回了一点神智，只觉得头痛欲裂，四肢酸软，体内脏器好像全都搅在了一起，连最微弱的呼吸都会疼得痉挛。他的嗓子像被火烧过一样，浑身上下的每一个细胞都在疯狂地叫嚣着干渴。

"喀……"姜见明挣扎着发出一点气音,连眼睑都睁不开,"水……"

智脑赛特的蓝光在屏幕上跳动,雪鸠的机械爪从补给箱里翻出一瓶应急能量水,将金属吸管递到主人干裂的唇边。姜见明咬住,艰难地咽下几口,凉凉的液体滋润了喉管,灼痛感终于消去了几分。

只是他实在太虚弱,很快没了吮吸的力气,意识再度飘远。蒙眬中,他似乎看到浩瀚又冰冷的漆黑星海,看到凝结了透亮真晶的异星焦土,看到战火中飞扬的白金色鬈发。有人向他走来……可他不知道那是莱安还是加西亚,抑或是别的什么人。

在这异星的长夜中,姜见明几次挣扎着醒转又昏迷,就这么瘫痪了似的缓了许久,体力才一点点恢复过来。等他真正苏醒的时候,正值阿尔法异星的破晓时分。雪在大约半个小时前就停了,黎明的曙光洒进 S- 雪鸠的驾驶舱。

姜见明缓缓吐出一口气,睫毛动了动,吃力地睁开眼睑。

视野变得清晰起来,入目是熟悉的驾驶舱,眼前的屏幕上跳动着一些字:"检测到驾驶员生命体征不稳定,汪!请接受治疗仪治疗……"

姜见明眯起眼睛,试着动了动,身体上的不适感消去大半,只剩下手脚的几分虚弱。

于是他伸手戳了一下赛特,沙哑地问:"那枚真晶呢?分析结果出来了吗?"

"请接……接……"赛特的声音戛然而止,两秒之后回答了问题,"真晶已经逸散消失,对比结果,与旧主人的晶骨匹配成功!"

姜见明又愣了许久,下意识地摸了一下被他当成项链的那枚勋章。

发生的事情太离奇了,他脑子有点乱。首先,确定不是伪装……他对莱安太熟悉了,小殿下不可能骗过他。无论他见到的是不是莱安本人,至少那人是真的不认识自己。

那么……会是失忆吗?可为什么会有了不同的身份和名字?

这说不通,没有道理。既然加西亚能光明正大地在人前露面,想来可以排除"为了躲避某些阴谋而不得已假死"的可能,那么帝国为什么要宣称皇太子已死?再退一万步想,莫非加西亚与莱安真的是两个人?就像路易斯中校说的那样,二皇子自幼驻守远星际,所以明面上不为帝国群众所知,连莱安都没有和他提起过?

莱安……他试探性地提到皇太子莱安的时候,加西亚的情绪有过明显的变化……

到底是怎么回事,以陈老元帅为首的众多军政首脑必然是知道的,整整三年,居然一直没人告诉他……因为涉及什么机密吗?还有那个皇帝陛下要在今冬另立储君的传言……难道所谓的新储君就是加西亚?

姜见明揉了揉太阳穴，摇头叹息："算了。"

那个人，当年走得决绝且蹊跷，现在又以这样谜团重重的模样出现在他面前……

老天爷，他是上辈子欠了这位什么吗？

姜见明苦笑，他看了一眼面前广袤的雪景，压下翻腾的心潮。算了，干想着是想不出什么来的，事已至此，他只能继续前行了。

镇定渐渐回归，他对智脑下令："帮我定位第一要塞，赛特，咱们去找你的机身。"

4.

大约半个小时之后，阿尔法异星，银北斗第一要塞前。刚结束魔鬼训练的新兵整齐列队，鸦雀无声。所有人的目光齐刷刷地转向一个方向，看着那个稳步走来的人影，满面惊愕。

雪白的机甲停在几步远的雪地上，异星球上的烈风吹乱了青年的黑发。姜见明神色平静，一步步向队伍走来。他外面裹着件御寒的黑色厚长外套，领子遮住了半个下巴，戴着手套的右手压着风中翻飞的领口。与一群大汗淋漓的新兵相比，他简直文质彬彬得不像话。

好半天才有同校的人认出了他："那……那不是咱们军校六院的人吗？叫姜什么……"

说话的新晶人类青年给了旁边唐镇一肘子："唐少，是不是你那个朋友？"

唐镇愣了愣，道："服了，厉害啊，小姜。还真进来了……"

贝曼儿站在他旁边，茫然道："天哪，这儿可是阿尔法异星，这个气候，这个晶粒子浓度……姜同学他……他真的没问题吗？"

带队长官是个中校，三角眼，鹰钩鼻，在最初的惊讶过后，面上剩下的就只有阴沉，一看就是个不好相与的人物。

姜见明一路走到这个长官面前，突然站直，行了一个帝国通用军礼："帝都凯奥斯军校四九级毕业生，第六院姜见明，前来报到。"

中校盯了他一眼，嘴皮子一动："干什么的？"

姜见明垂下头："奉上级命令，临时加入银北斗星际远征军，路上遇到些意外耽搁了一天，我很抱歉。"

忽然，队里一个人出列，高声喊了一句："报告霍林长官！这位同学我认识，是个残人类，在校隶属后勤六院，报告完毕！"

这话里的恶意太明显了，唐镇怒火中烧地转头一看，说话的果然是在凯奥斯军校里就"臭名昭著"的刺儿头，还眯眼冲他回了个挑衅的坏笑。

霍林中校眼皮狠狠一跳，嘴里道："残人类？"

姜见明眉头一皱，他敏感地从这位长官的语气中察觉到一丝不善。

他上前半步，沉声说："长官，我……"

霍林阴沉着脸，毫不客气地打断他："手套脱了，我看。"

姜见明嘴角紧绷了一下。他知道躲不过，索性抬头承认："长官，我的确是残晶人类。我是……"

他刚想继续说话，没想到霍林中校听也不听，哼哼冷笑了两声，突然劈头盖脸地吼道："叫你把手套脱了听不懂？既然喊了'前来报到'，就给我服从命令！"

他手指狠狠地戳在姜见明肩膀上："还有你这一身，够暖和的是吧？外衣也给我脱了！"

姜见明神色微微一变。

这下子，别说唐镇和贝曼儿这两个熟人，就连一众军校生都心惊胆战起来。

阿尔法异星的严寒可不是开玩笑的，银北斗的军服本就有保暖的功能，再加上他们都是新晶人类，这才算能在这种气候下活动自如。可残晶人类的体质是众所周知的弱，哪里受得了这个？

唐镇当即就要张口喊话，可他还没来得及出声，姜见明居然干脆利落地将黑色外套一脱，和手套一起甩在脚边，眉头都没皱一下。

霍林面色不改，眼神冰冷又鄙夷，像看货物一样打量着面前这个身材清瘦、肌肤苍白的年轻军校生。

异星的气温本来就低，这时候又是雪刚停的清晨，湿冷寒风像刀子一样往人身上割，寒意一直渗到骨头缝里去。姜见明强撑着站得笔直，却止不住身体生理性地发抖。他两颊本就没多少血色，此时肉眼可见地消失，无声呼出的气息全是一团团的白雾。

"长官！"唐镇再也忍不住，往前迈了一步喊道，"姜见明是我的室友，他虽然是残晶人类，但是在军校里同时修六个院系的主课，打模拟对抗战的时候上机从来没输过，您可以查他的成绩——"

霍林中校扭过头来："说话前要喊'报告'，军队里的规矩被你吃了？"

他手一指唐镇身后的机甲，冷冷地下令："机甲越野加练20公里，现在就去。"

唐镇噎住："我……"

霍林中校道："去，你什么时候跑完，你室友什么时候站完。"

唐镇眼睛一下子就红了："长官！他不能——"

霍林冷冷打断他，语气带着不容置疑的冷酷："还想加码？"

唐镇猛地咬牙，几乎就要发作，余光却看到姜见明偏过头望了他一眼，隐晦地摇了摇头。

唐家小少爷狠狠深吸一口气，把头一低，飞跑到自己的机甲前钻进驾驶舱，折回去加练去了。

姜见明就在那里站着，低垂的眼睫毛上沾了一点碎冰碴子。霍林中校不动，那群各大军校来的新兵也没人敢动，时间就这么一点点在风声中流逝。

十秒，二十秒……一分钟……三分钟……

"报告！"忽然，队列里响起清脆的女声。

贝曼儿咬了咬嘴唇，定定地看着霍林中校："报告长官，唐镇说的是真的！"

霍林面无表情地看了她一眼，从鼻子里哼了一声，不为所动。

已经将近十分钟过去了，又有零零散散几个凯奥斯出身的军校生看不下去了。

帝国对残晶人类的保护做得很好，其中又以亚斯兰星城为最。凯奥斯军校里大部分人都是一腔热血的年轻小子，看不得这种场面，很快又有几个人出列。

"报告！"

"报告！"

有人指着刚刚"举报"姜见明的那个家伙："报告长官，这个人……徐胜帆，他以前打模拟战输给过姜见明，他是公报私仇！"

徐胜帆脸上肌肉一抽，像被踩了尾巴似的怒叫道："呸，别血口喷人，我能输给残人类？"

队伍里渐渐乱起来了，霍林中校依旧不为所动。

那边，姜见明已经冻得嘴唇发紫。他其实体力还没恢复过来，这时候随着体温快速流失，眼前也一阵阵发晕。但他神智还很清楚，打着战的牙齿轻轻咬一下舌尖，目光勉强落在自己蜷缩的手指上，手……已经快没知觉了。

姜见明其实心里不慌，他知道单纯忍受一会儿寒冷没什么，银北斗的军人再怎么刁难也不至于活生生把他冻死在要塞外头。可这时候他开始担心手，如果手指被冻伤，就连机甲操纵都困难了……

万幸就在这时，远处响起机甲的声音。青黑色的M-激电18歪歪斜斜地冲过来，又被驾驶员粗暴地停住。驾驶舱砰的一声打开，唐镇几乎是从里头滚了下来，撑在结冰的地面上大口喘息，汗珠滴答滴答往下掉。

霍林中校低头看了一眼腕机："速度比晨练快了一倍，行啊，归队吧。"

说完，中校抬起双手，十指猛地收紧成拳——幽蓝色的晶骨骤然从他的两腕释放出来，如一朵张开血盆大口的食人花，朝着姜见明当头扑下！

"啊！"

"长官不要！"

几声惊叫响起，却不是姜见明的。

黑发年轻人平静地抬眼，淡淡地看着停在自己面前几厘米处的晶骨。于是，他那双沉静的眼瞳深处倒映出两束幽蓝的光芒。

霍林中校眯了眯眼，缓缓收起晶骨，似乎没想到娇生惯养的残晶人类还能有这种胆量。

他又从鼻子里哼了一声，瞧了一眼停在远处的雪鸠，不咸不淡地说："机甲不错，在我的晶骨面前不至于晕过去，注射的镇静剂应该也不错。家族里没少给你花钱吧，小少爷？"

这话出来，姜见明心里有点冒火了。半个小时前他才从昏迷中醒来，手脚虚软得路都走不稳，所以咬咬牙让赛特给他打了半针兴奋剂。结果长官还不领情，居然还当他是富养的帝都少爷。

"我不知道你是怎么到达远星际的，又是怎么找到要塞的，看在你还有几分骨气的分上，我就不追究了。"霍林中校说道，"不过银北斗不收废物，你怎么来的，就怎么滚回去。"

姜见明轻轻调整呼吸，闭了闭眼又睁开。

"长官，我……"他一开口，嗓子沙哑得吓人，像生锈的铁片在刮。

他也不在乎，清了清嗓子继续低声道："我站也站完了，您看，能不能给我半分钟，听我把话说完……"

霍林中校越过他，冲一众新兵吼道："列队！回要塞！"

姜见明蓦地抿唇，眼底暗光闪了闪。

霍林中校转身，走向他的机甲。至于眼前这个残晶人类，已经被他当作空气。

霍林中校在心中冷笑：这还是他第一次见到有残晶人类跑到前线来，不知道是不是脑子进水了。有那层关系，去后方混个文职不舒服吗？

然而，就在他与那个年轻的残晶人类擦肩而过的时候，后者突然毫无征兆地把手一抬，从胸前的口袋中摸出了什么东西。啪的一声，那个冰冷坚硬的东西不偏不倚地打在中校的脸颊上。

"你……"霍林顿时怒火中烧，一句怒骂已经冲到了嗓子眼。

他眼球一动，却几乎要怀疑自己的眼睛。他看见漆黑的芯片盒在姜见明的指纹下打开，露出的是雪银色的银北斗军徽，在天上阳光和地面冰霜反射的光芒下，耀眼得令人不敢直视。

"长官。"姜见明都不正眼瞧他，脸上没什么表情，声音沙哑却平淡，"这位长官，请问……您上幼校的时候，没有老师教过您要听别人把话说完吗？"

全场瞬间就安静了，霍林的脸已经变成了猪肝色。

"凯奥斯军校四九级毕业生，第六院姜见明，奉帝国荣誉大统帅陈汉克老元帅的临时命令，特此加入银北斗星际远征军。"

银北斗第一要塞宿舍区——

"我看那教官是真想把人逼死。我们这一帮长了晶骨的都不够他练的是吧，哪个残晶人类经得住在冰天雪地里罚站？"宿舍里供暖管道的阀门被开到最大，唐镇焦躁地来回走动着，嘴里止不住地骂。

靠里的床上，姜见明裹在厚厚的被子里，他闭眼侧躺着，零散的发丝散在枕头上，整个人瘦得像张白纸。这时候他轻叹着开口，语调居然还挺散漫："好了，唐少，别吵了……没什么大事。"

贝曼儿坐在床边，给他掖好了被角，心疼地轻声说："姜同学，你感觉好点没有？还冷不冷？"

要塞外的那场冲突，最后以姜见明拿出了特级调令告终。霍林中校再怎么窝火，验过芯片的真伪之后，也只能哑巴吃黄连似的让姜见明进了要塞。

这人倒好，跟着一众新兵进了要塞的大城门，从机甲里下来，没走两步就一声不吭地往下倒，差点把唐镇和贝曼儿两个人给吓死。

"真的没事，我是直接用机甲跃迁过来的，副作用还没消退才会晕，歇一天就好了。"姜见明摇了摇头，温声说，"贝小姐，谢谢你。"

贝曼儿仰起头冲他一笑："都到这鬼地方了，还有什么小姐……姜同学叫我曼儿就好啦。"

她长相很甜美，一看就是适合穿着繁复华丽的长裙坐在花园里品茶的贵族大小姐，却剪了一头利落的棕色短发，被黑银军装勾勒出曼妙的身材。

在军校上学的时候，她明恋唐镇，爱得尽人皆知，没想到毕业后仍不屈不挠，真就追着唐镇一起来了远星际参军。以前唐镇总对她爱答不理的，现在同在远星际待了几天，关系好像还真拉近了不少。

姜见明想了想，又问道："对了，要录入档案，我们那位长官呢？"

他说着无比自然地把被子一掀，站起来想出门，可脚下才沾门槛就猛地一晃，居然要摔。

"小姜！"

"姜同学！"

后面两个人大惊失色，但姜见明没有摔倒——门口恰好进来一个人，一把抓住他的手臂，不留情面地把他掼到一旁了。

脊背撞上冰冷的墙壁，姜见明这才借力站稳，抬起眼叫出来人："霍林长官。"

走进来的果然是霍林中校，这个面相阴鸷的男人在看到姜见明之后目光更冷了，森然讽刺道："醒了啊。要塞的床睡得还舒服吗，小少爷？"

唐镇抢上前两步，把姜见明拉回床边："快坐下吧你。"

霍林径直走到姜见明面前："录入档案，把你的腕机打开。"

旁边唐镇和贝曼儿的心都提起来了，姜见明却坦然自若。他点开手腕上的小液晶屏，调出自己的档案码，让霍林用他的腕机扫描了一遍。

中校看完后皱了皱眉头，显然，档案上"平民孤儿""已故军官养子"的信息与姜见明所表现出来的过于不符。

他关掉腕机，漠然道："考虑得挺周全，假身份都造好了？"

姜见明淡淡道："这就是我以后在银北斗的身份，长官。"

唐镇和贝曼儿目瞪口呆。

霍林中校在姜见明肩膀上一拍，冷冷哼道："听着，我不关心你家世怎么样，也不关心你上学的时候考试考了多少分、和什么人交过朋友结过怨，当然更不会关心你的体质天生多差。"

"这里是军队，只认实力。"中校眼神阴森，"我不知道上头为什么会派一个残晶人类加入银北斗，你最好尽早证明给我看。"

姜见明点头："我会的。"

霍林闻言露出不屑的神情："十分钟之后，晶骨实战搏击训练。你能参加吗？"

这是废话，先不说残晶人类没有晶骨，现在他这站都站不稳的状态更不可能去搏击。姜见明坦诚道："不能。"

"小少爷。"霍林嗤笑了一声，转身往外走，"死的时候别拖累你的队友，那是正儿八经的银北斗兵，和你不同，每一个都是帝国未来的银矛。你要是害死了人，老子把你尸体拖出来鞭。"

这话太过分，唐镇和贝曼儿一齐变了脸色。

姜见明蓦地站起身，追上前两步，喊了声："长官！"

霍林挑眉，站住了。终于忍不住了？军官在内心冷笑，其实这小孩心性着实不错，这还是自己第一次听他语调升高，哪怕只升高了一点点。

没想到姜见明绕到他面前，一本正经地说："我记得加入银北斗的新兵，应该有配发的机甲。"

霍林愣住了。

姜见明侧过头，恰到好处地露出狐疑的表情，语调轻柔地说："您总不至于扣押我的物资吧。"

中校僵硬地扭过脖子来，脸上的表情维持不住，他甚至有那么一瞬间怀疑姜见明是想故意找麻烦："你有那么高级的机甲，还看得上银北斗的激电？"

"不要白不要。"黑发的年轻人面无表情，但目光很认真，"最不济也可以卖了换钱。"

唐镇憋笑半天，没忍住："噗。"

贝曼儿如临大敌地捂住他的嘴巴，小声说："唐少，不能笑！"

姜见明继续追问："长官，要塞里会给配晶粒子镇静剂吗？"

可怜的中校从没见过狂妄得这么自然的新兵，生生被气得额角青筋狂跳，咆哮道："你想得倒美！"

姜见明露出个遗憾的表情，然后飞速改口："那能买吗？还有应急能量水、各类药品、枪械弹药这些东西，有什么途径可以购买……

"其实我还想要新晶械武器，虽然现在一定买不起，但可以当作一个小目标。

"对了，要塞的医疗船在哪里？我可能会经常过去用——这里的医疗设施不花钱吧？

"还有我的银北斗制服，什么时候能……嗯？长官？"

霍林受不了了，闷头就往外走，姜见明居然不屈不挠地抬脚就追。

搞得中校气急败坏地回头，一指唐镇："你！下一节晶骨实战搏击放你的假，带他把要塞转一圈！"

唐镇被贝曼儿捅了一下，才回神喊了句："是！"

与此同时，宙海另一端的贝塔异星仍然笼罩在夜幕下。

银北斗第二要塞，军方会议室。加西亚皇子单手撑着额角，束发的发带早被他扯下来放在了一旁，于是奢华的白金长发就如瀑布般从他的指缝间洒下。

皇子坐在会议室最里头的位子上，背后是深蓝色的大屏幕。会议室的天花板上三排感应灯，一个都没打开，搞得气氛阴沉得要命。下面站着两个人——那憨直的大个子高隆和路易斯中校。

"姜，见，明……"加西亚垂着眼睑，很缓慢地将这个东方名字在齿舌间碾过一遍。

他冲高隆一挥手："你下去吧。"

"哎，好嘞！啊不，是！"高隆快乐地退下去了。

转眼间，这气氛阴沉的会议室就剩下两人。

加西亚食指敲了敲会议桌，不咸不淡地说："中校，你们今年收了个不得了的人。自己都不知道人家什么来路，档案一片空白就敢往远星际带，你挺放心的嘛。"

路易斯中校的脸一下子就白了，连忙低头："殿下……殿下恕罪，我们这就去严查！"

加西亚冷笑一声："现在人都跑了，还查什么？既然他有备而来，我看你们也查不出什么东西，别惹他了。"

路易斯中校一愣，连忙说："殿下，那个小……那位阁下看起来不像是有恶意，我们以为他是帝国总部派来的特殊人物。"

加西亚再次沉默，眼神时明时暗。

"中校，或许你很难相信，但我还是要告诉你……我感觉到了威胁。"加西亚闭了一下眼，嘴里冒出这么一句，"他的眼神……让我感觉到了威胁。"

路易斯脸色苍白，垂下的眼中显露出惊涛骇浪。能让加西亚殿下亲口说出感觉到了威胁，那位小阁下究竟是什么人物？

加西亚慢条斯理地说道："那个时候……我从瞭望塔往下看，与他的眼神相交的时候……只有一瞬间，我怀疑自己会被他拆吃入腹。"

要追溯银北斗要塞的过往，就不得不谈到历史。

新帝国历法元年，仅在新晶人类星际帝国建立一年之后，开国之君凯奥斯大帝便将帝国兵团重新编制，银北斗星际远征军就此成立，战旗直指远星际。第一次神圣战役就此打响。

凯奥斯大帝是一代铁血雄主，这位皇帝亲手终结了旧帝国的黑暗统治，又御驾亲征，向远星际进军。在他的一生中，发动了整整五次远星际战役，后世将其统称为"神圣战役"。星舰炮火所经之处，异星生物几乎被全部歼灭驱逐，人类文明的疆域整整扩大了三分之一，形成了现在的帝国版图。

大帝又在适宜人类居住的三颗异星上相继设立了三座军事要塞，作为银北斗的据点，并令军队长期驻扎，建立起进可攻退可守的军事防线。从此，人类再也不用生活在随时都会被异星生物入侵的恐慌阴影之下。而凯奥斯大帝本人，则在第五次神圣战役中驾崩，消息传回帝国，举国哀悼，万民悲哭。

对于这位酷爱战火的开国皇帝，以及他赫赫有名的神圣战役，有人说是利在千秋，也有人说是穷兵黩武。但无论如何，各派历史学者都不得不承认——没有大帝，就没有如今的人类帝国和远星际格局，更不会有那三颗异星上的三座钢铁要塞。

姜见明与唐镇并肩走在第一要塞的走道上，边走边交谈。

"那位霍林长官，脾气还挺有趣。"姜见明若有所思地笑了笑，"他以前出过什么事吗？"

唐镇："啊？"

姜见明："是不是被来远星际胡闹的少爷小姐害死了手下的兵之类的？"

"神了，你怎么猜到……"唐镇惊叹了一声，"这个霍林长官负责带新兵之前是先遣队的，后来一个队死得就剩他一个，所以脾气……小姜，咱们忍他一年，等调走了就好了。"

两人穿过一扇自动门，唐镇指了指前面人群聚集的地方："那头是补给区，机甲的能源管在那儿充能。如果常备武器坏了，也可以去维修换新。"

要塞的内部被划分为各个区域，麻雀虽小五脏俱全，几乎自成一座星城，无论是发电滤水还是种粮畜牧都能实现自给自足。当然，这些都是后勤部门负责的事务，和他们现在走动的军区隔了老远，开机甲都得跑五分钟才能到达。

"补给区旁边，喏，是交易区。"唐镇边说边带着姜见明走过去，"有要塞的物品也有私人交易的物品，可以买到标准配给之外的东西。吃的用的挺全，药品、武器、镇静剂什么都有。"

姜见明皱眉沉思。现在对他而言，最严峻的问题就是镇静剂。他带了十二管高纯度的晶粒子镇静剂，在贝塔异星已经用去了一管。如果只保证最低限度的生存需求，一针打下去最多可以让他撑三天。这么算来，他只有一个多月的时间。

而军方的高纯度镇静剂，价格大约是两万币点一管。也就是说，如果找不到额外获得镇静剂的途径，一个月之后，他每三天就得花掉至少两万……费用比得上住重症监护室了。

姜见明迟疑了一秒，伸出手指点开腕机的虚拟屏，调出自己的币点余额。

余额：836.7（币点）。

姜见明飞速把屏幕一关，唐镇当场喷笑，笑着揽住他的肩膀："乖乖，逃避能让点数变多还是怎么着？哎，别跟我客气，要不要借点给你啊？"

姜见明闷闷地抿着嘴唇，压着眉梢撇过头去："别吵。"

没想到交易区临时封闭，两人没能进去，只好原路折返。

等回到宿舍，门一打开，里头几个人唰地转过头来，一共两男两女，都是年轻的面孔。

贝曼儿先站起来打招呼，脸上扬起一个明丽的笑容："唐少，姜同学，你们回来啦。姜同学还没见过咱们其他队友，我把大家叫过来认识一下。"

唐镇一拍脑门，顿足道："对对对，我给忘了！"

他扶着姜见明的后背，把人推进屋子里："小姜，咱们凯奥斯军校的学生，只要毕业后选择参军，一律都是军官，中尉军衔。但银北斗因为环境特殊，新来的军校生要有一年的适应期，先像普通士兵一样在长官手底下受训——这个你也知道吧？"

唐镇说着扭头，语气轻快："我们隶属于第三小队。他们几个，还有贝曼儿，都是我们接下来一年时间的队友，这是……"

可是他话没说完，声音就是一滞。只见那三位队友脸色阴沉不定，盯着姜见明的目光极其复杂，更没有半点友好的意思。空气中弥漫起尴尬的气息，唐镇嘴角的笑容一点点消失了。

贝曼儿凑到唐镇和姜见明两人身边，带着歉意小声说："对不起……我其实劝了他们一阵了，但是他们好像都……还不太能接受。"

姜见明轻轻叹了口气。这种情况……该说果然不出所料吗？

那边，三个队友互相对视一眼，站了起来。

一个微胖的高大青年瓮声瓮气地说："银河军防，乔·布朗。"

脸上有着淡淡雀斑的女孩咬了咬下嘴唇："伯顿学校，艾丽·史密斯。"

最后一个出声的是个黑发青年，他皱着眉头说道："凯奥斯军校，李有方。"

姜见明看了他一眼，暗想：怪不得看起来有几分面熟，原来是同校生，说不定以前还打过照面。正想着，那个李有方就走到了他的面前。

"我是第二院机甲操纵学院今年的毕业生首席。姜见明同学，我认识你。"李有方表情阴沉，下巴微抬，"我知道你有天赋，我也听我们院的院长夸过你，说很可惜，如果你是拥有晶骨的新晶人类，说不定会是百年不遇的奇才。说实话，我也为你感到可惜。"

"但是，"李有方语调一转，硬邦邦地道，"再可惜你也得知道，你不是！你不是新晶人类，只是个残晶人类，一个没有晶骨，受不了晶粒子扰动，体质脆弱的人种——姜见明同学，这个现实，对你来说那么难以接受吗？"

唐镇怒道："李有方！"

姜见明给唐镇甩了个少安毋躁的眼神，才又看向李有方："不，我很清楚。"

他很清楚自己是三天要消耗两万币点的人种。恐怖，恐怖如斯。

李有方指了指自己脚底下："你清楚？你清楚还在这儿？呵，你在这儿能干什么？"

他说着自己先激动起来，都不等姜见明说话就唾沫星子横飞："远的不说，明天就是第一次野外试炼，和异星生物实战！霍林长官现场计时计分，你是想去自取其辱吗？你知不知道，到时候丢的不是你自己的脸，而是我们整个队的脸？"

姜见明神色不变："你那么确信我会丢脸？万一我成绩比你还高，你……"

李有方冷笑一声："不可理喻，别做梦了。"

姜见明："那，打赌吗？"

李有方迟了两秒才反应过来："啊？"

其他人也一头雾水地看着神态坦然的姜见明。

"明天野外实战，我的分数每比你高一分，"姜见明竖起一根食指，眨眼摇了摇，"一万币点。"

空气诡异地凝滞了。

那个微胖青年乔磕磕绊绊地说："那，那如果你分数比他低呢？"

"问得好。"姜见明煞有介事地把手掌一拍，挑眉淡淡地对已经愣神的李有方说，"打赌当然要有来有往，只要我的分数比你低，哪怕只低一分……"

他屈起食指，敲了敲自己手腕上的腕机屏幕，活生生用八百来币点撑起了身怀八百万的阔气："我的存款余额，都给你。"

5.

次日，晴。一排青黑色的机甲列队走出了要塞，今天是这些年轻军官第一次野外实战的日子。

机甲的驾驶舱内，姜见明系好了安全带。外头薄薄的日光穿过合金玻璃，照亮了他的眉眼，以及身上的银黑色军服。

有人这样评价银北斗的军装制式：漆黑的是宇宙，雪银的是繁星。宇宙与繁星点缀出的装束，紧紧收拢在人类的身躯上，正象征着银北斗军人们剑指远星的无畏征程。

"小姜，你……你别太勉强。"屏幕上，唐镇的投影电话闪烁不停。

他明显很紧张，还要强装出一派豪气干云的样子："没事儿，待会儿自由行动的时候，咱们一起走。呵呵，长官也不可能盯着所有人……"

姜见明戴上手套，忽然淡淡地问："你打过异星生物吗？"

唐镇脸色发白："没，没有。"

姜见明笑了，抬手摁断电话："别害怕，习惯就好了。"

队伍开始加速行进。几排M-激电18型号的机甲有序地飞驰在异星的冻土上，像一把把崭新出鞘的利刃。

一架蓝绿相间的机甲始终紧贴在队伍中央，型号"L-恶鲨"，综合性能很强的B级机甲。霍林中校和他的副官雷蒙中尉坐在里面。新兵的野外训练一个不留神就会出事，必须有经验丰富的军官在旁监护才能进行。

霍林中校扯着嗓子："都是帝国名校出来的精英，基础知识不用我多嘴了吧？第一排第一个！打开通信频道，阐述异星生物的概念。"

"是！"被点到的青年精神一振，大声说，"异星生物，也称新晶生物，与新晶人类一样，都是黑波辐射爆发之后成功进化并达到完美级别的晶粒子融合的物种！自从神圣战役将它们从人类生活的领域驱逐出去之后，新晶生物理论上只存在于远星际，因此现在大众更习惯称呼它们为异星生物。"

霍林中校："继续。"

"异星生物常年暴露在辐射和浓晶粒子的环境下，具有极高的危险性，我们根据异星生物对人的威胁评估，将其划分为D到超S六个等级，和人类晶骨等级、机甲等级的划分一样……"说到这里，青年忽然迟疑了一下，"由于……由于晶粒子凝聚后的硬度极高，现阶段公认对抗异星生物的有效手段只有新晶人类的晶骨……和部分尖端新晶械武器。"

他说完就沉默下来，频道里一时没有别的声音，偶尔的电流声就显得有些刺耳。他最后那句话针对的是什么人，大家心知肚明。

机甲恶鲨的驾驶舱内，雷蒙副官面露难色，小声说："中校，您还是……让那个残晶人类孩子回要塞吧。"

霍林冷哼一声："他坚持要来，我也想见识一下他有什么本事。人死了我负全责，不用废话了。"

一个没有晶骨的残晶人类，到底要怎么和这些异星生物战斗？此时此刻，所有人都在疑惑。

姜见明神色淡漠，只是握紧了机甲的操纵杆。

辽阔的雪原不是一望无际，取而代之的是姿态奇异的高大植被。多年积雪与聚集的晶粒子在树皮上凝结成一块一块的亮片，反射阳光时有些刺眼。列队的机甲驶入这座覆雪荒林，就像误入了一幅远古壁画。

霍林中校："全体，停！原地分小队重整队列！

"这里，就是我们今天的训练场地。所有人给我看仔细了！"

随着霍林那粗嗓门的咆哮，机甲恶鲨驶到最前方，炮口高抬，冲不远处一株巨木开了一炮。

炮火呼啸过后，在年轻人的惊呼声中，两大团红色的东西从浓密的枝叶间掉了下来，又从地上弹起，吐着芯子发出咝咝的怪响。那东西形态像蛇，躯干很长，身上长满了肉瘤和晶粒子凝成的刺，像起伏的红色海浪般飞速扭动着。一双金色竖瞳看过来，盯得令人心里直发毛。

霍林中校："你们的对手，就是这群东西。"

第三小队的六个人聚在一起，贝曼儿率先起了一身鸡皮疙瘩："我的天……这么大吗，立起来比机甲都高一个头。"

眼看机甲之间议论声四起，雷蒙中尉恰到好处地替他脾气暴躁的长官担起了解释的职责："这是冰林红锦蝮的普通种，D级异星生物，我们叫这东西'红毛虫'。银北斗用它来给新兵练胆已经几十年了。上午先给大家试手，适应一下和异星生物战斗的感觉。下午正式特训。做到十分钟内单独打死一只红毛虫的人，才有参加下午计时赛的资格。"

听完雷蒙的解释，在场的新人们面面相觑，脸色更差了。

"只有十分钟，真的假的……"

"不是小队合作吗？怎么第一天就要练单独作战？"

"呃，我不会连资格都拿不到吧。"

霍林扫了一眼身后的机甲，隔着合金玻璃看到了年轻人僵硬的脸。这些没见过风浪的小子们，是该好好锤炼一番了……中校讥讽地歪了歪嘴角，不容置疑地下令："第一小队，两个人出列。"

刚刚被打下来的"红毛虫"有两只，正好对应两个人。

霍林中校手一挥："一个一个来。"

很快，地狱般的磨炼就开始了。

与异星生物的战斗，大多是依靠晶骨进行的肉搏战，需要跳出驾驶舱，在几乎没有额外防护的状态下进行——稍有出错，那就是真正的生死一线。这群帝国顶尖的年轻精英初上战场，能发挥出平时一半水平的都少，大部分都是被小小的 D 级异星生物追得哭爹喊娘，伤员数量不断增加。

第三小队里，贝曼儿、乔和艾丽依次都被叫了上去。

李有方回来的时候扶着肩膀——他被蛇尾掀飞，撞上树干受了擦伤，但还算勉强地卡着十分钟收拾掉了一条红毛虫。

他坐回驾驶舱内大口灌着水，斜眼看向姜见明，喘着气说："看来，我们的赌约还没开始就要结束了。你说是不是，姜……"

李有方话没说完，却一愣。他身旁的那架激电驾驶舱前没有挂上挡板甲，玻璃上清晰地映出姜见明的侧脸。那双眼眸漆黑深邃，眼底映着认真的光。

李有方神色诡异，暗想：这家伙难道还真的想上去打？

又几分钟过去，唐镇打完了他的初战，过程有惊无险，最后晶骨直接砍飞了红毛虫的脑壳，赢得霍林教官难得的一个点头。

接着，姜见明的名字被点到了："第三小队，姜见明。"

他操纵着机甲出列，霍林中校那双冰冷的目光扫过他，忽然出乎意料地说了一句："你可以弃权。在异星生物面前，我不能保证一个残晶人类的生命安全。如果你现在弃权，我会认为这是个明智的选择。"

姜见明摇了摇头："长官，我不弃权，您可以答应我一件事吗？"

旁边雷蒙中尉愕然，没想到居然还有新人敢在他这位凶恶长官手下讨价还价。

霍林却早就见识过这位的异于常人，只是冷笑了一声："说。"

姜见明："在我开口呼救，或者十分钟倒计时完成之前，就算您判断我有生命危险，也请不要出手。"

雷蒙中尉大吃一惊："你！"

霍林脸色冰冷："理由？"

姜见明："因为，我判断您的判断不一定准确。"

话音未落，他面前的挡板甲合上。那架 M- 激电 18 已经飞了出去，滑过一道流畅的弧线，向着最近的一条赤色怪蛇驶去。所有人大惊，议论声四起。

"他……他不会想只靠机甲和异星生物战斗吧？"

"不可能，激电的炮根本打不穿那东西的皮！"

"这个残晶人类也太狂了吧，居然不让教官救他？啧，待会儿就该哭了。"

意识到机甲的接近，赤蛇弓起身子，发出恐吓的声音，尾部横扫过来。

机甲内部操纵台前，蓝绿色的电子光闪烁起来，屏幕前弹出一个表示准备就绪的"汪"字。

姜见明点点头："赛特，开始收集数据，计算它的攻击速度和反应速度。"

这种"红毛虫"的蛇身很长，一旦被缠绕住，想要脱身就会变得极其困难。大部分人都不会选择与蛇尾缠斗，能避则避。然而这样一来，如何绕开蛇尾靠近要害就又成了一个问题。有好几个人的十分钟耗光在躲避上，连打都没打着几下。

姜见明没有选择绕弯躲避，也没有冲着蛇尾巴开火。他一只手推杆，另一只手在操纵台上一划。瞬间，激电的机身猛地往上拔起，尖锐的风声呼啸，蛇尾擦着机甲的底部刮了过去！

周围顿时一片惊呼！

雷蒙中尉愣了，不由自主地夸了句："好稳的操纵！胆子很大，战斗意识也很准确！他知道只有快速拉近距离才能做到有效攻击，目标很明确。"

姜见明眼睛都不眨一下，激电保持半悬空的状态，凭空转了个三百六十度，完美地调整好了平衡，轰然落地。

眼前红影一闪，腥气扑鼻。巨大的蛇头已经从旁边横了过来，一双金亮亮的冰冷竖瞳，带着令人不寒而栗的凶光。

青黑色机甲纵身迎上，朝着已经近在眼前的目标逼近。依旧是流畅到令人惊叹的操作，整个飞行过程，他几乎没有减速。

"这种极限操作，怎么可能……"李有方茫然看了看自己身前的操纵台，"手动操纵不是天生比晶骨操纵的传导效率低上 6% 吗？"

雪林之间，赤蛇与青黑色机甲快速地近身缠斗起来。

风声呼啸着从两侧飞奔而过，姜见明扫过智脑计算出的一连串数据，眉头时而松弛，时而紧绷。

忽然，他余光瞥见赤蛇的身躯像弹簧一样收紧，心头顿时涌起一股危险的直觉。下一刻，赤蛇猛地张开血盆大口，弹射而出，身影像一根离弦之箭，十几米的距离转眼已到面前，蛇牙上长出尖锐的晶骨。

胆小的人已经惊叫起来。电光石火之间，姜见明将机甲猛地往后一带，同时向冰地上轰了两炮。借着反冲的力量，青黑色的机甲高高跃起，沐浴在冰面上折射的阳光中。在这一刻，它仿佛化身为钢丝上的舞女，在生死之间飞旋，优雅、热烈而绝美。

全场都陷入了寂静，有人甚至忘记了呼吸。

一个眨眼的工夫，机甲惊险至极地躲过了赤蛇的双颚，才沾地，又是一个前翻。冻土在身后爆炸开，碎冰块乱飞，叮叮当当打在机甲的合金外壳上。

尘埃散去后，刚刚爆炸的地方横着一条生满肉瘤的蛇尾巴，尖端凝着锐利的晶骨。但凡刚才姜见明躲得再慢一秒，整个机甲都能被砸烂大半。

雷蒙中尉倒吸一口冷气，惊喜地扭头看向长官："中校，这个年轻的残晶人类……有点儿东西啊。"

不，岂止是有点儿东西。这个年龄，这样的技术，称一句千载难逢的天才都绝不为过！

思及此，雷蒙都忍不住顿足懊恼：如果，如果他是个新晶人类……该多好！

"咝咝……"几次攻击都摸不到机甲的皮，这条红毛虫变得更加狂躁。当姜见明不知第几次将机甲滑到它眼前的时候，赤蛇再次嘶吼着弓身，露出尖牙弹射而起！

机甲内，姜见明轻轻地笑了一下。他已经掌握了这东西的攻击模式，等待的正是它再次张开嘴——在众目睽睽之下，青黑色的激电突然加速前冲，左右两架机甲的炮口打开，炮口间的亮光迅速聚拢。

两发蓄能完毕的机甲炮瞬间发射！能量犹如两颗火球般爆炸开来，被驾驶员优雅地送入了巨蛇大张的口中。与此同时，姜见明将机身极限下压，激电猛地侧身，几乎与大地平行，摩擦时带出一串飞溅的火星，就这样与红毛虫擦身而过——

下一刻，震耳欲聋的爆炸声伴随着异星赤蛇的惨叫响彻了这片冰林。

所有人都看得目瞪口呆。

机甲恶鲨上，雷蒙中尉看了一眼计时器，梦呓般说："用时四分零三秒……破纪录了，中校。"

但霍林中校面色阴沉："不。"

驾驶舱内，姜见明的神色未见丝毫放松。他凝视着巨蛇倒下的地方，淡淡地说："还没结束，赛特，数据计算加速。"

狂风吹来，吹起了扬尘、冰雾与硝烟。一道黑影拔地而起，倒地的红毛虫再次昂起长长的蛇身。它的两侧嘴角痛苦地喷吐着青烟，坚硬的头颅怒甩，竟然直接将机甲顶飞出去！

"没……没打穿？"

"不是吧，老天，炮口都快伸到嘴里了，这都打不穿？"

姜见明早有准备，机甲并未失去平衡，四条金属足在冻土上砸出四道深深的凹痕，勉强稳住了机身。然而下一刻，蛇尾再次缠上机甲。赤蛇的金瞳中凶光闪烁，它刚刚吃了苦头，这时头颅高昂，不再张口，竟然是要用尾部直接将这架机甲连同里面的人类一起绞死！

千钧一发之际，机甲的炮口收缩，左右两臂展开，死死撑住了缩拢的蛇身。但猩红蛇鳞上附着的结晶长出尖刺，被释放的晶骨仍然一点点卡紧了机甲。金属外壳擦出一串串火花，肉眼可见地变形凹陷下去。

四周一片哗然，李有方猛地在驾驶舱内站起来："机甲！机甲在受损！"

冷汗滑落，他脸色苍白地喃喃："机甲的硬度根本比不上晶粒子，所以……"

"所以我就说了，不用晶骨根本不可能和异星生物作战啊！"艾丽惊恐地大喊起来，"会出人命的，霍林中校怎么还不叫停？"

观战的霍林中校抬起了头，嘴里吐出沙哑无情的宣判："你输了，放弃吧。"中校的声音通过内部通信频道传进了那架苦苦支撑的机甲内部。

驾驶舱内，红色的警示灯已经闪成一片："警告，机甲破损程度4%…6%……"

异星生物的晶骨当前，汹涌的晶粒子波动如巨浪般拍击进来，姜见明冷汗涔涔地咬着牙。

他轻轻喘了口气，嘴角居然往上扬了扬："不。"

赤蛇高高抬起了头颅，有那么一瞬遮住了天顶的光。下一刻，它的头颈朝着机甲砸了下来。轰隆一声巨响，激电的左臂冒着烟垂下几厘米。

姜见明的后背猛地撞在驾驶座椅上，有那么一刻，他精神涣散，意识飞回了几年前。

凌晨两点，深夜无人。凯奥斯军校的战术演练室内，演算模型上一个个失败的红叉明显。

军校生垂下睫毛，食指抵着嘴角，自言自语："真的不行吗？"

身后轻响，姜见明下意识转身。

莱安殿下站在门口，眼中痛苦之色一闪而过。

"小殿下？您怎么在这里？"

"你想仅凭机甲和异星生物作战。"皇太子一步步走过来，翠色眼眸看向被系统判定为失败的模型，嗓子有些发哑，"你……想去远星际战场？"

对于残晶人类来说，不会有比这更遥不可及、近乎残忍的理想了。

"别露出这种表情，小殿下。"姜见明温和地摇头，"不行就不行吧，有些天生的事，没办法的。"

莱安皱起眉头，越过姜见明伸出手，关掉了模拟机的电源："你不需要这种东西。你想去的地方，我会带你去。"

骗子。

驾驶舱内，姜见明轻轻喘息着，抬起汗湿的眼睑。无数串数据闪烁在他漆黑的眼底，那是赛特以上一次攻击为基准，计算出的红毛虫头颈拍击的轨迹。

骗子。我在这里，你人又在哪里？

赤蛇的头颈再次昂起，它要给这架顽强的机甲最后一击，彻底拍死这不自量力的蝼蚁。

时间仿佛放慢了，有人尖叫，有人捂住了眼。霍林与雷蒙展开晶骨，纵身奔向赤蛇。

变化只在瞬息之间，出乎所有人的意料，机甲激电居然主动收回了一直苦撑的机臂。发力绞紧的蛇尾失去了目标，惯性使得它有一瞬间的松弛。姜见明冷静地将拉杆一推到底，激电双臂紧紧扼住蛇尾，同时以最大功率向后一拽！

蛇尾被机甲的力量拽得高高扬起，像一条被高高甩起的鞭子。它尖端的晶骨却如锋利的刀刃，四面反射的冰光落在其上，十分刺眼。赤蛇的头颅在此刻拍落下来，于是蛇瞳中，晶骨迅速放大。

一切太快，红毛虫想要刹车也来不及了。哧——蛇血飞溅，喷涌着直上霜空。

风好像不吹了，万籁俱寂。尖叫声消失，一个个年轻人愣愣地张着嘴巴。霍林和雷蒙两位军官保持着往前冲的动作停在原处，震惊地望着面前的奇观。

红毛虫的身躯软绵绵地倒了下来，以一个扭曲的姿势砸在大地上。它金瞳中的光泽消散，这只异星生物已经死了，它尾部最尖锐的晶骨刺穿了自己的蛇颈。

扬起的冰雾中，那架 M- 激电 18 重新站起，慢吞吞地背对蛇尸向众人走来。驾驶舱前的挡板甲缓缓落下，面色苍白的驾驶员喘息未定，浑身被冷汗湿透，神情却很镇定。

姜见明探出身来，喊："长官？你们两位是不是忘了给我停止计时？"

雷蒙晕头转向地往口袋里一摸，后知后觉地发现计时器被他扔在机甲里了。

姜见明也不在意："那就以我这边的计时为准……应该是七分四十九秒，及格了。"

他的态度过于散漫自然，就好像一切都应该是现在这样，一切都在掌控之中。

从最开始的观察、分析；到开打后第一时间用机甲炮震慑住红毛虫，迫使它放弃口中利牙，只用尾部晶骨来进行攻击；再到以自身为诱饵牵制住红毛虫的尾部，引诱它以头颈拍击机甲；最后靠着机甲的动力优势，以敌之矛破敌之盾……的确是一切都在掌控之中。

姜见明回头看了一眼巨蛇的尸体，在心底暗想：小殿下，现在我明白了。

杀死红毛虫的不是激电本身的力量，模型反馈的计算结果没有错，机甲确实无法战胜异星生物。

姜见明松开了操纵杆。他安静地垂着眼，将戴着黑手套、因脱力而不停发抖的右手举到眼前，忽然疲惫而轻蔑地笑了笑。

但我可以。

"中校！这孩子太厉害了！"

中午休息的时候，雷蒙中尉一边啃着军用压缩饼干，一边激动地说个不停。

"无论心理素质、应变能力还是机甲操纵水平，我在要塞这么久，没见过这么有才能的年轻人。"

霍林中校始终阴沉着脸，雷蒙只得尴尬地停下来："呃……中校？"

霍林抬了抬眼皮，不咸不淡地说："现在我倒是明白，为什么上头有人想把他塞进银北斗了……哼，要说可惜确实可惜，不过也就是可惜而已。"

雷蒙有些不能理解。

霍林指了指那些年轻人的身影："听着，他现在表现突出，是因为他的同伴是废物。新兵需要适应期，所以才有你我在这儿。你要知道……对于新晶人类来说，机甲的熟练度可以提升，战斗意识可以训练出来，但是晶骨不可能从残晶人类身上长出来，天生的东西没法改变。短时间内，他可以靠自己的智慧、勇气、勤勉和意志脱颖而出。但是很快，他就会眼睁睁看着自己被旁边的人甩开，差距越来越大。"

霍林眯了眯眼："不说别的，就说接下来的这一场计分赛，用这样的高消耗战斗方式，他的精神和体力能支持多久？他注定失败的理由只有一个，投胎的时候运气太差，生成了个残晶人类，被淘汰的人种。"

雷蒙愣了愣，喃喃道："这么简单……这么残忍吗？"

霍林哼笑了一声，拍了拍副官的肩膀："物竞天择，这个世界就是这么简单又残忍。"

下午，分散训练，也就是所谓的计时赛正式开始了。计时赛时限为三个小时，猎杀对象是这片冰林内的异星生物——说是异星生物，其实这群新人能打的也就是红毛虫这种 D 级，杀死一只计一分。值得一提的是，就算杀死了更高级的异星生物，分数也不会变高。这是为了防止部分新人想要险中求胜，去招惹那些强大的怪物。

新人们各自回到自己的机甲内，听完规则就有人忍不住问："请问长官，怎么计算谁杀了多少只红毛虫？是靠机甲录像吗？"

雷蒙清了清嗓子："问得很好，接下来，各位请专心听我讲解——请看你们机甲的手动操纵台，对，是手动操纵。在机甲炮口的控制界面下方有一个切换键，看到了吗？按下它试试看。"

众人纷纷照做，只见一架架 M- 激电 18 的左右两条机械臂上的炮口向后收缩，类似探照灯的东西弹了出来，发出的光线是紫色的。

"这就是晶粒子固化射线，你们之前只在课本上见过吧。"雷蒙中尉说着，操纵着机甲恶鲨上前，让紫色的固化射线照在不远处一只红毛虫的尸体上，"新晶生物死后，体内的晶粒子会快速逸散，这时候照射固化射线……"

十几秒之后，红毛虫的尸体上结出了一块无色晶体。恶鲨弯下机械臂，将晶体拔了起来，抛进肚子里的储存舱。

雷蒙："就能获得真晶矿。这可是好东西，以后你们就知道了。接下来的计时赛，我们会以大家带回来的真晶矿总量作为唯一的评分标准——当然，内斗是不允许的。违者当场开除军籍，遣返回国，听明白了吗？"

机甲里，众人整齐地回道："明白！"

霍林中校适时地拍了拍手："行了，纸上谈兵就到此为止。最后一句话：想找死就往深处去试试，被高阶异星生物开膛破肚的滋味可不好受。"

雷蒙："那么现在——第一次野外训练计时赛，开始！"

一声令下，几十架机甲立刻动了起来，快速地进入了冰林。

姜见明并没有争先，而是保持一个很稳妥的速度前行，很快就落在了大部队的后面。忽然旁边有一架机甲接近，是李有方。

这位曾经凯奥斯军校的机甲二院首席，此刻盯着他，脸色难看极了。

"我承认，你很不容易，机甲也挺厉害。"李有方咬了咬牙，涨红了脸恶狠狠地说道，"但是，如果仅仅一只D级异星生物就能耗光你的体力，那我不会收回我的话。以后到了真刀实枪上战场的时候，你会拖累整个小队！"

姜见明侧目想了想，选择礼貌性地给了声回应："嗯，你说得对。"

他不说这话还好，说完李有方的脸色就更加五彩缤纷，好像生吞了十只恶心的红毛虫。

他气得牙齿打战："你……好，谁输谁赢，三个小时之后见分晓！"

扔下这一句，李有方就控制着机甲转向，闷头扎进林中去了。

姜见明只是摇头笑笑。

远处隐约有轰鸣声传来，已经有人开始猎杀异星生物了。唐镇和贝曼儿操纵着激电走过来，问他要不要组队合作。姜见明婉拒了，他知道这两个人是担心他体力不支应付不了这场计时赛，所以才跟过来的。

但他的目标并不仅是计时赛。

残晶人类参军远星际是惊世骇俗之举，而用普通人的思路，永远不可能达成普通人眼中惊世骇俗的目标……他没有晶骨，所以必须比其他人更早见识到更高阶的异星生物，更快开始思考战斗的方式……才能不在日后拖累队伍。

姜见明操纵着机甲，毫不犹豫地向着冰林的深处驶去。

6.

姜见明在真正进入深处区域之前换了机甲，这架 M- 激电 18 是军方派发的机甲，必然装了定位装置，长官们这时候大概正在后方监控着。

姜见明让智脑赛特留在激电里，自己带着机甲慢悠悠在外围兜圈子。他在刚刚那一场战斗中体力消耗过大，就算监控显示他消极避战，长官也不会觉得奇怪，只会当他是力不从心。

很快，A 级折叠机甲 S- 雪鸠展开，带着姜见明驶入了冰林。

雪鸠的造型是双足单炮，唯一的炮口装在机甲的前胸部位，而寻常装载机械臂和炮口的左右两翼则装了两片雪白盾牌，外观有些像鸟类的羽翼。这在军用机甲里算是很不寻常的设计，显然不是为了杀敌制胜，而是为了保命。这也是当年莱安送给他这架机甲的初衷，但不适用于现在。所以，姜见明早在来远星际的路上，就毫不犹豫地把这架机甲给彻底改装了一把。

他用沿途的异星生物测试新炮的威力，几轮下来心里有了底，随后决定在此先休息半个小时，剩下半个小时掉头回去，专心猎杀低阶的红毛虫。靠着雪鸠 A 级机甲的性能优势，他在这场计时赛里拿个第一第二应该没问题。

就在姜见明不紧不慢地一边吃着压缩粮，一边回看刚才几场战斗的数据的时候，面前的机甲屏幕忽然闪了闪，一架 M- 激电 18 飞速接近，然后冲着他伸出机甲炮，炮口聚光——

姜见明："嗯？"

下一刻炮声轰鸣，震响四方！雪鸠在千钧一发之际疯狂加速后撤，两翼裹着浓烟冲出了岩地，刚刚所在的地方居然已经被炸出了一个黑坑。姜见明这才感觉自己冷汗从鬓角滑下来，他脊梁发毛地盯着那架激电，心想这是什么玩意儿？

姜见明仓促地操纵着雪鸠与这架激电过了几招，顿时机体与机体碰撞，巨响连连，强大的冲击力震得空气都仿佛在颤抖。

渐渐地，姜见明的神色越来越凝重。这架激电里的驾驶员操纵技术极高，招招咄咄逼人，但并无杀意……这人单纯是在试探他？

咣！姜见明一个分神，雪鸠倒飞出去，砸在一棵巨树的树干上。激电紧追而来，只听砰砰砰砰的四声响，它的四条金属足深深嵌入树干中，机腹抵着雪鸠的机腹，发出令人牙酸的金属摩擦声。姜见明猛地抬头，青黑色的机械臂近在眼前！

一时间，冰风吹过荒林，四周安静了片刻。这架激电竟然凭借 M 型机比 S 型机大一圈的优势，用自己的机身将雪鸠死死压在了树上。

驾驶舱内，姜见明已经将手放在主炮按钮上。众所周知，机甲之间越级的近身战就是找死，这样近的距离，他只要开一炮，区区一架激电，被炸飞是板上钉钉的事。但他的第二个反应是，不能开炮。距离真的太近了，这么近距离开炮，里面的驾驶员不死也残，死亡的可能性更大。那么问题来了，里面的驾驶员到底是何方神圣，来干什么，真的不要命了吗？

姜见明脑子里还没想清楚，耳边就听到咔嗒一声，近在咫尺的那架激电将驾驶舱前的挡板甲升了起来。日光在玻璃上闪耀，将对面驾驶员束起的长鬈发照得近乎亮白。激电的驾驶舱内，皇子交叠着双腿斜倚，是很悠闲的姿态。

姜见明瞳孔紧缩，脑子里轰的一声炸成一片空白！

差一点……但凡他定力再差一点，一声"莱安"就要脱口而出。

加西亚抬起眼帘。那双翠绿色的眼瞳很清澈，又略显冷漠，像是神话中的精灵。

"你可以开炮。"皇子薄唇轻启，"为什么不开炮？"

姜见明深吸一口气，把手放下，微微笑道："殿下，又见面了。"

加西亚打开了驾驶舱，站起来。他的目光很锐利，快速将雪鸠的驾驶舱内一扫，眼眸似乎闪了闪："你的机甲技术很不错……为什么不用晶骨操纵？熔岩那群小蟊贼不提，难道我也不配你释放晶骨吗？"

姜见明喉头一哽，抬眉强笑了笑，认真道："殿下，其实我是个残晶人类。"

加西亚也沉默了一瞬，几秒后，皇子冷淡道："如果你实在不想说，可以选择不说。"

姜见明心想就知道你不信，懒得再解释什么，只是轻轻点头："那就感谢您的体谅。"

他顺势松开操纵杆："请问，殿下是来……"

加西亚往前走了几步，两架机甲的边缘紧挨着，他长腿一跨，就直接踩在了雪鸠的机身上。然后……皇子动作无比自然地在驾驶舱前的位置坐下，屈起食指敲了敲合金玻璃，正色说："开门。"

姜见明沉思一秒，把驾驶舱打开了，诚恳发问："您有事吗？"

"枪。"加西亚瞥了他一眼，向他伸手，轻轻动了一下食指，"那把手枪，拿出来。"

姜见明眸色沉了沉，知道是那把维纳斯之翼被认出来了。他没有动。

加西亚察觉到了他的抗拒，扬了扬眉。下一刻，姜见明余光里赤金色泽一闪，别在腰间的枪套里已经空了。

加西亚摆弄了两下维纳斯之翼，又扫了一眼机甲雪鸠："机甲和手枪都改装过，是你自己做的？"

姜见明轻轻叹气，哭笑不得地开口说："殿下，其实我们正在进行计时赛……"

没想到加西亚轻哼了一声。他左手握着那把维纳斯之翼，右手不紧不慢地摸出一枚黄铜色的子弹空壳，夹在指间冲着姜见明晃了晃。

姜见明噎了一下，他的眼神变得无奈，轻声说："您怎么还留着。"

"袭击皇储，死罪。"皇子收敛神色，面无表情地一挑眉，"不过，你在第二要塞立了功，功过相抵。我可以不追究这颗子弹，枪也会还给你。告诉我……你是什么人，谁给你的这把手枪？维纳斯之翼是皇族专用的新晶械，你和皇室有什么关系？"

姜见明抿唇，看来是要暴露了。他其实知道瞒不了太久，先不说他的机甲和枪械的特殊性，当年莱安和他的事本来就没有瞒得太死，连唐镇都知道。无论加西亚是个什么来路，既然是明面上的帝国二皇子，就没理由不知道他"皇兄"内定了一个残晶人类幕僚。

果然，加西亚逼问完一句，就似乎想到了什么，有些意外地重新将姜见明打量："难道你就是……"

姜见明寻思：反正他被录入了银北斗的军籍，好像被眼前这人第一个揭穿倒也不错。

于是黑发青年坦荡地笑起来，温声承认了："好吧，就是您猜想的那样。"

与此同时，加西亚殿下也沉声说出了他的猜想："陛下新收的养子，立储君之前来银北斗攒资历？"

姜见明坦荡的笑意僵硬了，崩溃地问："为……什么？"那个储君不是您自己？

加西亚皱眉："不是？"

姜见明简直不敢置信，几乎就要敲着自己太阳穴脱口而出"您是不是这里有问题"。

但下一刻，他突然微妙地理解了对方的思路。因为……他想起，开国君主凯奥斯大帝和当今的女皇林歌陛下其实是君臣与义父女，并没有真正的血缘关系。而莱安继承了凯奥斯的姓氏，他才是大帝与皇太后西尔芙的孩子，拥有真正的帝王血统。

据说莱安殿下当年是在战火中降生的，婴儿的身体暴露在过分浓郁的晶粒子乱流中险些夭折。无计可施之下，他被进行了紧急冷冻，几十年后靠现今的尖端医疗技术救活。他在幼年时，便被女皇立为储君。那按道理讲，皇位应该从此回到凯奥斯血统的手中。

但……当今的女皇林歌陛下是个彪悍人物，当年单枪匹马驾驶机甲追着熔岩宇盗团几千残兵跑了五个星系，最后成功将激光长矛捅进当时的宇盗团长喉咙里才罢休。莱安殿下生前备受皇帝陛下宠爱，但殿下驾崩后，皇帝在新储君的问题上态度一直暧昧不明，似乎有别的打算。

如果加西亚知道什么内情，确信自己不会被立为储君的话……恰巧在莱安三年丧期已满的时间点，出现了一个手持维纳斯之翼的年轻人，确实微妙。就连他当初在第二要塞前看到与莱安相似的加西亚就冲上去的行为，也可以解释为"新立的储君人选看到故皇太子出现感到惊慌，担忧自己地位不保急忙上前确认"，逻辑上确实能够讲通！

　　姜见明迟迟不语，加西亚又深深看了他一眼，冷声说："放心，我对那个位置没有兴趣。至于你那天提到的……莱安·凯奥斯皇兄，我不是他。"

　　姜见明抬起头，黑发被风吹乱："您说什么？"

　　加西亚："别装了，我知道你在想什么。也不止你一个，许多人都认为我是死而复生的莱安，或者……他话音低沉地停顿了一下，然后摇头，"但无论什么人怎样想，我不是莱安·凯奥斯。"

　　他说着看了一眼两架机甲，激电依旧将雪鸠卡在树干上。

　　加西亚以目光示意："你也应该有所察觉……你所知道的那位优雅得体的储君，不会做出这种事。"

　　姜见明不动声色地点头："的确。"

　　他心中却说：鬼扯。莱安小殿下当年从皇宫里偷溜出来找我，怕引人注目不敢走正门，敲着军校宿舍的窗户说"开门"的时候，连语调神态都和你一模一样。

　　他暗暗好笑，居然说出储君"优雅得体"这种话，可见这位加西亚殿下绝对不了解莱安。更大的可能是，他从没见过他那所谓莱安皇兄的真人。这么一想，在脑海里盘旋了好几天的某些猜测好像得到了无比坚固的佐证，姜见明心里一下子松快了。

　　眼前银光一闪，维纳斯之翼被加西亚抛进他的怀里。

　　姜见明回神，双手接住。只见皇子转身向激电那边，淡淡一挥手指："走了。"

　　姜见明："您只是来确认这把手枪的？"

　　加西亚不回头："也确认你。"

　　姜见明望着他，眼神微黯，开口说："殿下，您知道您耽误了我多长时间吗……我说过，我们在进行计时赛。"

　　加西亚驻足，侧头沉吟一秒，下了判断："那是小事。"

　　"不是小事。"姜见明猛地从驾驶舱内站起身来，去抓他的手腕，"所以您应该弥补我的……"

　　——咻，姜见明手指一疼。他怔怔地看到加西亚的手腕处刺出赤金色的晶体，卡住了自己的手指。

　　晶骨被迅速收回，加西亚回头看了他一眼，淡声解释了句："不是故意的。"

　　姜见明垂下眼，缓缓收回手："不……是我唐突了。高阶晶骨会本能防御，我知道。”

他确实知道，只是莱安以前从来不对他设防，也绝不会在他面前释放出攻击性的晶骨，他才一时忘记了。

加西亚："还有什么事？"

姜见明勉强定了定心神，把原先想留人的话语咽回肚子，哑声说："既然功过相抵，您就应该把罪证还给我……那颗子弹。"

加西亚停顿一瞬，摸出那枚弹壳，终究还是递给了他。

黄铜色的弹壳在姜见明掌心滚动了一下，边缘反射着阳光，很刺眼。

姜见明被这点光照得眼前一阵眩晕，忽然有些呼吸困难。他蹙眉按了一下胸口，痛苦之色一闪而过。

加西亚突然抬眼看他："你……"

姜见明撑住机甲，低喘说："咯……抱歉。今天身体状况不太好。"

他回到雪鸠的驾驶舱里，缓了缓，冲加西亚点头示意无碍："殿下请回吧。"

加西亚忍不住多看了一眼那张苍白的脸庞，转身进入激电的驾驶舱，随后激电升空，机甲很快消失在层云的边缘。

姜见明一直仰头看着，直到青黑色的机甲再也看不见，他还在看着，看着这一望无际的辽阔青天，这是异星的青天。

姜见明又垂下眼帘，出神地看着这枚黄铜色的子弹壳。

他的眼瞳深黑而寂静，像群星不再闪烁的宇宙。

三年了，自从莱安殿下牺牲的消息传遍帝国，自从他决定要在毕业后加入银北斗……

他度过的一千多个日夜里，就只剩下了这一件事。

他已经为此交付了自己的余生。

而现在，姜见明忽然意识到，他好像也是这样的一枚空弹壳了。弹壳外表还能映着光，壳子仿佛还很坚硬，里头却已经被烧了个一干二净，冷却成残损的状态。他已经……

嘀——机甲内传来提示音，这是姜见明预先定好的时钟，意味着计时赛的时间快到了。他最终只拿到了五块真晶矿，这个成绩注定垫底，说不定还是倒数第一呢。那个赌约，他当然也输定了。

姜见明突然抿紧了嘴唇，眼底冷冽得像结了一层冰霜，他紧咬着牙关，轻而急地喘息着。本来不该是这样的，他原本计划得那么周密，那么完美。就像……就像他在养父去世后，也曾为自己的人生做过规划那样。

能被凯奥斯军校录取是殊荣，他今后的人生理应踏上康庄大道。等毕业了，他可以去教书，或者在国政机构里找个文职，薪水都挺不错。亚斯兰星城不像远星际，残晶人类的处境近年来越来越好，在大多数情况下，他们不会被歧视反而会被照顾。以他凯奥斯军校毕业生的身份，日后会有不少人尊敬地叫他一声"姜先生"，甚至"姜阁下"。

他真的可以像对陈老元帅说过的那样，养条狗，抱养一个小女孩，攒够了钱搬去光荣自由领养老。

但莱安·凯奥斯总是这样毫无征兆地出现，又无比利落地干净离开，打乱了一切。

切成飞行态的雪鸠飞出了深处区域，姜见明去找他那架激电。层层植被被抛在身后，视野间明暗交替，直到雪鸠穿出密林，豁然开朗——

姜见明猛地停下机甲！他惊愕地看着面前的景象。眼前一片赤色，无数红毛虫死在这里，像是好几窝的蛇都被人引到这里，再惨遭屠戮一般。树影斑驳，每一条死蛇都被赤金色的真晶刺穿了头部，一击致命。蛇尸交叠的尽头，停着他的M-激电18。

姜见明想起加西亚肯定的语气："那是小事。"很轻松就能帮你解决的小事。

皇子殿下过分体贴，蛇尸已经照射过固化射线了，一块块真晶矿凝结在蛇尸上。阳光下，形成一片耀眼的红海白浪。

姜见明怔在那里，这片白浪将他簇拥，晶粒子的波动正像水波一样来回荡漾。几秒后，他仿佛不堪忍受眼前的景象，猛地闭上了双眼，忍不住低声咳嗽起来。

他想错了，凯奥斯明明……每次都走得一点也不干净利落。

他右手里，那颗空壳子弹被他越攥越紧，几乎要在掌心烧出一把火。

集合区，雷蒙中尉双眼发直，嘴唇颤抖："有……有多少块？"

姜见明坐在驾驶舱里操纵着机械臂，闻声歉意地抬头："抱歉……时间太紧张，没来得及数。"

可他说话的时候，激电的机械臂正哗啦哗啦地把真晶矿倒在地上，透明的结晶块欢快地四处乱跳，连累得那句原本很诚挚的"抱歉"也生生带上了嘲讽的意味。

冷风瑟瑟，一众年轻的小军官摸着自己怀里的几块真晶矿……这一刻，他们感觉受到了冒犯。

霍林的脸色黑得像锅底："谁帮你了？"

姜见明说："是加西亚皇子殿下。"

"如果你实在不想说，"霍林额角青筋乱跳，将手指捏得嘎巴作响，"可以选择闭嘴。"

姜见明觉得这话似曾相识，他很遗憾，明明自己一直都在说真话。

清点完毕，他收获了一百一十三块真晶矿，是这次计时赛的第一名。而顺带一提，李有方同学也努力了。他斩获整整二十块真晶矿，排名第五，是值得骄傲的成绩——前提是，如果没有某个恶劣赌约的话。

回到要塞，众人下了机甲。姜见明在与李有方擦肩而过的时候拍了拍他，看着队友惨白的脸色有些不忍："别太往心里去，那个赌约……"

李有方面如死灰地抬头，本来以为对方要说"那个赌约就算了"，结果姜见明说："赌约的钱可以先欠着，慢慢还，我不收利息。"

杀人诛心，不过如此！

银北斗要塞的规矩是，外出战斗时收获的真晶矿可以按照其质量和纯度选择兑换成功勋或者币点。

值得一提的是，"功勋"对于要塞的士兵和军官来说，是最重要的概念之一。银北斗长年驻扎在环境恶劣的远星际，基本上处于一种"天高皇帝远，谁也管不着"的特殊状态，寻常帝国军团的律法并不能适用于他们。在这里，军功和能力是唯一的标准。

积累更多功勋的士兵，不仅可以得到更快的升迁机会，还能得到比同僚更高级的武器、机甲……以及关键时刻的决断权、指挥权。所以不出意料地……除了姜见明以外的所有人都选择了记军功。

只有姜见明看着腕机上陡然增加了几十万的币点数，悄然松了口气。

姜见明四下一看，朝雷蒙中尉的方向走过去。他已经看出这个年纪不大的中尉人很不错，最重要的是不对他抱有歧视。

"中尉。"姜见明礼貌地行了个礼。

雷蒙正倚着墙叼着一支复古式香烟，看表情正在发呆，见他过来忙把烟掐了，露出一个笑容说："是你呀。"

中尉摸摸鼻子："霍林长官脾气就那样，你不要太往心里去……我个人是很欣赏你的。"他拍了拍姜见明的肩膀，"有勇气的年轻人。"

"您过誉了。"姜见明说，"中尉，我可以问您一些问题吗？"

雷蒙："当然，只要是我能回答的。"

姜见明："您了解加西亚皇子殿下吗？"

雷蒙讶然，没想到他会问这个："呃，像我这样的普通军官，其实根本接触不到皇子殿下……"他将了一下头发，"怎么问起这个？对了，刚才的计时赛你还拿皇子殿下当借口。"

姜见明走到中尉身旁："实不相瞒，我很仰慕已故皇太子莱安殿下。"

"噢……"雷蒙立刻露出了然的神色，爽朗地扬眉，"谁不是呢！"

显然，他已经把姜见明划归为万千狂热崇拜已故太子的小年轻之一。

姜见明抿了下嘴唇："我听一位长官说，加西亚殿下是不逊色于他皇兄的新晶人类。但是，明明那么多年来，不辞劳苦地为帝国百姓谋求福利的，只有莱安殿下……而这位二皇子，我听都没听说过他。"

他故意在语气里带了一点情绪，这样显得自己像一个愤愤不平的太子狂热粉丝："现在太子殿下为了帝国壮烈牺牲在边疆，这位加西亚殿下倒是成了唯一的皇子，以后岂不是名正言顺地继承帝国？"

雷蒙中尉友善地笑了一下，说："倒也不能这么说，这三年，加西亚殿下也为要塞做了很多。他确实很强大。"

——这三年。姜见明感觉自己的头皮和后背一起炸了一下。

他不动声色地问："您说这三年？那三年前呢……这位加西亚殿下多大年纪？"

雷蒙说："殿下的年纪我可不清楚，看外表不像比太子小很多。至于说三年前……加西亚殿下是三年前才开始上战场的，听说他是在远星际长大，曾经久居的是第三要塞所在的异星，欧米伽。"

姜见明沉默了很久，才问出下一句："也就是直到三年前，您都没有见过这个人是吗？也没有听说过？"

"非要这么说的话，确实是这样。"雷蒙说，他抓了抓头发，"欧米伽异星离阿尔法和贝塔都太远了，我还真不太清楚……应该很多人都不清楚吧。"

姜见明深吸了口气，再无声地吐出来："我知道了……谢谢您。"

欧米伽异星……银北斗的第三要塞……

当年莱安意识到他向往宇宙远星之后，带他走遍了三座银北斗要塞所在的异星。而其中，欧米伽异星又有些特殊——因为就在这颗日出时必会有似火霞云流动的美丽异星上，小殿下允诺了他，作为无晶人类也能走入白翡翠宫的未来。

当然，现在来看这不太重要，更让姜见明印象深刻的是，欧米伽异星除了军事要塞之外，还驻扎有帝国最神秘的科研基地……黑鲨基地的本部。

姜见明越想越头疼，有几个不好的猜测浮上来，但都没有证据。他今天已经很累了，索性不再琢磨这些。

7.

接下来的几天，姜见明训练项目一项没落，但他一直反复低烧。唐镇硬压着他去了医疗区，他的症状才有所好转。

这天晚上，姜见明正准备出门，唐镇皱眉喊他："小姜，大晚上的你还去哪儿？"

"交易区，"姜见明推门出去，侧头留下一句，"我去看看镇静剂和武器，你不用陪我。"

"你……唉！你早点儿回来啊！"

今晚的要塞交易区是开放的，姜见明慢悠悠地逛过来时，许多银北斗的军官和士兵都挤在这里，在灯光下来来往往。身旁是杂乱的脚步声、大嗓门说话声和吵嚷声，他闻到淡淡的烟酒味、血腥味和汗臭味，这是战场的味道。

姜见明在陈列着各类物品的自助柜台前看了许久。他先买了三支镇静剂，然后开始挑选能对异星生物造成有效伤害的新晶械兵器。等到日后进入更加危险的区域，仅靠手枪是不可能应付得了的。至少得来把机枪吧……姜见明苦笑一下，暗想：卖了我我买不起啊。

他这么想着，忽然敏感地察觉到身后有脚步声接近。明明四周各种脚步声纷杂交错，但唯独这步伐很稳又很严整，仿佛天崩地裂了也不会影响这种气度。这是姜见明熟悉的步伐。

他回头的同时，那脚步声也停下了。加西亚穿着一身银北斗的军装站在他的身后，黑银色的制服让这个人更显得挺拔冷峻。那头显眼的白金鬓束了一下，又在脑后盘起来，于是可以勉强藏进军帽底下。

姜见明惊道："殿……"

下一秒，加西亚抬手，隔空指了一下他的嘴唇，那是个示意"噤声"的手势。有些异样的是，他的脸被奇异地模糊化了，离得远些就看不清五官，只有左耳上别着的一个小仪器很清晰。

姜见明认得，这是最新科技研发出来的小玩意儿，可以在一定程度上遮挡使用者的面容。以前莱安和他出去玩的时候都会佩戴，以免引起大范围骚动。

姜见明了然地合上了嘴，温和地点头。

于是加西亚走到了他的身边，摸了一下左耳……皇子应该是调整了一下遮蔽器的影响范围，现在姜见明可以正常地看到这人的脸了。

"我没想到会遇见您，"姜见明主动凑近了点，轻轻含笑说，"堂堂帝国皇子也会亲自来逛交易区吗？"

加西亚看了他一眼，忽然很快速地皱了一下眉，沉声说："你在生病。"

"小病，"姜见明怔了一下，他没想到皇子这么眼尖，"不劳挂念。"

皇子沉默一秒，皱眉又问："你为什么总在生病？"

姜见明在心里回道：这句话问得真妙，简直堪比那句"你为什么不用晶骨操纵"。

没有得到答案，加西亚自顾自地走起来，姜见明很自然地跟上。他没有问殿下为什么走过来找他，殿下也没有问他跟过来干什么。两人穿过一排排自助柜台，形成了一种安静而又令人舒服的默契。

过了一会儿，姜见明开口了："殿下，如果一个人身处远星际，又处于暂时没有晶骨可用的状态，有没有什么新晶械武器可以补救这种处境？"

黑发青年问的时候眼神沉静、语气认真，加西亚不禁侧头看了他一眼。

姜见明连忙更认真地补充了一句："预算要低一点。"

"和你的病有关？"加西亚淡淡地问，"喜欢热武器还是冷兵器？计划用多长时间？"

姜见明猛地捂住心口："喀喀喀……对不起，殿下。"他连连摆手，"我的预算可能……只负担得起一次性消耗型的新晶械。"

加西亚沉默了大概有半分钟："那就试试晶粒子爆炸弹。轻便，威力也足够，在机甲里打开驾驶舱门就可以投掷。"

姜见明松了口气："谢谢您，您帮了我大忙了。"

走到食品区的时候，加西亚停下了，他开始按按键。柜台的电子屏上显示出被他选中的物品……是一个红润动人的苹果。

姜见明站在后面，低着头忍笑忍得很辛苦。原来堂堂帝国皇子殿下在夜晚戴着遮蔽器独自来到交易区，竟然是为了买苹果吃。

这种话如果他敢说给别人听，十个人有九个人不信，剩下一个会把他拖去让医生看看是不是烧坏了脑子。但姜见明甚至能猜到加西亚买的是什么品种的苹果——"艾琳玛瑙"红苹果，伊甸星城最名贵的品种，基因改良自然培育，名副其实的贵族水果……价位是五万币点一个。莱安嘴很刁，除了这个品种都看不上眼。

姜见明不由得心酸地感慨：做皇子真有钱啊……

叮！出货的声音响起。

加西亚从打开的取货口处拿起两个"艾琳玛瑙"，转手递给姜见明一个。

姜见明不敢置信："您给我的吗？"

"病人不适合银北斗，"加西亚淡淡地说，"撑不住就尽早回帝国去……以你的身份，没必要在这里受苦。"

价值五万币点的"艾琳玛瑙"稳稳地落在姜见明的掌心。

加西亚望着那片白皙的肌肤，翠色眼眸又暗了三分。一直以来……因为他尊贵的身份、非凡的晶骨以及脾气秉性，或许还有一些其他原因，很少有人敢于这样对等地与他并肩。但眼前这个黑发年轻人身上有一种安宁的气质，好像任何世俗的力量都无法撼动这个灵魂的宁静。该说不愧是陛下挑中的人选吗？可惜身体确实太差了些。

皇子低沉地说道："不要听信什么流血代表荣誉之类的空话，这里不会赋予死亡意义。"

姜见明心中一颤。

他的手指收紧了，头顶的灯光在苹果上打出柔和鲜艳的光泽。

姜见明倏然抬头望向近在咫尺的皇子，沉声发问："那么您说，在这里……什么才有意义呢？"

他的语气里带着些特别的波动，有些像虚心的求教，又有些像直白的考问。

加西亚缓慢闭眼，长睫在眼下投下一片如铁般坚硬的阴影。

"胜利。"皇子沉声开口，字如刀锋，"唯有胜利，才是征战者所追求的意义。"

"是吗？"姜见明眸色清澈，他似乎并不意外于这个答案，"那胜利的意义又是什么呢？"

加西亚微怔，转过眼看他。

胜利的意义……这是一个很复杂的问题。古往今来，无数人类战争的胜败背后究竟隐藏着什么，这是人文学家们至今都在争辩不休的议题。这也是一个很简单的问题，如果限定在银北斗——银北斗星际远征军，它是为帝国开疆拓土的银矛，赞颂它的句子连帝国内的幼校小孩都能一口气说出三百句。

但不知道为什么，当加西亚被那双漆黑的眼睛注视的时候，那些被喊烂了的口号显得无比空洞，让他难以启齿。这绝不是眼前之人会欣然接受的答案，他没来由地心想。

皇子沉吟许久，最后也没有回答。

之后，两人在一个岔路口分开。姜见明没有去新晶械类的自助柜台，而是去了私人交易区买了两枚中型晶粒子爆炸弹。

足足大半个月过去，年轻人们渐渐适应了银北斗。在即将入冬之际，霍林中校把这群适应期军官拉出了要塞，宣布要进行一场为期七天的野外历练。这和"红毛虫计时赛"一样，也属于银北斗第一要塞的惯例。如果说后者侧重于训练个人的作战能力，以及让适应期的年轻军官初次接触异星生物，那么前者的重点就是团队作战，以及面对阿尔法异星那残酷的自然环境——比如，可以席卷大半个异星的风雪。

寒风扑打在机甲上，发出鬼哭狼嚎般的声音。几排 M- 激电 18 与一架 L- 恶鲨正在风雪之中艰难前行。头顶上，灰色的阴云压得很低。视野一片漆黑，漫天大雪，寒风凄厉地呼啸，机甲的金属足踩下去，能被积雪没过三分之一。

霍林中校的咆哮每隔几分钟就会从通信频道里传来，响彻大家的机甲驾驶舱内部："小崽子们记好了，陆地态确实是激电的优势形态，但如果在这种大风雪里遭遇了敌人——别多想，给我切成飞行态再战斗。

"积雪会拖住机甲的脚，冰面会让你打滑，无论是想进攻还是想逃跑都会受到极大的限制，除非你飞到天上。但是要注意能源，飞行态比陆地态耗能多出三倍，我怎么说的来着？出发前的最后一眼，永远是要确认备用能源管放在储存舱里！

"现在，每个人按小队顺序报出名字和坐标定位！"

频道里纷纷响起不同人的声音。

霍林从鼻子里哼了一声："我这里能看到所有激电的定位信息，知道为什么还让你们报告吗？因为位置的重要性！你们必须给我刻在脑子里！如果在大风雪里掉队迷了路，那么恭喜，你会成为异星生物过冬的小点心；就算遇不上异星生物，万一碰上定位失灵，机甲能源耗尽，那就等着活活冻死在白毛风里吧……"

夜幕降临之前，他们行进到了预定的目的地。这次不再是植被高大的冰林，而是深入了岩石起伏的陡峭山地，风声在石壁间呼啸，阴森得很。

霍林中校下令今晚在此露营，并教所有人如何快速搭建新式的远星际专用行军帐篷。

帐篷很大，至少足够六人——也是一个小队的人数睡进去。

风雪太冷，身为残晶人类且生着病的姜见明没有下机甲，帐篷是其余五个人搭建的。

当天夜里，唐镇突然被身旁压抑的咳嗽声惊醒。

他翻了个身，两秒之后一个激灵掀开被子坐起来："小姜？你怎么样了！"

贝曼儿比唐镇醒得早，正扶着姜见明，惶然地抬头："唐少，他好像……"

"我……"姜见明想说话，却咳得停不下来。

他掩唇躬身，瘦削的脊背凸起一道痕，浑身都在颤抖。

李有方、艾丽和乔也都被惊醒了，脸色发青地看着他。

"姜见明，"乔结结巴巴地说，"你……你打扰到我们睡觉了。"

贝曼儿猛地抬起脸，怒道："你怎么说话的？他都难受成这样了！"

李有方烦躁地推了乔一把："行了你。"

乔讪讪地闭上了嘴。

姜见明咳得手脚冰凉，最后感觉气都喘不上来了，迷糊间被唐镇扶着喝了几口水，半晌才缓过来。黑暗中，他眯着眼低头一看，几滴暗色落在指缝间……是血，他居然吐血了。

姜见明愣了不到半秒，就若无其事地把手掌翻过来。

可是已经晚了，唐镇一把拽起他的手，顿时倒吸一口气："你——"

贝曼儿蓦地捂住嘴，脸色苍白："怎么会这样？"

姜见明喘息着说："没事，你们快点睡……我去外面喝药。"

虽说风雪小了，但帐篷外面的气温现在依然能把人活活冻死，唐镇不敢相信自己的耳朵："外面？"

姜见明扫他一眼，无奈道："想什么呢，机甲驾驶舱有保暖设施，我今晚在外面睡。"

乔脸色一会儿白一会儿红，羞恼地闷声说："喂！我也……也没说让你出去啊……你一副被欺负了的样子干什么啊。"

姜见明没理会他，自己披衣出去了，留下几个人面面相觑。

唐镇愣了会儿，一咬牙："这样下去不行，我去劝他回要塞。"

贝曼儿焦急地想抓衣服："我也……"

唐镇回头按住她的手："一架激电的驾驶舱最多只能坐两个人，你别管了。"

他犹豫了一秒，轻轻把贝曼儿的肩往睡袋那边推了一下："听我的，你快睡觉，我说说他去。"

唐镇走到机甲前的时候，驾驶舱打开了。姜见明俯身伸手想拉他一把，结果唐镇根本不敢碰他，自己撑着机甲边沿跳上来，催促道："快关上！"

唐镇咬了咬牙，看向姜见明："小姜，听我的，回帝国吧。你得认命，残晶人类的体质天生就这样，你再硬撑下去，还没等到做出什么功业来就先把命耗没了，值得吗？"

到了最后，他已经在低吼："你再怎么为了报答已故皇太子殿下，做到这份儿上，也该足够了……"

"唐镇。"姜见明把刚喝空的药剂瓶放在一边，忽然淡淡开口了。

他刚咳嗽过，嗓音有点哑，语调却比往日多了点寒意，像沾了外头的风雪："你以为，是为了报答莱安，我才来到这里的吗？"

"这样的坚持根本没有意义……啊？"唐镇没反应过来，他还沉浸在"要把冲动上头的朋友劝回家"的苦口婆心的语境里，被姜见明这一句给当头打蒙了。

姜见明隔着驾驶舱的合金玻璃，静静地凝望外头的黑夜，以及那将停的细雪。

他自顾自地摇头说："不，不是的。"

情绪在眼底酝酿成旋涡，许久，他似乎下了什么决心，才再次开口："我还没有跟你说过……我和殿下的最后一面。"

"当时我们闹得很不愉快，其实……"姜见明顿了一下，"如果认真来说，我们那时已经近乎恩断义绝了。"

这句话对唐镇来说不亚于晴天霹雳，他张嘴呆滞了半晌，憋出一句："你……你别吓我！"

"其实三年前，"姜见明淡淡道，"在小殿下真正牺牲之前，我就知道他活不长了。他是自己找死去的，我劝了，没能劝住。"

三年前，姜见明接到陈老元帅的电话时，正在亚斯兰图书馆看书。

时间是清晨，季节是盛夏。这时候凯奥斯军校还在放暑假，而小殿下到远星际去了，所以姜见明的日子过得很悠闲。

直到一通来自军方的电话响起，电话来自陈汉克。大统帅的表情是他从未见过的疲惫和凝重，再也没有了平日里老不正经的模样，开口就是直入主题，说莱安殿下有意孤身深入"晶巢"。

姜见明怔了足足三秒才反应过来这句话的含义，他当即拍案而起："晶巢？"

图书馆内不少人被惊动，投来不满的目光。姜见明回神，连忙抱歉地冲四周点了点头，快步走了出去。

所谓晶巢，是指远星际更远处，三颗要塞异星之外，晶粒子聚集的本源宇域。过浓的晶粒子环境与形态诡异的异星生物，使得那里成了一片永远神秘与黑暗的禁地。事实上，自银北斗建军以来，曾经无数次剑指晶巢，然而没有一次能够收获成果。只有英魂一去不返，资源空耗在败仗之中。

直至近年，每一次银北斗派人向晶巢进军时，都会在帝国高层及民众之间引发巨大的舆论争议。似乎越来越多的人认为这样的送死行为不仅没有意义，还十分愚昧可笑。若非皇帝陛下一直强硬地表示支持的态度，这件事早就进行不下去了。

而这一回，皇太子莱安殿下忽然提出，他想要独自尝试深入晶巢。这句话说出来，银北斗要塞内的所有人都吓得魂飞魄散。昨天凌晨，银北斗要塞十万火急地联系了帝都的陈老元帅。

老元帅气得吹胡子瞪眼，直骂殿下年少轻狂不懂事，当即一拍桌子："来来来，我老头子说说他。"

两个小时过去，老元帅面如死灰地挂断了电话。说不动，小殿下居然铁了心要去晶巢。

姜见明听完觉得简直不可理喻，他几乎用上了质问般的语气："小殿下怎么可能突然要去晶巢？他以前提都没提过一次，这没道理……他遇上什么事了吗？"

陈老元帅花白的眉毛紧了一下又松开，沙哑地叹息道："孩子，我不知道。"

姜见明更觉得荒谬："皇帝陛下也不说什么？"

陈老元帅说："我去找过陛下，陛下说她无法干涉小殿下的决定。"

姜见明失语。他现在站在图书馆无人的盥洗室旁边，戴着耳麦听着陈老元帅的话。一侧是干净的白色砖墙，另一侧是图书馆的通道，这时正有一个女人捧着热咖啡走过。明明是最寻常、最平凡不过的场景，他却觉得脚下和头顶的空间似乎在扭曲，世界瞬间就变得无比荒谬。

"姜小阁下，"投影里的老元帅仿佛平白苍老了几十年，嗓音沙哑，"除了你之外，我还没见过其他哪个同龄人能在殿下面前说上话。老头子没有别的办法了，只能……"

姜见明深吸了口气，沉声打断了老人："时间紧迫吗？我该怎么过去？"

短短几秒钟，他已经意识到了自己该做什么。莱安和他的机甲都在远星际，如果小殿下决意要走，机甲一飞谁都追不上。当下最重要的是先把人稳住，至于到底发生了什么，只要人还在，那都好说。

陈老元帅："专车马上就到，会停在图书馆东门的门口。"

姜见明："我明白了。"

随后，车子将他送到了军方总部，陈老元帅的办公室。

那里已经聚了不少大人物，都是来劝阻皇太子殿下未果的。

姜见明与这个地方的气氛格格不入，不少大人物皱眉打量他。

嘎吱一声，陈老元帅从办公室里推开门走出来，向姜见明做了一个"请"的手势。

姜见明没看其他人，低声说："请让我们两个人单独说话。"

陈老元帅说："这是当然。"

于是姜见明推门进去。

老元帅的办公室装饰得宽敞而有气度。三星系的帝国疆域星图，以及以三座要塞异星为定点绘出的远星际星图，各自以立体投影的方式悬浮在两侧的墙壁上。只是落地窗的窗帘从昨晚就没有拉开，让室内显得有些昏暗。最深处的办公桌上放着军方内部专用的联络机。

联络机上闪烁着表示开机的小绿灯，而皇太子莱安殿下的投影正悬浮在半空中。皇太子正衣着整齐地坐在银北斗要塞的军机会议室内。他军服端整，表情严肃，白金色鬓发随意地散落在肩上，气色也很好——总之，表面看起来并没有什么不正常。

只不过，或许因为这一个晚上到早上已经有太多人来来往往了，当办公室的门被推开时，莱安的眉间明显有了烦躁之色，别过头端起手边的高脚酒杯抿了一口。但当他用余光看到来者的那一瞬间，所有负面情绪全部烟消云散。殿下立刻展颜，轻声招呼姜见明过来坐下。

姜见明喉结轻动，走上前去。

后来想想，他那时候确实急得失了冷静，对着莱安的投影说了很多无用的话。

从这样贸然的行动是多么无谋，完全和自杀无异，到如果骤然失去了唯一的皇子和屈指可数的超S级晶骨拥有者，帝国将会生出多大的混乱和隐患；从军方为了皇子的鲁莽，会牺牲多少资源，甚至是士兵的生命，到如果储君在远星际有失，银北斗将会遭受怎样的质疑，这对整个军方都将是一次巨大打击。

莱安一直耐心听着，不时还给予些诸如点头、沉吟之类的回应。

——这简直是一场狡猾极了的骗局，姜见明每每回忆都恨得牙痒痒。

当年他就这样被骗得一直说下去，直说到口干舌燥，嗓子发哑，忍不住掩唇咳了一声。

"姜。"莱安终于皱起眉头，"去喝点水。"

空旷的办公室内有一秒的沉寂。

姜见明倏然抬头，缓缓地将手掌放了下来，他不禁气笑了："小殿下，您是在耍我吗？"

自己不间断地劝了快一个小时，莱安给他的唯一回应，居然是让他去喝点水——因为他说得嗓子哑了？

也就是这时，姜见明终于清醒了，并且忽然有种奇异的直觉：他感觉这一个小时过去，自己面前的这个人好像根本就没有听，也不在意他说了什么。他怀疑，莱安只是想隔着投影再见自己一面，听自己说说话而已。至于说话的内容，那真的无关紧要。毕竟，自己刚刚说的那些话，陈老元帅等人不可能没跟莱安说过。

于是，焦虑的神情一点点从姜见明的眉眼间退去了。他冷下脸，转到一旁喝了两口水，然后回来。

整整一分钟的僵持之后，他轻声说："你不可以这样，小殿下。你至少要告诉我为什么。"

莱安缓缓抬起头，那一刻他的眼神太复杂，仿佛有绿色的火焰在深处混乱地燃烧。

他将嘴唇抿成一线，开口时嗓音略微沙哑，但很平稳："姜……我曾经许诺过你，但这里有更重要的事情。"

这是自从姜见明进入这间办公室之后，莱安对他说的第一句有意义的话——假如这样的意义，也能算作有意义的话。

姜见明深吸一口气，他闭眼，摇头轻轻说："我知道，我知道……小殿下，你是储君，你肩负责任而心里有帝国和百姓，我知道的，你也应该知道我想说的不是这个……"

他蓦地睁开眼，上前一步，尽力克制着冲到嗓子眼里的情绪："如果现在帝国有难，需要战士抛洒热血，你说一句话，我会陪你一起去。

"但是！你现在在做什么，要独自深入从未有过生还者的晶巢领域？殿下，难道您想告诉我，现在帝国的处境就是需要它的储君去白白送死吗？如果真的到了那种地步，您一个人冲上去赴死又有什么用？有什么事不能告诉军方，非要让所有人都一头雾水……"

他不自觉地把称呼换成了敬称，语气也渐渐急促："退一万步说，就算您真的要去也不能这样去，您连机甲智脑都还留在我这里，还有……"

说到这里，姜见明蓦地住口了。他意识到"那件东西"的含义太特殊，纵使这间办公室里看似一个人都没有，也不应该宣之于口。

莱安依旧深深凝望着他，神色像隔着一层远远的雾："别再说了，这是我的决定，不会改变。"

姜见明咬牙沉默了两秒，忽然说："还有……曾经相信过您的人。"

他抬起眼，直直地望向对面："小殿下，我该怎么办？您考虑过我吗？"

莱安那始终平静的俊美脸庞上有一丝类似痛楚的神色一闪而过，就像一件古老的传世金器上绽开了一道裂缝。

姜见明咬着牙关，一字一句地说："如果您壮烈捐躯了，我会很麻烦的，小殿下。

"因为我曾得到过您的允诺，胸前还佩戴着您送的勋章。"

——说是内定的皇太子幕僚，实际上也不过是口头之约。

由于姜见明的出身，此事迟迟无法在整个帝国范围内公开。

姜见明其实并不介意，但他知道莱安为此极度愧疚，甚至成了心结。小殿下无数次向他许诺过，等三年后他毕业了，直接让他进入金日轮，再努力两三年，等军衔升到校级，就在全国人民的见证下请他走进白翡翠宫。

每当这时，姜见明就必须收敛他那散漫的性子，换上一张严肃的脸点头。若不认真对待，莱安就会以为他不相信，会不停地道歉解释。

而此刻，开阔的私人办公室内，姜见明的喘息在发颤……他闭上眼，这是他有生以来第一次示弱于人前："我没有势力，没有家族，没有钱财和权力，没有任何后盾。我没有学过政治斗争的知识，也几乎不了解帝国高层那些不为人知的内幕。小殿下，我甚至……只是个残晶人类。是您把我带到这样的境地里来，您比任何人都清楚，如果您不在了，我会被多少人盯上。"

姜见明睁开了双眼，眼底似乎带着一点很淡的迷茫与悲伤，他静静地问："莱安，小殿下……这些您都不管了吗？"

似乎为了平复什么心情，莱安又端起手边的酒杯抿了一口，神情又恢复成那种近似冷酷的平静："你说得没错，是我毁坏了你的人生。为了我的目的，我不惜牺牲帝国的繁荣，银北斗的未来，我的生命，还有……"

帝国的皇太子说话时腔调里总带着一点古典贵族式的高雅，和他性格自带的锋利——"就像一把清冷的银质短匕"，曾经有人这样赞颂。

莱安一字一顿地说道："还有你，姜。"

姜见明却只觉得，那把银匕正坚定地刺向自己，一点点没入血肉。

莱安："请恨我吧。"

姜见明瞳孔一缩，含怒道："凯奥斯……"

他很少直呼殿下的姓氏，除非确实情绪失控。

一门之隔的地方，大人物们在掏手绢擦汗，老元帅直直地站着，表情沉重。走廊里悬挂着复古式挂钟，长针嘀嗒，又是一个整点。

终于，姜见明重新调整了呼吸："我明白了。"

互相已经说到这个地步，那就意味着已经没有转圜的余地了。

他抬起右手，平静地握紧了自己左胸前佩戴的勋章。勋章色泽赤金，虽名为勋章，造型却与帝国已有的任何一枚官方勋章都不同，它像燃烧的火种。

"我不会恨您，我们之间的情谊到此为止。"

姜见明把那枚勋章摘了下来。

他的神色已经变得很平静，眼底冷静清澈，像对面的莱安一样。

"刚才那些是气话，您不必担心我日后的生活，我能处理好，也会有很多人保护我。至于当年答应了在未来与您同行，那是我自己的选择。何况……"说着，姜见明扬眉轻笑了一下，"殿下，您可不能太自负……世上并没有什么人什么事能毁掉我，除非我自己选择毁灭。"

他垂下眼帘，将勋章放进了自己的左前胸口袋。

再抬起眼帘的时候，他眸底最后一点伤感也无影无踪。

"就这样吧。等您的灵柩归来的时候，我会来见您最后一面的。"

最后，姜见明向虚拟投影敬了个军礼，他的眸色冷淡而坚定："皇太子殿下，祝您武运昌隆，一路走好。"

然后他伸手，切断了通信。

半分钟后，办公室的大门被推开，姜见明走了出来。大人物们纷纷将目光投向他，陈老元帅迎上前来，欲言又止……军校生的表情已经说明了结果。

姜见明眉宇淡然，径直与元帅擦肩而过："都不要再劝了，让我们敬爱的皇太子走得安详一点。"

"等到殿下的遗体送回白翡翠宫的那天，请记得给我留一个扶棺的位置。"他冷冷说完，腰背笔直地快步往外走，把满屋子的大人物们抛在身后。

坐在机甲的驾驶舱里，姜见明不紧不慢地说着那些旧事。不知道从什么时候起，外面的雪已经停了。取而代之的是干净的夜空，繁星把这架机甲温柔地包裹起来。

唐镇已经听呆了，许久后才低声说："原来殿下去的是晶巢。"

就连他这个刚到银北斗不久的适应期军官都知道，那是个必死的绝地。

姜见明轻轻地说："是愤怒。"

他抬起手，无意识地隔着银黑色的军装摸了摸挂在项链上的那枚勋章。

唐镇："什么？"

姜见明垂下眼睑，沉声说："是愤怒让我来到这里。"

唐镇顿时惊恐失色："不至于吧，小神仙，你……你要把莱安殿下挖出来鞭尸啊？"

姜见明脸色发青，按了一下太阳穴："不是……这倒不是。"

"唐镇，你有没有听过一首诗。"姜见明定了定神，重新开口，"我见英魂化作洁白之鸟——"

唐镇不由自主地接："飞赴星海之巢。"

他记得这是当年莱安殿下遇难后，在帝都星城红极一时的悼亡诗。

"我原本……没有想到要亲自到远星际来。就像你说的，这对我来说太勉强了。起初，小殿下牺牲之后，我在等帝国给我一个交代。我不信莱安会毫无缘由地去晶巢，不信他会毫无苦衷地对我那样说话——"姜见明捏了一下眉心，低声说，"我的天，你不知道，当时他脸色差得我都怕他要昏过去。总之，我在等一个答案，但是我没有等到。"

就连一直待他很好的陈汉克老元帅，也从未对他吐露过任何信息。即使姜见明坚信，这个处于军方最尊贵地位的老人绝不可能真的一无所知。

"直到有一天，我在亚斯兰图书馆……我和小殿下第一次偶遇的地方，看到了一本新出版的诗集。诗写得很差，除了最后一句还有点意思，前面的不过是矫揉造作的逢迎与歌颂罢了，很无聊，诗歌不是这么写的。我……"姜见明苦笑了一下，"我很生气，气得不小心把人家的诗集给撕了，还给图书馆赔了五百币点。"

唐镇再度惊恐失色，抱头道："不至于吧？这诗有差到让你撕了它吗？"

姜见明："倒也不是诗很差的问题，麻烦唐少暂时闭上嘴，可以吗？我的问题在于，远星际不是什么充满诗意的地方，死亡也不应该是唯美的。"

姜见明闭上眼，低声一字一句地说："帝国的储君牺牲在了战场上，没有人知道他为何贸然出征，也没有人知道他如何牺牲……他就那么死去了，连遗体都不能归乡，可是上至高层，下至国民，我看不到哪怕一丝的愤怒。他们流泪，他们悲伤，他们悼念；他们谱曲，作诗，献花，鸣钟……但是没有人寻找，没有人追问，没有人将疑惑高喊出口……没有人愤怒。"

姜见明蓦地睁眼，眸中如宿寒星，他低声说："——所以我愤怒。"

唐镇愣愣地把双手放下来，他看着身旁的好友。或许是因为持续低烧，姜见明一向苍白的脸颊上浮着病态的红晕，却让整个人显得更加脆弱。于是唐镇脑中隐约划过一个念头：三年前……这个人绝对没有眼前这样的虚弱。是那股愤怒，那股愤怒像灯芯般燃烧着他的生命，让其越来越短的同时，也绽放出越来越耀眼锐利的光亮。

"我好像看到一只无形的巨手……它带走了帝国的储君，扭曲了这个世界，并把我死死按在地上，一动也不能动。"姜见明平静地说着。他隔着驾驶舱的玻璃，抬头深深看了一眼夜空——

那是陌生的远星际夜空，它正像一片漆黑的深海在头顶流动，上面布满了不知名的星子。在浩瀚宇宙面前，人类那转瞬即逝的生命中的悲欢离合，实在太渺小了。

"我不知道这只无形巨手是什么……是那些对我有所隐瞒的高层，是这个宣称凡人注定愚昧、残晶人类注定弱小的世道，是藏在远星际宇宙深处的真相……还是别的什么东西。但我知道，我很愤怒。"

姜见明的眼眸暗了暗，他好像已经不是在和唐镇说话，而是在说给自己听："我不能让这个人就这么消失了，我要找到他。哪怕他已经腐烂发臭，面目全非；哪怕他浑身围着苍蝇，爬满蛆虫；哪怕他只剩下最后一块骨头、最后一捧骨灰……我都不在乎，我要真相。"

或许是并不唯美，毫无诗意的……甚至可能是残酷的，血淋淋的，但也是最真实的真相。

"可是，"唐镇喉结一动，艰涩地问，"你……你有线索吗？"

姜见明看了他一眼，淡淡地说："没有。我什么都没有。"

平民出身、无父无母、无财无权……他除了这副病弱无力的躯体，和一个难消的执念以外，什么都没有。顶多，剩下莱安的几件遗物，还在试图保护着他。

唐镇痛苦地呻吟一声："那你这不是大海捞针吗？更何况……你有没有想过，如果这个真相查到最后，牵扯到帝国高层或者——"

"当然想过。"姜见明轻笑，眼里有光，"不然我为什么在这里？银北斗位于远星际，离亚斯兰帝都的势力最远，离真相最近。我哪怕天天吐血也必须想办法留下，这是唯一可能的突破口了。"

唐镇喃喃道："你不要命了。"

姜见明认真点头："是的，我不要命了。如果帝国阻拦我，我可以反抗帝国；如果世道阻拦我，我可以背离世道；如果最后的真相在宇宙深处，那么我就沿着小殿下走过的路，去晶巢。"

唐镇脑子里轰然一声。他失魂落魄，再也说不出一句话来。

"我就是要找到他，我还要知道他究竟是为了什么而选择奔赴死亡，我更想要带他回来，回到亚斯兰，举办一场他应得的盛大葬礼。"

"因为……我答应过他，"说着，这个黑发的年轻残晶人轻笑了一下，他宣誓似的轻声继续，"会在他的灵柩前，见他最后一面。"

说罢，他伸手在操纵台上一按，落下了机甲的挡甲板。

他脑海中闪过加西亚的面容，这位皇子殿下亲口承认死亡没意义，却在他的追问下眼眸掠过一丝迷惘。

那真的是你吗？是什么力量对你做了什么，是什么促使你自我毁灭？

我会找到你的，不仅是肉身，更是灵魂。

姜见明闭上了眼，药起了作用，他安稳地睡了过去。

梦中，他见英魂化作洁白之鸟，振翅一瞬千万里，飞向夜穹深处。

而他脚下踩着无垠延伸的大地，脊梁笔直，一步又一步，缓慢而艰难地走入那片黑暗的……黑暗的星海之巢。

8.

次日，雪停风息，难得晴朗。

姜见明一身淡然，精神状态已经恢复到谁都看不出他昨晚咯血的地步。

倒是唐镇顶着两个黑眼圈，浑身散发着三观崩塌的气息。

事实上，他的三观也确实崩了：一个残晶人类居然想要去晶巢，好家伙，一个残晶人类……残晶人类！

"姜见明！"唐镇绝望地把头发揉成了鸟窝，"你明知道残晶人类不可能到达晶巢！那里的晶粒子浓度，就算是新晶人类都会引发'晶乱'，当场暴毙！你是不是以为我真不会向长官举报你？"

姜见明漫不经心地拍他的肩膀："好了，再说……先别闹了，长官要训话了。"

他们先回了小队，六个人一起跟随大队伍集合列队。

随后，霍林中校向所有人宣布了本次野外历练的要求——

这一届的适应期军官共有八支小队。要塞已经提前布置好了八块含定位的芯片，各小队则需要在山中行进至芯片所在的位置，并在这一过程中协力猎杀一只C级异星生物，时限为五天。各小队必须在限定时间内回到集合点，上交芯片与从异星生物身上采集的真晶矿。评分则由长官综合判断后给出，用时越短、真晶矿质量越高、人员与机甲损伤越小，分数也就越高。

八支小队分别抽签决定各自的行进路径，定位芯片的坐标则被传送到了每个人的腕机与机甲上。

"这次的分数会按比例计入功勋，"霍林咧着嘴大声说道，"都给我提起精神来，建功立业和曝尸荒野往往就差一步——现在，历练正式开始，都给我跑起来！"

第三小队的六个人整装待发，纷纷登上机甲，姜见明推荐贝曼儿担任队长。

第一天一切顺利，第二天清晨，六人沿着定位继续在山间搜索，最后在一片树林中找到了嵌在岩石内的芯片盒，贝曼儿将其收进了自己的机甲储存舱。

"好的，第一阶段目标完成！"贝曼儿舒了口气，眨巴着眼睛说，"剩下的就是要干掉一只C级异星生物了，不过真奇怪，这一路上异星生物怎么这么少……"

艾丽摸了摸自己的胳膊，小声说："我感觉不太对劲。"

贝曼儿："时间还够，先往前走走看吧。"

于是众人继续行进，然而事情似乎确实有些异常，大半天过去，他们都没有遇到异星生物……这次连D级的都没有了。

"等等，都停下。"忽然，频道里传来姜见明的声音，"机甲的速度慢下来。"

他嗓音清冷沉稳，气势完全碾压这些刚出校门的小军官。这两天来他安安静静不说话倒好，此时一开口，那五个人下意识都先照做了。

激电的驾驶舱内，姜见明盯着机甲屏幕上的某一项数据："晶粒子浓度太高了，这里不正常。"他顺手把数据送了出去，"谨慎一点。"

贝曼儿提高声音："听姜同学的，我们慢一点走，先看看情况！"

她看着地图，想了想又说："再往前好像是个低谷，我们绕着边缘先观察一下情况。"

半个钟头后，六架机甲站在结了冰的山岩上面，看到了下面的景象。

"我的天……"不知道是谁震撼地说了一声。

就在这片山谷的出口处，地形变得开阔，一只巨大的生物趴伏着——一只蜘蛛。它的体型几乎有小丘那么大，身躯主体是黑色的，夹杂着赤灰色的条纹，体表长着粗壮的毛。它似乎曾与什么东西交过战，八条腿中有两条是残缺的，只剩下六条完整。由晶粒子凝结的透明晶体与虫类的甲壳、肉块、绒毛……合为一体，卵圆形的腹部有规律地蠕动着。

唐镇扬眉一摆手："小姜，别下去，我们几个再靠近一些去看看情况。"

通信频道的另一端，姜见明沉默了两秒，随后开口："如果只是查看情况，我去吧。"

姜见明的目光扫过手上的雪白手镯："我有防御力更高的机甲。"

李有方不赞同，他比画了一下从这里到那只巨蛛趴伏的低地："不行。这个距离，加上你又不能打，用机甲潜伏接近，查看情况再折返回来太耽误时间了。还是得我们去，如果确定能够干掉，那就当场动手！"

姜见明没理这家伙，只是皱眉远远盯着那只巨型蜘蛛。他来银北斗之前做了很多准备，其中之一就是专门背过常见的异星生物图谱，但眼前这只他并不认识。

"曼儿。"唐镇突然说，"你是队长，你来决定。"

"我？"贝曼儿愣了愣，犹豫地皱起眉，"我……"

一方面，她觉得情况确实有些异常，或许应该谨慎；但另一方面，她心里又觉得李有方说的话有道理。而且别的不提，让一个带病的残晶人类独自去探查这种事……是个正常的新晶人类都干不出来吧！

半分钟后，贝曼儿咬了咬下嘴唇："我们五个人去！只不过，没有我的指令，谁都不许擅自攻击。"

姜见明想了想，并没有阻止，而是说："好，但不要贸然靠近百米内的范围，到时候把影像同步给我。历练不值得拼命。"

贝曼儿点头答应，下一秒，姜见明就看到屏幕的通信窗口闪了闪，屏幕上跳出贝曼儿的脸——是她用私人通信在跟他说话。

贝曼儿还是咬着下嘴唇，清澈的眼神里带着一丝紧张，小声说："但是，姜同学，如果万一，万一有了什么……你一定要先走，别管我们。"

姜见明知道贝曼儿的意思：因为他是残晶人类，真到了危险时刻冲上去也帮不了什么忙，还不如能跑一个是一个。

他没有反驳什么，也没有答应，只是说："多加小心。"

私人通信挂断。

贝曼儿说："大家一起上！"

下一秒，五架 M- 激电 18 纵身跃起，借着山体的阴影，快速接近那只趴在低地一动不动的大东西。

姜见明则坐在自己的驾驶舱内，眼前的屏幕上映出几人的机甲摄像头所捕获到的图像。

那只蜘蛛形态的异星生物渐渐放大，他屈起食指，敲了一下机甲屏幕："赛特，查查。"

"收到指令，开始在已备图鉴内搜寻，汪！"

那边，唐镇顺手在小队的通信频道内发了个监测数据的共享："看这个晶粒子的浓度和波动频率，是C级没错了。"

艾丽："瞧它的脚，还有眼睛……这家伙受伤很重！"

李有方笑了笑："它应该是在这儿养伤的，原来咱们的好运气在这儿等着呢。"他深吸一口气，"怎么样，伙计们，干吧？"

唐镇："都靠近到这儿了，它连个反应都没有，我觉得能行，干吧！"

贝曼儿犹豫一秒，朝通信里问道："姜同学，你……你还在观察这只异星生物吗？"

赛特的声音在这时传来："检索失败，汪汪，在已知图鉴内无法确定相应异星生物。"

"不行，别干，你们再等等。"

姜见明闭眼捏了一下眉心，忽然道："赛特，再试试智能匹配，排除D级。"

"收到指令，开始根据特征进行比对……"

"姜见明，你怎么这么磨磨蹭蹭的。C级生物，本来能在图鉴上找到的就很少吧？"乔不满地说了一句。

李有方操纵着机甲走上前去，站在山岩边缘上，他的声音充满自信："看，这蜘蛛的右侧两条腿都断了，待会儿我去吸引这东西的注意力，你们四个人就两两合力，先把另外两条右腿斩断，到时候它就算想逃也跑不了了！"

"太完美了，"乔连声附和，"我觉得李的作战计划很棒！"

姜见明眼神放空，无奈地按住太阳穴，暗想：怎么有人能想出如此儿戏的计划？但凡哪个环节出错——比如，假设他们根本砍不断巨蛛的腿——那可不就是手牵着手全队覆灭？

突然，智脑赛特疯狂叫喊："异常，异常……

"智能匹配结果，与C级异星生物'灰头蛛'匹配度达到41%……

"怀疑该生物为亚种，亚种的危险度极高，请主人迅速远离，汪！"

"亚种？"

姜见明眼神骤变，他飞快打开小队内部通信频道，声音寒冷："所有人马上回来，这只巨蛛可能是个特殊变异的亚种。"

唐镇："什么？"

艾丽："你说亚种？！"

乔："呃……亚种是什么？"

频道里，几个人的声音杂乱地响成一片。

——都到银北斗了，居然有人连亚种的概念都能忘？姜见明有那么一秒被气得心口疼，他眸子冰寒，声音更厉："所有人，马上回来！"

气氛骤变，四架已经绕到巨蛛头部一侧的激电一秒钟后齐齐掉头！只有乔慢了一拍，这个胖子显然慌了，手忙脚乱中晶骨操纵也变得混乱起来。

哗！变故就在一秒之内发生，只见乔那架激电的一条机械足在冰上打滑，驾驶员一个没控制住，居然导致机甲整个从崖上滑落了下去！扬起的碎石轰然砸落在了那只巨大的异星生物面前。

唐镇破口大骂："这个没脑子的！"

腥气扑鼻，那只亚种巨蛛就在乔面前，连三十米的距离都不到。

"不……"乔瞳孔发抖，牙齿在打战。

瞬间，一只原本安静伏卧的巨蛛突然耸动起来，口器探向面前的那架 M- 激电 18！

"啊……"异星生物的阴影与恐惧瞬间笼罩住机甲，乔惊恐地叫起来，"啊啊啊啊！"

千钧一发之际，另一架 M- 激电 18 从山崖上飞跃而下，驾驶舱口大开，红栗色的晶骨在半空中一闪。是唐镇！唐镇落在了乔的机甲上，只听一声金属碰撞般的脆响，从他肩胛骨延伸出的晶骨硬生生地架住了巨蛛口器上的附肢。

"呃……啊！"肩上巨力传来，唐镇额上青筋暴起，几乎要把后槽牙咬碎。

下一刻，他的两侧闪过激电的身影——贝曼儿和李有方几乎同时操纵机甲开炮，一左一右轰在巨蛛的两条附肢上！下一秒，巨蛛猛地扭头，拖着断腿转了半圈，口器中猛地发出簌簌的怪响——它那八只挤成两排的绿色单眼映出贝曼儿的那架 M- 激电 18。

李有方怒吼："糟了，曼儿，躲开！"

巨蛛速度飞快，只是一个眨眼的瞬间，贝曼儿的机甲已经被扑面而来的黑影咬住！

艾丽惊呼："天哪，曼儿！"

"我没事！"贝曼儿瞳孔收缩，驾驶舱口打开的瞬间，她的晶骨如铁鞭抽打在巨蛛头顶！

锵的一声脆响，被弹飞的是人类晶骨，异星生物岿然不动。贝曼儿脸色煞白，怎么会这样？她的晶骨是 B 级，面对 C 级异星生物，就算是亚种也不应该——

砰！扬尘与碎石飞起，巨蛛顶着这架机甲横冲直撞，直挺挺地撞上了岩壁。驾驶舱内的贝曼儿在巨大冲力下惨叫一声，她的机甲火星四溅，发出不堪重负的滋滋电流声响。

"曼儿！"唐镇目眦欲裂，疯了似的就要冲上去！

下一刻，却听他的身下，乔的机甲通信频道内传来姜见明冰冷紧绷的声音：

"唐镇！回你自己的机甲！"

"曼儿，"姜见明的嗓音异常地冷静，他紧接着道，"跳机甲！"

驾驶舱内，警报红光闪烁成一片，贝曼儿头昏脑涨，口腔里全是血腥味，浑浑噩噩地想：跳……什么？跳机甲？可是在这种情况下……失去机甲，凭人类的移动速度，是绝对不可能逃脱的……

姜见明："快跳！"

下一秒，巨蛛的口器中陡然喷溅出大片白色蛛丝与毒液的混合物！就在几乎同一个瞬间，驾驶舱在贝曼儿的操纵下紧急弹出。然而蛛丝擦过时竟然像钢铁的尖刺，驾驶舱直接崩裂，驾驶员柔软的身躯被高高甩了出去。

"曼儿！"好几个人的叫喊声夹杂在一起，仿佛从另一个时空传来。

贝曼儿砸在地上又弹起，滚了两圈才停下来，侧身趴在冰岩之间，口鼻间都是血。模糊的视野中，贝曼儿看到近在咫尺的巨蛛。那八只硕大的浊绿色单眼，挂着黏液的口器，黑色的节肢，还有灰褐色的绒毛。自己的激电被腐蚀出了个大洞，机械臂与驾驶舱都化作了一摊铁泥。若非刚刚在最后时刻弹出驾驶舱，这时她也已经被腐蚀得骨架都露出来了。

手臂、脚踝、后肩、腰际……贝曼儿嘴里含着血，咬牙令晶粒子快速凝结成固态晶骨，她的晶骨是半透明的暖黄色，像春天的郁金香。

巨蛛掉过头，不知为何，竟然没有继续攻击贝曼儿，而是朝着另外几人的机甲冲了过去！

贝曼儿想爬起来，可是右小腿一阵剧烈疼痛，竟半点也动弹不得。

少女大口大口地呼吸着，颤抖着手指摸向剧痛的腿……她摸到了黏液与坚硬的蛛丝，还有温热的血——巨蛛的喷吐物射穿了她的小腿。

她怔怔地想：所以……这只巨蛛不继续攻击，是因为认定了自己已经是它网中的猎物吗？

忽然，白光一闪，机甲 S- 雪鸠掠过阴云涌动的异星低空，自巨蛛的头顶飞掠而过。

巨蛛却没有理会，它正飞速接近山崖边的另一架 M- 激电 18。

此时，唐镇才钻进驾驶舱内，匆忙把机身一扭，激电沿着陡崖滚落下来，蛛丝与毒液在后头喷洒了一路，山崖间留下大片腐蚀的焦痕。

"唐镇！往前跑！"姜见明猛地咬牙，直接将雪鸠的原配主炮和两架自己装配的机甲炮全都打开，冲着巨蛛疯狂开火。

突然，巨蛛体内发出不明怪响，腹部恶心地蠕动了一下，尾部猛地喷出极长的蛛丝！

雪鸠险之又险地斜身避开，姜见明打开驾驶舱攀住机体前胸，大喝一声："赛特——"

青黑色机甲应声飞来，驾驶舱内没有人，只有智脑的光闪烁在屏幕上。

"警告，高危警告……"

赛特的声音异常尖锐："最新智能匹配结果，与B级异星生物'鬼面腹蛛'匹配度达到68%……请主人即刻远离，汪汪汪！请即刻远离，汪汪汪！"

姜见明心里猛地一沉……亚种，是指普通异星生物经过特殊突变后的物种，远比同类强大，且不可预测。如果智能匹配的匹配度在30%～80%之内，就有亚种的可能。而按照赛特所说，这只伤残的巨大蛛态异星生物，或许并不是C级亚种……它是B级亚种！

就在雪鸠与激电并列的瞬间，姜见明纵身一跃，直接从机甲雪鸠身上跳回了激电的驾驶舱内，他一把扯紧安全带："赛特，交换控制权！你去操纵雪鸠，听我的远程指令。"

"收到，控制权已交换，汪！"

姜见明双手按上操纵台，目光迅速对应着队友的定位光点找人，同时打开小队内的通信："都冷静点，听得见我说话吗？"

然而……场面已经彻底混乱了。乔早就被吓破了胆，这时候调转机甲就往下坡跑；艾丽见巨蛛竟然朝这边飞速爬来，尖叫着不管三七二十一也开始逃跑；唐镇想回头去救贝曼儿，差点在斜地里撞上李有方的机甲……

姜见明在瞬间做出判断："别掉头了，所有人直接往前跑，全速！"

唐镇吼道："曼儿的机甲坏了，我要带她走！"

"唐镇。"姜见明操纵着机甲下落，声音冷冽，"想救人就听我的，现在先走！"

唐镇眼睛血红，咬牙两秒，机甲转向，紧紧跟在姜见明身侧。

当激电在前面跑时，巨蛛就不理会体积更小的雪鸠了。雪鸠比激电的速度快得多，只要趁巨蛛追逐他们的时候折返回去，完全可以把贝曼儿救回来。

这一路他们躲避着后方不停喷射而来的蛛丝，疯狂全速奔跑。夜幕降临的时候，头顶的阴云也追了上来，又是一场风雪呼啸。

姜见明确认巨蛛已经不在后面，打开通信频道："停下吧……都停下！"

几架机甲拖着沉重的机械足，艰难地在大风雪中绕到背风处，静了下来。

大约过了一分钟，唐镇沙哑地说："还有力气动的，下来和我一起搭帐篷。"

姜见明用发抖的手指在身边摸索，抓出晶粒子镇静剂和几针药剂，挽起袖子一针针打进肘弯上。

风雪越来越大，四周是完全陌生的灰色层峦，可见度还在不停地下降，一切都朝着更糟糕的方向变化。姜见明倒在激电的驾驶舱内起不来，他感觉自己又发烧了，对时空的感知都有点模糊了。

直到唐镇用力地砸他驾驶舱的舱口，喊声若远若近地传来："小姜……小姜，醒醒……姜见明！"

姜见明一个激灵猛地惊坐起来，大口地呼吸。他背后出了不少冷汗，眨了眨眼之后，视野总算清晰起来。

只见唐镇顶着风雪攀上了他的激电，正在用拳头敲着玻璃。

青年脸色很差，近乎青白一片，干裂的嘴唇颤抖着："你快出来，雪鸠……把曼儿带回来了。"

姜见明被唐镇搀着下了激电，沙哑道："现在怎么样了，能和要塞联系上吗？"

唐镇的脸色变得更惨淡："已经通知霍林长官了，这是异常情况……遭遇高阶异星生物的，不止我们一队。还有……还有第一小队，今天中午撞上了一只B级，我们联系上长官的时候，第一小队已经……全队覆灭了。"

"霍林长官让我们想办法撑住……"唐镇说着闭上了眼，仿佛又看到投影对面血流成河、断肢残骸的景象，还有一向严苛的中校露出惨白的脸色。

"他说会立即报告上级，派人来救我们……但是。"

"但是，"姜见明暗叹一声，仰头看了看被风雪遮蔽的来路，"谁都不知道那只B级亚种什么时候会追上来，是吗？"

唐镇不再说话了，两人走到雪鸠面前。

贝曼儿躺在雪鸠的治疗舱里，她双眼紧闭，脸颊泛着诡异的青灰色，已经陷入了昏迷。再往下看，少女的右小腿已经变成紫黑色，肿大了一倍还多，蛛丝造成的伤口已经被治疗舱内的设备给清洗干净了，但狰狞翻卷的皮肉依旧令人触目惊心，甚至可以看到碎裂的骨头。

姜见明光看了一眼，眼眸沉了沉。他扭头招招手："再来个人，先把整个治疗舱卸下来，搬进帐篷里。"

半分钟后，姜见明拎着自己的作战包进了帐篷，打开治疗舱的透明罩，又看了一眼贝曼儿的伤腿。

黑发年轻人闭了一下眼，语调沉静："毒走得太深了……要截肢。"

他这一句话出来，帐篷里的空气瞬间凝固。四周似乎比风雪大作的外面还要冷，同时又有比外面更浓的黑暗漫上来。

"你说……什么？"艾丽茫然地抬起泪痕纵横的脸，结结巴巴地道，"要截……截……"

"不行！小姜，不行……这真的不行，我们再想想办法……"唐镇猛地站起来，表情扭曲得几乎要哭出来了。

姜见明从作战包里翻出短刀，唐镇冲上去扳住他的手，沙哑道："雪鸠的治疗舱不是还能供能吗，就让她这样躺着不行吗？小姜，我求求你……"

"不可以。"姜见明把唐镇的手指用力地掰开，低声说，"这只鬼面腹蛛是亚种，雪鸠的医疗系统也没法解毒。而且……雪鸠的能源剩余不多了，万一能源断掉，到时候什么都来不及了。"

"那就回要塞啊！"唐镇怒吼，眼眶却一点点湿润，嘴唇抖得越来越厉害，"要塞里有更完备的医疗设施，也有专业的医护，区区一个B级亚种的毒算什么？我们现在就走！"

现在就走？那只B级亚种就在前面，而他们一个个体力消耗殆尽，在这样的大风雪里，怎么可能走？

"现在谁都走不动。"姜见明冷声道，"唐镇，冷静点。"

"走不动的是你！"唐镇红着眼暴起，一把揪住了姜见明的衣领，拳头都已经抬了起来，"谁说我走不动，我……"

一句话没说完，眼泪就先从他的脸上淌了下来。唐镇嘴角抽动，那只揪着姜见明的手松开，捂住了自己的双眼。

许久，他呜咽道："如果不是我非要来银北斗……她只是想跟着我才来的，她只是……"

姜见明轻叹，眼底含着一点悲悯的光芒，但握着短刀的手自始至终没有颤抖："我开始了，如果受不了……就转过身去。"

与此同时，银北斗第一要塞，紧急会议已经结束。

某位少将戴着耳麦，正在与人通话："殿下……加西亚殿下？我是谢予夺，您现在是不是在野外区域？您驾驶的是什么型号的机甲？"

耳麦那边传来淡漠的一声："说正事。"

谢少将习惯了这位殿下的冷傲态度，语速加快："紧急情况，殿下。多只高阶异星生物突然出现在低危区，我们正在指示外出者撤回要塞，但今天恰好是适应期军官历练的日子，孩子们撞了个正着……已经有一队全灭，还有两支小队被困在雪山里，从要塞再赶过去来不及了，我只好求殿下救命。您看，您能去吗？"

耳麦那头静了几秒钟，似乎传来机甲呼啸的声音，加西亚说："知道了。"

谢少将松了口气："定位坐标我立刻发给您，第五小队暂时没有危险，但深入太深，一时回不来，我们担心他们胡乱走动反而会撞上高阶，让他们原地待命。而第三小队……他们在报告中，自称遇上了B级的亚种。"

说到这里，谢少将苦涩地顿了一下："我知道希望渺茫，但毕竟是几条年轻的生命，还是希望您可以……去看一趟。"

出乎意料，皇子殿下思忖片刻，忽然道："这倒不一定。普通的适应期军官，遭遇B级亚种早就全队覆灭了。既然还能活着联络到要塞……可能是熟人。"

9.

叮当，染血的短刀落地，散落一地的还有打空的麻药针剂、光束治疗仪、止血喷雾与绷带。

姜见明把一次性无毒手套脱下，也扔在地上，跨过一地狼藉，疲惫地说："来个人收拾。再休息半个钟头，然后我们回程。"

外头风雪依旧在呼啸，行军帐篷内血腥味还没散尽。

他一句话话音未落，几个失魂落魄坐在一旁的队友全炸了起来。

"回……回程？"乔率先惊叫，"姜见明，你开玩笑吧，那个大家伙都不知道什么时候冒出来，我们还要回程？好好等着要塞的救援不行吗？"

"不行。"姜见明在一旁坐下，慢吞吞地拢紧大衣，"救援和异星生物，很有可能会是后者先来，我们不能失去主动权。"

乔喉结滚动两下，突然道："姜见明……我告诉你，我们忍你很久了。一个残晶人类，天天摆出那么一副清高的样子，你以为你是什么东西，我们的军师吗？还是我们的指挥官，我们的统帅？"

这连珠炮似的骂声太突然，旁边的艾丽都被乔的爆发给吓了一跳："喂！乔，你……你怎么了？"

但乔连一个眼神都没分给她，他忽然暴跳而起，脸上泛着异样的激动红光，指着姜见明的鼻子一连串地骂了起来："我们跟巨蛛战斗的时候，你除了能冲我们喊撤退，还能干什么？就连救贝曼儿时，你不也是选择了自己逃跑，让你的智脑回去救人吗？"

姜见明头疼地揉了揉额角。新兵们最常见的心理崩溃，他暗想。

他从身边的作战包里摸出应急能量水来，拧开盖喝水。

"乔！"反而是李有方腾地站了起来，横眉怒道，"你失心疯了吗，说到底，当初掉下去惊动亚种的不是你吗？第一个吓破胆逃跑的不是你吗？"

"我又不是故意的！"乔已经情绪失控了，他扭过头，在脸上堆出一个笑容，转而去推唐镇，"哎，唐镇，你也得想清楚……如果姜见明第一时间用雪鸠去救贝曼儿，让她得到治疗，那她不至于需要截肢啊！"

唐镇没有反应，自从姜见明的短刀在贝曼儿的右腿上落下的那一刻开始，他就不再对外界有反应了。他双目无神地怔怔坐在一旁，好像变成了一具行尸走肉。

乔更加兴奋了，恶意在扭曲的心里滋长："你看吧，连你朋友都不护着你了。"

"闭嘴。"突然，一个虚弱沙哑的女声响起，贝曼儿仰面睁着眼，眼神黯淡。

她动了动嘴唇："懦夫。"

唐镇蓦地抬头，其他几个人也纷纷把愕然的目光转来——

"曼儿？"

"曼儿，你醒了？！"

"当时……"贝曼儿的手死死攥着自己血迹斑斑的衣角，一字一句，嗓音嘶哑又充斥着不甘，"那只巨蛛向我扑过来的时候，那么突然，根本没有人能救我。只有姜同学，他让我跳机甲，我听了。如果不是姜同学，被蛛丝刺穿的就不是我的腿，而是我的脑袋。"

她不甘心……怎么能甘心呢？她雄心勃勃地前往前线，撑过那么多天的辛苦锻炼，肩负着同伴的期望做了队长，却这样不堪一击地惨败在突然出现的亚种之下，葬送了自己的半条腿。失去了右腿之后，她还能……还能留在银北斗吗？

"姜同学……"贝曼儿咬了咬毫无血色的唇瓣，眼眶里含着一点泪花，"你有办法带我们脱离现在的险境，对吗？"

"还有二十三分钟。"姜见明低头看了一眼腕机，言简意赅，"你们随意。要吵要打，去外面。"

帐篷内没有人再吵了，半晌，唐镇忽然爬起来，用力扇了自己一巴掌。他也不说话，咬着牙，踉踉跄跄地一头扎进了外面的风雪里。

李有方惊道："喂！你别……"

"让他去，醒醒脑子不是坏事。"姜见明低头喝了口能量水，淡定地摆摆手，"放心，他不会傻到跑远的，唐家的小少爷还没有那么孬种。"

唐镇过了快十分钟才回来，他被糊了一脸的冰碴子，狼狈极了，但精神状态似乎好转了一些……至少，看起来从行尸走肉变回了活人。

他站在姜见明面前，黯淡的眼神中有了羞愧，支支吾吾说不出完整的话："我……刚才……"

姜见明淡淡地看了他一眼，随意地拍了拍唐镇的肩膀："你在外头待的时间比我想象的要久一点，不冷吗？不冷就把外衣脱了给我，我冷。"

唐镇无言。

片刻后，姜见明披着唐镇的外衣，冲其余几个人招手，示意他们聚过来。他点开自己的腕机，找出地图的三维投影给几个人看。

"来吧，听我说。"姜见明眼神清明，神态自若，"往低海拔跑是不可能的，亚种就是从那边过来的，继续深入不知道还会遇到什么。我们只能往要塞的方向撤退。"

"但如果一路边战边退，我们的体力撑不住，所以撤退的关键是如何阻截住这只亚种……我们不能和它玩你追我赶的游戏。"姜见明伸手点在投影上，在他们来时的峡谷出口处画了个圈，"看这儿。"

几个队友不禁都顺着这人的手指看过去，地图上，那里赫然是峡谷的最狭窄部分。往前是来路，往后是他们发现亚种的低盆地，这里像一个圆底烧瓶的瓶颈。

"我们先用机甲冲过亚种，当然，这会引起它的攻击。不要紧，我们坚持到这个地方……"姜见明在某处画了一个红叉，沉声说，"然后，把这片山谷一侧炸毁。"

众人齐齐一惊，倒吸冷气的声音响起。

姜见明面色不动，继续说下去："让落石堆积在这里，堵住来路。我不确定能否把亚种完全关住，但是至少，阻拦片刻一定是没有问题的。"

"炸……炸毁山谷？"

"这要怎么——"

姜见明："出发之前，我买过两枚中型晶粒子爆炸弹。这东西本来是针对异星生物的新晶械武器，炸个山头应该没有问题。"

"这……"几人愕然，面面相觑。

唐镇脸上泛起亮光，惊喜地喃喃自语："这好像行得通……行得通！如果真的能炸掉……"

"但有一个问题。"姜见明打断了他，回头看了一眼床上昏睡的贝曼儿，"我们现在有一名伤员，贝曼儿的伤势太重，激烈的战斗颠簸会导致伤口的崩裂和持续失血，她不能冒险。"

"所以，唐镇。"姜见明点了唐家小少爷的名，"你带贝曼儿走，用飞行态的激电飞越亚种的上空，在峡谷入口停下。剩下的四人，用陆地态的激电强行突破，吸引亚种的注意。我们要驾驶机甲，一直跑到峡谷入口。"

唐镇大惊："小姜？！"

"不行，这分工不合理！"李有方反驳姜见明，"还不如你带着贝曼儿先走！唐镇的晶骨是我们中间最强的，他应该留下来。而且你的体能不适合再战斗了……"

姜见明神色坚定不移："这是我的计划，所有人员安排听我的。"

他从作战包里拿出一枚黑色手雷，交到唐镇手中："收到我的信号就引爆，使用的时候当心点。"

片刻后，帐篷被收起来。几个人都走了出来，脚下踩着一层冰雪。

"真的……"乔的牙齿在打战，他手脚冰凉，"真的要这样冲过去吗？"

姜见明站在机甲下望过来，雪粒掠过他的发丝、他的眉眼："害怕吗？害怕很正常，谁都会有直面恐惧的时候。所以感到恐惧并不可笑，屈服于恐惧才可笑。"

这简直像一幅画，乔麻木的脑子里没来由地浮现出这个念头。

渺小的与浩瀚的，脆弱的与残酷的。就像画中，一朵小花开在末世的废墟上。

临别前，唐镇握着姜见明的手臂半天，沙哑地说："别出事。"

姜见明拍了拍他："不会出事，峡谷口见。"

唐镇深吸一口气，坚定的神色浮现在他脸上。

他将贝曼儿抱进驾驶舱，自己也坐了进去。很快，飞行态的激电在风雪中升空了。

"我们也走吧。现在雪积得还不深，激电跑得起来。再拖下去，越久对我们越不利……咳咳……"姜见明呛了两口寒风，又皱眉开始咳嗽。

李有方走过来。不知道是有意还是巧合，他替姜见明挡住了强风，咬牙问："你为什么不开雪鸠？你留下来，是为了……照顾我们吗？"

"不是。"姜见明转身钻进驾驶舱，抬手甩上门，"A级机甲的能源芯片很贵的，要塞也不负责配给，我要省着点。有那个闲心琢磨我用什么型号的机甲，不如好好想想什么时候能还我的钱。"

李有方暗骂了一句，用力拍了拍脸颊，扭头爬上了自己的机甲。

驾驶舱内，姜见明谨慎地检查每一项数据，最后才打开通信："准备好了吗，各位队友？记住，一旦开始行动就不能停下来，尤其不要急于升空，激电切换形态会产生大约两秒的停滞时间，非常危险。"

姜见明眯起眼，面前的屏幕上罗列着地图、数据、定位光标和队友们的通信投影，各式各样的数字与线条让人眼花缭乱。

他熟练地系好安全带，戴着黑色手套的双手落在操纵台上，一声令下："走！"

夜里的高山如同黑漆漆的魔鬼，狂风怒号时，被风裹挟的大雪又如白色的骤雨，黑与白的颜色铺满了视野，四架M-激电18在山间全速奔跑。

没多久，赛特开始叫喊起来：

"前方侦察：蛛态异星生物已有结网现象。

"汪！电磁波雷达自动开启。

"蛛丝已在地图中用红色光标显示，请主人当心。"

亚种所吐的蛛丝是半透明的，在风雪与机甲的高速移动之中，想要靠肉眼分辨非常困难。万幸智脑靠谱，屏幕前的四张地图飞速闪烁，无数红色光线横亘其上，好似夺命的闸刀。

"干得很好。"

姜见明眸色深邃，侧头在通信频道中说："亚种开始织网了，你们的机甲侦察系统精度不够，别只看数据，跟着我。"

说完，他的激电整个机身向左边倾斜，一道足有半米宽的蛛丝在右侧视野中一闪而过，很快就被抛在后面。其余三架机甲有样学样，跟着姜见明的动作轨迹左倾，稳稳避开了悬挂在山间的蛛丝。

姜见明："万一被蛛丝挂住了也不要慌，立刻用晶骨斩断，机甲的行动不要停。"

唐镇的声音在此时从通信中传来："小姜，你们怎么样？我看到那只大家伙了。"

同时被传送过来的，还有一份居高临下的实时摄像共享。碍于风雪，图像并不太清楚，只能看到有一团黑色的阴影伏在山间。

"我们避免正面战斗。亚种的头部和腹部都会吐丝，可以从侧面接近……嗯，好像需要让它把身子转过来，露出侧面。"姜见明说着轻笑了一下，声音传进频道里，带点撩人心弦的磁性，"看我去遛它一下。"

下一刻，他本就高速前行的激电居然再次猛地提速！

李有方大惊，瞬间心脏都提到了嗓子眼儿："姜见明！你别乱来，你——"

巨大的蜘蛛态异星生物被接近的机甲惊动，果然扭过头来，两排浊绿色的单眼令人不寒而栗。

姜见明的机甲瞬间跃上半空，双臂平伸，炮口聚光闪烁，激电在空中旋转，同时不断轰炸……最后只留下一圈青黑与亮白交织的残影。

趁机，另外三人的机甲准确无误地从侧面飞越亚种的上空。亚种巨蛛这才反应过来，腹部高抬，猛地喷出蛛丝。

带着剧毒的尖锐白丝已逼至眼前，突然，三架机甲的驾驶舱同时开启。

此刻，时间仿佛放慢了好几倍，几个年轻人的面庞被各自晶骨的光辉照亮，轮廓中透出真正的银北斗军人的勇猛与坚毅。他们低吼着，将恐惧与愤怒化作一口浊气，吼声震天！

李有方率先大喝："给我——下——去！"

晶骨释放，如出鞘的长刀，嚓的一声！坚韧的蛛丝被三人的晶骨斩成四截，无力地从半空飘落。

乔惊喜又不自信地问道："成……成功了？我砍断了蛛丝吗？"

李有方："别傻乐了，继续跑！"

砰砰砰！三架激电落地，驾驶员们纷纷甩上驾驶舱，继续奔跑！

"姜，"艾丽在通信频道里焦急地喊，"你自己怎么办？"

激电的驾驶舱内乱光连闪，冷汗打湿了姜见明鬓角的黑发，他微微张口，急促地呼吸着，身体确实已经到了极限。但他的精神状态竟然很好，手不抖眼不晕，脑子清醒极了。

狂风呼啸中，他将这架激电的四条金属足都抬到和地面平行的角度，机身下压，毒液与蛛丝擦过头顶。砰的一声，姜见明打开了驾驶舱口，右手倏然拔出了佩枪！

咻——电光石火之间，亚种身上的腥臭味、火药的气味，以及泥土中混杂的血腥味直冲入鼻腔。姜见明的眼前有刹那的漆黑，机甲就这么保持着驾驶舱敞开的状态，飞速旋转着滑进了亚种的腹腔之下！下一刻，一声极为惨烈、不似寻常生物的嘶吼声响起在雪山，巨蛛的腹部猛地爆开一串火光。

李有方、乔和艾丽都看得呆了。

那架激电从巨蛛身下滑出。姜见明喘息不止，他左手扳着操纵杆，右手却握着那把维纳斯之翼，眸色冷如刀尖寒芒，机甲上满是喷溅的大片血迹。就在刚才，他从巨蛛的腹底钻过，顺手连开数枪，新晶械子弹无一例外打穿了亚种的肚皮。

李有方几乎要疯了："姜见明！不是你说要避免正面交战吗？"

姜见明收枪轻笑，他大口喘着气，语调却很轻快："对不起，没忍住——"

黑发年轻人闭了一下眼……是的，这一刻，当他驾驶机甲冲破风雪与异兽，与死神擦肩而过时，他感到了一种从未有过的兴奋，仿佛撞碎了命运赋予这副孱弱身躯的枷锁。他的灵魂是滚烫的，是自由的。

"机甲破损度 8%……13%……"

姜见明吃力地扬了扬嘴角，他已经让赛特计算过了，这点儿损伤，离报废还远着呢。可惜回去又得修理机甲了。此时此刻，他突然很想看看霍林中校那张冰块脸，想看看长官再次被他气得暴跳如雷的样子。

激电重新整备态势，继续在长夜、风雪与重山中奔驰。很快，新的问题便出现了。前方蛛丝结成的网越来越密集，为了躲避蛛网，乔和艾丽已经无法保持全速前进，不得不慢下来。开始有人被蛛丝缠住，激电的破损程度直线上升。

通信频道里交错着每个人粗重的呼吸声，嘶哑刺耳，仿佛沙粒在玻璃上摩擦。

终于，乔在第三次被蛛丝缠住之后，带着哭腔喊道："等等我……等等！"

姜见明咬牙，忍着眩晕喘息道："保持前进。"

乔崩溃地大喊："我跟不上了！"

他身后，那只亚种的阴影已经逼近。

"别回头！"姜见明低声喝了一句，抬眼说道，"看到前面那个山崖了吗？我们在那里把亚种甩开。你只管跑到那里然后起跳，剩下的交给我。"

狂风呼啸而过，两侧的景物化作残影向后移动。所有人的体力与精神都达到了临界点，死死地盯着越来越近的山崖，靠着最后的毅力保持机甲的速度不减缓。

亚种蜘蛛的口器悬在最后一架激电的上方，绿眼幽森，庞大的身影彻底将机甲笼罩其中。

乔脸色惨白，两腿战战，终于哭了出来："不行了，救命……我真的跟不上了！"

山崖已近在眼前，李有方怒吼一声："一起跳！"

两架机甲穿过雪浪，冲上山崖，那是李有方和艾丽的机甲。而与此同时，巨蛛终于追上了乔的机甲，口器重重地砸下——

"啊啊啊啊！"面对死亡的阴影，乔面部扭曲地吼叫着，他操纵机甲奋力跳起，同时扭转炮口，指向那异星生物！但他忽然瞳孔一缩，出现在炮口对面的，不是亚种，而是一架斜冲过来的机甲，那是姜见明的机甲。

乔愣愣地张口："啊……"

之后的一切都发生在刹那之间：姜见明与乔的机甲擦身而过，前后位置骤然调转，同时举起炮口，火光炸开。下一刻，乔身后的巨蛛被姜见明回身的一炮轰下了断崖。而与此同时，姜见明自己的机甲脚下火光爆炸，气流直接将那架L-激电18掀翻，连人带机甲一起滑落到了断崖之下！

轰！几秒后，崖下炸出更大的火光，浓烟滚滚而上。

乔怔怔地松开晶骨操纵，他的机甲哐当一声撞上了山崖。这一刻，他透过驾驶舱内屏幕的淡淡反光看到了自己泪痕纵横的脸，像童话里最丑陋的妖魔。

死一般的寂静持续了几秒钟，通信频道内，刺啦刺啦的电流声过后，李有方发抖的、不敢置信的声音传来："你……你干了什么？"

李有方双眼通红，霍然抬起机械臂，一拳将乔的机甲击倒在地："你干了什么啊？"

"我……我不是……不是！"乔瘫坐在驾驶舱里，茫然地惊叫起来，连连摇头，"我是想回头打那只亚种的……我哪知道他……"

"你哪知道他会回头救你是吧？"李有方怒极反笑，"他让你别回头！他说都交给他！你是怎么做的？！"

"别……别吵了！"艾丽声音发抖，显然也是给吓坏了，"先……先救人……救人要紧……"

只听轰隆一声巨响，不远处山壁的一角闪起爆炸的火光，随即就是塌方。无数山石一块接一块地砸下来，狭窄的通道被上空掉落的巨石堵了个严严实实。

李有方、乔和艾丽三个人都怔在那里，面无人色。是的，按照计划……姜见明给唐镇发了指示，所以唐镇炸塌了峡谷上方的石壁。他们安全了。

几分钟后，飞行态的激电在空中滑落，唐镇操纵着机甲落到原定的会合地点。当他看到峡谷对面迎面而来的只有三架机甲的时候，脸色骤然变得青白。

唐镇后知后觉地看了一眼定位光标，颤声问："小姜呢？"

通信频道在这个时候闪了闪，里面先是传来一阵乱流声，然后稳定成姜见明含笑的嗓音："会合了吗？我看定位坐标，应该碰面了吧，曼儿的情况还好吗？"

唐镇本来浑身上下的神经都紧绷着，这时候一听姜见明的声音，整个人当即就炸了："姜见明！你人在哪里？还有，你的定位呢？我这里看不到你的坐标了——你到底在哪里？"

"嗯？"对面姜见明敷衍地回了个鼻音，带点懒洋洋的笑意，"他们三个没跟你说吗？"

被山石堵住的峡谷另一端，青黑色的机甲被滚落的岩石掩埋了大半，升起了淡淡的黑烟。姜见明吃力地睁开眼睛，视线很模糊，他从破损的机甲与落石的缝隙间看到了飘雪的夜空。

驾驶舱的屏幕上裂了一道缝，赛特的语音已经被他关掉了，只有文字在闪动。

"紧急情况，紧急情况！机甲破损度 43%。M-激电 18 已无法正常启动，请主人迅速切换机甲，请主人迅速切换机甲，呜汪汪……"

血从他的额头上淌了下来，沿着眉骨一路淌到苍白的下颌。姜见明仰躺在残破的机甲里，动弹不得——激电的机械臂断裂，压住了他的右肩。

他含笑说话："我换了机甲了……雪鸠上没安装银北斗的定位系统，你当然看不见。"

唐镇大大地松了口气。

姜见明用左手扳住压下来的机械臂，试了试力道，口中则若无其事地说着："我留下来再观察一会儿，确认它爬不过来就回去。"

"观察？"对面唐镇直接给气笑了，"姜见明，你真以为自己多能耐了是吧？我说你有点自知之明行不，说到底，就你一个残晶人类，哪次到最后不还是别人给你擦屁股，快给我滚回来！"

"唐镇！"李有方忍不住叫了一声，他眼神放空，喉咙干哑，"你……你……你别说了。"

唐镇冲他翻了个白眼，哼道："怎么着，被小姜救了一次，现在开始护着他了？我告诉你，你跟他混熟了就知道，这家伙可不叫人省心。"

李有方说不出话来，他的双手在颤抖。

驾驶舱内的屏幕上闪动着三行字句，赫然是通讯频道内远程接收的信息：

"前行。"

"别回头。"

"这次好好听我的话。"

李有方猛地闭上了眼——他知道，此刻乔和艾丽的屏幕上，一定也闪着同样的信息。是姜见明，他让他们别回头……

"好的，唐少别生气，我这就回去了……"姜见明咬牙用力，咣当一声，压在肩膀上的机械臂终于被他推开。你们按原计划前进，至少再往前跑半个钟头吧……找个安全的地方扎营，我尽快过去跟你们会合。"

唐镇："行了，你可快点儿啊。"

姜见明"嗯"了一声，切断了通信。

他并不慌张，反而十分冷静。记得几年前，陈老元帅拉着他聊天时提过一句：战场上瞬息万变，再智慧的指挥官，也不可能永远预料到所有情况。所以，身为将领和统帅，重要的素质并不是料事如神，而是临机应变。

他喘息着，握住了雪鸠的折叠手镯。还好自己留下了雪鸠的剩余能源，问题不大。只要乘上雪鸠……飞到峡谷那边……

"喀喀……喀……"姜见明忽然痉挛着咳嗽起来，五脏六腑连着骨头都激起一阵剧痛。

他隐忍地细细呼吸，盯着沾在雪鸠手镯上的血迹，又望着不远处巨大的亚种。忽然，有个很奇怪的念头在脑海里浮现。奇怪，自己为什么……

记忆忽然混乱了，一个清脆的童稚声音在时光深处响起："为什么……"

窗外是无垠宇宙，是紫红色的巨大星环与星球，这是第二星系的紫丝绸星城，帝国最为重要的商贸之星。

民用星舰的仓库内，黑发黑眼的少年合上手里捧着的书，歪头，眸子清亮："为什么要逃跑呢？"

大雪，漫天的大雪飞落。姜见明怔怔地仰躺在机甲残骸间，挂在他脖子上的那枚勋章仿佛有了温度。

夜色下，亚种巨蛛挥动螯肢向这边冲来，它的口器开合，正准备着下一次吐丝。

再不走就来不及了……但是，这事很奇怪，说到底，他为什么要走呢？

为了这只突兀降临的 B 级亚种，好好的历练作废了，贝曼儿断了右腿，他自己也疲惫不堪，疼成了这个样子。他们一路奋战突围至此，也成功让这只亚种流了一路的血。

现在队友们平安离开，再没有后顾之忧，他为什么——

飞速闪回的记忆里，坐在民用星舰里的小少年……十三岁的姜见明好奇地撑着下巴，含笑发问："为什么不去杀死敌人呢？"

姜见明的瞳孔轻轻一缩。刹那之间，喷射的蛛丝打碎了旧忆！一声金属相击的脆响后，白光乍现，机甲雪鸠在最后关头展开，那双羽翼似的白色盾牌挡住了亚种的蛛丝。

姜见明跌进驾驶座里，意识错乱间，他仿佛回到了童年的紫丝绸星城，看到了养父拖着行李走出家门的背影。

那个教会他读书识字，也教会他摸枪械玩机甲的老男人；那个穿围裙会烧菜，乐呵呵抚养他长大的老男人；那个在他的人生中第一个答应过会永远陪伴他的人——他的爸爸，终究应征去了远星际，永远埋骨星海。

"紧急情况，紧急情况，机甲破损度 4%……10%！"

更多的蛛丝黏住了机甲的关节，雪鸠仿佛一只振翅的鸟儿被绳索困住，悬在了山崖之间。

"B 级亚种正在快速接近，请采取行动，请采取行动！"

亚种蜘蛛嘶鸣起来，它不停地喷出毒液与蛛丝混合的白色物质，将机甲越缠越紧，直至把雪鸠在半空中吊了起来。

姜见明伏在红光乱闪的驾驶舱内，虚弱的手中握着一枚黑色的投掷手雷，那是在雪鸠展开前的最后几秒从身旁的作战包里掏出来的晶粒子爆炸弹。

更多的血从嘴角缓缓流出，姜见明眼神失焦，仿佛又看到了莱安离去的背影。白金长发飞扬，皇子最后回眸一眼，缓缓消失在黑暗的宇宙深处。

这是在他的人生中，第二个给予他承诺的人。

三年前的临别之际……莱安是否也做过这样的抉择？

他的爸爸当年也是一样吗？明知强敌当前，只要回头，只要退避，身后就是安全舒适的归宿，就是等待征战者归来的人们。

但纵观人类文明跌跌撞撞的数千年历史，无论何时何地，总会有一些固执的灵魂——选择了浴血前行。

峡谷之前的山崖间，蛛网已然成形。亚种巨蛛快速向无法动弹的S-雪鸠冲来，喷吐最后的蛛丝。

姜见明咬着牙，含泪轻轻笑了。其实他从来没有真正怨恨过莱安的赴死，唯独一样，心绪难平——

他低声说："你为什么放弃了与我并肩作战，让我费力去追赶。"

你明知道，我和你是一样的人。

下一秒，蛛网正中的雪鸠消失了。机甲被强制收回成折叠态，正中的蛛丝失去了束缚的对象，顿时软绵绵地垂下，变成风中摇摆的一团丝。

姜见明坠落下去。寒风夹杂着千万雪花从身后如浪涌来。他看到铺天盖地、交错纵横的白色蛛丝，一道又一道从他的周围掠过，仿佛命运想要束缚在他身上的锁链。

那么，就让这一切都毁灭吧。

一声轻响，姜见明在半空中拉开了晶粒子爆炸弹的安全环，掷向近在咫尺的敌人。

爆炸弹果然落在亚种蜘蛛重伤的腹部，有亮光一闪。下一刻，猩红色的火球迅速膨胀。火球包裹了亚种蜘蛛，尤不满足。爆炸的余波携着热浪，迅速向四面八方扩散。

姜见明静静地看着热浪向自己袭来，心中一片安宁。不会死，最多只是重伤。伤敌一千，自损八百，倒也值了。

然而下一秒，视野内凭空刺出无数赤金色的真晶，替他挡下冲来的气劲。

——轰！震动山谷的巨响姗姗来迟。姜见明下坠的身体先是被半空中凝成形的真晶挡了两下，然后才落在冰冷的山地上。他闷哼一声，即便已经被卸掉了七八分力道，肺腑还是一阵剧痛。姜见明却什么都顾不得，猛地抬起头。

夜色似乎也凝固了，峡谷外处处浓烟烈火，巨蛛的断肢从天而降，血雨纷飞。长风带来烧焦味、血腥味与恶臭……就算古蓝星纪元的东方神话中描述的十八层阿鼻地狱真实存在，或许也不会比眼前这一幕更残酷。

然而，就在这景象之中，立着一个修长的身影。加西亚逆着火光回眸望来，夹杂着雪的乱风吹开他的白金长发，依旧是那双摄魂的翠绿冷眸。

一架漆黑的机甲不知何时斜身悬停在上空，为皇子挡住了喷溅的秽物。

血雨蛛尸之中，他如降临的神祇。

10.

加西亚回身，在火光中一步步向他走来。于是此刻，世界的所有颜色都褪去。

姜见明有些怔忪。莱安……又错了，加西亚殿下，他怎么会在这里？

出神的工夫，加西亚已经站在他的面前，阴沉地开口："为什么采用这样危险的作战方式，你不要命了吗？"

长风从两人中间穿梭而过。

"怎么，"殿下皱了皱眉，弯腰伸手，"你的同伴都阵亡了？"

姜见明意识有些飘忽，听不清加西亚的话，但他很自然地抬手握住了眼前的手掌，想要借力站起来。可是起到一半，他眼前忽然一黑，好像是这具疲惫的身躯终于断电般废掉。瞬间他的手脚全都麻木了，姜见明的意识哗啦一下子溃散，整个人脱力地倒了下来。

"你！"加西亚神色一变，手下意识地用力，竟一下子把姜见明的手套给扯了下来。

幸亏他手疾眼快，另一条手臂又扶了一把，才没让人摔在地上。

背后的残火还未熄灭，将夜色染成了赤红的一角。借着这明灭不定的光亮，加西亚的视线缓缓地落下来。他先看了一眼自己握在掌中的手套，再看向昏过去的年轻人，皱了皱眉头。

他忽然捏住了姜见明的手腕，抬了起来。一片苍白的肌肤就这么被暴露在亮光之下，隐约能看到细细的青筋。那是纤细的……残晶人类的手腕。

加西亚那张俊美无俦的脸庞上第一次露出了震惊与茫然交错的神情，他甚至轻轻地吸了口冷气，又不确定地回望身后被炸得稀巴烂的亚种。

"嗯……喀…"姜见明眉宇间猛地浮现出痛苦之色，他痉挛着咳了两声，嘴角溢出一缕鲜红，滴滴答答落在加西亚的手背上。

加西亚的神色又变了，这次已经接近惊慌。这人果真是残晶人类？可这里明明是远星际战场，银北斗什么时候能够接纳残晶人类了？再想想他所做的一桩桩事情……这也是残晶人类能做出来的吗？

加西亚咬了一下后牙，眼底暗了下来。他捉住姜见明另一只手的食指，用指纹打开了机甲雪鸠，带着伤员钻进了驾驶舱。

或许是咳出了血的缘故，刚刚短暂昏迷的姜见明眼睑动了动，意识稍微清醒了一点，吃力地睁开眼。

加西亚飞快地低头看他，嗓音莫名地有些紧绷："别睡。"

虽然机甲的型号数不清，但构造大同小异，加西亚单手把姜见明扶稳了，另一只手在黑暗中摸索了两下，找到了治疗舱的部位。

姜见明一时摸不清状况，赶忙哑声说："抱歉……殿下，谢谢您，我没大事。"他同时试图靠自己站起来，"第三小队撤离完毕……应该无人阵亡，我是断后……殿……殿下？"

加西亚冷着脸拉开治疗舱，把姜见明推了进去。

送来的氧气落在口鼻间，输液用的细针头刺入皮肤，治疗舱内温暖又舒适。躺平的瞬间，他浑身的骨头都软了，只想合上眼安心地睡一会儿。

迷糊间，他听见加西亚在通话。

"谢予夺，你……见过残晶人类吗？确认是残晶人类……我遇见……"

加西亚低声说着话，快速回头看了他一眼，唇线莫名地绷得很紧。

不知道是不是昏沉中的错觉，姜见明依稀从那张冷峻的面容里品出了几分……不知所措的神色。

"他……"加西亚又抿了抿唇，声音发紧，"他快死了。""喀喀喀！"砰的一声，姜见明一把推开治疗舱盖，双手撑在边缘惊恐地咳嗽……归功于皇子殿下那句话，他直接给吓清醒了。

现在满脑子只有一句：什么，谁快怎么了？他快死了？开什么惊天玩笑，自己最严重的外伤也就是被损坏的机甲刮破了流点血，要说失血量连贝曼儿的零头都不到。

皇子殿下这样子一本正经地胡说八道，别人是会当真的——

姜见明当即就想说话，甚至想冲过去扳着加西亚的腕机向对面"澄清"一下。

但这动作还没做出来，他就被脑子里一根弦给拉住了。

他想：不对，如果真是那位谢少将，应该认得自己的脸和声音。

加西亚已经猛地回头看过来，姜见明连忙快速摇头，眼神恳切：如您所见，并没有快死了，没有。

加西亚神色复杂地盯着他，取下耳麦，抬手掐断了通话。

姜见明无言。

加西亚殿下走过来，手臂一展把姜见明又拉回治疗舱内，严厉地低声说："别乱动，躺下。"

"殿下？"姜见明这下真愣了，连忙抓住加西亚的手，说，"殿下，请您冷静。我没有受重伤，只是有些脱……力。"

他这时候才看到自己的手套少了一只，手腕就这么赤裸裸地暴露出来。姜见明神色一变，后知后觉地看到加西亚手里抓着自己的黑色手套。

加西亚皱眉："少说话，保存体力。通信腕机给我，你需要联系救援。"

姜见明伸手去拿自己的手套："殿下，我确实没事。"

加西亚皱眉，主动把手套塞进他的掌心："我不能久留，也不可能带着你走……把腕机给我。"

姜见明立刻正色，问道："还有其他小队的处境不妙是吗？您接下来是要继续去搜救吗？那就不要在我这里耽误了，我会自己与队友会合……我是说，我可以自己联系救援的。"

皇子站起来，久久不语。他无法理解，这个躺在治疗舱内"命在旦夕"的残晶人类为什么死也不愿让自己帮助联系救援。不过……算了，眼前这人确实浑身都是神秘感，现在不是追究的时候。

加西亚走向机甲破军，姜见明才松了口气，却见他很快折返回来，在雪鸠的能源槽前半蹲下，咔嗒一声打开。

"殿下？"

姜见明探身一看，顿时吃了一惊：加西亚居然把自己的备用能源芯片换给了雪鸠！

"您干什么？不能这样，备用能源——"

加西亚倏然抬眉，打断道："是为了预备紧急情况。现在就是。"

他抿了一下嘴，又固执地把姜见明推回治疗舱内，顺手关上盖子，五指用力撑着舱口，冷硬地说道："你的问题我以后会彻查……现在，救援到达之前，你不许从治疗舱里出来。"

风雪终于小了许多，但这个夜晚还没有过去。

四周很安静，躺在雪鸠的治疗舱内，体力渐渐恢复的姜见明突然生出了一种迷惑的错觉。他脑海里不停地回放着加西亚最后把自己推进治疗舱，并熟练地关上舱盖的样子——就好像自己是一只在逃的家养宠物，现在被主人抓到了，于是拎回窝里关起来。

姜见明面无表情。他为自己这莫名其妙的比喻感到不爽，不爽到在治疗舱里躺不下去了。于是，他从内部停止了输液、吸氧等一系列治疗流程，打开了舱口。

姜见明出来的第一件事，就是操纵着雪鸠先给蛛尸照射了一圈固化射线——要死要活地干掉了这只B级亚种，要是不趁晶粒子逸散完毕之前从尸体上完成真晶矿的收取，那可太亏了。他吃力地把凝结出的真晶矿扔进雪鸠储存舱里，又开着机甲录像，绕着异星生物的残骸拍了一圈。

做完这些，姜见明终于摇摇晃晃地靠着蛛尸坐下了。

小殿下很不喜欢做事留个不利索不确定的尾巴。他感觉加西亚完成其他小队的营救之后，还是会回来找他。姜见明闭着眼扬起嘴角，那人到时候看见他从治疗舱里出来了，不知道会露出什么有趣的表情呢……

迷糊间，他总觉得自己遗忘了什么。但姜见明对自己的记忆有信心，既然是自己想不起来的事情，应该不是什么要紧的事，先睡觉吧。

与此同时，峡谷另一端出口，被姜见明彻底遗忘掉的第三小队其余人已经支起了行军帐篷，安置好了伤员。

唐镇重新向要塞发送了坐标与具体情况，这回，终于可以安心等待救援了。然而……帐篷外，李有方、乔和艾丽三个人在夜色中面面相觑，表情是一溜儿的惶恐不安，好像他们三个才是被抛下的那一方。

"不行，我得回去看看。"李有方脸色变幻几次，扭头就走向自己的激电，咬牙道，"我——我不能做对队友见死不救的懦夫，我死也不做！"

乔拦住他，急切地小声说道："李，你别傻了，姜见明不是有很厉害的机甲吗？我们全死光了他也不会死！说不定他现在已经飞回要塞了，你一过去，那个大家伙就把你……"

他不说话还好，一说话李有方当场暴怒，冲着乔劈头盖脸吼道："闭嘴！你不知道你自己干了什么吗？姜见明的机甲可是直接被你轰下山去了，谁知道他现在怎么样了！"

李有方在自己的机甲前蹲下，开始给机甲换备用能源。

"算……算了吧，李。"艾丽也磕磕巴巴地劝阻，"乔说的话也对……你现在折返，会被亚种吃掉的。我们应该快点和要塞的救援会合，请求军官去救人啊。"

"我……"李有方鼻头一酸，眼眶突然红了，"我得去……我还没来得及还他的钱呢。"

乔更慌了："可是，你……你走了我要怎么跟唐镇解释？他跟姜见明那么好，要是知道——"

他一句话没说完，忽然看到对面艾丽的表情变了，还在疯狂冲他使眼色。

帐篷口，唐镇直挺挺地站在那里，脸上的血色正肉眼可见地褪去，木然道："你们……你们在说什么？"

黑漆漆的高山之间，两架机甲全速奔驰着，穿越来时的峡谷。

"唐镇……唐镇！"李有方又急又气，在后头扯着嗓子高喊，"你冷静点，唐镇！"

"李有方……你给我听着……"通信频道里传来唐镇的粗喘和几近暴戾的声音，"要是……要是小姜有个三长两短，我不会放过你们……"

其实在凯奥斯军校的时候，一直就有不少人好奇，唐镇一个帝都贵公子，怎么天天跟在一个残晶人类室友屁股后面跑。他还操心这操心那，给人买镇静剂的时候活像个老妈子。

只有唐镇自己清楚，当年是姜见明从泥潭中拉了他一把。

这样说似乎也不准确，不如说，当年他全靠跟着姜见明，才得以一步步自己走出了泥潭。

那年他还是个初生牛犊，满腔的幼稚热血，天天梦想冲上战场杀敌立功。为此，他和父亲吵，和母亲闹，甚至闹到外公唐老爷子面前。在他报考凯奥斯军校却被调剂到后勤六院的时候，他与家里人的矛盾达到了顶峰。

唐镇后来每每回想都不得不承认，那简直是他人生中最不堪的一段日子。他对学院破口大骂，删了爹妈的联系方式，学着街头混混说脏话，逃学去酗酒、去打架……好像故意要和"天才""贵公子""家族希望"这些词语背道而驰，变成一个堕落的废物来报复什么。

直到某一天，大概是学院那边也终于看不下去了，罗海老师将他叫到了军校的战术对抗模拟教室来。

唐镇故意迟到了十分钟才去，进门时揉了揉脸，做出个蛮横凶狠的混子模样，却发现在那里等着他的还有一个人。

那是个和他年纪相仿的少年。少年黑发黑眼，穿着很素净的白衬衫，双手捧着一杯牛奶咖啡，眉眼秀气极了。

他正面无表情地抬头看着比自己高一个头还多的老师，一字一句认真说道："罗老师，我说过，您不可以这样随时随地传唤学生……我还要看书。"

罗海老师又好气又好笑，指了指刚推门进来的唐镇："赢他一局，凯奥斯军校的资料室我给你开一天的教师权限，这样行了吧。"

转过头，罗海又指着少年对唐镇说："赢他一局，让你转去一院。"

黑发少年淡淡地看了他一眼，慢吞吞地把牛奶咖啡放在了一边，站到了对抗战模拟机的一侧。

唐镇的"蛮横凶狠"装不下去了，他愕然地看着少年的手腕，那是个残晶人类。他的第一反应是皱眉头——找个残晶人类跟他打模拟战，这老师怎么能这么欺负人？

可是这话才跑到嗓子眼儿，唐少又想起自己现在扮演的是个"堕落废物"，而不是仗义少年。他硬是把不平的话给咽回了肚子，改为翻了个鄙夷的白眼。

对面的少年岿然不动，反而拍了拍模拟机，冲他说："好同学，麻烦快点。"

这一局没打十分钟，唐镇呆呆地望着面前闪现的"战败"字样，陷入了迷茫。

唐镇不甘心，一巴掌拍在机器上："我轻敌了，再来一局！"

对面的少年回头去看罗海老师，嗓音清朗："奖励可以叠加吗？"

罗海嘴角一抽，道："可以。"

八分钟后。

"再来！"

十三分钟后。

"再……再来！"

二十分钟后。

"我……我不信了，再来！"

那一天他们打了整整十二局，每一局唐少都打出了全新的败法，好一个大写的惨。

最后是少年先摆摆手，淡定地下了机："累了，今天就先这样吧……再打下去我要生病的。"

窗外日暮西山，枝头站着两只乌鸦，无情地发出嘎嘎的嘲笑声。

唐小少爷呆滞地坐倒在地，他觉得自己变成了一座灰白色的石像。

罗海老师毫不意外，眯着眼问两个少年："什么感觉？"

唐镇麻木了，说不出话来。

对面的少年倒是轻轻一笑，投来一个赞赏的目光："他心态不错，我很敬佩。"

少年离开时，唐镇忍不住在后面喊了句："喂！你……你叫什么名字，哪个院的？"

少年正单手推门，闻声回头看了他一眼，似乎又笑了一下："第六院，姜见明，也是你的室友……嗯，如果你还打算继续待下去的话。"

那天傍晚，夕阳西下的残光让唐镇觉得自己能记一辈子。

在这个世上，会不会有这样一种人，永远不被恶劣的外界条件所撼动？或许……生在什么家世，进入哪个学院，与出色的自身能力之间也没什么必然的因果关系。

这些念头，都是唐镇后来慢慢琢磨出来的。而当年的唐小少爷还没到读鸡汤句子的年纪，他的想法很简单——被周围吹捧了十来年的什么天才，原来都是骗人的啊！自己连个六院的残晶人类都打不过，还有什么脸换到一院？！

他留在了后勤六院，一留就是五年。日子一天天过去，不知不觉他成了第六院的首席生……虽然模拟战还是打不过姜见明。

他以为……自己成熟了，他以为……自己已经足够强大。

出发前去银北斗的雷雨夜，他握着姜见明递到额前的枪口，口出狂言。直到真正来到了远星际，战场的残酷才给了他当头一棒。他保不住贝曼儿，保不住姜见明。他冲动冒进，情绪崩溃，失去冷静……才知道自己还是这么无能。

激电已经驱动到了极限速度，唐镇粗喘着眯眼看向前方，峡谷的尽头的确已经被他炸毁。唐镇咬了咬牙，将机甲切换成飞行态，掠过山石，视野豁然开朗！只见峡谷间积雪消融，露出爆炸后的焦土。焦土上残骸堆叠，勉强能看出属于那只亚种。依稀能闻到很淡的一点焦味与血腥味，还没被风吹散。

唐镇愣愣地屏息，这是……难道已经有要塞的精英消灭了亚种吗？

"唐镇！"身后呼啸，李有方的机甲也赶到了，他震惊道，"这是怎么回事？这里被什么炸过了吗？看着不像晶骨。"

唐镇打开探照灯，死死地盯着下方，首先在断崖旁看到了报废的机甲。机甲断裂得很厉害，有几处明显沾了血迹。当时姜见明究竟是以怎样的状态跟他们打了最后那通电话的？唐镇浑身冰凉，他不敢想下去。

机甲里没人，他又不死心地去照那些断肢。

李有方低声说："他可能已经被带走了……如果有别人杀死了异星生物，看到同为银北斗的姜见明，那他无论是活着还是……应该都会被带回要塞。"

唐镇摇了摇头，声音不稳："这个爆炸的痕迹有点儿像晶粒子爆炸弹，万一炸死亚种的不是要塞的人，而是——"

忽然，他的探照灯猛地一顿！在远处的昏暗中，交叠的蛛尸之间，隐约可以见到一个人影轮廓。探照灯的光线照亮了那人军服上染血的银北斗徽章。

唐镇的表情空白了一瞬，下一刻他疯了似的狂奔过去，眼眶通红："小姜，姜见明！姜见明！"

姜见明没有任何反应，他深深地垂着头，黑发遮住了面容，大半个身子都是血。唐镇伸手一摸，五指触感冰凉。血已冷却，有了凝结的迹象。

唐镇开始浑身剧烈地发抖，牙齿碰撞咯咯作响，颤声道："小……小姜……你醒醒，醒醒……"

几秒后，姜见明垂下的眼睑动了动，无意识地侧过头："唔……"

唐镇连忙扶住他，吓得大气不敢喘。

李有方也冲过来，战战兢兢地喊："姜见明！你怎么样了，能看见我们吗，能说话吗？"

姜见明疲惫地睁开眼，眼底那点光亮缓慢地聚焦，落在唐镇脸上。

然后，他别过头，极度嫌弃地叹了口气："怎么是你啊。"

唐镇紧张的目光渐渐变得茫然：这个语气是怎么回事？

姜见明推开他的手，慢吞吞坐直起来，忽然轻吸了口气，捏了捏眉心，头疼似的道："啊……对了，我好像跟你们说过，会尽快过去和你们会合吧？"

"真对不起啊，"姜见明露出歉意之色，"遇上点意外，我给忘了。"

唐镇愕然，心想你浑身是血躺在蛛尸旁边，却告诉我把会合的事儿给忘了？这也是能忘掉的事儿吗？

姜见明又一摆手："我没受什么伤，身上的血基本上都是异星生物的。"

唐镇愣愣地指着他身后说："所以，这是你炸的？"

姜见明点头："炸得有点丑，下次改进。"

旁边李有方张着嘴，整个人都愣了。

唐镇死死地盯着好友，硬生生给气得肩膀颤抖，怒极反笑："行，你厉害，你是神仙，你可真够能耐的啊！"

"你……我……"可他一句话没骂完，就哽咽着埋下了头，眼泪扑簌扑簌掉了下来。

短短几个小时的巨大压力、恐惧、后怕与自责，顷刻间化为巨浪压垮了他。

"哎呀，也不至于气哭了吧。我都说对不起了。"姜见明无奈地揉了一把唐镇的脑袋，低笑一声，"还真是小少爷。你以为上战场，只靠'不怕死'就够了吗？路还长着呢……"

唐镇抬起袖口用力擦了擦脸，咬牙闷声："滚，丢死人了。"

他心中却滋味难言：原来姜见明他知道，他一早就什么都看透了。

而姜见明转了个头，看向李有方，诚心发问："说起来，你……又来干什么？"

李有方顿时脖子一红，他拉不下脸来说我也担心你，准备含糊过去。

这时，旁边的唐镇面无表情地抬起头，带着鼻音道："哦，刚才他哭着说要还你的钱来着。"

李有方：杀人诛心，不过如此！

这日天明时分,适应期军官第三小队的所有成员安全撤回了银北斗第一要塞。

贝曼儿立刻被送往治疗区,很快得到了没有生命危险的通知,其余成员则得到了"暂留治疗区观察"的指令。五个人早就精疲力竭,纷纷钻进治疗舱倒头就睡。

而在这短短一日之间,银北斗内部已经炸开了锅。

数只B级异星生物出现在低危区域,甚至包括一只亚种。又正巧赶上适应期军官们的历练期,直接酿成了罕见的惨痛事件。

军方会议从早开到晚,平常高高在上的长官们一个个恨不能愁白了头。

"还有什么说的?"军机会议室内,一位黑瘦的军官拍案而起,"一定是晶巢的活动加剧了,异星生物才会亢奋失常。三年了,银北斗三年没有向晶巢进军了,难道就这么放着一个潜在威胁不管吗?"

他话音刚落,另一个白壮军官就反唇相讥:"笑话!有什么证据表明异星生物的活动与晶巢有关,从来都没有!你们这群'进军派'别发妄想症了,三年前皇太子殿下牺牲的教训还不够吗?这个时机过于巧合,极大可能是熔岩宇盗团做的手脚,上个月第二要塞也曾遇袭……唉!所以我们才一直主张,银北斗应该停下无用的远星探索,与金日轮一起重点对抗宇盗,而不是对抗只存在于妄想中的敌人!"

"我呸!金日轮那帮家伙被帝国花大价钱养着,吃白饭不干活。现在第二要塞已经承担了大半抵御宇盗的压力,还叫我们帮忙?"有人反驳。

"金日轮吃白饭?那进军晶巢的银北斗就是烧自家的粮仓,白白浪费资源!"

众人你一言我一语,眼见着会议室内的火药味儿越来越浓,好几个军官剑拔弩张。

劝架的人则大汗淋漓,疯狂地和稀泥:"哎呀,两位长官!别吵了,现在情况不明,最重要的是确保自己人的安全啊。"

"不错,请少将下令,暂时封锁要塞吧!在查明实情之前,阿尔法异星或许不适合贸然外出探索了……"

终于,一直坐在上首撑着额角的将军抬头,用力拍了拍桌子:"肃静,肃静!"

将军抬起头来,露出一双逼人的凤眼。那双眼睛扫视了一圈,将几十个军官扫得一个个低下头去。

"别拌嘴了,一群酒囊饭袋。"谢予夺咧开嘴讥笑起来,"哎,我说小宝宝们,这几天是不是给吓得胆汁儿都吐出来啦?"

站在他身后的女副官露出一点无奈的表情。很快,这种无奈的表情蔓延至会议室内的每一位军官脸上。

谢予夺,这位掌控第一要塞大权的将军很年轻,看上去只有三十来岁,及肩

106

的黑发在脑后扎成一个小辫子。他眉眼间带着一股与"战场"这个词语不太相符的风流气，说话的腔调也很优雅，只不过是一种淬了毒的嘲讽式优雅——或者说优雅式嘲讽。

总之，这个人看起来更适合做一位在酒宴上含笑调戏美人的贵族，而不是浴血拼杀的银北斗少将。

副官低头，无可奈何地悄声劝阻："谢少将，这毕竟是公开会议，请您稍微收敛一些。"

少将哼笑一声，他的左腿跷在右腿上，黑靴子踩在桌角："第一要塞关起门来开自家的会，有什么收不收敛的。别的不提，他们刚刚吵得脸红脖子粗的模样，难道就体面了吗？"

座位上，好几个五大三粗的军官都变成了鹌鹑，尴尬地面面相觑，一句话也不再说了。

"我还就不得不说说了，你们在这里吵，能吵出花来吗？不知道，就去查啊。"谢予夺上身前倾，英俊的脸庞上挂着极为夸张的嘲讽表情，牙缝里透出冷笑，"去查啊！"

他不耐烦地拍着桌子："联系第二要塞询问宇盗的动向，联系黑鲨基地询问晶巢的活动频率，分析出足够的证据再来对簿公堂——还用我教吗？"

会议室内噤若寒蝉。

少将换了个姿势，现在是右腿搭在左腿上面了，随后斥道："至于封锁要塞？别闹了，孩儿们，真当银北斗是小宝贝过家家呢，有危险了就哭鼻子躲回妈妈怀里吃奶啊？远星际什么时候能确保'查明实情'过？远星际从来就是一片未知领域，咱们是摸着石头过河的人。"

谢予夺冷冷笑着，用力戳了戳自己胸前的雪银色军徽："就算前头是一片死海，我们也得拿命去填。这才是银北斗，知不知道？"

这话一出，几位军官脸色立刻肃然起来。

"适应期的小孩们这个月留在要塞训练，其余人一切照常，该干啥干啥去。"谢少将大手一挥，"行了，散会。"

少将一发话，几十位军官顿时起立敬礼，哗啦啦往外走。

第一个人手掌才刚摸到指纹门控锁的边缘，谢予夺忽然叫了声："等等。"

军官们连忙呼啦啦又转回来，只见谢予夺敲了敲太阳穴，点了一个人的名字："哦，霍林中校。"

"下官到！"霍林当即出列。

"你们那个……说是遭遇了亚种，却全员存活还反杀了亚种的小队。"谢予夺顿了一下，换上了认真的语调，"不容易，很不容易。让负责的部门把每个人的功勋统计好，文件传给我一份。下去吧。"

霍林挺直腰板敬礼："是。"

这一回，各位军官终于可以散会了。

又是谢予夺一个人留在会议室内，他的副官陪着他。

许久，少将吐出一口气，似笑非笑地撩起额前的头发："说到底，还是老问题。拖了多少年啊，吵来又吵去……"

女副官低声说："少将，这件事牵扯太广了，并不是您一个人操劳就能解决的。"

谢予夺摇了摇头。他的目光投向窗外，从这所军机会议室的窗口，可以看到落雪的阿尔法异星的云天。

"银北斗这支矛，究竟是要指向晶巢还是指向宇盗团，是要探索未知还是巩固疆域……进军派和收缩派，啧。"谢少将眯起了那双凤眼，轻声呢喃道，"头疼啊……"

他唉声叹气地摇头，又问："殿下平安回来了吗？"

副官立刻点开腕机，在系统里确认了一圈："报告少将，确认二皇子殿下所乘的机甲 M- 破军已经返回要塞。"

那就是回来了，谢予夺点点头，又"啧"的一声皱起眉。

所以，殿下昨晚突然打电话给他说的……什么快死了的残晶人类，到底是什么情况？远星际怎么还能出现残晶人类？

入夜，第一要塞，治疗区。

姜见明还在昏睡中，双眼紧闭，眉尖若有若无地蹙起一点，肌肤惨白。

一道修长的身影站在他的治疗舱外。加西亚身上还残留着未散的血气和杀气，锋利的眉眼间带着明显的倦意。他刚结束与六只 A 级异星生物的搏斗，随后又开着机甲在大雪山里不眠不休地飞了一日一夜，进行搜救的同时，也清除了目之所及的潜在危险。算来，他已有两日多没有合眼。

加西亚冷眼盯着姜见明单薄的胸膛随着呼吸起伏，缓缓将手掌放在了治疗舱的玻璃罩上，忽然启唇："活着。"

这个神秘的残晶人类没有死，但为什么……看着好像还是随时都会死掉？皇子殿下的眉头不悦地皱起。

加西亚冷白的牙齿磨了磨，显得有些焦躁。

11.

次日清晨，熹微的日光从治疗区的窗口洒了进来，落在治疗舱椭圆形的舱口。

治疗舱从内部被打开，姜见明缓慢地坐起来，朦胧的亮光尽情洒在他身上宽大的病号服上，也落入他清明的眼底。他醒了。

入眼的是干净的白色天花板，地板上亮着绿色的荧光，这代表此处病人的生命体征没有异常。圆滚滚的医疗机器人四处飘浮着，偶尔有医护人员急匆匆穿梭的身影。

他扶着墙壁站起来，穿着棉拖鞋下地走了两圈之后，意外地感觉还好，身体恢复得不错。

"阁下，您醒了，"一个漂亮的小护士推着推车走过来，从中取出一包物品，"这是治疗舱的程序自动为您换下的衣服与随身物品，请确认查收。"

"谢谢，辛苦了。"姜见明接过来。入手的是个透明袋子，里面装着他的银北斗军装、手套以及腕机等物。

他快速翻了一下，松了口气。

东西都在，包括他那几样奇奇怪怪的小玩意儿。

姜见明没管别的，先若无其事地把项链戴上，再把那枚空弹壳放回军装的口袋里。

那个小护士远程接了个电话，又回头转到他面前，眨眼问道："打扰阁下，请问您是姜见明阁下对吗？您的长官前来探望您了，请跟我来吧。"

银北斗治疗区的外区并不设有病房，治疗舱就是每个人的小空间。不用说，这种到处飞着胖嘟嘟的医疗机器人的环境并不适合交谈。因此，这里特别设置了单间的休息室，专门供探病者与病人进行短暂的交流。

姜见明跟着小护士走到会客室，银白色的自动门"嗡"地打开。房间里面，那个身穿军装、面若寒霜地坐在座椅上的男人，确实是霍林中校。

姜见明迎着中校的目光走上前，拉开椅子坐在对面："长官，您找我？"

中校那张阴沉面庞上的肌肉抽动了一下，手指在膝盖上敲了敲："我没有让你坐下。"

姜见明轻笑了一下："抱歉，长官，我体力还没有完全恢复，怕站不了太久。"

他一身宽松的白色病号服，与霍林平视时气度也不落下风。

片刻的僵持后，中校率先收回了目光，冷哼一声。

"要塞的机甲都有自动录像的功能。"霍林说道，"除了两架激电损坏，其余四架激电的录像我都看过了。"

姜见明不语，平静地等待后文。

他这次带领全队从险境中撤离，立了一大功，更何况他还带回了B级亚种的真晶矿。要是换作一般的长官，这种时候前来探病，应该带着满口的赞扬与真心的安慰。

面容阴沉的中校深吸了一口气，闭上了那双三角眼，冷冰冰地说："姜见明，我很不喜欢你。直到现在，我也不认为一个残人能在远星际干出什么事业。

"这个世界的规则，比现在的年轻人想象中的要残酷得多。五百年前的天择纪元已经宣示了优胜劣汰的结果：拥有晶骨的新人类为胜者，而无法与晶粒子完全融合的残人类为败者。就算旧帝国因其暴政被推翻，这个道理依然不变。"

霍林直勾勾地看着面前的年轻人："而我，我是适应期军官们的教官，首要责任就是确保我手下的兵能活下去。一个残人类在远星际不容易活下去，一个残人类所在的小队也不容易活下去。而你……哼，你明知道这个道理，却宁死不退。"

无论是初入要塞时下了机甲就晕过去的时候，还是仅靠 M- 激电 18 与红毛虫战斗的时候，抑或是拖着低烧的病体咬牙参加一次次训练的时候……这个残晶人类，从来不肯容许自己后退哪怕一步。他有着与其出身不符的，如火如钢的意志。

姜见明坦然道："是的。"

"你越是这样，我越不喜欢你。"霍林别过头，将自己的军帽拿在手里，咬牙沉声说，"如果你趁早卷铺盖滚回帝国，最多丢个脸；如果你很快翘了辫子，虽然遗憾，但也不过死一个新人。但如果，你就这样一步步走下去，成为英雄，成为传说，积累军功，接受重任——然后在某一天，在某个重要任务中，你在众目睽睽之下死了。"

中校猛地抬起冷厉的目光："那么，你将会酿成大祸。"

姜见明神情自若，头顶柔和的灯光打在他的眉眼上，他轻声说："我明白的，长官。"

霍林嗤笑了一声，惯常锁着的眉头松开了："所以直到现在，我还是看不起你，我必须看不起你，这是我的职责所在。"

"但是——"霍林长官的嘴角抽动了一下，"但是，从结果上来看，至少这次，是你救了我的兵。"

下一刻，他站了起来，向姜见明敬了个标准的军礼。纵使中校的目光还是那么不近人情，甚至带着冰冷的蔑视，但他的军礼无比郑重。

姜见明摇了一下头，平静道："长官，我救的不是您的兵，而是我自己和我自己的队友。"

说完，他没有躲避，也没有谦虚，而是也站起身，抬手回敬了一个同样郑重的军礼。

"我很遗憾，"姜见明沉声说，"贝曼儿是一位素质突出的军官，也是我的好友，但我没能够让她平安回来。"

这个年代，亚斯兰星城已经具备了肢体再生的技术，而贝曼儿的家族也完全负担得起，算是不幸中的万幸。但如果决定回到帝国接受手术，她就不得不离开银北斗了。而且术后的新肢到底不如原先的肢体，贝曼儿想要重返战场，注定是难上加难。

霍林沉默了。几息后，他先是从鼻孔里冷冷地"哼"了一声，又小声骂了句"小兔崽子"，把军帽往脑袋上一戴，扭头向治疗区外走去。

姜见明放下手，很自然地将长官送到门口。

霍林的脚步又停住："你这次的功勋非比寻常，做好准备吧，上头的人说不准过两天就会接见你。"

姜见明："请赐教。"

霍林扭过头来，用审视的目光打量他。

姜见明神色坦荡："领取应得的功勋本身并不麻烦，如果没有什么特殊情况，您不至于特意来叮嘱我。"

霍林挑眉，这个孩子确实……确实太聪明了。

他指了指头顶的天花板："哼，现在这个时候，大概楼上正在开会，你这怪胎让所有人都太头疼了。你说得没错，银北斗建军多年，怎么论功行赏早就有一套规则，所以会议的内容并不是商量怎么犒劳你。"

霍林双臂抱胸："继续猜吧，小兔崽子。"

"是吗，那看来只会是……"姜见明顿了一下，含笑说，"商量要在多大程度上抹去我这个残晶人类的功勋吗？"

霍林咋舌："好小子，果然聪明。"

"自己想办法吧。我当然不会为你说好话，如果有人想要给你升职，我会第一个把反对票拍在桌子上。"说罢，霍林摆了摆手，重新往外走去。

咯噔，咯噔，军制靴子在地板上踩出声音。霍林听着自己的脚步声，在背后姜见明看不见的角度，神情变得复杂起来。

真的有可能吗？天生的条件可以被突破吗？不，他此前从来不信。说到底，万物生而不平等，世上哪有什么公平？所谓公平，本质不过是强者给予弱者的施舍。饱足的富豪发了善心，随手将面包施舍给路边的乞丐，换来一个感激的眼神，能得半天的心情愉悦。

现在的残晶人类，虽然明面上享有着一切人权保护，其实也不过是在帝国的仁慈之下接受新晶人类强者的恩赐罢了。但是……

"长官，请留步。"

姜见明的声音从后面传来，霍林第二次停下了脚步。他回过头，看见穿着一身白色病号服的黑发青年站在灯光下，快步向自己走来。

霍林忍不住眯了眯眼，他不得不承认，这一瞬，他多年以来硬如钢铁的心动摇了一瞬。难道这个年轻人，真的能为帝国，为帝国的新晶人类与残晶人类，带来某些惊天动地的变革吗？难道，这个小家伙真能这样永远坚定地走下去……不会死也不会输，直到走出一条崭新的道路吗？

中校的眼神不可察觉地松动了一瞬，或许那可以称之为柔和。

"长官。"姜见明终于在霍林面前站定，昂首直视中校。

他的神情是如此郑重，清俊的眉眼写满了认真，开口问道："差点忘记了，我想问问——如果要塞配备的 M- 激电 18 报废了的话，在哪里可以领取一架新的？"

霍林的脸瞬间黑如锅底：这个小兔崽子！

兵荒马乱之中，新的一天转眼过去。

又是深夜，治疗区内，与昨晚同样的修长身影穿过一排排治疗舱。加西亚今天没有穿银北斗军装，贵族礼服的披风搭在肩后，长发散落其上，像流动的金色绸缎。

还没走到熟悉的位置，加西亚的眼神就猛地凝住——那座治疗舱前的绿灯灭了，说明里面没人。皇子殿下那冷硬的神情忽然改变。

不在了，他盯上的那个残晶人类……姜见明，不在治疗舱里了。为什么？昨晚还在的。

加西亚不禁烦躁地咬了咬嘴唇，想起那天滴落在自己手背上的血。

残晶人类……那么虚弱的生物，随便从治疗舱出来，难道不会死掉吗？

皇子殿下回身，长披风在身后带起优雅的弧度，他冷着脸走出了治疗区。

夜色中，他向适应期军官的宿舍区走了过去。

殿下在战场上与异星生物周旋已久，隐匿气息对他来说简直轻车熟路。片刻后，加西亚用权限刷开宿舍门走了进去，丝毫不担心会惊醒里面的人。

宿舍里安静极了，加西亚扫视一圈，找到了他想要找的人。

姜见明果然在宿舍的床位上睡着，侧身朝里，几乎整个人埋在被子里，略显苍白的侧脸显得很安宁。但宿舍里只有他一个人，其余几个青年都没有回来。

找到了安然无恙的残晶人类，加西亚先是暗自松了口气，但很快脸色又冷了下来。大病初愈的残晶人类，怎么可以一个人溜回宿舍区睡觉？万一晚上病情发作，他该怎么办？

加西亚的手掌按在了姜见明的肩上，目光幽深，沉声说："醒醒，起来。"

姜见明惺忪地睁开眼，卷着被子翻过身来。

在半睡半醒之间，他借着窗外的月色，看到了清冷的白金鬓发。

小殿下……

"姜，"加西亚淡淡地说，"起来，跟我回去……"

他一句话没说完，姜见明突然轻轻地说道："你怎么又来了……烦人。"

殿下怔了怔，没反应过来。下一刻，姜见明闭上了眼睛，叹息一声，含糊地呢喃道："算了，来都来了……那就待在这儿吧。"

加西亚的脑子里一片空白。床上的残晶人类已经睡去，他却像个木头一样站在床边。

这……残晶人类，就是这个样子的吗？睡觉的时候旁边要有人护卫？

长夜漫漫，宿舍墙上电子钟的数字无声地跳动，淡云遮住了阿尔法异星的双子蓝月，过一会儿又散开。

半个小时过去了，加西亚还是面无表情地站在那里。

一个小时过去了，加西亚在床头坐下。

姜见明其实早就醒了，并且内心充满了和刚才的小殿下一样的困惑。是的，最初，他确实迷糊地将加西亚当成了莱安入梦，但很快便惊醒了。

这场景太尴尬，他索性闭眼不动，等着殿下自己离开——然后对方就坐下了。

姜见明内心凌乱，简直无法理解：怎么着，他睡得不清醒了，难道加西亚也不清醒吗？

现在倒好，局势骑虎难下，姜见明又好气又好笑，也只能继续装睡，装着装着也就再一次睡着了。

天亮了。

在床头坐了一个晚上的加西亚殿下忽然垂下目光，沉声说道："睁眼，你已经醒了。"

姜见明认命地扬起脸来，眨了眨眼："殿下，早安。"

加西亚将姜见明扶起来。

"你是残……晶人种，"加西亚认真地微抬下颌，问得直截了当，"为什么在银北斗？"

姜见明微微一笑……他确信，加西亚刚刚第一反应是想说"残人类"的。这个时代，因为顾及残人类的心理感受而换个称呼的新人类贵族，可真的没几个。

他摇了摇头，温和道："想起和残人类拼过机甲，殿下觉得不好意思了吗？"

这话一出，加西亚的神色明显复杂地变了变，他瞬间就听懂了姜见明的意思。

这话表面上是句牛头不对马嘴的调侃，要是个傻子听了，说不定还以为这人是心虚了才避而不答。可姜见明真正的含义是：我曾经和殿下您拼过机甲，甚至让您意识不到我是残人类，凭什么不能加入银北斗？

但加西亚想起了那一日，苍白的青年在寒风中蹙眉低咳，神色间有隐忍的痛楚。是的……那个时候，眼前的人明明亲口说过他是残人类。

皇子多少有些无措地垂下眼睫，手指紧握片刻，居然低声飞快地说了句："那确实是我判断失误，我很……对不起。"

散落在肩头的白金长发因他低头的动作反光，有一瞬的刺眼。

"没关系。"姜见明伸出手，"我没有介意，小殿下。"

清晨阳光下，黑发年轻人眉眼都被照得清清楚楚，居然有一种出尘脱俗的色调。他伸出属于残晶人类的手，手指落在对面皇子殿下的头顶，飞快地揉了揉那头柔软的白金鬈发，像是在揉毛茸茸的宠物。

片刻后，姜见明走出宿舍时，眉梢都带着满足与愉悦。

虽然小殿下被他揉了头发之后差点当场弹起来，还用惊异的眼神盯着他，片刻后扭头走了，但他依然很快乐。不如说，小殿下的这种反应才让他快乐。

到了现在，姜见明已经有九成九的把握确定加西亚就是莱安了，剩下的一点儿也不过是他的习惯，不想把结论下得太死而已。

今天在要塞内走动的人似乎比平常多了不少，姜见明出了宿舍区没走几步，迎面就遇上了唐镇。

后者一边四处张望，一边脚步匆匆，见到姜见明才松了口气："小姜！你怎么自己就从治疗舱里出来了？"

姜见明："我醒了当然就出来了，怎么，你今天没有训练吗？"

唐镇哭笑不得："你又不看腕机了？咱们被特批了假期，这几天都免训！算我求你了，小神仙，就你那身子骨，还是老实地休养一阵吧。"

姜见明这才后知后觉，低头查看了一下自己的腕机，果然有两条来自霍林长官的消息。第一条用公事公办的语气传达了本月留在要塞内训练的命令，显然是群发给所有新军官的。而第二条，则是给第三小队特批的休假许可，假期有五天，在银北斗算是很奢侈的长假。

"明白了，你去看过曼儿的情况没有？"姜见明关掉腕机，"其他人怎么样了？"

唐镇跟姜见明并排走，边走边说："曼儿刚醒，我正准备找着你就去看她呢。其他人也醒了，精神状态都不太好。李有方和艾丽去接受心理辅导了，乔……"

说到这里，他厌恶地哼了一声："那家伙，八成要被开除军籍，遣返回国。"

姜见明摇头扬起嘴角："这对他来说也是件好事。呵……银北斗近年的招兵好像宽松了不少，当年我和小殿下来的时候还不至于这样。"

唐镇苦涩地强笑了一下，黯然道："对了，我……我还欠你一句道歉呢，对不起啊，小姜。在雪山的时候，是我情绪失控，冲你……"

姜见明盯了他两秒，目光变得嫌弃，他食指抵唇，若有所思地自言自语："果然人和人不能比。"

明明唐少在帝都也是被无数少女尖叫追捧的英俊贵公子，怎么非要想不开，先后脚跟小殿下说类似的话。

　　

两人一边说着话，一边走回了治疗区。穿过洁净的走廊，便是照料重伤病员的内区。与外区不同，这里的每个病人都有单间病房，各类医护设施和警卫设施十分齐全。

他们向护士说明来意后，护士领着他们走到了贝曼儿所在的病房。

唐镇刷开自动门，姜见明跟着他走了进去。

病房里面很亮堂，贝曼儿穿着白色的病号服，坐在里面的病床上，左手挂着点滴。她的脸颊有些苍白，栗色的短发似乎也失去了光泽，此时正出神地扭头看着窗外，今天的阿尔法异星是个无雪的好天气。

姜见明走到她的床边，一眼就看到了床头桌上的几张纸，还有秀气的手写签名。这个年代，使用纸质文件的机会已经很少了，只有某些特别庄重的时刻才会拿来走个形式。而现在桌上的那个，是归国同意书。

贝曼儿恍然回头，露出个笑容："啊，姜同学，唐少，你们来啦。"

唐镇喉结动了动，低声道："曼儿。"

"别站着说话，快坐啊，那边有椅子。"贝曼儿连忙用没有扎着针头的右手招呼，忽然定睛一看病房内，眨眼，"咦，只有一把吗？"

于是，这个失去了一条腿的姑娘展开秀气的眉毛，温婉地笑了起来，轻声说："那唐少就别坐了，姜同学身体不好，以后唐少要好好照顾人家，可不能再冲动吵架了啊。"

唐镇眼眶一红，差点掉下眼泪来，赶忙咬牙别过头去。

姜见明轻叹一声，回头拖了房间里唯一的那把椅子过来，在床边坐下："决定回帝国了吗？"

"嗯。"贝曼儿的笑容里带了点哀伤，她垂着睫毛，摸了摸自己的右膝，"没办法，我的腿已经……"

"要塞特批我联系了家里，我父母都……坚持让我回家，说会为我联系再生手术。"贝曼儿自己喃喃说了两句，又握着拳头，语调用力地道，"没什么的！手术可能还需要准备一两年，但现在安个假肢多方便，回去就可以安！"

"回了帝国之后，"姜见明忽然开口，"有什么打算吗？"

贝曼儿苦笑："还没有。"

"没事儿，"唐镇用力按了按她的肩膀，哑声说，"你回去安心休养做手术，银北斗这鬼地方，还配不上贝大小姐呢。说不定过上三五年，我们家大小姐已经成了高官阁下，来银北斗视察一瞧，哟，我们俩还在底层摸爬滚打呢……"

等贝曼儿换药的时间到了，姜见明和唐镇不再打扰，叮嘱了几句好好休息，便起身告辞。

走到门口的时候，贝曼儿忽然叫了一声："姜同学！"

贝曼儿的眼眸已经不再明媚如昔，但仍旧那样清亮："谢谢你……替我把大家平安带回来。"

从治疗区出来之后，唐镇陪姜见明回了宿舍，因为贝曼儿的事，两个人都没怎么说话。

是夜，月明星稀。

傍晚时分，吃过晚饭后，姜见明从自己的包里抽出一个笔记本，在桌前摊开。他提着笔，对着干净的纸张沉吟许久，终于谨慎地写下第一个字。

正如霍林所说，他大概很快就会被上面传召，这次功勋本身非比寻常，要利用好这次机会。要塞的长官歧视他是残晶人类，说不定这并不是坏事，毕竟他的最终目的并不是挣军功升军衔，而是靠近那个迷雾中的真相。

深思熟虑之后，姜见明确定了三个方向。

上策，他要接触到莱安的机甲。那是从开国大帝时期传下来的镇国之刃，帝国仅有的两架超S级机甲之一，是无数帝国民众心中的信仰。

储君莱安·凯奥斯生不见人，死不见尸，但他的机甲成功被银北斗回收，如今沉睡在第一要塞的地下。姜见明隐隐有些预感，那架机甲内或许会有一些特殊的线索。但超S级机甲毕竟意义非凡，要塞不可能随便让一个小军官去接触。一个不好，说不定他还会被认为图谋不轨。

中策，则是以本次军功为凭依，面见要塞最高指挥官谢予夺谢少将。谢少将也是他的老熟人之一了，如果能得到少将的支持，他想要做什么都会轻松许多。

另外，如果能够说服谢予夺，他暂时就不用担心被老元帅抓回去的问题。

不过以他现在的地位，想要面见少将也不容易。而且，谢予夺能帮他到什么程度，也得打个问号。毕竟关于加西亚，他是在来到远星际之后才知道这人的存在，其中一定涉及军部机密，谢予夺有职务在身，啧……不好说。

不知何时夜色渐深，宿舍里的灯熄灭了，只剩下姜见明自己床头的灯发出淡黄色的光。他手中的笔尖流畅地移动，摊开的笔记本上渐渐被字迹填满。

而下策，在前面两项都困难的情况下，不再徒劳奢望，他至少可以保住军功，得到应有的升迁机会。这是最稳妥的一条路。只要军衔升上去，该有的总会慢慢有，缺点是太耗费时间了，他稍微有点等不及。

不。姜见明皱眉，提起笔把三行字唰唰唰都给画去了。

错了，他的思路不应该是这样。既然有三种不同的，且对他而言都很有利的报酬，那么，他应该做的是……全都拿下。

他的思路应该是……如何才能全都拿下。

姜见明沉吟许久，笔帽一下下轻敲着眉心，会有办法的。

次日早晨，黑色的升降梯稳稳地停在要塞的第二层，绿色指示灯伴随着叮的一声提示音亮起。

负责传令的年轻下士引着姜见明出来："阁下，这边走。"

姜见明走出升降梯，军靴踩在要塞的合金钢板上，回头看了一眼。

银北斗要塞总共有四层，位于一楼的军区被划分为宿舍区、治疗区、交易区、补给区四大区域，除此之外还有四座机甲机库与两座星舰港，方便战士们随时出征。

二楼，也就是姜见明现在所在的这一层，主要设施包括高级宿舍区、军机会议室、档案室和资料库。除此之外，许多大型计算机和精密仪器也设置在这一层。校级以下军官和士兵，除了传讯兵以外，未经特许不得擅自进入。

最上层的三楼属于非军区，设有主要负责食品供应的农耕畜牧区；负责滤水、供电、供暖以及其他一切后勤事务的区域；负责药物研制、机甲修理、新晶械武器研发的科研室……以及最重要的——真晶矿仓库。姜见明回收的那枚B级亚种真晶矿，现在应该就存放在那里。

除了地上的三层之外，银北斗要塞还有地下一层，它的另一个名字是"英灵碑"，这里安宁地祭奠着在远星际阵亡的银北斗英魂们。根据赛特的定位，莱安机甲的本体机身应该就被安置在地底英灵碑的某个位置。

姜见明在心里又过了一遍自己昨天敲定的计划，这时听到这位下士说："阁下，我们到了。205军机会议室就是前面那间，长官们在里面等您。"

姜见明道了谢，独自走上前去。他轻轻吸一口气，屈起食指和中指敲门三下："适应期军官姜见明，奉命前来报到。"

三秒后，白色的自动门嗡的一声打开了。里面开阔明亮，映入眼帘的是会议室内的长桌，长桌对面齐刷刷地坐着四位长官——霍林中校坐在最左侧，依旧是阴沉着一张脸；霍林的右手侧是一位黑瘦的军官；再旁边，是一位白壮的军官；

最右侧的位子，则是坐了一位留着络腮胡的军官。

具有压迫感的四道目光不约而同地投向从门外走进来的姜见明。

黑瘦军官摸了摸下巴，率先开口："你就是……"

他说着，快速将姜见明打量了一遍，眯起了眼。这个黑发年轻人比他想象中的还要瘦削一些，五官生得俊逸，或许也可以说很秀美，但皮肤缺乏血色，说是常年带病在身都能信。年轻人站姿笔挺，是一种紧绷刻意的笔挺，身上的军装过于整齐，明显是连夜洗过熨过，能看出……有些紧张。

毕竟突然被这么多长官传召到第二层，作为适应期军官来说，这种表现还算正常。但他并不像一位能够在险境中力挽狂澜，建立赫赫战功的有能者。

姜见明敬了个礼："长官们好，我是……姜见明。"

几个长官不着痕迹地对视一圈，一个皱了皱眉头，一个沉了沉脸，最后一个很小幅度地摇头，对这个年轻人的印象各自先减了十分。

在正式传召姜见明过来之前，他们内部已经争论了两天。没有谁会无端地想要打压一位立功的新军官，但姜见明是残晶人类，而这里偏偏是全帝国最容不下残晶人类的地方——远星际银北斗要塞。

破格提拔一个残晶人类的后果是什么？提拔了又要将他置于什么位置上？谁愿意接纳一个残晶人类作为部下，又有谁愿意接受一个残晶人类作为自己的直属长官？谁敢派他出战，万一他战死了算谁的责任？如果不能出战，留在银北斗难道就让他做个摆设吗？

太荒唐，太多隐患和不确定性。他们争论、商讨、再争论，最终决定亲自见一见这位不同凡响的残晶人类，然后再做最后的决定。

事实上，若非他们观看了机甲的录像，看到这个年轻人驾驶机甲的水平和战场应变能力确实十分惊人；若非姜见明的队友坚称这个人确实才华非凡……说不定连这一次的传召都不会有。

只有霍林眼睛一眯，心想不妙。这黑心的小崽子，好像又准备骗人了。

"嗯……姜见明，对吧。"白壮的中年军官率先清了清嗓子，眯起蓝色的眼眸，上身前倾，食指交叉成塔状，"我们不想拐弯抹角，你自己什么情况，自己应该最清楚。我们几个，包括你的直属长官霍林中校，都并不是很想按照以往的规矩给你记军功，现在是你最后的机会。"

这位军官的语气并不算很恶劣，甚至很平和，只不过说出来的话语并不那么友善："给你三十分钟的时间，说服我们几个人改变主意。"

闻言，姜见明似乎怔了一下，随后垂下眉眼。

他犹豫了快五六秒，才低声道："我……"

几位长官又不着痕迹地对视了一眼。

络腮胡军官抓了抓鼻子，说道："别紧张，或许，你可以从解释你自己的来历开始。是谁给你的那枚特级调令芯片？"

姜见明垂着头，盯着面前干净的会议桌，嗓音低沉："是，那是一位很尊贵的大阁下，我不敢提及他的名讳。他给我这枚芯片，更多的是出于私情。我……我的挚友阵亡在远星际，那位大阁下是他生前的老师。我的父亲是五年前的那批老兵，很快就获得了烈士称号，我已经没有其他亲人了。那位大阁下的原意是想让银北斗照顾我，让我去后方部门担任文职。但我心意难平，无论如何，我也想要来父亲和挚友牺牲的地方试一试。"

"哦……"几位长官的眉头舒展开了，口中发出唏嘘声。原本冰冷地审视姜见明的眼神，也似乎和缓了不少。

"可怜的孩子。"

"不容易。"

他们纷纷点头。听了姜见明的这些身世与解释，至少这个残晶人类身在远星际的缘由已经变得合理起来。

姜见明悄悄望着长官们，暗想：我可没有骗人。到现在为止，我一句谎话都没说，可真是个难得的实诚人。

至于长官们无法将"挚友"和"大阁下"与皇太子和老元帅对应起来……那必然是长官们自己的问题。

于是黑发年轻人抬起头来，神色认真："这次下官侥幸立了些微末功劳，但我不敢奢求升职。"

黑瘦军官惊奇道："哦？"

"我知道我是残晶人类。来到银北斗这段时间，我的确感到……咯。"姜见明说着轻轻掩唇咳嗽了一声，"抱歉，失礼了……我感到很吃力，或许这个世界的规则比我想象中的要残酷得多。"

霍林突然拿起水杯，沉着脸猛灌了两大口。

白壮军官脸上多了几分怜爱，他柔和地说道："你已经很努力了，我能感觉得到……孩子，请接受我的敬意。"

姜见明："听说在银北斗，功勋的自由度很大。有些人甚至会选择用真晶矿来兑换币点……"

残晶人类愿意主动放弃升职，这让他们心中的大石落地。这下事情好办了，三个长官放声笑起来，会议室内外充满了快活的空气。

其中留着络腮胡须的军官笑得最大声："确实有过，哈哈哈……不过那么蠢的贪财鬼，这十几年来都没见过了吧。"

霍林完全笑不出来，又开始咕咚咕咚地喝水。

"霍林中校，你这是怎么了？"旁边，白壮军官不满地看向他，"就算你一向不喜欢残晶人类，这孩子毕竟是你带的，他也不容易，别这样。"

他不顾中校瞬间变得铁青的脸色，友好地转向姜见明："所以，你想用这份功勋换什么呢？"

姜见明："我的挚友的遗物就在地底的英灵碑，我想……继承他的遗物。"

霍林闷咳一声，说了自姜见明进来后的第一句话："取走英灵碑内的遗物需要谢少将的批准，我们不能给你承诺。"

话音刚落，中校自己心中一惊：慢着，难道姜见明最初的目的就是少将？

络腮胡军官立刻接话："当然，我们可以帮你申请——但只能说，你选择用这次的功勋来换这么一个'申请机会'，如果少将不同意，我们也无能为力。"

姜见明当即点头："可以的，我接受一切结果。"

顿时，三位长官的表情更加明朗了。

白壮军官眯起眼睛："这是你自己提出的条件，孩子，日后可不要说我们欺负你，压你的功勋。"

姜见明连忙抬眼，诚恳道："怎么可能！"

"那好，跟我们来吧。"

"你到底想干什么？"在走向谢少将办公室的路上，霍林压低声音问姜见明。

"中校。"姜见明轻笑一下，将自己的说话声掩藏在几人交错的脚步声中，"您毕竟是我的长官，我不坑您，请您快点离开。"

说着，他刻意放大了一些声音："霍林中校，您今日不用组织训练吗？"

前面三位长官闻声回头，一人说："哦，也对。霍林，你先回去吧。"

另一人怜爱地看着姜见明："真是个细致的好孩子。"

霍林表情复杂地盯了姜见明半晌，跟同僚们敬了个告辞礼，转身往通往第一层的升降梯去了。

到了少将的办公室前，黑瘦军官看了看姜见明的双手，赞许地点头："嗯……知道戴手套掩饰，不错。"

络腮胡军官说道："记得，少将的脾气很严厉，进去之后不要乱说话，千万不要提你的功劳。"

黑发年轻人似乎又开始紧张，他咬了咬下嘴唇，轻声问道："那……见到少将阁下之后，我可以说'长官好'吗？"

几个军官听他说这么天真的话，顿时又好气又好笑："当然可以。"

姜见明点点头："请你们放心，我只说'长官好'这三个字。"

依旧是敲门、报告、自动门打开的这一系列流程。

要塞最高指挥官的办公室很宽敞，少将的女副官坐在侧桌前。

她停下敲打虚拟键盘的手，扶了扶眼镜："请进，有什么事？"

而谢予夺坐在靠窗的办公桌前，依旧嚣张狂妄地跷着腿，一只手捧着茶杯，另一只手拿着几张纸质文件，懒洋洋地歪头眯眼在看。

姜见明淡然地跨了进来，在门口站定，抬手敬了个礼："长官好。"

谢予夺本来刚喝下一口茶，忽然觉得这声音似曾相识，于是懒洋洋地抬头看过去……顿时，那口茶就被他喷了出来！

"小小小……小阁下？"一秒之间，谢予夺跷着的腿也唰地放下了，歪斜的脊背也啪地挺直了，差点失手打翻的杯子被他咣的一声放在桌角，把文件压得严严实实！

在女副官的愕然注视之下，谢少将以迅雷不及掩耳之势弹了起来，三步并作两步地冲到了姜见明身前："我的个老天爷，咱们的姜小阁下怎么跑到这里来了？"

"少……少将？"女副官的脸色顿时变得惊恐，好像看到天边哗啦啦下起了红雨。

她在少将身边工作也有快三年了，这位可是个桀骜不驯到了极点的人，连跟陈老元帅都能争执得不亦乐乎，哪曾见他这样殷勤过？还有，他居然尊称这个年轻人"小阁下"？

"真是胡闹，远星际可不是人待的地方……喷，大统帅知道吗？"谢予夺轻轻握住姜见明一侧手臂，那双凤眼弯成月牙儿，半是惊吓半是惊喜地连声说道，"快进来，请坐，坐啊。"

少将抬手就把姜见明往里头引，推着他往自己的椅子前走过去，脸上带着真挚的笑容，道："小阁下来这儿的路上吃苦了吧，哎，怎么也不知会一声，我直接开星舰去接您啊！对了，镇静剂的纯度和剂量都够吗，身上有没有哪儿不舒服？"

姜见明顺着他走了两步。

于是，露出身后眼珠子瞪得快要凸出来，下巴快要掉在地上，铁青着脸的三人。

谢予夺忽然意识到有些不对劲。他回忆了一下，又回忆了一下，再瞅一眼姜见明一身银北斗的军装，发现不仅是"有点"不对。

谢予夺："姜小阁下，你刚刚说什么？"

姜见明低了低头，淡定道："长官好。"

谢少将的笑容一僵，脸色瞬间比他中午吃过的青菜叶子还青。

他表情僵硬，小心翼翼地说道："是我理解的那个意思吗？不是吧，小阁下，您不是在开玩笑吧？"

他又欲哭无泪地说道："不不不不不，所以前几天殿下话里的残晶人类——"

姜见明笑而不语，眼神分明写着：您说呢？

"要不这样，"谢予夺深吸一口气，咬牙切齿地冷笑起来，指着门口那呆若木鸡的三个人，"我……我先让他们出去，然后咱们坐下慢慢说，您看行吗？"

姜见明一挑嘴角，眸子深处掠过一丝得逞的神色。

他终于走过去，坦然拉开少将的椅子坐下，启唇说："好。"

12.

"丽塔，这位是……"办公室内，谢予夺苦笑起来，"已故皇太子莱安·凯奥斯殿下当年的挚友，也是储君的贴身幕僚，姜见明姜小阁下。"

任谢予夺的副官兼秘书、辅佐这位不着调的谢少将三年的刘丽塔少校化作了一座呆滞的石像，眼镜从她的鼻梁上滑下来。

姜见明无奈地笑了笑："那是当年，现在已经不是了。"

谢予夺长叹一口气，他头疼地按住了额角，哀号道："所以……现在能说了吗？我的天爷爷地奶奶哎，小阁下您这……您怎么会加入了银北斗啊？"

少将痛心疾首地捶桌："谁招收的，谁录的档案，哪个浑蛋干的——"

这回，姜见明没有刻意隐瞒什么。他把自己军校毕业那天晚上如何与陈老元帅见面，如何拿到特级调令芯片，又如何绕到艾尔伯恩星城飞往远星际的种种和盘托出。包括他在贝塔异星如何与加西亚偶遇，又如何跃迁至阿尔法异星成为适应期军官等事情，都说了个清清楚楚。

半途，找回理智的女副官刘丽塔替他冲了杯热茶。

姜见明礼貌地谢过，热茶升腾的雾气模糊了他舒展的眉眼："嗯，事情大概就是这样了。"

"您……"刘丽塔忍不住低声说，"您真的很不容易。"

谢予夺已经沉默下来。直到姜见明说完了话，捧着茶杯慢慢地喝，他还是没有说话。这位年轻的少将十指交握，他将额头埋在掌间，紧紧地闭上眼，脸上闪过一瞬的挣扎之色。

"我……唉……"谢予夺摇了摇头，哑声道，"殿下的事……一直有所隐瞒，是我们愧对您。"

姜见明放下茶杯，平静地说道："少将，请您抬起头。这三年来，我从未想要责怪您或其他人。帝国机密非一介平民可以接触之物，我理解……我只是无法接受，所以才会来到这里。"

姜见明站了起来，神色郑重："谢少将，请您容许我接触莱安殿下留下的机甲，L-金晓之冕。"

"您果然是为了这个才来的。"谢予夺定定地看着他，却再次摇了摇头，"对不起，小阁下，我真的很想答应……但谢某人有职责在身。"

姜见明的表情没有丝毫波动："不，您误会了。我今天来见少将，并不是想要逼您为我徇私。"

是的，昨天晚上他已经慎重地思考过，关于他"都想获得"的三份报酬。显然，可以作为核心突破口的，就是掌控第一要塞大权的谢予夺谢少将。重点是如何让谢予夺同意他接触莱安的机甲，并且同意他在军中晋升。

接触机甲意味着他会触及核心机密，如果谢予夺坚守职责，就不会同意。

升职则意味着他将涉险，如果谢予夺真心要保护他，也不会同意。

这些事看似矛盾，看似无解，但姜见明相信，世上不会有绝对无解的难题。

之所以看似无解，只是因为还没有找到真正的关键点所在——

"少将，我是来为您提供帮助的。"办公室内，姜见明的眼神骤然变得凛冽，他一字一句道，"请问，金晓之冕被回收之后，银北斗要塞和帝国军方打开过它的驾驶舱和信息库吗？"

谢予夺愣了一下，摸了摸下巴："不，我们回收金晓之冕的时候，它已经陷入休眠了。"

姜见明："我可以打开，因为小殿下的机甲智脑在我这里。"

"什么？"谢予夺从座位上霍然站起。

连女副官刘丽塔也愕然地转过头来。

姜见明的右手稳稳地按在腕机上，冷静地沉声说道："如果少将可以带我秘密去看看莱安殿下的机甲，并告诉我一些当年的内情……作为交换，我愿意借助机甲智脑赛特·亨利，帮助帝国重启金晓之冕。"

现今帝国存有的超S级机甲只有两架。其中一架是女皇帝的专用机L-铁玫瑰，现停泊于亚斯兰首都星城的白翡翠宫。而L-金晓之冕则是开国大帝遗留下来的机甲，采用的是已经失落大半的旧帝国技术，经过几次升级改造，在性能方面无疑是帝国第一机甲。

七十多年前，凯奥斯大帝驾驶着它推翻了旧帝国的暴政，将人类从自相残杀、内部压迫的旋涡中拯救出来。又驾驶着它发动了征讨远星际的神圣战役，歼灭异星生物，为新生的帝国驱散了异族入侵的阴影。

它是驱逐黑暗的破晓之光，是铁血与荣光的王冕，更是亿万军民心中的至高信仰，已有了超越性能本身的意义。更不要说，如今的金晓之冕身上或许还藏有打开晶巢之谜与储君牺牲之谜的钥匙。

而现在，有人说，他能够帮助帝国重新启动那架陷入休眠的机甲……其中的意义有多么重大？！

谢予夺咬牙："你说的……"

姜见明："千真万确。"

谢予夺仰头闭上眼，深深地吸了一口气，忽然抬手指向门口："请回吧，姜小阁下。"

姜见明神色不动，等待谢予夺的下一句话。他知道到了这个份上，于公于私，谢予夺都没有拒绝的理由。

于是谢予夺苦笑起来，露出一个认输的表情，站起身："现在不行，外头人太杂了。今天晚上零点，我会停掉要塞内的监控三分钟，请您在一层的升降梯前等我，记得避开耳目……我带您去地下的英灵碑。"

银北斗要塞的夜晚是珍贵的时间段，大部分军官与士兵都需要通过睡眠来补充消耗的精力与体力。机器人与智能系统承担了约七成的夜间巡逻任务，静悄悄的宿舍区的过道间，只有绿色的安全指示灯亮着。

电子钟的数字跳到了零点。姜见明悄然推开宿舍的门，谁也没有惊动。

远远地，那仿佛钢铁编织而成的黑色升降梯前，站着一道修长的人影，谢予夺果然已经在那里等着了。

姜见明走了过去，笑了笑说："少将，谢谢您。"

升降梯的门合拢，随后缓缓下降。七八秒后，叮的一声，停稳了。

门打开，谢予夺比了个"请"的手势。

姜见明走了出去，率先映入眼帘的，是沉浸在黑暗之中的一片雪白森林。定睛细看，那不是森林。地底的空间很大，脚底铺满了黑色的细砖。一座又一座的白色尖碑立在那里，高矮不一，但都有十几米高，需要仰望才能看到顶端。这些白碑不知用什么材质打造，在没有灯光的黑暗中发出柔和的微光，它们倾斜着，紧密地排列，尖端指向头顶，以碑身撑起一种苍凉的悲壮感。

这里就是银北斗要塞的地下层，宇宙星海中的人类陵园，英灵碑。

姜见明静静地看了许久，谢予夺将手放在他的肩上："震撼吗？我当年第一次进入英灵碑的时候，足足三分钟没走动路。来，这边走。"

他们穿过雪白的尖碑，每一座碑身上都密密麻麻地刻着小字。那是一个个亡者的名字、身份与墓志铭。

谢予夺："不过您也真信任我，就不怕我当场动手，把您的智脑抢走吗？"

姜见明笑了一声，眸子闪光，慢吞吞地说："其实……当年小殿下把赛特的主控权移交给了我，我现在是赛特的唯一主人。这个智脑性子很别扭，如果离开了我，它会进入自动休眠。"

"哟，那还真高级，真……"谢予夺反应过来，瞪大眼睛，"嗯？"

姜见明："如果您将赛特移交给帝国军部，它的结局只会像机身一样，嗯，永久休眠。"

谢予夺干巴巴道："姜小阁下，您的手腕好像比以前更高明了啊。"

姜见明摇了摇头，无数白尖碑如荆棘般倒映在眼底："您知道，我必须亲自去争取一些东西……因为如果我不去争取，没有人会给我。少将，让我上战场吧。"

谢予夺扶额，痛苦道："别别，您别这样，咱们有话好商量……我给您配兵！配副官！叫那三个不长眼的家伙天天给您端茶倒水成不成？但是上战场这事儿——小阁下，我要是现在点了这个头，今晚皇太子就得来我房间鬼压床。"

姜见明忽然问："加西亚殿下不是莱安吗？"

他问得很突然，问的内容也很震撼。但谢予夺似乎早就预料到了这一句，因此并没有什么激烈的反应，而是先叹了口气，随后苦笑了一声："小阁下，您确定要听我的回答吗？这前面是深渊，太深了，走进去就回不了头了。"

姜见明："我没有给自己留后路。"

"好吧。"谢予夺长吐了一口气，点了点头，"说句丢脸的话，我并不太清楚。大统帅或许知道七八成，真正知道一切内幕的，可能只有黑鲨基地的那位首领和……皇帝陛下。但加西亚殿下曾对我坦白过，他三年前在黑鲨基地醒来时，宛如新生的婴儿，没有任何记忆。我个人认为，加西亚殿下就是已故皇太子，莱安·凯奥斯殿下本人。"

纵使已经在心中有了这个判断，当谢予夺说出这句话时，姜见明还是闭了闭眼，将手握成拳。于是，他说出了昨晚做好的决定，这个他找到的破局关键点，能够让谢予夺点头的两全之策。

姜见明："既然如此，请让我作为下属官跟随现在的殿下——加西亚殿下行动。"

清朗的声音在地下的英灵碑间回荡，无数雪白的尖碑仿佛冥冥之中的见证。

谢予夺愕然地扭头看着姜见明。

几秒后，少将"呵"地笑了出来，却摇了摇头："先别急，小阁下，我的话还没说完呢。我确实猜测加西亚殿下就是皇太子，但加西亚殿下本人……很抵触这种猜测。"

"抵触？"姜见明皱眉问，"抵触什么，抵触他自己是莱安？"

"没错，怎么说呢，殿下好像不能接受自己空白的记忆被按上一个陌生的名号，承载陌生的功绩与荣耀。如果让现在的加西亚殿下知道，已故皇太子的旧交把他认定成皇太子来接近……可能不太妙。"

与此同时，适应期军官的宿舍区。第三小队的房间内，唐镇睡得正香，忽然，他感觉自己的床头被人拍了两下。

唐镇迷迷糊糊地睁眼，夜色正浓，可他床头竟然悄无声息地站着个人影，身形修长，隐约能看到散落在肩上的鬓发。

黑暗之中，一双冰冷的翠色眼眸泛着光，宛如夜出觅食的猛兽。

"见鬼啊！"可怜的唐少当场就给吓得惨叫一声，然后脸色青白地从床上弹了起来！

结果脑袋咣的一声撞到墙，唐镇疼得眼泪都飙出来了，反应过来的时候已经连滚带爬缩到墙角，疯狂摆手："别别别别，小殿下，您别找我啊，我什么都不知道——"

加西亚向姜见明空荡荡的床位看了一眼，启唇一字一句地问道："这里的人，他去哪里了？"

刚刚唐镇叫得太惨，李有方也给惊醒了，他迷迷糊糊地拍开感应灯，怒道："唐镇，你大半夜犯什么病呢？"

灯一开，皇子殿下的身影彻底被照亮。

李有方也惨叫了出来，他牙齿咯咯作响，一副想指着加西亚又不敢指的模样，头晕目眩道："太太太子殿下……是是是……真的是那位莱安太子殿下？"

加西亚皱眉更深，冷声道："不是。"

他不再多看那两个瑟瑟发抖的青年，目光阴郁地转回姜见明的床位上："这里的残晶人类呢？"

英灵碑内，说话声和脚步声回荡。

谢予夺："总之就是这样，现在银北斗内部在明面上都承认有这么个二皇子存在，什么自幼在黑鲨基地长大啊，三年前才上战场啊……但很多人心里还是会嘀咕，觉得所谓的二殿下就是皇太子死而复生，或者没死。毕竟那张脸您也看了吧，太像了。

"这是加西亚殿下的雷区，初犯者和无心失言者他不至于怎么样，但如果有人把对皇太子的情感强加在他身上，或者想逼他接受莱安这个身份……"

姜见明若有所思地沉吟了片刻，竟很自然地点了点头："我大概理解了。小殿下他……骨子里有很强的傲气，厌弃被外力束缚和外人强加的东西。他是天生的征服者，有毛病的时候也是真的有毛病。"

谢予夺惊奇地笑了："征服者，小阁下居然会说这种话，皇太子当年在您面前哪敢威风……"

姜见明也温和地笑了一下："他本来就是雄狮，只是喜欢在卸下心防的人面前装大猫而已。"

简而言之，就是叛逆，就是任性。只要你不惹他，他可以一点帝国皇子的架子都没有。

这个人会傍晚逛到交易区亲自刷币点买苹果吃，会连夜开着机甲去救一群小屁孩适应期军官。但要是被惹得不高兴了，就连帝国储君的冠冕被捧到面前，这个人也能扔到地上再踩一脚。

所以，二皇子这个新身份，难道是莱安在失忆之后自己要求的？

姜见明正暗自整理着逻辑，谢予夺的声音打断了他的思绪。

少将手指一抬，道："咱们到了，那里有道暗门。"

谢予夺打开暗门，先踩着钢梯下去，姜见明跟在后面。等他的脚踩到地上的时候，谢予夺已经用腕机照亮眼前。

姜见明屏息，因为它就安静地伏在那里。

当时莱安直接驾驶着机甲飞进了宇域，因此眼前的金晓之冕是飞行态。那是一架巨大的暗金兽态机械，四足双翼，似上古神话中的狮鹫，人类在它面前渺小得像一片叶子。它的头颅低垂，身躯低伏，一双残缺的铁翼拖在地上，裂缝间凝着细小的晶粒。纵使它因为休眠而全身失去了光泽，也依然有一种无形的压迫感传来。

这就是——当今人类星际帝国的最强机甲，L-金晓之冕。

"金晓之冕……我已很久没见它了。"姜见明脱下右手手套，伸手抚摸带着细小伤痕的机身，动作温柔到近乎悲悯。

这是在晶巢外围……在人类的极限之地飞过的机甲，经年征战披烽火，万里跋涉走宙河，它也一定很辛苦了。

谢予夺抱臂环胸，仰起视线重新打量着这架机甲："当时是我亲自带人回收了金晓之冕，它停在晶巢的外围区域，机身上有与强大异星生物交战的痕迹，但不至于到死斗的程度。皇太子殿下应该是在进入真正凶险的区域之前，就主动下了机甲。"

姜见明抬头："他是刻意想保留金晓之冕？"

谢予夺："也可能是能源耗尽后的迫降，但可能性很小。"

那就必须打开机甲，检查能源情况才能知道了。

姜见明在腕机上一敲："赛特，起床了，能打开你的机身吗？"

"汪！汪汪……"

腕机上突然弹出一线蓝色的光，蓝光飞向金晓之冕，在靠近的过程中逐渐被染成了金色。

"赛特·亨利接触到机身，正在尝试建立精神连接……"

姜见明与谢予夺仰头，他们目不转睛地盯着赛特的那一线金光没入金晓之冕的机身。

"正在确认机甲状况……精神连接39%……正在尝试接替主控权……精神连接57%……机身感应完成，数据同步完成。"

谢予夺呼吸有些急促，他舔了一下嘴唇。

姜见明道："赛特，尝试打开第二驾驶舱。"

"精神连接80%……主控权交接完成，汪！感应到第二驾驶舱，舱口安全锁已打开，汪！"

谢予夺惊喜地低喊一声："成了！"

姜见明二话不说，当即攀着机身爬到了驾驶舱门的位置，右手啪地握住舱门的边沿。

"注意，注意！监测到驾驶舱内部晶粒子浓度过高，请主人当心，汪汪汪！"

什么？姜见明不禁皱眉，驾驶舱内部晶粒子浓度怎么会高……难道是因为在晶巢区域飞过？可是以金晓之冕的性能，不应该让晶粒子渗透至驾驶舱内才对。

"小阁下？"谢予夺见他不动，在下面叫了一声。

忽然，姜见明闻到一股淡淡的甜腥味，沿着驾驶舱门的缝隙钻了出来——血的味道。

姜见明神色突然一变，双手用力，猛地拉开了舱门！

下一刻，浓重的血气与暴动的高浓度晶粒子潮夹杂在一起扑面而来！

姜见明被那阵晶粒子波逼得踉跄了一下，猛地皱起了眉毛——要不是来之前专门为了预防特殊情况，多加了一针镇静剂，这一下子足够把他震晕过去。

不祥的预感骤然浮上心头，姜见明忍着不适与心悸，翻身跃进了驾驶舱。刹那间，眼前的情景令他瞳孔剧烈收缩，浑身汗毛倒竖，从脚底一直麻到了头顶！

血……血色弥漫在目之所及的每一处。昏暗的驾驶舱内，到处都是干涸的、触目惊心的黑血。驾驶席的扶手上蜿蜒着血迹，操纵台的缝隙里凝结了血块，黑暗的屏幕上溅了大片的血迹，连头顶……地下……到处都是。简直像一个人的身体活生生被撕裂了，体内所有的血液飞溅向四方。而这恐怖的痕迹，就这样不为人知地在机甲内部躲藏了三年。

"小阁下，您慢点……"谢予夺刚冲进驾驶舱，也被这景象震得直接倒退两步，说不出话来！

姜见明胃里突然剧烈地抽搐，他脸色发白，腿一软跪倒在地，扶着冰冷的舱壁干呕起来。

这是机甲的内部驾驶舱，驾驶席只升起了一个，舱口没有被入侵破坏的迹象，舱内也没有战斗的痕迹。那么这些横飞的血迹，只可能属于……

"莱……安。"姜见明喘息着，周身的黑暗与寂静仿佛变得无限黏稠。

莱安剥离晶粒子时的痛感被残存的晶粒子承载着，充斥在这混沌之中，姜见明恍惚感受到一种撕裂般的痛楚，骨头活生生从体内被抽离出来的痛楚，而后泪水毫无征兆地掉了下来——没有任何理由，仿佛冥冥中就该如此。

谢予夺猛然从后面托住他的腋下："不行，小阁下，这里的晶粒子浓度不对劲！我们先出去，先出去！"

姜见明意识一片混乱，他用力挣开少将的搀扶，自己却一下子又跌回地上。他的手腕撑在血迹斑斑的地板上，在一片黑红中看到了类似指印的痕迹，很凌乱。

有人曾痛苦地倒在这里吗？那双曾经骄傲地驾驭机甲的手，曾在血泊中挣扎过吗？驾驶舱内浓度过高的晶粒子……这些晶粒子，会是从新晶人类的血肉筋骨中流失出来的吗？

姜见明痛苦地低喘了一声，突然吸不进空气了，心脏急促地跳了一下后又骤然停止，唇瓣迅速地转为青紫色，窒息感席卷了他的肺腑。他好像就要……就要这样死在这片黑暗的血色之中。

浑浑噩噩之中，他后颈传来刺痛，是熟悉的液体被推入体内的感觉。片刻后，姜见明缓过一口气，冷汗涔涔地睁开眼睛。泪珠还挂在眼睫上，隔着模糊的水雾，他看到正收回的机械探爪，尖端是针头——赛特操纵着金晓之冕给他打了晶粒子镇静剂。

"小阁下！"谢予夺焦急地扶着他的肩膀，"看着我，慢慢吸气……对，用力呼吸。"

体内的痛楚一点点被压下去，姜见明长出一口气，疲惫地撑着额角："没事……我没事，抱歉，刚刚可能是……有点被吓坏了。"

谢予夺凝重地摇了摇头，看向四周，低声道："您别乱想，也不一定就是……现在什么都还不知道呢。"

姜见明被谢予夺扶了起来，撑着墙壁吃力地走到屏幕前，坐在了血迹斑斑的驾驶席上。

"金晓之冕不是一般的机甲，普通人就算进入了驾驶舱也不能操纵它。"姜见明的嗓子还有点哑，但已恢复了该有的冷静，"强行接入会遭到反噬，我能做的只有启动机体能源而已。"

谢予夺沉声道："足够了。"

很快，屏幕亮了起来，各项数据眼花缭乱。

姜见明检查了一下，回头说："能源还够用，机甲确实是莱安故意停在那里的。机甲录像和晶粒子监控数据都能看，时长不短，我发给您。其他的……嗯？"

姜见明忽然皱眉，手指快速地敲击了几下，发现了一条显示"未读"的信息。发信时间与机甲关机休眠的日子是同一天，发信人是……L-金晓之冕，发送这条信息的是莱安自己。

他点开，屏幕上闪出一片雪花，弹出几行模糊不清的"文字"。

谢予夺脸色一变。这位少将是什么见识的人，一下子就意识到那是加密的文字信息。

"遗言？"姜见明愣了一秒，气笑了，"在我不过来都打不开的机甲里留遗言？可真有他的。"

谢予夺的手指都在抖了，他喉结一动："我拷贝一份，让技术部的尽快破译……"

姜见明手指飞速敲击："不用，我先试试，小殿下喜欢用的几种密码我熟悉——赛特，辅助我计算。"

大约十五分钟后，姜见明眼前一亮："对上了。"

从第一行开始，模糊的部分渐渐清晰，变成帝国通用文字。

第一行，是简简单单的几个字："致我曾许诺之人。"

谢予夺无声地看向姜见明。

姜见明心魂巨震，这一通信息，真的是留给他的。

莱安会在里面写什么？他一定知道了自己将死的命运，他要对已经冷言与他断绝关系的姜见明说些什么？

姜见明甚至想，如果这信息上写了真相，写了阴谋和凶手。那么他的余生，注定从这一刻起踏入复仇的血路，永不能回头。

后续的文字也清晰了。意外地，它很短，一共也只有三行。

姜见明凑近了一点，轻轻地念了出来："请你……请你点燃那枯槁岁月，穿过旧文明的残火与万里寒星，于人类的黎明降临之前苏醒。"

驾驶舱内陷入了一片寂静，足足二十秒后，姜见明往后靠在驾驶席的靠背上，迷茫地与谢予夺对视。这是……什么意思，他看不懂。

没有什么真相，没有什么阴谋和凶手，连遗言应有的嘱托之言都没有。闪烁的字句，映着屏幕上大片暗沉的残血，像一首温和又残忍的离别诗。

姜见明不记得自己是怎么走回宿舍的。事实上，他从看到莱安留下的字句之后，神智就有些不太正常了。

他甚至面无表情地盯着屏幕许久，问谢予夺："少将，你说莱安会不会在远星际有其他值得嘱托的人，这封信不是给我的。"

"小阁下，别这样……"谢予夺按住他的肩膀，"您是太累了，听我一句劝，先回去睡一觉，明天再想可以吗？"

"可是我看不懂。"

谢予夺崩溃道："我也看不懂啊，祖宗！这搁谁身上看得懂啊？！"

"可如果……"姜见明怔怔地低语，眼神涣散，"如果我真的是他临死之前嘱托的人……我怎么可以看不懂？我怎么可以……连他最后留下的一封信都看不懂？"

走到宿舍区自己的房门前，姜见明才算清醒过来。

不清醒不行，因为他看见唐镇和李有方穿着睡衣站在过道上。这两个人一左一右直挺挺地站在门外，表情崩溃，支支吾吾说不出话来，只是疯狂地指着门里面。

"你们两位……"姜见明一头雾水，"是在扮门神吗？虽然按照旧蓝母星的历史算来我们都是东方民族，但是现在离过年还早。"

唐镇脸上五颜六色，好不缤纷，他欲哭无泪："小神仙，我求你现在就别毒舌了，你大半夜又去哪儿了？出大事了……总之你进去，你先进去就知道了！"

姜见明抬手推门。房间里头一片昏暗，他看见自己的床位上坐着一个熟悉的人，那人还有一双冰冷而锐利的眼睛，看过来时与他对了个正着。

姜见明面沉似水，反手砰的一声把门关上了。

——或许，你见过凌晨三点坐在你家床头盯着你家大门，碧绿眼睛在黑暗中反射着光，一动不动地等着你回家的兽吗？

姜见明回头一看，唐镇和李有方已经飞速撤离到五米开外的拐角，惊恐地盯着他。

他头疼地深吸一口气，重新打开门。

"你去哪里了？"黑暗中，门一打开，眼前就是加西亚的脸，耳畔是那冷漠优雅的声音。

皇子殿下不知什么时候悄无声息地站在了门口，门一开手掌就撑上来，这次姜见明是想关门都关不上了。

"殿下，您为什么会在我的宿舍……"姜见明又好气又好笑，转眼间被拽进了门，"殿下！"

皇子伸手把门关上，声音有些发紧，显然带了情绪："回答问题，你去哪里了？"

殿下无法理解，这里明明是银北斗要塞，明明是远星际最安全的地方。残晶人类回来的时候，脸色却比上回更苍白，气息比上回更紊乱。

姜见明沉默几秒，抬起头，开口道："殿下，这与您无关。您不可以这样三更半夜闯进别人的宿舍，很没有礼貌。"

皇子视线一凝，神色猛地变了："你哭过？"

姜见明眼眸微微睁大，他明明只是在英灵碑那里受到晶粒子的影响，半生理因素地掉了几滴泪而已……这么黑漆漆的大晚上，也能看出来吗？

"为什么哭……"白金鬈发的皇子面容冷峻，眉如刀锋，说话时神情却极为认真，"谁欺负你？"

姜见明张口结舌。

现在的加西亚·凯奥斯已经不是"那个"皇太子莱安，他什么也不知道，什么也不记得了。无论是决绝的离别，还是孤独的赴死；是宙海中的苦战，满是流血与痛楚；或是更多沉重的、不为人知的黑暗记忆……都已经被剥离成空白。

三年前，曾在寂静的宇宙中血溅机甲的人，现在站在自己面前，皱起眉的原因竟然可以这么简单——眼前这个仅有数面之缘的残晶人类，为什么会在深夜流泪，是否遭受了不公正的待遇？

姜见明咬牙转过身去，手掌撑在桌角，深深地吸气。

加西亚神色数次变幻。

他调查过姜见明的档案，既然是残晶人类，什么储君的话就成了无稽之谈……他亲自一查，适应期军官录入时的档案上写得清清楚楚——平民出身，军官养子，靠实力考取排名帝国第一的学府凯奥斯军校，今年从第六院毕业，毕业成绩更是惊艳。但这样的人偏偏是残晶人类，那他在银北斗要塞会发生什么，殿下细想就立刻猜到了。

"姜，"加西亚放低了声音，姜见明转身背对他，他就不依不饶地跟着走过去，"是因为功勋的问题？谁想打压你，说名字，或者特征。"

"没有，您误会了，真的没有人打压我，您不必担心……"

加西亚忽然打开腕机，飞速地拨了一个号码。

电话接通之后，腕机投影的对面出现了银北斗谢少将愕然的面孔。

"谢予夺。"加西亚用右手指了一下姜见明，以一种不容置疑的语气吩咐道，"把这个新兵分配给我。"

谢予夺目瞪口呆，头皮都麻了："不是，加西亚殿下，这位不是普通的小军官，他……"

"少将，我不是在与你商议。"皇子平静地开口，"人我带走了，搬一台治疗舱过来。"

"啥？"谢予夺崩溃道，"治疗舱？搬……搬到哪儿？"

加西亚："不要问愚蠢的问题。"

电话被殿下毫不留情地挂断了，加西亚转向姜见明，开口："跟我走。"

姜见明全程乖乖地听着加西亚吩咐谢少将，这时候才直起上身，似笑非笑地看着他："您是在命令我吗？"

他无奈地叹了口气："您真是个任性的人。难道就不会想想，或许是您屡次擅闯我的住处，让我感觉到被冒犯，被强权压迫，所以才难过的吗？"

加西亚皱眉不语，他明明能感受到姜见明并没有真正的抵触情绪，这句话只是一句玩笑。

但是……翠色的眼底有微光流转，皇子暗想：没错，这个残晶人类有着高洁而智慧的灵魂，确实值得一份尊重。

于是，加西亚收敛眉眼，低声说："不是命令……是请求。"

13.

次日清晨，小雪。

银北斗要塞内的景象数十年如一日。升降梯上下往复，来往的脚步声嘈杂地回响在钢铁铺成的过道上。

少将办公室内。

谢予夺跷着腿，喝着茶，一只手支在脸颊上："知道，您别催了，等我这边该办的档案交接手续办完，人就可以走了……"

另一头，加西亚看了一眼就在自己脚下一两米远的窗户，冷淡道："昨晚，你们去了哪里？"

谢予夺嘴角一僵，苦笑着从手掌间抬起眼："殿下发发慈悲，下官能不说吗？"

加西亚的眼底带了一丝自嘲："看来又是我不该知道的事情。"

昨夜，他找谢予夺要人的时候，用腕机打了一通投影电话过去。那时少将接得很快，明明是深更半夜，他却穿着整齐的衣服，言语神情间没有丝毫睡意。而作为背景，房间里的大灯和办公桌的灯都没有亮，亮的是床头灯。

——说明什么？姜见明和谢予夺两个人，是一起出去又一起回来的。

"少将，我很好奇。"加西亚歪了一下头，恰好有一片小雪花落在他眼角，他冷笑道，"当年的莱安皇太子，也是这样一无所知地……踏上死路的吗？"

"殿下。"谢予夺嗓子有些沙哑。

"这座要塞很不错，我暂时还不想破坏这里。"加西亚淡淡地抬起眼，异星的寒风掀动着他的衣摆，"别逼我。"

谢予夺闭上眼，深深地吸了一口气。

"当然，我不是在说你。"加西亚反而低声笑了，"掌控银北斗第一要塞的贵族将军，居然和我这种……呵，同样一无所知。你也很可悲，谢少将。"

谢予夺咬牙切齿地回敬一个冷笑："那下官可谢谢您的同情心了，二皇子殿下？"

加西亚沉默了一秒，若无其事地又开口："姜见明是谁派来的人？"

"殿下！"谢予夺脸色一变，猛地拔高了声音，"那位和基地，和皇室，和其他任何势力都没有关系……我可以以银北斗军徽起誓。"

加西亚直勾勾地盯着谢予夺足足有十秒，之后，他放松地扬起嘴角："随口一问，你急什么。"

"无论如何，"谢少将有气无力地说道，"这个人远比您想象中的还要纯粹，请您务必不要伤害他。"

加西亚又沉默了。这一回，他将目光落在下面的那扇窗户上，很久没有挪开。

加西亚皱眉问少将："他喜欢吃什么食物？"

姜见明睡醒的时候，人在治疗舱里。他的意识带着初醒的蒙眬，把自己往柔软的被子里埋得更深。

突然，他意识到一个问题，睁开了眼。

——是谁又把他关进来了！

——又是什么人居然会往治疗舱里铺被子，还里三层外三层，这是在筑巢吗？

答案毋庸置疑。

因为加西亚就站在治疗舱旁边，居高临下、目不转睛地盯着里面。

加西亚没有丝毫心虚，张口就问："早餐要吃什么？"

姜见明躺在治疗舱内，面无表情地说："殿下，冒昧地问，您是不用睡觉的吗？"

加西亚以皱眉表示不理解，姜见明耐心地解释："我昨晚入睡前，您就这样在床头看着我。我能睡得着是因为我心理承受能力强，并不代表您这样做没有问题。"

说话的同时，他打开治疗舱坐了起来，有细微的寒意飘过来——那是从加西亚身边传来的，很淡的风雪气息。

姜见明看到加西亚发丝上未融的雪粒，轻叹一声，无奈地退让一步："好吧，残晶人类不能食用过于新鲜的高阶异星生物的生肉，晶粒子含量可能会过高。除此之外，正常食物都可以，我没有忌口。其实日常的这些衣食住行，我自己解决就好了。"

"那很好，你自己解决。"果然，加西亚脸色舒缓了许多，"我不在军中任职，但实权等同于要塞最高指挥官，你提前结束适应期，授衔后跟随我行动，相当于我的副官。"

姜见明温声道："荣幸之至。"

加西亚看着他，带着些试探意味说："我把你要到麾下，是因为你的才能。要塞环境严酷，你虽然是无晶人种，但不要奢望我会照顾你。"

　　姜见明看了一眼铺满被子的治疗舱，勉强笑道："好的，请您务必如此。"

　　加西亚："昨晚匆忙，你回去重新收拾东西，中午之前搬进来，房间在隔壁。诸事完毕之后叫我……我需要换一架你能开的机甲，你也一起来选。"

　　"好的，殿下。"姜见明扬起嘴角。

　　等姜见明别过加西亚，从第二层下到第一层，推开宿舍门的时候，迎面而来的就是两位好室友。昨夜发生的事情过于惊悚，直接导致唐镇和李有方一夜没睡。两人脸色苍白，战战兢兢地围上来问东问西。

　　姜见明利索地收拾东西，不打算在外人面前乱说话："那不是莱安太子，是二皇子加西亚，大概和太子是双胞胎吧……确实很像。

　　"他半夜来我们宿舍好像也并没有什么要事，或许二皇子有深夜散步的癖好。

　　"我已经说过他了……你们不放心，可以去交易区买把锁挂门上。

　　"我？被他调走了，以后不在这里住。

　　"我们什么关系？混个脸熟的关系，我帮过他一次，他救过我一次，嗯，对，我还欠他一个苹果。"

　　姜见明东西不多，不到一个小时就把所有私人物品收拾好了。他顺便把自己的床位附近清扫干净，背着自己的作战包再拎个袋子就往外走。

　　"小姜。"唐镇在后面叫住他，神色有些复杂，"听说往届一直有表现突出的新军官提前结束适应期，未满一年就授衔加入银北斗的事，你是不是……"

　　姜见明闻声轻笑，他倚着门回头看了唐镇一眼，挥了挥手："没空等你，唐少慢慢奋斗吧。早点追上来。"

　　门合上了，李有方看了一眼唐镇："失落了？被室友抛下。"

　　唐镇眉头舒展，他揉了揉头发，低头笑了："哪里，早就等着这一天了。"

　　他早就知道姜见明是个不同寻常的人，早就知道这家伙会往更高更远的地方去。唐镇的眼神渐渐坚定起来。没什么大不了的，现在他要做的，只不过是再追上去一次而已。

　　拐角处猛地扑出来一道人影，姜见明眼尖地往后一闪。那个人影没扑到人，反而自己跟跄了两步，差点摔倒。他直起身抬起头来，居然是乔·布朗。

　　"姜……姜见明！"乔的精神状态看着很不好，眼周一圈乌青，"等等，你等等……是不是你跟长官说了什么，他们要……要把我强制遣返……"

　　姜见明没反应过来："我说了什么？"

乔愣愣地看着他，姜见明又想了一下才明白："啊，你是说坠崖的事吗？"

他淡然道："没有，说实话这些天太乱，我已经把这件事给忘了。"

乔干笑两声："你……你别开玩笑了……就算你说了什么，我也不会怪你的啊。"

姜见明懒得纠缠下去，摇头："有问题和长官沟通，还有人在等我，失陪。"

不料乔猛地抓住他的手腕："等等！等等……姜见明，你，你帮帮我，跟长官求个情。以前的事是我错了，你帮我这一次，我以后什么都听你的……"

姜见明有些意外地回头："你很想留在银北斗吗？在远星际，这种突发事件随时都会发生，被遣返至少可以保命。"

乔的额头沁出豆大的冷汗："那……那为什么不是'送返'？至少……至少和贝曼儿一样……"

像贝曼儿的情况，军官或士兵因伤病等特殊情况返回帝国接受治疗，属于"送返"。送返的有荣誉，有补贴金，是为帝国洒过热血的英雄。最重要的是，银北斗的送返是可逆的，如果康复后的身体和精神状态可以达到军队标准，被送返的战士可以随时选择回到银北斗。

然而，"遣返"就不太好听了，直接剥夺军衔，强制退役，等于直截了当地盖一个"不合格"的大红章，一脚把你踢回帝国，哪儿来的回哪儿去。

姜见明恍然，所以……敢情是怕丢脸啊。

"银北斗本来就不是谁都能留下的地方，遣返对你来说是好事。"姜见明皱眉，他被推得后退两步，听见手腕骨头的咔嚓声，"放开我，你抓得我很疼。"

乔猛地抬起脸，眼眶里全是红丝："你不知道！如果我这么回去……我就再也抬不起头来了！我会受人白眼一辈子，同学、邻里、亲戚……我爸也又要揍我了……那么个烂透了的星城，我拼了命上学苦读才爬出来的……"

玛斯星气候恶劣，常常有大沙暴，这些年来，越来越多的居民选择外迁。或许很快，它将会和现在的蓝母星一样，成为一个只有历史意义的遗址，一座凝固成时光标本的死星。但并不是所有人都能搬走，跨星际搬迁需要很多钱，更换定居星城的手续也很麻烦，需要攀附大人物才能办下来。只可惜，钱、权和门路，都与他们一家无关。

他被银北斗录取的那一天，向来嘲笑他只会傻念书的同学们看呆了，邻居们挂着笑脸过来祝贺，爸妈惊喜得快晕过去。那是多么幸福的美梦啊……可是现在一桶冰水浇下来，梦醒了，现实卷土重来。

乔崩溃地埋头嘶吼："为什么啊，为什么只有我遇上这种事啊……"

"乔。"姜见明脸色一变，隐约看见面前的虚空中有什么颗粒闪了一闪，正悬在乔举起的那条手臂上方。

姜见明几乎是本能地奋力一挣，抓着他右手的乔被带得一歪。

下一刻，乔惨叫起来，脸孔扭曲地捂住流血的手掌。

那突然现形的凶器是赤金色的真晶。它细长而锐利，在虚空中凝结了不足一秒就重新消散为无形的粒子。

如果不是姜见明手疾眼快拉了乔一把，真晶就会生生穿透他的小臂！

姜见明没有作声，只是垂下的眼睑抖了抖，回身望去，后面没有人。

"你……你……"乔捂着滴滴答答流血的手，牙齿打战，惊恐地看着他。

姜见明又转回头，前面也没有人，他无奈地轻叹，对乔说："抱歉，真的有人在等我。你先冷静下来去处理伤口，实在有话说，我们另约时间再谈。"

"嘿，我知道……"乔突然自嘲地笑了一声，深深地埋下头，哽咽道，"你们从一开始就看不起我。我也知道……我是从那种垃圾地方出来的，自己也早就是垃圾了。"

姜见明本来已经转身迈开脚步，听到这句话，又站住了，他依旧垂着眼睑，神情很平和："你太自大了。"

"什么？"乔愕然地抬起头，差点怀疑自己的耳朵。

姜见明："你不是你们那所学校里唯一被银北斗录取的人吗？那么，你说自己是垃圾，是在心里把其他人看得连垃圾都不如吗？"

仿佛一个霹雳打在头顶，这个玛斯青年的脸上骤然褪去血色，他愣愣地瞪着双眼。

"世界不是围着你转的，布朗。"姜见明淡然叫了乔的姓，他没有回头，"这个世上，不是你认为谁是垃圾，谁就是垃圾的——你不是，玛斯星城的居民也不是。你们只是普通人而已。普通人，是这么令你鄙薄的存在吗？"

说完这两句，身着黑银军装的年轻残晶人类不再停留，径直向前走去。

空荡荡的过道上，乔像木偶一样失神地站着。他看着姜见明的背影，看着看着，仿佛大梦初醒，他的嘴唇开始颤抖。他一直以为，自己内心的阴影是自卑，是出身平凡导致的自卑阻碍了他想要向上爬的路。他竟从未意识到，他的心中还藏有另一副真正阴暗的爪牙。

是啊，考出了意外优秀的成绩之后，他想也没想就报名加入了无上光荣的银北斗，却没有想过，他明明可以借此良机带着父母去更好的星城工作，踏实地过日子。他从来没有想过，无法成为舍生忘死、浴血奋战的军人，他也可以成为一个小商人，老老实实地做生意；或者他能成为一个机甲师，勤勤恳恳拧紧每一个螺丝。无法成为帝国英雄，他也可以做一个好儿子、好丈夫、好父亲。

咸涩的眼泪流过嘴角，要塞过道空荡荡的，乔将脸埋进双掌中。

"回帝国去吧。一个真正繁荣的帝国，应该有普通人的容身之地。"姜见明的嗓音清澈又缥缈，好像已经在很远的地方，"这没什么的。"

姜见明走到了过道尽头，拐角处，加西亚果然站在那里，皇子的眼瞳深处似乎亮着光，定定地望着他。

"殿下？"姜见明歪头，几缕黑发随着他的动作散落，"您想看戏倒也没有问题，但……观众上台殴打演员，是不是不太好呢？"

加西亚漠然启唇："我无意干涉你的私事，如果不是你说疼。"

说罢，皇子自然地转身往前走，旁边的姜见明低笑了两声，同样自然地抬脚跟上。

加西亚于是侧眸多看了一眼姜见明的小臂："还疼吗？"

姜见明摇头："不太疼，现在只是有点麻。不过，银北斗……或者说远星际宇域的状况，已经糟糕到需要招收这种素质的新任军官了吗？我当年来的时候还不这样。"

加西亚："挑机甲需要实际操纵试手感，你今天不能去了，恢复正常再说。"

姜见明没辙，只好叹气："好吧。"

加西亚盯着他的手腕，伸手捏住关节部位："动一动。"

姜见明无奈地缓慢转动手腕给他看，继续自言自语："既然远星际的局势真的这么严峻，还不如索性招收点优秀的残晶人类进来。不能用晶骨和异星生物战斗，还不能只开机甲吗？"

加西亚忽然一顿。他终于将姜见明的手腕放下了，同时缓缓抬起眼，眼神锐利如冰。

他道："你说，让残晶人类只开机甲？"

二层，谢少将的办公室，门开了。

"两位来啦，昨晚休息得还……好吗？"谢予夺刚要招呼，在看到加西亚冷肃的脸色时声音就变了调子，"怎么了？殿下，您有什么问题，有话好说！"

皇子轻轻推了一下姜见明的后背，对谢予夺道："听他说话。"

"少将，午安。"姜见明只好打了个招呼，耸了耸肩，以示自己的无奈，"奉殿下的命令，我来……贡献一条不成熟的构想。"

片刻后。

"把舱内机甲驾驶和舱外晶骨战斗分开……"谢予夺罕见地换上了严肃的表情，挺直了上身，"请详细说说。"

姜见明已经自己从旁边拉了一把椅子，在谢予夺的办公桌前坐下："就是字面意思，少将。我来到银北斗已经有一段时间，虽然还不算正式上过战场，但已经大致了解了远星际的作战模式……新晶人类操纵晶骨的战斗方式类似于肉搏战，大部分时候都需要在机甲驾驶舱外进行。然而在面对体型庞大的异星生物以及空中的敌人时，需要有人留在驾驶舱内操纵机甲，配合舱外的战斗。"

"就像贝塔星的银北斗第二基地遭受宇盗奇袭的时候，我曾经驾驶机甲，辅助加西亚殿下在空中对抗敌人。"姜见明顿了一下，淡淡地说，"我是在想，如果能将机甲驾驶和晶骨战斗划分为两个兵种，残晶人类完全可以承担机甲驾驶的那部分任务。"

谢予夺紧抿着嘴角，他敲了敲太阳穴："让我好好想想。"

确实，现在的帝国军方并没有明确的"机甲驾驶员"这一兵种概念。说到机甲师，对应的是维修、改造、制造机甲的人员，而非驾驶机甲的战士。

姜见明点头："少将慢慢考虑，残晶人类在远星际战场上能做的事情确实有限，高浓度晶粒子环境也是个问题。所以我说的这一切，都建立在银北斗确实人手不足的情况下。"

姜见明悄悄瞥了加西亚一眼。其实，这些想法他早在军校时期就已经有了。但如果不是殿下听到他随口说漏的一句话，就坚持让他提出来，他是不会这么早就把这些想法摆到台面上的。

这背后还有很多问题，很多隐患。既有残晶人类本身体质的原因，还有更多深层次的问题。但既然殿下让他来说，侧面证明了银北斗的状况确实不太乐观，那么他就来说。

姜见明继续说道："比如我在适应期的时候，带队的两位长官……雷蒙中尉一直是霍林中校的副官，出战时会同乘一架机甲。但其实，雷蒙中尉本身也是 B 级晶骨的持有者，拥有一定的战斗力，常年给霍林长官做副手驾驶机甲，有些可惜了。"

说罢，他笑了笑，站起来："毕竟，我说来也只是个平民出身的军校生，身体素质放在残晶人类里面也算是较差的。就连我都能和皇子殿下打配合……如果军方能放开一些限制，哪怕只是少量的名额，我认为有很大希望招募到能力不亚于新晶人类的残晶人类精英。"

残晶人类精英，谢予夺还是第一次听到这个组合词，将"残晶人类"和"精英"放在一起。

姜见明就那么自然地，好像自己都是无意识地把这个词语说了出来，脸上还带着淡淡的温和微笑。

"值得一试。"加西亚沉声道，"至少比往要塞内继续投放废物更有希望。"

"嗯……"谢予夺突然站起来，冥思苦想似的在自己的办公室内走了两圈。

终于，在走第三圈的时候，少将忽然站住，打开腕机联络他的女副官："丽塔，要塞有没有对帝国现在的机甲领域前沿状况了解比较深的家伙？给我揪过来……"

姜见明扬眉，说道："我的一个队友是凯奥斯军校机甲二院的首席毕业生，要揪过来吗？"

谢予夺眼前一亮，当即拍案："揪！马上揪！"

就这样，李有方同学被临时传召"揪过来"的时候，整个人都是晕乎乎的。

少将，谢予夺少将，银北斗第一要塞的一把手人物。经历传奇、年少有为的贵族将军。按理来说，他再奋斗个十年都不一定有机会在谢少将面前慷慨陈词，更不要提面前还有一位皇子殿下。

亮堂堂的少将办公室内，姜见明在泡茶，而谢予夺一迭声地喊："快放下，快放下，怎么能让小阁下做这个！"

姜见明笑笑："又不是给您的，我自己渴。"

说着，他先给加西亚倒了一杯。

加西亚捧着茶杯，冷淡道："但凡谢少将不是个离了副官就不能自立的生活废物……"

姜见明："说起来，丽塔小姐呢？"

谢予夺："下个月就是帝国军方总会，她跑资料呢。"

李有方觉得世界都割裂了，他自己站着的地方是一个世界，而眼前少将办公室内其乐融融的场景是另一个。

偏偏姜见明这时候回头冲他招呼："好队友……哎，不是队友了，李有方，你要茶吗？少将的茶叶都不错。"

少将的茶叶……李有方眼前一黑，差点当场给他跪下。等他颤巍巍地走进来，听完姜见明的构想之后，更是直接魂飞天外。遴选残晶人类来专门驾驶机甲？李有方当场手心发冷，额头冒了一层虚汗。纵使他只是个刚出军校的毛头小子，但这里头的意义有多重大，他自认还是听得出来的。

"这……这个……这个想法……"他磕磕绊绊地说，"很……很惊人。"

谢予夺笑了，悠然跷着腿道："小朋友，不用太紧张，这儿没外人，随便聊聊。"

他嘬了一口茶，又摆摆手："你也别多想，我叫你过来呢，实在是因为我们这帮银北斗人在远星际窝得太久了，对帝国很多情况不太了解。最后下决策的是我上头的一帮老头子，和你没关系。"

"是……"李有方反复地深呼吸，才令自己稍微冷静下来一点，开始分析，"这个……少将您应该也知道，在真正战斗的时候，比起机械的操纵速度，更重要的是大脑的反应速度和战斗意识……"

140

谢予夺点头。

这道理很容易懂，如果现在让李有方和姜见明在平整开阔的机甲训练场上进行机甲基础动作的实操考核，成绩一定是李有方更高。因为在两人同样熟练掌握基础动作的情况下，晶骨操纵比手动操纵的速度更快。但是如果让他们俩驾驶同样的机甲，在随机的野外地形进行实战……结果不用说，李有方不被玩儿死才怪。

李有方："但是现在在帝国的机甲研究领域，已经几乎没有人钻研手动操纵的效率提升问题了。理由也很简单，现在残晶人类几乎不能接触到军用机甲，提高了手动操纵的效率也没有用武之地。"

谢予夺摸了摸下巴，沉吟道："这还真是。"

李有方："所以……虽然说机甲的手动操纵公认比晶骨操纵的传导效率低上6%，但这个'公认'的数字已经是基于好几年前的技术了。如果军方容许残晶人类上机甲，投入资源改进技术的话，这个数字应该还能降低！"

谢予夺眼前一亮："也就是说，你认为手动操纵的劣势，在现在的基础上还有不少挽回的余地？"

"以下官愚见，有很大希望！而且……"他说着看了一眼姜见明，表情略微有点诡异，"而且，第三种操纵方式——精神操纵的课题也越来越热门了。"

姜见明对上李有方的视线，不禁会心一笑……他知道这个诡异的表情是什么意思。毕竟好几年前，这个课题在凯奥斯军校开过讲座。他一个残晶人类混进去听，结果在老教授释放晶骨的时候当场吐血，差点让老人家为此蹲大牢。

李有方："如果未来几年内能做到精神操纵的普及，那么残晶人类没有晶骨的劣势就不再是问题！这两年，帝国内残晶人类的地位提高了许多，民意舆论方面应该也没有太大的阻碍……唯一的问题，可能还是在残晶人类本身对远星际环境的适应方面，以及他们和新晶人类之间能不能真正协作。"

"但以下官的私人判断，从上述综合分析，"李有方咽了口唾沫，猛地挺胸敬了个军礼，"理论上，姜见明的提议是——可行的！"

姜见明放下茶杯站起来，淡定地拍了拍他的肩膀："别太激动，我说过，这只是一个构想。"

"确实只是构想，各种细节还需要内部研究探讨……但……"少将上身前倾，正色道，"也是很令人心潮澎湃的构想。我会在军方总会上提出来。"

李有方的眼睛唰地一下就亮了："谢谢少将！"

姜见明抚额，所以你一个新晶人类在兴奋个什么劲儿呢……

"暂时不要说是谁的建议。"一直不作声地听着的加西亚忽然在这时出声，瞥了一眼姜见明，"他的名字，事情成了再公开。"

谢予夺扬起眉，连忙道："明白。"

两天后，银北斗第一要塞，星舰港。

这一天的早晨澄澈无雪，云很淡，远山刚露出一点鱼肚白的光。

姜见明与唐镇并肩站在银北斗要塞的星舰港，更远处站着李有方。

"哟，挂肩章了啊，这么快。"唐镇伸了个懒腰，笑嘻嘻地拍了拍姜见明的肩膀，"姜中尉？"

姜见明："嗯，昨天刚授衔。"

晨光中，单黑杠双银星的梯形肩章熠熠生辉，落在年轻的黑发军官的军装上。就像前几天加西亚说的那样，他凭借卓越的功勋与谢少将的推荐，提前结束了适应期，正式成为银北斗军官的一员。太快了，距离姜见明从军校毕业加入银北斗，才一个多月的时间。

后面，李有方突然抬头看着天空，出声道："来了，星舰要入港了。"

贝家的小型星舰由远及近，徐徐降落。几名贝家的侍者走下来，向驻守星舰港的银北斗士兵敬礼致意。最后，三人看着贝家的使者将走出来的贝曼儿簇拥在中间。他们护着拄着拐杖的大小姐，协助她走上了星舰。

这一天是贝曼儿回家的日子，他们来送她。

很快，贝曼儿在星舰的窗口坐下。她一坐下就转过头，放下窗子，冲三人笑了起来。

姜见明和唐镇对视一眼，走上前去。

李有方没有过去，选择站在远处望着，给他们三人一些独处的时间。

"唐少，姜同学，我走了。"贝曼儿弯着眉眼摆手。

她不能再穿银北斗的军装，最外面套了一件厚实的黑色皮袄来御寒，还围了一条丝巾，比以前多了三分娇俏明媚的大小姐气质。

"一路顺风，保重身体。"姜见明在她窗前站定，沉声道，"未来的路还很长，选择还很多，什么都有可能的。"

他说着，将一块印着银北斗军徽的黑色布料递给她："带着吧，我从你旧军装上剪下来的。"

"谢谢你，我会珍藏的。"贝曼儿抚摸着触感熟悉的布料，仔细地收在了行李中。

她忽然想起队伍里的另一个女孩，问道："说起来，艾丽怎么样了？"

"艾丽她没能克服心理障碍，"唐镇摇了摇头，"昨天提交了申请，暂时转去后勤了，也就是要塞第三层，说不定以后咱们喝的牛奶就是她操纵机器挤出来的。"

说着，唐镇拿出放在外衣口袋里的一小袋东西，递了过去："我昨天见过她，她说没脸来送你，让我把这个转交给你。"

贝曼儿伸手接过来，入手沉甸甸的，是一袋甜饼。

那个风雪呼啸的夜晚，一切惊变还没发生的时候，两个女孩子曾经在帐篷里随口约定过，回来之后要一起逛逛交易区，买点比压缩军粮更可口的小点心。

唐镇："艾丽她说……让你路上吃。"

"替我谢谢她。"贝曼儿摸了摸那一袋小甜饼，笑了，露出浅浅的梨涡，似乎又有些哀伤和惆怅。

时间快到了，星舰发出嗡鸣声，窗子自动缓缓落下。

贝曼儿定定地看着唐镇，柔声说："要走了。再见，唐镇，不要忘了我啊。"

不知是不是冻的，她原本白嫩的双颊有些泛红，像是一株在披雪的墙檐下悄然开放的杜鹃花。

"曼儿……"唐镇神色复杂，他抬起了手，又无措地放在窗边，"对不起。"

银北斗的军人长年驻扎边疆要塞，与帝国民间基本上就是断联的状态，别说恋人了，连家人都很难见面。就像谢少将，贵族出身，父母健在，娶过夫人还有个女儿——看似人生赢家，其实都快五年没回过家了。

贝曼儿这一走，直接和唐镇隔了几光年的距离，也就注定她多年的相思将会付之东流。

贝曼儿用力地摇头："不要说对不起！我喜欢唐少，是因为我自己喜欢，不是为了求得什么结果才喜欢的。"

她说着笑了起来，鼻尖和眼眶微红。她还是那样明媚而大胆，大胆地说喜欢，大胆地承认这一段追求的失败。

最后，贝曼儿将自己的五指也贴在窗上，和唐镇的手叠在一块儿。

朝阳的第一缕光照亮要塞的瞭望塔时，星舰升空了。

姜见明昂头看着，烈风吹动着他额前的黑发。阳光有些刺眼，他闭上眼，任温暖的光辉落在睫毛上。他听见身旁的唐镇深深地呼吸，吸气的声音有些发颤。

别离，不记得是哪一篇文章里说过，光阴如白驹过隙。众生行于尘世间，一眼相逢，相逢即别离。

远处，李有方招呼了一声："唐镇，训练时间快到了，走了！"

姜见明睁开眼，知道唐镇接下来又要投身于适应期军官的日常训练中去。而他，是被加西亚殿下调走的人，他和他的好室友，以后就不同路了。

训练场地，加西亚身姿修长，他站在一架崭新的机甲面前："这就是你最后选的机甲？"

"是我为您选的，殿下。"姜见明强调了一句，"而且，接下来要上机试用

143

的也是您，请不要一副与自己无关的样子。"

加西亚不以为意，淡淡道："不需要，机甲对我来说……"

"——因为您这样，我会很没有安全感。"姜见明坚持说完了他的话。

几秒后，加西亚转身打开了机甲的驾驶舱，先自己跨进去，随后回身将姜见明拉进驾驶舱内："上来，小心脚下。"

姜见明在加西亚旁边的驾驶座上坐下。抬头，刺眼的雪光落进眸中，他眯了一下眼。

加西亚随手放下了机甲前的挡板甲，深深地看了他一眼："先升空试一试速度，适应之后，去野外实战。"

姜见明扣好安全带，欣然点头："好的，殿下。"

下一刻，机甲腾空，两翼卷起了风，风又吹起白色的雾。它的影子在雪地上迅速变小，向着流云，向着远山，向着日出之地的冰原飞去。

新帝历63年秋，朝阳照常升起在阿尔法异星的冰原上，反射着粼粼雪光，为年轻人们照亮各自奔赴的前程。

这场征程早已开始，却还远远未到落幕的时候。

14.

阿尔法异星，X8区域，高危区。晴，高空，风向西北。

狂风吹散了高空中的云雾，有赤红之色在高空中一掠而过。

时间是下午，天是晴的。大地上的硬雪延伸到与天空相接的那条线上，当赤色在空中闪过时，雪原上也会投下黑色的影子。赤色属于两只巨鸟，它们头顶生着八只晶体状的眼睛，上下翻飞着与强敌缠斗，在空中振翅时卷起晶粒子浓度极高的烈风。

它们的脖颈震动，发出金属相击般的鸣声。

利光一闪，血就在此刻陡然从其中一只巨鸟的脖颈处迸溅。

血雾喷薄冲天，赤色巨鸟展开翅膀，一根根红色的、晶片似的羽毛竖起来，开始一场惨烈的濒死之舞。刹那间，日光像被筛子筛过，从巨兽的羽毛间洒落，又被晶体反射出无数条更细更刺眼的光线。

光芒簇拥之下，一个人类仰身向后倒去。四对十几米长的赤金晶骨展开在他的脊背之后，耀眼而灼热，仿佛太阳的火焰在燃烧。那晶骨的尖端沾有血迹。

加西亚在空中下坠，烈风中白金长发飞舞。他斩杀了赤鸟，而后从赤鸟的背上坠落下来。狂风与重力撕扯着他的身躯，快速将他拉向雪原大地。他翡翠般的眼中无喜无惧，只是冰冷地倒映出自己晶骨上的血迹。

血……他并不讨厌血。相反,他喜欢见血,尤其是让一些强大的敌人血溅当场。

——因为他无可回头,回头便是空白的过去,是无尽的空虚。

所以他向前,像一支离弦之箭般向前,去战斗,去杀戮,去胜利,去征服。

这也是他明明厌恶某些事情,却依然愿意留在银北斗要塞的原因。这里是人类的前线,这里的血会填满他的空虚,哪怕只是短暂的。

但他不喜欢所谓的浴血,血会妨碍视线,会染脏衣服。

身后传来机甲的轰鸣声,一架银黑相间的机甲飞速地破云而来,时机卡得实在令人叫绝。

加西亚下坠的身躯重重地砸在机身上,听见耳畔有人叫他:"殿下。第七只赤鸟确认死亡,上空还有一只是吗?"

加西亚抬起脸,单手攀住机甲:"有,给我十分钟。"

说话的同时,皇子将背后的晶骨一震,无数血滴被甩落在风中,立刻被高速飞行的机甲抛在了后面。他不喜欢浴血,最重要的理由是,这些高阶异星生物的血液里都含有高浓度的晶粒子,一时半会儿逸散不尽。

日光照进驾驶舱内,操纵机甲的年轻军官微抬着下颌,眼眸沉静深邃,眼尾那片皮肤被照得莹白,几乎透明。

"不可以,殿下,"年轻军官淡淡道,"请您五分钟之内解决,不要再走神了……您到底在想什么?"

说罢,姜见明将操纵杆向斜下方深推,机甲顿时打了个漂亮的弯儿,逆风再次直上天穹。

加西亚眼底暗了暗,他知道如今自己不再是孤身作战了……而异星生物的血,会对残晶人类造成伤害。因此,皇子不沾血。

五分钟后,机甲降落在下方雪原,收拢修长的机翼。日光洒在线条凌厉的机身上,它像一把出鞘的长刀——A级机甲"M-斩彗星",将速度强化到了极致的机型,对于操纵者的要求极高,在A级机甲中也是很著名的高难度机型。

当初姜见明选择它的原因很简单。无论是攻击力还是防御力,加西亚的超S级晶骨都已经足够强大,不需要机甲来弥补。只有速度,实打实的硬速度,才是能给皇子带来显著增益的。

八只赤鸟的尸身横躺在雪白的大地上,姜见明操纵着机甲照射固化射线,等待着从异星生物身上收取真晶矿。

他边操纵边随意地说:"殿下,您好像还是有点放不开,我说过,不用那么顾忌我的。"

"今天耗时太长了,是我的失误。"皇子开口时声音有点沙哑,"四个小时,太长了。"

他让姜见明连续操纵机甲战斗了四个小时，这不是残晶人类的体质能承受的负荷。

加西亚说罢抿嘴，用眼神向身边的姜见明示意了一下后方的治疗舱位置："你去休息，回程由我来驾驶。"

姜见明无奈："殿下，我们一起上机甲快半个月了，您也差不多该习惯一下了。"

加西亚："进去。"

姜见明懒得理他。

几秒后，加西亚伸手解开了他的安全带。

"殿下！"

"汪！"

现在，连小狗赛特都公然叛变，治疗舱根本不用加西亚亲自打开就弹开了盖子，姜见明被放进了里面。

舱口关闭，严丝合缝。他又被关起来了！

"殿下……殿下！"姜见明气极反笑，他拍着治疗舱的盖子，声音隔着玻璃有些失真，"您到底是出来清除异星生物的，还是来遛残晶人类的？"

加西亚俯身摆弄着治疗舱的数据："不要生气。我给你加了30%的雾态镇静剂，专心呼吸，或者你也可以睡一觉。"

姜见明："殿下，您知道我们每周要在补充治疗舱药物上花费多少币点吗？"

加西亚："那不重要。"

姜见明："所以您根本不知道。"

"姜，我说了不要生气。"加西亚皱了皱眉，抬起头来，"你告诉我，你们残晶人类……会因为生气而被气死吗？"

治疗舱内，姜见明当场眼前一黑，他深深地吸气以克制情绪，咬牙切齿地笑道："不会，殿下。"

加西亚摇头："但你说过，你在残晶人类中体质也是较差的。"

"所以，安全起见，你不要总是生气。"加西亚面容冷峻，十分肯定地咬字，"会死的。"

银北斗第一要塞，瞭望塔。

"回来了，回来了！"一个年纪不大的探测兵两步并作三步地冲下台阶，神情激动，"已确认对应的机甲，是二皇子殿下和姜中尉！"

一旁的长官连忙抬起头，紧张地问："回来了！出现在 X8 区域的异星生物群呢？"

瞭望塔上没人说话，气氛却突然凝固。各自奔走忙活的银北斗士官齐齐停下动作，竖起了耳朵。

探测兵："姜中尉说已经清除完毕，录像和数据直接发到少将那里去了。"

长官擦了一把额头的汗，长舒一口气。

瞭望塔上其他的银北斗士官也同时松了口气。

银北斗星际远征军，是帝国最强的精锐军团，是开拓边疆、剑指远星的"银矛"。

三座驻扎着要塞的异星，是远星际宇域通往帝国疆域的必经要道。隶属银北斗的军人们就这样长年累月地驻守在此，应对着随时可能从外宇域袭来的生命体。每当具有威胁的高阶异星生物从这里经过时，要塞将会迅速派出人手进行"清剿"，以免后方要塞与帝国领土受到威胁。

没人知道远星际下一秒会发生什么，每一次的清剿都是人类对鬼门关发起的挑战。更何况，这次出现的异星生物数量多、等级高，还是十分棘手的禽鸟态，也难怪瞭望塔上的士兵们在听到胜利的消息时都松了一口气。

年轻的探测兵抓了抓头发，问身旁的长官："长官啊，您说这些奇形怪状的异星生物都是从哪儿来的呀？怎么咱们银北斗在这儿驻扎了几十年，好像杀也杀不尽呢。"

军官还没答话，一旁的老兵先笑了，他眯起眼："小子，今年新来的吧。"

探测兵小鸡啄米似的点头。

"问异星生物哪儿来的啊，"老兵歪歪斜斜地叼着烟，哼唧着说道，"真要追根溯源，和咱们人类一样，蓝母星呗。历史书读过吧，小子？新帝历之前是旧帝历，旧帝历之前是……"

"公元历。"探测兵抢答。

"对，公元历3121年……3121年，黑波辐射带来了晶粒子，终结了旧蓝母星纪元。哦，当时蓝母星还没改名，还叫'地球'。那时候的旧人类惨啊，黑波辐射笼罩了蓝母星三十多年才渐渐弱化，人类死得只剩下十分之一，这就是所谓'三十三黑夜'。然后就是天择纪元，大分化。旧物种灭绝，全都死光了。活下来的，要么是与晶粒子达到完美融合的新晶物种，要么是没能完美融合的残晶物种。"

年轻的士兵连连点头："后来呢？"

"后来，活下来的人类在化为废土尸山的蓝母星上各自建立基地，争夺资源，像原始的野兽一样为了生存而厮杀，这就是你们历史书上说的基地混战时期，小子。"

年轻士兵："我上学的时候，历史书上好像没怎么提这一段啊。"

老兵道："因为太惨了，天知道那时候死了多少人，人又是怎么死的，你们这样的小屁孩儿根本想象不到。所谓的异星生物也是在那时候变成现在这个鬼样子的。

"那个时候人类想要把除自己以外的真晶生物清剿干净，反而逼迫得很多物种变异，它们变得能在各种极端环境中生存，逃窜入外太空，结果与晶粒子融合得更完美，也更具凶性。

"再后来是旧帝国，旧帝国的人类大迁移你听说过吧，那就是为了躲避高阶异星生物的袭击而发起的。一夜之间，上万艘星舰载着权贵们飞离了第三星系，带走了人类文明九成的资源。上不了星舰的人们就在下面伸手追逐，哭声震天。

"惨吧？惨啊。绝望吧？看看那个年代的史料，设身处地一想，谁不会感叹一声绝望。"

老兵低头笑了两声，深陷的眼窝里好像有明亮的星辉："可是谁又能想到呢，咱们新帝国的火种，就是从那个黑暗的年代，从那个绝望的星球上点燃了啊。咱们的神圣大帝，咱们现在的女皇陛下，还有咱们的开国军神亚斯兰统帅，当时都在那座被遗弃的蓝母星。再后来……"

"老刘。"这群人的长官突然发话，"你今天话太多了。"

老兵嘿嘿一笑，闭上嘴冲长官点点头，叼着烟走远了。

在老兵的背后，一架银黑相间、凌厉如刀的机甲，正缓缓出现在天穹的一角，它离要塞越来越近了。

年轻的探测新兵意犹未尽，他显然是那种脑子里有十万个为什么的毛头小子，见老兵走了，连忙又挨在长官身边。

他向天边的机甲努努嘴，支吾道："长……长官啊，说起来，那个什么……是……是真的吗？"

长官皱眉："什么真的假的？"

探测兵："哎呀，就是！那位姜中尉啊。"

"他……"年轻的探测兵咽了口唾沫，"他真的是残晶人类吗？"

长官沉默了一息，摇头哼了一声："是又怎么样，不是又怎么样？那可是咱们要塞里唯一一个能陪皇子殿下上机甲的人……哪怕真是个连枪都拿不起的残晶人类，能讨了皇子的欢心，也是人家命好。"

银北斗要塞二层，两位刚刚凯旋的英雄坐在谢予夺的办公室内。姜见明与加西亚各坐一把椅子，前者礼貌地从刘丽塔副官手上接过茶，双手捧着喝；后者冷着脸，斜身看着少将办公室内的三维星图。

谢予夺当场崩溃："老天爷，祖宗，怎么又吵架了？"

"没有吵架。"两人异口同声。

姜见明冷淡道："只是有点磨合上的问题。"

加西亚也冷淡道："他太容易生气。"

谢予夺更加绝望，一头栽倒在桌子上，各种乱七八糟的文件和芯片顿时哗啦啦乱飞。

于是刘丽塔副官也绝望了："少将！请您把尊贵的头颅抬起来，那是军方总会要用的资料——"

办公室内一时鸡飞狗跳。在女副官的威逼之下，谢予夺只好没骨头似的从桌子上爬起来，看着"冷战"的皇子殿下和姜中尉，顿时又叹了口气。

不过……叹气归叹气，少将不禁感慨：这还是第一次，他能从这两个才能远超同辈却也各自背负着沉重命运的年轻人身上看出这样生动的孩子气来。

那边，加西亚低声道："不要生气了。"

姜见明轻叹一声，坐到了加西亚身边："殿下，我没有生气。"

谢予夺哭笑不得，连忙起身送客："行了，两位。殿下和姜小阁下这一趟都辛苦了，快回去休息吧。这几天要塞里忙，有什么不周到之处，打我的私人电话就行了。"

姜见明看向加西亚："请您先回去吧，我有些话想单独跟少将说。"

加西亚的神色又冷了下来："不是深夜外出，就是两人密谈，看来谢少将和姜中尉之间的秘密不少。"

话虽这么说，他却站了起来，往外走去。

谢予夺看着还有点手足无措，姜见明慢悠悠地拿起茶杯："没事，让他走吧，我回去再劝。"

加西亚开门的手指猛地一顿。一秒后，他似乎轻哼了一声，甩上门就出去了。

刘丽塔少校很有眼力见儿地说了声去处理杂务，抱着文件退出去了。

这时候，姜见明才开口说："谢少将，我是想问问您……加西亚殿下在银北斗要塞到底是干什么的？"

姜见明皱起眉，咬字有些重："他是在玩吗？跟了加西亚殿下半个多月，我感觉他根本不是在为银北斗征战，他其实并不在乎什么荣誉和帝国，他就是在玩。玩机甲，玩异星生物——顺带玩自己的命。少将，您不能管管这个人吗？"

少将的表情慢慢地凝固成苦笑："小阁下，您都把话说得这么尖锐了，这叫下官很难办啊。"

"其实，确实是这么回事。"谢予夺摸了摸鼻尖，"加西亚殿下和要塞的关系其实难说，他乐意在远星际找刺激，而我们需要清剿异星生物和防御宇盗……

勉强达成一致目标而已。事实上，银北斗根本调不动他，殿下他大部分时候也懒得管要塞的事，偶尔能出手救人，我就谢天谢地了。"

姜见明琢磨了一下，迷惑道："所以他真的是野生的，我还以为只是放养得比较过。"

等到姜见明回到自己的住处，已经到了日暮西山的时候。房间里等着他的是加西亚殿下和惯例的治疗舱。

姜见明头疼地叹了口气，他用手指摸索着解开军装的扣子，脱下外衣搭在臂弯里向加西亚走去："殿下，我们有必要好好谈一谈治疗舱的使用问题。"

"还有，"年轻的黑发军官淡淡地看了一眼开着的一扇侧门，接着说，"就算我们的房间只隔一道门，您这样神出鬼没地总往我的屋子里闯也是不妥的。再这么下去，我真的要挂锁了。"

姜见明现在一个人独占一室一厅一卫，这个房间很宽敞，采光也很好，在高级住宿区里算是一等一的配置。唯一奇特的是，它的卧室有扇侧门，能直接通往隔壁……姜见明猜测，或许这里以前是哪位大人物的警卫员的房间，方便随叫随到。而现在，他的隔壁正住着加西亚殿下。

加西亚不悦地冷眼望着他："你已经在外奔波了六天，今天在晶粒子浓郁的高空全速开了四个小时的机甲。"

姜见明："斩彗星的晶粒子隔绝性能好，我挑选机甲时有考虑过这一点。"

"不如雪鸠。"加西亚说道，"我说过，你辅助我战斗的时候可以使用雪鸠，把斩彗星留作备用……你不够听话。"

说完，皇子自己沉默了片刻，再开口时他似乎生气了，眉宇间透露出凌厉，声音低沉："要塞的机甲师也没用，区区一个雪鸠的 M 型号，几年都研发不出来。"

姜见明：您怎么回事，当初在贝塔异星嘲讽雪鸠只适合临阵脱逃的不是您吗？再说，那种鸡肋的花瓶美人机，有个小型机给情况特殊的人用就不错了，谁吃饱了撑的研究更大的型号啊！

"进去。"加西亚用眼神示意。

姜见明叹着气把外衣挂起来："殿下，您别闹了，持续使用治疗舱，我的身体会对其产生依赖的。"

"这为什么不可以？"

姜见明气极反笑，转过头看向加西亚："当然不可以，您让我以后在艰苦的环境中怎么办？"

加西亚皱眉道："你为什么非要去艰苦的环境中？这没道理，给我理由。"

"我……"姜见明下意识想反驳，张口却突然怔住了。

加西亚微微歪头，雍容的鬈发散落："你要去哪里？你不打算跟在我身边？"

姜见明一时恍惚，恍惚到他自己也茫然了，他问自己：对啊，我要去哪里？

加西亚："你的身体本来就很脆弱，不适合劳累、伤病、经受刺激以及高强度战斗，你不知道吗？你体弱多病，容易丧命，我说过很多次。就算你不会立刻丧命，至少也会损伤身体根基，缩短寿命……帝国平民中残晶人类的平均寿命比新晶人类短三十年，这还是在残晶人类安稳度日、接受保护与照顾的情况下的数据，这些你不知道吗？"

"是什么让你觉得，你必须像适应期军官那样，每天都在发烧咯血、强忍病痛才是正常的？"加西亚眯了眯眼，"来银北斗之前，你过的是什么日子……你不想说，我可以不追问，但是，姜见明，你跟随我半个月了——没有适应的人，是你。"

姜见明倏然低头，咬紧了牙关。不是的……

他对自己轻声说：不是的，我只是还有很长的路要走。虽然现在还没有看清这条路上会有什么，但这注定不是一条平坦的路。

所以他不能懈怠，不能放松警惕。未知与秘密太多，周围没有人可以完全信任，没有人可以完全依靠。

可是……姜见明又陷入了短暂的茫然，他看着面前的加西亚，茫然地想：说到底，都是因为小殿下死掉了，他才落到这种无依无靠的境地。说到底，他本来没有必要吃苦。当年小殿下还没有出事的时候，他不也住在繁华的亚斯兰星城，在最耀眼的凯奥斯军校上学，过着平凡但舒适的生活吗？

不仅如此，因为莱安的关系，他的条件从来都是很优渥的。

他也不是天生就这么命苦，非要在每一个白昼与黑夜，都拼尽全力地逆流而上。如果不是小殿下的死……

但现在，加西亚明明就站在他的面前，背后是浩大的夕阳余晖。

今昔重叠，恍然如梦。

姜见明低着头，将自己的黑手套脱下来。

他的眼眸深处像浮着碎雪，缓慢说道："如果日后有一天，您因什么事情要离开……"

"不要做无根据的推测。"加西亚伸手从姜见明那里接过手套，帮他放在治疗舱旁边，淡淡道，"按你现在的状态，无论怎么想，都会是你先'离开'——劳累、寒冷、疾病、过度的忍耐与思虑，说的都是你，而不是我。"

"那……"姜见明忽然抬起头，他的眼睫竟在微颤，此刻有些失神，"那治疗舱的费用……"

加西亚反应神速，冷静道："让谢予夺出。"

姜见明垂眸抿了抿嘴。

次日，姜见明陷在一团柔软的被子里睁开眼，迷迷糊糊地看到治疗舱内侧显示的时间已经到了中午。

"这回没有发烧，"加西亚打开了驾驶舱的盖子，"有进步，起来吃点东西再睡。"

"以前我不会被前一天的劳累打乱作息的。"姜见明垂着睫毛，嗓子有点沙哑，"发烧不会影响我出训练，会累但不容易困，不会像现在这样连手都懒得抬。"

加西亚动作停了停："你的意思是，需要人喂你吃饭？"

姜见明："您是只听见了最后一句吗？"

姜见明将穿过的衣服送去换洗，一路上无视对他议论纷纷的军官与士兵们，又将机甲送去例行维修。然后，他上交采集来的真晶矿，记录功勋，补充维纳斯之翼的新晶械子弹与晶粒子镇静剂。

等姜见明做完这些，下午就很清闲了。

他坐在书桌前，给谢予夺打了个投影电话："少将，有空吗？我想谈谈关于金晓之冕内部留下的信息。"

投影那边摊在桌子上的少将顿时坐起来，精神一振："您想到了什么？"

"没有，只不过我这段时间试着推理了一下几个词句的含义。可能要稍微占用您一点时间，您看看什么时候有空……"

谢予夺连忙道："现在，就现在。"

"那好的。"姜见明点头，他打开手边的笔记本，又拿起一支钢笔。

这个年代喜欢纸质书写的人很少了，他是其中的一个。

本子上还是那三行字："请你点燃那枯槁岁月，穿过旧文明的残火与万里寒星，于人类的黎明降临之前苏醒。"

只不过多了许多执笔者的勾画与标注。

"是这样，这几句话有个怪异之处。"

姜见明用笔尖戳了两下自己的字，抿嘴斟酌着用词："读久了，它会让我有一种时空错乱的感觉。首先，'旧文明'这个词语，如果是以我们现在所在的时间为基准，它可以有两个指向。一是黑波辐射爆发前，旧蓝母星纪元的人类文明。二是从黑波辐射爆发后，一直到旧帝国覆灭的这段时期。

"我个人倾向于后者。蓝母星时代末期，旧人类的生活富饶，追求文明与进步，世界和平，与上一句的'枯槁岁月'相差有些大。"

谢予夺皱起眉头，咋舌道："小阁下您认为，'枯槁岁月'与'旧文明'指的是新帝国建立前的疯狂混乱时代？"

姜见明："这只是一种猜测。"

姜见明望着这些字句沉吟片刻，再次开口："因为'点燃枯槁岁月'这一句，从我的直观印象来感受，很像是指开国战争。

"我记得在军校学习的时候读过这种句子：'大帝的星舰铁骑起于微末，像一把烈火般迅速烧遍了三大星系，将混乱无序的时代焚烧殆尽'……用'点燃烈火'这个词来喻指开国战争的用法，真的很常见。

"继续看，'万里寒星'应该就是指宇宙。人类这个词语含义很广，'黎明降临之前'可以说是最黑最痛苦的时刻，但也可以说是最富有希望的时刻。

"说到这里，您不觉得奇怪吗？"忽然，姜见明抬起头，澄明的眼眸中似乎多了些锋利的光芒，"看着前三句话，少将，您有没有想到什么人？"

谢予夺一时没琢磨过来。

姜见明淡淡道："诞生在黑暗枯槁的岁月，自蓝母星燃起烈火，以开国战争终结旧文明，发动神圣战役远征万里寒星，为人类带来一场黎明。"

谢予夺脸色猛地变了，他怔了足足五秒，几次欲言又止，最后嘴里才滑出一个称呼："大帝？"

大帝。对于帝国的人民来说，这个称呼有特殊的指向。皇帝可以有一代又一代的更替，大帝却只会是唯一的一位，那就是新晶人类星际帝国的开国君王。

谢予夺正在凝神听着，心中惊涛骇浪。姜见明身后忽然嘎吱一响，他仔细一看，是卧室的侧门被另一边的加西亚打开了。

姜见明转头，皱眉沉声道："殿下，规矩。"

于是那边才探出头的加西亚悻悻地关上门。

下一秒，敲门声响起。

姜见明："请进。"

加西亚开门，走到姜见明背后，冷眉扫了一眼谢予夺："你们两个人天天有那么多的话要说？"他伸手捞走了桌子上的笔记本，"这是什么？"

姜见明并不介意被他看去，站起来面对他："这是一段我需要破译的密文。您觉得这些字句是什么意思？"

谢予夺紧张起来，他哪里想到小阁下的胆子那么大，居然直接上去问本人！

姜见明："不用细想，告诉我殿下您的第一感觉就可以。"

加西亚沉吟不语。他仔细看着这几行字，心中涌起一丝奇异的感觉。是空虚吗？抑或是悲伤？他不知道该怎么说。

好像他正眼睁睁地看着什么人从很远的地方向自己走来。那好像是十分渺小的一个人影行走在苍天与大地的缝隙间，跋过丛山，涉过暗海，逆着时间与空间的洪流前行。当他孤独地踩着血与火的残骸伫立时，风会像刀刃穿过他的肋骨。

脑中仿佛有个声音在呼喊——别走下去了，别过来。又好像灵魂被打开了一个洞，是疼的，也是饥渴的，迫切地渴望被填满。

于是心底出现了第二个声音——不，你要过来，你会过来。

在一切战火与尘埃都落定的尽头，长夜与黎明交织的瞬间，你会带着伤痕累累的身躯，来到我的身边……

"殿下……殿下！"

加西亚回神时，看着姜见明在叫他，疑惑地问："您怎么了？"

加西亚一愣，正不知如何解释自己这离奇的出神，办公室外忽然传来一阵急促的脚步声。

自动门从外面打开，刘丽塔快步冲了进来，女副官脸色苍白："报告少将！最……新前线战报：调查亚种及高阶异星生物突现事件的探索队遇险，根据队长最后传来的信息判断，很可能已经……全队覆灭。我们……我们正在派无人机赶往确认。"

啪嚓！谢予夺瞳孔骤然紧缩，那个他常年捧着的瓷胎茶杯被少将手指间骤然出现的晶骨击碎，没喝完的茶水点点滴滴地从指间流了下来。

空气瞬间变得沉重如灌铅。

投影的另一侧，姜见明与加西亚飞速对视一眼，神色也猛地变了。

接二连三的变故，这绝对不可能是普通事件。

谢予夺脸色铁青，还是要快速冷静地下达命令，哪怕这或许意味着又一次有人送死。因为他是这座要塞的最高指挥官，是银北斗的将军。多少年来，一直如此。

少将的眼里遍布阴云，他转头对刘丽塔说："叫霍林中校过来一趟。"

"少将！"刘丽塔吃了一惊，低声道，"霍林中校自从负责训练适应期军官后，已经很多年没有出过低危区域了。"

谢予夺的声音猛地转厉："叫霍林过来！"他的声音在办公室回荡，如猛虎咆哮。

刘丽塔脸色微变，当即转身往外走去。

"站住。"投影里的加西亚漠然地抬起眼，吐出两个字，"坐标。"

刘丽塔愕然转身。

谢予夺更是愣了一下："殿下，您？您要替我们去？"

加西亚没有理会谢予夺，而是转过头望着姜见明，询问："你想跟着我，还是留下？"

"小阁下。"谢予夺突然出声了，"这次任务非同一般，未知性和危险性都极大。您刚出任务回来，再往外跑，身体怕是撑不下来，要不还是……"

"您不用刻意委婉说话来照顾我的心情，少将。"姜见明抬起头来，定定地望着谢予夺，"在是非大局面前，有些事我还是明白的。"

是的，他毕竟是残晶人类。问题不仅仅是天生的孱弱体质和对晶粒子环境的低耐受性。他是没有晶骨也无法操纵真晶的残晶人类，一旦失去新晶械武器或武器失灵，那就几乎没有自保能力。如果遇到超乎预料的危险，他在加西亚身边，拖后腿的可能性比增加助力要大得多。

加西亚冷声道："既然决定了，就不要多废话。谢予夺，资料。"

皇子似乎有些情绪，谢予夺不敢惹他，连忙道："请殿下过来一趟，我让丽塔把详情和坐标拷贝给您。"

姜见明脸上没什么表情，他拉开抽屉，从里面拿出一盒镇静剂，取出其中的一支，挽起袖子。

这段时间，他一直没有注射针剂。加西亚会把他塞进治疗舱内，让他吸入雾态的晶粒子镇静剂，还会勒令他喝添加镇静剂的口服药品。但这次殿下没有阻止，看着姜见明给自己扎了一针。

"你在骗人。"皇子肯定地说道。

"我没有，殿下。"姜见明淡淡地将药剂推入自己的体内，"我和谢少将说的是'我明白的'。我确实明白这次的事态很严重，并且我的存在也很棘手，但我没有说不去。"

加西亚讥讽地眯起眼睛："我以为你和谢予夺的关系更亲近，原来你连他也骗。"

姜见明低头检查了一遍维纳斯之翼的子弹，眼皮也不抬，好笑道："您好像很愉快？"

加西亚："你应该感谢我帮你打掩护。"

姜见明："您好坏。"

15.

远星际，未知宇域。

窗外是浩瀚的宇宙星云，这是一艘星舰的内部。大厅极为开阔，被修成金碧辉煌的宫殿模样，墙上镶嵌着壁灯和夜明珠。一块长长的金红色地毯延伸，无声地酝酿出奢靡的气息。

"对于阁下在贝塔异星的损失以及导致的不完美的结果，我们感到十分抱歉。"金红色的地毯尽头，一个黑袍男人正向前方单手抚胸致意。

男人的装扮很奇异，一件黑色的大长袍从头罩到脚，戴着兜帽看不清脸庞，只能从声音中分辨出性别。而他的语调也同样奇特，仿佛融合了温文尔雅与淡漠两种情绪，纵使口中说"抱歉"，却更像是一种久居高位者的恩赐，而非真正的歉意。

地毯上方是台阶，台阶最上方是座椅。镀金扶手上雕刻着狰狞的骷髅与王冠，镶嵌着满满的钻石、珍珠与玛瑙。一个脸庞俊美的少年斜倚在上面，赤红色的乱发宛如燃烧的火焰。

"没关系，本来也只是测试你们带来的技术而已。我很满意。"红发少年懒洋洋地说着，他的怀里抱着一只黑猫，面前的小圆桌上摆放着红酒与高脚杯，还有一块白色的悬浮屏幕。

少年饶有兴趣地将头一歪："再说，人生要常有意外才刺激嘛。"

他将面前的悬浮屏幕一拨，屏幕就转向了黑袍男人那边："看，让我找到了新的小宝藏。"

画面上播放着一段录像，那是银北斗的第二座军事要塞，半空中战火纷飞，无数熔岩宇盗团的特化空战机甲正在密集扫射。而一架青黑色的机甲如惊鸿般穿过浓烟，扫射的炮火只能擦过它的两翼，机甲以一个近乎不可能的极限角度攀升而上……

录像被放大，屏幕上显示出了这架机甲的驾驶员……那是个年轻清俊的黑发青年。

"你不觉得吗？这样的人，这样的机甲……"红发少年舔了舔下嘴唇，眼神炽热，"真美啊，美得……我想亲手杀死他。"

下面的黑袍男人似乎轻笑了一下："那么，如您所愿。晶粒子的光辉将恩泽你我众生，预祝我们这一回也能合作愉快……赤龙少团长阁下。"

阿尔法异星，银北斗要塞。

M-斩彗星于次日在破晓时分出发了。谢予夺与刘丽塔亲自送加西亚到第一层要塞大门，仰头看着那架A级机甲升空。

"按理来说，我不应当让加西亚殿下去。"谢予夺闭起那双凤眼，语气复杂地说道，"三年前，莱安太子就是从银北斗第一要塞驾驶着金晓之冕飞走，再也没回来。"

他嗤笑一声，甩了甩略长的头发："几天之后就是今年的军方总会，如果加西亚殿下再在异星生物手里出了什么差错……我就该在那群老不死的面前跪地磕头，当场引咎辞职了。"

刘丽塔不禁轻声叫出来："少将！"

"但是，只要我还在这个位置上，银北斗的规矩就是我说了算。"谢予夺抬头，目光深邃地望向天际，低沉道，"在这里没有皇亲国戚，只有胜败与生死——

这就是我的规矩。"

"这就是谢少将的规矩，其实也是大多数真正值得敬佩的帝国将帅的规矩。"斩彗星的驾驶舱内，姜见明淡淡地说，"他关心我归关心我，在正事上却不含糊，所以我想跟您出来，只能暗中进行。"

加西亚在旁边似笑非笑地哼了一声。

其实偷偷把残晶人类带出来并不困难，只要预先塞进机甲的治疗舱就行。

姜见明一边和加西亚聊天，一边堂而皇之地翻看着皇子殿下的军用腕机，翻看谢予夺发来的资料："我们小队发现那只B级亚种时，它身上是带伤的。根据统计的资料来看，突然出现的异星生物全都处于负伤状态。要塞的推测是，或许在某个地方突然出现了更高阶的异星生物，将原本栖息在那里的异星生物驱赶了过来。"

加西亚："那你认为呢？"

"巧合太多，可能有人为的因素。"姜见明坦然道，"先从祸害适应期军官这些'新生血液'开始，再迅速将赶来的探索队全灭，迅速到不给他们往要塞传回具体信息的时间……我总感觉，这一套流程下来，有点像放长线钓大鱼——比如您。"

加西亚深深看着他："你以前到底是什么人？"

姜见明："您不是看过我的档案吗？我只是平平无奇的军校生而已。"

加西亚好笑地瞥了他一眼，忽然慢悠悠地从手边摸出一个苹果："有一点，我必须事先说明。谢予夺或许也与你说过了……我并不在意银北斗的安危，也不在意帝国，留在要塞更多只是利益合作。所以遇到突发状况时，我会以自己的意愿优先行动。"

姜见明："我知道。"您是野生的。

"我的意思是，"加西亚强调道，"接下来，你要服从的是我的意愿，而不是考虑要塞的利益。"

"这个我也知道。"姜见明点头。

于是加西亚殿下又摸出了一个苹果，放进他的掌心："很好，陪我吃。"

下午，适应期军官历练的那座雪山已经近在眼前。姜见明操纵斩彗星压低机身，转为低空飞行。他们沿着银北斗探索队行进的方向前进，果然在半途看到了几处安营扎寨的痕迹。

"按时间推算，"姜见明看了一眼屏幕，沉声道，"这里应该就是探索队最后一次休息的地方。"

他点开地图："前面的环境是……密林？"

加西亚轻轻皱了一下眉。高大植被茂密生长，环境障碍物多，视野不开阔，利于伏击，这对于机甲操纵的考验极大。如果在这里发生新晶人类与异星生物的战斗，显然前者会落入不利的境地。如果这一连串的事件背后真的是人为的……那么银北斗探索队的军人们就等于是一无所知地走到了死地之中。

M-斩彗星驶入密林，姜见明屏息凝神，隐约听见前方深处传来有规律的异响。

皇子显然也听见了，眸色微沉，低声道："像是异星生物进食的声音。"

姜见明会意，轻轻点头。机甲无声地潜行。

斩彗星的速度极快，眼前景色一变——只见前方一棵挂满了藤蔓的巨树之下，横七竖八地堆叠着许多人类的残肢断臂！

而在断肢中间……那是五只从未登记过的异星生物，嘴巴与腹部极大，有些类似蟾蜍，却生出了八只脚。

它们似乎被机甲所惊，其中一只蟾蜍发出一串怪异的鸣叫。

随后，它们五只一起，转身就逃。

机甲突然提速，身旁是加西亚冰冷的声音："别看，我们追。"

眼见着斩彗星掠过一片残肢，姜见明忽然道："等等！殿下，不对劲。按推测，探索队遇难的时间是在两天前，这些尸体……虽然被分得很碎，但过于完整了。"

加西亚眉头轻轻一挑，确实……如果被啃了两天，这些尸身应该早就不剩什么了才对。

"诱饵？"加西亚眼眸微暗，"那更要追。"

姜见明心领神会——不追下去就永远无法得知幕后黑手究竟是何方妖孽。

姜见明轻叹一声："殿下，所以您说的并不在意要塞安危，我可以以您的'这里没有对残晶人类的特殊照顾'为标准来理解，对吗？"

加西亚："闭嘴，开机甲。"

寒风吹来，火光像蛇一样攀上了巨木，巨木下的枯草、藤蔓与尸首也一起在劈啪作响的火光中燃烧。这是一场火葬，那些牺牲的银北斗军人将在烈火中化为天地间的尘埃，随风远去，或长眠雪中。

M-斩彗星的速度很快，又是飞行态。几分钟后，五只蟾蜍形态的异星生物已在下方。

加西亚将自己这边的驾驶舱口一推，烈风顿时将他的长发吹向脑后。

姜见明："殿下，不要大意。"

"不会，机甲升空保持距离，你不要靠近。"加西亚留下一句话，翻身从M-斩彗星上一跃而下。

这一跃的时机与角度他看得都极精准，晶骨从皇子的右手臂上刺出，朝落在最后面的一只蟾蜍当头劈下！顷刻间血肉与结晶体四面横飞，异星生物发出一声惨叫，一头栽倒。

加西亚微怔，这么轻易就得手了？下一刻，皇子眼神骤变。只见一台黑色金属外壳的精密仪器从异星生物破裂的肚腹里滚了出来，血滴洒了一路。

半空中，姜见明正操纵斩彗星升空，忽然感觉手底下机甲的操纵手感不太对劲。一种阴冷的不祥感蹿上脊梁骨，猛地传来一阵失重感，视野倾斜！

"紧急情况，紧急情况！机甲操纵系统受到干扰，无法正常运行……"

在赛特的疯狂叫喊中，机甲的动力消失了。因为止不住的惯性，高速飞行中的M-斩彗星直挺挺地向下方的山林间滑落！

糟了！异星生物腹中的那台黑色金属仪器，竟然是与贝塔异星事件中的发现类似的——机甲干扰波发射器。

砰！地面上，发射干扰波的仪器被加西亚的晶骨击碎，然而已经晚了。

皇子倏然回头，眉目间闪过厉色："姜！"

驾驶舱内，姜见明快速尝试了几个操纵键，机甲却丝毫没有改变下坠的方向，它在狂风的嘶吼中回旋着向下冲去，面前的屏幕上急剧放大的是树丛和嶙峋的山石。照这个趋势，机甲在几秒之内就会一头撞上去……

"汪汪，正在尝试启动紧急防护……

"错误！错误！

"防护系统启动失败！"

"赛特。"姜见明当机立断，咬牙道，"放弃斩彗星，尝试弹出驾驶舱。"

"尝试紧急弹出！

"汪，弹出失败！"

"那就直接折叠机甲！"姜见明按住手腕上的白色手镯，斩彗星也是折叠机甲，如果还能收回，他就可以直接召唤出没有被干扰波影响的雪鸠……

然而赛特的叫声又打消了这点微薄希望："系统受到干扰，无法折叠，无法折叠，汪汪！"

这也不行？姜见明暗自苦笑了一下，俯身采取防冲姿势——到了这个地步，撞击无法避免，只能相信斩彗星的防御力了。

下一秒，屏幕上猛地亮起赤金光泽，姜见明眼底剧烈一震："殿下？不能……"

庞大的机甲之下，骤然升起了新晶人类的晶骨。十二条晶骨闪耀着逼人的光辉，从加西亚的肩胛、前胸与后背处释放出来。晶骨如同燃烧的日冕，凝聚着炽烈的光辉，挡在迎面冲来的钢铁巨物之前！

——这人难道是想硬接机甲？

姜见明不敢相信自己的眼睛，他几乎是嘶声喊道："不能这样，殿下，快让开！"

轰然一声，斩彗星撞上晶骨，机身爆出刺眼的火花，坠落的势头减缓了一瞬。然而下一刻，那"日冕"在撞击的巨力下寸寸断裂，加西亚连人带晶骨被机甲的冲力卷飞——

那抹赤金先是撞上了一棵巨木，紧接着，失控的机甲也撞了上去，木屑与枝叶四散飞溅！

姜见明被这股力道死死压在驾驶席上，眼前白光一阵乱闪，胸口气血翻涌。

机甲依旧在滑行，山林竟然已到尽头，撞断大树后的斩彗星依然停不下来，向着面前积雪的断崖滑去。再这样冲下去，机甲要坠入崖底了！

烟尘之中，忽然传来一股阻力，晶骨如兽爪般攀上机甲的前端，刺入沿途的山岩与地表。每一次碎裂，都立刻有新的晶体覆盖上来。加西亚竟然还在试图控制机甲！

对于新晶人类来说，晶骨是由他们体内的晶粒子凝结而出的外骨骼，与他们的血肉肢体并无不同。晶骨这样不停粉碎的过程，其痛苦堪比凌迟酷刑！

姜见明终于失声，声音几乎破了："凯奥斯，你疯了！够了，给我让开！"

没有人回应他，一秒，两秒……这几秒钟漫长得令人绝望。

斩彗星的机身在山石间擦出一串火花，它一点点减速，最终停了下来。

机甲外，加西亚几乎被冲力推到了悬崖边，再退几步就要落下万丈深渊。他释放了太多的晶粒子，凝出的细小晶石一路爬到了他的脸颊上。

几息后，皇子缓慢地抬头，眼中渐渐映出姜见明苍白而怔忪的面庞。

"殿下！"姜见明甩开安全带，用应急扳手推开舱口，从驾驶舱内跳下来冲过去。

皇子低声说："不要担心，没事了，你没有受伤。"

"殿……殿下。"姜见明声音发颤，目光落在身周延展如盘虬卧龙，却裂纹遍布的巨大晶骨上，"您……晶骨……"

"不会伤到你。"加西亚连忙将声音放得更低缓，"我把晶骨收起来，你先冷静，别乱跑。"

说着，那些本就摇摇欲坠的晶骨收拢，在动作过程中崩裂得更严重。

姜见明隐约琢磨出好像哪里不对，厉声道："别动！"

加西亚不动了，俊美的眉宇间露出为难之色，有些艰涩地重复："晶骨不会碰到你，我收起来。"

"不是。"姜见明深吸一口气，终于发现两个人之间的沟通出现了问题。

姜见明抿了抿嘴，目光落在赤金晶骨的裂缝上，犹豫着问出了最关键的问题："您不疼吗？"

"我疼？"加西亚皱眉看了看自己的晶骨，然后面无表情地看向姜见明，说道，"不太疼。"

碎裂的晶骨落了一地，皇子面不改色，只把完整的晶骨收回体内，好心地解释道："我没有用尽全力，如果全力释放晶骨，机甲会被直接击碎，而不是停下来。如果失误，你会受伤。"

姜见明怔怔地盯着他，感觉自己刚刚的惊恐全喂了赛特。

好，太好了，是他小看了超S级晶骨的威力。

于是加西亚就疑惑地看着……那不安的神色风卷残云般地从年轻军官的眉眼间消失，余下的只有沉稳与冷静——但又似乎比平常多夹杂了一点怒气。

姜见明深呼吸几次，四下打量："您乱来的事情我们回去再算账，剩下的那四只异星生物呢？在……"

忽然，他心头一个激灵，飞速抬头。只见几株高树的顶端分别趴着四团肉瘤一般的东西，蟾蜍形态的异星生物悄然将自己藏在树叶的阴影下，眼珠闪着诡异的光芒。

姜见明浑身寒毛倒竖，条件反射地从腰间拔出维纳斯之翼，却硬是克制住了开枪的冲动。刚才那一只的肚子里藏了机甲干扰波的发射仪器……现在这四只，身上不知道还有什么鬼伎俩。

肩膀上一沉，加西亚的手掌将他往后拨了一下："别开枪，躲我身后。"

四只异星生物依然趴在树干上，视线幽幽地盯着下方两人，鼓胀的肚皮缓慢地起伏，林中一片寂静，异样的寂静。

"有声音。"加西亚忽然眯了眯眼，"机甲……折叠机甲，一架。"

姜见明屏息，很快他也听到了，机甲的嗡鸣声由远及近。

先响起的是振翅声，林中无数飞鸟被惊起。紧接着，轰鸣声大作，一架通体赤色的机甲从山林之间升起，钢铁压断无数枝叶！鲜红的机翼向两侧展开，机身上印着一个像流动的岩浆，又像魔鬼在狞笑的图案。

"宇盗？"姜见明瞳孔一缩，飞快地与加西亚对视一眼。

机甲L-赫菲斯托斯——以古代神话中的火与工匠之神为名，是熔岩宇盗团现存唯一的一架S级机甲。如今则是熔岩宇盗团凶名赫赫的"小魔鬼"——少团长赤龙的专属机甲。

谁能想到，这场处处透着诡异的布局背后，出现的敌人竟然是这群帝国打了多年也没彻底打死的宇盗？

加西亚挡在姜见明身前，机甲带来的狂风吹得两人衣角翻飞，他们仰头看去——赫菲斯托斯的驾驶舱是敞开的,一个少年坐在里面,眼神居高临下,红发如火焰般在风中舞动。

"嗯哼,又见面了,加西亚皇子殿下。"红发少年一只手撑着额角,悠闲地俯视着地面的两人,高傲的眼神中交织着天真与残忍。

他的目光一转,落在姜见明身上,咧嘴一笑:"以及……这位阁下。贝塔异星一别,我想念得不得了呢。"

姜见明保持沉默,他用拇指摩挲着冰冷的枪柄,飞速思考:不对,不单纯是宇盗,这群蟊贼是从哪里搞到足以黑掉帝国机甲的技术的?还有,这家伙是一个人来的吗?加西亚在这里,就算失去了机甲,一对一也不会让人占到便宜,他一个人来能做什么?

赤龙将头一歪,继续冲姜见明戏谑道:"不过,今天你的机甲好像不太听话啊。哈,理都不理我,你是为了这个生气了吗?"

话音未落,空气中传来一股奇异的波动。赤龙嬉笑的神色一沉,猛地向虚空之中挥出两拳,腕口刺出的晶骨如两条铁鞭,击碎了瞬间刺出的一排尖锐真晶!

"啧,皇子殿下怎么一见面就动手,比我这个宇盗还不懂礼貌。"

"对于手下败将,"加西亚冷然放下抬起的右手,被击碎的真晶逸散消失,"我不是很喜欢废话。"

"好遗憾。"半空中的赤龙也不生气,反而阴森地一笑,拍了拍手掌,"亏我体贴你们千里迢迢赶到这里,还给你们准备了一份见面礼。"

忽然,趴在高高树干上的四只八脚蟾蜍动了,它们同时昂起头,开始大口吸气,挺起肚皮,肚子里好像有什么尖锐的东西,越胀越大。很快,蟾蜍的肚腹鼓起青筋,皮肉上出现了不堪重负的血丝,然后终于——一声声令人毛骨悚然的撕裂声响起,异星生物的肚子被它们自己撑破,浓血从高树上泼洒而下。与此同时,一块块无色的晶块闪着光落在覆雪的枯草丛间。

倏然间,加西亚眼神寒彻。晶骨撕裂山风,闪电般向着真晶矿的方向刺去。

"哈哈,晚了,皇子殿下。"赤龙却大笑一声,先于皇子一步,他的晶骨卷起某种奇妙的晶粒子波动,震碎了血水之间的真晶矿!

真晶矿……那是凝聚了大量晶粒子的产物,而如果真晶矿内的能量被新晶人类的晶骨所引诱出来,后果将是——

顿时,晶粒子化作暴风冲天而上,卷起的旋风直达云端!四周晶粒子浓度疯狂攀升。

加西亚变色,回头厉喝:"姜!"

姜见明站在那里,就在距离皇子三四步远的地方,空茫地睁着双眼,面庞已经找不到半点血色,好像生机被什么恐怖的巨爪给一下子掏空了。他似乎想动,但那具身体只轻轻摇了两下就失去了平衡，无声地向大地倒了下来。

世界一片黑暗。

在世界还是一片黑暗的年代，在旧帝国，也就是圣人类帝国建立初期，晶粒子镇静剂还没有被研发出来。那时候，无论是新晶人类还是残晶人类，体内的晶粒子一旦失控便是绝症，这种症状被称为"晶乱"。

突然暴露在极高浓度晶粒子环境下所患的急性晶乱，会使人当场惨死；而长时间待在中低浓度晶粒子环境下所患的慢性晶乱，会年复一年地蚕食人的生命。患者要么渐渐衰竭而死，要么熬到慢性晶乱在某一天转成急性。

如今的新帝国医疗发达，晶粒子镇静剂已经研发到第二代，能保证帝国民众在大多数情况下的安全。然而，一旦晶粒子浓度超过了人体可承受的极限，超过了镇静剂能够起作用的范围……"晶乱"依然是与死亡画等号的致命毒药。

阿尔法异星一隅，雪林断崖上，混乱的晶粒子四处冲撞，狂暴程度越来越高！

"啊哈哈哈哈……"赤龙夸张地仰头，发出一阵狂妄的大笑，"怎么样，这么多真晶矿是不是一份大礼？我还亲手帮你们拆开了，你们快不快乐？"

好……痛，姜见明的意识在一片混沌中挣扎，好像浑身上下每一个器官、每一个细胞都在撕裂，它们撕裂又黏合在一起，然后再次撕裂开来。血，黑暗，神智在溃散……斑驳陆离的色彩铺满了墙壁，蛆虫蚕食腐肉，火焰烧灼飞蛾的翅膀，夕阳下，一群疯狂的孩子大笑着撕扯秸秆。

——不！姜见明猛地一咬舌尖，他冷汗淋漓地从半昏迷与神智失常的幻象之中挣脱出来。视野从模糊转为清晰，他看到护在他身前的加西亚，就像刚才一样，细碎的赤金晶石再次覆盖了皇子的脸颊。

加西亚似乎进入了某种异常的状态，那双充满金红色光芒的眼眸是涣散的。皇子的肩背上再次浮现晶骨，深深刺入地面。空气中过浓的晶粒子，竟是在加西亚超 S 级晶骨的力量下，凝成一片片固体的真晶！

"头儿！"

"得手没？"

山林远处，宇盗们聚集起来，将赤红的赫菲斯托斯簇拥在正中。

有人看到山崖与丛林间纵横交错的赤金晶簇，惊恐地缩了缩脖子："呃，这也太可怕了……"

赤龙姿态慵懒地坐在赫菲斯托斯的驾驶座上，垂着眼皮笑道："没用啦，那个残晶人类已经没救了，突然暴露在这么浓郁的晶粒子环境里，哪怕打过镇静剂也是必死无疑。"

山崖前，真晶不停地凝结，却也在不停地逸散，生长与消散在无限地重复循环。

这样耗下去不行……姜见明咬牙一点点将自己的身体撑起来，他的手肘在打战，冷汗从额前滚落。

"殿……下，"他忍着浑身剧痛，沙哑地出声，"殿下醒醒！"

加西亚突然回头，惊愕地看他。

姜见明拼命将戴着雪鸠折叠态的白手镯的右手伸过去："快离开这里，开雪鸠走！"

L-赫菲斯托斯的机甲驾驶舱内，赤龙脸色难看地直起了上身："没有晶乱？"

他喃喃自语："怎么可能，按情报，他确实是残晶人类才对，除非……"

一句话没能说完，下方烈风乍起，S-雪鸠升空！

赤龙眼底森然，咋舌道："嗯，还有一架折叠机甲？"

枯草碎枝被卷了起来，折叠机甲全速飞离山崖，化作一道雪白残影。加西亚踩在驾驶舱外沿，一条晶骨向后延伸贴合在机甲的操纵屏上，一条晶骨护住机甲。

熔岩的机甲群被他视若无物，真晶与晶骨一通狂轰滥炸，宇盗们顿时吓得吱哇乱叫。

"这个帝国怪物！"赤龙低声骂了一句，机甲在半空中旋了一个圆弧，向后撤去，"小的们都给我退开，不要和他正面交锋！"

雪鸠疾速向着断崖另一侧的雪山驰去。驾驶舱内，赛特操纵着安全带，自动系在驾驶席的那具身体上。血一滴一滴从姜见明的嘴角滴落，他吃力地去看那些带来真晶矿的"罪魁祸首"。

开膛破腹，疯狂失血，四只异星生物很快将自己的生命流失干净，它们没有挣扎、没有痛叫，很爽快地死去。

在彻底死亡之前，四只蟾蜍的嘴巴齐齐诡异地向上弯起来——像马戏团里的小丑，那是个大大的、滑稽的笑。

日头渐渐向西，阳光隐没在山峦后。

机甲的驾驶舱内一片昏暗，加西亚喘息不定，一把扯开安全带，将姜见明搀扶下来。他正要伸手去打开治疗舱，袖口却传来一丝阻力。

姜见明抬手揪住了他的衣袖，但很快那手指又脱力滑落下来。

加西亚俯身凑近，听见他低低地说道："不行……能源……"

事发突然，物资几乎都留在了斩彗星的机身里，雪鸠是他们仅剩的机甲了，连备用能源都没有。加上如今情况不明，如果雪鸠再耗尽能源无法启动……事情就真的麻烦了。

加西亚猛地咬牙，竟像是被人当空抽了一鞭子一样，神情说不出是痛楚还是恼怒："但是你……"

姜见明竟然轻轻地笑了，声音微弱："您是被吓坏了吗？我不会死的……没有引发晶乱就……没什么事，等我缓过……咯，缓过这一阵就……"

"别说话，你要安静躺好。"

加西亚的眼眸冰冷幽暗，他手指蜷起，指甲不留情地掐入掌心……出发之前，他自以为无论遇上什么情况，总可以把姜见明保护好。可现在，残晶人类伤重得就快死了，而他竟然什么都做不了。

外面天色已经暗了下来，沿途的枯枝在颤抖，层云淹没了雪山的山顶。照这个情形看，夜晚又要起风雪了。

加西亚忽然转身仰头，山峦间有几个黑点飞舞，风中时而传来奇异的鸣叫声。那是禽态的异星生物，这些东西在他们头顶飞绕不停，仿佛是在监视他们。

皇子眼底闪过一丝杀意，却又在下一秒隐去。姜见明现在的身体状况撑不住更多的晶粒子波动，不能在这里缠斗。

加西亚扶着姜见明转身，沉着地提防着四周，一步步踩着积雪向悬崖深处走去了。

夜晚很快就到来了，姜见明不知道自己什么时候昏睡了过去。他醒来时，映入眼帘的是一处陌生的山洞。远处风雪呼啸，一片黑暗，山洞里却生着火。

在木柴燃烧的噼啪声中，加西亚照顾他吃了点东西，然后将外面有禽类异星生物监视的事情快速说了一遍，又道："这些异星生物具有接近人类的智力，以前银北斗从未有过相关报告。还有那个熔岩少团长，释放真晶矿的速度很快，我没能拦下。他像是受过专门的训练，或者……释放过许多次，手法熟练。"

姜见明脸色苍白地靠在山洞的石壁上，问道："我记得私自使用真晶矿，在帝国是重罪？但如果能正确吸取真晶矿中的晶粒子，就可以增强晶骨的力量。"

加西亚："我与赤龙交过几次手，以前的熔岩并不会这一招。包括机甲干扰波，高智能异星生物……"

"您是想说，"姜见明道，"宇盗后面有其他力量在……"

"不好，银北斗！"周围似乎无端地冷了下来，姜见明唇色微白，神色凝重地看向皇子，"殿下，您说……我们如今被困在这里无法与要塞联络，刚才的山崖上又突然爆发出那么浓的晶粒子风暴，谢少将会派人来救援吗？"

是了，如果……如果银北斗再派大量的军人深入这片区域……作为超 S 级晶骨的拥有者，无论是机甲坠毁还是真晶矿的释放都奈何不了加西亚。但单是刚才在山崖前的那一下子，足够让普通的银北斗士兵与军官瞬间引发大规模的急性晶乱，在不到三分钟的时间内全数惨死当场！

姜见明快速打开腕机，几秒后闭眼摇了摇头："不行……电话打不出去，应该也是被干扰波影响了。必须想办法通知要塞，否则来不及了。殿下，我们现在的位置在哪里……"

他这么说着，摇摇晃晃地撑着石壁想站起来，起到一半却又闷哼一声，脱力往下滑。

"姜！"加西亚手疾眼快，一把扶住他。

"军方总会……"姜见明闭着眼喘息，艰难地说道，"就在后天了，第一要塞如果在这个节点遭受重创……"

这是个很周密，也很阴险的局。联系贝塔异星的事件，布局者至少从一两个月以前就开始布下第一颗棋子。但对方真正想要伏击的目标不仅仅是他们，而是整个银北斗！

16.

姜见明从腕机里翻出了三维地图的投影，万幸地图还能用。近处的篝火明灭不定，他的目光快速在一条条山脉游移。

"会在什么地方……"他低声自语，眼神越来越亮，"如果敌人要设伏，一定会有个固定的地点，在哪里。伏击讲究一个出其不意，所以不可能还是那片山崖，大概率是在更前面的地点……"

加西亚扶住他的肩，目光也落在地图上，用手指比画了一条线："银北斗如果派出救援队，救援队必然以那片山崖为目的地行进，路线不会有很大的偏移。"

忽然，姜见明眼神凛然，手指飞速点在地图上的一个坐标上："——殿下，这里。"

姜见明的手指落在一片山谷地形上，那是适应期军官遭遇亚种时，他设计炸毁过一侧的山谷："殿下请看这里，山谷适合埋伏，又因为两侧山壁挤出了一块狭窄封闭的空间，晶粒子不易逸散，想引发晶乱的话再适合不过。它正好在必经的路线上，还是银北斗做过二次排险的区域，容易降低防备……"

过度的精神紧张与快速讲话，让姜见明苍白的额头上出现了一层薄汗，说到这里，他停了下来。

纵使推测出了敌人想要伏击的地点，但他们又能怎么办？斩彗星已经被抛在了山崖另一侧，且处于不能启动的状态。强行冒险用雪鸠载两个人倒也不是不可以，但那片山崖区域已经被高浓度晶粒子覆盖，姜见明过不去，加西亚也不可能把他一个人扔在雪山里。更何况，头顶还有随时在监视的异星生物，一旦他们有所动作，必然引来宇盗们的阻拦。如果对方有不止一台干扰波发射器，

166

那冲过去也是坠机的命运。

而最重要，也是最令人绝望的，就是时间与距离。从两人所在的这座雪山到那片山谷的距离，几乎是银北斗到那片山谷的三倍！

"雪鸠，"加西亚将目光投向姜见明手腕上的机甲，"机甲雪鸠的通信系统还能使用吗？"

"能用，"姜见明摇摇头，沉声道，"但……可能是那片林子里又放置了特殊的干扰波，通信传到密林就断了，还能感应到斩彗星，但是联系不上要塞。"

不知何时，篝火也渐渐暗了下来。寒风还在洞穴外面呼啸，在黑夜之中卷起重重雪雾。暗处的布局者已将他们的各处退路逐一封死。苍茫的高山好似化作钢铁巨笼，将两人困在这小小的山洞一隅。

加西亚："休息一晚，明天我们驾驶雪鸠离开。如果遭遇战斗，我会断后，你独自赶回要塞。"

姜见明："您是让我把您抛下吗？"

加西亚的神态很平静："我们需要有一个人回去。干扰波发射器不会凭空出现，你只要与敌人保持距离，就不会有机甲坠毁的危险。他们不能拿我怎么样，我会等你回来。"

山洞里的火堆灭了，姜见明无声地抬眼，看着洞外的远山与风雪，看着近在咫尺的皇子冷静的眼眸，两个字忽然滑入脑海：战场。

这才是真实的战场，是人类与人类之间的博弈，当同伴的性命被压上赌桌之时，一念之差就会葬送成百上千的生命。

他百般筹划，千辛万苦，就是为了走上这样残酷的战场，站到这个以人类性命为棋子的位置吗？不。他曾渴望宇宙，却不喜欢杀戮，对帝国高层与军方也没有什么归属感，他并不是为了加入战争才来到这里的。他只是一个残晶人类平民，哪怕加入了银北斗也受尽歧视。除了给小殿下收尸和探寻真相以外，他本来不想，也不该再管别的事。

但无论初衷是什么，他已经踏上了战场。

这一刻，从军校毕业不到三个月，年仅二十一岁的银北斗新晋中尉，缓缓地抬起头，凝视着山洞外怒吼的风雪。如果说，唯有胜利才是征战者所追求的意义——那他既然身在这里，就必须胜利。

姜见明半闭上眼，心中忽而变得无比宁静。骨髓深处有股力量在颤抖，思考时记忆中的图景变成一块块碎片：冰封的雪山、断崖、密林、异星生物的诡笑、坠毁的斩彗星、干扰波、熔岩宇盗团的图腾，以及鲜红的 L- 赫菲斯托斯……它们旋转、溶解，化为一块巨大的调色盘。

沉默长久地弥漫着，仿佛要酝酿一场新的风暴。

一片昏暗中，姜见明拍了拍面前的赤金晶骨，毫无征兆地淡淡问道："殿下，您的腕机里有没有银北斗要塞例行外出巡逻的路线图？"

　　"没有。"加西亚显然被他突然的这句话弄蒙了一下，低头道，"但我记得，可以画出来。"

　　十几分钟后，一张简略的路线图就被刻在了山洞的壁上。姜见明看了一会儿，从自己的银北斗军外衣的内侧口袋里摸出一个小盒，盒子里是十二支针剂。

　　"你随身带了镇静剂？"加西亚嗓音瞬间冷了下来，怒道，"为什么现在才拿出来！"

　　当然是因为太贵，不能滥用……姜见明在心底苦笑了一下，将东西交到皇子殿下手里："殿下，我需要睡一会儿了，如果我在昏睡中情况恶化吐血，麻烦您帮我打一针。"

　　紧接着，姜见明又将雪鸠从手腕上取下来，稳稳地放进加西亚的掌中："三个小时之后，请您把我弄醒。然后，请您独自乘雪鸠起飞……按我说的做。"

　　加西亚沉声道："为什么？"

　　"当然是……"姜见明略微抬了抬眉宇，神色清明，"为了我们的胜利。"

　　夜色与风雪的另一端，银北斗第一要塞。

　　砰！谢予夺一掌拍在桌角，脸色焦急又愤怒："小阁下也跟加西亚殿下一起去了？胡闹。"

　　办公室内除了女副官刘丽塔，还站着四五个高级军官，脸上都是深深的焦虑。

　　有人出列："少将，距离斩彗星失联，以及我们检测到高浓度晶粒子爆发已经过去几个小时了。请您下令吧。"

　　谢予夺深深地吸了口气："坐标点的情况呢？"

　　刘丽塔："还……还没有确认，我们的无人机到不了那里就会被异星生物击落。"

　　谢予夺的眼底一片阴沉，嘴角绷得很紧。加西亚殿下的战力自不必说，姜小阁下……虽然他并不赞同残晶人类贸然涉险，但姜小阁下的才能，他也是见识过的。假如情况已经危险到连这两个人都束手无策，银北斗的普通军力贸然行动，很有可能就是以卵击石。

　　但如果，那两个人真的陷入了困境，正在苦苦等待支援呢？谢予夺在心中对自己说……那他按兵不动，就与谋杀自己人无异。

　　"少将！"军官们更加急切，"情况危急，请您下令吧！"

　　谢予夺闭眼呼出一口气："做好出兵的准备，还是按照我原先的计划，给霍林中校点五百个人。但要等到明天早上再出发。"

众人微愕，刘丽塔忍不住低声问："少将，我们在等什么？"

"我不知道。"谢予夺面无表情，负手望向窗外的风雪长夜，喃喃道，"但要等。除此之外，再额外点出五百个人，通知他们进入备战状态。还有……给我的机甲也备好能源。"

长夜将尽未尽，距离日出还有一个多小时的时间。在陡峭的高山一隅，S-雪鸠升空了。

这是天空最黑的时候，熔岩宇盗团的机甲群悬停在更高的天空上，密密麻麻地排成阵列。而L-赫菲斯托斯位于中央，就像刀尖上欲坠的一滴血。

"加西亚把那个残晶人类扔下了？"赫菲斯托斯的驾驶舱内，赤龙皱了皱眉，自言自语道，"弃车保帅吗……不对，他是要先清除空中的监视。"

机甲的屏幕被分割成几个更小的画面，从各个角度展现快速接近的机甲雪鸠。显然，他们在禽类异星生物身上装了监视用的摄像头。

赤龙旁边有一道栩栩如生的人形投影——是一个全身裹在黑袍里的神秘人。

黑袍人看了片刻，从兜帽下滑出一句漠然的话："有些魄力，但也不过如此。"

赤龙面前的屏幕上，有一个小画面噼里啪啦一响，黑了下去，而另一个小画面中映出精彩的一幕：雪鸠与一只黑色巨鸟擦身而过，皇子单手撑着驾驶舱的边缘凌空，晶骨猛然刺出。足有两个成年男子身量高的黑鸟惨叫一声，直接倒飞出去，空中留下一道长长的血雾。

暗夜里一声轰然巨响，冰雾漫天。被晶骨抽飞的黑鸟撞上雪山，白雪皑皑的一角坍塌下来，顷刻间化作声势浩大的雪崩飞泻而下。

气浪翻滚，机甲艰难地摆脱了狂风的束缚，勉力冲向下一只异星生物。地平线延伸在合金机身之下，雪浪正以极高的速度呼啸着奔过山间，沿途的碎石、枯枝都被卷进这道白色巨浪里。

立体投影中，静观着这一切的黑袍人缓慢地摇了摇头："困兽之斗，多可怜。死而复生的帝国皇子，银北斗唯一的残晶军官……很遗憾，看来是我高估他们了。"

赤龙挑眉，露出一个天真无邪的笑容："是先生的计划太厉害了。"

黑袍人不置可否，又看了一眼屏幕："倒是银北斗的那位少将，很耐得住性子，确实让我有些意外。但，战败的命运已经笼罩在他的身上，大局不会因此改变。"

L型机甲属于大型机，驾驶舱内空间很开阔，除了赤龙之外，后面还站着几个宇盗。他们此时勾肩搭背，吵成一团，饮酒的、大笑的、撒泼的都有，在提前庆祝胜利。

自从新帝国建立以来，在星系间游荡抢掠的宇盗们就没能讨得了好。陆续地，那些小型宇盗团或被招安，或被清剿，只剩下最强大的熔岩这一支。

可他们这些年来，也在帝国军团手下吃尽了苦头。

现任帝国皇帝对宇盗仇视得厉害。四十年前，熔岩的老团长死在皇帝手下不说，剩下的宇盗们日子也过得一天比一天困难。但只要这一战胜利，他们不仅能给老团长报仇雪恨，还能彻底扬眉吐气，怎么不令人激动？

时间又过了片刻，一个身量很高大、浑身古铜色皮肤的中年宇盗大踏步走近，恭敬地在赤龙身后低下腰："头儿！银北斗那群缩头乌龟终于发兵了。嘿，长长的一排机甲，我打眼一瞧就知道，少说能有五百人！"

"哈哈，他们完蛋了。"赤龙眼底阴沉地一笑，挥手道，"小的们，咱们该走了！"

黑袍人的投影从刚才一直保持着沉默，此时他开口了，语气有些异样的沉重："少安毋躁，少团长阁下，请您再次确认那两个人的情况。"

赤龙："谁？哦，咱们的瓮中之鳖啊，让我看看。皇子殿下还在杀鸟……嗯，好像杀完了？真没劲。那个残晶人类还待在山洞里呢，不知道他有没有收到新的惊喜……"

黑袍人沉声确认："没有任何异样？"

赤龙："没有，先生放心吧。"

赫菲斯托斯开始转向行进，朝着预设的坐标飞去。

事情似乎有些过于容易了，黑袍人抚胸沉吟。无序才是世界的本质，混乱才是万物的归宿。一切都按部就班地进行，反而会令人心生不安，事出反常必有妖。莫非，还有他未曾察觉的疏漏？

帝国皇子与那名残晶人类军官都在异星生物的监视下，总不可能凭空消失；通信阻断仪器放置在断崖后的那片密林中，他们无论如何也联络不上要塞；而银北斗那边至今摸不清真实情况。一旦五百人的队伍进入那片山谷，熔岩就启动机甲干扰波，限制他们的行动。

最后，由赤龙将埋设好的真晶矿释放，大批晶乱就会在银北斗军中爆发。熔岩不必伤亡一兵一卒，就能取得一场压倒性的大胜。

没有疏漏，哪里都没有……没有吗？

忽然，黑袍人闪电般抬头，缓慢地从齿间吐字："请稍等，少团长阁下。那架斩彗星呢？"

"它不是停在那处崖边吗？我让人去确认。"赤龙一挥手，朝后面示意，"小的们，叫几个人去看看！"

几架熔岩的机甲飞离了阵型，大约五分钟后又回来了。

派去探查的几个宇盗抓抓头，开始笑起来："头儿，那架机甲不见了。啊哈哈哈，铁定是被那场雪崩冲下山崖去了！"

黑袍人忽然转身，兜帽下露出一双闪烁着寒光的眼睛，他的呼吸似乎急促了些许，低声喝道："地图！"

"啊？"赤龙被他吓了一跳，下意识地在机甲的屏幕上调出这一带的地图。

神秘的黑袍人快速上前两步，目光紧盯着地图，即便是投影状态，也能看到他的肩膀随着喘息而起伏。雪山……断崖……断崖下是逐渐降低的地面……通信的阻断界限是密林……这么说，林外的斩彗星还能收到信息？刚才的那场雪崩……按照这个角度与方向一路延伸下去……

"呵。"黑袍人呼出一口气，冰冷黏稠的字句从他的唇舌间滑出，"不幸的消息。我们似乎中计了，少团长阁下。"

天将破晓，一排斑驳的黑白迷彩机甲在阿尔法异星的雪原上快速行进。他们是银北斗的第二巡逻队，配备的机甲是 B 级机甲 M- 潜 07，正在进行的是数十年来如一日的工作——清晨巡查。

一个年轻小伙子打开驾驶舱，风吹乱了他的头发："队长，机甲雷达显示前方有异状。"

队长的声音从机甲内部传来："新兵，机甲行进中不要随便开启舱门，不是教过你吗？使用机甲通信设备讲话。"

年轻小伙子讪讪地缩了回去。

巡逻队里另一个人快速地比对着地图和计算数据，开口说道："好像是咱们西北方向的高山上发生了雪崩，由于地形关系，雪浪一路冲到了这边。雪底下有一块未知阴影，有平直的棱角……不太像是自然形成的石头。"

队长"嗯"了一声，点了三个队员："小库珀，林，老齐，你们三个去看看。其他人原地待命。"

年轻小伙子疑惑地摸了摸头："呃……队长，那边好像已经不是我们的巡逻范围了吧。"

队长扭了扭脖子，不咸不淡地说："新兵，你还没有领会到巡逻兵的职责。咱们是给要塞放哨的人，只要发现了一丁点异常，就得冲上去排查。要是巡逻兵个个都像你这么爱往后缩，咱们银北斗早就被神出鬼没的异星生物打爆了……"

"队……队长！"惊叫声突然在通信频道内响起，"您快来看这架机甲，这不是皇子殿下的斩彗星吗？"

队长脸色骤变！他驾驶机甲飞驰过去，跃下一处高耸的石壁。只见下方雪堆被三个队员的晶骨挖开，露出的赫然是一架银黑色的机甲！

队长从机甲中翻出，三步并作两步冲上去，一把推开前面的队员："让开！"

斩彗星的机身上处处擦损，驾驶舱开着，里头被雪灌了大半。堆起来的白雪上映着光亮，是从屏幕上发出来的。

队长额上直冒冷汗，这时候也顾不得面子了，赶忙手脚并用，撅着屁股钻了进去。他眯起眼去看，只见机甲的屏幕上闪烁着一条询问是否接收的信息。发信者是——机甲S-雪鸠。

银北斗要塞，瞭望塔，换班的时间快要到了。

其中一个侦察兵从口袋里摸出烟盒，冲老兵招呼："老刘，过来抽一支吧。"

老兵没个正形地摆手，哼唧道："替班的还没来，不抽，不抽。"

嘀——面前的联络仪在这时亮起绿光并发出提示音。

老兵那双浑浊的眼睛立刻瞪大了，他一面飞快地接通，一面扭头喊："是第二巡逻队的电话！"

下一秒，投影出现了巡逻队长浑身沾雪的狼狈模样，他五官扭曲地抽动，张口就吼："紧急军情！快！快给我报告少将！"

"少将！"要塞二层，刘丽塔几乎是撞开门飞跑而入，"等……等到了！是加西亚殿下和小阁下传来的消息，两位都平安无事！熔岩针对我们派去的救援设了埋伏，埋伏地点——推定在G2区域的山谷地带！"

刘丽塔将腕机往前一伸，雪鸠传来的文字信息浮现在虚拟屏幕上。谢予夺急忙扫了一眼，看到"真晶矿""晶乱""干扰波"这几个词，眼皮就狠狠一跳。

"联系霍林，让救援队立即撤回来！"少将拍案而起，厉声道，"我昨晚让进入备战状态的五百人呢？"

刘丽塔挺胸，啪地行了个军礼："五百名银北斗士兵与军官，四百架M-激电18与一百架L-恶鲨，自昨夜起全部在要塞第一层备战，随时听候少将命令！"

"很好！"谢予夺将搭在椅子上的外衣扯了下来，粗鲁地往肩上一披，抬腿快步就走，"都跟我走，立刻出发接应！"

砰！砰砰！随着三声枪响，爬进山洞的异星生物栽倒在地，血液汩汩地从后脑的小孔中流出。

姜见明靠在山洞的石壁上，双手握着维纳斯之翼。

山洞内已经堆了四五只异星生物的尸体，鲜血蜿蜒流淌在地，临时粗制的陷阱与新晶械子弹终结了它们的性命。

并未有大批异星生物来袭，敌人似乎有些轻敌，姜见明暗想。

或许，敌人也并非能无限操纵高智能异星生物吧？

姜见明正琢磨着，忽然眼前光影一闪。

他凛然抬枪，看清来者后又放下，温声道："殿下。"

"是我。"加西亚神色凝重，快步走进来，"你怎么样？"

"我没事，您回来得正好，"姜见明笑了笑，抬了一下手中银灰色的枪口，"子弹只剩两发了。"

姜见明淡定得很，他把维纳斯之翼收进腰间的枪套里，在皇子手臂上借力站起来："如果每一个环节都顺利的话，要塞应该已经收到信息了。谢谢您纵容我赌了一把这么大的，希望银北斗没人掉链子。"

他说着，凝眸看了一眼山洞外的苍穹，那里已经有薄薄的亮光驱散了黑暗，天亮了。

但他们的战斗还没有结束，因为胜利还未握在手中。

姜见明于是看向加西亚，淡然说道："我已经没有战斗能力了。接下来，您还要继续辛苦一下。如果对方真的有一个布局高明的棋手，这时候应该已经发现我们传递出去的信息了。只要熔岩不甘放弃这次大好良机，他们就会全速赶往那座山谷，试图利用时间差奇袭银北斗。我们能做的都做了。趁熔岩的主力部队转向，我们强行突围，与银北斗会合。"

轰隆隆……机甲兵队在山间奔驰，扬起一路烟尘。

"全体停止行进！"毫无征兆地，霍林中校的咆哮声忽然从每一架机甲的通信频道内传出来，雷鸣般回荡。

银北斗的士兵们并不知道发生了什么事，但这并不妨碍他们服从命令。哗啦一声，五百架机甲在三秒之内全部停了下来，整整齐齐。

机甲 L-恶鲨的驾驶舱内，冷汗从霍林的鼻梁滑下。来自要塞的信息闪烁在屏幕上，让他从头顶凉到了脚心。

中校僵硬地抬头，面前是高耸的两片山崖……少将的指示到达的时候，五百人救援队的前队已经进入了山谷，后队排在山谷外。

下一秒，霍林厉声喝道："要塞命令：紧急军情，全队撤退！现在听我指示，所有机甲掉头，后队变前队，按原路线全速撤出山谷，谷外整队！"

山谷内，空气骤然紧张。大批机甲听令掉头，士兵们从长官的语调中听出了一丝不祥之意，渐渐地，他们呼吸也急促起来，向山谷外的开阔地带撤退！

"中校，您看天上！"雷蒙忽然惊愕地喊道。

只见天空的另一端，密密麻麻的黑点在放大，不是熔岩宇盗的机甲又是什么？

这群宇盗无疑都是不要命的疯子，居然就这么直冲下来，准备打一场硬仗！

"熔岩这帮不记打的蠹贼！"雷蒙恨恨地一捶操纵台，"中校，敌军数量并不比我们多多少，我们打吧。"

"闭嘴，"霍林操纵着机甲恶鲨转向，冲着频道内怒目咆哮，"边战边退，都给我撤出山谷！要打出去再打！"

话音未落，山谷出口处传来异响，紧接着，野兽的咆哮声震彻天地，震耳欲聋！

"异……异星生物？"有人惊呼，"怎么可能，它们从哪儿冒出来的，机甲探测系统怎么没有反应？"

只见几个黑色阴影从谷口两侧的山崖上方出现，竟然是比大型机甲还要高的黑毛猿猴，它们口中长着狰狞的獠牙，粗壮的手臂几乎全部被晶体覆盖。

"前……前方确认！Ａ级异星生物，铁臂攀山猿，数量……六只——呃啊啊啊！"

一时间，机甲残骸与人类的血肉之躯横飞上天，血色弥漫，惊呼声与惨叫声此起彼伏。撤退中的机甲军队就这样被这几只黑猿活生生从中截断，大约三分之二在谷外，而三分之一尚在山谷之内。

霍林从驾驶舱内猛然站起身，目眦欲裂。

足足六只Ａ级异星生物，对于普通银北斗士兵来说，已经足以让人陷入绝望。更不要说，熔岩的机甲已经近在咫尺。

这次他带来的五百名士兵，都是银北斗中的精兵。他们可以对付宇盗，也可以对抗异星生物，但……但从未有人，同时面对过宇盗的机甲与智能高阶异星生物的联手！想要对异星生物造成有效伤害就要冲出驾驶舱以晶骨战斗，然而熔岩的机甲盘旋在高空，随时准备瞄准扫射；一旦想与熔岩对战，那群黑猿的拳头却又足以砸毁他们的机甲……

霍林中校赤红着双眼，他在几秒之内做出了决断："不要恋战，全速冲过去！无论如何都要活着冲出山谷，少将的支援军已经在路上，只要冲出去就能活下去！已经撤离的，都不准回头，给我往前冲！冲啊！"

冲！长官一声令下，一架架载着士兵的机甲全速起飞，从黑猿的腋下与胯下，从它们扬起的手臂间，从它们抬起的大腿间，甚至从那狰狞的獠牙间……从生与死的一线间擦过！

"哇哈哈哈，别当逃兵啊，帝国的脓包们！来啊，和你们爷爷打一场！"高空上，宇盗们一边扫射，一边露出镶金的牙齿狂笑起来。

鲜红的Ｌ-赫菲斯托斯内，赤龙傲然冷笑一声，懒洋洋地掰着手指："看来银北斗也不过如此嘛，还吹什么帝国最强军团……喂，胆小鬼们，难道你们只在逃跑上最强？"

士兵们气得面红耳赤，然而长官的撤退命令在先，没有人理会宇盗的激将法。

时间推移，银北斗的机甲渐渐地少了。他们大部分成功撤出了这片死亡山谷，少部分则化作了破铜烂铁。天色在乱斗中彻底大亮，山谷间已经一片狼藉。

疮痍满目的战场上，霍林中校还在操纵着机甲奔驰。雷蒙已经被他以军令为名赶走了，中校断后，他在掩护着最后的银北斗士兵撤离山谷。当他打开驾驶舱一跃而出，怒吼着以晶骨接下黑猿挥臂的一记重击的时候，谷间的腥风吹动了中校身上的银北斗军装。

风，带来了血的味道，这是战场的味道。他多久没有嗅过这股味道了？好像已经有很多年了，又好像一切就在昨日。那时候他还被称作精英，是银北斗前途无量的军官，执行最危险的先遣任务。那时候，他浑身都是这种战场的味道，他把这当作自己的荣耀……直到那一天到来。

砰！霍林的身躯重重地砸在地上，他翻滚两圈卸去力道后飞速地爬起身，满脸是血地扭头望去。旁边是一个机甲损毁，绝望地瘫倒在地的棕发年轻人。

"长……长官！"棕发年轻人眼含泪水。

霍林认出那是他三年前带过的小家伙，于是咧嘴一笑，齿间含血，紧接着他就劈头盖脸地吼道："白教你一年了，草包东西！给老子爬起来，去开我的机甲！"

年轻人飞速爬起，冲向机甲。霍林没有往后看，他双眼直勾勾地盯着面前巨大的黑猿，汗水与血水混在一起，沿着鬓角滴落。

日光被遮蔽了一瞬，黑猿高高地举起了双臂，臂上的晶骨闪烁。在刺目的晶骨反光中，霍林眯了眯眼，忽然又想起了那一天，他的先遣队除他之外全军覆没的那一天。

已然斑驳的回忆里，到了吃午饭的时候，队里的长发姑娘曾爽朗地笑着，赞叹那难得的好天气。那一天，这片天空像新洗过的玻璃一样，无瑕又湛蓝，就和今日一样。

晶骨一路爬上了中校的脸庞，霍林猛喝一声，背后释放出长刀似的晶骨。他以一往无前之势，冲向比自己高大几倍的巨大黑猿。随着天地间轰然的巨响，几滴热血飞溅入白云。

远空，机甲 S- 雪鸠飞越这片青蓝。雪鸠上已处处染血，加西亚单膝半跪在机身上，轻声喘息，晶骨上也同样沾满了鲜血。

姜见明蜷缩在驾驶舱里，双手虚按在操纵台上，让机械爪捧着能量水给他喝。感觉到体力稍微恢复了一些后，他侧头询问外面："殿下，您还撑得住吗？"

加西亚抬起头，反而冷淡地说："这句话该让我问你。"

"不，我感觉比昨天好多了。"姜见明说着坐直了身子，疑惑地打量着加西亚，"殿下，昨晚……您是不是给我打了不止一针镇静剂？"

加西亚沉默了片刻，若无其事地问："你对熔岩宇盗了解多少？"

这人把话题岔开了！姜见明心头一颤，绝望地想：我的镇静剂还剩几支？

现在实在不是追究这个的时候，他只好把不安咽进肚子里，回答加西亚的问题："大概……比军校的课本知识以及帝国公开的书籍里能读到的知识了解得再多一点的程度。"

加西亚："他们的机甲配置、作战风格你了解吗？"

姜见明："有数，您不必担心。"

几句话的工夫，那片山谷已经近在眼前。

姜见明凝神望向机甲屏幕，放大图像，快速扫视一遍……有坍塌的岩石、冒烟的焦土、机甲的残骸乃至人类的断肢与血泊，但是没有人。

姜见明调整了一下呼吸，简洁地做了总结："有过混战，但现在人似乎都撤离了。没有晶乱爆发的痕迹，应该至少避免了最坏的局面。"

加西亚："往前追一段。"

片刻后，眼前景色一变——先是熔岩那醒目的机甲群出现在低空；紧接着，大地上出现了黑猿的身影，居然也不比机甲慢多少。最后被辨认出来的，则是以飞行态飞驰在更前方的银北斗机甲们。果然，这场战斗还未结束！

姜见明神色一凛，快速道："前面还在打，银北斗在边战边退……确认是熔岩的机甲和猿态异星生物，有六只。"

"很好，机甲降落。"加西亚不紧不慢地站起身来，抬手扯了一下束着长发的发带，赤金晶骨重新在背后舒展，他沉声道，"我去解决。"

血的味道……战场的味道，在鼻间萦绕不去，还有嘈杂的哭吼声响在耳边。

"长官……霍林中校……"

霍林中校艰难地张开眼，他看到天空上浮着白云。目光下移，他又看到了抱着自己的机甲机械臂，以及驾驶舱内满脸鼻涕眼泪的棕发年轻人。

哦，刚刚那嘈杂声音的来源。这傻小子，居然还拼死把他带出来了。霍林在心底嗤笑一声，多年来如钢铁般坚硬的目光继续往下，投向自己破碎的、血肉模糊的胸腹……明明只要不是瞎子都能看出来，这种伤势已经救不活了啊。

"小兔崽子，别哭。"霍林的表情和语调都罕见平和，甚至带有些许温和的味道，"在银北斗……在战场上……人总要经历这么一遭的。"

或是见证死亡，或是迎来死亡。或是成为祭奠英魂的人，或是化身被祭奠的那一个，将名字留在要塞地下的英灵碑上。

棕发年轻人哭得更厉害了。

"死不可怕，小兔崽子……"中校疲惫地将目光放空，轻叹道，"你可别学我……那么懦弱。"

那次事件后，因为再也不愿做那唯一的幸存者，他转身背离了残酷的战场，成为适应期军官的教官。一年又一年，他教导那些小家伙在远星际生存的知识，希望日后刻在英灵碑上的名字能少一点，再少一点。他以为，自己会这么一直干到白发苍苍，几十年后拄着拐杖，还在对新兵们破口大骂。没有想到，命运就是这么爱开玩笑，最终他还是要作为带兵的军官，死在真正的战场之上。

中校平和地抬头，感受着生命的流逝。

忽然，他黯淡的眼底仿佛开出了一朵白色的花。有一抹洁白映在蓝天上，并且越来越近了。是雪吗？不，风雪已经停了。是一只白鸽吗？不，战火纷飞的远星际，不会有这样柔弱美好的存在。

那是机甲 S- 雪鸠飞过炮火交织的天空，霍林中校的眼睛微微睁大了。

后来，他教了一年又一年的适应期军官，那些乳臭未干的小兔崽子，那些只会纸上谈兵的年轻学生……他打眼一瞧，就能看出每个人日后能达到什么样的高度。唯有这个小兔崽子，他怎么也看不透。他不知道这个残晶人类能飞多高，能走多远，最后的结局会是惨淡收场，还是为帝国开辟新的荣光。

但是现在，这孩子已经飞得比他更高了，他的路将会比他更长。

机甲里的棕发年轻人还没哭够，霍林不耐烦地打断了那哭声："行了，把眼泪擦擦干净。"

"你……喀，你过来看。"中校抬起手臂，血从粗糙的手掌蜿蜒流下，食指艰难地指向天穹上那架快速接近的机甲，"你……看，那也是我带过的小兔崽子……"

那就继续飞吧，中校想，到比这残忍的、更高的天空去。

"他是个……很有才能的……残晶人类。"霍林缓慢地闭上双眼，吐出一口气，喃喃道，"让要塞……照顾他。"

声音消散在风中，霍林闭上眼睛，浴血的胸膛不再起伏了。

远处，雷蒙操纵着机甲，嘶吼着奔过来："中校！"

雷蒙泪流满面，下一秒却冲着驾驶舱里面如死灰、双眼呆滞的年轻人嘶哑地吼道："醒醒，别哭了——仗还没打完！"

下一秒，头顶阴影笼罩……机械臂多护了一个人，加上驾驶员的情绪崩溃，这架机甲的行进难免迟缓，落在了队列最后。

一只黑猿赫然已经追了上来，冲着雷蒙与棕发年轻人的两架机甲，高举起布满晶骨的手臂！而风向，也就在此刻微妙地变了。

高空中，机甲 S- 雪鸠一闪而过。机翼反射着太阳的光芒，在雷蒙与棕发年轻人面庞上洒下一瞬间的白光，机甲前端立着一道修长的人影。瞬息之间，人影从这架小巧精致的机甲上飞跃而下，向着黑猿的头顶坠落，白金鬓发比日光更加耀眼。

雷蒙惊呼："皇子殿下？！"

急速坠落中的加西亚神色如坚冰，翡翠般的眼底并没有什么情绪。他逆着狂风展臂，张开右手，每一根手指都修长纤细，犹如宫廷里陈列的艺术品。然而，当庞大的晶骨从肩膀开始生长，一层层覆盖在那手指上的时候，艺术品就成了世间至强的兵刃，合该无坚不摧，无往不利。

黑猿仰头嘶叫的时候，皇子也凛然挥拳——人类的晶骨与 A 级异星生物的手臂，竟然就这么硬碰硬地对了一拳！

轰——黑猿悲鸣着向后倒下，它举起的右臂从拳头部位开始爆炸，炸开一连串灿烂的红色"烟花"。加西亚的身体也被反作用力抛向空中，雪鸠恰到好处地出现在那片低空，动作流畅地接住了皇子。

"殿下。"长风猎猎，姜见明镇定地从驾驶舱内唤了一声，"要优先解决异星生物吗？"

他的目光却落在下方机甲恶鲨的机械臂间，霍林中校的尸身上。

远星际多少年来流不尽的英雄血，如今鲜明地浓缩在中校胸膛上那一片，浓缩成刺目的赤色。黑发年轻人从高空俯瞰着自己昔日的长官，那双清明的瞳孔深处掠过一丝淡淡的哀伤。

"这些异星生物过于异常，留活口带回要塞。"加西亚嗓音冷淡，他用晶骨攀住雪鸠的机身，看着地面被真晶贯穿的黑猿。

姜见明收回目光："明白。"

然而雪鸠才刚转向，就被前方的一片阴影笼罩。

鲜红的机甲迎面而来，赫菲斯托斯的驾驶舱内，赤龙面露疯狂之色："皇子殿下，咱们来玩玩吧？"

L 型机与 S 型机的体格差距大得吓人，赫菲斯托斯的两条炮口快速聚光，雪鸠避无可避。

加西亚眼底骤然变冷，冷声道："别躲。"这句话是对操纵着机甲的姜见明说的。

下一刻，S 级机甲赫菲斯托斯的炮口吐出蕴含毁灭气息的火球。而皇子的晶骨毅然迎上，炽若骄阳。无论是熔岩宇盗还是银北斗的士兵，视线都被这股炽热光芒所吸引，几百人愣愣地张大了嘴，仰头看着晶骨从中寸寸撕裂火球，就像用金色的小刀切开一个苹果。

赤龙眼角一抽，不敢置信地说："什么……"

加西亚的晶骨旋了一个半圆蓄力，闪电般撞击在赫菲斯托斯的机身上。

"呃，啊！"顿时，庞大的 S 级机甲直接失衡，像一只红色的断线风筝一样倒飞出去，狠狠地砸进一侧的山岩！

而姜见明当机立断，竟然开着小巧的雪鸠直接撞向赫菲斯托斯。

咣！刚调整好姿态、正欲重新起飞的鲜红机甲冷不防被这么一撞，竟然再次被砸进了那个凹坑。

"喀……该死的！"赤龙眼中露出凶光，眼见加西亚的晶骨再次袭来，他一脚踹开驾驶舱门，同样以晶骨相迎。

只听一声金属碰撞的脆响，帝国皇子赤金冰透的晶骨与宇盗少团长烈红浓郁的晶骨，如刀剑般相击于半空，开始角力！晶粒子化作劲气狂涌，与此同时，机甲再次巨震——姜见明面无表情地又撞了一下，于是赫菲斯托斯第三次被雪鸠卡进了山壁。

"老黑羊！"赤龙差点跌倒，顿时暴跳如雷，"你个老废物到底会不会开机甲，被残晶人类这么玩，很爽吗？"

下方传来一声怒骂："头儿，这小崽子邪门得很，先捏死他！"

雪鸠中，姜见明目光扫过，突然看到赫菲斯托斯的驾驶舱内还有一个古铜色皮肤的高大宇盗。电光石火间，他心头一动，觉得这人的样貌有些眼熟。

然而激战之中，不容人细思。雪鸠腾飞，白影一闪便绕到了赫菲斯托斯的上空，黑发年轻人竟然大半个身子悬空探出了驾驶舱，平静地冲着赤龙开了两枪。

赤龙瞳孔骤缩。他做梦也想不到，世上竟然会有一个残晶人类，敢在这么近的距离内……冲着晶骨接近超Ｓ级的自己开枪！这家伙难道不要命了吗？他究竟是什么人？

千钧一发之际，赤龙猛地仰身，维纳斯之翼的子弹擦过了红发少年的面颊，留下一道血痕。几滴鲜血溅上赫菲斯托斯，下一秒……咔嚓！刺耳的脆响伴随着四溅的赤红晶片，加西亚猛地发力，直接拧断了赤龙露出一瞬破绽的晶骨！

"呃啊——啊啊啊！"在赤龙发狂般的惨叫声中，雪鸠与赫菲斯托斯同时斜身，几乎是机翼擦着机翼换了个位置。雪鸠的机械爪快准狠地一捞，加西亚也心有灵犀地伸手抓住，皇子殿下被这架小巧的机甲带离，快速远去。

"头儿！头儿，您怎么样？"赫菲斯托斯的驾驶舱内，宇盗"老黑羊"吼道，"点子扎手，咱不能再打了！"

只见浩瀚天穹的一角，大批机甲以飞行态驰来，是谢予夺率领的银北斗援军赶到了。

赤龙粗喘不止，恶狠狠地啐了一口："小的们，我们撤！"

形势逆转，撤退中的银北斗军队与援军合流，当即掉头杀了个回马枪。天上地下炮火交织，宇盗们哭天抢地，熔岩的机甲被击落无数。

Ｓ级机甲的机身上，谢予夺释放出晶骨，少将的晶骨是深沉近黑的墨紫色。

他砍瓜切菜般拧断了一只黑猿的四肢骨头，道："把这大家伙给我带回去，押进要塞！"

很快，加西亚与谢予夺两个人就把六只黑猿收拾干净。熔岩宇盗团也在银北斗的猛烈火力之下灰溜溜地退走，只剩下一道道黑烟如伤疤般横亘在山峦与天空之间。

至此战局已定，他们胜利了。然而……或许是因为诡异的战况，或许是因为长官的牺牲，军官与士兵遍布尘土与汗水的脸上多少都带有一种见证风雨欲来的凝重。

谢予夺也没让部队穷追，众人就地清点伤亡，而后整顿机甲，稍作休息之后撤回要塞。

雪鸠缓慢地降落在地表的一隅，姜见明向后靠在靠背上，喘息不定。

"姜，"加西亚攀着驾驶舱的外侧，眉眼间有了在刚刚惊险战斗中都未曾有的焦虑，"结束了，你把驾驶舱门打开，我来操纵机甲。"

姜见明脸颊苍白，吃力地抬头看着驾驶舱外的皇子，笑着小声说："累了，您自己进来吧……修玻璃的钱就让……让要塞报销……"

姜见明越说声音越低，嘴角笑意像一缕烟一样消散了，眼睑渐渐垂下。

加西亚神色一变，他意识到不妙，当即用晶骨击碎了驾驶舱外的合金玻璃。人才跃进去，皇子的脚下就踩到了一摊液体。

加西亚垂头一看，驾驶舱旁边的地板上有一片鲜红，是血。视线沿着那摊血迹向上延伸，他看见了正在无声滴落血水的驾驶座一角。再往上，是被血洇湿的银北斗军装，而在更高一点的位置，一根红色的真晶刺入了残晶人类的侧腹。

就在这一瞬间，加西亚如遭雷击："姜……"

"轻伤，赛特帮我看过了……没有伤到重要器官。"姜见明半蜷在驾驶座上，声音断断续续。

机甲屏幕上，那个奇葩智脑早就急得刷了满屏的"汪汪汪"，只不过被主人关闭了语音。

加西亚飞速转身，拉出治疗舱翻找急救物品，呼吸越来越急促。

不可能，究竟什么时候……他从什么时候开始流血的？红色的真晶，难道是在……打开驾驶舱对着赤龙开枪的时候？这个人怎么一声都不吭！

光束治疗仪、止血钳、急救药……加西亚突然回头："麻醉剂呢？"

真晶刺入体内，对于新晶人类来说可能只是外伤；但对于残晶人类来说，快速逸散的晶粒子直接进入伤口，如果不尽快处理，后果不堪设想。

姜见明眼神有些空，他苦笑了一下，呢喃一样道："我还在适应期的时候……遭遇亚种那次，当时有一名队友重伤……"

加西亚心中升起不祥的预感，厉声打断道："麻醉剂在哪里，回答！"

"没有麻醉剂。没钱……喀，不，没来得及补充。"姜见明叹了口气，闭上了眼，"要不您直接拔吧……伤口不深，没事的。"

加西亚深吸一口气，沙哑道："我去叫医疗兵，银北斗出队都会带医疗兵。你等着……不要睡，等我回来。"

姜见明静静地看着加西亚转身跃下机甲。

知道会受伤吗？他在心中暗想，其实是知道的。

那为什么还要开枪呢？姜见明闭上了眼，面前却似乎浮现出霍林中校身上那片刺目的血色。因为他愤怒了，为了这位一贯讨厌他的长官，为了长官的死亡。

他自认脾气很好，且冷静谨慎，并不是一个冲动易怒的人。但每当他愤怒时，反而总会放纵自己做一些……冲动却快意的事。

"小阁下！"不知何时，谢予夺招呼着医疗兵冲了过来，上前一看就冷汗直冒地跪坐在地上了。

姜见明睁开眼，他这时人已经有点迷糊了，反而笑道："少将……小殿下害怕也就算了，你干什么呢。"

谢予夺欲哭无泪："祖宗，我们有九颗心脏也要被你给吓死了！"

麻醉药剂打入体内，姜见明闭眼陷入了沉睡。

17.

他又做梦了。不知道为什么，或许是因为麻醉剂，或许是因为过度的疲惫与失血，又或许是因为初识战场残酷的精神冲击。这次的梦境诡谲而连续，像一波又一波的潮水将姜见明的意识裹挟。他只能浑浑噩噩，不停地往下沉，下沉，再往下沉。直到忘记自己的名字，忘记前途与归宿。

暮冬傍晚，流星划过头顶的夜空。年幼的黑发孩子蜷缩在阴暗的角落，脸颊苍白，时而吃力地咳嗽。目光所及之处，漂着垃圾的污水沟散发出恶臭的气味。

乌鸦已经睡了，远处的野狗仍在吠叫。身上破旧的红毯子无力抵御寒冬的侵袭，病魔缠身的黑发孩子冷得瑟瑟发抖，依偎在另一具躯体旁。

温暖的手掌落在孩子的背上，孩子蒙眬地抬头，看到了一双深邃的褐色眼睛，睫毛忧伤而坚强地微颤着。那是个同样衣衫褴褛的女子，寒风吹动她干枯的黑发。

冷风吹动街角的垃圾，女子张开形状优美却干裂的嘴唇。歌声轻飘飘地从她喉中传出，在这片压抑的黑暗冬夜中回荡："黑色的天空拥抱大地，白色的星光亲吻雨滴，当远山失去飞鸟的踪迹，黎明何时升起？别哭泣，别哭泣，让我永远陪伴你……"

母亲用温柔而醇厚的嗓音唱起不知名的摇篮曲，渐渐地，怀中的黑发孩子不再咳嗽了。他静静地望着头顶的夜空，目光中有一种这个年纪的孩子很难有的平和。

"黑色的天空拥抱大地，白色的星光亲吻雨滴……"

女人唱着唱着，孩子忽然开口问："妈妈，下雨天也有星星吗？"

沙——萧瑟的风吹到天边，尘土飞扬。熊熊燃烧的火把从手中落下，落在破旧的红毯上。少年点燃了过往，腥冷的风如巨浪般从他身后狂涌而来，吹动脏污的布斗篷和兜帽下的黑发。他转身望向面前空旷的原野，扯了扯身上的斗篷，神情淡漠地向前走去，再也没有回头。

"星星永远就在那里，我的宝贝。"

浓黑的夜幕下，爆炸后的火光在星舰残骸上闪动，久久未熄。苹果从苍白枯瘦的指间坠落，掉在地上滚动起来，先是滚过一圈的尘土，又滚入血泊之中，最后停在蜿蜒沾血的白金长发旁边。

"只不过厚厚的乌云遮住了星星……宝贝想要看到星光，就必须去云层上面……"

"妈妈，我们去过云层上面。"

滂沱的大雨从乌云间落下，无情地击打在这片被遗弃的大地上。

"不，还不够。你要去更远的地方。"

他跪在雨中，眼底漆黑无光。千万艘星舰冲破云层，化作一道道幽蓝的光芒，消失在天际。直到身后响起急促的脚步声，一件华贵的披风盖在他的头顶，一双坚实有力的手臂强硬地将他向上拉起。

"起来！站起来！"

"你在看什么……不要看他们，看着我！"

少年在雨中躬身喘息，嘶声厉喝，目光冰冷，就像一只择人而噬的野兽——他有一双翡翠色的眼眸，那双眼眸深处正刮着一场风暴：暴戾、疯狂，带着毁灭一切的冲动。

"我带你去比那些星舰更远的地方！"

久远的时光里，阴暗的巷角，女人还在为自己的孩子温柔吟唱："别哭泣，别哭泣，让我永远陪伴你……"

最后，意识没入一片雪白。

雪白的实验室内，一道残损的身影倚在血泊中，虚弱地笑着向他伸出手。

"我做了一个很长的梦。"那个声音很沙哑，带着些缠绵悲伤的鼻音，"梦里……我还没有遇见你。"

"啊……"姜见明冷汗淋漓地从昏睡中惊醒。眼前一片黏稠的黑暗，他分不清自己在哪里，四肢浸在未知的液体里，一阵阵地发抖。他挺身大口喘息，那些……都是什么？梦？能有这么离奇又这么清晰的梦？

警示灯亮起，面前的黑暗打开了一个小窗口，窗口外人影绰绰。

"阁下，别紧张，您在银北斗要塞的治疗舱里。"有个女性声音呼唤，"我给您加一些氧气，请试着慢慢呼吸。"

姜见明闭上眼睛张口呼吸，身体虚软无力，侧腹的伤口这时才鲜明地疼痛起来，叫他额上沁出细密的汗珠。

随着梦境里的记忆飞快消散，一团糨糊似的脑子逐渐恢复清醒。姜见明这才意识到自己确实躺在治疗舱里，从肩膀往下都浸泡在医疗液中。为了保护病人的隐私，舱盖升起了一层不透光的屏膜，这才有了他刚刚苏醒时一片黑暗的惊悚场景。

治疗舱外，护士长忍不住低声问道："您感觉怎么样？如果伤口疼得厉害，我们再加一点镇痛的药物。"

姜见明摇了摇头，低声道："谢谢……我还好，不用加药了。"

距离银北斗与宇盗们的那场激战已经过了三天，这位年轻中尉开着一架小型机甲去撞 L-赫菲斯托斯、对着宇盗头子近距离射击的英雄事迹也差不多传遍了要塞。

要塞突然来了一个被真晶刺入体内的残晶人类，饶是这些专业医护人员也吓得不轻。这时候，人终于苏醒了，她们齐齐松了一口气。

医疗液被撤下去了，姜见明身上盖着柔软的被子和一条保温毯，琢磨着昏迷中梦见的奇怪场景。

姜见明觉得不真实：他自幼和养父生活在一起，活到现在二十一岁，经历的最不寻常的事情就是结识了帝国储君。

他没有接受过奇奇怪怪的人体实验，没有过记忆断片，没有感到过周围的异常……无论怎么想，他都是一个平平无奇的军校生，而已。

姜见明皱眉，暗想：难道事情还能跟他那毫无存在感的生父生母有关？难道他还真就不是平平无奇的军校生？那他为何竟沦落到连医疗费都要靠讹诈长官来垫付的地步？

姜见明正沉浸在莫名其妙的复杂心情之中，病房外响起了敲门声。推门进来的正是谢少将。

姜见明还想勉强起身，被谢予夺一个箭步上来按住了："别别，您快别乱动，躺好躺好——万一伤口裂了，我还得再付一次医疗费。"

姜见明只好哭笑不得地倒回去，顺手把治疗舱内的床位升高了一点，算是半躺着。

听了几句关怀后，姜见明很自然地问道："说起来，小殿下呢？"

谢予夺露出一个无奈的苦笑，道："殿下他守了你两天两夜，到今早实在脸色太吓人，我怕他把自己搞出事儿来，好说歹说才把人按去外头的治疗舱里睡一会儿。"

"我没想到会这么严重，一睡睡了三天。"黑发年轻人低眉，"对不起，少将……还是添麻烦了。我再重新想想办法，尽快调整状态。"

"姜小阁下，您这是说什么话？"谢予夺一愣，"这次若没有您，银北斗那五百人都得死光了不说，还不知道后面会发生什么。您立的军功非比寻常，要按以往甚至是可以申请特别升迁的。不过，这不是我一个要塞指挥官能拍板的事，得走军方总部，让陈老元帅盖章。"

姜见明忽然想起来，问："说来，您的军方总会……"

谢予夺："哦，迟到了，不过没耽误大事，反而跳过了让人耳朵起茧子的陈词滥调，不错不错。"

他说得轻松，姜见明却不禁失笑——那场景一定有趣极了。

下一秒，病房的门又被推开！电光石火间，姜见明心里先知道了是谁。

只见加西亚扶着门框微微喘息，他的衣着单薄凌乱，被外头走廊的光照得透亮。那头奢华长发也没有扎起，一路慵懒地打着卷儿垂落在肩头与脊背上，熠熠生辉。他静止在门口，眼神中带着一种大梦初醒的恍惚，落在病房深处。

姜见明安静地与加西亚对视，一时说不清心里是什么滋味。

他打开治疗舱的舱口，缓缓地伸出一条胳膊，招了招手："殿下，早安。"

当他吐出这两个字时，他心底又无声地涌出新的东西。

他们曾在那种生死血战中纵横而过，如今还能迎来这样一个清晨，带着初醒的倦意说一声"早安"，是一件很美好幸福的事情。

在这座钢铁要塞中，万物都照常运转着。

一个年龄不大的军官向升降梯的方向走去，是雷蒙中尉。他的眼下有一圈乌青，面容沉静，手中拿着一个黑色漆盒——这个小东西，就是他的长官了。

在银北斗内，人员牺牲太常见。其中的六成会选择将骨灰葬于英灵碑内，而非送回帝国的亲属手中。也因此，将骨灰送至英灵碑这件事，其实并没有外人想象中的那么庄严肃穆，也几乎不会有正式的葬礼。战友或上司、下属拿到批准后，抱着骨灰盒进入，在里头停留几分钟，然后空手出来，这就算完成了流程。

一些喧哗声钻进耳朵，雷蒙不禁站住了，然后有些惊讶地抬眉。前方……正是他要前往的升降梯前，聚集着一群人，少说有十几个。

有三个兵士说着话经过雷蒙身边，他听见其中一个嘟囔道："还真是残晶人类，要不是亲眼所见，谁敢相信那么个小白脸居然能驾驶斩彗星这种型号的机甲？"

眼前又走来两个去年还是前年才参军的年轻女军官，她们红着脸悄声说："哎，姜中尉刚才跟我说话了，还对我笑了！"

"他真好看啊……好像比咱少将都好看！"

"没想到姜中尉那么没架子，我以为后头有皇子殿下撑腰，这位阁下会是那种，更不近人情的……"

雷蒙连忙赶了两步，只见升降梯前的位置，果然站着一道眼熟的清瘦身影。

姜见明神色平和地站在那里，一身黑银色的银北斗军装，脸颊还带着大病初愈的苍白，身姿却是笔挺的。有人过来说话，他就和和气气地回应两句；没人说话，他就安静地垂眸站着，居然在这种人类荷尔蒙爆棚的军事要塞里站出了一种遗世独立的气质来。

雷蒙惊讶地上前："姜中尉？"

黑钢打造的升降梯正好在这时从上面落下来，雷蒙的声音和另一人的声音重合在一起。

谢予夺从升降梯内走出："姜小阁下，您找我？"

"是这样。"姜见明低头轻轻一笑，深黑的眼底似乎飘落了几片阿尔法异星的雪，他嗓音低缓地说道，"听说今天是霍林中校下葬的日子，我可以一起去送他吗？"

地底英灵碑，雪白的尖碑依旧数十年如一日地沉在黑暗的空间之中。无数碑身散发出淡淡的荧光，为进入此地的三人引领前路。

"抱歉，少将，发信息专门叫您过来。"姜见明边走边说，在这种肃穆的地方，他的声音也压低了一些，"我确实是有点事情想亲口和您说，但是小殿下不允许我带伤在外面逛太久……只能麻烦您迁就我一下，多走几步路了。"

"没事，"谢予夺说着，扭头看了一眼雷蒙手中的骨灰盒，"我也确实该来送他一程。"

"当年啊……"少将眼里露出一点追忆之色，"当年我才担任要塞最高指挥官不久吧。霍林那个队里被塞了个家世挺好的新人，这事我有责任，怪我没及时发现。"

三人停在一块刻满名字的旧碑前，那密密麻麻的名字间有一处突兀的空缺。

雷蒙走上前，用特制的激光笔，在那里一笔一画地写下霍林的名字，空缺就这样被填满了。

姜见明顿时明白了，或许这个空缺前的名字，就是霍林中校当年的同伴。或许那次事件后，中校已将自己视为行尸走肉，于是请求要塞在队友的旁边为自己留下一个位置，直到今天的到来。

谢予夺惆怅地说道："那几个傻子也是真傻，他们怕我为难，怕我冲动惹事，一句话没跟我说就自个儿忍了。他们可能想着新人就是新人，带个一年半载也就带出来了，傻啊……后来任务失败，十几个人，就回来了霍林一个。"

从那之后，这个唯一的幸存者就不再做远征的英雄了。他选择留在要塞，锤炼每年来到银北斗的新兵，浇灭他们不谙世事的天真，打磨他们不合时宜的棱角，成为许多小崽子背后痛骂的魔鬼长官。

谢予夺叹道："自从霍林担任新兵教官，第一要塞的新兵死亡率降低了整整八个百分点。这家伙确实脾气偏激，但他是个值得尊敬的军人。"

雷蒙写完了，在旁边捏着骨灰盒，听见这句话无声地红了眼眶。他掩饰性地一抹脸，弯下腰在地上摸索。那里原本紧密铺着一块块黑砖，此时其中的一块黑砖被按开了，下面竟然是空心的，雷蒙将骨灰盒小心地放了进去。

英雄们的名字，将化作光团，悬于空中的白碑上，永远照耀着一年年踏入此地的后来者；而英雄的骨骸灰烬，将静静地长眠于地底的黑砖之下，成为后来者脚下踏过的基石。这才是银北斗英灵碑的全貌。

合上黑砖之后，雷蒙中尉开始哽咽，他下颌线条紧绷，不停地抹去从眼角溢出的泪水。

谢予夺与姜见明闭目默哀一分钟，随后悄然走远了一些，把时间留给了雷蒙。

两人在稍远处站定，姜见明开始说起他的事情："昨晚我收到了腕机信息，是关于今年皇帝陛下的寿宴，陈老元帅让我也去。"

谢予夺愕然，姜见明反倒坦然地承认："一定是被怀疑了，或者说，老元帅八成已经知道我跑到远星际来了。"

谢予夺："那您想怎么办？"

姜见明无奈道："还能怎么样，成功瞒到现在已经出乎我的预料了，等我状态再好一点，打个电话过去向老元帅道歉吧。"

没想到，谢予夺摸着下巴想了想，忽然说出了一句姜见明完全没有料到的话："小阁下，那您不如直接回一趟帝国吧。老元帅不是让您去参加陛下的寿宴吗？今年排场应该很大，您也该去的。"

姜见明一怔，失笑："我回去干什么？又不是以前了，参加什么寿宴。何况，银北斗不是没有特别的理由不能随便回国吗？"

"是啊，但是……"谢予夺冲姜见明招了招手，指着离他们最近的一座白碑道，"小阁下，您来看这儿。"

姜见明走过去，谢予夺抚了一下他的背，示意他低下身看。黑暗中，那发光的白碑的底部，还没有开始镌刻名字的地方，赫然有几行更小的字。

姜见明上前一步仔细去看，蓦地怔住了。

只见碑文上写道——

祭人类英魂千古：

纵难埋骨故土，苍天寰宇可葬。我见英魂飞赴星海，应似白鸟归巢。尚飨。

看到这些句子的第一眼，姜见明立刻想到了某篇令他不愉快的，献给莱安太子的悼亡诗的末句，也是让他下定决心前来远星际的导火索。

野外历练的时候，那个睡在激电中的风雪夜，他曾对唐镇说这首诗"写得很糟"。的确，前面又是什么"桀骜的金玫瑰"又是什么"永恒的太阳"，奉承意味太明显，读出来之后反而可笑无味。但当时他也加了个前提——"除了最后一句还有点意思"。

没想到，这让他觉得还有点意思的句子竟然是化用，原句还是出自银北斗的英灵碑。

谢予夺伸手摸了摸这座白碑，缓声道："这是帝国初任大统帅当年为了牺牲的帝国军人，尤其是牺牲在远星际的军人所作的祭文中的名句。英灵碑的设计，也是出自这位大人之手。"

姜见明眉目柔和了一瞬："是亚斯兰统帅吧，当年我和小殿下还研读过他的著作。"

谢予夺点点头："新晶物种死亡之后，体内大量的晶粒子会快速逸散，很多人认为这些晶粒子最终的归宿就是宇宙深处的晶巢。逸散时的晶粒子是半透明的白色，所以被统帅比喻作'白鸟归巢'。"

"姜小阁下，我也会有一天把名字留在这儿的。"谢予夺定定地注视着英灵碑，他的目光里有很复杂的东西，"星海那么辽阔，离弦之箭不必回返。踏上这条路，然后再也不回来——这才是银北斗的宿命。"

姜见明神色微动："少将。"

"但小阁下，您和我们不一样。您还不是真正的银北斗人，我在心底也并不想以银北斗的纪律要求您。"少将拍了拍自己的胸膛，弯起嘴角，"我们这帮人，从加入银北斗的那一刻就把命交出去了，而您……"

"而我，只是一个普通人，来到这里并非为了守护帝国人民，也不是想为帝国开疆拓土，更没有对银北斗的信仰。"姜见明说着，仰起了头。于是，四周无数座高大的白色尖碑倾斜着落入他深黑的眸中，像是夜色中倒悬的银河，"我没有那样高的觉悟，没有英雄应有的品质，只是想给一个人收尸而已。"

谢予夺笑了一声："是吗，姜小阁下？我听说了您在适应期时的事情。那个被遣返的男孩……乔·布朗，在他误将您的机甲轰下山崖之前，您为何回头救他？"

"人命关天，理所应当。"

"山谷前那场与宇盗的混战，您为何冒险对赤龙开枪？"

"大概是冲动了，我那时有些生气。"

"您沉静、智慧、通透，又经历过那么多事。我曾经以为，您的性情会更冷一些。"

姜见明："您想说什么？"

"无论是将生死置之度外的觉悟，还是崇高纯洁的品德，找遍整个银北斗都鲜有能与您匹敌的人物。"谢予夺说道，"但您依旧不像一位真正的银北斗人，这一点与殿下很像……"

"你们两位都缺少的一样东西，"少将的眼底倏然亮了亮，好像利剑出鞘时尖端的那点寒光，"叫忠诚。"

"您和殿下，都是那种不愿向谁俯首称臣的人。世上有一种人的脊梁是宁折不弯的，他们天生就是帝王命格，紫微星下凡。所以，您永远不会成为一名从属于银北斗、为信仰献出忠诚的士兵。我的银北斗，注定留不住您，除非……"

下一刻，就在浩瀚寂静的英灵碑地底，古往今来数之不尽的亡魂见证之下。要塞最高指挥官，谢予夺少将——面容平静地在年仅二十一岁的新晋中尉面前矮下了身！

他单膝跪地，以右手轻抚心口。

"少将！"姜见明冷静地后退半步，"请您不要这样。"

"阁下！"谢予夺猛地抬眉，口中爆发出一声断喝，他的眉眼仿佛燃烧着烈焰，"除非您能成为那个统领银北斗的人，由您来接受我们的忠诚，由您来成为我们的信仰！直到那时，银北斗的军徽才有可能落在您的胸前，我们才能真正地拥有您这位领袖。"

"谢少将，您来之前是喝了假酒吗？"姜见明微微抿嘴，视线居高临下地落在谢予夺身上，竟然镇定得有些反常，"您还知道自己在说什么吗？"

"姜小阁下，您知道下官没有在开玩笑。"谢予夺跪在地上，神态却如一头咄咄紧逼的猛虎，"如今远星际形势一日比一日严峻，帝国高层良莠不齐，内部分裂，我掰着指头数：进军派和收缩派，贵族和平民，新晶人类和残晶人类……一群酒囊饭袋能从早吵到晚！帝国三星系九星城看似安定，然而战争一旦来临，有多少矛盾会同时爆发！"

"我……我预感到，不，我已经亲眼看见，"少将闭眼深吸一口气，眉宇间说不清是疲惫还是沉痛，"盛世的太阳正在落下，在它再次升起之前的寒夜里，我们有一场硬仗要打。"

姜见明长叹一声，神色中似乎有些忧伤。他环顾四周的白碑，这一刻亿万英魂的名字好像都闪烁起来，温柔地凝望着他。

"但我，"姜见明轻轻地说，"也只是一介残晶人类平民而已，少将。"

剩余的话尽在不言中：您又期待我能够做什么呢？

"是啊。"谢予夺嗤笑一声，"您是平民，能参加皇帝寿宴的那种平民；您也是残晶人类，能加入银北斗的那种残晶人类。"

"您有无限可能，重点在于您想不想，小阁下。"谢予夺叹息，他用力握住了姜见明的手腕，"作为银北斗的将军，我基于对银北斗与帝国的忠心，两相权衡之下，不愿意让军方、让帝国失去您这样的人才。"

"就当一笔提前投资……小阁下，我希望您可以去接近帝国的核心，那里必然也会有您想要的真相。如果您这次从帝国归来后，还愿意留在银北斗，与我们共赴这场寒夜之战——"谢予夺手抚胸口，垂首，嘴角却渐染狂气，"那么，请您接受下官未来的忠诚。"

18.

这天，这场在地底英灵碑内的对话，以姜见明的一句"日后有太多的未知数，请让我慢慢考虑"而告终。

谢予夺又恢复了那没个正形的模样，从英灵碑上来之后，笑嘻嘻地把姜见明送回治疗区："您也不用太有压力，就当回去养伤嘛，您看留在远星际还得白白耗费镇静剂。"

姜见明："别说镇静剂。"

谢予夺："好的，小阁下。"

两人回到病房内，推门就被阳光晃了眼。窗帘被卷起来挂在窗台两侧，里头一片大亮。

加西亚坐在床边的小桌旁，垂着眼睑，认真地削着苹果，雪白的手指与鲜红的苹果皮形成了鲜明的对比。他听到门响，便放下水果刀，用未沾到果汁的手背按停了腕机的计时器，然后转过头来，面色沉静地责怪道："我说过，你不能出门超过一个小时。现在超时了九分钟十三秒。"

姜见明："对不起。"

加西亚挑眉，冷哼道："对不起有用吗？"

姜见明："殿下，您多大了，这两天是不是有点过分顽皮？"

加西亚："难道谢少将没有告诉过他敬爱的小阁下，我只有三年的记忆？"

姜见明懒得理他，走到病床边扶着床头坐下。

旁观的谢予夺哭笑不得："那下官就先告辞了，您两位别吵架——"

加西亚头也不回："站住，有话说。"

谢予夺只好委屈地转回来。

加西亚淡淡地对谢予夺道："刚刚我收到了消息，有人邀请我去帝国。"

姜见明突然一惊，正要伸手拿苹果的手指也停下了："您要回帝国？"

谢予夺更是心惊。三年了，自从"莱安"在明面上牺牲，而"加西亚"这个身份出现在世上已经过去三年……这近千个日子里，加西亚殿下从未曾踏入过帝国境内一步，现在竟然有人让他去帝国？偏偏昨晚小阁下被老元帅叫回去，今天就是小殿下。要说其中一点关系都没有，怕是鬼都不信。

谢予夺连忙问道："谁？"

加西亚："首领。"

"这很有意思……"加西亚冷笑了一声，带着自嘲慢慢说道，"他们竟然敢让我在帝国境内抛头露面，也不怕引起民众骚动。"

谢予夺："那您打算怎么办？"

加西亚："首领没有告知原因。至于我，我对帝国没有概念，但我不喜欢总被愚蠢的人们误认成一个死人，更不喜欢被命令。所以我不会回去。我告诉你这件事，是让你心里有所准备，万一帝国派人开星舰来捉我……小心你的要塞被殃及池鱼。"

"不，可是那什么，加西亚殿下。"谢予夺脑子混乱，他面上的表情极为复杂地变化着，最后挤出一个尴尬而不失礼貌的笑容，"您知道小阁下也要回去吗？"

加西亚脸上的表情有一瞬间变得极为阴郁可怕。

皇子的翠眸缓缓垂下，在日光下更显冰冷锋利，他咬牙切齿道："你要回去？"

姜见明拿了一块苹果吃，闻言点点头。

加西亚冷漠地拽住他的手腕，不让他享用自己削好的水果："回去干什么？"

"见熟人，养伤，以及攒钱。"姜见明回答，"因为我的镇静剂被人几乎打空了。"

谢予夺强忍笑意。

"养伤是好事，钱我会赔。"加西亚语气中听不出喜怒，"你准备什么时候走，什么时候回来？"

姜见明："少将会给我安排星舰，大概两周后吧。"

加西亚："归期？"

姜见明："不知道什么时候。"

加西亚若无其事地对谢少将道："我们一起回去，少将安排吧。"

"喀喀……"姜见明被喉间的苹果呛了一下，不敢置信地看着皇子。

远星际，距离阿尔法异星数光年的一片小行星带，熔岩宇盗团的星舰停泊在这里。

仍是那间奢华的大厅，地毯上三三两两地站着五大三粗的宇盗，仰望着尽头的宝座。黑猫在镶嵌着珠宝钻石的宝座旁舔着毛。

赤龙神色阴沉地坐在宝座上，缓缓抚摸着脸颊上的一道伤痕。那是在阿尔法异星时，残晶人类的子弹留下的赠礼。

突然，赤龙手指用力，指甲直接抠破了刚结痂的伤口，鲜血再次流淌下来！

"残人类……"红发少年低头阴森地笑了起来，他盯着自己指尖的血，肩膀不停地耸动，"嘿嘿，哈哈哈，我居然会被一个残人类开枪打中，残人类居然能让我流血……"

"啊哈哈哈哈！好玩，太好玩儿了！"他猛地放声狂笑起来，疯癫地甩着那头赤红的头发，"下次，下次我一定要亲手杀了他。不，我要先打败他，把他踩在脚下，看他哭泣求饶——再杀了他！"

倒是其中一个宇盗抓抓脑袋，从大鼻孔里哼出一声："头儿，帝国那老女人皇帝又要过生日了，最近点子硬，不好打啊。"

赤龙把笑声一收，眯着眼道："蠢材，那你就等着这个冬天饿死吧。用你的臭肉煮一锅汤，喂我的呼噜噜。"

黑猫"呼噜噜"摇了摇尾巴，在座位旁边露出了肚皮。

这个宇盗缩了缩脖子，退了回去。

又有一个宇盗高声问道："哎，头儿，上次愿意跟咱们联手的那些神秘客人怎么样了？他们有什么打算啊？"

"他们……"说到这个，赤龙眼底沉了下来。他无意识地用手指摩挲着自己的嘴唇，血将唇瓣涂成了艳红，"对啊，他们究竟是什么人呢？"

远星际，未知宇域。

十几艘星舰正缓缓行驶在星河之间，拖出淡蓝色的尾迹。奇怪的是，它们每一艘的外表都是赤裸裸的金属，没有涂上保护漆，也没有印上任何势力的标识。它们就这样在宇宙中静默地飞行，给人一种无机质的死寂感。

一架机甲从远方飞来，悬停在最前方的旗舰旁边。

几秒后，舱门打开，机甲驶入了星舰内部，最后停在一个房间入口处。

驾驶舱打开，一个男人从机甲内走了出来。他整个人裹在一件很宽大的黑袍中，看不清容貌和身材。

房间内传来一个声音："你似乎失败了，我的'毁灭'。"

黑袍人脱下黑袍，他竟是一个看起来不到三十岁的年轻男子，两鬓的头发却是老年人才有的灰白。

他往里走着，淡淡地说："是的，是我大意了，我愿意接受应得的惩罚。没有想到如今的帝国军队中，还有能在我的布局下逃脱的人物。"

"你在兴奋。"房间内，坐着一个穿白衣的神秘人，"是因为棋逢对手吗？你为此而感到欣喜？"

"是的，很遗憾，看来我还无法完全摆脱这些低等的七情六欲。而您……您却好像从来都不会兴奋，您的存在令我如此地羞愧。"被称作"毁灭"的男人低垂了一下头，"大会长阁下。"

白衣人轻轻地笑了笑，没有说话，于是淡漠与慈悲这两种截然不同的气质便集于一身。他的面容很温和，让人无法分辨年龄。

白衣人的旁边，坐着一个穿着雪白连衣裙的少女。

两人说话的时候，她怀里抱着一堆真晶矿，正在心无旁骛地重复一连串的动作：张嘴，从牙齿上释放晶骨，咬住真晶矿，吸收其中的晶粒子，闭嘴消化。周而复始。

被称作"毁灭"的男人看了看少女，说道："玛格丽特……'死亡'她吃的真晶矿，是否有些太多了，她会疼的。"

"不疼。"少女仰起头，眸子纯洁得像水晶，"凡是大会长阁下给'死亡'的，都是好的，'死亡'很幸福。"

白衣人又笑了笑，温柔地摸摸少女的头顶，随后转身对"毁灭"说道："这次的任务很辛苦吧，你可以去休息了。"

"毁灭"忍不住说道："我希望可以再次……"

白衣人摇了摇头，将食指竖起，示意对方不要再多说，皱眉轻声道："不，你的曲子已经暂时演奏完了，不要让我为难好吗，我的'毁灭'？人类的军队已经有所防范，既然错过了此次机会，我们便仍需蛰伏。"

"毁灭"抚胸后退："是我任性了。"

白衣人将目光投向了窗外："接下来的乐章，就让'混乱'在那片美丽的金玫瑰星城内演奏给我们听吧……"

窗外，绚烂的星环像仙女的绸带，缓缓向后移动，它正被高速前行的星舰抛在身后。

更远处则是更多颜色各异的星光，宇宙从来不荒凉，恒星躺在宇宙中，就像一枚枚贝壳躺在大海里。

望着这样的景象，"毁灭"的眼中也不禁流露出一丝迷茫，他自言自语道："终极……我们的终极，何时才肯恩赐它的降临呢？"

白衣人收回了目光，意味深长地道："这就要看我们的努力了，不是吗？"

第二卷
双生金葩

1.

"本舰已完成虫洞跃迁，航行参数正常。

"本舰当前所处坐标：（xx，yy，zz）。

"引擎正常，通信正常……各系统正常。"

在星舰的电子音播报声中，姜见明感到自己的意识缓慢回归。

耳畔传来抽水时独有的声音，姜见明闭着眼，感觉到四周包裹着他的液体正被迅速抽走。他手指动了动，身下冰冷坚硬，这是小型星舰内置的单人减压舱。

"减压液已抽干，监测到乘客生命指标正常，请静待片刻至眩晕感消失后再缓慢起身。"

姜见明才抬起手摸到顶上的开关，舱口却先一步从外头被人拉开，覆在口鼻上的氧气面罩也被取了下来。

意料之中的清冷嗓音传来："醒着吗？"

姜见明缓慢睁眼，先看到减压舱的边沿，再看到减压室内灰色金属质感的天花板。加西亚在旁边弯腰，又开始查看他的伤势。

"已经愈合了，"姜见明慵懒地甩了甩头，几滴减压液从黑发上滴落，"都快半个月了。"

加西亚拿毛巾给他擦脸："安静，闭眼躺五分钟再起来。"

姜见明无奈地闭上了眼，他懒得和三岁的小皇子殿下讲道理。

星舰在宇宙中平稳航行，他们已经远离了阿尔法异星，向着新晶人类星际帝国的领土驶去。

"我们第一次见面的时候，"加西亚忽然道，"我不知道你是残晶人类。"

"是啊。"姜见明保持仰躺的姿势，睁开眼，目光有些怅然。

加西亚："你第一次去贝塔要塞的时候，搭乘的星舰没有注入减压液就跃迁

194

了？”

姜见明想了想，认真道：“但其实也没有很难受，就像晕车一样。”

加西亚神色微黯，不再说话了。

时间的流动亘古单向，已经损伤的东西无法挽回。这个道理，皇子殿下不可能不懂，但当他看着姜见明，仍然会无法抑制地假想——如果自己能更早地遇见这个人，是不是就能让他所受的苦难再少一些？

小型星舰是银北斗的军用型，已经完全实现了全自动智能驾驶，再加上他们拥有超 S 级智脑赛特·亨利，并不需要自己来做什么。谢予夺还问过要不要给他们配备一些护卫舰，两人没要，少将也没强求。所以这艘星舰上根本没有其他人。

“我必须告诉您，帝国内可是有很多残晶人类的，很多。”

傍晚，他们坐在沙发上闲聊。姜见明刚洗完澡，吹干的头发还带着一点水汽，桌上的小夜灯用温柔的橙光勾勒出青年似笑非笑的眼尾。

另一侧，加西亚冷冷地抱着毯子。

姜见明：“他们都是自然生长的，会随意地走在大街上，也不会有新晶人类专门养他们。这是很自然的事情，他们也是享有与新晶人类平等权利的自然人。”

加西亚不耐烦道：“我知道。”

“大多数情况下，残晶人类可以和新晶人类活得一样舒服，因为帝国境内不会有异星生物，不会有宇盗。但是，新晶人类在公开场合释放晶骨会被抓去坐牢，这一点您要注意。”

加西亚哼了一声。

姜见明无奈地摇了摇头，不再说话。

过了大概十分钟，加西亚又把头转回来，眼眸闪了闪：“多讲一点。”

姜见明叹气：“您应该看书，我可以给您推荐书单。”

加西亚：“来不及了。”他们几个小时之后就会进入帝国境内。

姜见明：“您想听什么，恶补帝国常识吗？我想想……关于人种问题，不同星城间的差异很大，一两句话说不清楚。亚斯兰算是对残晶人类很友好的地方了，比如，如果您在大街上欺负我，会有巡逻警来制止您。”

“我不认为有人能够制止我。”

“您要听课就请不要插嘴，”姜见明道，“不过有一点，残晶人类和新晶人类的关系向来紧张，极少有残晶人类与新晶人类交朋友。”

加西亚突然抬起头：“为什么？”

“说来有点好笑。”姜见明弯了弯嘴角，“不是所有新晶人类都像您一样可以完美控制体内的晶粒子，有的新晶人类会在……某些突发情况下，失控释放出晶骨。一旦晶骨的晶粒子波动收不住，他附近的残晶人类会很惨。"

"那种新晶人类，是他们的能力和定力不行。"皇子立刻下了定论，"我就不会。"

或许是因为加西亚的神情太骄傲，但他骄傲的重点显然不太对——姜见明忍不住低头笑出了声："本质还是天生的力量差距过大导致。一些胆小的残晶人类不想要一个随时都能置自己于死地的朋友，而一些老实的新晶人类也不想天天被无晶人种保护协会盯着自己有没有失控释放晶骨。无晶人种就是通俗的残人类，您不觉得这个叫法确实好听不少吗？无晶人种保护协会是……"

不知道为什么，在接下来的很长一段时间内，皇子殿下难得地安静，也没有因为脾气而插嘴了。他半躺在沙发上，神情专注地听着姜见明谈天说地。

这个将在宇宙中度过的夜晚，这艘银北斗的小型星舰内，这张沙发上……

加西亚忽然暗想：他身边的这个人，像宇宙中唯一一颗沉静又温柔的星星。

为什么会这么想，这不应该。

他明明见惯了星体。尘埃与气体云在引力坍塌的作用下形成恒星，行星围绕恒星运转，卫星又环绕着行星。燃烧的火团、死寂的冰块、沉闷的岩体……这才是所谓星星的真正面目。

诗歌、绘画、艺术修辞，这些不过是人类的幻想美梦。而这个残酷的世界，或许正用嘲弄的目光看着这群幼稚的生物做梦。

但……

"这个协会是近年才成立的，但背后有很多历史遗留的问题。残人类这个叫法是在基地混战时期开始流行起来的……"

加西亚的右手，忽然无意识地抬了一下。

但他就是觉得，姜见明像一颗温柔的星辰……虚弱得需要人保护。

"就这样，旧帝国法典正式确立了'新人类与残人类''贵族与平民'的双重阶级划分制度。这是由于……对了，您是不是还不太了解亚斯兰的贵族势力？这个问题也比较复杂，现在的帝国贵族大体分为三类，一类是……"

"所以，现在帝国内部实际上有些割裂。一方面，人们渴望在这个和平盛世中追求文明的进步，至少要恢复到旧蓝母星纪元后期那种程度；另一方面，某些陈旧的、不平等的制度又迟迟无法废除。"

淡淡的温和嗓音在这个房间内流转。不知何时，姜见明说着说着也沉浸其中。自从小殿下走后，他就越发地沉默寡言。姜见明并不觉得那是自己被打击得"自闭了"或者怎样，只是单纯地没有说那么多话的必要罢了。而今天……今天是加西亚想听他说，所以他才会说这么多。

直到某一刻，姜见明侧过头。昏暗中借着床头的灯光，他看到加西亚闭着眼靠在沙发上，呼吸悠长，深邃的眼窝与卷曲的睫毛分外清晰。

姜见明回忆了一下自己后面讲的乱七八糟的内容，忽然有些心虚。那似乎已经超出了常识的范畴。对于没有基础知识的加西亚来说，应该和听天书差不多吧……恐怕到后面都完全听不懂了，还死要面子不肯叫停。

姜见明不禁失笑，这时才忽然想起来，自己还有一件重要的事情没有做。至少在抵达帝都之前，他要向加西亚坦白自己的身份——这个看似有名无实，但其实帝国真正高层都知道的——所谓前皇太子挚友的身份。

算了，明天吧。

现实这鬼东西总是事与愿违，又或许计划的存在就是为了被打破。总之第二天，当他们刚洗漱完毕的时候，这艘星舰就收到了来自外界的信息。

读完信息后，姜见明与加西亚对视一眼，都在彼此的眼中看到了些许凝重的情绪。

二十分钟后，在茫茫宙海中，两艘星舰成功对接。一艘是银北斗的军用小型星舰；而另一艘星舰，则属于当今帝国最大的绝密科研所——黑鲨基地。

很快，银北斗的残晶人类军官与帝国二皇子穿过两艘星舰的对接口，在对面看到了等待他们的人。那些都是黑鲨基地的成员。他们统一穿着白色的科研制服，脸上戴着半透明的智能目镜，分成两排站立在通道两侧，乍一看有四五十人。

星云不断流转，将变幻的影像映在巨大的玻璃舷窗上，如日暮时的彩云交织，而背景却是无尽的黑暗宇宙。

没有谁出声。静默中，这些身着白色制服的科研精英齐齐抚胸躬身，向着走来的两个人献上无上的敬意。

姜见明眼角一跳，看着两侧整齐低垂的脑袋，总觉得这过分夸张。

加西亚走在他前面，忽然侧过头来冷淡问道："第一次见到黑鲨基地的人？"

姜见明敏锐地察觉到皇子殿下心情不太好，他想了想，说："是第一次见到这么多。"

黑鲨基地，帝国最神秘的远星际科研基地，其渊源可以一路追溯到比旧帝国建立还要早的人类基地混战时期。基地的核心成员采取一对一招募制，几乎每个人都是智商远超常人的天才，如果他们抬起头，那眼底闪烁的必然是帝国智慧的光辉。然而这时，所有人都整齐划一地将头颅低下。这种集体素质，比身为远星际特种军队的银北斗也不遑多让。

而更夸张的是……几秒后，两人终于走完了这一段路。这片白色人海的尽头，是一个黑色身影——黑鲨基地的现任首领，也是新帝国建立后的首任基地首领，如今正静静地站在这里，看着两人走到面前。他或是她的身材并不高大，黑色的长衣罩住了全身，脸上则戴着一张黑色的金属机械面具，从后脑、额头到下颌，全都遮得严严实实。众所周知，黑鲨基地的首领从不以真面目示人。

姜见明率先上前一步，他以手抚胸，垂首发声："首……"

不料他的手臂忽然被加西亚拽了一下，以至于他想弯腰却没能弯下去。

"殿下？"姜见明不禁回头，眉头微动。

只见加西亚的神色比刚才更阴沉，他一只手拉着姜见明，凝视着首领的翠色眼睛仿佛结了一层坚冰："不用对这种人行礼。"

对面的首领似乎不以为意，环视一圈，从面具下传出一个电子合成音："都下去吧，我们的客人不喜欢被打扰。"

一声令下，那些黑鲨基地的成员就像被按下了什么开关一样，齐刷刷地直起身，像退潮的海浪一般消失在了走道尽头。

紧接着，令人更加惊愕的事情发生了。首领抬起手，在黑色机械面罩的两侧按了一下。面罩咔嗒一声从中弹出一道缝隙，首领顺势将它打开，从头部取了下来。

"或许微不足道，"一个柔和的女人声音取代了无机质的电子合成音，"但我认为，这至少可以显示一点诚意。"

面罩之下，竟然是一个年长的女子。皱纹刻在她略显松弛的皮肤上，一双眼眸深蓝而旷远，让人想到天空与海洋。但她的脊背挺得很直，银发盘在脑后，梳成一个简朴又不失优雅的发髻，这让这位老妇人显得十分高贵，甚至有些超凡脱俗的气质。总之，和民众想象中的"科研怪人"或者"铁腕首领"的印象天差地别。

"两位回来了。"她将握着面罩的手贴在自己胸前，恭敬地躬身行礼，"我很高兴……能看到您二位一同回到这里，回到我们荣光普照的帝国领土。"

"首领。"姜见明回神，轻抚心口以还礼，"您还……记得我吗？"

不出意外地，他感觉到身旁的加西亚突然投过来惊疑的目光，宛如两道逼人的闪电。

姜见明回头，轻轻挑眉，冲皇子露出一个神秘的浅笑。

"怎么能忘得了呢？"对面，首领温和点头，"您是我见过最难忘的残晶人类……噢，或许，我说无晶人种会让您感觉更舒适一些吗？"

"你们，"加西亚眼眸失去光芒，他面无表情，嗓音僵硬，"认识？"

姜见明："曾经有过一面之缘。"

加西亚："你究竟认识多少好朋友？"

姜见明眨眼："比您想象中的多。"

是的，这位外界众说纷纭、神秘至极的黑鲨基地首领……他其实早年曾经与莱安一起在欧米伽异星见过。

这位老妇人已经走了过来，她皱起花白的眉毛，宛如教育孙子的老奶奶一样看向加西亚的方向："凯奥斯，好久不见。我希望您没有欺负这位小阁下。"

"滚。"加西亚冷笑一声，刀锋般的话语从薄唇间刺出，"你以什么身份这样对我说话？"

首领道："我的身份不重要。你听到了我说的话，这个才重要。"

"你不待在基地摆弄你那些试管和仪器，来这里干什么？"加西亚烦躁道。

姜见明默然打量这两人。理智告诉他，黑鲨基地的首领必然不是什么简单人物。这位看似和蔼的老妇人，有很大的可能就是黑幕背后的操盘手。然而，当他的视线在这两人之间来回的时候，还是觉得他们更像奶奶和孙子。

"几天前，皇帝已经知道了两位归来的好消息。"首领抬起双手，"我此来，就算是替陛下迎接两位……来，让客人站在这里谈话太失礼了，请两位跟我来吧。"

三人就这样踏上了星舰的内置舷梯，引领他们的是悬浮在空中的小机器人。

姜见明一路上暗自观察：这艘黑鲨基地的星舰并不算大，也就比他们的小型星舰大上不到一倍。这在真正的宇宙星际战役里连中型舰都算不上，战力甚至抵不上皇子殿下，看来确实只是用来迎接他们的。

步伐交错中，加西亚意味不明地扫了姜见明一眼，对首领道："他是你的人吗？"

头发银白的老妇人摇摇头，故意唉声叹气道："怎么可能？凯奥斯，你这样说话太不尊重人了。"

她冲姜见明弯了弯眉毛："抱歉，这孩子就是脾气有些差。相处起来，是不是不如当年的皇太子殿下？"

咔！电光石火之间，腕口粗的赤金真晶凭空骤现，直接捅穿了首领面前的金属地板，离她的脚不到一厘米的距离。

加西亚眼底森然："你找死吗？"

姜见明见势不妙，连忙往前一拦："不不，没有的事，无论是哪位小殿下都很可爱……首领，可否耽误您少许时间，我有些话一直想要单独问您。"

加西亚终于怒不可遏："姜中尉，谢予夺一个人还不够你说悄悄话吗？"

"好的，没有问题。"首领高深地一笑，"前提是，您能让我们闹脾气的皇子殿下乖乖住进这艘星舰的房间。"

意外地，对首领与黑鲨基地显示出极大敌意的加西亚其实并没有真正阻拦姜见明与首领的独处。他只是对姜见明警告一番，勒令他半个小时之内回去，随后不等姜见明说什么就扭头离开了。

"其实，我知道您想要问什么。"当两人在空无一人的指挥室内站定，首领缓缓转过身来，"关于莱安殿下的死亡，关于加西亚殿下的复生，关于这三年，以及这三年背后的更多时光里的故事，对吗？"

黑发青年以其沉静的目光表示了肯定，老妇人却发出轻叹："但是对不起，您慢了一步……我已经答应了凯奥斯，替他在您面前保密。"

姜见明不禁摇头笑了，他权当首领是以开玩笑的口吻推托："您今天才见到他。"

首领也回以一个淡淡的微笑。她不说话，只是望着他。

刹那间，一股酥麻感传遍了姜见明的脊背，某个荒谬的猜想如箭矢般贯穿了脑海。

他瞳孔震动，不可置信地低声道："莱安？"

首领叹息了一声，这位年迈的女人垂下眼睑："您果然还是这样敏锐。"

姜见明的手指悄然捏紧了袖口，他听见自己的心脏在加速跳动，面上却不动声色："为什么？"

"有些事情需要循序渐进，这个宇宙是残忍的，过早地接触到某些事情，只会让人意识到自身的微小与无力，在绝望中走向自毁。"首领侧过头去，凝望着舷窗外流动的星空，"他不愿让您痛苦。"

是莱安。姜见明被这几句话背后的含义震得有些发晕。莱安在赴死之前见过首领……并且请首领对今天的他保密……这岂不是说，小殿下预先已经知道自己会失忆……

首领："您既然从银北斗的第一要塞而来，想必已经看到了金晓之冕。那里面应该有一些遗言。"

"没错，我读过了。那信息，真的是莱安殿下留下的吗？"

"是，也不是。"

"如今的这一切，都在他的掌控之中吗？"

"是，也不是。"

"加西亚殿下到底是什么状况？"

"我不能说。"

姜见明眼眸转冷，首领却在这时回过头来，用那双蓝色眼眸凝望着面前的黑发青年，语调缓慢地补充了她的解释："您太聪慧，一旦我说出口，您将很容易猜到那个'不应接触'的东西，而我答应过凯奥斯。"

姜见明："那我应该怎么做？"

首领："请遵从您内心的指引。"

姜见明闭了闭眼，想逼自己保持镇静，他无声地握拳又松开，手心已经汗湿了。

"黑鲨基地在做禁忌实验吗？"

"无可奉告。"

"还有谁知道真相？"

"无可奉告。"

"您还可以告诉我什么？"

"他仍铭记着您。"

一语如重锤落下，轰然将精神击溃。有那么几秒钟的时间，姜见明脑中一片空白。他唇瓣发抖，咽喉干涩，以至于没能立刻说出下一句话。

于是首领继续说了下去："他很痛苦，很愧疚……关于他曾亏欠您的一切。那些事，一直折磨着他的心，我曾见过他哭泣的样子。"

几秒的静默。姜见明刚刚还紧绷的，宛如战斗状态般的意志松懈了，急速运转的大脑也无法转动。他茫然地望着面前这个白发苍苍的女人，他从不知道，在高速交错的理性的唇枪舌剑之间，一句"铭记"竟会有如此摧枯拉朽的威力。

"我不明白，"他怔忡道，"他并没有……没有亏欠我什么。"

"您不明白，不代表他认为没有。我见证过他的离别，他铭记您直到意识消逝的最后一刻。"首领双手交叠，眼中流露出一丝哀伤，"所以，这是我的小小请求。还请您宽恕他对您的伤害。无论是在过去，还是在未来。"

过去，未来……这是一句听起来很神秘的话。但姜见明立刻理解了其真正的含义，首领口中的"未来"是指加西亚……

黑发的残晶人类静默着。不知何时，那双深黑的眸中也多了些许哀伤，就像首领眼底的哀伤浸染了过来。他的肺腑阵阵钝痛，或许是被刚刚那句"铭记"所刺出的伤口在渗血。

"只有这些吗？"几秒的僵持后，姜见明沙哑地开口，"除了指向不明的语言，以及一些伤怀的无用字句，您就不愿意再提供更多的信息了吗？"

首领沉默了许久，摇了摇头。

姜见明的大脑还处在混乱状态，肢体却僵硬地开始动作了。他抿嘴鞠了一躬，转身离开。

在他踏上第一级台阶时，后面传来了首领柔和的嗓音："如果您保证不追问其深意的话，我愿意多告诉您几句。"

姜见明站住了。

背后，首领的声音就像水流一样流淌而来："亡者并未真正死亡，失去的也非无法挽回。他还在等待一场黎明，已经等了很久很久。"

独自离开指挥室后，姜见明径直去找加西亚。首领的那些话语还嗡嗡地响在耳边，但托莱安那篇遗言的福，他已学会了逼自己暂时忽略某些鬼话。或许有些话，对方说出来时就没打算让你立刻听懂。

姜见明边走边自我安慰似的暗想：那绞尽脑汁也无济于事，只有先绕过去了。

推开门的时候，房间里黑着。星舰内应该有灯，显然是进来的人关掉了。

"殿下？"姜见明皱了一下眉头。

视线在黑暗中扫过，加西亚居然侧身躺在沙发上，远离门，合着眼。大片鬈发凌乱地铺开，只能隐约看到挺拔的鼻梁和紧闭的睫毛。

他很颓废，半死不活，像在装死。

姜见明险些怀疑这人喝了假酒，不然怎会昏头昏脑。但皇子在听到门响的瞬间便睁开了眼，外头的光亮映入，像一颗彗星，在翡翠般的眼眸里闪过。

姜见明有点发怵，立刻贴紧墙角，低头看了一眼腕机："半个小时，我这次应该没有迟到。"

确认过不是自己的责任，姜见明安心了，冲对方招了招手："过来吧。"

加西亚没有动，只抬起了头，眼睛在黑暗中幽幽地发亮："你在驯狗吗？"

姜见明叹了口气："你在黑鲨基地以前发生过什么，不能和我说说吗？"

"不能。"加西亚坐了起来。

"我和首领的话说完了，接下来该您了。您不是一直想知道我的身份吗？"

"不想。"加西亚明显烦躁，甩了甩头发，重复了一遍，"现在不想知道了。"

忽然，姜见明感觉脚下的舰体微微震动起来，电子播报音在全舰范围内响起："本舰即将穿越高维封锁障进入帝国境内，请乘客做好准备，不要启动跃迁功能。"

对话被打断的两个人同时转头，看向窗外。首先落入视野的，是一座帝国的人造空间站，它的造型像一个巨大的白色钢铁陀螺，缓慢地在宙海中旋转，并且顶端正在发射出频率不一的光束。而空间站的背后，远远地，那片宇宙的尽头浮起了一层彩色的半透明薄膜，像极光，又像小孩子吹起的泡泡。

"重复一遍，本舰即将穿越高维封锁障进入帝国境内，请乘员做好准备，不要启动跃迁功能。"

"真美。"姜见明凝望着那片彩光，轻声说。

加西亚不说话，有些阴沉的视线落在身旁的残晶人类军官身上。

这片视觉效果瑰丽的"薄膜"，就是帝国的高维封锁障，属于尖端的空间技术，实行单向封锁。障外的星舰无法跃迁到封锁障内，只能正常行驶进入，由金日轮帝国护卫军的空间站承担哨所的职责，严格审查每一艘驶入的星舰。这也就避免了万恶的宇盗们在白翡翠宫开火。

加西亚再次开口："回答我的问题，但你不要说话，只需要点头或者摇头。"

"曾有人命令你接近我？"

姜见明当然摇头。

"你我相遇是早有预谋？"

依然是摇头。

星舰从空间站旁边驶过，黑鲨基地的标志与金日轮的军徽就这样擦肩而过。梦幻般的彩光透过房间的玻璃，点缀在两个年轻人的眉梢、发间与衣襟上。

加西亚望向窗外，喉结动了动，问出了第三个问题："你会束缚我吗？"

姜见明平静地答道："没有什么能束缚一个自由的灵魂。就像您虽然命令我不要说话，但只要我想说，我就可以说。除非您用暴力封住我的嘴。但显然，在暴力方面，您可以完全压制我，我却拿您没有办法。所以我不认为自己有能力束缚您。"

星舰穿过高维封锁障，有一秒钟的彩光大盛。光点如霓虹初上，放肆地照亮了整个房间，将两个人的肩背轮廓都抹得虚幻。

姜见明因目眩而闭了一下眼，当他再睁开眼时，加西亚道："那就够了。其他的，我不想听。"

光彩从窗边退去，再次响起的播报音提示，他们已经身处帝国领土之内了。

加西亚放低了声音又道："到此为止吧。你继续给我讲帝国的事，或者其他的事……像昨晚那样。"

"可是殿下……"

"我知道你有秘密。"加西亚说，"你藏好它，不要让我知道。"

"这不是您能决定的事情。您可以不了解我，但我需要了解您。"姜见明扬起眉，"加西亚殿下，请问您在逃避什么？黑鲨基地，帝国，还是……"他目光幽深，刻意停顿了一下，"您的莱安皇兄。"

加西亚猛地站起来，眼底卷起乌云，他怒极反笑："你是在故意激怒我？"

高维封锁障的光芒彻底远去了，两道身影在静谧中对峙，姜见明就这么盯着加西亚。

两秒的静默，残晶人类无声地笑了一下，挑衅似的用轻缓的语气说道："我是真的很好奇，您为什么那样不愿意接受自己或许就是莱安·凯奥斯的事实呢。"

下一刻天旋地转，直到耳畔传来一声闷响，后背先磕上坚硬的窗沿，再撞在星舰的地板上，姜见明才意识到发生了什么。加西亚近乎是应激反应般，猛然一把推开了他。就像残晶人类无害的躯体突然变成了一把直指心脏的尖刀，抑或是一块烧红冒烟的烙铁。

一阵绵长的疼痛迟缓地爬上神经。姜见明低垂眼睑，手掌不着痕迹地按了一下侧腹。伤口……居然还会有痛感吗？他还以为彻底愈合了。

加西亚却猝然一惊，像是从失控的情绪中被硬拽了回来，急促地喘息。

黑暗中，他抬了抬右手的手指，似乎想要去扶，半途又放弃了。

加西亚微抬起头，下颌紧绷，视线阴郁而孤僻："你还要说下去吗？"

姜见明坐直，面无表情地想：我总不能真的到了皇帝陛下面前再告诉您我和莱安的事。他张了张嘴……犹豫了片刻，又闭上。

没开灯的房间内，加西亚站在他面前，居高临下地俯视着他。

"抱歉。"姜见明轻声道，"我不说了……暂时。"

后来，直到很多年之后，姜见明还是会想起在星舰里的那个晚上。为什么没有紧逼下去，为什么退让了，这不符合他的性格。

然而这一刻，黑暗中面容冷峻地站在他面前的身影，依稀与当年通信投影里的莱安重叠起来。

——"是我毁了你的人生。"

——"请恨我吧。"

那时候，当那些话刺入脑海的时候，他本也可以反击的。少年储君已将罪行尽数认下，连手指都在发抖，说是任人宰割都不为过。

可他还是在最后时刻，予以斩钉截铁的否定。

——"我不会恨您，我们之间的情谊到此为止。"

——"您可不能太自负……世上并没有什么人什么事能毁掉我。"

他不知道发生过什么事，但他还是心软了，一如此时。真到了皇帝陛下的面前再坦白又怎么样，首领也说有些事情需要循序渐进。所以……

"抱歉。"姜见明坐在冰冷的地上，慢吞吞地垂下眼睫，轻声道，"我不说了……暂时。"

这次先放过你，他想。

一语落下，好像什么魔咒被打破了一样，加西亚失态地踉跄两步，直接跪坐在姜见明面前："刚才磕到哪里了？我……"他沙哑地说了一句，半途又突然惊醒，狼狈地收敛表情，转头，"我就是要给你一个教训，以后不要说不该说的话。"

"伤口裂开了吗？跟我……"他咬咬牙又改口，"给我去找治疗舱，自己去。"

姜见明拍了拍加西亚的脊背："不用，伤口不疼。"

他心中哭笑不得地暗想：所以首领阁下说的宽恕未来的伤害，就这？

加西亚不说话了，或许他也意识到自己这么折腾属实有些病态。

"到了第一星系，你乘银北斗的星舰先走吧。"许久，皇子站起来，神色复杂，"去帝国，见你要见的熟人，养伤，攒钱。"

他的目光缓慢地从姜见明脸上移开，语调听不出喜怒："不要跟着我了。和

204

这群人在一起的时候，我容易情绪失控，再发生刚才那样的事。"

姜见明皱眉："殿下？"

加西亚："等我把他们应付完，再去找你。"

帝国境内，第一星系，首都星城亚斯兰，阿佛洛狄忒大舞厅。

舒缓的音乐在大堂内流转，灯光照在鲜红的流苏幔子上，穿着黑色燕尾服的男士们与穿着黑色长裙的女士们，正倾力演奏着各种管弦乐器与打击乐器。

——亚斯兰星城交响乐团，帝国最著名的交响乐团之一，荣获无数音乐大奖的实力派。然而此刻，他们也不过是此地微不足道的点缀。

金色的舞厅内，一条条舞裙如花绽放。女子的胭脂香气混合着男人的香水味，被蕾丝包裹的柔荑搭在宽阔的肩膀上，红唇轻启，香腮泛红，舞步交错。这里是贵族的游戏场所。

贝曼儿坐在一旁，她望着眼前欢快旋转的少男少女，脸上保持着优雅的笑容。

音乐停顿，几位少女提着裙摆，步态优雅地走上前来。

女孩们因为跳舞而脸颊泛红，额上渗出汗珠，此刻正期待地看向贝曼儿："贝小姐，您……您觉得我们跳得怎么样？"

"大家都跳得非常好。"贝曼儿点点头，她十指的指尖在心口轻触，嘴角微微上扬，逐一礼貌地点评。

"舒小姐的舞步轻盈了许多呢。"

她笑容优雅。

"茱莉亚小姐果然与哈勃克少爷十分般配呢。"

她笑容满面。

"娜娜，你穿这件新裙子太美了，就像童话里的白天鹅……"

她笑得脸都快僵了……

赶在下一首音乐响起之前，贝家的大小姐拿起身旁镶钻石的手杖，借故从阿佛洛狄忒大舞厅溜了出来。她在门口揉了揉发僵的脸，把舞会请柬揉皱成一团，扔进了路边的回收箱。

在去往银北斗之前，她确实拥有过跳舞方面的才能，但如今一切都不同了。那些被家里养傻了的贵族小姐，居然会邀请一个断了腿的人来参加舞会，实在是太好笑了。

天气晴朗，人来人往。两侧的街道挂着漂亮的小彩旗，磁悬浮公交车还在远处奔驰。

贝曼儿再往前走了两步，看到了家里的飞行器停在路旁，穿着灰色正装的老管家向她行礼，将她扶上飞行器。

她的世界，一切都不同了。或者说，世界回到了原先的样子。

贝曼儿不记得她是如何回家的。私家飞行器停在大门口，她拄着手杖缓缓走入富丽堂皇的大门，踩过鹅卵石铺就的花园小径。她的妈妈急忙提起裙摆出来迎接，一路上用人们热情地行礼。头顶的鸟笼里，金丝雀在歌唱。

厨师奶奶笑眯眯地说："大小姐，快尝尝新烤的布里欧修面包。"

她可以忘记的，这没问题。她在银北斗才待了月余。

现在，贝曼儿再次挂上优雅的笑容，对关心她的每个人道谢，然后躲进了自己的卧室。

房间很宽敞，她一进去就看到花梨木雕刻的全身镜，于是摘下了头上的珍珠蕾丝小帽，又理了一下新烫的鬈发。

她很好，她没问题。她……

"宝贝……"贝夫人在外面轻声敲门，"别难过了，开门和妈妈说说话，好吗？咱们明年就做再生手术，你休养一年，明年就做。咱们找最好的医生，宝贝很快就会好起来的，妈妈保证。"

半分钟后，大小姐卧室的门打开了。贝曼儿静默地站在那里，俏丽的脸上表情平静，只是眼角下装饰用的亮片闪着光，有些像是泪光。

她摇了摇头，缓慢地开口："妈妈……我不难过，我只是觉得好奇怪啊。我像个逃兵，像个失败者一样灰溜溜地从远星际回来了。我把我的一条腿丢在那里，还丢下了我的朋友、我喜欢的人……"

贝曼儿转过身，喃喃地说："可我是为了什么回来的呢？明明就算回来……"她柔软的手指轻抚过自己装了义肢的膝盖，粉红色长裙的丝绸布料在少女的指尖下轻轻流动，"我也没有办法再跳舞了呀。"

贝夫人含泪捂住嘴："不，我的宝贝……"

嘀嘀——腕机的声音响起。贝曼儿垂下头去看……哦，她的腕机也换成最新款式的了，但是那又有什么意义呢？她从小就对这些奢侈品兴趣不大，若不是这样，也不至于去上什么凯奥斯军校。更何况，现在响起的信息不是邀约就是邀约。

贝曼儿漫不经心地想要摁掉，目光随意地一瞥，突然凝住！

贝家的大门外，几个打扮时尚的年轻女孩面面相觑。

忽然，其中一个眼前一亮："是贝小姐，她出来了！"

果然，那道刚刚在舞会上娴静安坐的粉红色身影行色匆匆地出现了门口。

贵族女孩们连忙围上来，为首的一个羞愧地低头："对不起，贝小姐，今天是我们贸然邀约，没有考虑到您的心情……"

粉红色身影如同一阵旋风，从贵族女孩们身边刮过。只见贝曼儿双眼发光，手杖都没拿就冲出了家门。她一边跑，一边将臃肿的裙摆提起来飞速打了个结，又把高跟鞋一甩，换上了平底靴。

"一个小时之后，白鲸星港！"她点了点头，翻身跳上了自家的飞行器，一巴掌拍在操纵台上，"来得及！"

贵族女孩们齐齐惊呼："贝小姐？！"

私家飞行器从贝家的停泊场起飞的时候，老管家与贝夫人同样惊慌的尖叫声也传了出来：

"大小姐，使不得啊——"

"老天爷啊，我的宝贝——"

贝曼儿没有听见，她的心怦怦直跳，久违地感觉血液涌遍全身。

亚斯兰星城的风搅乱了她栗色的鬈发，破坏了造型师早晨才吹好的发型。

好快，好快。贝曼儿目光炯炯，她双手操控着操纵台，在亚斯兰星城上空的飞行器专用道路上飞驰。一架又一架私家飞行器被甩在后面，下方的街道与人群只剩残影。

她像风儿一样快。她不知道自己为何这样迫切，好像要去迎接的并不只是一个从银北斗回来的朋友，更是自己失落的……不小心丢在某处的一部分。

有人惊呼："我的天，那个小姑娘什么人啊？这技术，牛！"

"嘿，这手法像是开过机甲的。"

但她曾经操控过更快的钢铁巨物，她曾经——

呜！风声尖厉，贝曼儿把操纵杆一扭，顿时又超过了旁边好几架同行的飞行器。眼角余光里，她看见一个大叔在飞行器里爽朗大笑："对，一定是开过机甲的。八成啊，是军用机甲！"

——她曾经，比风更快。

一个小时后，白鲸星港。姜见明独自背着包，慢悠悠地从宇航列车上走了出来，被人流挤着往前挪动。

就算加西亚铁了心要催他先走，他也不可能真开着银北斗的军用战舰直接在星港着陆，那样就会引起大骚动了。最后，他还是请首领托人安排了一下，中间转乘了趟宇航列车，低调地回到了亚斯兰。

姜见明忽然想起什么，低头看了眼腕机。他上车的时候给贝曼儿发了个信息，希望约个时间见一面。结果贝小姐的回复还没看到，先唰唰唰弹出来好几条文字信息，令人眼花缭乱：

"现在到哪里了？"45 分钟前。

"回复。"40 分钟前。

"……"35 分钟前。

"还在生气？是你先惹我的，谢予夺应该对你说过，我不喜欢和莱安·凯奥斯这个名字一同被提起。"28 分钟前。

"姜？"21 分钟前。

"姜见明，我需要确保你的人身安全，我警告你，不要乱发脾气，这里没有人会迁就你。"20 分钟前。

"我错了，回复我。"6 分钟前。

"你还会回银北斗吗？"1 分钟前。

姜见明拿着腕机，整个人陷入了深深的迷茫。如果不是能查看发信时间，他会以为自己不是一个小时没有查看腕机，而是失联了整整十天。

2.

然而无论如何，对面的焦躁已经快要从屏幕溢出来了。

姜见明不敢不理，他赶忙从人流中挤出来，找了个偏僻角落站住，打字回复："到了，一切都好，请放心。"

想了想，他又添了一句："我只是没及时看信息，并没有生什么气，请您也不要乱发脾气，保重。"

他发完这两段，松了口气，缓慢地抬头望向天空。这是亚斯兰的蓝色天空，微风吹过白鲸星港出口处呈弧形排列的银杏树，更远处则是人群，前来迎接亲朋好友的人群。阳光照下来的地方甚至有些暖和，不似阿尔法异星的严寒。

"啊，姜同学！"远处的人群中，忽然出现了一个熟悉的身影，贝曼儿用力挥着手，"这里！"

姜见明有些意外，连忙快走几步迎上："曼儿？你怎么直接过来了，我本想约一个时间再……"

他的目光落在贝曼儿身上：皱巴巴的蕾丝手套，在大腿处打结的奢华长裙，与长裙不搭的鞋子，烫得微卷却造型全无的头发……汗珠弄花了精致妆容，却又给少女添了别样的活力。

"你怎么弄成了这样？"

贝曼儿不好意思地笑了笑："一时激动，忍不住穿着大裙子从家里冲出来了……我们先去西银河街吧，我买身衣服，在那里请你吃午饭！"

两人转身，贝曼儿领着姜见明往私家飞行器停泊场走去。路上，后者在不涉及军事机密的范围内简单给她讲述了要塞发生的事，包括霍林中校的牺牲。

"还有……"姜见明从背包里取出一个信封，"唐镇托我给你带了封信，手写的。"

贝曼儿怔了一下，甜甜地笑了，她将信件珍重地收好，忽然装作不经意地说道："姜同学……你说，我回去驾驶机甲怎么样？"

姜见明："驾驶机甲？"

贝曼儿神秘兮兮地小声说："我爸爸最近透露过一点军方的消息，听说，银北斗里有一名军官匿名提出了一份提案……希望帝国可以重新设立'机甲驾驶员'这个兵种，专门招募少量有才能的残晶人类去给新晶人类驾驶机甲！如果这个提案能通过，机甲外作战和机甲内驾驶可以在兵种上明确地区分开来……"

贝曼儿打开她的飞行器，自己坐进了驾驶席，用力点头："既然残晶人类可以，那装义肢的新晶人类一定也可以！"

姜见明点了一下头："确实可以的。"

"姜同学都不吃惊的吗？"贝曼儿无奈道，"也是，你在银北斗前线，是不是早就听到风声了呀？"

姜见明将背包放在后面的座椅上，不急不缓地说道："如果决定了，那就需要努力。就算提案真的能通过，审核条件也会很严格。"

飞行器载着两人升空，贝曼儿深吸了一口气："我会的。再艰苦，总不会比你的一路更苦，对吗？"

贵族出身的少女凝视着手下的操纵台，目光渐渐坚定。似乎变成这个样子之后，她才终于能够真正理解一些事情，理解一些人。

放宽征兵限制，若是以前的她，绝对不会在意这种小事。然而这看似微不足道的改变，对于一些人来说，却可能成为他们改变命运的希望。

"不知道是什么人提出来的想法，姜同学，你知道是谁吗？"贝曼儿叹了口气，"要是日后能回到银北斗，亲口谢谢他就好了。"

"啊，不客气。"姜见明窝在后座轻笑，"是我。"

贝曼儿："嗯，原来是……嗯？"

大约两个小时后，姜见明与贝曼儿走在了繁华时尚的西银河街上。

"啊，居然真是姜同学啊。还有，你居然和要塞的谢少将都有交情……"贝曼儿哭笑不得，"亏我激动了好几个晚上，连我爸爸都在天天琢磨！"

要说贝曼儿不愧是贵族大小姐，几分钟前，她进了一家名牌店买了上下全套的衣服，又搭配了一件限量款羊绒风衣和一个黑珍珠发夹。从更衣室里出来，她就又是闪闪发光的漂亮姑娘了。她又多付了一些钱，托这家店的店员把换下来的衣服送回贝家。这下，她终于可以一身轻松地和姜见明逛街了。

"不至于，还有很多漏洞。"姜见明则是一身素净的穿着，全靠本人的气质支撑才不显得寒酸，"口头上提出一件事再简单不过，将想法推动到实际应用才困难。"

"会变好的。"贝曼儿道，"对了，快中午了，我们去哪家店吃饭？姜同学以前也不太跟我们出来，我都不清楚你的口味……"

"没关系，我没什么忌口。这一带我不太熟，你随意带我去吧。"

不知道小殿下现在怎么样了，收到他的回复后有没有安静一点。姜见明打开腕机看了看……顿时神色微变。好家伙，怎么又是十几条未读消息！不是说只确认人身安全吗？

"不好意思，贝小姐，"没办法，姜见明认命地摘下腕机的耳麦，冲贝曼儿道，"我可能要先……"

可他话没说完，对面的拐角处突然走过来三个人。为首的是个打扮精致的白脸青年，迎面就夸张地笑道："贝小姐，这不是贝曼儿小姐吗？"

青年的语气中带着过分直白的攻击性，引得路人频频侧目。

贝曼儿一张俏脸顿时冷了下来，往前一步，有意无意地恰好挡在姜见明身前："布兰登少爷，看来今天兴致不错呢。"

那边，布兰登少爷还没有说什么，他身后的两个跟班之一就很有眼色地发挥了作用。

其中一个青年不怀好意地耸肩一笑，用下流的眼神在贝曼儿与姜见明身上扫了两遍，咧嘴道："贝大小姐，就算你被唐家的小少爷甩了，也不至于找个残人类平民一起玩吧？"

"布兰登！"贝曼儿怒喝一声，"管好你养的狗，在我朋友面前，嘴巴给我放干净点。"

布兰登少爷轻轻地笑了一声，回头不轻不重地对跟班道："马丁，怎能如此失礼？也不想想，贝小姐这样的身份，怎么可能真的和平民——还是残人类平民交往？您身后的这位朋友不会真是个平民吧？难道真的会有平民来西银河街吗？"

"我的朋友怎样，还轮不到你这种只看重出身的人来评判。"贝曼儿语气冰冷，"布兰登，让开，不要逼我说出太难听的话。"

布兰登无所谓地笑了笑："别这么大火气嘛，我只是想认识认识这位朋友……听说贝小姐从远星际回来之后，就一直郁郁寡欢。这位朋友既然能讨您欢心，那他一定有什么独到之处，我说得对吗？"

随着这句话落下，四周的看客中传来一些窃窃私语声。无论是有意还是无意，布兰登少爷的这句话已经把姜见明定位成了那种攀附贵族小姐的人物。

贝曼儿心底暗恼。她和布兰登家的这位二少爷积怨已久，起因是几年前她毫不留情地拒绝了这位纨绔少爷的示爱，导致后者记恨在心。只不过多年来，家族地位摆在那里，布兰登再恼恨，也不可能明目张胆地对她无礼。

可姜见明不一样，他无权无势，无亲无故，更不是会弯腰求饶的性子，如果被这种垃圾人盯上……贝曼儿咬了咬下嘴唇，有些懊悔自己带他来这里。

忽然，人群中传来几声奇怪的议论。

"哎，那个残人类怎么……"

"他在干什么啊？"

贝曼儿与布兰登齐齐一愣，侧头看去。

只见那个一直安静得毫无存在感的黑发年轻人，如今尴尬地抿嘴，几缕碎发垂在皱起的眉前。他一只手按着耳麦，另一只手的腕机上映着投影屏，正低声说着什么："抱歉，我现在有些不方便，您能不能等等……"

"喂！说你呢！"那个叫马丁的跟班突然冲姜见明叫道，"我们布兰登少爷想认识认识你，没听见吗？这可是你八辈子修来的福气，还不快点过来！"

姜见明突然抬起头来，神色略显慌乱，单手按着耳麦，声音轻轻地说："不是的，您听我解释。"

耳麦另一侧沉默了几秒，响起了那道熟悉的，如今却变得十分森然的声音。

"姜见明。"加西亚阴沉地问道，"你和什么人在一起？"

"怎么着，"对面，另一个跟班也不甘落后，气焰更加嚣张，"给哪儿打电话想搬救兵呢，啊？"

姜见明："没有……"

加西亚冷笑："没有？"

"没有？谅你也不敢。"两个跟班嬉皮笑脸，冲他极尽挑衅之能事，"残人类，站那儿看什么看，快过来啊。这么给脸不要脸，信不信老子把你眼珠子抠出来！"

贝曼儿怒不可遏，抬起自己的腕机道："布兰登，他是残晶人类，你们再这样骚扰下去，我就要向巡逻队报警了！"

布兰登并不想和贝曼儿撕破脸皮，慢悠悠地招手："啊，好的好的……行了。马丁，修，回来吧，看来这位朋友不愿意和我玩呢。"

两个跟班懒洋洋地答应，其中一个还向姜见明呸了一声。他们转过身，准备回到少爷身边。周围的看客见闹剧结束，也欲各自散去。

不料下一秒，只见那个样貌俊秀的残晶人类按着耳麦，神色诚恳："不是的，只是路上遇到几个惹事的混混，真的没有您想的那么严重！等我解决之后再给您打回去……好不好？

静，西银河街上静极了。两个跟班保持着抬腿走路的姿势，愣愣地扭头盯着姜见明。布兰登那张优雅的脸也一点点僵硬了。

"扑哧。"人群中，不知道是谁忍不住笑了，"不是吧，不是吧，这个残晶人类，不会从刚刚开始一直在打电话吧？"

"你小子，"布兰登脸皮一下子就涨红了，他怒极反笑，眼角跳动，"看不起我？"

耳麦那边，加西亚沉声问道："够了，别废话，你在哪里？"

姜见明又急又觉得好笑，忍不住道："真的，别闹了，您又没来过亚斯兰，我说了地点您能认识吗……"

加西亚："还想装傻？我让你报三维星图上的宇宙坐标。"

这话一出，姜见明神色凝滞。三维星图，宇宙坐标，这可是只有机甲和星舰的宇航系统才会使用的定位方式。

别吧，小殿下这是准备直接开着机甲甚至是星舰撞进西银河街吗？

繁华的商业街上，布兰登暴怒地走来，他的两个跟班像门神一样紧随其后。

加西亚："算了。通信不要断，我自己查你的定位。"

姜见明惊慌地暗想：这个人本来性格就桀骜，现在又是这么个神经质的状态，怕不是真的什么疯都发得出来。但这种事可以吗？女皇九十寿辰之际，死了三年的储君突然诈尸，为了区区一个平民残晶人类，开着星舰撞帝都？

姜见明忽然道："等等！我明白了，您等我一分钟。"

可怜的布兰登少爷还不知道将要发生什么，他居高临下，讥讽道："你说完了吗？"

姜见明终于抬头，第一次正眼望向这位布兰登少爷，然后歉疚地冲他笑笑："我很抱歉，但我也没有办法。对不起。"

下一刻，只见这个气质柔弱、言行礼貌的残晶人类身形一晃。

围观的看客甚至没能看清他是怎么动的，反应过来的时候，布兰登少爷的一条手臂已经被擒住，以其为支点，他的身体被高高扬起，华丽的衣摆翻飞——砰！一个利落干脆的过肩摔。

人群哗然惊叫。

"嗷……啊！"布兰登眼珠凸起，险些把胃里的酸水吐出来，"你……喀，你……"

贝曼儿眼前一亮："漂亮！"

两个跟班悚然变色，像两具坏掉的木偶，牙齿咯吱咯吱响了半天，才挤出语无伦次的话："你——你你你……你小子居然敢……"

在旁观者不敢置信的目光中，在跟班们惊恐的目光中，姜见明走到摔在地上的布兰登面前，温和地抬起一条腿，将鞋底踩在了布兰登少爷的脸上，甚至温和地又道了一声歉：“真对不起，以后不要当街拦路了。”

地面上，布兰登的脸被踩得变了形，他眼里爬满血丝，嘴巴咕哝着："你找死吗？"

"请便。"姜见明嘴角似弯非弯，他缓慢低头，嗓音如魔鬼的诱惑，"贵族少爷私斗中当街释放晶骨，致无辜行人伤亡无数——明天的头条新闻标题，我已经帮您想好了。皇帝陛下的寿宴将近，对于您尊贵的家族来说，这么刺激的新闻标题是不是不太好听呢？"

布兰登浑身一震，用一种宛如盯杀父仇人般的凶狠眼神盯着姜见明。

姜见明缓慢将腿挪开，听见耳麦里传来轻轻的一声笑。

加西亚故作冷肃的嗓音幽幽地传来："这就动手了？脾气又差，嘴还这么毒。你是回来养伤的，动不动就动手打架，这可不妙。"几秒后，他又补了一句，"你不是有枪吗？"

好，看来这事能揭过去了，姜见明悄然松了口气，转身招呼同样看呆了的贝曼儿："我们走吧。"

"真对不起啊，姜同学，是我连累你了。"片刻后，两人在餐厅享用午餐的时候，贝曼儿露出了愧疚的表情，"布兰登是旧贵族，一家子都是睚眦必报的小人，我怕他会对你……"

姜见明放下刀叉，摇头道："别担心我，其实……不知道唐镇有没有和你说过一些我的事情，其实我在帝国还是有些关系的。"

贝曼儿只当姜见明在安慰她，依然唉声叹气。

她吃了一口盘子里的牛排："对了，姜同学，你明晚有空吗？"

姜见明："明晚？我这段时间都很空闲。"

贝曼儿道："明晚有一场宴会，虽说都是无聊的应酬……不过我们家、布兰登家，还有唐家的人应该都会出席。你方便的话也一起来吧，我会说服爸爸的。这样，布兰登在宴会上见到你和我们在一起，也会顾虑三分的。"

姜见明笑了，他其实不喜欢这种无聊又耗钱的应酬场合，但也知道她是好心，便说："谢谢，请让我考虑一下。"

吃完午饭后，两人走向凯奥斯军校。

穿过一条条街道时，新修剪的人造花圃映入眼帘。那是象征着皇家荣耀的金玫瑰，喷洒的水珠挂在柔软的花瓣上，不用靠近都能闻到淡淡的清香。

远处，无晶人种保护协会在发放他们的小册子；街角，年轻人三五成群，似乎激烈地争论着什么；长椅上，两位老人仰望着高远的天空……

姜见明忽然发觉，帝国的气氛好像微妙地不太一样了。是因为皇帝的寿辰将近？抑或是……

耳畔传来悠扬的钟声，一群白鸽扑棱棱振翅起飞，离开了建筑物的尖顶。

姜见明与贝曼儿驻足，回头看向身后，他们刚刚经过的——辉煌大殿堂。

敲钟，这个时代已不需要这样古老的报时方式，因而钟声剩下的更多是象征意义。

贝曼儿"咦"了一声："今天有活动吗？那边人好多啊。"

姜见明："有人在演说。"

殿堂外人头攒动。站在中央演说的会长竟然是一位美貌绝伦的少女，雪白的布裙，雪白的长发，雪白的肌肤，没有穿鞋袜的双足踩在地上。

她的神情纯洁而真挚，宛如凡间的天使。

"会长阁下！"

一个青年激动地从人群中挤出来，双膝跪地，双手朝天："玛格丽特会长阁下！请赋予我追求真理的智慧，请消除我这样的愚人内心的困惑……"他眼眶中含着泪水，高举的手腕上没有凝结的晶体，"为何，为何神圣的晶粒子不让我们均沾恩泽，难道我们这些人类生来就应该是劣等物种吗？"

玛格丽特会长缓慢地转头看他，用歌唱一般的调子说道："晶粒子的光辉恩泽遍布万千生灵，我们感受到的不公，只因我们行走在这尘世的罪孽之中。是人创造了等级差别，是人创造了压迫与不公……是人的七情六欲阻挡了神圣的恩泽，拒绝了终极的降临……"

白发少女仰面闭上眼，阳光落在她精致的鼻梁上。人们便泪流满面地跪在地上，有的举手呜咽，有的叩头呢喃。

"我的天。"贝曼儿鸡皮疙瘩都起来了，"这群人比以前更疯了。"

姜见明摇了摇头。

自旧蓝母星纪元终结之后，人类文明一度遭受严重的打击。而历史证明，越是遭受苦难，越会有人渴望向虚无中寻求依托。崇拜晶粒子的晶体协会在旧帝国时期大盛，如今则是新晶人类星际帝国民众基础最广的组织。

姜见明对于这个神神道道的协会并无多少好感。不说别的，现在就连在皇室面前都不用行五体投地的大礼了，唯独晶体协会演说的时候，一群人又是磕头又是乞求，这氛围总能让他梦回历史书里的旧蓝母星封建时期。

两人离开了辉煌大殿堂，沿着记忆中的路线，径直回到了凯奥斯军校。

这个时间，军校正在进行下午的第二节课，两人就在校园内随意逛了逛，与没课的几位老师打了招呼。可惜没多久，贝曼儿就接到家里的电话，说了声抱歉先离去了。

姜见明独自等到下课的时间，正好走到一院，与正从院门口走出来的一位黑脸军官不期而遇。

姜见明迎上前："罗海老师。"

不知为何，罗海眉头紧锁，走出来的时候似乎在沉思什么，也因此，他看到旧日学生时更加震惊："姜见明？你还在亚斯兰？"

姜见明轻轻一笑："是刚回到亚斯兰。不好意思，能耽误您一些时间吗？"

很快，两人就一起走到了一院的会客室内，面对面坐在了沙发上。

——罗海老师，平民出身的新晶人类军官，在金日轮帝国护卫军内任上校，同时在凯奥斯军校教授战略战术相关课程已有二十余年，是名声响当当的特级教师。

"原来你还是去参军了。"聊了片刻后，罗海神情复杂地望着姜见明，这个自己曾经无比得意的学生，"我早就知道你不是甘于平凡的人，当初你说毕业后想去教书，我就不信你小子。只是没想到……"他摇头一叹，又问，"说吧，你这次来学校，有什么事？"

姜见明："两件事。一件是……我想找一下黛安娜，她应该还在第三院吧？"

罗海："兰斯家的小姐？不巧，她这两天不在，明晚她家有一场不小的贵族宴会，需要这位小姐露面。"

姜见明微怔，心想：贝曼儿说的那场宴会，居然是兰斯家族举办的？那他好像还真的必须去一趟了。

罗海："第二件事？"

"啊，"姜见明回神，随即低眉笑了笑，身体前倾，似乎有些不好意思，但又态度十分诚挚地道，"罗老师，我可以在你们职工宿舍蹭个房间住吗？"

罗海："嗯？"

姜见明："时间不长，也就住大半个月的时间吧。我没钱订旅馆了。"

同日，下午五点。一个棕发黑眼、穿着洗得发白的旧衣服的少年满脸怒气地背对着大门，坐在凯奥斯军校的战术对抗模拟教室内。

蒋凯文，平民，现为凯奥斯军校第一院的二年级学生。然而这个"学生"的身份如今也要打个问号，只因为三天前，他号召了一群同样出身平民、成绩优异，且近日受到贵族学员欺压的同学，举行了一场轰轰烈烈的罢课运动。

他们的诉求只有一个：希望身为帝国第一军校的凯奥斯能在招生上更加平

等，开除那几个本身成绩和品行不佳，仅凭家世混入学校的贵族子弟。军校方面一日不答应，他们便一日不上课。

初冬，这个时间已经日暮，红彤彤的夕阳挂在远处的建筑群之间。

教室的门打开了，蒋凯文没有回头，他知道进来的是谁，正是那个人将他叫到这里来的。

"罗老师？"蒋凯文冷冷地说，"我知道您想说什么，谢谢您的好意。但您不用劝我，也劝不住我，因为我已经下定决心……"

少年的声音忽然停止，因为他突然听到，身后的脚步声不止一个人。蒋凯文忍不住回头，只见门口进来的确实是两个人。先进来的是罗海老师，他身后却跟着一个陌生的青年人。

不知道为什么，明明那个青年只是低调地跟在老师身后，蒋凯文的目光却先落在了这个人的脸上——这个气质独特的陌生人瘦削苍白，似乎弱不禁风，却有着一双沉静深邃的黑眸，让少年想起自己幼时仰望过的宇宙星空。

现在，那双黑眸无声地将视线落在了少年脸上，令他没来由地紧张起来。下一秒，他就看见青年微微地侧了侧头，轻轻对罗老师说了一句什么，而老师也立刻给予了回答。

后来，蒋凯文将在他的人生中无数次回想起这个初冬的傍晚。夕阳在窗口将要沉落的时候，还过分年轻的帝国统帅曾将目光投向他，并以一个独特的形式，认识了他这样一个再平凡不过的人。

是的。虽然姜见明与罗海说话的声音真的很小，但蒋凯文一直确信，自己听得没错。

这两个人小声地一问一答，说出的话分明是——

"这是谁？"

"你的住宿费。"

日暮时分，开阔的战术教室内，姜见明望着站在模拟机对面的少年。

"喂，我知道，罗海老师把你叫过来，是想让你教育我的，是吧？"衣衫简朴、眼神凶狠的少年冷冰冰地哼了一声，从手腕处噼里啪啦地快速生长出足有一臂长的晶骨，末端贴合在虚拟屏上，"我先告诉你们，没用。就算我输了，我也不会放弃我的坚持。"

"未战先言败。"姜见明淡淡地捋了一下袖口，伸出双手，按在发着蓝光的虚拟屏上，"不祥。"

蒋凯文一愣，脸色突然白了："你……你是残……"

姜见明："没关系，你用你的晶骨。"

"左右双方集中注意力，做好准备。"罗海老师喊了一声。

很快，模拟机发出的电子音响彻："本次随机地图：B-03，双方学员就位，五秒后显示三维战场投影，三十秒后模拟对抗战开始。倒数三十、二十九、二十八……"

只不过……姜见明的目光再次将面前狼崽子似的稚嫩少年打量一番，在心中默念：住宿费。

刹那间，蓝光在半空中快速铺开，构建成一幅二维地图。这次随机到的地图以平原为主，植被稀疏，没什么施展小伎俩的余地。

模拟对抗战的规则其实很简单：蓝光模拟出战场的地理环境；红点象征着异星生物；黑色与白色的光块则分别代表对战双方的兵力。

对战的目标更简单：守护己方阵营，清除沿途的异星生物并攻占对方阵营。系统将根据学生的综合发挥给出最终评分。也就是说，学生需要同时对抗机器设置的阻碍，以及对面活生生的对手。

教室外传来一些窸窸窣窣的声响——

"喂，凯文哥在和人打模拟战呢！"

"对方是什么人啊……"

姜见明用余光一扫，透过门上的窗户，隐约看到几个少男少女的身影。都是学生……从衣着来看，平民学生？

教室外，几个闻讯赶来的少男少女一阵骚动。

"哎，看他的手腕。"

"残晶人类？他居然在凯文哥的晶骨面前不受什么影响……"

"他是不是提前打了镇静剂啊。"

"他是贵族吗？感觉不太像……"

"来都来了，"罗海老师突然喊了一声，"进来看吧。"

门外的小屁孩立马闭了嘴，片刻后，一个个像霜打的茄子一样低头溜了进来。

教室内，姜见明突然心中一动。他意识到自己自从回到帝国之后，隐约感觉到的"气氛不太一样"，究竟是哪里不一样了——向晶体协会的会长跪拜哭泣的残晶人类，当街挑衅的贵族，罢课的平民……在繁荣和平的光辉背后，这个庞大帝国内部存在的矛盾突然激化了，就像一只摆脱了铁索束缚的狂兽，露出了尖锐的獠牙。

为什么？姜见明不禁皱眉，他出发之前还不至于这样，为什么会突然之间……

"喂，你不是贵族出身吧。"对面，蒋凯文目光紧盯着模拟地图，操纵着白子开始谨慎地移动自己的兵力，"我们只是想争取一个平等而已，你为什么要来阻拦我？"

姜见明操纵着黑子，沿着地形直线冲了出去。先锋队在前，大部队稳步紧跟，沿途驱逐异星生物……是很扎实但也很普通的进攻型打法。

"平等。"姜见明神色平静地望着眼前的少年，"你的名字叫蒋凯文对吗，你每年在凯奥斯军校里花费多少学费呢？"

刚刚走进教室的一个少女突然叫了起来："凯文哥是我们这届最优秀的，年年都能拿到帝国的奖学金和补助！他才不用交学费。"

"对！"一个小胖墩也喊出来，"就……就因为他不肯低头，得罪了布兰登家，那群贵族就想方设法地孤立他、欺负他。明明那群家伙没一个的成绩比凯文好。"

怎么又是布兰登……姜见明心内暗笑，面上不动声色地点了点头："原来是这样，凯奥斯军校的奖学金确实是不太好拿的，你是个优秀的学生。"

谈话间，模拟的投影战场上，两边的黑子与白子相撞了。

蒋凯文眼中闪光，暗喜：对方中计了！

黑子一路从象征异星生物的红点中杀过来，兵力已经有些折损，而自己以逸待劳，现在只要……少年用晶骨飞速操纵，白子的两翼变形，阵列变成了一个弯曲的"U"，像包饺子一样将黑子包围起来。

竟然比想象得顺利，蒋凯文的嘴角不禁扬起：很好，这样一来敌人就是瓮中之鳖了。下一步就是持久战了，只要能一点点将对方的兵力蚕食……

"据我所知，布兰登的家族每年为了军校建设捐款百万币点。"忽而，清晰而略沉的嗓音从对面飘来。

黑发青年眉眼低敛，他说话时，凝视着模拟投影的眼底没有丝毫波澜。他白皙的手指在虚拟屏上划过优美的轨迹，不慌不忙地变化自己的兵阵。面对张开包围的白子，黑子的步调丝毫未乱，阵型在行进中变为凌厉的锥形，加速突进！

"什么？"蒋凯文脸色大变，不可置信地看着面前的投影，"这怎么……怎么……怎么会这样？"

预想中的包围圈并没有形成，白子甚至没来得及把黑子完全包住，那个"U"字的底部就砰然断裂。战场上的黑子像一把尖刀，直接将白子的阵型冲破，原本的半弧形彻底成了两截！

"而你，非但交不上学费，军校还要倒贴钱来资助你完成学业。"姜见明不紧不慢地抬头，"对军校来说，这又公平吗？"

蒋凯文呆住了，一旁观战的少男少女也呆住了。

姜见明敲了敲机器的边缘，试图让少年回神："你的布阵太松散了，没有足够的经验，就不要贸然分散兵力。"

蒋凯文猛地捏紧拳头。

首先为他说话的那个少女急得竖起了眉毛："你别扯歪理！凯奥斯不是皇家

学院吗？宗旨不是要为帝国培养人才吗？什么挣钱赔钱的，又不是做买卖的小商人——"

姜见明无奈地摇了摇头，看了一眼罗海老师。

这些孩子啊……哪里是挣钱赔钱的问题。正因为凯奥斯军校的地位摆在这里，有时候才会被更多无形的东西所牵制，不得不做出一定程度上的妥协。就说眼下这台战术模拟机，搭配最先进的计算系统和智脑，一台就得近百万币点。

军校不挣钱，怎么资助这些交不起学费的平民孩子上学？同理，如果不做某些妥协，一旦军校本身垮掉了，还怎么保护这群把"打倒万恶贵族""不开除那群纨绔我们就不来上课"挂在嘴边的天真小孩？

但是这样复杂的东西，一时半会儿跟这群孩子也解释不清，所以姜见明也只能叹了口气："是的，你们说的……这话没错。"下一秒，他淡然抬眉，问道，"但凭你们现在这样子，就算是人才吗？"

少男少女面如土灰，陷入沉默。明明大教室内暖气开得很足，却好像有一股寒流从每个人的头顶灌下。他们……算是人才吗？

姜见明这时才重新扫了一眼战局。

蒋凯文满头冷汗，正咬牙试图将被打散的两股兵力往一起靠拢。

姜见明很随意地拨动屏幕，黑子一时左一时右，如巨龙摆尾，将那乱窜的两股白子逐个击破："都这样了，再想集结兵力，有用吗？"

"看清你的敌人，做出正确的判断。

"面对我，你应该逃。"

蒋凯文猛地抬起头，他眼角跳动，脸色赤红，不知是因耻辱还是怒气。

姜见明："连罗老师随手抓来的我都打不过，你还差得远呢。"

蒋凯文的牙龈都在抖，他不甘地闭了闭酸涩的眼睛，艰难地……开始操纵残兵，狼狈地丢盔弃甲而逃。他眼前却亮起了红点，象征异星生物的红点横在七零八落的白子面前。

姜见明面容沉了沉："往哪儿跑呢？你刚才不是一直在采取守势吗？那一带的异星生物都没清除，你打昏了头了吗？"

"啊……"蒋凯文一张脸瞬间惨白。

黑子悠闲地迎上，半途兵分四路，准确地将散落的白子吃掉——全歼。

蒋凯文愣愣地站在那里，腰背佝偻，在地上拖出一个惨淡的影子。几个伙伴默默走过来，将他们的"凯文哥"簇拥在正中，一双双眼睛防备地盯着姜见明。

"还想打吗？"姜见明活动了一下手腕，输赢在他脸上留不下一丝痕迹，"不甘心的话，晶骨收起来，换成手动操纵，我可以再陪你打几局。"

"在那之前……"他回头看向一直抱臂站立、沉默观看的罗海，缓声道，"罗老师，可以请我喝杯咖啡吗？"

3.

"学习是你们唯一的出路，凯奥斯军校为平民无偿地提供了向上走的可能性。你们原本可以跨越出身的差距，在这里与贵族子弟汲取同样的知识，直到超越他们、战胜他们，再亲手将不公正逐一纠正。"

片刻后，黑发青年双手捧着咖啡，坐在教室的一角。几个石头块儿一样的少男少女神色各异地站在他的面前，要么垮着脸，要么低着头，要么嘟着嘴。

"但是你们丢掉了奋斗的机会，像要不到糖的小孩一样哭闹，要求军校为你们把一切规则优化到理想状态。"姜见明抿了一口咖啡，不轻不重地说，"这是错误的，你们现在的哭声毫无价值，没人会听见。"

蒋凯文扭着头，表情不甘地盯着地板，拳头握得死死的。

少年的头顶忽然被拍了一下，是姜见明："想吃糖，请先学会自己赚钱。"

蒋凯文猛地抬头，恶狠狠地瞪了他一眼，骂道："贪财鬼。你这种家伙，就算在军校学到了知识又怎么样，贵族给你扔几枚铜板，你就会凑上去巴巴地舔人家鞋子吧。"

罗海终究给姜见明买了咖啡，还专程订了个运输无人机，从亚斯兰图书馆旁边的那家咖啡店里直接送过来的。

姜见明喝到了久违的甜奶咖，如今心情大好，根本不计较蒋凯文的恶言恶语，挥挥手让小孩们走了。

等几个学生一走，宽敞的战术教室里就剩下姜见明和罗海两个人。

天色已经暗了下来，今晚月色格外明亮，树叶的影子落在模拟战机的金属外壳上，像一幅精致的简笔画。

罗海招呼一声："走吧，饭点都过了。去食堂吃的话，晚饭也算我请，不过需要事先说好，只有青菜和粥。"

"罗老师。"姜见明却摇头。

他没有挪动步子，脊背挺直地站在那里，双手还捧着咖啡："现在小朋友已经走了，该请您解释清楚怎么回事了。我在凯奥斯军校五年，没有听说过贵族子弟欺压平民的事件。"

"你生气了？为了蒋凯文？"罗海老师那张严肃古板的脸上露出一丝意外，很快转成微不可察的笑意，"刚才吓唬学弟学妹的话不是说得很漂亮吗？"

姜见明走到罗海身前，低声道："老师，是帝国……将有什么变动吗？我感觉到亚斯兰整个星城的氛围都有些反常。"

罗海深深地看了他一眼："先去吃饭，回职工宿舍再详细说。"

夜晚九点，凯奥斯军校职工宿舍。

"立储。"罗海忽然没头没脑地说了这么一句，随后喝了一口粥。

"什么？"姜见明怔住。

他们最后也没在食堂吃，而是打了两份饭菜回到房间，关好门窗，一边吃晚饭一边说话。

罗海又夹了一筷子青菜，面容严肃："大半个月前，皇帝陛下公开许诺，会在她的寿辰大典上为我们的帝国选出下一任君主。现在整个帝国的神经都在为了这件事紧绷着，尤其是帝都亚斯兰……对帝国目前贵族与平民两派的境况，你应该有些了解吧。"

姜见明半晌才回神，捏着筷子："是的，我知道……一些。"

他想起那个在小型星舰里的夜晚，沙发上的皇子鬓发微乱，像只优雅又懒散的大猫。

"现在的帝国贵族大体分为三类。"姜见明给他讲课，随意地想到哪里说哪里，"一类是所谓的招安贵族，也叫旧贵族。大帝当年推翻旧帝国的时候，曾许诺给投降的贵族们保留一定地位，以此拉拢了大批势力。第二类是功勋贵族。当年跟着大帝打天下建立新帝国的那些人，自然得到了应有的封赏，其中的功勋突出者，得到额外的荣誉头衔。最后一类，则是由我们当今的陛下开始分封的荣誉贵族。皇帝为建立特大功劳的平民赋予贵族头衔，这些人也被称作新贵族。"

而在这个母校的夜晚，姜见明面对昔日的老师陷入沉思，自言自语："新贵族……和旧贵族。"

功勋贵族是实打实地有开国军功在身，同时人数较少，属于"一般来说不惹事"且"一般来说也没人敢惹"的那一部分。所以多年来，帝国主要的矛盾还在于旧贵族与新贵族的对抗，说白了也就是贵族与平民的对抗。而这对抗局面的形成，又跟当今的皇帝陛下有关。

那是新帝历元年，在亲手葬送了黑暗混乱的旧帝国之后，凯奥斯大帝做了一件任何人都没有想到，也根本不敢想象的事情。没有任何先兆，他在自己的加冕大典上，将麾下的一名女将军收为义女，而后立为储君。好笑的是，大帝少年英才，加冕时年轻得过分，只有二十五岁。这位名义上的"义女"将军，反倒比大帝年长两岁。

女将军的名字叫林歌，"歌谣"的"歌"。她出身荒废的旧蓝母星，不知生父生母，一只眼睛还是瞎的。甚至在得遇陛下之前，少女连大字都不识几个。后来在亚斯兰统帅麾下跟随大帝征战，林将军性情桀骜不驯，言行粗犷随性，不拘小节到有时像个无赖。真论起来，她是低贱中的低贱之人。

大帝却硬生生把这么个低贱之人安放到了帝国最尊贵的位置上。

这一招令旧贵族们全都傻眼了。他们还等着以新帝的承诺为依仗，继续作威作福，结果年轻的帝王兑现了承诺，却同时把一个出身低贱的女子放上了帝位。

再之后，就是大帝英年早逝，新帝继位，并未将屠刀落到旧贵族的头上，反而换了个策略，分封了大批平民出身的新贵族。新旧两派贵族互相牵制，皇帝又在高处施压，帝国就这么维持了几十年的安稳，安稳持续到今年冬天。

罗海："皇帝陛下虽年已九十，但别说子嗣，连配偶都没有。下一任储君会是什么人，会是什么身份，谁都无法预料。"

姜见明摇头表示不信："如果完全无法预料，怎么会闹成现在这样。"

罗海望着他："你就算知道了又能怎么样？这不是我们能触及的层次。"

姜见明："至少我想知道。"

罗海于是苦笑起来："陛下的御意谁都不敢揣测，但是纵观多方形势，有可能成为储君候选的确实是有两位。一是首相大臣——劳伦阁下，二是兰斯家的年轻家主——奥德利·兰斯。"

姜见明低眉，若有所思。

罗海："这两位都是旧贵族出身，所代表的派别却相反。

"劳伦首相是当年第一批投靠大帝的旧贵族，他是平民派，曾多次在公开场合高呼应当彻底废除贵族制度，实现真正的人人平等。而兰斯家主虽然本人品行正直，却十分重视家族的荣誉与传统，是不折不扣的贵族派拥护者。

"现在，新旧两派都觉得形势已经逼近'赛点'。陛下的意志，帝国未来的走向，就要看下一任储君究竟是什么人了。

"好巧不巧，无晶人种保护协会也准备趁乱闹上一把，把残……无晶人的权益也提上来。以上这些，大概就是你感觉到氛围反常的原因。"

罗海长叹一声："麻烦啊，大麻烦。无论下一任储君是劳伦阁下还是兰斯阁下，他们的威信都压不住另一派，必然有人要闹起来。按陛下的脾气，多半会采取暴力镇压的方式，流血是不能避免的。除非……我们昔日那位惊才绝艳的皇太子，莱安·凯奥斯殿下，能够死而复生。"

黑鲨基地的星舰内，首领的身姿沉没在黑暗里，这位银发蓝瞳的年长者缓缓平举双手，那是一个迎接的姿势。

"请您前往帝国，以莱安·凯奥斯之名，重回储君之位。"黑色的长袍随着她的动作发出布料摩擦时的细微声响，这声音与首领的尾音一起被死寂吞噬。

"我很好奇……"加西亚忽然低声笑了起来，"就算我在这里答应下来，你们就真的敢让我站在民众面前？"

222

皇子往前迈了两步，他逼视着首领，右手攥紧了自己胸前的衣襟："你们就不怕，我在立储大典上，在皇帝寿宴上，在白翡翠宫的殿堂或者任何地方——说出你们黑鲨基地究竟是什么东西，被你们'制造'出来的我又是个什么东西吗？"

"这并不重要。"首领不为所动，她重复道，"请您前往帝国，以莱安·凯奥斯之名，重回储君之位。如果这对您来说实在无法接受，那么，请您先走第一步——前往帝国，面见陛下。"

加西亚："如果我说不？"

首领微微躬身，做了一个"请"的手势："黑鲨基地永远不会，也没有那个本事强迫您。三年前您能离开我们，前往银北斗第一要塞，现在也一样。如果您拒绝，机甲斩彗星就在您身上，您可以随时前往任意地方。"

加西亚扭头就走，不再多看首领一眼。

咚……咚，血液似乎隔着耳膜沸腾。

恶魔的利爪悄然攀上他的肩，发出诱惑的呓语：以莱安·凯奥斯之名……

他大踏步走下舰桥，穿过星舰内部的通道，瞳孔深处暴怒的火焰越烧越旺。

遥远的星海另一端，姜见明过得也不好。

原本，这次回帝国，他是做了十分周密的计划的。既然从金晓之冤内部的遗言推断，真相与开国战争的那段历史有关，姜见明都做好了准备泡在亚斯兰图书馆十天半个月，天天抱着咖啡查阅资料到深夜。可他没有想到局面会变得这样复杂。

猜到了首领让加西亚来到帝国的原因之后，次日，姜见明心神不宁。

立储……曾经的莱安并不抗拒这个帝国继承人的身份。姜见明初识他的时候，这个人就已经能以一种君王的气度来审视这片横跨三星系的帝国宇域了。这是他的领土、他的国度，他将居高临下，坦然接受这片星海的臣服，亦将倾注毕生心血来庇护他的臣民。

但现在的加西亚明显心态有些问题，姜见明并不确定他是否愿意接受储君的位置，更不确定他是否真的适合接下这个位置。

图书馆内，黑发青年摇头叹了口气，合上面前厚重的纸质图书。算了，对一个理论上只有三年记忆、年龄约等于三岁的野生小殿下来说，苛求更多实在是有些残忍。

"喂！"身后有脚步声接近，姜见明回头，竟然看见了臭着脸的蒋凯文。

少年穿过图书馆的书架走来，闷闷地把手里提着的纸袋子往前一伸："喏。"

姜见明接过来，里面居然是一杯咖啡，昨天罗海老师请他喝的口味。

蒋凯文别扭地把脸撇开，因羞愧而红着耳根道："昨天我误会你了，对不起！"

他咬着嘴唇顿了一下，攥着衣角小声说："你……你真的比我厉害。"

姜见明意外地舒展眉毛笑了："这是怎么了？等我把书借了，我们出去说。"

两人一起走出了图书馆的正门，姜见明挑了张长椅坐下，先把怀里抱着的书收好了。

"你在看亚斯兰统帅的书？"蒋凯文的目光落在他放进背包的那本书上，哼了一声，"亚斯兰统帅也真是可惜了……我承认，咱们的大帝确实是一代雄君，但他后期对统帅的做法也实在是让人心寒。"

对于这位陪伴着大帝从微末崛起，又一路辅佐大帝至登基的统帅，道恩·亚斯兰……史料上总是以模糊的字句带过。如今为大众公认的说法是，开国战争之后不到一年，这位曾经为大帝所向披靡的最高军事统帅就被卸了兵权，被软禁在第一星系中最后方的瓦森星城。亚斯兰郁结于心，加之征战时的旧伤发作，竟然很快病逝在瓦森星城。噩耗传来，帝国举世震惊。

蒋凯文用鞋子碾着两三颗滚到长椅下面的红果，忍不住哼哼道："统帅为大帝征战多年，最后还是逃不过飞鸟尽良弓藏的宿命。无论是皇家还是贵族，脑子里塞满的全都是权力斗争，脏死了。"

姜见明淡淡道："小朋友，说话请注意点。"

蒋凯文："谁是小朋友！我成年了！"

姜见明从纸袋里拿出咖啡，捧着暖手："说点正事吧，为什么突然送我咖啡？昨天不是还在骂我是贪财鬼吗？"

少年难为情地抓了抓头发，眼神闪动："我现在知道你不是了，不行吗？"

很快，姜见明就从蒋凯文口中得知，那天他和布兰登的冲突被不知道哪个胆大的路人拍下来发在了帝国智网上。上传视频的人显然也对嚣张的布兰登家积怨已久，姜见明的脸被遮得严严实实，布兰登被揍的惨样倒是清清楚楚。

视频当然很快就被布兰登家动用力量删除了，没想到这一删激起了民众的反弹。现在的局势本来就是一点即燃的时候，东街直接有人拉起了横幅，痛斥布兰登家的仗势欺人、为非作歹。

别过蒋凯文之后，姜见明竟然接到了来自加西亚的投影电话。

"姜见明，你独自在帝国待得太久了，这是隐患。"对面，加西亚几乎把脸凑上投影屏，"你到底在哪里？你没有理由隐瞒自己的位置，除非在做见不得人的事。"

姜见明隐隐猜到加西亚又跟黑鲨基地闹得不愉快了，纵使如此，他也并不赞同加西亚直接来自己这里。殿下既然终于回归帝国，一定有许多正事要做。他该先去白翡翠宫，去军方总部……总之不该先偷偷过来找一个残晶人类。

两人反复磨了一个小时，最后以姜中尉的败北告终。

夜晚七点的亚斯兰星城四区，北黄道街，一片灯火辉煌。

姜见明叹气边从自助出租飞行器上下来，无奈地在冬夜里哈出一小团白雾。路旁，不断有高级昂贵的私家飞行器降落，身穿礼服的男女正优雅地走下飞行器，走向他面前这座灯火辉煌的豪宅。

兰斯在帝国内是一个特殊的家族，他们按封衔算是旧贵族，却出身于光荣自由领，算来与皇太后西尔芙同根同源，可以说是半个皇家。兰斯家族最显著的标志就是天生银白的发色，被称为"银发兰斯"。

总之，这是一个历史悠久、实力雄厚的庞然大物。

豪宅内，宴席早已开场许久，宾客们在纸醉金迷的氛围中推杯换盏、优雅交谈。兰斯家过分年轻的家主——奥德利·兰斯少爷，正手持盛满红酒的高脚杯，坐在最上首的座位。他有一头利落的银白短发，容貌清俊美丽，穿着银灰色的精致礼服，戴着丝绸手套。

不停有人上前欲与他交谈，每个人都地位显赫，都是在这次"储君之争"中力挺奥德利·兰斯的支持者。但奥德利的神色几乎没有过变化……他始终保持着淡漠的笑容，向上前的每一个人举杯，赠予其基本的礼貌。

六年前，奥德利少爷的父母同时遇难，本以为显赫的兰斯家族将就此一蹶不振，没想到这位当时年仅十九岁的年轻人，竟然以一己之力撑起了庞大的兰斯家族。甚至，取决于皇帝陛下变幻莫测的心情，他有很大的可能更进一步，直接坐上那个帝国最尊贵的位置。

而与此相对的……宴会的另一角，奥德利·兰斯的胞妹，黛安娜·兰斯羞涩地低着头，坐在一个远离餐桌的角落。她捏着礼服的裙角，不安地扭动着身体。她蓬松微卷的银白长发及腰，一双色泽极浅的蓝灰色眼眸宛如一对玻璃珠，少女的气质柔弱而怯懦，完全是一个不谙世事的洋娃娃。

很快，有几个中年男人满脸堆笑地走上前向她行礼。其中一个举起酒杯，开始高唱赞歌："尊贵的黛安娜小姐，今日的您依旧如白芙蓉一般美丽……"

对方的颂词还没说完，黛安娜浑身一颤，眼眶立刻红了。

"不要……"她哭着躲到了身边的管家身后。

管家习以为常，像护崽的大母鸡一样挡在黛安娜身前，严肃道："阁下，黛安娜小姐喜静，不喜见生人，还请阁下们不要打扰她。"

兰斯家的这对兄妹，兄长是年少老成、才能出众的新晶人类精英；而妹妹却是柔弱羞涩、对家族事务一窍不通的残晶人类菟丝花。奥德利偏偏又是个病入膏肓级别的"妹控"，导致这位黛安娜小姐从小被呵护备至，天真得过分。不过毕竟……后者是个柔弱多病的残晶人类。在上层贵族的圈子里，残晶人类被养成娇贵的玻璃娃娃并不是什么稀奇的事情。

角落里，黛安娜拽着管家的手臂，含泪道："霍恩，哥哥什么时候过来？我不喜欢宴会……人好多，我好像有点喘不上气了，我想回屋子里。"

忽然，靠近门口的那张餐桌上，有个年轻的贵族笑出了声："噢，天哪，我不是在做梦吧……这个人怎么混进来的？"

顺着这些人的目光望去，只见一个身影从门口走了进来。那黑发年轻人眉目低垂，平静地跨入灯光璀璨的贵族宴会厅。

贵族小姐们遮着红唇偷笑，贵族公子们双肩抖动着忍住笑意。他们的父母面上还能保持着严肃，眼底却流露出浓浓的鄙夷——只因为他的衣着。

在帝国，参加贵族的宴席是需要盛装出席的。帝国的礼服制式与日常的衣着差异很大，即便来者其实穿的是稳重素雅的衣装，但混在一群闪闪发光的贵族中间，依然显得格格不入。

兰斯家的霍恩大管家气得吹胡子瞪眼，冲向外面的大门，逼问几个门卫："怎么回事？那个礼服都不穿的平民……是谁放他进来的，主动站出来！"

一个门卫满头是汗："管家大人，可是这位客人……他，他确实有请柬啊，还是电子请柬。"

霍恩立刻出了一脑门的汗。他们的请柬都是复古纸质的，而电子请柬只有家主才有权限发送，一般是用来给临时到场的大人物开权限的……

宴客厅内，姜见明面色如常。室内暖气很足，他脱下自己的黑色长款棉衣外套搭在臂弯里，迎上一圈情绪各异的目光。

他知道自己这样很失礼。他是节俭，但不至于一点规矩都不懂，也不打算自诩脱俗、故作狂态。正相反，他毕竟是与皇太子打过交道的人，其实对这些上层礼仪心里清楚得很。但凡手头宽裕些，但凡未来将要面临的艰难险阻少一些，他也不想这样丢人现眼。

可惜他刚刚从附近的礼服店出来，那里的一套礼服最低价都要五万币点。有这个钱，他不多给自己买一针镇静剂，或者买一盒新晶械子弹？对他来说，多一点钱就是多一点活下去的保障，也多一点寻到真相的希望。与此相比，丢人算什么？

姜见明随意地扫了一眼大厅内的布局，立刻明白了座席的规矩。座次按尊卑来排，三张横放的白色长餐桌先划分出三个不同的阶层，从离大门由远至近，就是地位由高到低。然后每张桌子再划分，按右尊左卑排下去。

他是来找兰斯家的这对"兄妹"的，没有兴趣掺和这些贵族应酬，于是随便在最"低等"的餐桌上挑了个偏僻座位，坐了下来。面前的崭新刀叉摆在餐巾上，姜见明稍微挽了挽袖口，淡定地拿了起来。

"我的天，姜同学你……"贝曼儿匆匆提着裙摆赶来，她今日也是盛装打扮，却毫不顾忌地快步走到正被各种鄙夷目光注视着的姜见明身边，"倒还真不愧是你。"

姜见明正在用叉子吃沙拉，他在一小盘生菜、莴苣、紫甘蓝等蔬菜中准确地叉起一枚圣女果，闻声抬头笑笑："曼儿？快别在我这儿了，场合特殊，太给你丢……"

贝曼儿回头欢快道："爸爸！这就是我说的朋友！"

"哎呀，是小姜啊。"那边，唐家的当家先拿着酒杯走了过来，这位中年男人冲姜见明笑笑，"我家那个不成器的小儿子承蒙你照顾了。"

"唐少将。"姜见明站起身，举杯行了个祝酒礼，"没有的事，这些年一直是唐镇在照顾我。"

贝曼儿的父亲也只好硬着头皮上来，礼貌性地和姜见明打了个招呼，随后就把贝曼儿拉走了。

他走到角落里小声对女儿道："这也太不合适了，曼儿，你想带朋友进来，至少也要给他置办好衣服。"

"啊？"贝曼儿迷茫道，"不是我带他进来的呀……奇怪，我还以为是唐少将带他进来的呢。"

4.

突然，一个清脆如银铃、甜软如棉花糖的声音在大厅内响了起来："姜……"

拥有一头蓬松银发的少女怯怯地提着裙摆，翩然穿过辉煌的灯火。她的笑容清纯闪亮，不沾染丝毫宴会内交际应酬的气息，像从童话里飞舞出来的白蝶精灵。

在她身后，兰斯家族的霍恩大管家惊恐地伸着手，下巴都快砸到地上："黛……黛安娜小姐——"

全场哗然，几十名贵族惊疑地面面相觑。

黛安娜·兰斯奔过长长的厅堂，无数道身着华丽礼服的身影都被她抛在身后。

姜见明早就听见了这位尊贵的小姐呼唤自己的声音，于是他笑了笑，从座位上起身并迎上前两步，展开双臂——那个白蝶般的少女就扑进了他的怀里！

"姜……真的是你！"黛安娜喜极而泣，她扬起头，抱着姜见明的腰，"哥哥说你去了战场，那么危险的地方，我以为再也见不到你了，姜……"

姜见明神色温和，像拍小猫一样拍了拍黛安娜的头："怎么会，我是有把握平安回来才去的。一定是你太不懂事，你哥哥才吓唬你。"

黛安娜轻轻啜泣，扬起水雾朦胧的眼眸："你……你当时都不和我告别，只跟哥哥说……姜是大坏蛋。"她抽了抽鼻子，又怯怯地笑，"但是，你能平安回来真的太好了。"

顿时，四周像是被按下了消音键一样安静。无数等着看笑话的上流人士瞪大眼睛，下巴都要和手里的刀叉酒杯一起掉下来！

姜见明拍了拍还在抱着他哭的银发女孩儿："好了好了，黛安娜小姐，不觉得你弄出的动静有些大吗？大家可都在看我们呢。"

他不说这话还好，一说这话，黛安娜瞬间回神，脸颊顿时羞红，支吾了两声，埋怨似的回头小声喊："哥哥……姜回来了，你怎么不提前告诉我！"

只见人潮分开一条路，一道英俊的银灰色身影走来——兰斯家族那位传奇的年轻当家，奥德利·兰斯，站在了姜见明面前。

姜见明将黛安娜从自己身上扒拉下来，向奥德利伸出了手，轻笑说："奥德利阁下，别来无恙。"

奥德利定定地看着他，忽然开口道："不是让你来了就直接找我吗？"

嘶……周围响起一片吸气声。

奥德利以手抚胸为礼，轻轻说："忽略了我们的贵客，黛安娜又要骂我了。是我的请柬有什么不妥，还是我们家的人怠慢了你吗？"

姜见明："不不，一切都没有问题。抱歉，怪我因为一些事情迟到了，又看你似乎很忙，想等到晚宴结束再去找你们。"

奥德利失笑，摇了摇头："你竟然真的从那种地方活着回来了……你果然是能够创造奇迹的人，姜。"

奥德利·兰斯露出一个爽朗的笑容，握住了姜见明伸出的手："无论如何，欢迎回来，挚友。能再次见到你……真的太好了。"

另一边，贝家家主头晕目眩，揽着贝曼儿的肩膀："宝贝，你到底交了个什么朋友？"

贝曼儿茫然道："我……我也不知道啊！"

转眼间，黑发青年已经被兰斯家年轻的当权者推到大厅最里面。这张最尊贵的餐桌正面是家主奥德利的座位，右边则是给黛安娜留的空席，与之相对的左边还有一个空席。

现在，奥德利为他拉开了那张椅子，真挚地说请坐："你是不是还没吃好晚餐？至少坐下先吃一点东西，你身体又不好，不可以马虎……来。"

姜见明才坐下，就见奥德利极其自然地抬起摆放在餐巾上的刀叉，那架势竟然是要亲自为他布菜，这就有点过分了。

姜见明按住奥德利的手腕，摇头低声道："别这样，真的不太好。你刚才是不是和别人谈话到一半？"

奥德利："没关系，这里除了你和黛安娜，没有需要我上心的人。"

姜见明皱眉："兰斯。"

姜见明突然加重语气，奥德利立刻投降，语气温柔得像是哄人："别生气，别生气……那我不作陪了，请你随意。吃好了之后就和黛安娜去后面聊天吧，她很想念你。我也尽快腾出空来去找你们。"

说罢，奥德利转身回到自己的席位上拿起一杯酒，风度翩翩地回归到刚刚交谈到一半的贵族们身边。

奥德利的态度这样自然，其余客人背后出了再多冷汗，也只能装作无事发生。宴会很快恢复了正常，只是没有人再敢贸然来打扰姜见明享用他的晚餐。

"姜……姜，我可以坐在你旁边吗？"唯有黛安娜快乐地搬了一把椅子过来坐下，她浑身都像在冒甜甜的泡泡，似乎恨不得立刻蹭到姜见明怀里打滚儿。

"今天外面气温很低，你冷不冷？喝点南瓜粥暖暖胃好吗？我给你盛一碗。

"尝尝那个焦糖卡娜蕾，很甜的，我给你拿过来啦。

"对了，姜，你喜欢喝什么酒？我叫霍恩给你开一瓶好的……如果不喝酒的话，红茶？咖啡？果汁？"

姜见明哭笑不得，一时怀疑这对"兄妹"是不是早就串通好了。他劝走了奥德利，却没理由赶黛安娜走，只好尽快地吃完这顿过分美味的大餐。

享受完免费晚餐后，他去和还在"风中凌乱"的贝曼儿打了个招呼，就随黛安娜一起从里面的走廊离开了。门一关，气氛就陡然一变。装点精巧的宽阔走廊上只有黛安娜和姜见明两个人，壁灯下是两条长长的影子。

"黛安娜，请稍等。"姜见明在走廊上停下脚步，对她说，"其实这次，我不是来找你哥哥的，而是来找你的。我想了解一些关于人的意识与记忆方面的事情，需要你的知识。"

黛安娜："真的吗？我可以帮到你？那我们……嗯，先去我的书房吧。"

两人来到了黛安娜的书房前，少女双手推开了门。

兰斯家的豪宅都是复古风格的设计，科技感很淡。两扇厚重的门被手动推开，里面的景象映入眼帘。只见这间并不算小的书房内，四面都是嵌入式书柜——或者说是书柜式墙壁。

各种藏书、打印文档、芯片盒、智脑架……将墙壁填得满满当当，令人不敢相信这竟是一个被称为"菟丝花""洋娃娃"的年轻贵族小姐的书房。打眼一扫，大多是有关"意识""精神""智能""灵魂"等方面的书籍。

"你的藏书又多了不少。"姜见明感慨地说,"真的不考虑进黑鲨基地吗?"

黛安娜揪着衣袖,难为情地小声说:"我……我还舍不得哥哥。"

姜见明拍了拍她的脑袋:"你哥哥太宠你了,但是小公主,你总要长大的。"

黛安娜低下头。几乎没人知道她喜欢钻研这些东西,是她刻意不让人知道的。她不喜欢让自己的爱好变成别人试图巴结她和哥哥的工具与突破口。哪怕是在凯奥斯第三院——工程与智能研究学院就读的时候,她也会刻意在考试中压低分数,尽量把自己的存在感降低。

姜见明在书房里的椅子上坐下,随手拿起放在桌上的一沓印满文字的纸张。

他举起来,冲黛安娜笑:"我可以看看吗,学者小姐?虽然这次不知道能看到第几页。"

姜见明一直认为,和黛安娜的结识算是偶然。

那天,是莱安带他来到兰斯家。皇太子与奥德利阁下在会客厅交谈,他则在兰斯家的后花园散步。

惬意的春日早晨,百花盛放,蔓草爬上了白色篱笆墙。忽然,一阵风吹来,姜见明看到不远处的茶点桌上,一沓纸质文稿被哗啦啦地吹散,四处飞扬。

姜见明上前把被风吹散的十几张纸逐一弯腰捡了回来。他本想放回桌上再捡块小石头压住,忽然被第一页的标题所吸引——暖阳照亮了白纸,那上面写的是:论精神意识投射技术在全息感知领域应用的可行性。

姜见明忍不住翻了两下,除了印刷字体之外,上面还有秀气的手写字迹,包括批注、删改……显然,这是一篇正在精修的学术论文,署名是黛安娜·兰斯。

半个小时后,银白色长发的少女气喘吁吁地提着长裙小跑进花园。

可怜的黛安娜小姐快要哭出来了,只因为听说今天有贵客到访,怕见陌生人的她立刻飞奔躲进了自己的书房。但她修改到一半的文章……竟然被她粗心地留在了花园!愿晶粒子保佑,让她平安拿回熬夜写了半个月的文稿吧,最重要的是千万不要遇上客人。

然而,到达花园的黛安娜当场眼前一暗。只见花草簇拥的篱笆墙旁,藤编的小桌前,站着一个军校生打扮的黑发少年。阳光勾勒出他鼻梁的轮廓,他半低着头,手中拿着的赫然就是她的论文稿子。

客……客人——看到了她的文章!黛安娜小姐脸颊瞬间变红,觉得自己就好像一只蒸熟的螃蟹。

她咬着嘴唇走到少年面前,双手绞着裙角,声若蚊蚋:"请不……不要……

看。"

黑发少年抬起头来，看了她一眼，敛眉赔礼："抱歉，我失礼了，这个题目很少见，一时情不自禁。"

听到对方这样说话，黛安娜脸色微微一白。她垂下眼睫，眼底闪过一丝厌恶。这是熟悉的开场白，她都能猜出下一句必然是恭维话，所以她才不喜欢将自己的爱好透露给外人。在所有人眼里，她只是依附哥哥的菟丝花，谁会相信千娇百宠的贵族小姐会热爱那些晦涩的学术知识？

想到那些不堪回首的记忆，黛安娜的小脸变得更加难看。她愤愤地抬起头，等着面前的少年说话，却愕然发现对方毫不留恋地将目光从自己身上移开了。

"黛安娜小姐是吗？你写的东西太深奥了，这超出了我的知识范畴，从第十页开始我就看不懂了。"黑发少年的声音清冽沉稳，虽然说着抱歉，却没什么语调变化。

他又将目光投回纸稿上，手指竟然还翻了几页："你这里写的，'精神意识投射的成功与否只受限于其承载基体的契合度，而非受限于承载基体的物种本身'，是什么意思？是说生物的意识有可能转移到与自己物种不同的另一种生物上吗？"

"不……不是。啊，也……也不能说不是……"黛安娜手忙脚乱，结结巴巴地用脑子里一连串深奥的学术用语解释了一通，但由于太紧张，最后自己也不知道自己在说什么。

黑发少年无奈地轻笑了一下："还是不懂，算了，可能是我太笨。你知道卡伦教授吗？上个月他在凯奥斯做过一次讲座，讲的是机甲的精神操控系统。他说想要实现精神操控，最大的难关不是连接大脑中枢神经系统与机甲操控系统这个操作本身，而是在连接后如何保证两者的稳定与互不伤害。"

他将手中的论文稿又翻了两页，指着某一行："和你这里讲的第四点有点相似，但是你们探讨的角度不同……当时那个讲座，我因故没能听完，不介意的话，我想听听你的看法，你觉得机甲的精神操控有可能在十年之内在军方投入使用吗？"

黛安娜愣愣地站在那里看着他。她眼眶一酸，眼泪突然就像断了线的珠子一样扑簌扑簌地往下掉个不停。那是第一次，有人不仅真正看到了她撰写的文字，更看懂了她撰写的文字，而非文字下"兰斯"的署名。也是第一次，有人明明在对她说话，却没有多看她一眼，而是将目光落在凝聚了她心血的文字上。

书房内，姜见明与黛安娜的谈话持续了将近两个小时。无数资料被黛安娜搬了出来，好几个智脑显示屏被同时点亮。

姜见明仰头捏了捏眉心，苦笑："有点头疼，不过勉强……听懂了吧。"

外面的走廊上传来脚步声，停在书房的门外，是兰斯家主敲了敲门："姜，久等了。"

黛安娜回头，欣然道："哥哥，快进来。"

门开了，一道银灰色身影款款而入。

姜见明回头一看便笑了："嗯？怎么还专门换了衣服？"

进来的人确实是那位兰斯家的掌权人。然而如今，一身高雅的银灰色丝绸长裙穿在英俊的女子身上，微微隆起的胸部与重新点过妆容的红唇，无声地展示着她真正的性别。

奥德莉抿嘴而笑，揽着礼服长裙走到姜见明面前，故意行了个屈膝礼："当然是因为，我希望以真正的面目来见我的挚友。"

——没错，这是帝国上流阶层鲜为人知的秘密。兰斯家的年轻家主，不是奥德利少爷，而是奥德莉小姐。

奥德莉潇洒地在姜见明身旁坐下，捋了一下自己的短发，脱下丝绸手套，露出光滑的皮肤与纤细的手腕——并且，她不是新晶人类，而是残晶人类。

姜见明不禁眼底含笑，说起来怀念，戴手套遮掩手腕这一招，他还是跟奥德莉学的。

"人类总有个自以为是的毛病，当他们看穿一个秘密后，就会下意识觉得这就是真相，从而忽略第二个秘密。"曾经奥德莉这样说过，"当一些人发现我其实是个女人，他们就会自以为掌握了我的把柄，转而放弃思考其他细节。"

此刻，黛安娜也脱下了与姐姐同款的白丝手套，腕口竟然凝结着一片片银色小晶石。

兰斯家的"兄妹"，新晶人类精英哥哥与柔弱胆怯的残晶人类妹妹？不，除去巧妙的障眼法，兰斯家的这一代血脉延续者……是以无晶的脆弱之身撑起家族的残晶人类姐姐，与悄然躲藏在姐姐的庇护下醉心学术的新晶人类妹妹。

不知道从何时开始，又或许并不需要一个严谨的开端，过大的人种力量差异自然而然地决定了社会思维：新晶人类就要做精英，就要做强大的保护者；残晶人类则是柔弱的依附者，终生接受新晶人类的庇护。

奥德莉与黛安娜的"障眼法"源于意外。由于被家族内斗的旋涡波及，这对姐妹幼年时随母亲逃离亚斯兰星城，在第二星系的永乐园星城过了好几年隐姓埋名、颠沛流离的日子。这也造成了信息的模糊，亚斯兰的上流圈子里，人们最多也就只知道兰斯家的下一任血脉延续者是一个新晶人类与一个残晶人类。

动乱不会永远持续，当一切安定下来之后，新晶人类将继承家族的荣耀，而残晶人类将被养在豪宅内，做羡煞旁人的金枝玉叶——这是所有人心中理所当然的认知。

果然，家族内斗在数年后平息。然而，当这对姐妹将要被接回帝都的时候，黛安娜性格上的不足却暴露出来……出生在逃亡路上的她性格柔弱、胆怯寡言，毫无交际能力，也对家族传统的贸易事务一窍不通。日复一日，她受到的指责越来越尖锐。

直到那个夜晚，姐姐愤然拉起她的手，挡在那些劈头盖脸责骂她的长辈面前："仅仅因为黛安娜是新晶人类，就要剥夺她懦弱的资格吗？我不同意，这样的事……这简直和歧视残晶人类一样荒唐。"

奥德莉剪断了自己的银色长发，一把把飘落在地的发丝映着永乐园星城的凄清月色，如霜天飞雪。

"我的黛安娜可以永远不勇敢，可以永远不强大。因为从今晚开始，她就有一个哥哥了。"

两副白丝绸手套便是今晚的礼物，伎俩的名字叫移花接木。她们从此游走在万千帝国民众的注视下，悄然上演一出危险而迷人的魔法秀。

寒风吹过岁月，吹过亚斯兰多年不变的夜空。从兰斯家的豪宅往下看，这座繁华星城的万千灯火都变得模糊了。

姜见明双手搭在露台的栏杆上，感受着冷风吹过脸颊。他深深地吸了口气，目光落在自己的黑色手套上，平静地说道："但是奥德莉……我们这样的伪装，也不过是在向这个世道妥协而已。"

奥德莉手里拿着一件雍容厚实的礼服外套，披在他单薄的肩上，皱眉道："你是习惯了在阿尔法异星受冻吗？都不知道冷了。"

姜见明顺势按住奥德莉的手腕："什么时候你可以脱下手套走在光天化日之下，走到民众面前振臂高呼，那才是无晶人种真正被解放的时候。"

奥德莉沉默，与他并肩站在露台上往下看。

姜见明："银北斗崇尚实力，虽然开头会有点难走，但只要我能干出成绩，被接纳也是很快的事。但帝国境内不一样，这里和平繁荣，但无形中的阻力更大，你路上的艰险不比我少。"

奥德莉垂下头，缓慢说道："我知道。我也听说了那个关于让残晶人类驾驶机甲的提案，已经有上层在重视。有不少嘲讽的声音，但也有人认为，哪怕让残晶人类去远星际应对异星生物很不切实际，但在晶粒子浓度较低的帝国境内，加入金日轮及其他帝国军团应对那些流窜的宇盗是完全可行的。我觉得通过的希望很大。"

"是你吧。只有你会想到这种事。"奥德莉转过头，眼神明亮地看着挚友，"谢谢你，姜。"

"不客气，如果没有你帮我，我也去不成远星际。"姜见明不禁敛眉低笑，拢了一下外套的领子，"过几年……嗯，等我境况好一点，一定把钱还你。"

奥德莉立刻沉下脸来："姜！"

姜见明连忙要跑："啊，我该走了，接下来还与人有约。"

他飞快地将昂贵的外套塞回奥德莉怀里，不顾对方"送你了"的坚持，回到房间内抓起了自己的棉衣："黛安娜，我走了，以后要听你哥哥的话……"

奥德莉又好气又好笑，看着黛安娜瞬间泫然欲泣，依依不舍地抱着姜见明的手臂，又被后者无情地拉开。

"你知道吗？"她将姜见明送出门口时说，"今晚我很开心，我早就想做这样的事了。但以前你一直抗拒在这种场合下露面。这还是第一次，你在万众瞩目之下走进我们家的宴客厅。姜，是如今帝国风雨欲来的形势让你有了一些想法上的转变吗？"

姜见明摇了摇头："我不知道，奥德莉……很多事情我自己也还没想好。"

分别前，姜见明与奥德莉擦肩而过。他忽然状若不经意地停顿了一秒，侧头，在她耳畔低声快速说："储君不会是你，也不会是劳伦。"

雪稍微大了些，姜见明向街道另一端走去。现在这里飞行器太多了，一上去就是堵车的命运。他又不可能像那些有钱人一样走加双倍钱的特急空路，比较明智的选择是走到下一个路口再租飞行器。

他看着眼前飘雪的路口，忽然有些走神。或许是奥德莉最后无心的话，让他又想起了某些逝去的记忆。

曾经的皇太子殿下总是诸事缠身，尤其到了要亲自出征远星际的时候，一走就是十天半个月。但莱安一旦回来，必然首先来见他。预估的回程时间会和胜利的消息一起，由殿下亲自发到他的腕机上。

这就导致了一个好笑的结果：他得知军情甚至比帝国军部收到正式的捷报都要快。

现在回想，那些重逢的记忆，就和梦境一样不真实。

如果是清晨，他会买好两份早餐，等着凯旋的少年与日出的光芒一同来到自己身边；如果赶上他在军校有课，他会毫不犹豫地逃课出来，听那人讲述这次的战役又有什么惊险故事；如果是傍晚，他会带上一本书再去小旅馆租一间房，在静谧的灯光下慢慢地阅读，等待敲门声响起……

234

但那次不一样。

那也是个冬天,莱安出征了,这次的战况似乎有些焦灼,原定的归期一推再推。几次爽约,姜见明只是担忧前线情况,但莱安已经焦虑起来,语气越来越自责。

姜见明哭笑不得,说:"小殿下,您也干脆别报归期了,回来了给我个惊喜吧。"

又是四五天过去,这日他过去陪黛安娜看研究资料,耗到晚上才离开。

他才走到一个拐角,旁边阴影里忽然闪过一点金红色的微光,接着,金红色的晶骨凭空出现,原地暴涨。

下一秒,凭空出现的储君几乎是慌乱地把晶骨收了起来,连声说:"对不起,对不起……是我不小心,你吓到了吗?姜……对不起,请原谅我。"

作为超 S 级晶骨的拥有者,莱安对于体内的晶粒子有着登峰造极的控制力。

对于姜见明而言,就算小殿下用晶骨把他整个人隔绝起来,他也不会感到难受。但莱安平时不愿在他面前释放晶骨,因为那意味着两人之间不可逾越的力量差距。

他的力量过于强悍,且天生具有暴虐的攻击性,纵使是普通的新晶人类,在这样的晶骨面前也会本能地产生畏惧……他怕自己的力量会威胁到身为无晶人种的姜见明,哪怕后者从来都没有介意过。

熟悉的拐角前,姜见明的靴子踩上枯叶,发出咔嚓的轻响。

冬夜里,他闭了闭眼,低头叹息,嘴里吐出一团团白雾。

风吹过,一颗雪粒落在睫毛上,模糊了视线,姜见明沉着地走向熟悉的拐角。这个拐角处不会再有旧日的身影,他将独自租用一架私人飞行器,从四区开回位于三区的军校,然后……

眼角余光突然闪过一点金红色的微光,姜见明瞳孔一缩,只见坚硬的晶骨拔地而起,是再熟悉不过的气息,雪花刹那间掠过他睁大的眼睛。

"姜。"

姜见明一阵眩晕,血往脑子里直冲,耳畔好像听见虚幻与现实之间的墙壁被打破的脆响。他浑身都麻了,险些摔倒,幸好后面的人扶了他一把。

"姜?对不起,对不起……"加西亚的神色有些愧疚有些慌张,嗓音低沉地认错,"我只是想……想伸手,你吓到了?对不起,这是我的错,不会再有第二次。"

姜见明勉力定神,都不知道自己在这两三秒的时间内是怎么呼吸的。但随着他的呼吸,在死去的时间线内彷徨了三年的魂魄仿佛一点点被压回这副苟延残喘着的躯壳里,也回到这个活生生的世界来。

"殿下?"姜见明转过头去,确认般轻声地说,"我给您发的坐标不是这里,您怎么过来的?"

加西亚板着脸，懊恼地将晶骨快速收回："你的智脑太调皮了。自从那天你被人欺负了还不肯给我报坐标之后，它就开始用你的腕机给我发实时位置……看来你还没发现。"

姜见明：赛特，原来你是真的狗啊。

加西亚："你放心，我戴了遮蔽器，路上没有被人看到。"

姜见明低头失笑。

加西亚低声说："刚刚是我错了，别害怕我。"

亚斯兰星城的第一场雪纷纷扬扬，将霜白色织入冬风，再给人间以馈赠。

姜见明舒展眉目，说出了和当年一样的话："没关系。请您在我面前随意一些吧，我不害怕。走吧，我们去我的母校……对了，您会开飞行器吗？操纵台和机甲差不多的。"

5.

从自助飞行器下来之后已经很晚了。姜见明将加西亚偷偷带回了他如今暂住的地方，凯奥斯军校的职工宿舍。

罗海老师当然不知情，这是为了老师的心脏考虑。这种事——无论是皇太子死而复生，是皇太子被带进军校，还是两者加起来——都实在过分刺激。

万幸一路上没遇到人，两人以堪比潜入敌军阵营的特工般的谨慎偷偷地进了宿舍。

姜见明挂上锁回头，见到加西亚将遮蔽器随手扔在桌子上，皱眉环视这个房间。职工宿舍，还是常年没人住、临时腾出来给他的宿舍，一个卧室、一个厅，再搭个洗浴间顶天了。

姜见明脱下外衣挂在衣架上，走过去："小破地方，委屈殿下了。"

加西亚："这里连治疗舱都没有。"

姜见明："您嫌弃的角度真是别具一格。"

接下来的几天平静得有些不真实。姜见明给加西亚从图书馆里借了一摞书和芯片盒，包括从儿童启蒙大百科到各种领域的入门书籍，并勒令皇子殿下在时限内读完。

有时候，姜见明反过来虚心求教，让加西亚给他讲解那些理论上只有新晶人类才能涉足的领域，包括晶粒子、晶骨和真晶。

"晶粒子就在新晶人类的体内，晶粒子凝成晶骨。"加西亚将自己的手腕递到姜见明面前，晶体转眼凝结覆盖了右手，几秒后再飞速收回，"就像手脚，当你想要使用它的时候，它自然就会动起来。但当你不刻意去感知它的时候，

236

晶骨会比肢体更容易受情绪影响而失控，体内的晶粒子越浓郁，晶骨阶位越高，越是这样。所以那晚，我的晶骨才会不小心冒出来。"

加西亚接着说："真晶则不一样。构成晶骨的晶粒子是你的，那些晶粒子与你一体，就像你的血肉。但构成真晶的晶粒子散乱地存在于空气中，不从属于任何生命。所以要凝神去控制它，用自己体内的晶粒子来影响它的频率，最终让它屈服于你……看着。"

皇子说着，将右手递到姜见明面前，五指屈起……空气中仿佛有什么被无形的力量聚拢，小小的晶簇开始生长，凝成一块金红色的水晶。姜见明将那块真晶拿了起来，但很快，它就从边缘开始消散。

他若有所思："一旦放松控制，真晶就会逸散，是吗？"

加西亚手指轻轻一挥，金红晶体倏地逸散殆尽："你也可以主动打碎它，让它瞬间消失——有些时候需要毁尸灭迹。"

姜见明："但我很少见到新晶人类使用真晶来攻击。"

加西亚："低阶晶骨的拥有者做不到这个，他们会在试图掌控自然界的晶粒子时，反而导致自己体内的晶粒子失衡，结局就是晶乱。但我不会。"

日复一日，时间就这样在玩笑与学习之间流逝。

直到这一天，姜见明接到了他已暗自等待许久的消息。帝国大元帅、至高军事统帅陈汉克从艾尔伯恩星城回来了，让他明天去白翡翠宫见个面。

他没有隐瞒，将这件事告诉了加西亚。而皇子若无其事地放下他的腕机。

不知出于什么心思，他没有告诉姜见明，刚才他也收到了同样的会面消息——明日下午，白翡翠宫，只是时间上稍微错开了一些。

次日，天晴有雪，是一场太阳雪。

位于亚斯兰星城三区的白翡翠宫是帝国的皇族府邸与皇帝陛下的办公场所，这也赋予了它政权最高象征的意义。这里常年绽放着伊甸星城培育出的金玫瑰，哪怕是冬季也能盛放不败，芬芳会传得很远。

帝国最高军事统帅——陈汉克拿起靠在座位旁的手杖，从车上下来，挥手让护卫与秘书先离开。

他穿过飘雪的小路，手杖随意地在路上敲出嗒嗒的声音。远处白色的宫殿建筑与玫瑰花香越来越近。当那个熟悉的身影终于出现在视野中时，老人停住了脚步。

雪还在飘，加西亚皇子穿着一件深红带披风的礼服，独自坐在白砖砌成的雕花柱子下面，眉睫低垂，手中把玩着一朵新摘的玫瑰。周围无数披着雪的金玫瑰簇拥着他，芳香沁人，宛如童话中的场景。

加西亚没有抬头，他吹了吹花瓣上沾的雪粒，冷淡地对陈老元帅开口："我像他吗？"

陈老元帅走过来："一模一样，小殿下。"

加西亚笑了一声，他几乎没有动作，右肩猛地甩出晶骨砸向花丛。

电光石火间一声响，无数花叶与泥土被抛向天空，皇家的金玫瑰丛中留下了一道足有一臂宽的沟壑。

"现在呢？"

皇帝寿辰在即，白翡翠宫的金玫瑰丛居然在瞬间被糟蹋成这个样子，换作旁人早就该惊叫出声、面色如土了。然而老元帅的神色没有丝毫变化，老人只是叹了口气，扭了扭脖子，随意将手杖靠在一旁："年轻人火气别那么大，既然来了，就听听老头子讲讲当年的故事吧。"

"很多年前，莱安殿下还很年幼的时候，我还是殿下的老师。"老元帅踩着积雪走过来，他也走进了玫瑰花丛，站在加西亚面前，"但我时常为他担忧。因为我能看到他的孤独和空虚，他的眼底常年冷得像冰。唉，这个孩子天生的力量过于强大，灵魂又过于孤傲，所以没人能安抚他的内心。"

"殿下，我曾经对你说过，既然你忘了，我就再说一遍。"老元帅的眼神中流露出一丝追忆，"人唯有在战斗时血液才是最热的，而人之所以战斗，那必然是为了得到某些东西，或者是夺回某些东西。"

老元帅："在帝国人民的心目中，莱安殿下永远完美无瑕、优雅无缺，那是因为他心里既没有欲望，面前也没有敌人。他愿意在未来统领帝国，只不过因为这是他在这个世上所能找到的最有趣的事物，可以用来消磨生命罢了。"

加西亚沉默着，细雪不停地落在他的发丝上，几秒后，他嘲讽地说："这就是你们试图掌控我的理由吗，嗯？为了让我活得更像个正常人，舍身来做我的敌人？"

老元帅："当然不是，听我说完。

"那一年，莱安殿下遇见了一个平民军校生，从此便不再那么听话了。有一天傍晚，我找了他一个小时，最后发现他坐在白翡翠宫的花园里。我问他要上午留下的战役分析作业，他把芯片盒递给我……我一瞧就看出来了，那不是他的手笔。小殿下居然笑着说是那个军校生帮他做的，还让我夸他成功为军部发掘了千载难逢的人才。

"我当场气得吹胡子瞪眼，所以那个晚上，我俩释放出晶骨打了一架。这里遍地狼藉，比你现在折腾得还厉害十倍。

"打完之后，我这个老头子气喘吁吁，活像去了半条命，小殿下若无其事地

238

走了。喏，当时就是在这个位置打的架。"

老元帅伸出手，指向了加西亚身后的柱子旁边，点了点："看来无论什么时候，您真的很喜欢这个位置，莱安殿下。"

加西亚摇头嗤笑一声："太刻意了，你就这么想激怒我吗，老东西？"

老元帅摸了摸头顶，说："既然回来了，就去见见陛下吧。"

加西亚："我和皇帝没有什么好说的。如果她想要见我，她自己有脚，会过来的。"

老元帅露出无奈的表情。

就在半个钟头前，他与陛下联系过，询问陛下是否要召见归来的皇子。那时候，那个帝国最为尊贵的女人百无聊赖地倚靠在软椅上，任黑发如乌云般垂落下来。

皇帝摆了摆手，语调慵懒："他不是见过首领了吗？首领的意思就是朕的意思，其他的，朕与他也没什么好说的。"

这还能说什么？不愧是母子……虽然并没有血缘关系。

老元帅苦笑了一声，继而清了清嗓子："那至少，你应该见见你昔日的旧友——这是今天我找你来的目的。"

同一时刻，姜见明正与奥德莉·兰斯一起走在白翡翠宫的小径上。

"你也真是闲，跟你借套衣服，怎么还附赠个活人过来了？"姜见明望向正为他撑伞挡雪的奥德莉，无奈地温声说。

白翡翠宫这种地方不容马虎，姜见明寻思陈老元帅可能是想带他去见什么人，便向兰斯家借了一套礼服。平常再怎么不在意穿着，这种场合下，样子还是要装一装的。

奥德莉收了伞，笑笑："顺路送你过来而已，要不然，你不是又要租飞行器来回跑？再说，以我的身份，进白翡翠宫的大门又不费事。"

但是接下来就不方便陪同了，奥德莉随意在盛开着金玫瑰的花园里找了张椅子坐下："你去吧，我在这里等你一起回去。"

姜见明冲奥德莉挥了挥手，分开细雪，独自走向了面前的建筑。

"其实我真没想到，你居然还没有见过他。"

加西亚走在陈老元帅的后面，听到老元帅如此感慨后，不假思索地反问："我为什么会见过他？已经走了很久了，你到底准备让我们在哪里见面？"

老元帅说道："急什么，就在前面了。他已经在那里等着了……奇怪，你们真的没见过面吗？"

皇子手中把玩着一朵金玫瑰花，心中隐约闪过一丝不对劲的感觉。

他当然不乐意"认识"什么莱安的旧交。但为了一劳永逸地杜绝这类麻烦，他决定忍受着烦躁走一趟——然后，他会当着陈汉克的面对那位所谓的旧友说清楚：他与储君莱安，与那具烂了三年的尸体从没有也不会有半点联系。

加西亚看了一眼面前的建筑，这是一座僻静的白色小楼，干枯的藤蔓缠绕在楼角，窗外覆雪的树梢上还停着乌鸦。

老元帅带他穿过楼门，两人的脚步声落在白砖地面上更显空旷。

门扉近在咫尺，陈汉克在这时回头，以手杖点了点面前的那扇门："殿下，我要提前声明一句。我本人并不赞成这场会面，因为我很担心以你现在的心理状态，会伤害到里面的那位。但是很遗憾，让你见他是陛下的旨意，所以请你推开门，进去吧。"

加西亚深深地看了老元帅一眼，走上前去，当他将手掌抵在厚重的门把上时，冰凉的触感沁入皮肤。不知道为什么，这一刻，他心中升起一丝不祥的沉重感。

嘎吱——大门向两侧敞开。这间房朝南，里面十分明亮，由于多年未被使用，摆设寥寥无几。一个黑衣黑发的年轻人静静地坐在窗边的椅子上，身材清瘦，脊背如竹。门开启的瞬间，那人闻声转过头来，窗外的细雪和天光映照在他的半边脸庞上。他戴着黑纱手套的手将腕机放在了窗台上，上面闪烁的光芒自动熄灭了。

扑棱棱，积雪的树枝上惊起了一只乌鸦。加西亚愣愣地站在门口。这一刻，所有声音都消失了，仿佛天地崩塌，时空的齿轮也停住了。

两人四目相对，视线穿越昔日初见的浓烟烈火，似乎经历了一个世纪，才缓缓落回到眼前宁静的冬日落雪之中。

姜见明站起身来，他身着修长的纯黑礼服，系着白色的领巾，那双眼睛静静地凝视着门口的来客。

他温和地对加西亚说："抱歉，殿下，我没有想到会是您过来。"

加西亚站在那里，脸上的表情无法用言语来描述。

早在看到姜见明的那一刻，他就明白了一切，但这句话依旧轻易地撕开了他的肺腑，像剪刀裁开一片薄纸。他恍惚觉得自己在失血，鲜血化作汹涌的岩浆从被撕裂的伤口涌出来，很快涌尽，只剩下冰寒彻骨的躯体。

远处传来渺远的钟声，那是辉煌大殿堂在鸣钟。

加西亚向姜见明走去，他能感觉到每往前走一步，自己的理智就溃败一分。

如果说，一个人在失去的那一刻，才首次意识到自己曾经拥有过珍宝……还能有什么比这更悲哀呢？答案毋庸置疑：当珍宝只是幻想出来的虚假之物，当这个人意识到自己其实从未拥有过。

——就如他曾以为，他终于可以不再是黑鲨基地的人造实验体，不再是继承"莱安"这个概念的躯壳。因为他开始拥有一段属于自己的友谊：遇见一个令他欣赏又钦佩的残晶人类，与他并肩作战。

钟声停止的时候，加西亚也在姜见明身前站住了。

他与残晶人类青年那双平静的眼眸对视，看到满目冰冷的现实。

"嚯，你们果然已经见过面了。"陈汉克走进来，好奇地在姜见明与加西亚之间打量一番，对前者说，"殿下还跟我装不认识你。"

老人越过直挺挺地站在那里不动的皇子殿下，走过去拍了拍姜见明的肩膀，眯着眼："你这孩子，真贼啊，还坑到我身上来了。连谢予夺那小浑蛋也瞒着我，看来该教训一顿了。"

"我很抱歉，老元帅。"姜见明笑了笑，"但您也不是没有坑过我。"

他很恰当地没有把更多的话说下去，只在心中暗想：老狐狸。

在那扇门被推开之前，他确实没想到老元帅今天居然是想让自己和加西亚见面。但此刻姜见明脑子一转，立刻明白了陈汉克的用意。

他利用老元帅对他的愧疚与关心骗走了调令，瞒天过海地跑去了银北斗；而老元帅明明知道他对莱安的死亡怀有多大的执念，可是这三年来依旧将加西亚皇子的存在瞒得密不透风，什么都没有透露给他。

今天，老元帅先是摆出要追究的姿态把他叫来这里，却突然亮出了加西亚给他看。这意思就是咱们谁也别责怪谁了，各自都有立场和苦衷，也都不是什么幼稚天真的人。就当互相抵消，两清了。

只不过……姜见明扫了一眼加西亚。他们俩是两清了，只不过皇子殿下受到的打击似乎有点大。

"老元帅，我们之间的事情应该慢慢谈，现在我想单独和殿下说几句话。"

陈老元帅了然地看了加西亚一眼，大概也猜出个八成来。他默然拿着手杖转身出去，顺手还把门给带上了。

关门声一消散，这房间里变得更加安静，甚至在窗外反射的雪光下无端地生出几分神圣感来。

姜见明依旧一身黑衣站在窗边，他直视着加西亚，嗓音温和缓慢："那天在星舰里，我本来想要说这件事，但是您……"

加西亚脸色苍白，深深地望了姜见明一眼，转身就走。

姜见明压了压眉心："殿下！"

他赶上前两步，伸手试图挽留。就是这个动作切断了最后一根理智的弦，加西亚猛地转过头来，劈手一扭，姜见明只觉得手腕剧痛，脚下不受控制地倒退——

他被皇子殿下扭着手腕撞在了窗台上，后背磕上了冰冷的棱角。

加西亚逼近他，眼角眉梢染了一片煞气："你在叫谁？"

姜见明忍着痛楚，沉声说道："我在叫现在站在我眼前的人。"

"你眼前的是什么人？"加西亚凑得更近，冰冷道，"姜见明，你在我身上看到了什么人？"那双翡翠色的眼睛此刻像夺命的刺刀，却空洞地将一切恨意都投向落雪的窗外，"你从一开始——就和他们一样，在我身上寻找莱安的幻影。告诉我，我像他吗？"

"不。"姜见明调整了一下呼吸，望向加西亚时眼神有悲悯，但更多的是坚定冰冷的东西，这种表情竟依稀与三年前诀别时的莱安太子重合，他一字一句地说，"我的判断是……你就是他。"

加西亚愕然转过眼，这种愕然甚至让他松开了对残晶人类的桎梏。他看到了一双古井般清澈的眼睛。在这种境况下，姜见明的脸上居然没有惊慌也没有恐惧，更没有一丝半点的歉意和羞愧。

但紧接着，加西亚心中便明白了：是的，姜见明就是这样的人。这个人有着超乎寻常的孤勇与叛逆，认定了的就一条路走到黑；同时也冷静到极致，绝不是那种会莽撞行事而后反悔的人。也就是说，无论重复多少次都一样，现在的结局就是姜见明的选择。这个现实再次撕开了他潺潺流血的胸膛。

"皇太子生前对你很好吧。"加西亚毫无征兆地沉沉叹了一声，他掐住了姜见明的脖颈，力道一点点收紧，"所以才能让你对他如此忠诚，为他委曲求全，为他舍生忘死，甚至宁愿跟在所谓失忆的储君身边，陪我游戏了这么久……可惜。"

姜见明退无可退，他握住了加西亚的手腕，被迫将头后仰，颈上的桎梏令他呼吸困难："殿下……"

"可惜莱安殿下三年前就死了，若不然，现在他怎么不来救你？"

"因为你不肯接受……"

"我？"加西亚再度冷笑，晶骨缓缓在背后舒展，晶粒子放出的光芒如火焰般铺满了整个房间。墙壁开始出现裂缝，一簇簇真晶生长出来。只要一个念头，残晶人类的生命就会被他掐碎，这并不比他掐碎一朵鲜花来得费力。

"看着我，姜，"加西亚眼底冰寒，身后的晶骨燃烧如日冕，那是邪神张开的羽翼，"现在你还能说出我就是他吗？"

"我……咯，"姜见明颤抖着张口，吃力地呼吸着越来越稀薄的空气，动脉剧烈地在皇子的掌中跳动，"还没有见过……莱安对我……发怒动手的样子。"

他挣扎了一下，低声碎语："但……但是……"

尾音如泡沫般消散，黑发青年闭上了眼。加西亚怔了两秒，下一刻，他浑身一颤，脸上闪过惊恐的神色，触电般飞速放开了手。

姜见明的身体猛地滑落在地，他捂着咽喉爆发出一阵呛咳，耸动的瘦削肩胛宛如要刺破皮肤。

加西亚目光居高临下地看着姜见明蜷缩在地，心中冰冷地闪过一个念头：他被骗了，这个狡猾的万恶的残晶人类，居然敢装晕吓唬他……

"但是……喀喀，我猜，也就是现在这样。"跪坐在地上的姜见明仰起头，他的胸膛剧烈起伏，眼眸在汗湿的黑发间闪着清光，"张牙舞爪，虚张声势，恼羞成怒，不敢动手。"

加西亚眼角猛地一跳，姜见明平淡的语调落在他耳中，近乎嘲讽："小殿下，你敢真的用你的晶骨碰一下我吗？"

轰！白翡翠宫偏僻的一角猛地炸开了，无数巡逻的金日轮士兵同时变色惊叫，望向同一个方向——只见那座几年无人问津的、爬满枯草又积了雪的小楼，正在火光与烟尘中轰然倒塌。

然而，惊惧的士兵们还没来得及拔足冲向事发地点，就同时收到了来自陈汉克大统帅的指令——让他们不要慌张，照常巡逻。

白翡翠宫，正殿。

大门紧闭，殿顶三层的吊灯未亮，每一扇玻璃窗上也垂着金流苏的帘子。

昏暗的光线与不知从哪里飘来的金玫瑰芳香，给这座宏伟的殿堂笼上了一层幽深的神秘感。

挂着手杖的军装老人站在长阶下，略微躬身，沉声说道："陛下，楼塌了。"

从老元帅所站的地方往前看，几十阶的长台阶向上延伸，在半途被自宫殿顶端垂下的暗红幔子遮住了去路。

"挺好。"暗红幔子深处传出一个女人的嗓音，带着点懒洋洋的鼻音和笑意，"为帝国省下一笔拆迁费。"

听不出具体的岁数，但并不像很年轻也不像很年老——这独特的声音只会属于某一个女性，那个被三星系九星城几十亿民众尊为皇帝的女性。

陈老元帅的眉毛抽了抽："陛下。"

又一阵低低的笑声从上面传下来，在空旷的大殿内发出回响："没问题，没问题……老陈头，你也是见过大风大浪的老不死了，塌个楼算什么？"

"恕臣直言，"老人低头道，"陛下这一步是险棋。如果小殿下果真被激怒，局势失控就在一念之间。"

"失控？失什么控？"女皇帝不轻不重地哼了一声，"拴他的链子不是在那儿吗？"

陈老元帅："姜见明……那孩子毕竟只是个残晶人类，万一……他连自己的性命都保不住，更别提去阻拦殿下了。"

"啧，这你就不懂了吧，老陈头。说阻拦那可就错了，你不知道宇盗是怎么称呼咱们殿下的吗？"红幔深处的声音感叹似的说道，"帝国怪物……挺贴切，所以，谁能阻拦住他那样的怪物？"

陈老元帅："那陛下的意思？"

"真正的禁锢不在于身。看着吧，如果他这都能失控……"女皇帝低沉地笑着，"朕就亲自去把那个小混账剁了煲汤喝。"

同一时刻，白翡翠宫的另一个角落。奥德莉突然站起，她不敢相信自己的眼睛。

上一刻这里还是风平浪静，细雪温柔地落在白翡翠宫雕刻精美的檐角上。然而没有任何征兆地，姜见明进的那栋小楼炸了。白柱断裂，无数瓦砾坠下，灰烟滚滚升空。

"姜！"奥德莉目眦欲裂，身体比脑子更快地奔向爆炸地点。

滚烫的气浪擦过脸颊，冲进去的瞬间她屏住呼吸，因为面前的景象而浑身震颤——楼塌之后形成一片废墟，断壁残垣堆叠在一起。一根又一根赤金色的巨大晶棱从地表拔起，狰狞地直刺天际。

而姜见明就被压在废墟中间。那里的情况更为可怖，地表凹陷得不成样子，他似乎是整个人被外力狠狠砸了下去。晶骨化作巨爪扼住了残晶人类的身躯，从前胸到背部，甚至包住了他的后脑，只要再收紧一下，就是脑浆迸裂、血肉横飞的下场。

几步之外站着一个修长的身影，白金鬓发与肩上的披风在夹雪的风中舒展。

"是什么给你的错觉，"加西亚神色冷厉，声音低哑而缓慢，"以为我真的不会伤害你？"

他手指向掌内弯曲，延伸出的晶骨之爪也随之将苍白的残晶人类提至半空。

瓦砾碎片噼里啪啦地从晶骨上掉下来，被彻底钳制的姜见明没有做多余的挣扎，任自己双脚离地，凌乱的黑发下眼神复杂："殿下……"

"莱安殿下？"突兀插入的嗓音打破了原有的宁静。

加西亚突然扭头过来。

冲进来的银发"青年"脚下猛地停滞，一股强大的力道重击在她胸口，奥德莉猛地跌倒在地，喉头一阵窒息。面前陡然炸起的真晶在她的瞳孔中放大，奥德莉浑身剧痛僵硬，别说动弹，就连惊恐地眨一眨眼都做不到！如果被这样强大的真晶触到……无论对方是否真正具有杀意，身为残晶人类的她都必死无疑。

时间在生死的间隙被拉长，奥德莉怔怔暗想：这就是她欺骗帝国，欺骗民众，强行伪装新晶人类多年的报应吗？难道，她就要在这里……

砰！一声枪响惊破雪幕。啪嚓——真晶在撞上奥德莉的前一秒轰然消散，银发青年扑倒在地，猛地咳出一口血来。她这时才浑浑噩噩地抬头，视线撞上一双冷淡的翡翠色眼眸。

"莱安殿下"优美的唇瓣绷得很紧，他缓缓将视线从闯入者身上移开，落在自己伸出的右拳上。手掌摊开，那里躺着一枚黄铜色的弹壳。

加西亚转过头去，看向那个冲自己开枪的人。

这已经是第二次了，连子弹弹壳握在手中的触感都是那么熟悉。

半空中，姜见明微微喘息，他放下了握紧维纳斯之翼的右手。几片雪花落在枪口上，很快被那里的温度融化了，形成微小的水珠。

枪声的余韵消散后，三个人静止在那里。这片废墟上，一时间只有不停落下的雪。

大约五秒后，加西亚漠然地将手中的那枚弹壳收进了自己的口袋。他朝姜见明走去，同时收回了晶骨。

姜见明跌坐在一块断壁旁边，当他撑起身来的时候，视野里已经出现了加西亚的靴子。

不远处，奥德莉爬了起来。高阶晶骨的压制感还没散去，她耳朵里嗡嗡作响，一动也不能动，只能勉强睁着眼看着那个与莱安有着同样容貌的人走向姜见明。

恍惚间，她以为姜见明要被杀死了。她看到莱安殿下俯身，将一只手伸向姜见明的脖颈。后者并不躲避，只是将维纳斯之翼收回了枪套。

奥德莉几乎都能想象出挚友的脖子被扭断的画面。但是皇子的手指穿过残晶人类的领口，拽出了一条……末端挂着一枚赤金徽章的项链。

加西亚捏着那件小东西，脸上看不出喜怒。

上回姜见明重伤的时候，是他亲自把人送进了治疗舱，所以当然也看到了这条有些奇怪的项链。当时他没心思细想这是什么，现在却明白了，这想必是莱安昔日赠予姜见明的物件。

加西亚用力一扯，他本意是想扯断这东西，可那链子似乎材质特殊，非但没被扯断，它的主人反被带得往前一扑，额头险些撞上一块残砾的尖角。

姜见明闷哼一声，用力抓住了加西亚的手臂，沙哑道："别动这个。"

这是他今天第一次明显表示出反抗的动作和意志。

加西亚眼神阴郁。他手指上凝出晶骨，将细链挑断了，随后甩手一扔，勋章划过一道弧线，落进了不远处的玫瑰花丛。

随后他沉默着转身，头也不回地离开了这里。

奥德莉不知愣了多久才回过神来，她从地上爬起来，跌跌跄跄地冲到姜见明身前，慌张道："姜！你怎么样了，坚持一下，我带你去医院……"

话没说完，奥德莉手臂内侧一疼。是姜见明摸出随身携带的镇静剂针管，动作熟练地给她扎了一针。

"我没事。"姜见明将药物推进去，而后拔出针头，"倒是你，替我受了无妄之灾。殿下他不是故意的，我把他惹怒了，那种情况下，哪怕闯进来的是只鸟也会被真晶刺个透心凉。"

更别提这位还张口就喊了句"莱安殿下"，可不就是踩在逆鳞上了。

姜见明低喘了两声，道："别怪他，责任在我。"

奥德莉愣住了："你……"

刚刚那一连串的震惊与危机已经冲昏了她的头脑，这时她才找回了些许冷静。奥德莉眨眼打量，意识到姜见明的身上根本没有血迹，也不像是被晶粒子伤得很重的样子。

"刚刚莱安殿下不是在打……欺负你？"她一头雾水，"那你们……那他是在……"

姜见明看了一眼四周的狼藉，选了个贴切的词语形容："挠地板。"

陈老元帅可真会挑地方，就是不知道能不能把省下的拆迁费给他。

"啊……啊？"这位以少年英才著称的兰斯家主感觉自己脑子都成糨糊了，她凌乱道，"不对，刚刚那位真是莱安殿下？"

姜见明站起来，拍了拍皱巴巴的衣服："说来话长，下次再说。先帮我找项链。"

奥德莉："项链？"

姜见明沉吟两秒，改口："勋章。"

奥德莉："啊？"

片刻后，奥德莉茫然地弯腰在金玫瑰花丛间和姜见明一起找那枚小勋章。

为什么事情会变成这样，她开始无法理解这个世界了。

"有了。"姜见明直起身，将捡到的勋章妥帖地放进口袋里，只可惜他需要重新定做一条链子了。

奥德莉更迷惑了，心想既然这么简单就找到了，莱安殿下刚才那一扔有什么意义？

她茫然地问："我是不是不应该过来？"

姜见明："不，其实你要是不来这么搅一下局，事情很难收场。"

毕竟对于一个张牙舞爪的小殿下来说，伸出晶骨半天都没对他造成什么伤害也挺丢人的不是吗？

奥德莉："啊？"

姜见明不禁回想起刚才发生的一连串闹剧：当时，他故意挑衅完那一句之后，加西亚身上的气势就变了。晶骨以恐怖的劲道落下，先把楼给炸了，然后当然就是梁柱坍塌，无数砖瓦从头顶往下砸。他还没来得及感觉到恐慌或者什么情绪，加西亚的晶骨就已经将他包了个严严实实。

但是怒火中烧的皇子殿下当然不可能是炸完楼就后悔了要来保护他，这种丢人的事必然不可以发生。所以晶骨当即把他狠狠提到半空，再砸下去——咣！晶骨把地表砸了个稀巴烂，但他没有稀巴烂。因为他被晶骨裹得很严实，除了那一瞬的冲击力有些难受之外毫无感觉。

姜见明心情复杂，感觉自己在玩小朋友才会玩的游乐园刺激项目。

"好了，你回去吧，注意身体。"姜见明揉了揉太阳穴，"衣服等我洗好了再还给你。"

奥德莉勉强找回镇定，道："还什么，你拿着吧。过几天再有出席宴会的场合又得跑来找我借。"

姜见明顿时觉得很有道理，说了声"谢谢"，想了想又说："关于今天的始末，你感兴趣的话我会找个时间慢慢解释，在那之前，请暂且……帮我保密。"

走回去的路上积着雪，姜见明形单影只，一路走走停停，脸上的表情却格外平静。早知道会有这样一天的，只是决裂来得略显突兀。他暗暗想着，用指尖摩挲了一下冰冷的扳机。

维纳斯之翼，这把银灰色的新晶械武器是莱安送给他的。时间就在那个他们在街角重逢的冬天，莱安忍不住在他面前释放出晶骨的数日后。

"它叫'维纳斯之翼'，是新晶械武器。姜，我承诺永远不会对你释放攻击性的晶骨。"莱安望着他，攥着维纳斯之翼的姿态宛若起誓，"所以如果日后有一天，我开始欺辱你，抑或是我们站在敌对的立场上……你都可以用它杀死我。"

最初，他只以为小殿下在胡闹，直到莱安一只手握着枪口，让它抵住了自己的胸膛，另一只手则强迫姜见明扣住扳机，冷静地对他说："试试看。"

姜见明皱眉："莱安，不要开这种没轻重的玩笑，我不喜欢。"

"没有在开玩笑。"见他生气，莱安放软了态度，"姜，听我说，看着我。你知道我的晶骨蕴藏着多大的破坏力，我是天生的怪物，就算在外界面前装得再完美，这个本质也不会变。你以前也说过，我的情绪容易极端，你说我总学不会自己消化过激的感情……你说的。"

姜见明哑声道："学不会就请更努力地学，我可以教你。"

"不。不要。"莱安摇了摇头，眸色深沉，"这些年，我已经一直在克制了。姜，我累了。"

姜见明嘴角微微一跳，初遇时孤傲高雅的皇太子如今竟学会装可怜了，偏偏用在这种时候。

"陛下曾经对我说，如果我某日失控，这个世上没有什么能阻挡我，包括陛下她自己。"莱安继续说下去，"除非有谁能让我套上一层枷锁，让我能够从心底里畏惧力量滥用。我曾经对这说法嗤之以鼻，直到遇见了你。"

莱安："姜，你让我套上了枷锁。

"请你在我犯错时责骂我，在我失控时阻止我……在我彻底无可救药时杀死我。就算我真的是生来的怪物，也请你来压制我的暴虐，禁锢我的爪牙。"

"可以吗？"银灰色枪口再次抵上胸口，少年白金色鬈发晃动，"试试看，为了我。"

姜见明蓦地闭眼，涩然道："殿下，您是不是有点残忍？"

"不会，不会。你看，我把光束治疗仪放在这里了。不用打要害，就开一枪。我要确认晶骨的本能防御不会伤害你。姜，别怕，不要怕。我承诺永远……永远不伤害你。"

回忆断绝，姜见明猛地站住了。一阵刺骨的冷风吹来，他站在十字路口，冻得裹紧了衣服发抖。头顶是巨大的投影广告牌，人流在繁华的街区交错。

差点忘了，自己还是个成精的枷锁。该庆幸皇帝和莱安的高瞻远瞩吗？这人已经记忆清空了，都这么偏执地拒绝原先的身份了，这破枷锁居然还能管用。

6.

是夜，雪停了。宏伟的白翡翠宫将它的身影隐藏在夜幕下，没有人能看到殿顶的一角有帝国皇子的身影。

白天的时候，他其实是想给姜见明一点教训的。然而，就在晶骨释放出来的一瞬间，不祥的感觉涌上心头，轻易地压灭了怒火——他会死，这个意识像一根冰箭穿过脑海。

加西亚很明白死亡是怎么一回事。死了，这个人就消失了，世上再也不会有另一个像姜见明那样的人了。就算这个残晶人类有点恶劣狡猾，也罪不至死。

在阿尔法异星的时候，他经常彻夜坐在银北斗的要塞上看雪，静静地直到天明。但今晚他莫名烦躁，思绪纷乱。姜见明身披黑色礼服，在窗边微光下回身的那一幕不停地浮现在脑海，怎么也抹不去。

假的，从一开始就是假的。

姜见明也是为莱安而来，那惊鸿般的机甲是蓄谋相遇。

片刻后，加西亚从自己的衣袋里摸出了那枚弹壳，把玩在指间。

那个时候，他根本没有意识到来者也是个残晶人类，真晶本能地释放了出去。

如果不是姜见明当机立断开的那一枪让他回神，而他的反应也算及时……闯进来的银发青年必然会死。

加西亚仰起头，眼中是一片干净的星空。听说三年前，故皇太子就牺牲在这片星空的尽头。听说故皇太子恩威并施，举世赞颂。

显然，他没有那个皇太子的高雅教养和品行，有的只是这副躯壳中蕴藏的毁灭性力量。他是……他才是名副其实的帝国怪物。怪物没什么不好，但错误的一切应当到此为止。他不会再和那个残晶人类有任何交集了。

白翡翠宫寒风呼啸，加西亚闭眼垂下头去，将下巴放在自己的膝盖上。他的晶骨无声地从四面包围了自己。

姜见明回到军校的职工宿舍时已经很晚了。可能是折腾了一整天的缘故，回到宿舍的时候，他觉得身体有些沉重。

姜见明摸黑开门，关门，弯腰换完鞋后起身，忽然眼前一黑。等回过神来的时候，他已经双手撑地，跪在门口，喉咙一阵腥甜。姜见明皱了一下眉，就开始剧烈地咳嗽起来，几秒后，暗色液体开始零星地溅在地板上。

上次吐血是什么时候来着？好像已经过去很久了。

咳嗽持续了快一分钟才平息，姜见明头晕得厉害，只能扶着墙，跪在地上挪到床头柜前。他断断续续地低喘着，凭感觉抓了几张纸，把自己手指上和地板的血迹擦干净。

幸好没被殿下看到，不然又是大麻烦。

又缓了片刻，姜见明从他带回来的背包里摸出药喝下。然后神色如常地站起来，洗漱，更衣，上床睡觉。合眼前，他将维纳斯之翼放在了枕边。

今天，他对加西亚开了枪，纵使那是情急之下的选择，但这个晚上可能又睡不安稳了。

姜见明翻身将自己埋进被子里，闭上了眼睛，明天还有明天的路要走。

但他又梦见了那些不用跌跌撞撞走路的时光，那是他刚定居亚斯兰星城、刚入学凯奥斯军校第六院没多久的事情——

由于帝国皇太子殿下将要造访亚斯兰图书馆，图书馆闭馆三日。

姜见明理解储君的安危很重要，无比重要，但他要看的书还没有看完。

要放在寻常人身上，最多抱怨两句运气不好。可惜姜见明的脑回路天生不寻常，心里只是想着：我要看完我的书。皇太子固然重要，难道我的课题就不重要了吗？

残晶人类少年贼胆包天，他直接在闭馆清人的时候躲进了阅览室的角落，跟巡查大叔玩了两圈捉迷藏。末了，人家以为里头空了，咔嗒把锁一挂，下班回家。

姜见明如愿以偿地被锁在了里面。拥有了接下来一个晚上和明天一个上午的自由时间。他知道下午会有第二次排查，那时自己应该也把书看完了。被逮住不要紧，监控一看就知道他不是歹徒，最多挨顿骂被赶出去。

那天夜晚，图书馆空旷无人，外头依稀传来清脆的虫鸣。四周都是高大的书架，少年淡定地打开腕机的手电筒功能，当作小灯来照明，慢吞吞地翻阅他的资料。

找书，看书，深夜困了，就趴在桌子上睡觉——那是少年姜见明平凡而悠闲的时光。

姜见明的生物钟从小就很管用，次日天刚蒙蒙亮的时候就醒了。在桌子上趴着睡了半宿，身上有点酸，但问题不大。他去了卫生间，简单洗脸漱口把自己收拾一下，继续看书。

最后一本要找的书很冷门，还是纸质书，被摆在最高的架子的最边角上。少年苦笑着搬来梯子去够书，书被他勾得一晃，倒了下来。不料他那纤细的手腕没撑住突然倾斜的重量，姜见明手指一滑，那本书从高处径直落下——

"啊……"扶着梯子的姜见明仓促转身，窗边投来的晨光有些刺目，他闭眼抬手一挡，听见斜下方轻响。那声音很轻，不是重物坠地的声音。

靠在书架上的黑发军校生睁开眼，目光自上而下，先看到了一只被阳光照得雪白的手。那只手五指修长，骨节在肌肤下微凸，兼具力量与美感，很好看……此刻稳稳地接住了落下的书册。沿着手掌再看，腕口是绣金的暗红色礼服，两枚袖扣正在反光。一道少年的身影从书架的拐角处缓缓步出，他有着华丽的白金鬈发，五官完美如神祇，抬眸是两泓清冷翠色。

姜见明不禁一怔。事情再明显不过，就在方才，这位俊美少年刚巧从书架另一侧绕过来，恰逢书册在眼前掉落。

旁边就是被擦得一尘不染的玻璃窗，明亮的光芒如白浪般温柔地涌来，将两人簇拥其中。姜见明垂眸，莱安·凯奥斯则抬眼，两人眼中却是一模一样的意外与困惑——现在不应该是闭馆时间吗？这里为什么会有人？

姜见明先反应过来，他连忙从梯子上下来，仓促鞠躬抚胸："抱歉……谢谢您，皇太子殿下。"

他当然不会不认识帝国唯一的皇子。

皇子没答话，淡淡地扫了一眼手中的书，《星图论》，著者是道恩·亚斯兰。莱安眉尖微微一跳。

开国统帅道恩·亚斯兰生涯短暂，但著作并不少，像什么《星舰战略思维》《高维跃迁论》《星城防御》，都是如今帝国将领们必读的名篇。他手上的是最偏门的一本，甚至乍一看，只是论述如何高效解读并运用星图坐标的工具书，笔触还颇为晦涩。据说，这本书是统帅被软禁在瓦森星城时写就的，不少人认为那时亚斯兰的精神状态已经极差，于是著书不尽如人意也有了正当的理由。

然而他的老师……陈老元帅上周刚让他读过，还感叹说统帅毕生的军事智慧都藏在里头了，星图上走的是星舰和机甲，所谓星图论其实是星际战争论。只要能吃透这本书的精髓，就等于摸到了这位传奇军神的思维。

莱安将手里的书掂了掂，重新打量姜见明。这样一个穿着朴素的残晶少年，看这种书？他是随手好奇拿下来一瞧，还是不懂装懂？

而且……皇太子脸色微沉，他是因为不喜欢被一堆警卫员围着，才专门提前溜进来的。想着只要尽快完成老师要求的作业，他就可以回白翡翠宫，图书馆也不必搞什么闭馆三天。怎么就那样巧，他偏偏遇上个同龄人？他并非本性多疑，只是储君身份摆在那里，想攀附他求得赏识的人太多了。

"殿下？"见眼前的皇太子沉默不语，姜见明不禁出声，"不好意思，我的书……"

若是平时，莱安一贯懒得理会。然而或许是晨光太悠然，或许是图书馆太空旷，又或许是面前的残晶少年的眉眼过于俊逸干净。

"这本书我看过，里面举的第三个例子很有意思。"他故意这样说，还说，"谈到了开国战争中有名的艾尔伯恩战役……但我认为，当时的路线选择是一次失误。"

姜见明眨了眨眼："为什么？当时起义军选择了从大天鹅星域出发，经过赫卡忒长廊，这样可以奇袭歼灭星城的空间站，再击败前来增援的主力军……应该已经是上策了。"

莱安微不可察地挑了挑眉，将书册递还给面前的军校生："赫卡忒长廊太难走，起义军在这里消耗过多，后果就是在紫丝绸星城受挫……倘若当时没有白鸽赤叶的帮助，起义失败是必然结果。"

姜见明接过书，抱在怀里，问："那您认为应该走哪里？"

莱安："直走，从大天鹅星域横穿过去，再利用高维跃迁跳到艾尔伯恩的驻军要塞前，直接与主力军作战。"

没想到姜见明摇头道："不行。旧帝国不管民众死活，驻军要塞就建在星城上空，一旦在那里开战，没有人能保证艾尔伯恩星城内数十万居民的性命。"

莱安猛地皱眉："那就将驻军引出来，在外部宇域包围歼灭。"

姜见明："艾尔伯恩还有辅助驻军的空间站，那批兵力一旦与主力军合流，起义军的星舰就是腹背受敌。从空间站到驻军要塞，利用这段距离打出时间差是关键点。这段时间内，起义军可以消灭一个空间站的驻军，但是恐怕无法打垮艾尔伯恩的主力军。"

莱安："合流不会那么快。"

姜见明坚持："会的。"

莱安抿嘴别过头去，白金色的鬈发就在脊背后一晃："纸上谈兵。"

姜见明也不生气，仍旧温和地笑着，口中却说："隔壁有模拟机，我给殿下演示。"

一个小时后，等帝国的事务官听到皇太子跑了的消息，吓丢了三魂七魄冲到图书馆的时候，看到的却是与想象中截然不同的场面。

图书馆旁的模拟机拉出长长的影子，被阳光照得暖洋洋的。窗台上、阅览桌上摊开着好几本纸质书，还有几台芯片阅读器，全都散乱地堆在那里。微风吹拂着淡色窗帘，映出两道身影。

"您看，我赢了。"军校生淡定地敲了敲窗台，"就是有这么快。"

皇太子倚靠在窗边，锁着眉头，冥思苦想，一副不甘认输的模样。

"不对，是我慢了。"最后，这位储君殿下哑声说道，"如果是当年的亚斯兰统帅来打，会比我快得多。"

"殿……殿下……"事务官后怕得腿都软了，哭喊道，"殿下啊！"

姜见明心想不好，再打扰储君他怕是要被抓起来问责了，连忙道："打扰您太久了，皇太子殿下，我先……"

忽然，皇太子上前两步，展开双臂向姜见明身前一拦，敛容正色道："别走，我有了别的想法，再来一局。"

彼时，姜见明刚刚失去养父，拒绝了紫丝绸星城福利院的援助，孤身辗转来到帝都亚斯兰求学。而莱安·凯奥斯已是将帝国未来担负在肩的少年储君，拥有着怪物般暴虐的力量，孤寂不足为外人道。

纵使命运的磨难已向两人逼近，但这场相遇意外地平静，一切都还在清晨微风的吹拂下，被阳光照耀着。

彼时，他们还只是赤诚而纯粹的少年。

次日清晨，凯奥斯军校的职工宿舍内。姜见明费力地睁开眼睛，还没爬起来就先盯着天花板叹了口气。沉溺于过去真的不好。

惯例洗漱吃饭后，姜见明出了门。闹了那一场总不能晾着人，他还有许多话要和加西亚说清楚。所以现在，他要去寻找那只闹脾气的怪物了。

他昨晚没有直接追上去，而是专门等到今天早上。这是策略，让小殿下先发泄一下脾气，并且以为他们确实冷战了一晚，而自己坚持到今天早晨就落败了，先一步退让服软。

穿过帝都依旧热闹的一条条道路，姜见明朝白翡翠宫的方向走去，路上先发了几条短信过去。

"加西亚殿下，您还在生气吗？"

"昨天是我言辞不妥，我很抱歉。"

"但是有一些事情，我还是希望能和您面对面说清楚，请您至少听我把一切交代完毕再给我定罪，可以吗？"

"您不回复我，我就擅自找过去了。殿下在白翡翠宫吗？"

明明可以将话语拼在一起，却要拆分成多条发送，以显得自己主动、急切而诚恳，同样是策略。这些小伎俩或许会让加西亚开心。

姜见明笑了笑，悠然收起了腕机。

叮叮……磁悬浮公交驶过面前的投影信号灯，他从行人熙攘的一座大桥旁走过。桥下是亚斯兰第三区的著名河流九叶大河，常年有不少观光游客来往。这个季节河面还没有完全结冰，粼粼地反射着阳光。

突然，一声男人的惊叫响起，只见一个身影毫无征兆地从大桥的栏杆上翻了下去！扑通！哗啦——那个人跌入河中，顿时溅起极高的水花，炫目的阳光被反射得更为刺眼。

伴随着桥上炸开的尖叫声，不知是谁第一个喊道："有人跳河了！"

无数人惊恐地围过来，从上往下看，只见有人在河中扑腾，时沉时浮！

嘀呜嘀呜……在旁人还处于震惊状态的时候，姜见明已经飞速按响了路口的报警按钮。这时他奔到警报红光闪烁的桥上，第一反应是下水救人。然而下一刻姜见明又逼自己站住，脸色苍白。在这种人群聚集的地方是不可能展开折叠机甲的，一旦下了水只能靠自己。他今天的状态……能撑得住在这种天气的河水中救一个成年人吗？

姜见明扶着栏杆往桥下看去，然后松了一口气，落水的人似乎并非不通水性。那人在这种冰冷刺骨的河水里还勉强浮着，看样子能撑到巡逻警赶过来。但姜见明很快又沉下脸色，他看着这一幕，突然觉得有哪里不对劲。

还没来得及细想，人群中又爆发出一阵惊叫："船！有船开过来了！"

桥上尖叫迭起，只见一艘铁船分开水面，从九叶大河的一条人造支路上拐了进来，船的侧面印着帝国金日轮的军徽。这是一艘军用的小型无人运输船。河面上波浪翻滚，那个人挣扎了两下就被吞没了。

桥上的姜见明心头猛地一跳，这种军用船的速度极快，一旦人被撞上，不说当场死亡也会昏迷溺水。而且……无人驾驶的情况下根本无法叫停船只，巡逻警赶过来也无能为力。

不行，来不及了。姜见明暗自咬了一下牙，上前两步推开人群，手掌在护栏上一撑，在旁人的惊呼声中纵身跃入了翻涌的河水。

他想救人并非没有办法。桥上缺少展开机甲的场地，但可以先入水，在水下展开机甲 S-雪鸠。只要能抢在与船相撞前救下落水者，再将机甲开向岸边就万事大吉。然而，这时节是寒冬年关，冰冷刺骨的水流霎时没顶。姜见明眼前一黑，喉管痉挛，险些就要呛水。他咬着舌尖逼自己忍住，在第一时间启动雪鸠。

浑浊的河水之下，白光闪动。姜见明被水流裹挟着撞上了驾驶座的靠背，双手奋力拽出了空气面罩按在自己口鼻上："喀喀……"

水下展开机甲的后果就是九叶河的河水灌满了驾驶舱。姜见明扯过安全带将自己固定住，短短几秒钟，他的脸颊已经青白得吓人，不受控制地急促呼吸，体温飞速地在冰水中流失。他知道自己的体能撑不了太久，必须尽快。

雪鸠切换成潜海态，面前的屏幕上显示出一道挣扎着游泳的人影。姜见明在水中眯着眼，锁定位置后猛地操纵机甲提速。嗡的一声，机械爪伸展到最长，以精确到可怕的操作手法钩住了落水者的腰带。这时，铁船的船头已经如猛兽般呼啸着撞来，一切都在电光石火之间！

姜见明五指在操纵屏上飞舞。机械爪收缩，千钧一发之际拽着落水者远离了船体。那是个年纪看起来三十岁上下的男人，五官都痛苦地皱在一起，嘴里吐着气泡，腿脚踢蹬挣扎，显然已经憋气到了极限。

姜见明深吸一口气，推开舱门，飞速扯下自己的氧气面罩按在了那人的脸上。男人浑身痉挛着拼命呼吸，更多气泡向浑浊的水面上冒。姜见明用手肘钩住这人的脖颈，一用力就将人拖进了驾驶舱！

咣当！驾驶舱门关闭。下一秒，铁船险而又险地擦过机甲的前方，螺旋桨带起的水流将 S-雪鸠卷向河底。

驾驶舱内，姜见明先给赛特开了所有权限。如今下水已经好几分钟，他怕自己万一撑不到上岸就会意识模糊。紧接着，他锁定最近的河岸位置坐标，全力将操纵杆推到头——

"紧急情况，紧急情况！"

突然，姜见明瞳孔一缩。隔着荡漾的水波，机甲驾驶舱内警报红光闪烁。

"警告，机甲操纵系统受到干扰，无法正常运作……"

什么？姜见明的后背发凉，熟悉的报警音让他浑身的神经都紧绷起来，第一反应是：怎么可能？这里可是帝国境内，首都亚斯兰星城第三区，距离皇帝居住的白翡翠宫走路过去不到半个小时。怎么可能，怎么可能发生和在阿尔法异星时一样的状况？

——熔岩宇盗、真晶矿、来路不明的高科技干扰波、有智慧的异星生物……刹那间，这几个月来的阴谋阳谋都串联成了一张巨网，在这生死一线的黑暗水底将他勒紧。

"监测到驾驶员生命指标持续下降。

"警告，治疗舱启动失败，驾驶舱弹射失败……"

姜见明浑身冰冷地浸在河水中，机甲正往河底沉去。

这时候没工夫多想，他先奋力伸手推开了驾驶舱门，以免自己被困在里头。然而这时他已经支撑不住，过久的憋气和剧烈动作的消耗，彻底将窒息的痛苦推向了极致，几串气泡从嘴角溢出。

意识昏沉中，姜见明感觉自己的手臂被抓住，他身旁的那个男人并非完全失去了意识。此时，他"呜呜"地瞪大着双眼，表情急切地指着自己脸上的面罩，又指指姜见明。姜见明会意，颤抖着接过氧气面罩换了两口气，随即指了指头顶——机甲正在往下沉，他们要活命只能靠自己游出去！

两人先后钻出了驾驶舱门，在机甲的机身上用力一蹬，拼命往上游。阳光的光斑在头顶的水面上摇晃，两人的四肢却越来越僵硬，肺部的氧气很快被压榨一空。他们的体力都已经到了极限，全凭那点毅力在游动。

在这冰冷的河流中，时间的概念扭曲了。那片阳光越来越近，氧气与温暖也越来越近。突然，姜见明余光看到那个落水的男人往下一沉，右腿抽搐起来，五官露出明显的痛苦与绝望。祸不单行，他在这冷水中浸泡得太久了！

姜见明暗自一咬牙，展开双臂托住男人的肋下，撑着两个人的体重往上游。神志渐渐被河水侵蚀，他开始失去对身体的感知，偏偏在这种时候，大脑却奇异地加快了运转——谋杀……这是一起谋杀。

从事发起，他就感到不对劲。按正常人的思维，见到路人从桥上掉进河里，喊的应该是"有人掉进河里啦"或者"有人落水了"。然而很奇怪，桥上响起的第一声呼喊是"有人跳水啦"，好像断定这个男人是自己跳下去的。

在救人的过程中，落水男子没有丝毫反抗，姜见明甚至感受不到这人有着悲观的情绪。反过来想，就知道这个倒霉的家伙不是自尽，而是被人为地推落河中的。而无人操纵的运输船偏巧在这个时候开过来，除了想要撞死男子之外，船上应该还放置了干扰波发射器。

显然，幕后真凶不至于能预测到有机甲来救，更大的可能是想要阻止巡逻警的飞行器。这东西就算在最前线也才出现过一次，普通巡逻警不会往这方面想，只会当成是飞行器恰好故障。

三把铡刀斩断了所有生路，背后所牵扯的势力则同时涵盖了帝国的金日轮军和宇盗。这是一起策划周密的谋杀案。

这个被推进河里的男子，到底是什么身份……

姜见明的视野渐渐暗了下来，忽然间，他的背后传来坚硬的触感。那凭空出现在水中的东西很暖，像是具备着人类的体温。比他微弱的挣扎强上百倍的力道猛地传来。

姜见明隐约看到了赤金色的晶骨在反光，他和落水男子的身体骤然加速，被往上提去。

姜见明心神一松，恍惚间，他看见了那片被冷水浸得更锋利的翡翠色，以及气得发红的眼角。

姜见明模模糊糊地想：是谁把小殿下气成这样……哦，难道是我吗？

然后他就双眼一闭，十分放心地失去了意识。

等姜见明再次醒来，已经是在白翡翠宫的床上了。

加西亚不知道在床边坐了多久，他沉默地垂着头，五指深深插进那头鬈发里。姜见明轻咳一声，他便像惊醒了一样突然转过头来，好像第一次认识到床上躺着的人类居然是个活物。

姜见明一时间觉得头皮发麻，只能勉强解释："对不起，这是……是个意外。我最初的确是想去找您的……"

加西亚盯了他快一分钟，然后终于沙哑地开口了："你的智脑不错。它赶在机甲的系统彻底被干扰失灵之前向我发送了求救信息和坐标。你犯了很愚蠢的错误，但毕竟不至于让我对你见死不救——我是说，对你们。"

姜见明往被子里缩了缩，忽然目光一动，看到了那个落水的男子……哦，这位先生现在正被扔在地板上躺尸。

"看什么？"加西亚不耐烦地用鞋尖戳了一下男子的手腕，"他死不了，这是个新晶人类，你没发现吗？"

他磨了磨尖牙："这是我最后一次救你，别指望再有例外。以后不要来找我，更不要叫我'殿下'。你自己清楚你在叫的是什么人。"

话没说完，加西亚已经转身往门口走去。姜见明从床上起身，张口下意识想叫"殿下"，话都到舌尖上了又生生咽下，换成："加西亚。"

皇子殿下的脚步没有丝毫停滞。他似乎连一秒都不想在这里多停留，甚至连湿透的衣服和长发都不管，直接拽下衣架上搭着的厚披风就走了出去。

姜见明怔了许久，摇头叹了口气，又揉了揉疼痛的太阳穴。

大约半个小时后，被搬到床上的落水男子也醒了。他看起来三十来岁，棕发黑眸，很端正的模样。

姜见明此刻已经把自己收拾得很整齐，捧着热枣茶坐在对面的软椅上观察着这个男子。他注意到这人乌青的下眼圈和下巴上冒出的胡须，猜测这位男子最近比较忙碌或者焦虑，无暇打理自己。

"您醒了。"姜见明温和地说，"感觉怎么样，身体还有哪里不舒服吗？"

"啊，不，我没事儿了。"男子闻声扭过头来，投来感激的目光，"您冒险救了我，我……我还害您也差点出事，真不知道该怎么道谢和道歉才行。"

姜见明笑了笑，起身拿起桌上另一杯枣茶走到床边，放在床头桌上："没什么，先喝点热的吧。然后可以告诉我您的名字吗？"

"谢谢，谢谢。"男人双手接过枣茶，低头喝了两口，随后清了清嗓子，指指自己的胸口说道，"我叫郑越，关耳郑，'超越'的'越'，是个没什么背景的穷军官，隶属金日轮帝国护卫军第一团，任少校军衔。"

姜见明点了点头，并没有很惊讶。从男子落水之后展现的身体素质来看，他确实不像个普通平民。

令姜见明有些意外的是男子的下一句话，只见他不无尴尬地道："但那是几个月前的事儿了，现在我被撤职了，是个……无业游民。"

说着，郑越苦笑起来，摸了摸头发："所以对不起啊，这位小阁下，你救了我的命，可我现在也实在拿不出什么能感谢你的东西……"

"被撤职？"姜见明皱眉，"这是为什么？"

"哦，我言行失当。"郑越言简意赅地说了一句，显然不想多说这个话题。

姜见明当然听得懂，他拉过椅子在床头坐下，平静道："抱歉，郑先生，我可能要开门见山地直说了。这次的事件是人为的，有人想要害你的性命，你知道这是为什么吗？"

郑越苦笑着摸了摸鼻子："这个事……旁人还是不知道为好。"

姜见明打开腕机："你说你曾经隶属金日轮，对吗？"

他调出自己的军籍页面，让其投影在虚空中，沉声道："我叫姜见明，是凯奥斯军校毕业生，现是银北斗第一军团谢予夺少将麾下所属军官。"

郑越瞪大双眼，从床上跳了起来："银北斗？"

"你……你是银北斗的军官——"他抓着姜见明的腕机看，立刻激动得涨红了脸，"难怪，怪不得。你连折叠机甲都有，我说呢，原来……"

"郑少校，我之所以问你这些，是怀疑你的遇害背后会涉及某些危害帝国安全的阴谋。如果你仍旧有所顾虑，想要我提供什么证明都可以说，我会尽力。"

只见郑越摇了摇头，长叹一声："唉，从哪儿说起好呢……哦，您既然是银北斗的军官，一定知道真晶矿吧。"

姜见明："是的，我们日常清剿异星生物，从它们身上采集的就是这种东西。"

郑越："那您一定也知道，银北斗的要塞采集完真晶矿这些资源之后会怎么做吧？"

姜见明意识到郑越依然在有意试探他,看看他是不是货真价实的银北斗军官。

　　于是他喝了口枣茶,选择了更详细地回答这个问题:"嗯,每年春季与秋季,会有运输物资的武装星舰在远星际与帝国之间来往。这个时候,第一要塞与第二要塞就会将采集到的近八成真晶矿统一送返帝国,只留两成自用。第三要塞则是例外,它们除了留两成自用以外,还有三成的真晶矿直接供给黑鲨基地进行研究,只有五成真晶矿送返帝国。"

　　"你说得对。真晶矿在帝国是管制品,哪怕是贵族,私藏真晶矿也是重罪。运输过程全程由银北斗和金日轮监管,以艾尔伯恩星城为中转站,随后再按指标分配到各个星城。"郑越指了指自己的鼻子,"不巧,负责亚斯兰星城的监管人员就是我。我和其他两个同僚长年负责监督星舰着陆和资源卸货交接的环节,但是今年秋季交接的一周前,上头突然传来一道命令,说这次不用我们管了,是临时调度,总部会另派其他军官来监督这一趟。"

　　姜见明神色微微凝重,听他说了下去。

　　郑越半是苦涩半是自嘲地说道:"我当时就觉得奇怪极了,这没道理啊。我寻思是谁抢了我的活儿,就去四处打听了,结果越打听心里越凉……"

　　"这根本不算什么机密的军事活动,只是每年两次的例行交接而已。"郑越深吸了一口气,忽然五指用力握住了床头桌的边缘,"可我就是找不到!我居然找不到监督那一趟交接的金日轮军官!这时候上头开始警告我,同僚也都劝我别折腾了,说可能是今年远星际状况不佳,没能把真晶矿送过来呢?可这事太蹊跷了,我觉得不对劲。我有个死党在金日轮的空间站工作,你知道那玩意儿吧?"

　　姜见明点头:"像个白色的大陀螺。"

　　"对,就是那个。"郑越的表情渐渐紧张起来,"那里会审查记录所有来往的星舰,我求死党帮我,他就偷偷跑去查了数据记录。结果,我发现……往艾尔伯恩运输真晶矿的星舰确实照常经过了那里,可我却找不到从艾尔伯恩去往亚斯兰的星舰,这说明什么?"

　　郑越猛地举起双手,脸色因怒火而发红:"这说明,你们银北斗秋季往帝国送的这批真晶矿中,理应运送到亚斯兰的这部分……不翼而飞!它根本没有降落在我们金日轮负责的星舰港上,而是被什么人在中途截走了!"

　　话音未落,姜见明猛地站起:"金日轮高层里,有人在偷截真晶矿?"

　　"我……是这样怀疑的。"郑越长叹一声,颓然坐回床上,手掌捂住了脸,"所谓言行失当,其实就是指我铁了心要追查这件事,惹怒了上头。"

　　他低沉地摇头,喃喃自语道:"可是有什么办法呢,背后的人不知道能量有多大。我,一个小小的金日轮少校,转眼间就被撤职,老婆气得跟人跑了,今天我甚至差点丢命。您呢,也就是个银北斗中尉……"

男人沮丧地念叨，彻底沉入无望的情绪中。转眼间，他却看到面前的黑发年轻人站了起来，戴上耳麦，打开了腕机。

"唉，别……"郑越抬起头，愣愣地想劝阻，"这事水深，最好还是别再牵扯其他人了。"

可是忽然间，面前的投影闪了闪，弹出一个身穿金日轮军装的老人的上半身。

轰！郑越宛如当头挨了一棒，他的脑子里炸开了十万朵烟花，嘴张得老大。

只见这个自称是银北斗中尉的年轻军官那副清俊的眉眼间似乎压抑着怒火，张口就是一句："陈老元帅，冒昧打扰，实在不好意思，我是想请问——咱们帝国的金日轮军，是已经烂到骨头里了吗？"

在接下来的不到十分钟内，也在郑越恍惚的目光下，姜见明快速交代了他所知的情况，顺便把前几天布兰登家仗势欺人的情况也告了个状。

投影对面的老元帅面容始终沉稳，而姜见明则戴着耳麦，这让郑越听不到他们交流了什么。只能听见这位银北斗中尉在一连串"对""没有""好的""我明白了"之类简短的答话之后，向投影里的人致礼告别，挂断电话转过身来。

姜见明："陈老元帅说会派人彻查这件事，放心吧。"

郑越干笑了两声，他脸上的肌肉明显在抽搐，连连摆手："别，小哥，咱们说实话。你不会是我死党看我这几天太消沉，请的亚斯兰首席魔术师——"

"先生，您的想象力太丰富了。"姜见明走向窗口，唰地拉开挂着的窗帘，"来看看这是哪里。"

郑越晕头转向地探头一看，看到一片精致错落的白色建筑。

"这是哪儿啊？"

"仔细看。"

郑越茫然道："这怎么那么像白翡翠宫啊。"

姜见明淡定道："就是白翡翠宫。"

郑越僵直了几秒，眼皮子一翻。

姜见明连忙道："别晕！你晕了我可再难搬动你了。"

可怜的郑越只能再次把眼皮子翻回来，他一屁股坐在地板上，脸色煞白，欲哭无泪地说："阁下！您到底……是什么人啊？"

片刻后，姜见明带着郑越走出了那间屋子。走廊里是未融化的积雪，玫瑰花香似有若无，偶尔有拍动着一双翅膀的智能机器人从他们身边飘过。

经过一番接触，姜见明心里已经大致有了判断：这位郑越少校说的应该不是假话。

"这皇宫怎么……怎么都没什么人呢？"此时，郑越还如同在梦中。

姜见明顺手拍了拍经过的小机器人，温声道："白翡翠宫装饰古典，但里面几乎实现了全智能化。因为活人越少，刺客潜伏进来的可能性就越小。"说到这里，他想起了一个人，"所以人们说没人见过那位深宫中的西尔芙皇太后，就是因为皇宫里几乎不需要用人。"

郑越被安置在侧殿的客房内。

姜见明道："你先住这里吧，明天跟我一起行动，我们去查你所说的问题。"

郑越惶恐，讪讪地摸着鼻子："阁下，真的让我住在白翡翠宫吗？就算您身份尊贵，这也不……不太妥当吧。"

"没什么不妥当，房间建起来就是让人居住的，无论它建在哪里也改变不了它的这个本质。"姜见明淡淡地说着，用他的权限开了房间的门并关闭附近的监控，"皇宫占地那么大，一年却有三百天都空着大半，本来就不合理。"

把郑越少校藏好之后，姜见明也没来得及再歇口气吃点东西，顶着开始转凉的风在白翡翠宫里寻找他要找的人。

加西亚站在廊下尽头。那里有一根建得高高的喷泉柱，水流潺潺地在顶端流转，而那道背影正倚在白色的柱子上。

姜见明走过去，在几步远处站定。

加西亚不回头，也不看他，声音很冷："很晚了，你来干什么？"

"太多事情打扰，才拖到这么晚。"姜见明眯了一下眼，从他这里看去，远处的灯光像朦胧的一片萤火虫。

"你我之间，没什么话好说。"加西亚沉默了几秒，在这几秒间，喷泉柱的水声压过了两人的呼吸声，直到他再次开口，"放下你的执念吧，这是我最后的劝告。"

姜见明道："能轻易放下的执念，还叫执念吗？"

"那我可以告诉你一件事。"加西亚的语调变得更加低沉，"你在白翡翠宫的权限，其实早就被帝国强制关闭了。是我给你重启的。"

姜见明沉默了两秒，道："是吗？那……谢谢您。"

加西亚转过身，姜见明这才看到他的手中把玩着一个悬浮机器人，此刻一松手，那个小东西就飞走了。

"不用谢我，我只是怜悯你。"加西亚的眼角挂着刺眼又冰冷的讽刺之色，"姓陈的老不死也好，谢予夺这种前线的将军也好，黑鲨基地的首领也好，包括身居高位的贵族、大臣……明面上恭恭敬敬地叫你一声'小阁下'，实际上呢，谁给过你真正优渥的待遇？就连这点明面上的恭敬和爱护，也是你用三年的隐忍与识趣换来的。你不争不抢，他们才能留给你一点怜惜。等到帝国发觉你的僭越，谁能保护你？没有人。"

机器人飞过身边时，姜见明看到屏幕上显示着追踪的红点。他立刻意识到那是自己的位置，在这座宏伟的智能化皇宫内，自己的一举一动都会轻易地被更高权限的拥有者监视着。

姜见明闭了闭眼，像被沉重的东西压住了脊梁，他轻喘着哑声道："我知道的，我都知道。"

加西亚烦躁地抿了抿嘴，突然说："你……你放弃吧，今晚回屋去睡一觉，明天离开白翡翠宫……也不要回银北斗了。莱安已确实消散于世，我不可能为你改变我的立场，所谓真相更不是你这种残晶人类配接触的东西。"

姜见明："我不配吗？"

加西亚看着姜见明苍白的面容，他明白自己要说的话是多么伤人。他曾亲眼看到姜见明为了超越天生人种的束缚，是怎样呕心沥血一路走过来的。这一切都是为了莱安太子。而现在，他要顶着这张莱安的面孔，打破这个伤痕累累的人所有的期待。

加西亚转过头，不再多看姜见明一眼，长发在吹来的风中时舒时卷。

"你心里应该明白一件事。"他吐字很慢，是残忍的凌迟，"当初你能够提前结束适应期，成为正式的银北斗中尉，是因为我调走了你。"

加西亚抚着手腕上的斩彗星，这个动作是在暗示对方，他连自己仅存的 A 级机甲雪鸠也丢在河底了，如果找不回来，以后就只有那架银北斗最基础的 M- 激电 18 可用了。

"后来，你之所以能破解宇盗的阴谋，力挽狂澜救了几百人，首先也是因为我有能力带着一个残晶人类上战场。除了我，要塞里不会再有另一个人有这个信心。"

喷泉水柱近在咫尺的潺潺声似乎远去了，姜见明叹道："是的。"

"所以你看，你根本没有自己想象中的那么有本事。接下来，我不再照顾你，银北斗里就没你的位置了。"加西亚说道，"对于被所有人抛弃的局面，你有什么办法？"

姜见明说："我没有办法。"

"那坚持下去就没有任何意义，就算回到军队，你也只会把自己消耗到死而已。"加西亚垂下了睫毛，随着这个动作，他周身的冰冷、残忍的攻击性被收敛了大半，"够了，我的告诫到此为止，你该走了。"

"原本，"姜见明忽然开口，清冷的声音有点发涩，"我哪怕军功不被要塞承认，也可以作为适应期军官，继续留在银北斗至少一年。是您在那个晚上不由分说把我调走，我才跟您走的。"

加西亚的瞳孔微微收缩。这轻飘飘的话语似乎有着特殊的力道，像一把雪亮的刀子割开血肉，轻而易举地胜过了他为姜见明酝酿了大半天的嘲讽与侮辱。

"如果现在您丢下我，坦白说，我确实一点办法也没有。"姜见明继续说下去，语调中的那丝涩意渐渐转化为颤音，"我只能像三年前一样，再次接受命运的嘲笑，感受由同一个人亲手刺进我身上的刀子。"

加西亚突然回头："你在说什么？"

"我是想告诉您，三年前，莱安·凯奥斯赴死之前曾经亲自与我告别，他承认自己毁坏了我的人生。他为了某个目的，将我也当作牺牲品。"

加西亚的脸上露出不可置信的神色，他甚至来不及反驳姜见明的"同一个人"那句话，脱口而出："这不可能。"

姜见明："有什么不可能？"

加西亚冷声道："你的性格不可能记挂一个那样对你的人三年之久。"

"那您觉得，我现在站在这里是干什么？"这笃定的语调让姜见明气得太阳穴突突地疼，连带着眼前都阵阵发黑。

他咳嗽了两声，含怒冷笑起来："我在这里，加西亚殿下。你掐我脖子，扯我勋章，释放晶骨威吓我，用言辞贬低我、侮辱我，让我离开。可我现在还站在这里，跟你一句句从头辩驳这些，是为什么？"

姜见明被他惹火了，冷冷道："凯奥斯，你现在没有立场管我。你可以离开，但是不能不让我说话。"

他就这样说了下去，用不带感情的陈述性语言，从他与莱安的相识讲起，再讲到那场突如其来的别离与死亡。前者寥寥几句话带过，后者却详尽到细节。

加西亚的脸色越来越难看，几次开口试图打断，姜见明却充耳不闻。他转身想走，姜见明却固执地跟着他，一直保持落后他三步的距离。

皇子被迫听完了这段令人窒息的故事，最后姜见明居然用沙哑的嗓子来了句嘲讽："说到底，你这么抵触又是为什么？毕竟，你又不是莱安。"

加西亚的手指被他捏得骨节轻响，他站住，毫无征兆地怒道："闭嘴！别吵了。"

姜见明："是你一直在吵，什么烂脾气。"

"我让你闭嘴……"加西亚突然转身迈了两步，两人之间的空间距离被抹去了。

他神色暴戾恐怖，一把握住姜见明的一条手臂，声音沙哑得吓人："你在发烧。"

姜见明愣了一下："什么？"

"我说，你发烧了，你自己没有意识到吗？姜见明，你是个靠自己就活不下去的人吗？"加西亚却好像彻底被点燃了情绪，溃不成军地低吼道，"还是说，你用这种手段来逼我？你已经狼狈到只剩下这种卑劣的办法了吗？"

姜见明脑子有点晕，有点喘不上气，却一直被加西亚扯着，听见后者颤抖着说："听着，姜见明，到此为止。"

不，姜见明摇头，他心想绝不会到此为止。

加西亚说："我们做个交易，我让你满意。我会去晶巢，我去和帝国周旋，我去找莱安的下落和你要的真相。这个人是生是死，我和他到底是什么关系，三年之内我会给你一个交代。"

"作为交换，你必须答应我。"加西亚手腕紧绷，定定地看着姜见明，"你留在这里，不要再上前线。"

"不要涉险，不要发疯，停下你折腾的一切，让生活回归到你遇见莱安·凯奥斯之前的正常轨迹上来。"加西亚顿了一下，"就是这样，很简单的要求。"

姜见明没有给出回答，忽然又开始急促咳嗽，眼底涌出散不尽的哀伤。

加西亚给他拍了拍背，低声问道："你为什么这么难过？"

姜见明闭眼摇头，沙哑道："我没有，殿下。"

加西亚道："不要叫我殿下，说过了。"

姜见明不说话了，他身躯的颤抖却变得越来越厉害，压抑的咳嗽也越来越剧烈，好似在承受一种崩溃。

加西亚沉默了两秒，道："算了，你随意吧。"

反正等他去了银北斗，他们不会再见面了。

姜见明却没有再叫那声"殿下"，只是闭眼别过了头。

他说没有难过，可他自己知道是谎言。事实就是，他忽然被莫大的悲伤击中了，就算最初发现加西亚不再认得他的时候，就算加西亚对他冷言冷语的时候，他都从来没有感受过这样突如其来又无法抗拒的悲伤。

晚了。姜见明闭着眼，万般酸涩地暗想。

他已经为此点燃了自己的生命，现在，他无论怎样都停不下来了。

7.

姜见明在次日的清晨去了一趟军方总部。

"确实有一艘星舰的记录对不上。来，看看。"办公桌对面的老人将虚拟屏幕推了过来。

姜见明快速扫过上面的数据信息："还真是。没有想到在帝都居然会发生这种事……还是陛下的寿辰当前。"

陈老元帅："不，还有一种可能。正因为是帝都，正因为是陛下寿辰在即，才会有歹人的阴谋。这很可能是个严峻的问题，幸好及时发现了。

"对手很狡猾啊，反侦察工作做得不错，关键的数据要么被抹消，要么被替换，一时难以查出这批真晶矿的去向。

"至于针对机甲的干扰波，谢予夺那个小子天天催着。不过你也知道，这东西是这几个月才出现的，黑鲨基地已经在日夜研究了，但是因为一直没能得到干扰波发射器的样本，技术上想要在短时间内破解非常困难。"

"这样吗……"姜见明把虚拟屏幕推过去还给老元帅，十指交叉，陷入了沉思。

干扰波一日不得破解，在远星际奋战的银北斗军人们的生命就一日处在危机之中。那些为这个帝国英勇奋战的人们，不应该因暗中的冷箭而流尽热血。

"老元帅，我认为这是一次良机。"片刻的沉吟后，姜见明说，"您看，如果我们能够把这个案件追查下去，是不是就有可能从幕后真凶那里缴获干扰波发射器，甚至得到更多情报？"

陈老元帅嚯地扬起眉毛，赞道："说得好。"

老元帅拉开办公桌的抽屉，从中拿出了一套叠得整整齐齐，收纳在透明衣袋里的军装。白底金扣，宛如永昼与炽阳织成的盛世象征。

姜见明只看了一眼就认出来这是金日轮帝国护卫军的制式。

"小阁下，现在是特殊时期，实不相瞒，老头子我这儿很难腾出既有能力，又值得绝对信任的人选来负责调查这件事。好事做到底，送佛送到西。既然郑越少校是小阁下救的，你要是愿意的话，这件事就由你来查下去吧。"老元帅拍了拍那件军装，"我给你临时监察官的职位，全权负责彻查这个案件，没有上级，直接对我负责，怎么样？"

姜见明心中微微一动。他思索了片刻，忽然理解了陈老元帅这不拘小节的做法。与帝国任职的所有军官不同，首先他没有任何派系，不参与权力斗争，可以确信不会被收买也不会畏惧日后的打压。再者，他孤身一人，无父无母，师长朋友们的地位又都非凡。那个潜伏在金日轮中的叛徒也罢，内奸也罢，想要威胁他也无从下手，甚至反而需要掂量是否会引火烧身。不仅如此，他还是唯一亲自上前线见识过干扰波发射器，甚至可能与幕后敌人交过手的军官。

别看他现在掌握的信息并没有比别人多出多少，但战局这种东西瞬息万变，很可能微妙的一点直觉就是逆转生死的机会。抛开资历与成见的问题，他的确是个合适的人选。

姜见明摇头笑了笑："好吧，既然老元帅如此看重，我感到非常荣幸。"

"那就太好了。"陈汉克满意地点头，端起桌上的茶水喝了几口，忽然用漫不经心的语调谈起了另一件事，"哦，小阁下，你在银北斗的军衔……我记得是中尉吧？”

"小谢跟我提过，你曾和加西亚殿下一起深入敌阵，在受困的情况下破解了宇盗的战术，救了几百名银北斗军人的性命。"老元帅抚摸着下巴说道，"这份功劳非同小可，本来应该给你破格提拔的。但是银北斗前线啊，小阁下，你别怪我这老头子说话直，那里的形势确实太艰难了。"

姜见明似笑非笑，不说话。

老元帅站了起来，叹息着走到姜见明身边，伸手拍了拍年轻人的肩膀："可是我也知道，现在让你去后方做文职，你一定不愿意。要不这样吧，当年小殿下还没出事的时候一直想让你加入金日轮，现在该补上啦。等你把这个案件解决了，你就在金日轮做……中校吧。"

姜见明突然转过头去，轻声急促道："老元帅！"

老元帅呵呵地笑了起来，捏着他的肩膀："别怕别怕，银北斗那边的军衔，你想要还是给你留着的嘛。"

姜见明苦笑："我知道，我不是那个意思……"

从中尉到中校，连升三级，这是自新帝国建立以来前所未有的破格提拔。看老元帅的意思，竟是准备让他同时在银北斗与金日轮这对帝国最强的"银矛金盾"中任职……这已经不仅是破天荒头一遭，更是多少帝国军人连做梦都想不出来的事情。

姜见明有些哭笑不得地暗想：果然，虽然表面上不再追究自己骗走调令的事情……但老元帅还是更想把自己留在帝国，而非远星际前线。

这究竟是因为关心自己，还是为了帝国的秘密，抑或是两者皆有……他并不好推测，很聪明地没有去追问加西亚的存在是为什么。

所以姜见明轻描淡写道："嗯……升职的事，再说吧。我先把这件事解决了再说。对了，外头等着的那位郑越少校，请派给我做副手。为了一个和自己毫无关系的不公正情报，他能顶着上级的施压，赔上自己的身家性命也要追查到底，是个有血性的汉子。"

很快，统帅办公室的门开了，姜见明抱着自己的新军服走了出来，冲着外头忐忑不安地坐了很久的郑越招招手……就这么淡定地把人领走了。

时间紧迫，姜见明让郑越直接带他去了位于亚斯兰星城一区的金日轮驻扎分部大厦。

两人下了飞行器，一座巍峨的高楼赫然立在面前，玻璃窗反射着阳光。

对于郑越来说，这几天的时间内他无疑经历了人生的大起大落。此刻他笑呵呵地跟在姜见明身后，一边指路一边介绍，对于现状接受得极为自然，连"小阁下"

的称呼都叫得无比顺口。

金日轮的军方大厦建在居民相对稀少的一区，视觉效果上像一座高科技感极强的擎天之楼。两人进去后往里面走，身姿挺拔的金日轮士兵与军官们从他们身边走过，偶尔会有人向容貌出众的姜见明投来好奇的目光。

郑越替姜见明按了电梯，比了个"请进"的手势："我先带您去认认您的办公室，然后带您去见这个分部的最高负责人，路德中将。"

电梯的镜面映出了一身白金军装的年轻人，同样是帝国军装，与银北斗的黑银色调相比，金日轮的制式穿在姜见明的身上，似乎少了一丝凛冽，多了一丝贵气。

郑越忍不住又将姜见明打量一番："小阁下，我以前在金日轮护卫过的大人物也不算少了，能像您这样有气质的可真不多见。我冒昧地问一句，您到底是什么身份的人？就算不方便直说，稍微透露一点行不行？"

"怎么说呢……"姜见明低头，看了一下自己戴的白色真皮手套，不禁轻笑。

陈老元帅应该是早就猜到他会一口答应下来，连手套都为他准备好了。

"我本身确实是个普通军官，真的，只不过凑巧攀上了不少非富即贵的关系。"

郑越困惑地摸了摸头发："凑巧……"

金日轮的高楼地上地下加起来总共十八层。电梯在八楼停了下来，他们走了出去。

姜见明回忆了一下老元帅为自己安排的房门号是 813，回头道："对了，郑少校……"

郑越："别，小阁下直接叫我名字，或者叫一声'老郑'就行。"

姜见明："好，那……老郑，你提到过在你试图追查这件事的时候，有上级给你施压？"

郑越叹了口气，眼底阴郁下来："对，当时警告我的是杜克参谋官，但金日轮的上下关系比银北斗分得细得多，上级后头说不定还有上级，幕后究竟是什么人，我猜不出来。"

这时，对面有两个军官勾肩搭背地嬉笑着走了过来。

其中一个看见郑越，吹了个口哨："哟，这不是老郑吗！怎么，才被扫地出门多久就找到门路回来了？有本事啊你！"

另一个则用不善的目光把姜见明打量一番："这位是哪家的小公子啊，年纪轻轻就进了金日轮？老郑，还不给兄弟们引见一下？"

郑越的脸色一下子黑如锅底，骂了声："滚！"

那两个军官也不在意，似乎也就是随意开个玩笑，嘻嘻哈哈地走过去了。

姜见明回头，看着那两个军官消失在拐角处，没说什么。

郑越倒是先尴尬起来，闷声挠了挠棕色的头发："唉……又叫您见笑了。其实金日轮在建立之初，确实是与银北斗齐名的精英军队。只可惜后来……金日轮这轮太阳的陨落，是在第五次，也就是最后一次神圣战役的时候。"

姜见明用权限打开了813房间，安静地听身后的男人说话。

"小阁下，您是银北斗人，应该很清楚'银北斗征战远星，金日轮守护帝国'的说法。"郑越说道，"但这事在历史上有一次例外，那就是第五次神圣战役。唯独那一次，大帝从金日轮里点兵。整整二十万人，几乎是前四次远征的银北斗军人数目的总和，全部是金日轮军中的精锐。"

两人一先一后地走进房间，这是间单人办公室，明亮干净但不算大，只有一张沙发、一个茶几、一套办公桌椅以及旁边的书架。

郑越语气沉重地说着话，替姜见明把窗帘拉开，将桌椅摆正："现在，帝国的历史书都在尽力模糊最后一次远征，但记得的人还记得，想要查也查得到。什么帝国的宏图霸业，什么为人类开疆拓土、征服宇宙……都是遮羞布。神圣战役的终局，就是一场彻头彻尾的悲剧。那些奔赴远星际的精锐，包括大帝本人在内，一个人都没有回来。"

"我是收缩派，小阁下。自第五次神圣战役的惨败之后，金日轮一蹶不振。我的外公外婆都是那场远征的牺牲者，我妈妈很小的时候就成了孤儿，童年凄凉，落下了一辈子的病。"郑越低头咬了咬后牙，沙哑道，"现在银北斗每年往晶巢派遣一支军队，帝国内就多一批失去儿女的父母，以及失去父母的儿女。我实在没法接受……付出这么大的代价，只为了填满上位者所谓的征服欲。"

等身旁郑越的呼吸平复下来，姜见明问道："最后一次神圣战役，大帝的远征军走了多远？最终到达的地方是晶巢吗？"

郑越深吸一口气："我不知道。"

姜见明又沉默了两秒，抚了一下他的肩膀："先做好眼前的事吧。"

"哦，对。"郑越揉了一把脸，收拾好情绪，道，"我带您去见我们的中将。"

"不用。帮我找一间大点的会议室，叫一下这里校级以上的军官。"黑发年轻人意味深长地轻笑了一下，戴着白手套的手指交叉着搁在办公桌上，"咱们先……开个集体会议吧。"

这天下午，一个劲爆的消息在金日轮内部不胫而走。一位新任的临时监察官从军部总部"空降"至金日轮，看上去文弱温和，年纪二十来岁，却在就任当天把金日轮的高级军官们劈头盖脸地教育了一通。

杜克参谋官从迈进会议室时就摆好了架势，准备给这年轻人一个下马威，结果却被那位姜监察官字字句句堵得哑口无言，还被罚了抄写，叫一众人跌破眼镜。

　　到了晚上，金日轮的军用宿舍，姜见明坐在新配给的书桌前，皱眉思索："从那批真晶矿送达帝国以来，金日轮在亚斯兰的星舰基地的所有数据都在这里了吗？"

　　虚拟屏幕对面，郑越正快速回答："都在这里了，小阁下。除了星舰基地的数据，我还调查了民用星舰港的信息。除了位于一区的最大的白鲸星港之外，在亚斯兰还有两座民用星舰港，同样没有查到异常。"

　　"我还派人去调查了亚斯兰星城其他可供星舰降落的空旷地带，结果要过两天才能收到。"说完，他自己就先苦笑着摇了摇头，"嘿，不过看这架势，希望也不大。"

　　姜见明沉吟不语，眼神时明时暗。

　　一艘星舰……那可是一艘帝国军用星舰，而不是一个人或一条野狗，绝不可能凭空消失。可现在就是查不出记录，它能去哪儿了呢？

　　郑越："您看，要不还是从杜克那边下手？"

　　"这样吧，老郑。"姜见明闭眼轻吐一口气，而后站了起来，"你先去联系一下艾尔伯恩星城的空港，看看那艘星舰按时返航了没有。今天也不早了，你查完之后把结果发给我，然后就先休息吧。"

　　"是！"郑越敬了个礼。

　　几秒后，通信窗口暗了下来。

　　姜见明却还坐在桌子前，他也没看屏幕上的数据，只是怔怔地出神。

　　凌晨三点，街道上悄然无声。金日轮高级军官宿舍的窗户，只剩下那一扇还亮着光。直到某一刻……沙沙一声响，有人从屋顶无声地跃下，单手攀着窗框，靴子踩上了狭窄的窗沿。砰砰！那人手掌快速拍击窗玻璃。

　　"谁？"伏在桌前睡过去的姜见明猝然惊醒，他下意识扭身回头，右手手掌已经摸到了腰间的枪套——然后，他僵硬一秒，整个人软了下来，跌回椅子上。

　　对上窗外那双在黑暗中隐约泛光的翡翠色眼眸，姜见明哭笑不得："殿下！您深更半夜敲我窗户干什么？"

　　"你……"加西亚面色冰寒，直勾勾地盯着姜见明，嘴角紧绷，"我让你不要上前线，你就进了金日轮？"

　　"我本来就是军校生，殿下。"姜见明走到窗前，"能进金日轮，对于帝国的大多数军校生来说都是殊荣。"

几秒后，加西亚冷硬地别过头去，踢了一下窗沿："开窗，给你东西。"

姜见明很听话地开窗，下一秒，皇子拽着他的小臂，飞快地往他手腕上套了一个银白色的手镯，如此熟悉——

姜见明睫毛一颤："雪鸠。"

"听着，虽然我绝对不会接受莱安的身份，"加西亚收回了手，在窗口侧过身去，俯视着市区零星的路灯，"但……既然秘密有可能涉及我自身，我当然也想要知道。"

加西亚轻轻地说道："只要你同意交易，我们就是盟友了。"

还是不要再争吵了，加西亚涩然暗想。

那晚他说了很过分的话，可那并非他的本意。

那边许久没有声音，加西亚悄然瞥过去一眼。

姜见明怔怔地站在窗口，眼神有些愣。

"机甲，折叠机甲。"他念了两声。

就是这个！姜见明三步并作两步，冲回书桌前拍开了虚拟屏幕！一种过电般的战栗感飞速冲上脊背，他呼吸微微急促，猛地抿紧了嘴——为什么会查不到星舰降落记录？如果……如果星舰从一开始就没有降落过呢？

对面，郑越的电话很快就接通了。

"可能是折叠机甲！"姜见明声音紧绷，甚至顾不上解释前因后果，"只要在星舰内预先装载了大量折叠机甲，在半空中将全部真晶矿分批次运送下来，就可以避免在星舰港降落了！"

然而奇怪的事情发生了，对面一直很靠谱的郑越少校却渐渐露出了某种茫然放空的表情。用文字翻译，就是"老子这是不是没睡醒"，以及"老子这是做的什么梦啊"。

身后，窗口地板被人踩得轻响，加西亚咬牙切齿地冷笑："姜——见——明——"

姜见明眨眨眼，只觉得脚下一轻，他直接……被殿下的晶骨给拎起来了。

"这就是你在忙的事情？对面是你继谢予夺之后的新下属？"晶骨迅速收拢，加西亚咬牙怒道，"姜见明，去哪里任职是你的自由，但现在凌晨三点，你觉得你是能熬夜工作的体质吗？"

"殿……殿下！"姜见明又惊又气又好笑，扑腾着伸手想挡住摄像头，"您……遮蔽器都没……"

对面，郑越双眼发直，嘴巴开合，像一台出了故障的播音机："莱……莱……"

加西亚冷笑更甚："怎么，我就这样见不得人吗？戴不戴遮蔽器，你又以什么立场管我？"

姜见明："您也知道现在三更半夜的，把我的副手吓死了怎么办？等等，先放开我——"

郑越结巴了半天，白眼一翻——

"别晕，干活儿了。"姜见明哭笑不得，一边推着加西亚，一边扭头道，"去查那几天的空路监控，快快快！"

8.

这一次的猜测命中靶心。再次收到郑越的信息是在第二天的上午，紧急调集空路监控的结果显示，当晚曾有五架折叠机甲形迹可疑地往返了三次。

姜见明当即往金日轮军方大厦去了一趟，拿了权限调集全星城的隐形监控，一路追踪机甲降落的位置。

"这……这……"办公桌旁，路德中将不敢置信地伸长了脖子。屏幕上的画面虽然模糊，但依旧能隐约看到机甲落入一栋巨大豪宅的后花园里。

年迈古板的老将军一拳捶在桌角，一张脸一会儿赤红一会儿铁青，惊怒交加之下语无伦次："岂有……岂有此理！"

面对着眼前年龄几乎是自己三分之一的年轻监察官，路德中将冷汗都下来了，仓皇低头："监察官阁下，这……这确实是下官监管不严之罪。金日轮军内部居然……居然会出现这样重大的疏漏……"

"老将军，"姜见明淡淡地打断他，食指敲击着桌角，"现在贼人不是偷走了一块两块真晶矿，而是搬空了整整一艘星舰，从上至下，居然只有郑越少校一个人发现了端倪——随后他就被金日轮开除了军职。那天金日轮的运输船载着机甲干扰波发射器冲进九叶大河，想要杀人灭口，我和郑越差点把命丢在河里。你们金日轮的军用船就是这样给外敌当刀使的吗？"

"至于军纪散漫、权贵跋扈这些我就不说了。"姜见明目光扫过窗外走廊上路过的几名金日轮士兵，低声道，"我甚至无法判断，这栋高楼里究竟还有几个人是帝国的忠诚战士……"

"阁下！"路德中将脸色越来越白，咣的一声单膝跪地，"是下官治军不严，致使金日轮内部疏漏频出，罪无可恕！"

"但是阁下，下官以这条老命和这辈子的所有军功荣誉担保！"中将抬起激动的脸庞，以拳捶胸，"金日轮……金日轮绝大部分帝国军人都是清白的！请您允许下官即刻派兵封锁这座宅院，进行搜索清查！"

姜见明盯着路德中将的表情和举止观察了半晌，初步判断这个老头似乎确实不知情，转而以眼神示意了一下监控中的画面："这是哪家的宅子？看着很有钱啊。"

郑越适时地在旁边开口："哦，这好像是布兰登家族的一座宅子，小阁下。"

自从知道了小阁下的真正身份和背后的关系之后，他整个人似乎瞬间变得精神百倍，胆子也飞速膨胀。就算面对路德中将这位原先的老上司，他也半点儿都不怯场。

路德中将却不敢懈怠，顶着额头上豆大的冷汗道："阁下！私藏真晶矿是大罪，按律法最高可判死刑，更不要说现在嫌疑人涉嫌勾结宇盗恶势力……下官立刻派兵控制布兰登一家，听从帝国发落！"

"老将军，请少安毋躁，我会给您证明清白的机会的。"姜见明倒是稳得很，他抬头一扫电子钟，随意伸手理了一下领口，"时间快到了。"

路德中将："时间？"

姜见明"嗯"了一声，指了指自己的椅子背后："待会儿，你们两位什么都不要做，什么都不要说，站在这里就可以了。"

片刻的工夫，办公室的门被敲响，杜克走了进来。

姜见明端正地坐在办公桌后面，戴着手套的十指交叉："杜克参谋，来交抄写任务了吗？"

"监察官。"杜克参谋脸色十分难看，手里捏着一张写满字迹的纸，先是看了一眼站在旁边的路德中将和郑越，然后慢吞吞地走到了办公桌前面，"是的，我写完了……"

嗒，一语未完，杜克参谋的瞳孔惊愕紧缩——他僵硬地低下头，只见银灰色的枪口抵在了自己的心口。

姜见明依旧保持着微笑，单手持着维纳斯之翼，眼神却如淬了冰的剑锋："你勾结布兰登家族，协助转移真晶矿的事情，我已经拿到铁证了。我只给你一次坦白从宽的机会。路德中将就在这里，不交代，我可以把你就地枪决。"

在姜见明身后，郑越瞪大了眼睛，扭头就看到了同样瞠目结舌的路德中将。

前脚连夜抓到证据，后脚就对共犯嫌疑人当场拔枪恫吓？中间间隔不到二十分钟，这也太猛了吧？

黑漆漆的枪口当前，杜克一张脸瞬间白了，却还在强作笑容，下意识想推推眼镜："监……监察官阁下，您这是开什么玩笑呢？这……"

姜见明却以手指轻扣扳机，淡淡道："别动，举起手来说话。"

杜克参谋的腿肚子一阵发麻，他颤巍巍地举起双手，感觉自己勉强保持笑容的两颊已在抽搐。

"中将，这……这是……"杜克艰难地将视线转向路德老将军，"呵呵，这是有什么误会吧。您说，您说，我都可以解释。"

路德中将保持着沉默，像一尊铁铸的门神一样，一动不动地望着杜克。

　　杜克一双眼渐渐爬上了血丝："监察官，恕下官难以接受，你说我勾结……勾结外人盗窃真晶矿，有什么证据？"

　　姜见明把虚拟屏幕一拉，转给他看。

　　杜克看了一眼，就像被踩了尾巴一样叫起来："这是什么？嗯？给我看这些是什么意思？我根本不认识这些机甲，难道阁下要硬说是我指使的吗？你根本没有证据！这种行为就是在屈打成招，就是在污蔑帝国军人！就算你背后有老元帅撑腰，帝国法律也不容……"

　　姜见明敛眉轻笑两声，摇头打断了他："杜克参谋官，何必搞得这样难看呢？难道你非要我说出，昨天你去见了布兰登家的大少爷，你才死心吗？"

　　在姜见明身后，郑越与路德中将不可思议地睁大了眼睛。

　　昨天……杜克和布兰登大少见面了？

　　果然，这位参谋官涨红了脸庞道："我！我们，我……我们只是私……私交，谈话的内容都是私事！"

　　姜见明咣当一踹桌脚，收起笑意换了张冷脸，幽幽道："杜克参谋，事到如今我实话告诉你吧，你们密谋的这一切，老元帅早就心知肚明了。不然你以为呢？我这样一个初出茅庐的年轻人，真能只用一个晚上就把所有的证据都查得清清楚楚吗？"

　　郑越眼神有一瞬间的呆滞，差点破功。

　　姜见明恰到好处地回头看了他一眼："就连郑少校的落水，也是计划之中，用来麻痹你们的而已。"

　　路德中将渐渐露出恍然大悟和羞愧的眼神。

　　郑越暗想：小阁下看着文静良善，居然这么能唬人……他这么一想，再抬头看，惊见杜克的五官已经在狰狞地跳动，双眼血红，宛如一头被逼到绝境的恶兽。

　　突然，杜克疯狂地吼了一声，双拳上亮光暴涨——晶体状的物质以肉眼难以捕捉的速度凝聚成形。淡紫色的晶骨宛如一对水晶重锤，朝着姜见明的脸庞与心口两处轰然捣去！

　　这一切都在电光石火之间，杜克与姜见明之间的距离太近，晶骨从释放到刺穿一个人的身躯根本不需要一秒钟。然而姜见明也早就防着杜克暴起杀人，这个瞬间他冷静到极点，借着椅子的弧度往桌下一躲！

　　轰然一声巨响后，整张桌子都被晶骨砸烂，木屑与碎片乱飞。姜见明却在这股混乱中就地滚了两圈后起身，顺势举起维纳斯之翼——他刚刚说着要就地枪决，心中其实想的是要活捉。姜见明眼神一狠，砰砰连开两枪，瞄准的是杜克的双腿！

　　一声惨叫，血溅墙壁。杜克躲开了第一枪，却被第二枪击中了左腿，顿时跪趔着跌倒在窗边。

"杜克！"郑越怒吼一声，与路德中将几乎同时释放出晶骨，冲着杜克参谋就扑了上去。

与此同时，门外的警卫兵也哗然冲入，齐齐举枪。

姜见明却眼尖地见到杜克伸手抚摸他的另一只手腕，这个动作对他来说再熟悉不过，姜见明心头一颤，喝道："快后退！"

下一秒，金日轮大厦八层的一角猛地发生爆炸。

"啊——"

"发生了什么事？"

远处无数行人或惊恐地扭头，或抱头尖叫。

庞然巨物掠过他们的头顶，带起一阵狂风。

——是折叠机甲 L- 黑星！

头破血流的郑越和路德中将双双抬起了头，惊愕地看着撞破窗口与墙壁冲向亚斯兰城区上空的那架机甲。这可不是在随时都会发生战斗的银北斗，而是驻扎在帝国的金日轮——区区一个参谋官，居然拥有折叠机甲？！

一道身影掠过两人的视线，姜见明半点犹豫都没有，翻身跃出冒着滚滚浓烟的建筑缺口，左手上的银白手镯在阳光下闪烁，他厉喝道："雪鸠——飞行态！"

雪鸠如同一只美丽的凌云白鹤，载着姜见明追逐杜克所乘的那架机甲而去。

转眼间，风平浪静的亚斯兰星城陷入大乱！

金日轮的大厦内，路德中将的咆哮声回荡在全层各处："金日轮官兵都有，即刻保护并疏散民众！"

很快，杂乱的脚步声和呼喊声此起彼伏。

"锁定敌人逃跑路线，机甲兵紧急出阵！"

"现在是监察官亲自在追？！"

大屏幕前投影出星城地图，象征敌情的红点正闪烁着飞速移动。

一个金日轮军官突然起身惊叫："不好，两架机甲要冲进城区了！"

亚斯兰一区的上空，A 级机甲两道炮口延伸，火光连射。

驾驶舱内沾满了大片血迹，杜克的晶骨紧贴在操纵屏上，双手则用光束治疗仪压着自己受伤的腿，眼角疯狂跳动。

S- 雪鸠在空中旋转着避开炮火，紧追其后，正稳步地拉近距离。

双手操纵机甲的姜见明微微喘息，冷汗从黑发间滑落。

刚刚被晶骨震伤的肺腑还在剧痛，他抿嘴集中精力："赛特，给我半针镇静剂。"

久违的冰冷针头刺入后颈，舒缓了难受的感觉。姜见明眼神沉稳，手指飞速操纵。雪鸠斜身擦过一栋灰色高楼，又旋转攀升至更高处，在维持高速飞行的同时，三门机甲炮全开，炮火倾泻！

街道上，呼喊声、惊叫声与破口大骂声混杂在一起。帝国的和平持续了太久，外有银北斗，内有金日轮，战火这种东西已经有几十年没有波及平民了。

"别过来！这前面可是居民区！"一声尖厉的破音吼叫从改装机甲黑星的驾驶舱内传来，"再追，再追我就冲居民楼开炮了！我开炮了！听见没有，再追我就开炮了——"

机甲内置的喇叭将他的声音传得很远，回音中，L-黑星的一条炮管转向，瞄准了不远处连绵的建筑群。

城区，一座再普通不过的居民楼内。

才三四岁的小女孩头戴花冠，捧着一碟蛋糕，站在家里的窗边，脸上洋溢着花儿一般的笑容："爸爸妈妈，拍照照——"

小女孩的父母蹲在另一侧，甜蜜地高举着专业相机，手指正要按下快门，洋溢着欢笑的脸上忽然笼罩了恐惧的阴影。

窗外，机甲的炽热炮光在尚不知发生了何事的小女孩背后大放。

"莉莉！"相机落地，夫妻尖叫着扑向女儿，却为时已晚。

轰！伴随着墙壁崩裂的巨响，炮光将视线夺走了一瞬。气流乱冲，夫妻俩哀号着摔倒在地上。

硝烟渐渐散去，几秒后，女孩的号啕大哭声传了出来。

"莉莉……莉莉！"年轻的父母发疯般地从地上爬起来，冲进浓烟里，下一秒却被眼前的情景震住。

只见女孩瘫坐在地，放声大哭，她的蛋糕掉在了白裙子上，除此之外毫发无损。破碎的窗户玻璃一片片散落在她身后的地板上，它们闪着梦幻的光，倒映出上空一架线条精美的雪白机甲。

S-雪鸠在千钧一发之际横冲过来，角度完美地卡在了墙壁与窗户之间。一对纯白盾牌张开，如神使悲悯的羽翼将女孩护在下方，自己四分之一的机身都被烧得焦黑。

劫后余生的夫妻跪坐在地，他们将女儿紧紧抱在怀里，近乎虔诚地含泪抬头——透过驾驶舱前的合金玻璃，他们隐约看见了一个黑发年轻人清俊沉静的侧脸线条。

狂风涌入破碎的窗口，下一秒，S-雪鸠再度疾速冲上天际！姜见明深吸一口气，压住乱跳的心，扫了一眼赛特报出的机甲破损度，17%……

他点头："问题不大。"只要不至于坠机，那就能继续追！

外壳的损伤并没有影响到这架机甲的行进速度，姜见明的目光紧盯着前方那架在高楼大厦间翻飞穿行的机甲L-黑星，轻轻地咬了一下牙。

"赛特，如果我能同时击毁引擎和能源槽，敌方机甲还能开炮的概率有……"话说到一半，他自己先沉吟摇头，"算了。"

人命关天，不能用概率来看待问题。但现在事情麻烦了，四周都是居民建筑，等于是亚斯兰星城的帝国公民都被杜克当成了人质……金日轮的军队追上来恐怕还要一段时间……怎么办？

"你还敢追，不要这帮平民的命了吗？"杜克还在驾驶舱内扭头大吼，他的镜片上蔓延着一道裂缝，脸上挂起孤注一掷者的狂笑，"关闭机甲炮然后降落，不然我开炮了！到时候，整个帝国都知道金日轮是罔顾平民性命的独裁军——"

这时，姜见明身旁的通信屏突然亮了起来，陈汉克老元帅的面容出现在小窗内："小阁下，情况我已经知悉。"

老元帅的眉头舒展着，表情很和蔼，那些皱纹甚至显得有些慈祥。然而老人的眼底没有笑意，只有铁一样坚硬的东西，缓缓道："嗯……特殊情况下，付出少许的代价也是难免的。如果造成人员牺牲，我来负所有责任。"

姜见明心下一沉，握着操纵杆的手掌蓦地收紧，指节泛青。

杜克吼道："我再说最后一遍：关闭你的机甲炮，然后降落！"

姜见明抿嘴，他抬手……让雪鸠收回了机甲炮。前方无数亮光炸起，是L-黑星趁着雪鸠收炮的一瞬间扭头开火！然而雪鸠反应神速，猛地减速俯冲，扫射的火光擦着机身被巧妙避过。余波扫中了远处的一栋高楼，无数玻璃碎片从天而降，民众惊呼不断！

姜见明沉声开口："杜克参谋，冷静一点。帝国的领土覆盖整整三个星系，星系外的远星际还有银北斗军队驻扎，你能逃到哪里去呢？"

"别废话，降落！"杜克还在红着眼睛咆哮。

"降落可以，但就算我现在降落又能怎么样？等你冲出城区，金日轮的机甲阵就会立刻将你轰得渣都不剩。但是托我的福，你现在手上还没有人命。"姜见明自顾自地说下去，"杜克参谋，事情还没有到不可挽回的地步。"

杜克粗重的喘息声在半空中回荡。

街道上，躲在遮蔽物下的民众们战战兢兢地抬头远望。那两架机甲依旧保持着一段相对距离飞行，机甲黑星的炮口对着下方建筑和身后的雪鸠，而雪鸠则只以盾牌采取防御姿势。

"私吞真晶矿的不是你，你是共犯，而非主谋。"两架机甲都没有再开炮，半空中只有年轻人淡定的嗓音，"只要你现在降落，然后把所知道的一切说出来，非但不会被判处死刑，反而可以将功补过，说不定只在牢里蹲个三五年就出来了……"

机甲驰行，前方是两栋暗金色的高楼，这是一区的地标性建筑双子星大厦，也是亚斯兰星城最高的建筑。

"回头是岸，杜克参谋。你也知道我最初说要枪决是假的，我们还有未掌握的消息，帝国需要你……"

变故忽然发生，就在 L- 黑星即将穿过双子星大厦中央的时候，两架陌生的机甲猛地从两侧冲了出来，借着建筑物的遮蔽提供的视野死角，机甲炮口聚光！

杜克瞳孔骤缩，张口欲喊……轰然巨响回响在天空，淹没了他的声音。

姜见明屏息，他猛地拉紧操纵杆，雪鸠划过一个向上的弧度，堪堪停了下来。

只见前方的 L- 黑星上爆炸火光大盛，巨大的机甲冒着浓烟翻倒了下来，向着地面加速坠落。而那两架开火的机甲也冲了上去，一左一右地顶着 L- 黑星报废的机身，使其减速，避免这架机甲砸落伤人。

三架机甲发出一声闷响，砸落在双子星大厦前的空旷广场。

两个机甲驾驶员分别从两架机甲中跳了出来，是两个男人。他们不顾 L- 黑星被烧得滚烫的温度，用晶骨砸开驾驶舱口，将里面的杜克拖了出来。

杜克的身躯血肉模糊，软得像被抽走了骨头。

两位机甲驾驶员对视一眼，其中一个说："没气了。"

另一个打开腕机，用下属对上级禀报的端正语气对腕机另一端说话："阁下，扰乱星城的恶徒已被当场击毙，机甲降落在双子星大厦前方，现场无人员伤亡。"

远处，隐约传来民众欢呼的声音。

姜见明操纵着雪鸠落地，擦了一把额间的汗水，推开驾驶舱跳了下来。

他走上前去，眼神复杂地扫了一眼杜克的尸体，嗓音有些哑："多谢援手，你们是……"

两个男人同时敬礼，显然训练有素："我们是劳伦首相雇用的私人机甲操纵师，奉首相阁下的命令，前来援助擒拿恶徒！"

此时，两排飞行器由远及近穿过高低错落的建筑群，护卫般簇拥着中间一架高档飞行器降落。

一位中年男士从中间的飞行器中快步走了下来，他面色严肃，身穿低调内敛的深蓝色贵族衣装，先对自家的两位机甲驾驶员说道："做得很好，辛苦了。"

这位贵族一现身，远处的民众突然沸腾了起来。

"是劳伦阁下！"

"首相阁下万岁！"

格哈德·劳伦……旧贵族出身，却是坚定的平民派系。近几年，他终于熬到了首相这个位置，作风勤俭正直，在中下层人民中声望极高。他也就是当初罗海老师和姜见明夜话时提到的储君之争中除了奥德莉之外的另一位有力竞争者。

然而对于姜见明来说，因为劳伦首相与陈大统帅常在国事见解上有所摩擦，而老元帅又是莱安小殿下的老师，当年他与劳伦直接接触的机会并不多。

他上一次与之交谈，似乎还是在皇太子殿下的葬礼上。他黑纱罩面，沉默扶棺，周围是各种异样复杂的目光。劳伦阁下上前，礼节性地劝慰他节哀顺变。也就是说，两人的关系概括成三个字——不太熟。

半空中有黑点快速放大，是金日轮的机甲追过来了。姜见明知道，接下来没他的事了。他惋惜地又看了一眼杜克的尸体，最后还是没能抓到活口……这位劳伦阁下，出现得也太"及时"了些。

劳伦令自家的护卫与赶来的巡逻警一起护送着激动的民众远离现场，随后分开人群，向不远处的姜见明走了过来。姜见明稍作犹豫，还是行了个军礼。

劳伦目露惊讶之色，仔细地将姜见明打量了几番，不敢置信地道："姜阁下？怎么会是您？"

姜见明与他握手："多谢劳伦阁下仗义出手，我谨代表金日轮全体官兵，向阁下表示崇高的敬意。"

劳伦立刻笑道："不敢不敢，竟然令姜阁下受惊，是我来得晚了。"

忽然风起，一架修长的银黑色机甲从后方掠过。

姜见明回头看了一眼降落的斩彗星，微微笑了："有人来接，请容我先就此失陪。剩下的杂事，会有金日轮士兵来处理，就不劳烦阁下了。"

坐进驾驶舱的下一秒，姜见明果不其然地对上了加西亚俊美却冷漠的面容。

殿下手掌中随意地拿着一个便携型的镇静剂气雾喷剂，不由分说就往姜见明嘴里塞，后者连忙把头往旁边一扭："我打过镇静剂了！"

"哦，"加西亚顿了一下，把手中的气雾喷剂随意一扔，神色冷淡地向后靠在靠背上，"你真的被晶骨波及了。"

姜见明：什么叫智者千虑必有一失啊！他天天在外头坑蒙拐骗诈别人，今儿竟在自家小殿下面前翻了船！

斩彗星升空后没飞出多远，郑越的电话便打过来了："小阁下，所以您……您是派人跟踪了杜克？"

"没有啊。"姜见明道，"我不是说过吗？没有证据的时候，做什么都不方便。"

郑越："那您怎么知道他和布兰登大少密谋——"

"诈他的。替主家做了坏事的小跟班，看到上头派人来追责，当然会吓得第一时间跑去通知主家，很简单的道理。"姜见明脸色还有些苍白，幽幽地说，"可惜，现在说这些都没用了，人已经确认死亡。这条线索挖不出东西了，恐怕只能不了了之。"

"那，布兰登家的那座宅院，您看……"

姜见明摆了摆手："别想了，现在肯定什么也搜不出来的。前有你的追查，后有我这个监察官就任。这种形势下，傻子也不敢把真晶矿堆在自家的宅院里。而且……其实我有些怀疑，布兰登背后或许还有人。"

金日轮大厦已在眼前，机甲缓缓降落。

加西亚深深地看他一眼，忽然低声说："那个首相有问题。"

姜见明回头："怎么说？"

"刚才星城动乱，闹起来的时候我就过去了。我本来想绕到前方和你夹击，但很快发现你们速度太快，行进的方向又混乱，每一秒都有可能变道，拦不住。"

"斩彗星已经是速度最快的 A 级机甲，我拦不住，贵族家的私人机甲师不可能拦得住。"加西亚淡淡地说着，翠绿色的眸底有寒意一闪而过，"更不要提找到好的遮蔽物，预先埋伏在那里。"

除非——对方预先知道杜克参谋在叛逃后会将机甲开往这个方向。

9.

震惊亚斯兰星城的骚动平息后，明面上的罪责被推到了杜克参谋身上。杜克一党的余孽得到了相应的处分，被冤枉的郑越少校恢复了原职。

只有姜见明自己心里清楚，被他揪出来的杜克的手下只是小喽啰，什么也问不出来。至于那日杜克逃亡路线的前方，派人搜索后找到了一个隐秘的地下室与小型星舰停泊场……显然，杜克是准备想办法躲进这里后乘星舰逃亡，没想到行至半途就一命呜呼。

为了找出那批不知去向的真晶矿，金日轮已经在整个亚斯兰星城进行了地毯式搜查，然而至今一无所获。就连布兰登家的大少爷也迅速向金日轮递交了辞呈，一溜烟地躲回家了。

与此同时，一封意外的来信送到了姜见明的手上。

发信者居然是格哈德·劳伦，首相阁下在信中先是致以了细致的问候，并言辞恳切地写道：如今帝国形势严峻，正处在一个关键的转折点上，这令自己辗转反侧，深感能力与见识之浅薄。而姜阁下身为平民出身的无晶人种，同时又是凯奥斯军校的高才生，是深受皇太子以及大统帅赏识之人，自己十分希望能与阁下一叙，以求拨云见日。

附件是一封宴会的邀请函。

"你去不去？"加西亚将那封信翻来覆去地看了两遍，若无其事地问。

"殿下该明白不入虎穴焉得虎子的道理。"姜见明简洁地回答。

所以现在……姜见明手握着宴会邀请函，站在劳伦首相的宅院前轻轻舒了口气，他还是来了。

出乎意料，周围的行人不仅有贵族，更有不少平民。

很快，姜见明发现在凯奥斯军校结识的那个平民少年蒋凯文此刻挤在人群中，正在边走边紧张地抚平衣服上不存在的褶皱。

听到有人叫他，他愕然转过头，立刻露出惊喜之色："姜？你也来这里了。"

姜见明淡淡道："说过多少次了，叫学长。"

他和蒋凯文并肩走进去。只见面前的豪宅挂满了明亮的彩灯，维持秩序的警卫员检查着来往者的身份。宽阔的前院中则支起了白色的餐台，身穿黑色制服的侍者正满面笑容地向一位位来客免费分发美味的食物与礼品，热闹极了。

"感谢首相阁下。"

"谢谢，谢谢。"

"敬帝国荣光千古。"

"谢谢，感谢阁下……"

一些人抱着食物道谢后就转身回家，但更多人则是站在一旁，边吃食物边谈笑聊天。更远处是贵族们的餐桌，依稀可以看到身穿礼服的男女们穿梭敬酒。

"姜，这边！"蒋凯文轻车熟路地拉着姜见明的手臂往里走，自豪地挑眉笑起来，"劳伦阁下举办的大宴会，就算是平民也可以得到年节的礼物，很棒吧？"

"嗯……每年都是这样吗？"姜见明打量着四周，一边琢磨着劳伦首相的事情，一边心不在焉地跟着蒋凯文乱走。

"当然了！你在凯奥斯军校上学，以前都没来过吗？劳伦阁下和那些嫌贫爱富的臭贵族才不一样，阁下对什么人都一视同仁。我们甚至可以走到餐桌那边去呢，但是我懒得过去，虚伪的空气叫我想吐……贵族也不可能靠近我们这边，相见两相厌就是这么回事吧。"少年说着轻哼了一声，一脸与年龄不符的深沉，"看吧，这就好像一堵无形的高墙……"

"姜？你在这里。"

一声呼唤打断了少年的感慨，姜见明闻声回头。

奥德莉——当然，如今公开的身份是奥德利，她步伐优雅地走到姜见明面前，伸出戴着白丝绸手套的手为他整理了一下领口，微笑道："这身衣服很适合你，怎么样，我就说你应该留下它。"

"你的眼光当然好。"姜见明温和地打了招呼，顺手拍了拍身旁愣住的少年，

"这是蒋凯文，我的学弟……"

蒋凯文双眼发愣，结结巴巴地说："兰……兰……"

奥德利露出一个微笑，也向少年伸出手："不用拘谨，姜是我的朋友，如果你与他交好，那么我们也是朋友。"

被学长多次打脸的少年羞恼地红了脸，陷入了自闭。

说话间，音乐声响起，劳伦阁下开始举着酒杯，脸上挂着笑容四处挥手致意。

几个警卫员跟在他身边，不时向孩子们递送一些名贵糖果，孩子们的欢呼声让氛围更加热烈。

蒋凯文激动地挤过去看首相阁下了，姜见明则收到奥德利的一个眼色，跟着她走到了一个人少的僻静角落。

远处暗淡的灯光落在奥德利的银发上，她的神色忽然变得沉重，绷紧了嘴角："姜，一个不幸的消息。"

姜见明怔了一下："怎么了？你说。"

奥德利斟酌了许久，最终还是夹杂着叹息说了出来："无晶人种保护协会提出的'去残提案'，以及增加'机甲驾驶'兵种并接纳残晶人类参军的提案……都被否决了。"

姜见明愕然侧头看她，几秒之后才能发出声音："否决？这么……突然吗？"

奥德利咬了咬嘴唇，扭过头把自己的表情隐在阴影里，声音有点哑："消息还没有传到公众那里，但事情应该是已成定局了。"

姜见明："为什么？"

奥德利："我不知道，是被军方高层一票否决的，听说提案甚至没能递到皇帝面前。"

姜见明沉默了许久，也别过头去，叹了口气，五指插进黑发中。

他扶额咬着牙，轻轻苦笑："我以为就算要否决，也会用柔和一点的手段……"

几秒钟的沉寂过去，两人没有再多说话。

半晌后，姜见明去要了一杯果汁饮品喝，用眼角余光打量着被众人簇拥的劳伦。他一面估摸着劳伦约他参加宴会的目的，一面琢磨着是否应该将自己怀疑这位首相阁下的事情给奥德利透露一些。但等他拿着玻璃杯回头找奥德利的时候，远处的人又开始骚动。

似乎是门口有一位贵族妇人从一架高级的私家飞行器下来，款款步入豪宅。

奥德利恰巧在旁边道："好像是赛克特夫人。噢，小爱蜜莉雅也来了。"

姜见明露出恍然之色。

那道曼妙的身影走近了些，所有人都能清晰地看到：那是一位身材高挑的冷艳贵妇，黑发烫成华丽的竖卷，瓜子脸上化着精致的妆容。她戴着蕾丝手套，食指上戴着戒指，一只手牵着一个粉雕玉琢的小女孩。

唐娜·冯·赛克特夫人，以及爱蜜莉雅·冯·赛克特……这是银北斗最年轻有为的将军，第一要塞最高指挥官——谢予夺谢少将的妻女。

四名赛克特家族的护卫守在夫人和年幼的小姐两侧，直到夫人挥手示意他们退下。

劳伦已经举着红酒，文雅地笑着迎了上来："唐娜夫人来访，真是蓬荜生辉。请夫人宽恕我的迎接不周，里面请。"

唐娜含蓄地冲劳伦微微一笑，提裙行礼。她牵着的女孩子已经欢欣地抱住了劳伦的大腿，显然颇为亲近。劳伦先是亲吻了唐娜的手背，随后将酒杯放在一旁，开怀地笑着将女孩子抱了起来。

旁边一隅，姜见明微妙地皱了皱眉，总觉得这种相处方式有些过分亲昵。

反正身边的奥德利不是外人，他忍不住低声说："是我的错觉吗？怎么觉得……"

"对，不是错觉，就是你看到的这样。"奥德利奇怪地反问，"你不知道谢少将和他的妻子感情不和睦吗？"

姜见明愣了半天，一时千言万语涌到嘴边不知从何说起，只能苦笑着挤出一句："我只知道他们感情不和睦而已。"

但他不知道，这对夫妻已经"不和睦"到了……谢夫人居然在公开宴会上给少将戴绿色帽子的程度啊？

要说谢少将和他家夫人的爱恨情仇，其实颇为复杂。简单来说，谢家是平民起家的新贵族，祖上是干贸易的大富豪，除了有钱啥都没有。而赛克特一家则是归降帝国的旧贵族，可惜纵使先祖名誉显赫，却因后辈青黄不接，这几十年来没落的速度活像坐了星舰。

谢予夺与唐娜还是不懂事的小孩子时，就在双方父母的主张之下定了娃娃亲，青梅竹马一起长大，自幼就知道对方将是自己的另一半。按理来说，接下来就应当是如古往今来的家族联姻那样，或恩恩爱爱或相敬如宾地度过这一生。

问题出在谢予夺这个人身上。谁都不知道谢少将的军事天赋、对星海的追求与对帝国的忠诚究竟是从他哪一个祖辈的基因里突变出来的。这个人跳级读完凯奥斯军校，以一院首席的成绩毕业，又在金日轮干了两年之后，最终毫不留恋地投身银北斗，大踏步走向远星际的最前线……留下尚且年轻的唐娜小姐，与她怀中刚诞下的小婴儿。

而唐娜·冯·赛克特是再传统不过的旧贵族女子，喜好珠宝鲜花，向往浪漫爱情，无法忍受蹉跎青春，更无法忍受那种随时都有可能收到丈夫死讯的精神折磨。

　　或许最初，她只是想用胡作非为把谢予夺气回来，或者至少让他多关心家庭一点。只可惜，直到把爱磨成恨，这对夫妻也依旧没能达成和解。

　　时间渐渐推移，很快奥德利被唐娜夫人找上攀谈，姜见明就识趣地回避在一旁，耐心地等待着将会发生在自己身上的事。

　　但直到晚餐结束，劳伦也只是在中途过来，邀请他到安静的走廊边上聊了片刻而已。而谈话的内容，还真就和信件中写的那样，七八成都是关于帝国形势以及无晶人种该何去何从等严肃话题。幸而姜见明心中有数，谨慎地挑选着不会出错的措辞与他聊了聊。

　　谈话持续了不到一个小时就结束了，因为宅院外开始放烟花了。

　　当漫天的烟火照亮夜幕时，劳伦微笑着转身："姜阁下，怎么样？这些烟花，每年我都会放满一个小时，大家总是很喜欢。"

　　"的确是难得的盛景。"姜见明温和地说道。

　　劳伦呵呵笑了几声，转而又以深沉的目光看向面前的年轻人。

　　首相摊开一只手，眼底似乎也倒映着一闪一闪的烟花："姜阁下，您是否相信？无论是一个个体，还是一个帝国，乃至一个物种……不舍弃一些东西，是无法向进步的方向演化的。"

　　姜见明礼貌地笑了笑："您指的舍弃是什么呢，像我这样的，所谓被淘汰的残晶人类吗？"

　　"怎么可能？"劳伦用手指了指身后，"您看。"

　　姜见明回头，走廊空旷，一开始他并没有明白劳伦让他看什么。但随着他将视线上移，看到一幅用暗金边框镶嵌着的画像挂在尽头。那是……开国大帝与皇太后西尔芙的合影。

　　姜见明第一眼便看到了凯奥斯大帝。这位传奇大帝刚登基时年仅二十五岁，年轻的帝王眉眼深邃冷硬，每一寸都美得挑不出瑕疵。他头戴冠冕，手持权杖，白金色的鬓发垂在肩头，又一路蜿蜒至腰间。而在他身侧，尚为少女的西尔芙皇太后银发蓝眸，冰肌玉骨。她身披白色织金长裙，淡粉的嘴角含笑，手捧象征纯洁的白百合花束，如同壁画中走出的圣女。

　　姜见明看着看着，有一刹那的走神。太像了。凯奥斯大帝和莱安……或者说，和加西亚。或许正因为太像，他看着大帝陛下和皇太后陛下的合影，心中微妙地升起一丝违和感。

　　当年，大帝与西尔芙皇后也是政治联姻。

　　那是旧帝国历法的第62年，从蓝母星发出的反抗义军已经攻至紫丝绸星城，距离当年的旧帝国首都——永乐园仅一步之遥。然而艰苦的战争已持续多年，反抗军无论是人力还是物资，都已到达了极限。

就在此时，当时最大的反对旧帝国暴政的武装组织——白鸽赤叶，做出了一个关键性的决定，以"有条件归顺"的方式加入反抗军。其中最主要的两个条件，一是划分帝国境内专门的自由领，即后来的光荣自由领；二是联姻，将白鸽赤叶总执政官的小女儿，刚成年的西尔芙·松嫁给大帝为妻。新帝国建立后，她将被封为唯一的皇后。

条件很快被接纳，得到物资支持的反抗军与白鸽赤叶的援军两下夹击，一鼓作气攻破紫丝绸星城。很快，永乐园的大批旧贵族见大势已去，选择了投降以保全身家性命，反抗军只付出了很少的流血代价，就踏入了这座旧帝国的首都星。

可以说，这一场联姻成了决胜的一步。

"我真心地爱着这个帝国，爱着这三个星系上每一个活生生的人。"劳伦望着身侧的姜见明缓缓说着，"大帝带领这个星系上的人类走出了黑暗的泥潭，但这不够，远远不够……不公与肮脏依旧存在。我曾向一位智者询问原因，智者告诉我：因为恶不是泥潭，是甩不脱的影子。"

劳伦："我希望开创一个更为不同的纪元……那将是一个所有人都能永远拥有真正光明的新世界。而为了给大家带来更美好的未来，我愿意在这过程中帮助大家舍弃某些不必要的累赘。"

劳伦皱眉，低声说道："就像鱼舍弃了鳍，才拥有了广阔的陆地。姜阁下，您……能理解我吗？"

姜见明安静地听劳伦说完了，然后摇了摇头："您说错了，劳伦阁下。"

远处，彩色的烟花炸响，带着寒意的夜风吹来了孩童的笑声。

姜见明平静道："不是鱼舍弃了鳍才拥有了辽阔的陆地，而是鱼的鳍进化成了可供爬行的肢体，鱼才走上了陆地。"

"看来阁下在生物学方面知识还有些欠缺。"他温和地笑了一下，"还好远古时代您没有帮鱼把鳍切掉，否则多可怕。"

不知何时，儒雅的笑意已经从劳伦的眼神中消失。他用一种令人不寒而栗的目光扫视姜见明，从头到脚。

姜见明清了清嗓子："抱歉，开了个玩笑。"

劳伦终于收回目光，爽朗地笑了笑："哪里的话……阁下说得对，是我知识浅薄，受教了。"

劳伦先走了，姜见明则独自在这里望着那张美丽而般配的帝后画像很久，恍惚间生出一种错觉，那画上的大帝与皇太后的眼眸仿佛在遥遥地看着自己。

嘀嘀……突然响起的腕机声把神游天外的姜见明唤了回来。意外地，那竟是一条军方的信息。发信者是陈老元帅，内容没有文字，只是附上了一个视频文件。

姜见明一边确认周围没有人也没有监控，一边戴上耳麦，用手指点开了视频。腕机将视频投影出一个小窗口，出现在对面的将军身穿银北斗军装，英俊眉眼中交织着本应矛盾的刚毅与风流，居然是好久不见的谢予夺谢少将。

"小阁下，是我，谢予夺。"谢少将姿态懒洋洋地坐在座椅上，一条腿叠着另一条腿，看上去像是在某个舰体的操纵室，"我是用军方的跨星际联络器留下的这一条信息，您和殿下应该在一起吧，我就不再额外重复一遍了。可能有点突然，不想吓到您，但……"

投影上，少将眉眼间的笑意也被夜空中升起的一线白光照亮了，他嘴唇开合："我现在坐在银北斗的星舰里，星舰正在前往晶巢的路上。"

砰……烟花绽放，绚烂如白昼。

"倒也没什么特殊的理由。只是我觉得，再也不会有更适合的时机走这么一趟了。

"那天小阁下您开启了金晓之冕，要塞对机甲的录像和部分内置数据进行分析，得到了许多东西。包括殿下的行进路线、与沿途的狂暴异星生物交战的影像，甚至一些危险宇域的通过方法……这些资料太珍贵，足够支撑一次新的远征。"

"当年莱安殿下执意要去晶巢，我不信没有原因，晶巢里一定有什么东西。"谢予夺将目光投向星舰的舷窗外，撑着额角叹了口气，眼神黯淡了三分，"现在收缩派的支持者日益增多，熔岩宇盗团又重新强盛，银北斗再次派兵远征的可能性只会越来越小。这或许是最后的机会了……最后的。"

"您想吧，异星生物猖獗，有第二要塞和第三要塞清剿；宇盗打来了，有金日轮守卫帝国。"投影上，谢予夺还在自嘲地笑着，"但说到探索远星际、探索晶巢这事儿啊……如果第一要塞按兵不动，帝国就再也没人愿意去了。"

说到这里，他连忙摆手："噢，当然，还有小阁下您愿意，我知道。"

姜见明笑不出来。远处的烟花停了，他眼瞳深处一片漆黑。

"我不准备冒太大的险，也不准备深入晶巢最里面。无论有没有得到有用的信息，我都会在判断前行阻力过大的时候撤回，将损失控制在一个可以接受的范围之内。"谢予夺继续说，"但远星际的情况瞬息万变，会发生什么谁都说不清。我就想着，走之前至少得跟您……说一声。"

姜见明无声地吐出了一口气，身体的温度似乎也随之抽离而去。他清晰地认识到，这样突然的擅自行动，如果谢予夺判断失误，如果少将最终毫无价值地死在宇域中，进而导致第一要塞出现什么差池……那"谢予夺"这个人就将成为帝国的罪人，名字被刻在历史书上，被一遍遍鞭挞。

纵使如此，少将还是做出了这样的决定。

"如果万一，我是说万一，我没能回来。"谢予夺轻描淡写地道，"还希望您和殿下可以来要塞一趟，我那些机甲、武器装备之类的东西勉强还有些价值，它们值得一个好主人。"

"其实……我有一个女儿。"谢予夺低头弯起嘴角笑了笑，"不知道小阁下是不是已经见过了。她叫爱蜜莉雅，长得很可爱。"

姜见明从未见过少将露出这种神态，这种……属于一个最平凡不过的年轻父亲的神态。

"如果我真的葬身星海，我家夫人不一定会让孩子知道。但如果有一天，爱蜜莉雅会为我哭泣，还请小阁下帮我安慰她，就说……"谢予夺侧头想了想，温柔又伤感地低声道，"就说，她的爸爸变成一颗小星星了。"

视频至此结束。姜见明还保持着原来的姿势站在那里，许久不动，仿佛成了一座孤独的雕像。一阵疲惫感涌入四肢百骸，姜见明无力地靠在身后的柱子上，抬起手遮住了双眼。

事情是怎么变成这样一团乱麻的？莱安死亡的真相依然一片朦胧，加西亚依然因为莫名的执念不肯接受皇太子身份。帝国内潜伏的叛徒揪不出来，宇盗背后的神秘势力也毫无头绪，失踪的真晶矿找不到，关于无晶人种的提案被否决……

他自己隔三岔五地吐血发烧，这副破躯壳不知道还能撑多久。现在连谢少将也跑到晶巢去了，别说他能否带回有用的消息，连能不能活着回来都是未知数。

姜见明闭眼苦笑，寻思这样的日子真的还能过下去吗？怎么不干脆来个人给他一颗子弹呢？

结果下一刻，他忽然听见悄然接近的脚步声，姜见明猛地回头，一睁眼……只见黑洞洞的枪口正对着自己。

砰！清脆的声音打破了走廊的宁静，一个八九岁模样的可爱小女孩站在走廊栏杆外，她穿着华丽的宝蓝色裙子，双手却举着一把小手枪，恶作剧般模仿枪击的声音。

姜见明转身看过来，她就把枪藏在背后，眨巴着黑葡萄一样清澈的眼睛，俏皮地吐了吐舌头："嘻嘻。"

"爱蜜莉雅？"姜见明皱眉，认出了这个女孩。

宴会刚开始的时候，她曾被唐娜夫人牵在手中，也曾被劳伦首相抱在怀里。

"我不叫爱蜜莉雅·冯·赛克特，我叫谢银星！我的爸爸是谢予夺，他是银北斗的将军，是保护帝国的大英雄！"谢银星仰起头，眼眸亮晶晶的，"大哥哥，有人说你也是银北斗的军官，真的吗？那你见没见过我爸爸？"

"当然。"姜见明定定地看着面前的小女孩，"他是我们最尊敬的将军。"

谢银星不顾自己穿着的蓬松礼裙，歪歪斜斜地抬起小腿，轻巧地翻过了走廊的护栏，跳到姜见明身边，像个活泼的精灵："大哥哥，给我讲讲爸爸好不好？

爸爸平时在要塞里都干什么呀？大哥哥也上过战场吗？你打过异星生物和宇盗吗？"

谢银星连珠炮般问了一串，她的眼睛带着明媚的向往，又嘟起小嘴："我在外头很少能遇见银北斗的人。在家里，妈妈不准我问爸爸的事，也不准我学爸爸。明明是她自己总是忍不住说起爸爸……然后就自己生闷气。"

姜见明默然不语，将目光投向谢银星手中的东西："你拿的……"

谢银星飞速后退两步，抱着那把小手枪，瞪大了眼睛："是我的。以后我也要去银北斗，和爸爸一起上战场！"

忽然，谢银星脸色一变，轻叫一声："啊！"

一簇巴掌大的赤金真晶自半空中刺出，当的一声打在手枪上。谢银星吃不住这么大的力量，枪从她手中飞了出去。

"殿下？"姜见明吃惊地回头。

走廊的另一端不知何时多了一道修长的身影，手枪落在加西亚稳稳伸出的手掌中，他的另一只手则抓着一个苹果，眸色冷淡。

谢银星吓得缩了一步，但很快怒目而视："还给我！这是我的！"

姜见明手疾眼快地拦住要冲上去的小女孩，低声急促地问："您怎么过来了？"

加西亚走过来，漫不经心地将苹果塞进姜见明手中："你超时了。"

在擦身而过的那一刹那，加西亚忽然按住他的肩膀，五指用力："这女孩玩的是真枪，这个距离，她只要扣下扳机你就会中弹。姜见明，你的警惕性呢？"

姜见明无声地深深呼吸，直到这时，他才从接到谢予夺的消息后那种浑浑噩噩的状态里挣脱出来，拍了拍加西亚的手掌，轻声说："这是谢少将的女儿。"

加西亚重新扫了一眼谢银星，眉间的冷意却并没有消失："她是谁无关紧要，我在说你的问题。"

说罢，他又转向气鼓鼓地瞪着这边的谢银星，晃了晃手中的枪："哪里拿的？"

这话一出，谢银星那张漂亮的小脸立刻皱了起来，她双手绞着裙子，不情不愿地盯着加西亚和姜见明两个人，闷闷道："反正现在是我的，还给我嘛！"

"现在是你的，之前呢？"姜见明吃了一口加西亚刚刚递过来的苹果，淡淡地问道。

虽然不是"艾琳玛瑙"那种名贵品种，但苹果这种水果本来就很美味。

谢银星挑眉哼了一声："你不知道！那家伙连个瓶盖都不会开，拿着枪也只会吓唬人。我觉得枪放在那种垃圾手里是浪费，才拿过来的。"

姜见明忍俊不禁，从加西亚手中接过那把枪，简单看了一下。这把枪虽然型号偏小，显得像玩具，但从保险到扳机再到弹匣一应俱全，的确是真家伙。联想到谢银星的话，他很快猜到了大概的前因后果……这枪应该是给哪家贵族孩子的定制品，或许原主是个拿到武器就来炫耀，甚至欺凌其他孩子的纨绔子弟。谢银星看不惯，就顺手牵羊了。

按理来说应该没收这把枪，或者交给唐娜夫人，但是……姜见明罕见地犹豫了，他想到如今帝国暗流涌动的形势，再过几年更不知道会是什么样子。这个女孩像她爸爸，大胆又机灵，或许有一把武器防身并不是什么十恶不赦的事情。

姜见明思考了几秒，走到谢银星面前蹲下来，视线与她齐平："星星，你拿这把枪，想要干什么呢？"

谢银星眨眼道："当武器呀。"

"用武器干什么？"姜见明继续问道，"武器是伤人甚至杀人的工具，这可不是什么好东西。"

"噢……"谢银星想了想，慢慢皱起眉头。

加西亚饶有兴味地盯着这两个人。

"但是，如果有大坏蛋呢？"谢银星突然举起两只小手，手指蜷起来，瞪着大眼睛扑到姜见明面前，做出怪兽状，"呜哇！"

加西亚飞速伸手把姜见明往后一拽，小女孩扑了个空，愤怒地冲加西亚做了个鬼脸，又说："坏人要来伤害好人，所以需要有人开枪打死坏人——爸爸就是这样的，我也要变成和爸爸一样的大英雄！"

夜色中，姜见明柔和地笑了笑，将手掌放在小女孩的头顶，目光却投向天际，缓慢地说："但是……如果这是一个没有坏人的世界，不需要任何人来开枪，难道不会更好吗？"

"啊……"谢银星眼底闪动着光芒，若有所思地张着嘴，过了一会儿点点头，"有道理啊。"

"我们需要开枪，就意味着面前有敌人，意味着我们的国家、我们的亲朋好友正在或者即将遭受敌人的伤害，这是一件很令人难过的事情。"

姜见明说着，用自己的双手包裹住谢银星的小手，带着她举起了那把枪，拉下保险。

"所以，不要为了快乐而开枪，不要为了成为英雄而开枪。"他的声音低沉地落入女孩耳中，"举起枪口的时候，你要感到难过。而扣下扳机的时候，你要感到痛苦……忍着痛苦，依然坚强。"

砰！姜见明压着谢银星的手指扣下扳机，子弹射出，打断了不远处一根积雪的树枝，让它啪嚓落在地上。

谢银星惊呆了，几秒后才轻声说："哇……你……你好厉害。"

姜见明却在心中轻声叹息，刚刚扣下扳机的那一刻，他的痛苦是……自己竟然不得不教授这样一个年幼的女孩子如何使用武器。

谢银星有模有样地拉上保险，把小手枪藏好了。

姜见明看了看时间："时间不早了，小孩子不应该在晚上乱跑，去找你妈妈吧。"

谢银星不舍地拉着姜见明的衣摆："大哥哥，你住在哪儿？以后我能不能经常找你玩呀，我还没有听你讲爸爸和银北斗的故事呢。"

"有腕机吗？"姜见明问谢银星，小女孩点点头。

"我的名字叫姜见明，"姜见明和她互换了联系方式，摸了摸她的脑袋，"随时找我。"

"真的可以吗？"谢银星的眼睛立刻亮了起来，她兴高采烈地拆下自己腕上挂着的手链，链子是珍珠的，中间的吊坠上镶嵌着一块指甲盖大的红宝石。

她把手链套在姜见明的手腕上，笑嘻嘻道："送给你，姜哥哥。"

姜见明怔了一下，笑着说他不能收这么贵重的礼物。但谢银星坚持，姜见明最后还是收下了，心想大不了下次给小女孩和唐娜夫人买点东西。

深夜，外面的雪也差不多停了。两个人东躲西藏地离开了劳伦的宅院，加西亚戴上遮蔽器，姜见明在路边租了辆飞行器开回去。

回到金日轮的军官宿舍时，加西亚忽然站住。

"手链，"他斜眼冷冷道，"取下来给我。"

姜见明："殿下？"

加西亚耐着性子道："你说宴会上没有什么异常发生，劳伦也没有对你下手。"

姜见明："是的。"

"所以现在，你全身而退地回来了，唯一的变化就是多了一条手链，状态还很不对劲。"加西亚刻意地顿了一下，"我不应该在意吗？"

姜见明抿了抿嘴，把谢予夺的事情跟加西亚说了，又低声道："抱歉，事情太多了，我可能脑子有点乱……多亏您在。"

谢予夺的那个消息太震惊，加西亚听完也半天没说出话来。

默然片刻后，他不由分说地把那条链子拆下来，揣进了自己兜里："我先收着，没有问题会还给你。"

同一时刻，赛克特家族的豪宅内，谢银星刚洗完澡出来，爬上了自己的床。女孩趴在自己的被窝里，两只小脚丫一晃一晃，她捧着腕机，脸上洋溢着喜悦之色。

"噢……星星和哥哥聊得那么开心啊，那就太好了，哈哈。"腕机对面传来劳伦首相带着温柔笑意的声音。

"嗯！"谢银星用力点头，"姜哥哥真的很好，就和劳伦阁下说的一样。"

劳伦道："是啊，那个哥哥和你爸爸一样，都是为帝国战斗的英雄。星星把礼物给哥哥了吗？"

"给了！"谢银星欢快地应道，"谢谢劳伦阁下帮我准备礼物！"

10.

雪停云散，月上梢头，夜色笼罩住金日轮军方的宿舍。

屋子里，加西亚攥着精神状态低落的姜见明去卧室睡觉了，他自己坐在办公桌前，指甲上凝出晶骨，把那条手链细细地拆开检查了一遍。从链条到每一颗珠子，再到那块吊坠，最后都被逐一安放在桌子上，并没有监听器，也没有炸弹……

咔的一声轻响，加西亚把吊坠的宝石卸了下来。他拿到灯下眯眼看了看，果断地撬开了边缘。红宝石外壳只有薄薄的一层，剥落之后露出来的是一块无色透明的晶石。

真晶矿？有些像，又不太像。他认不出来，又不想现在去叫醒疲惫的姜见明。

然而仅仅几分钟后，一声巨响直接把床上的姜见明惊醒了。

"殿下……"他匆忙翻身下地，快步摸黑推开门。映入眼帘的景象让他瞳孔微缩，姜见明全身僵硬，第一眼看到了血。

就在那张办公桌的桌角旁，加西亚半跪在地板上喘息，整个脊背都佝偻得厉害，正吃力地忍耐着什么。他的左手压着右手，而右手手腕上竟凌乱地刺出好几根寸许长的晶骨……就是这些晶骨刺穿了他的左手，小股的鲜血冒出来，滴滴答答落在地上。

姜见明脸色瞬间青白："殿下！"

"别靠近我！"加西亚沙哑地低喝一声，右手五指松开，原本攥在掌心的透明"宝石"失去了晶莹的色彩，化作沾血的碎块掉落在地板上。

"这条手链的吊坠……"加西亚咬牙说，"里面蕴含狂暴化的晶粒子，我用晶骨引出来了。你先去打一针镇静剂再回来跟我说话。"

姜见明的目光落在那些小碎块上，顿时呼吸一滞，神情变得更加难看。他当即回房取了一盒镇静剂，却没有给自己打，先拿着针筒和医疗包出来。

"打一针。"姜见明脸色极为冷峻，不由分说地走了过去，伸出手握住加西亚的手臂。

加西亚却用左手攥住了姜见明拿针筒的那只手腕，一边将右手往身后藏，一边不耐烦地快速说道："我不需要。该注射的是你……现在晶骨还收不回去，离我远一点。"

论起手上的力量，姜见明根本掰不过他。他吃痛地皱眉低哼一声，脸色陡然一沉，深邃的眼中掠过一丝锐利的目光——啪！劲风掠过耳边，正说话的加西亚被一股力道猛地推向一旁，脸颊上传来火辣辣的痛感，他彻底愣住了。

姜见明面无表情地收回了手："殿下，您过于自信了。"

加西亚愣愣地以手肘撑地，长发凌乱地散落，惊怒交加地瞪着面前的残晶人类。发生了什么？他刚刚是被……打了一巴掌吗？还是被揍了一拳？

"唔！"等皇子回过神来，他已经表情茫然地被抓住头发，按倒在地上。他颈部一侧感到凉意，一针镇静剂已经被推了进去。

姜见明冷淡地说："冒犯了。"

自从走出黑鲨基地，这三年来，加西亚自认并非没受过伤。但那些都是晶骨的损伤，或者是内腑受伤，从未有任何生物能直接攻击到他的肉身，更不用说近身将他制住。

可是，为……为什么……加西亚羞愤地暗想：为什么现在的他会被一个残晶人类如此轻易地捉住？

"你……"加西亚仿佛变成了一具人偶，木然地望着他，喃喃道，"你怎么敢打我？"

"现在晶骨稳定下来了吗？"姜见明恍若未闻，抓过加西亚的右手看了看情况，另一只手拾起地板上散落的小碎块，这是今夜的罪魁祸首。

"你……怎么敢？！"加西亚声音发颤，不敢置信地盯着姜见明，"你知不知道……如果我刚刚没有克制住晶骨的本能防御，你的手臂现在已经……"

姜见明根本不搭理他，而是用掌心掂了掂那点碎块，低声说道："这是一种真晶矿制成的新晶械武器，但它并不是针对异星生物的武器，甚至也几乎不会用来针对宇盗，一般用于……高层政治斗争的暗杀行动，可以说，不是个能摆到明面上的东西，所以您没有见过也正常。"

"姜见明！"加西亚忍无可忍。

姜见明口气也冷下来："喊什么？如果手上有维纳斯之翼，我会用枪柄揍您。您明知道从手链上拆下来的物件很可能有危险……既然不认识，为什么不叫我？"

这个万恶的、狡猾的残晶人类！加西亚恨恨地别过头，难道是这几天过度迁就他了？竟仗着自己不敢对他动手……

姜见明站起来，沉着脸握着那点碎块往旁边去了。

加西亚忍着心里的郁气拉住他："站住，既然是暗杀武器……你还拿着吗？"

姜见明道："托您的福，现在已经没有杀伤力了。"

加西亚按着自己的右手默然几秒，还是开口问道："这是什么？"

"现在还没有学名，它是违禁武器。"姜见明停顿了片刻，似乎陷入了自己的思绪中，直到加西亚用目光催促才继续道，"但黑市里，有人叫它……死晶。死晶和低纯度的真晶矿很像，但其实是将多块高纯度真晶矿经过合成与特殊处理，使其内部晶粒子处于特殊扰动频率的状态。它的效果是，可以使贴身佩戴者在不自知的情况下患上晶乱。无论是急性晶乱导致当场暴毙，还是慢性晶乱缓缓蚕食生命，它都可以做到。"

姜见明定定地望着它，叹息了一声："所以说，您居然用晶骨直接刺激里面的晶粒子，太胡闹了……万一是危险性更高的死晶，后果就不只是划破手指这么简单。即使不至于引发晶乱，一旦晶骨失控，您真的会重伤的。"

加西亚："但这块'死晶'，是从那个女孩给你的手链上拆下来的。"

"是的。这应该是可以导致急性晶乱的死晶。"姜见明轻叹一声，闭上了眼，坚决地说道，"不可能是谢银星……这不是小孩子能拿到的东西。"

——有人想杀他，且是用这样极其歹毒阴险的手段。

普通残晶人类戴着这种东西，可能都撑不到回家，在路上就会晶乱发作惨死。

加西亚替他拿着这手链许久，却没有受到影响，大约是因为这个人本身的晶骨等级强悍到不可理喻的地步，外溢的晶粒子无法对他造成伤害。直到这人居然用晶骨把内蕴的所有晶粒子一起激发了出来，这才受了点小伤。

而身为残晶人类的自己也佩戴了相当一段时间，却同样没有受到影响，是因为……

"那么，你刚刚也戴过这东西，为什么没有症状？"加西亚猛地握紧了姜见明的双肩，不顾自己的左手又在绷带下渗出血迹，"上回在远星际中伏，你同样没有发生晶乱，是因为服过药？身体被改造过？你……"

嘀嘀嘀——姜见明正在出神，突然响起的腕机声音让他手指一抖，几块死晶掉在了地板上。

加西亚回头，转身给他拿来腕机，低头看了一眼，念出显示的来电名字："奥德莉。"

"抱歉……谢谢您。"姜见明伸手接过来，按下接通键的那一刻，他看了看窗外的夜色，心中升起不祥的预感。

投影中，奥德莉仍穿着男装，双手戴着手套撑在阳台的栏杆边缘，脸色极为难看，张口便道："姜！出事了……"

说完这一句，奥德莉才意识到加西亚也在旁边。

此前姜见明已经和她讲过大致的前因后果，她便不感到惊讶，只微微低头以示敬意："殿下。"

加西亚点头示意，面如寒霜："和他说你的事，长话短说。"

"是。"奥德莉颤抖着深吸了一口气，两人分明看到一滴冷汗从这位自幼掌权的兰斯家主鬓角滑落，"姜，你要冷静听我说，两个提案被驳回的事情不知被什么人泄露出去了，现在大半个亚斯兰星城的残晶人类……都在闹事。"

姜见明变色："什么？"

"更麻烦的是，现在还不知道是从哪里传出的消息，说皇帝陛下要……要立我为储，并且从此停止分封新贵族。"奥德莉咬了咬牙，"那些言论说，我们的帝国将一步步变成旧帝国的模样，彻底以贵族和新晶人类为尊。你打开智网看看。"

智网上大片的词条飘红，随便点进去哪个页面哪个平台，都是激烈到疯魔的言辞交锋。

"刚从首相阁下那边回来，转眼天塌了……怎么会这样啊？"

"没长晶骨的就活该被视为低劣的残缺品，呵呵，认清现实吧。"

"要是大帝还在，看到这种局面……唉。"

"还有无脑玩意儿在搞大帝崇拜呢？醒醒吧，凯奥斯大帝当年沉迷权势逼死开国统帅，神圣战役穷兵黩武，害死了多少人？"

"胡说八道。"姜见明扫了两眼就气笑了，把屏幕一关，"帝国要是真心想压迫他们，这种文字能出现在智网上？"

窗外隐约传来喧哗声，加西亚视线往下一扫："有人上街了。"

姜见明摇了摇头，怅然低声说："想争取权益也不该是这么个闹法，明明这些年，一切正在变好。"

说到这里，他自己忽地一愣，缓慢地皱起眉头，不确定地自言自语道："对啊，明明……"

一种奇怪的割裂感突然涌上心头。是的，明明……现在的帝国确实在照顾残晶人类的生活，为什么会闹这么一出？

既然残晶人类的日子一年比一年好，既然高层许可甚至支持保护协会的建立，就根本没理由这样坚决乃至冷酷地不让残晶人类进入军队。

反过来想想，如果上层真的有人想要打压残晶人类，而那个人又拥有一票否决提案的权力的话……那么现在，亚斯兰星城内这种对残晶人类颇为友善的氛围应该根本没有机会形成。

姜见明按住额角，神色凝重：不对，不对，现在不是追究这些的时候。无论背后的原因为何，军方的这次决策已经被敌人利用了，如果不尽快平息这次冲突，后果将不堪设想。

"姜！我觉得有人在搅浑水，借机煽动民众，"奥德莉冷静道，"你白天和

292

我说帝国内可能有敌对势力潜伏，会不会……"

"或许早就开始了。"姜见明垂眸，看了看自己的双手，"阴谋……早就开始了。"

那晚在母校凯奥斯，他询问如今的帝国氛围为何暗潮涌动。罗海老师的猜测是，储君之位的悬而不定成了导火索，导致帝国内部的矛盾凸显出来。

但如果，如果是有第三方利用这种民心动荡的时期趁机煽风点火呢？

归来后所见的一幕幕闪现眼前：嚣张跋扈的布兰登家族是棋子，一腔热血的军校学生是棋子，还有号哭的晶体协会众人，为首相阁下而欢呼的民众们……

新晶人类、残晶人类、贵族、平民……在这个欣欣向荣的帝国，对自己的未来怀着憧憬的所有人，都成了幕后者摆弄的棋子。局势最终会发展成什么样子？

奥德莉低下头，抚摸着自己的手腕，她轻声说道："姜，你觉得……如果让他们知道兰斯的家主是个残晶人类……能稳住人心吗？"

阳台玻璃门被推开了，黛安娜怯生生地站在那里，她的长发被风吹乱，小声道："哥哥……"

姜见明摇了摇头："别冲动，既然背后有人挑拨，这就不是你一个人站出去就能解决的问题。我去询问军方的意见，你今晚千万要小心，就待在家里，不要轻信任何人。"

奥德莉苦涩地点头，伸手将不安的妹妹搂进怀里："我知道，我不会乱来的……毕竟我还有黛安娜。"

"格哈德·劳伦的宴会每年都开到次日日出，在今晚这样的时机，他很有可能煽动民众做出什么。"奥德莉抿嘴看了看远方，"我已经让我的人打探情况，现在只能见机行事。姜，请保护好自己……我挂断了，随时保持联系。"

挂断了电话，姜见明回身时，加西亚还环抱着手臂倚在窗边看着他，仿佛在用目光讥讽他的劳碌命。姜见明只好无可奈何地苦笑了一下。

加西亚低沉地开口："这个帝国，对你来说很重要吗？"

姜见明侧过头，深深地望着加西亚，冷静的眉眼在灯光下柔和了些许："我说不清楚，殿下。"

他眼神也生动起来，就像四月的暖风一夜吹过大地，乌木上的积雪化成水珠，在风中滚动："但……或许，人活着总要有个归宿，要有个称为故乡的地方，承载一些记忆和一些念想。让人愿意为它生，或者为它死。"

"故……乡。"加西亚重复了一遍这个词，让那两个字在他齿间辗转。

窗外的喧闹渐渐大了起来，在屋内也能听见呼喊的人声，似乎越来越多的人开始涌上街头，不知正赶去哪里。噼啪——玻璃碎裂的声音如此清脆，有情绪过激的人开始打砸并谩骂。

"比如，很多年之后，或许您仍会记得。"姜见明向加西亚走了过去，"在第一星系的亚斯兰星城，有这么个混乱的夜晚……"

他面容苍白却微微笑着，在这大厦将倾、千钧一发之时，仍能给人一种游刃有余的感觉。

两个人的侧影映在了那扇玻璃上，外面的火光似乎在燃烧他们，也熔铸他们。

姜见明眼帘低垂："没事的，没什么可怕的，我会解决这一切。然后，我们一起过年节吧。亚斯兰星城的年节总是很热闹的，您是第一次来这座星城，我理应带您体验一下。"

加西亚没有露出什么表情，轻轻说："嗯。"

窗沿的积雪还没有融化，喧嚣似乎被无形的墙隔开了。

"我没有故乡，也没有归宿。"加西亚突兀地出声，嗓音变得沙哑，冷翠色的眸子深处是失焦的。

帝国不是他的国家，皇室不是他的亲人。就算是那座常年积雪的钢铁要塞，也不过是聊以慰藉之所罢了。所以他还不太能理解，从古至今为了一片土地而奋不顾身的英灵，是对故乡怀着多么炽热的深爱。

"但我遇见了……你。虽然我至今仍不知道，你记忆里的莱安·凯奥斯是什么样子。但……如果此刻你需要战斗的武器，"加西亚平静地说道，"那么我来。"

窗外，火光猛地绽放一瞬，继而暗淡。黑暗卷土重来。

同一时刻，骚动的亚斯兰星城另一角。首相阁下的豪宅内灯火通明，劳伦的年终大宴一向都是欢庆到次日天明的，期间开放整个庭院，民众可随意出入。

此刻，呼喊着走上街头的人们纷纷涌向此处，那一张张脸孔中有的带着愤怒，有的带着迷茫，有的带着期盼……显然，他们将希望寄托于素来仁善亲民的首相阁下。

灯光下，劳伦的眼眶微红，细看还能发现有些湿润。首相阁下就这样以含泪悲愤的面容，一步步地走上了高台的中央，走到万众瞩目之下。

"事情我已经知道了。"劳伦以手抚胸，深深垂下头，"不得不承认，这是一个十分遗憾也十分令人悲痛的消息。"

"我深知诸位此刻内心的痛苦，而我……不敢说，我能感同身受。"他仰面叹息，"因为我生活富足、条件优渥，如果我在这里说，'我与每月支出仅有五百币点的人同样痛苦'，那就是天底下最可笑的笑话。"

一个少年脸色发青地从人群中挤到了前面，是蒋凯文。

"但至少，此刻，我与诸位感受着同样的愤怒。"劳伦振臂高呼，声音激昂而神情悲愤，"这件事的不妥之处，不在于提案被否决，而在于诸位奋力争取来的血泪成果，没有经过公开透明的讨论，没有经过皇帝陛下过目，就这样消失在了暗处！"

劳伦一呼百应，下方的民众纷纷被点燃了怒火，有几个人举起拳头冲天挥舞："对！"

"没错，这不公平！"

"这就是在欺压我们——"

劳伦继续呼喊道："但我们并不应该绝望，诸位！回顾新帝国建立以来六十三年光辉的历史，我更愿意相信，今夜只是走进了一个微小的歧途。既然人都会犯错，国家也不例外。"

"那么，我们要做的事情是什么呢？难道就此放弃，就此背离我们的祖国吗？不，自暴自弃永远不是解决问题的办法。当错误发生时，我们应当齐心协力地纠正它，让帝国重新回到正轨上！"

人们面面相觑，交头接耳。

有人问："那该怎么办呢？"

这次劳伦用了更低沉的声线，把听众的心也拽得往上提起来："明天，就是年节了，是辞旧迎新的节日。正如诸位都知道的那样，皇帝陛下将御驾出巡，行遍亚斯兰星城的四个区域。而我，将借这个机会，直接向皇帝陛下请愿。"

全场哗然，惊呼从四面八方传来，人群开始像沸腾的水一样喧闹。

劳伦目光炯炯，扬声说下去："当然，我一人势单力薄。万幸，晶体协会的玛格丽特会长仁爱心肠，她将带领辉煌大殿堂的成员，与我一同觐见陛下。同时，今夜的殿堂将完全对民众开放，如果诸位有意与我共赴，那么届时，晶粒子的光辉将与诸位同在！"

他高亢的尾音被下方卷起的响应的声浪彻底淹没，群众高举双手，呼喊着首相的名字。

蒋凯文被周围人推搡得衣服都皱了，少年跌跌撞撞，灯光照得他头晕目眩。

为什么……太快了，他反应不过来，怎么转眼间事情就变成了这样？

"凯文哥！"

忽然，蒋凯文听到有人在喊他。他回头，在乌泱泱的人群中看到了他在军校里的几个平民朋友。

奋力挤过来的小胖子拍了拍凯文的肩膀，义愤填膺地说："凯文，我们都来了。前因后果我们已经听说了，明天我们一起去请愿！"

扎麻花辫的女孩小声说："要是首相阁下能成为皇帝就好了，那我们一定……再也不会受人欺负了。"

"对吧，凯文哥……凯文哥？"

"啊？嗯……嗯。"蒋凯文却心不在焉，恍惚地低下了头。

他悄然握紧了手，这是刚刚被兰斯阁下握过的手，他刚刚才认识到原来被誉为贵族派领袖的兰斯阁下也不是什么恶人。蒋凯文茫然地看着沸腾的人群，就在几个小时前，还一切正常，为什么转眼间就变成了这个样子？

金日轮大厦内，电梯不断上下。军官们面沉如水地来往走动，某种微妙的危机感正在弥漫。

"中将，往辉煌大殿堂的方向聚集的民众好像越来越多了。天亮时陛下巡视星城，按往年的路线是要经过殿堂大门口的，您看……"一个年轻军官擦了擦额头的冷汗，手足无措地向路德中将报告，"听说是劳伦阁下呼吁他们聚集的，说要直接向陛下请愿。这……"

路德中将脸色沉了沉，捏着眉头半晌，起身道："唉！首相阁下怎么会做出这样糊涂的事。"

周围的几位高级军官板着一张张焦虑的脸，其中一个耐不住性子，道："中将，我们是否要请示陛下，更改视察时的行进路线？"

出声的那个立刻被旁边的人捅了一肘子："请示你个头！难道要跟皇帝陛下说我们被一群平头百姓吓怕了吗？人群往那儿一聚集，连陛下都得躲避？"

路德中将看了看独自坐在角落里的姜见明，还是收起了询问对方意见的念头，站起身来："算了，带路吧，我亲自去看看情况。"

中将很快出门了，其余几名围着的军官也各自匆匆散去。

姜见明还坐在原处，细看才能发现黑发下戴着连接腕机的耳麦。他的脸上没什么沉重的情绪，反而像是在等待着什么，直到他的腕机响起。

姜见明意外地看了一眼显示的来电者，这并不是他等待的人，但他依旧立刻接通了电话。

"姜！"那头传来蒋凯文颤抖的声音，他紧张地吞了吞口水，将说话声压得很低，"你听得见吗？我们在……我们在……辉煌大殿堂……"

少年颤抖地说："他们说，天亮时分要……要一起向皇帝陛下请愿，但是……我不知道，我不知道怎么会变成这样，太不对劲了。先是有几个人言辞激烈，带动得更多人开始疯狂，他们越来越失控。有人拿……拿着刀，他说……说万一陛下不肯为他们做主，就要割开自己的脖子。"

姜见明："冷静，凯文，冷静点。"

"我想……我想让劳伦阁下来劝劝大家，但我找不到……我找不到他了。"少年的声音带上了哭腔，平常再怎么倔强，他也毕竟只是个普通孩子，"姜！你在哪里……你会过来吗？"

"会的。听我说，别再打电话了，言行举止不要过于醒目。"姜见明看了一眼四周，沉声道，"我会过去，等着我。"

断掉通信之后，姜见明轻叹了一声。

事到如今，他其实已经能在心中勾勒出敌人的阴谋。

天亮时分，皇帝将经过殿堂。那时，如果大批民众失控地冲向皇帝的御驾，护卫兵必然要阻拦，也就必然发生冲突。但这只是第一层危机，真正的重点并不在此。一切的关键，其实还在于那批失窃的、尚不知下落的真晶矿。

这看似是两起不相干的事件，但只要军民之间的冲突爆发，敌人再暗中释放真晶矿内部的晶粒子，惨剧就会酿成，亚斯兰的天空注定染血。

因为晶乱是会传染的，晶粒子的频率具有传导性。一个人的晶乱可能会导致十个人晶乱，十个人的晶乱就会导致一百人晶乱。而在人群聚集的场所引发晶乱，不亚于一场残忍的无差别屠杀。

然而……此刻，几百几千人的死亡事件本身也只是表面，充其量算是第二层危机。

姜见明怅然暗叹。他觉得冷，伸手拽了拽披在身上的军装大衣，同时有些后怕。

他当然不会忘记，真晶矿失窃这个问题，还是他偶然救下了将被暗杀的郑越少校才发现的。如果当初没能追查下去，这个晚上又会是什么样子？

晶乱的惨剧酿成的瞬间，谁都无法立刻意识到发生了什么。未知的恐惧感会压倒一切，当眼睁睁看着同伴七窍流血晶乱惨死的那一刻，人类的本能将会把惊恐与仇恨的目光投向站在自己对面的群体，然后心想：天哪，是他们做的。

到时候，在军方眼中，这群请愿的人就是使用未知武器意欲谋杀皇帝的叛贼；而在请愿群众眼中，帝国高层就是使用未知武器屠戮平民的残暴政权代表。

分裂一个欣欣向荣的国家究竟需要多长时间？一个夜晚到次日天明的几个小时，是不是就已经足够了？

腕机再次响起，姜见明毫不意外地接通，没说话先忍不住笑了一声："殿下，您还好吗？"

对面之人沉默，而后传来深深吸气的声音，仿佛在极力克制着将要决堤的情绪："得寸进尺的东西。"

这冰冷含怒的嗓音一出，姜见明嘴角的笑意更深了。

同一时刻，亚斯兰星城外太空。那艘带着姜见明与加西亚来到帝国境内的黑鲨基地所属的星舰还悬停在星城之外的宇域。就在二十分钟前，皇子殿下操纵着机甲斩彗星驶入了这艘星舰，要求面见黑鲨基地的首领。

星舰的舰桥上，站着两道人影。

"我要告诫你，姜见明，我这样毫无底线地帮你……只有这一次，最后一次。"说罢，加西亚恨恨地闭上了眼。

黑袍黑面罩的首领站在旁边，她站得笔直，合成的电子声适时地从面罩下传出来："小殿下，我私以为，您说话时还是给自己留一些余地为好。"

——这种时候，毫无情绪的电子合成音反而更具有嘲讽的效果。

加西亚逃避式地别过头，他五指抵着太阳穴，恨恨道："闭嘴。"

首领道："小殿下，看来与这一位相处的时光令您变得温顺可爱了许多。这是件好事。"

"好的，那么，"首领上前一步，这不知用了什么高科技的面罩显然并不会阻碍使用者的视野，她来到通信投影面前，"情况我已经大致知晓了，明天是年节，我多年未见陛下，还想和陛下一起好好过个节，叙叙旧……"首领缓缓说道，"如果清除内乱与叛贼需要用到基地的力量，请尽管吩咐。"

11.

人流源源不断地涌入辉煌大殿堂，普通巡逻警已经不足以应付当前事态了。近百名金日轮的士兵在距离殿堂外一条街道的地方聚集，腰间已经配备了麻醉枪等武器。

赶来的路德中将听完了汇报，沉着脸问道："前几天搜寻真晶矿的时候，殿堂内部搜查过吗？"

金日轮士兵啪地敬礼："报告中将，搜查过了。殿堂是重点排查地点，已经搜查好几遍了。"

由于真晶矿的特殊性和危险性，帝国一直以来都禁止私自持有，唯独晶体协会是个例外。

这个协会历史悠久，从两三百年前便开始崇拜晶粒子，晶巢就是他们心中希望所在，真晶矿则是无比纯洁的存在。

也因此，帝国允许晶体协会的殿堂拥有一定数量的低纯度真晶矿，但这必须经过严格筛选，确保其纯度不会造成危害。

"嗯。"路德中将点了点头，再度将目光投向殿堂的大门，沉声叹了口气，"无论如何，在天亮之前必须疏散民众。先让谈判专家进去安抚，实在不行，也只能武力压制了。"

守在中将旁边的一个年轻将领犹豫了一下，面露为难之色："中将，现在民众的情绪十分激动，看到金日轮军徽就变脸。军队要是冲上去强行驱赶，可能会发生流血事件。"

这番发言立刻令他遭到旁人怒目而视："那你说怎么办？难道要让这群暴民

冲到御驾前吗？倘若这其中混进了暴力分子，后果不堪设想！"

"路德中将，请等等！"郑越喘着粗气从街头匆匆奔来，军靴踩着雪发出一路响声。

路德中将回头，同时抬手示意周围安静。

"中将！"郑越顶着一脑门子汗，喘着气道，"小阁下说他会过来，让金日轮先不要与请愿人群发生冲突。"

反对声立刻响起："不行，人越多越不好处理，没两个小时就天亮了，现在是争分夺秒的时候……"

郑越哪里肯同意，双方立刻争吵不下。

路德中将把心一横，重重道："等着。"

姜见明并没有让金日轮等很久，不到二十分钟他就过来了，说出的第一句话就吓到了一群人："我一个人进去。"

"监察官阁下。"陪同路德中将的那位年轻将领敬了个军礼，一板一眼道，"特殊情况，请恕下官冒昧。最近我们听说了一些传言，说您是……无晶人种。"

姜见明理了一下衣领，抬眼回头："人种问题和现下状况的关系是？"

"噢，不，下官没有别的意思，您别误会。"年轻将领摆了摆手，急忙补充，"只不过里头的平民有不少是新晶人类，您独自进去谈判，万一有什么闪失……"

连路德中将都动容道："阁下，这确实太危险了。"

姜见明盯了这位老将半晌，伸手拍了路德的肩膀，淡然道："动动脑子，中将。"

他利索地将自己的枪套解了下来："老郑，帮我拿着。"

郑越接了过来，他倒没出声反对，只是担忧地看了一眼姜见明身上的白金军装："小阁下，刚刚金日轮已经跟民众起了些摩擦，您真进去的话，要不要换身衣服……"

"不用。"姜见明接着脱下了自己的手套，毫不客气地也一起放进了郑越怀里，盖在维纳斯之翼上，"这个也麻烦你。"

随着手套被当众脱下，周围的金日轮军官中响起一阵惊愕的吸气声。

路德中将那张老脸也僵硬了。这位年轻的监察官阁下，居然真的是……

"如无意外，等我出来再采取行动。如果确认我死在里面，那就武力驱逐，不要犹豫。"

时间紧迫，姜见明只留下这样一句话，就转身迈开脚步，走进了殿堂的大门。

殿堂内，在刻意的挑拨之下，过激的情绪已经达到了顶峰。暗金色的内壁旁站满了精神过度紧张的人们，十几个成年壮汉手握砖块和棍棒，红着眼睛盯着大门。

听到门口有脚步声响起，有个穿着脏破衣服的中年男人当先吼道："有人进来了——是金日轮！"

开口吼第一声的中年人率先将手里的砖头砸了出去，随即做好了打架的准备。但进来的那道身影没有躲，或者是根本没有反应过来。只听瘆人的咚的一声闷响，砖块砸中了来者的额角，几滴血飞溅。那瘦弱的身躯踉跄了一步就扑通倒地，像一根被劲风吹折的芦苇。

一帮大老爷们儿顿时手忙脚乱，小声说起话来："这……怎么回事啊，老亚瑟？"

"你不是说是金日轮的人吗？怎么看着这么年轻啊，比我家小孩大不了几岁……"

普通人的特质在这时候鲜明地体现出来，容易被三言两语煽动情绪的是他们，容易被出乎意料的变故改变情绪的也是他们。

只有中央那个叫亚瑟的中年人还算镇定，他见不远处那道身影正吃力地试图爬起来，就上前两步喊道："滚出去，小子！回去告诉你们长官，我们不会……"

话音未落，却见那个闯入者抬起头，露出一张苍白清秀的面容。他受伤了，鲜红的血正从额头沿着挺直的鼻梁流淌下来，落在殿堂的地板上。

姜见明没有擦拭自己额角的血，他缓缓地……举起了双手——那是一双属于残晶人类的手。

看到这一幕的人脸上的表情都变了，全都从忌惮转成了惊愕。

不知过了多久，有人颤声说："残……残晶人类……"

任何言语都不会比这景象更为震撼。姜见明的双眸亮如寒星，他踩着自己的血，镇定地走到了人群面前。此刻，所有人都能看到他的模样，在一道道紧张的目光注视下，姜见明缓慢地扯开自己外衣的扣子，哗啦……沾血的军大衣从肩上滑落在地。

没有配枪，没有武器，他是一个毫无攻击性的，瘦削脆弱的，甚至已经负伤了的年轻残晶人类。

"姜！"一声突兀的呼唤响起，蒋凯文慌乱地推开前面的人群冲了过去。

"哎，小孩！"老亚瑟伸手大叫，"小孩回来！还不知道这家伙是……"

蒋凯文不顾后面的喊叫声，一路跑到了姜见明身边，神情几乎要崩溃了："你怎么样了，刚才打到头了吗？天哪，怎么……怎么会流这么多血！"

姜见明拍了拍少年的肩膀，哑声道："没事，凯文，只是皮外伤……没关系的。"

然而蒋凯文剧烈地颤抖了起来，他的目光惊恐地落在那块沾了血的棱角分明的砖头上……看体积就知道，那东西被一个成年男子扔出去，对于没有晶骨防护且体格脆弱的残晶人类来说，脑震荡甚至当场死亡都是有可能的事。

怒火瞬间压倒了恐惧，蒋凯文猛地回头，紧握双拳，双眼通红地冲人群咆哮："你们干了什么？！你们不是要为无晶人种发声吗，不是要反对欺压吗？他跟你们有什么仇怨，你们一句话没说，就对一个无晶人类下这么毒的手！"

众人失声。

只有姜见明皱眉扫了蒋凯文一眼，他先是想这小孩也太机智了吧，居然知道配合他演苦肉计，以前看不出来啊。但很快，他就意识到蒋凯文的情商并不像是能完成如此高难度任务的水平。至于他预先让赛特测算过凶器有可能砸过来的几种轨迹，最终成功地让砖头只擦伤自己额角这种豪赌操作……以这小家伙的眼力应该也看不透。

泪水从蒋凯文眼眶里扑簌簌地掉下来，他试图用袖口去擦姜见明额角流血不止的伤口："你们这是想要他的命吗！"

姜见明面无表情地暗想：这傻孩子……

一阵纷乱的脚步声响起，蒋凯文的几个小伙伴也跑了过来，慌乱地蒋将凯文和姜见明围在了中间。

"凯文哥！"

"姜学长……"

"没事，凯文，别哭了。"姜见明安抚了一下这几个孩子，"你们几个也是。"

然后他抬头四顾，语气自然得像是在跟邻里聊天："可以……让我先到里面去吗？"

对于这么一群半大孩子和受伤的残晶人类，那些手持砖头利器，满脸敌意的中年人彻底没了气焰，各自讪讪地低下了头。

姜见明就这么被蒋凯文扶着走进了中殿，看到了灯光下围坐的上百名平民，以及其中混杂的……神态淡漠的晶体协会成员，男女皆有。这些人都在注视他。

被这么多双眼睛紧紧盯着，姜见明丝毫不感到紧张，率先开口说道："大家都冷静一些。我知道你们在戒备什么，但我并非你们的敌人，我此行的目的也与眼下的纷争无关。"

他一边说着，一边随意找了个地方坐下。

蒋凯文则脱下自己的外衣，用衣料按压在他的伤口上，试图止血。

"你们中间或许有人见过我。"姜见明环视四周，说道，"我是金日轮驻亚斯兰星城分部临时监察官，姜见明。我正奉军部命令，调查一起帝国内部的严重叛乱事件。"

"对，对，我见过这位监察官！"一个穿着布裙的妇女惊喜地看着姜见明，"那天……那天就是他为邻居家的小莉莉挡了一记机甲炮,是他没错,我都看到了。"

姜见明冲她微笑了一下,随即敛容,沉声说了下去:"现在,我怀疑数日前被揪出的叛党——原金日轮参谋官杜克一党的余孽,在辉煌大殿堂内部藏匿了一批高危炸弹。"

人群顿时哗然惊呼。

"虽然打扰到诸位的聚会很不好意思,但毕竟……我们要将这座星城的稳定,以及这个地区数万帝国公民的人身安全放在首要位置。"姜见明以手抚胸,微微低头,"因此,我在此请求诸位暂时撤离此地,给予金日轮军队搜寻的空间。我们将尽快完成搜寻。至于诸位聚集此的缘由,这与我无关,星城治安也不归我管辖。排查完危险之后,你们再进来便是,我绝不阻拦。"

他的话音未落,一个身穿晶体协会白袍的女子走了出来,细眉上挑:"军官阁下,你们的士兵已经在殿堂内来往多次,打扰了协会的正常运作。"

姜见明:"现在我们拥有了其他内部证据。以前没有搜出赃物,并不代表今晚也没有,毕竟赃物随时都可以被人转移,您说对吗?"

一语如石投湖,人群中支持晶体协会的民众纷纷怒不可遏:"阁下难道怀疑晶体协会众人通敌叛国?"

"协会从来都如晶粒子那般仁爱平等,现在殿堂连夜向大家无偿开放就是证明!"

眼见火药味浓了起来,蒋凯文慌张地想伸手护在姜见明身前,反倒被后者一拽,护在了身后。

姜见明:"无意冒犯,但事关上千民众的生命安全,我不得不谨慎。"

一道身影从里面走了出来,是个容颜年轻却两鬓灰白的男子。他手中端着烛台,同样身披白色长袍,目光有些幽冷。

晶体协会的成员们纷纷低头,称他:"苏会长。"

"金日轮军队早就成了贵族和有晶人种实施压迫的工具,我们有理由认为,你是想先骗这里的民众出去,然后实行武力封锁。"苏会长将烛台放在雕塑旁,眼神如毒蛇般深深望了姜见明一眼,"为此,你不惜污蔑我协会的成员。"

姜见明低头看了一眼腕机:"皇帝陛下的御驾在天明时分出发,等御驾经过这里大约还需要两个小时……我们只需要一个小时的时间搜查。如果搜查结果并无异样,我愿意郑重道歉,将安宁归还于人民。"

灯光幽幽的正殿内,几百人的视线犹豫地在姜见明与晶体协会成员之间徘徊。

两下言辞交锋,残晶军官不卑不亢,手臂护着一群害怕的少男少女。

额角刺眼的血迹,让他比所谓的会长更像舍身守护弱者的英雄。

终于有人小声说:"我想相信监察官。"

302

很快就有了第二个、第三个人响应，最后变成了七嘴八舌地附和。

"万一真有炸弹怎么办，我爸妈还等我回去过年节呢。"

"我们是来请愿的，又不是来打仗的，冒这险不值得，对吧？"

"咱不走远，堵在殿堂门口盯着他们搜，搜完了大家再进来嘛。"

苏会长的脸色有些难看，几个协会成员更欲上前，却被苏会长以眼神拦住了。

陆续有人往外走了，甚至有人拍了拍姜见明的肩膀，语气带着歉意："小伙子，我们先走了，你也快出去包扎一下伤口吧。"

"谢谢。"姜见明轻笑了一下。

晶体协会成员脸都青了。

"会长阁下，"姜见明垂首，黑发下的眼眸却锐利逼人，"请问，我们是否可以开始向殿堂内派人了呢？"

苏会长冷淡地一摆手："清者自清。"

"您……您是怎么做到的？"片刻后，看着有序撤离的人群，以路德中将为首的一群金日轮将领们全都目瞪口呆。

"说了动动脑子。"姜见明靠在飞行器内的软椅上，让郑越给他包扎伤口，"没脑子，那就将心比心。都是人，都是这座星城里的同胞，没有什么不能沟通的。"

他挥了挥手："按照我发过去的殿堂区域划分图，十人一组展开搜索，每组负责一块区域，有发现立刻上报，不要放过任何细节。注意环境异样，尤其是地板、墙壁和天花板是否有夹层。注意周围协会成员的情绪变化。

然而，半个钟头过去，搜查一无所获。

时间一分一秒地流逝。飞行器内，姜见明和路德中将并肩而坐，逐一查看各个小组传来的虚拟蓝屏信息。片刻后，路德中将关掉屏幕，先叹了口气，又擦了擦额头的汗。虽然他没说什么，但紧张情绪已然溢于言表。

"我去看几个地方。"姜见明站了起来，重新把军大衣往肩上一披，"老郑，跟我走。"

穿过夜色，踩着积雪，两人先去看了中央大堂。

如今的中央大堂也有士兵在四处翻找探查。彩绘玻璃下，俏生生地站着的是那位在亚斯兰颇有名气的美少女会长，玛格丽特。她背后就是那座庞大的雕塑。它的表面是半透明的，晶体凌乱地丛生于基座上，给人一种宏大、无序而狂乱的感觉。

姜见明踩着台阶，走到那足有两人高的雕塑之下，阴影无声地笼罩了他。

仔细查看，只见那座雕像下刻着三行字：

死亡即永存。

毁灭即亘古。

混乱即真理。

他回头："这座雕塑是用真晶矿打造的吗？"

玛格丽特很轻地点头，几秒后才后知后觉地软绵绵地辩驳了一句："纯度是规格内的。"

郑越将手中的晶粒子浓度监测器递了过去，姜见明垂眸一扫数字，确实只显示着低纯度真晶矿的数据。

姜见明抬手抚摸了一下雕塑，一手冰凉，他的眸子黯了黯。

晶巢，他对这东西实在生不出什么好感来。

时间已经只剩下十五分钟了，姜见明并不着急，他回头问那位年轻的女会长："我能否问一问，这三句话是什么意思？"

玛格丽特茫然道："一般成员不会走到雕塑前，所以也看不到这些字……大会长阁下没教过。"

郑越惊呼："玛格丽特会长，您不会告诉我，平常那些演讲词都是背下来的吧？"

玛格丽特认真道："是的，努力背的。"

闲谈之中，他们在殿堂的走廊间穿行，影子投在殿堂的圆柱上，脚步声回响。

"您口中的大会长阁下，"姜见明随意地问，"名讳是？"

"盖乌斯。"玛格丽特小声说，"是盖乌斯大会长阁下。"

"他如今身在何处？"

"已经离开了。"

三人依次看过了前后左右的各个建筑，等同于将殿堂整个逛了一遍，依旧没有收获。

时间只剩下最后五分钟，郑越有点着急了，暗地对姜见明小声说："小阁下，这……"

姜见明看了看他，平静道："现在外围所有通路都被金日轮封锁，敌人不可能再把真晶矿运走，东西一定就在殿堂内。"

"小阁下为何能这么确定？"郑越左右看了看，压低声音说道，"万一这次的骚动，根本与真晶矿失窃事件无关呢？"

"为什么能确定……"姜见明若有所思地沉吟，最后一笑，"直觉吧。"

他停下了脚步，抬头看了看眼前。大门敞开，面前是很熟悉的彩绘玻璃与雕塑。他们兜兜转转，又绕回了中央大堂。

姜见明瞥了一眼腕机，距离设定的一个小时时限只剩下最后一分钟了。天也快亮了，风不再那样冷得刺骨，远处黑压压的夜幕也隐约露出鱼肚白。破晓将至，这是光明抵达前的最后时刻。

大堂内，等待他们的却不再是那几个零星的协会成员和金日轮士兵。

苏会长站在那里，应该是他下的命令，从中央大堂一路到正殿再到大门之间的几扇门全都大开着，连窗户也都打开了。这就意味着，眼尖的人从外面可以直接看到里面的情况。

不少民众正指指点点，好奇地探头向里张望。蒋凯文和几个伙伴担忧的面孔也混杂在其中。更远处，是一脸死灰的路德老中将，仿佛在悲呼着万事休矣。金日轮的士兵们为难地看向他们的监察官。

苏会长招手示意玛格丽特走到自己身后，随即冷淡地说："请您遵守约定，带军队离开这里。"

姜见明坦然无惧，走上前去。

气氛已经凝重到了极点，在场的金日轮士兵全都屏住了呼吸。

"不好意思，"只听年轻的监察官说，"其实还有一个地方没有排查。因为我觉得嫌疑最大，所以留到了最后，亲自来看看。"

说罢，姜见明抬起头，落在自己身前——那座用低纯度真晶矿打造而成的晶巢雕塑正散发着邪异的美感，在彩绘玻璃下幽幽地泛着光。

"郑少校。"姜见明冲他一扬手，语气斩钉截铁，"把这东西给我砸开。"

12.

中央大堂内忽然安静了几秒，无论是玛格丽特还是苏会长，抑或是协会成员甚至金日轮的士兵，所有人都不敢置信地齐齐转头，望向口出狂言的监察官。

不知是谁第一个暴跳如雷："你！大胆！"

紧接着就是悲号："亵渎，这是对晶粒子莫大的亵渎——"

但这些人的行动都比不上郑少校快速。他目光如火，抢先飞奔两步，琥珀色的晶骨宛如两条硬铜，狠狠地砸在那座晶巢雕塑上！

苏会长终于变色："住手！"

低纯度真晶矿打造的外壳自然禁不住晶骨的重击，登时崩开一条裂缝。

姜见明厉喝道："砸开！"

郑越低吼一声，晶骨又像雨后的竹笋一样暴涨了几截。他使出了浑身力气，往两侧一扳。噼啪！说时迟那时快，晶巢雕塑发出震天般的脆响，半个雕塑都被晶骨劈破。无数外壳碎片闪着光，进溅向殿堂的天花板。与此同时，伴随着咕噜咕噜的闷响，大量透明的晶块从空荡荡的雕塑内部滚落出来！

嘀嘀嘀嘀——晶粒子浓度监测器还别在郑越的腰上，此刻，显示真晶矿纯度的数字疯狂跳动上升，在突破某一个临界值时数字变成红色，突然疯狂嗡鸣！这是远远超过帝国法律警戒值的纯度。这就是那批失窃的真晶矿！

殿堂外，街头巷尾的积雪未化。

金日轮士兵拉出的警戒线后面围着一层层的人，他们早就在这样的惊变下瞪大了眼睛。等到监测器发出警报声的时候，人群中发出的恐惧尖叫形成了声浪，此起彼伏地打破了长夜将尽的星城天空。

"是违法警报！晶体协会私藏违禁危险品？！"

"我们快离开这里……"

那些晶体协会支持者还在面如死灰地喃喃着"不可能""这是什么意思"，而更多的普通平民已经开始互相推搡，扭头想要逃窜，街道上乱成了一锅粥。

"金日轮全体听令！"路德老中将眼皮狠狠一跳，挥手怒吼，"第一队控制晶体协会人员，第二队回收违禁真晶矿！其余人员保护民众撤离，然后封锁路口，快！"

"中将！"一名金日轮士兵飞速来报，手指着对面的街道，"您快看，那不是——"

忽然间，不知何处不合时宜地响起了十分熟悉的奏乐声，且越来越大、越来越近。

只见街道的另一边，星际帝国的金色国旗迎风飘扬，旗卫队的飞行器开路，军乐团演奏国歌。一架皇室专用飞行器被簇拥在正中缓缓驶来，门口挂着暗红色绣金边的幔子，看不清里面的情形，只隐约露出一道女子侧影。护卫在两侧的同样是金日轮的士兵，只在胸前多别了一朵象征皇室的玫瑰花。

士兵崩溃道："那……那不是皇帝陛下的御驾吗？"

路德老中将定睛一看，顿时仪态全失地喊叫道："不可能，天还没亮，这是怎么回事？！"

——出了这样的混乱，皇帝陛下的巡视应当推迟才对，大统帅究竟是如何安排的，怎么会让陛下提前出行？

辉煌大殿堂内，金日轮士兵纷纷拔枪，直指两位会长及协会成员。

士兵长怒吼："举起手，别动，否则开枪了！"

诡异的事情发生了，晶体协会成员齐齐以冰冷的表情望着金日轮军，没有丝毫畏惧。苏与玛格丽特两位会长在这样安静的氛围之中对视一眼。

白发的少女仰起了她美丽的面颊，伴随着咔嚓咔嚓的响声，十余根晶骨自玛格丽特的背后释放出来。那些晶骨雪白透亮，彼此之间相互连接，让她像一只盘踞于巨网正中的蜘蛛妖精，灵动而妖异。

姜见明心咚地一跳，感到不安，不再犹豫扣下扳机，扭头厉声道："退后！"

然而已经晚了，玛格丽特闭眼合掌，粉色唇瓣似乎在轻念着什么。伴随着刺耳的摩擦声，一道道肉眼难以捕捉的白色残影从殿堂的地板上刺了出来。

刹那间，真晶精准地刺穿了金日轮士兵的身躯，如朵朵烂漫红花怒放。鲜血飞溅在墙壁上，惨叫声与裂骨碎肉声同时回响在中央大堂内。

千钧一发之际，郑越一个飞扑将姜见明推倒在地，白色真晶唰啦啦接连浮现，凌空擦过两人的脊背。伴随着刺耳的声音，琥珀色的晶骨也被刺穿，寸寸崩裂。郑越痛叫一声，只来得及伸手护住姜见明的后脑，两个人重重地砸在地板上。

殿堂内血气弥漫。两位白袍会长站在破碎的晶巢雕塑前，身后数十位协会成员面色漠然。

苏会长的视线在地上的真晶矿之间一扫，然后他低下头，手中握着一台腕机，不知在与什么人联络："情况有变，真晶矿暴露了，暂停你的计划。"

与此同时，玛格丽特向前踏了一步。她的晶骨突然伸长十几米，在四周高大的彩绘玻璃的映衬下，宛如死神夺命的弯刀，顷刻间逼至面前。

郑越猛地吐出一口血，眼神中已有死志，把姜见明往后一推，道："小阁下，快走……"

姜见明没有走，他也清楚自己走不掉。

郑越的晶骨已经达到 A 级，在金日轮军队内也算是高阶，然而这位刚刚说话还迷迷糊糊的小会长竟能如此轻易地将其击碎……这说明她的晶骨强度至少也是 S 级，甚至有可能接近皇子殿下的晶骨。

突然，叮叮叮……他听见自己用腕机设置的计时器清脆地响起铃声。

事态瞬息万变，从姜见明开口要砸毁雕塑，到晶体协会露出獠牙血染辉煌大殿堂，前后也不过一分钟的时间。计时器响了，这就意味着一个小时已过，约定好的一个小时……到了。

一个小时又二十分钟之前，那大约是姜见明赶郑越去拖住路德中将，让金日轮等等他再行动的时候。

"就算发现异常，也尽量拖到一个小时后再动手？"面对通信另一边的陈大统帅，姜见明抿嘴沉吟片刻，点头，"好的，那我就理解为您会派支援过来了。"

陈老元帅叹道："但这并不能保证你的安全，小阁下。"

姜见明："战场上，不会有人能百分百保证谁的安全。我知道的，老元帅。"

之后，陈老元帅凝重地摇了摇头，随即又抬起头——他从白翡翠宫正殿的台阶下抬起头，于是理所当然地，首先看见了慵懒地倚靠在王座上的那个尊贵的女人。

"明知道殿堂内可能藏匿着凶悍之敌，"陈老元帅用手杖敲了一下地面，面色铁青地说道，"体弱多病的残晶军官却要亲自上第一线指挥，而九五之尊的皇帝陛下也要亲自去第一线视察。您两位……"

"唉，别这么说。"女皇帝摆了摆手，低笑起来，"朕只是想亲眼看着逆贼伏法而已。"

陈老元帅挑了挑眉："难道事发的那一刻，陛下会始终安坐在飞行器内吗？"

女皇帝哼笑了一声，她转过头来，露出一张令人难忘的脸庞——或许并不能说是多么倾国倾城，但所有人望见她真容的第一眼，都会为这张脸失神。泼墨般的黑发，红果似的朱唇，眉梢上挑，眼角细长。右眼珠明明是正常的黑色，左眼珠的位置却被血红的义眼所取代，隐约的光泽令人不寒而栗。在细胞手术的修复下，女皇帝的外貌被固定在三十岁出头的模样，风霜与岁月无法在她的皮肤上刻下皱纹。

女皇帝用指甲敲了敲座椅扶手，语调悠扬："老陈头，你可不要误会了。朕是去看戏的，不是去给你们当打手的。"

陈老元帅不说话……纵使这副外表经年未变，皇帝的心肠却年复一年地变得难以窥探。在外头争分夺秒的时候，她还能颇有闲情地倚在王座上，拖着帝国大统帅闲聊。

"朕前半生啊，过的是苦日子。"女皇帝说着，随意拢住了披在肩上的盛装披风，又从旁边的小桌上捧起王冠，自己戴在了头上，这是她片刻后要视察时的装束。

"被亲生的爹娘抛弃在蓝母星，蓝母星又被旧帝国抛弃，朕是被黑暗和绝望喂大的。最饿的时候，朕吃草根、吃虫子甚至舔过泥巴，为了活命，什么肮脏下流的伎俩都学会了。"

她站起来，逆光中身姿雍容。

"后来呢，朕被亚斯兰使唤，被凯奥斯使唤，驾驶着星舰在炮火里穿梭，把脑袋别在裤腰带上打打杀杀。好容易把那些家伙一个个熬死了，做上皇帝了，又要整顿帝国，又要打击宇盗，朕也难啊。"

女皇帝随意地拿起放在一旁的权杖，一步步走下台阶，来到了陈老元帅身旁："这几年，总算世道太平了，朕答应过统帅和大帝的事情做完了。接下来呢……朕只想高高在上地享几年福，做个中庸君主。"

"至于那种打打杀杀的事儿……"白翡翠宫内，女皇帝搭着陈老元帅的肩膀，打了个哈欠，"朕腻味死了，这辈子再不想干了。"

亚斯兰星城，三区，辉煌大殿堂前。

皇家飞行器内，盛装披风被卸在了座位旁边，女皇帝的手中没有拿权杖。她闭着眼，膝盖上横着一把长刀，似笑非笑。

就在队列行至大殿堂正门的那一刻，女皇帝睁开了双眼，赤红义眼如鬼魅般闪光，握刀的手背骤然暴起青筋。锵！利刃出鞘，如赤色闪电划开深冬寒冷的夜色，掠过星城彼端的第一抹晨光，穿过惊呼的人群。

轰然巨响传来，辉煌大殿堂上方的屋顶被砸碎。无数瓦砾四散飞溅，精美的雕塑毁于一旦。滚滚烟尘中，那始作俑者的刀影向下——女皇帝手中的长刀笔直地撞上了玛格丽特那宛如死神弯刀般的白色晶骨！

烟尘中的角力持续了三秒，林歌瞠目怒吼，脚下猛然一沉，几块大理石砖被踏得凹陷下去。

玛格丽特轻哼一声，娇小的身躯竟然被那把刀轮转的力道带飞出去——她飞身而出，砰的一声砸进了墙壁！

此时此刻，后面刚刚捡回一条命的郑越和姜见明都愣住了。

郑越颤声道："小阁下……"

姜见明清了清嗓子，强作镇定："别问我，我也不知道陛下会亲自来……打架。"

而作为帝国至尊的女皇帝——那朵曾令熔岩宇盗团闻风丧胆的铁血玫瑰，此刻眯起眼眸，咧嘴一笑："哪儿来的小丫头片子，敢在老……朕的眼皮子底下撒泼。"

郑越连滚带爬地站起来："陛下刚刚是不是卡了一下？"

姜见面无表情："对，她想说老娘。"

郑越崩溃了："您为什么知道啊？"

林歌冷哼一声，用她那鲜红的义眼深深瞥了身后的姜见明一眼，继而抬手将黑发上碍事的王冠一拨，那帝国手艺最精湛的工匠悉心打造数月的王冠就这样被无情地打落在地。

中央大堂内，烟尘渐渐散去。

玛格丽特会长站了起来，而苏会长也如临大敌般沉下了脸，走到她身旁。

无冕的女皇帝将长刀挥舞，阴恻恻地道："也好，朕太久没杀人了，手痒得紧。"

征战多年的女皇陛下有一个不算秘密的秘密——她的晶骨强度其实并不高，勉强才达到 A 级。这个级别的晶骨在普通人眼中堪称优秀，但放在天才如云的军部并不算顶尖。

但她有刀，这把刀并不是普遍概念中以真晶矿为原料打造出的新晶械武器。

当年，皇帝率军驱逐熔岩宇盗团，将当时的宇盗团长"赤鱼"刺死在激光长矛之下。黑鲨基地首领以特殊技术将赤鱼尸体内的晶粒子——也就相当于晶骨——取出，制成这把长刀献给皇帝。

刀的名字，叫作"屠戮贼"。

用人类晶骨制造武器有悖情理，这在帝国内属于比真晶矿更严重的违禁品。只有女皇帝手上的这把"屠戮贼"，是现存唯一合法的晶骨武器。

熹微的日光从屋顶的窟窿漏下来，将那把锋利的刀映照成一团燃烧的火。

林歌右手持刀，浓密的黑发在背后随风狂舞。

她红唇一抿，懒洋洋地对身后说："不打架的退下。"

姜见明拽着郑越才跑了两步，几根颜色不一的晶骨就突兀地掀起狂风。从中央大堂到殿堂大门那几十米的距离，晶体协会的成员们像鬼魅一样拦住了他们的去路。

姜见明眯眼连开几枪，下一秒被郑越扯着，两人一起滚进了柱子后面的死角。

与此同时，殿堂外的金日轮士兵也端着机枪冲了进来，喷射出的新晶械子弹声响彻大堂，火花刺眼。

混战就此打响，不停地有协会成员被击碎晶骨、打穿身躯，像断线的人偶一样歪歪扭扭地倒下。但后面更多的协会成员魔怔了似的往前冲，甚至不惜用以命换命的战斗方式。

一个棕发士兵端着枪骂道："这群人就不怕死吗？"

下一秒，他身后的伙伴惨叫着倒下，被晶体协会打碎了头盖骨。

"修！"棕发士兵双眼赤红，"你们这群渣滓，我要杀了你们！"

士兵咆哮着扑了上去，很快又是一连串轰炸，血雾弥漫。

就在这片视线受阻的血雾之中，一个个阴影从殿堂外的大门飞了进来！定睛一看，那并不是活物，而是一群背后带着小翅膀、外壳包着铁皮的智能机器人。

柱子后面，喘着粗气的郑越突然瞪大了眼睛："小阁下！这些难道是——"

姜见明同样脸色苍白地粗重喘息着，声音沙哑道："对，是白翡翠宫的那群机器人。黑鲨基地在远程操纵。"

智能机器人中的一部分开始向晶体协会的成员们扫射激光，扬起更浓郁的血气。另一部分则冲向中央大堂地板上滚落的真晶矿，用机械爪抓起，扔进自己体内。

姜见明："别问了，趁现在，我们走！"

晶骨、机器与枪械还在交战，郑越忍痛释放出半残的晶骨，掩护着姜见明从枪林弹雨中狼狈地滚出了大门。

就在他们踉跄着冲出去的下一秒，地面轰然巨震！

惊叫声中，只见中央大堂四面的彩绘玻璃同时碎裂，闪着光从高空坠落。每一片玻璃都折射出交战的两道身影——林歌的长刀再次与玛格丽特的晶骨碰撞在一起！

"小姑娘，"林歌扬起红唇，"看来你们晶体协会这些年偷偷干的坏事可不少啊。不想和朕聊聊为什么吗？"

玛格丽特并不说话，挥手砸下又一条晶骨。

林歌低吼一声，屠戮贼迎头劈在晶骨上，刃身旋转时带起迸溅的火星。

一块又一块大理石地板被爆炸掀飞，火光和碎石淹没了人影。

姜见明被两个金日轮士兵扶着往后退，他浑身大汗，凌乱地喘着气回头去看。

在他身边，指挥全局的路德老中将痛心疾首地高喊："陛下！陛下啊！"

"中将，别喊了。"姜见明声音嘶哑，"民众都疏散了吗？"

路德中将："通往殿堂的三条主干街道都已清空，金日轮正在封锁街口。"

"好，快一点。"姜见明抬头望向一点点亮起的天空。

激战的中央大堂一角，两鬓灰白的年轻男会长结束了与对面同伙的通话，面色冷淡地拾起了一块真晶矿。晶骨覆盖了他的手掌，苏会长缓缓闭上眼睛，似乎低声念着什么咒语。真晶矿在他的手中迅速地发生了变化，苏会长振臂将这块真晶矿抛出，因阳光折射出刺眼的光芒。

与玛格丽特缠斗的林歌眼尖地捕捉到了这一幕，她瞳孔微微一缩，顿时抽身后退，高声喝道："全体金日轮都有，撤出大殿！"

就在这无色晶块达到最高点的一瞬，内蕴的晶粒子宛如脱缰的野马般狂涌而出！浓郁的晶粒子流冲天而起时，异变发生了。

第一个发生异变的，是那个因战友惨死而红着眼奋战的棕发士兵。在这块真晶矿落到他面前的前一秒，他还在手持喷火的机枪，背后释放着晶骨，勇猛得像一头下山的猛虎。然而紧接着，棕发士兵就发出了一声尖厉到破音的惨叫，机枪脱手落地。

好像世上最残忍的酷刑降临在了他身上，这个年轻人的身躯如一台出了故障的机器般抽动了几下，然后直挺挺地倒了下去，在殿堂的地板上扬起尘埃。仿佛体内的脏器瞬间被千万把刀割裂，他开始疯狂地流泪抽搐，腿脚在地板上蹬踢。很快，士兵的眼珠失去了焦距，大股的鲜血与白沫从口中喷涌而出。伴随着恶臭的气味，秽物与血从他不停抽搐的身躯下流出。

"晶乱……"殿堂外，不知是谁喊出了第一声，声音因恐惧而颤抖，"是晶乱，急性晶乱！"

"撤退，撤退！"路德中将大吼道，"掩护陛下撤出殿堂，快！"

辉煌大殿堂内，同样的惨状发生在更多的金日轮士兵身上。

"'毁灭'，那应该是由我来做的事。"玛格丽特因与皇帝的激战而微微喘息，但她依旧是无辜懵懂的模样，浅灰色的眼眸不高兴地瞪着苏会长，"大会长阁下说要由'死亡'来做的。"

"计划已经失败了。清除眼前这些人，然后暂时撤离这里。"苏会长的脸色却很不好看，更多的智能机器人一窝蜂涌上来攻击他，这些东西不受晶乱的影响。

地板上横七竖八地瘫着晶乱者，最初那名棕发士兵已经快死了，左眼珠不受控制地往上翻，另一只眼却仍然流血不止。噼啪……噼啪，伴随着令人毛骨悚然的响声，无色的晶簇从他的右眼眶生长出来，转眼间像蛛网一样覆盖了大半张脸。士兵在地板上蠕动着往前爬，爬到了殿堂门口。

朝阳明媚又无情地落在他血泪纵横的脸庞上，他嘴里无声地重复着三个字：

杀，了，我——

把守在殿堂外的几位金日轮将领全都脸色惨白。

这就是……淹没在历史之中的，昔日的地狱之景。

姜见明蓦地咬紧了牙关，知道士兵已经救不活了。他眼底流露出一丝悲悯，忽然再次抽出了银灰手枪。

一只手按住了他的枪口，将那把枪拿了下来。女皇帝不知何时站在了姜见明身边，眉眼冰冷，毫不犹豫地扣下扳机，给予士兵解脱。

林歌瞥了一眼姜见明："又是你啊，明明，怎么还站在这儿？"

"陛下……"几年没被叫过"明明"，姜见明愣是在这种万分危急的战场上恍惚了一下。

"朕的帝国军队还真是废物，晶乱爆发的时候，居然要一个残晶人类顶在最前线。"林歌甩了甩冒烟的枪口，将维纳斯之翼搭在姜见明肩膀上，"哎，朕问你，那小怪物呢？"

战线被迫后撤，姜见明也被林歌推着往后退，汗湿的乱发下是一双深黑的眸子："陛下，请恕我以问句回答问题。您和首领、老元帅，是预先算到了会有这种事发生吗？在这个节点上，您让加西亚归国，是想借时局来逼迫他接下莱安的位置，是吗？无论是帝国的未来、亚斯兰星城的安危，还是被煽动的愚昧民众的生命……包括现在遭受晶乱而死的金日轮士兵，都是天平上的筹码。"

林歌饶有趣味地望着姜见明片刻，忽地笑了笑："你还真是护着他。"

"就算你心里清楚，确实只有他的力量才能改写当前的局面，"她低声感叹，"他也比你口中的所谓筹码更重要吗，嗯？"

姜见明垂下眼睫，用手轻抚金日轮的军徽："我不知道，陛下……或许我做错了。纵使我相信在灵魂层面上加西亚就是莱安，但加西亚和莱安终究不一样。

有些事，我不想让他涉及太多，我想替他做……但我只是个残晶人类，力有不逮的地方太多了。"

无论是开始在贵族宴席上露面收获声望也好，还是加入金日轮军队立威也好，他这个普通散漫的平民军校生一步步主动走入权力的中心，一方面是为了探索莱安留下的谜题，另一方面也是希望能尽量把加西亚从他厌烦的帝国暗流中摘出来。

如果……如果，他能永远让加西亚自由如愿地活着，那该有多好。

可他也知道不可能了。

林歌深深地凝视面前的黑发残晶军官，说道："你没错。"

皇帝扬起眉毛，目光投向云端："以后你就知道了，当你和他站在一起的时候，永远都不会错。"

下一秒，城区头顶的云层被气浪冲散，天光大亮。轰隆隆……一艘钢铁星舰如同在云雾之海中探出头的巨龙，压低身躯急速降落，向城市的建筑群逼近。

"朕是个坏皇帝，"林歌定定地说道，"是个心狠手辣，一肚子坏水，为达目的不择手段的狡诈女人。"

从星舰内部驶出了一架银黑色机甲，它比星舰更快，是斩彗星。本就以速度见长的M-斩彗星此刻全速行驶，掠过奔逃的民众头顶！

"你说的那些筹码，不是逼他的，而是逼你的。"她用力地握着姜见明的手腕，"你才是那个能使天平倾斜的筹码。既然你在这里，他就会心甘情愿地奔赴战场。"

M-斩彗星的驾驶舱口忽然打开了。刺眼的阳光下，一道修长的身影站到了机甲的翼前。逆光中看不清那人的面容，只有高束的白金鬈发在风中狂舞。

无数人仰起了头……在大街小巷中混乱奔逃的行人驻足凝望，躲进屋子里的人们睁大了眼睛看着窗外。他们心中模糊地意识到某些事情，但又因为过于离奇荒谬而不敢相信，只能这样呆滞地看着。

"你们谁都无法将另一方抛在身后，只能披荆斩棘，带着血迹并肩前行。"林歌轻声说。

斩彗星的机甲上，忽然亮起了一抹夺目的赤金，就像陨落的金乌再度升起，神话中的凤凰涅槃长鸣。深冬的狂风中，修长的晶骨迅速伸展，长度很快超过了机甲，即便在几个城区外都能看得一清二楚。

窗边的一个女孩不知不觉地双手交握，痴痴地张着嘴，任眼泪流淌下来。

或许世界是健忘的，但总有些人会将影子深深地镌刻在世人的记忆中，等待一场觉醒。

"殿下……"

"——莱安殿下！"

"莱安殿下没死，殿下回来了！"

千万人的呼唤震动大地，无数人不顾危险冲出家门，振臂狂呼。

赤金晶骨沐浴在朝阳下的视频瞬间引爆了智网，将几个小时前的各种愤怒言论都压了下去。整个帝国沸腾了。

"原来……原来陛下说的，"有人哽咽着大喊，"要在今冬新立储君，是这么一回事儿啊！"

"对，对，一定是当年皇太子殿下没死，养伤至今才能重新在人前露面……"

辉煌大殿堂前的路口，姜见明与皇帝并肩站立，安静地仰望着天空。

"陛下认为这是宿命吗？"阳光下的庞大晶骨过于刺眼，黑发年轻人眯了一下酸涩的眼睛，苦笑说，"我做了我的选择，看来他也一样。"

或许皇帝说得没错，他想。或许有些东西，注定就是躲不过去的。比如时局的风浪，比如命运的巨掌，又或是冥冥中的一场相遇，或是义无反顾的奔赴。

"既然这是他的意愿，"姜见明将维纳斯之翼收回枪套中，重新戴上了他那副黑色手套，"那我就去给他驾驶机甲吧，好久没碰过斩彗星了。"

震天声浪直冲云霄的时候，加西亚冷峻的面容上并没有什么表情。他没有多看街道上欢呼的民众，而是将目光锁定在残破不堪、尸横遍野的殿堂废墟上。

敌人在那里，那么，姜见明也必然在那里。扫清敌人，踏平战场，他就可以将姜见明从这片血腥肮脏的地方带离。

至于其他的事情，似乎都不再重要。

斩彗星拐过一栋银灰色高楼时，日光反射强烈。就在这时，一架飞行器在面前升起，与机甲擦肩，迅速升到高处。

加西亚眼眸一动，抬起头。

刺眼的白光将飞行器的轮廓照得模糊，一道人影探出身来，清亮的嗓音喊了声："殿下！"

姜见明松开了握住飞行器边缘的手，向地表坠去，但加西亚的晶骨更快地接住了他。

"你来干什么？"加西亚对他怒目而视，"你怎么又受伤了？"

仰头观望的人群中，渐渐传出了议论的声音。

"那是什么？"

"那是谁？"

"看，皇太子殿下和那个人站在一起！"

绚烂的阳光中，姜见明没多说话，只冲皇子弯了一下眼睛。

"你……"加西亚猛地绷紧了嘴角。

趁加西亚犹豫的工夫，姜见明又闪身钻进了斩彗星的驾驶舱，给自己系上了安全带。

"现在的情况有些复杂，敌人中有高阶晶骨的使用者，另一个主谋也引发了晶乱。"他边说边将操纵模式切换为手动，拍了拍面前操纵屏上的晶骨，"您可以吗？"

加西亚轻蔑地哼道："你想质疑我的能力？"

"那就太好了。"姜见明眼神凛然，嘴角上扬，单手握住操纵杆。

斩彗星保持俯冲姿势，再次加速！

与此同时，殿堂屋顶爆炸了，火光冲天而起。本来就坍塌大半的砖瓦噼里啪啦往下掉，一架从未见过的中型蓝灰色机甲正在烟尘中升空。

玛格丽特站在机身上，她和加西亚一样将晶骨伸展，仿佛一把把白色的刺刀。

"她是来阻击您的。"姜见明低声说着，看了一眼皇子殿下，"和她缠斗没有意义，我更担心殿堂那边。"

加西亚只是淡淡道："落下挡板甲，晶骨要撞上了。"

穹空之上，风云涌动。晶骨果然比机甲更先相撞，纯白色的晶骨如巨蛇擦过沿途的建筑，将高楼的玻璃炸飞了，爆炸绵延不断。直到赤金色的晶骨如旭日般升起，咔嚓一声将白色晶骨绞紧！

转眼间，双方各几十条晶骨在空中搏斗起来，每一次相撞都带起刺耳的金属脆响。

地上的金日轮军队依旧固守在外，郑越心急地问道："中将，我们还能做些什么？"

路德长叹一声，摇头道："那已经不是我们这个层次的人类可以参与的战斗了。"

驾驶舱内的姜见明也感受到了剧增的压力，他刚开口呼唤随身的智脑："赛特，镇……"

但他突然住口。透过屏幕，姜见明看见加西亚的后腰几乎全部晶骨化，那片赤金色迅速蔓延……仅一两秒的时间，整个机甲都被晶骨包了起来，隔绝了外界暴动的晶粒子环境！

"殿下！"从没有人见过这样的战斗方式，连姜见明都吃了一惊。

在这样激烈的战斗之中，加西亚竟还有余力保护他免受狂暴晶粒子的干扰……

"专心操纵，"加西亚看都不回头看他，冷冷道，"撑不住再说话。"

晶体协会的蓝灰色机甲内，红蓝暗光跳动，驾驶机甲的是两名协会成员。

"毁灭"低沉的声音从通信器中传来："玛格丽特，不要和皇子正面战斗，炸掉他的机甲。"

"不……'死亡'是要为大家带来死亡的。"机甲上的白发少女眼眸清澈，她平举双手，背后升起更多的晶骨，从不同的诡异角度刺向加西亚。

"带来死亡……就凭你？"皇子眉眼森寒，脚下凌空一踏，狂风与晶骨反射出的光芒瞬间裹挟了他。他用还在绞紧玛格丽特的那条晶骨借力，将自己的身躯甩出一道弧线！

一切都在电光石火间，姜见明将机甲疾速下压，玛格丽特的晶骨从头顶擦了过去，惊险至极地在斩彗星的外壳上留下一道刮痕——就如天生的默契一般，斩彗星飞快旋身，主炮斜上开火；而加西亚当空落下，晶骨向着同一位置劈下。

"啊！"玛格丽特脸上露出痛色。

噼啪……她的晶骨开裂，碎成无数块白色晶片，闪烁着光芒落向这座星城。

趁着这个空隙，皇子落回机甲。斩彗星下落，在辉煌大殿堂的门口划过一道弧线。加西亚五指微屈，那双翡翠色的眼眸变得深邃，因真晶矿的释放而变得混乱的晶粒子被他强行凝成了真晶……神迹般的事情发生了，赤金色的晶簇依次生长。它们长在掀翻的地砖间，长在倒塌的柱子上，如一条荆棘之路跟随在机甲所经之处。

皇帝林歌按刀而笑："漂亮。"

"晶乱被抑制住了！"路德中将惊喜地大呼，一挥手，"快，控制逆贼，回收真晶矿！"

"上！一起上！给兄弟们报仇！"金日轮的士兵军靴踏上血泊，发出沉闷的声响。士兵的身影穿过战友们扭曲惨死的尸体，再次向罪魁祸首扫射！

殿堂深处，更多的大型折叠机甲被展开。协会成员纷纷乘上机甲，打算撤离。

苏会长将最后一个智能机器人变成废铁，余光扫到冲进来的金日轮士兵，恼恨地咬了咬牙。

一个军官端起枪，涨红了脸怒吼："别让他们跑了！注意晶骨，不能让他们的晶骨接触真晶矿！"

斩彗星灵巧地掠过街道，再次升空。它的机身被晶骨覆盖，机甲后则是长长的真晶之路。

璀璨的赤金色光泽中，它的仪态神圣而威严，像是化作了真正的彗星。

姜见明轻轻地笑了出来，将目光投向下方殿堂，发现战况有些出乎意料。晶体协会的成员中，没有坐上机甲的被果断抛弃了，那群人以自爆式断后的方式与金日轮战斗，掩护会长等人乘坐的机甲逐一升空。

加西亚忽然若有所思地问了一句："为什么这些人不会晶乱，他们也和你一样？"

他没来得及听到姜见明的回答，因为那架载着玛格丽特的蓝灰色机甲已经追了上来。

加西亚只好换了话题，语气沉重地皱眉道："昨夜你和陈，和皇帝是怎么商议的……余孽是歼灭还是放走？"

"不用管，只是一点杂鱼烂虾，"姜见明操纵斩彗星旋转攀升，险险躲过几条袭来的白色晶骨，"不需要劳殿下大驾。"

对面的机甲上，玛格丽特露出难过的表情："'毁灭'，我好像杀不死皇子，怎么办？"

苏："撤离吧，这对你来说不是难事。"

玛格丽特依然哀伤："杀死的人很少，大会长阁下会失望的。"

苏深吸了一口气："'死亡'，不要闹了。至少我们没有多少损失，而不少帝国士兵则回归了晶粒子的怀抱。"

但他的话音未落，就在建筑群的另一边，逆光升起了无数阴影。

金日轮的机甲军在这时赶到，清一色的军徽烙印在机身上，威武极了。它们成合围之势，齐齐将炮口对准了晶体协会的几架大型机甲！

旗舰机内，端坐着本次领军的将领。而将领的屏幕上赫然是陈老元帅的通信窗口。

老人面容平静地下令："开火。"

与此同时，斩彗星驾驶舱内，姜见明忽然低声说："要来了，殿下。"

计划究竟成与不成，就在接下来的这几秒之间了。

下一秒，对面的玛格丽特看了眼被围攻的自家机甲，抿嘴抛下了一个仪器。仪器外壳是黑色的，那是已经在远星际数次出现的干扰波发射器。

金日轮的机甲开始失控，一架接着一架地坠落。

晶体协会的机甲回身开炮，放肆轰击一通，大摇大摆地离去。

"不好，中将，逆贼要跑了！"

"唉！又是这招……"

无论是路德老中将等前线高级军官，还是远处围观的民众，他们原本踌躇满志的脸上都露出了惊怒的表情，功败垂成的滋味像阴云一样压在了几乎所有人的心头。

姜见明却眼前微亮，放心地扬起嘴角。不，不是失败，这是……

"成了，"他不禁欣然出声，"殿下！"

斩彗星也失控地从几千米高空坠落，烈风呼啸着穿过瘫痪的机翼。

加西亚砸飞了驾驶舱门："要落地了，忍住！"

晶骨一层层覆盖上来，将残晶人类严严实实地护住。

317

两人背后，斩彗星已经失灵的屏幕旁边，赫然闪烁着一个小巧的仪器，屏幕上显示着一行小字：干扰波已捕捉。

它从一开始，从机甲自黑鲨基地的星舰内开出来的时候，就摆放在那里了。

"成功了？"坐回皇家飞行器上的女皇，正慢悠悠地扭着脖子，仰望坠落的斩彗星，"朕可以打道回府了？"

"成功了。"军方总部，统筹指挥的老元帅关掉了几个窗口，问身旁侍立的秘书官，"我们的首相阁下有消息了吗？"

黑鲨基地的星舰上，数十名基地成员在大型计算室内飞速进行着各种操作。有人紧盯着屏幕上的数据，当那原本平直的线条突然剧烈地跳动起来时，人群沸腾了。

"首领，干扰波的频率已捕获。"一个人激动地喊道，"距离足够近，数据清晰完整！"

顿时，一阵欢呼声从这群被誉为帝国最聪慧的人中爆发，好几个穿着白大褂的人热泪盈眶地扔起了纸质文件。

"银北斗一直催促的反干扰系统终于可以制作出来了！"

"基地技术升级也有希望了！"

首领端坐在高处，平静地说："很好，那就开始解析数据吧。也别过年节了，今晚所有人都加班。"

13.

失控的斩彗星从高空疾速坠落。撞击发生的时候，姜见明被巨大的水浪带来的黑暗吞噬了一秒钟，感官好像被击得粉碎，残晶人类毫无抵抗之力地晕了过去。

不知过了多久，意识似被人从无底深渊中拉出，他吃力地皱了一下眉头，睁开眼。眼前先是一片朦胧，过于明媚的亮光让他又闭了一下眼才再睁开，模糊的轮廓随之清晰起来。

风吹彻白色的天空，水浪正温柔地抚摸着河滩，沙滩上铺满碎裂的晶骨。

皇子殿下跪坐在他身边，翠绿色的眼眸焦急地盯着他："姜！"

姜见明动弹了一下，吃力地眯眼四顾，声音虚弱："这是哪儿？"

加西亚松了口气，扶着他坐起来，又摸出镇静剂喷雾给他吸了两口："你怎么样？"

"没事，我没有受伤，只是累。"姜见明脸色白得像雪，缓了半天才把缺氧头晕的感觉压下去，"坠机到河边了？"

他扭头一看，机甲斩彗星的残骸浸泡在河中，已经化作一摊烂铁。

加西亚："你是没有受伤，但我把你拖上岸之后，你依旧昏睡了快一个小时……到底是什么理由让你敢拖着这种身体往我的机甲上跳的？"

"对不起。"姜见明自知理亏，又问，"那边怎么样了？"

加西亚："都结束了，现在军方在清点伤亡数字，安抚民众。晶体协会余孽有舰队去拦截，你不用操心。"

天边有飞行物快速靠近，加西亚敏锐地转过头看了一眼："金日轮的侦察机来了。"

姜见明点了点头。

逼退了晶体协会，剩下的事情自然会有军方妥善处理，但是……

加西亚在公开场合露面并且释放了晶骨。无疑，如果他们就这样跟随金日轮回去，加西亚会被喊一路的"莱安太子"，直到被送回白翡翠宫。

"您还是不想……"姜见明看着他。

"我说过那是最后一次帮你。"加西亚不由分说地站起来，扶着姜见明走到河堤上方，那里有嶙峋的岩石和灌木丛，是个隐蔽的死角，"现在，如果他们来到我面前，我会当着全帝国的面说，莱安皇太子的尸体都烂透了，骨灰都被异星生物吃了。"

姜见明忍俊不禁，只得顺着他的意思，鬼鬼祟祟地藏在岸边的荆棘丛后。

侦察机很快发现了斩彗星，士兵们纷纷呼喊，分两路往上下游搜寻。

姜见明想了想，用腕机发了一则消息。

很快，士兵中的小队长喊道："大统帅说不用找了，走。"

一帮人面面相觑，只好作罢。

他们将斩彗星的残骸拴在几架侦察机上，从河中拖起来。

等人们走光了，加西亚才揪着姜见明的衣领把他从隐蔽处提了出来。

"回宿舍。"加西亚用命令似的语气说道。

两人先是沿着河岸往城镇的方向走。到了城区，姜见明去买了两个新的遮蔽器回来，和加西亚各自戴上，这才得以混入人群之中。

肉眼可见地，整个亚斯兰城区的气氛都不一样了。阳光照耀在人造花圃、鹅卵石路和小彩旗上，飞行器在风中呼啸而过。无论男女老少，脸上都洋溢着激动的神情。

当从擦肩而过的第三对情侣口中听到"皇太子殿下"这个词的时候，姜见明终于被身旁加西亚几乎要杀人的脸色折磨得受不了了。

"殿下，"他拽住加西亚的胳臂，凑过去低声说，"我想买些年节的食物晚上吃，还要去军部一趟……要不，您先回去吧。"

再这么一起走下去，尤其是到了繁华区和军部那边，暴露是迟早的事——就算加西亚戴着面部的遮蔽器。

加西亚深深地看了他一眼："可以。"

姜见明先去买了些年货。他俭朴惯了，物欲又低，过年节也不喜欢大手大脚。但看在今晚有皇子殿下需要伺候的分上，还是比往年多花了一倍的预算。

等他提着几袋子年货，迈进金日轮大厦之后，姜见明立刻感觉到无数目光朝他投来。他硬着头皮保持表面上的平静，才走了几步，郑越就冲上来，试图一把接过他手上的东西。

姜见明往后一缩："别，我的苹果。"

"哎呀，小阁下，苹果要什么紧！"郑越欣喜若狂地引路，"快快快，这边请，几位都等着您呢。"

办公室的门一打开，只见室内窗明几净，陈汉克拿着手杖站在一旁，黑鲨基地首领坐在沙发上，女皇帝则毫无形象地在嗑瓜子。

而姜见明淡定地提着几个袋子走了进去："老元帅，首领……陛下。"

"明明，怎么叫人呢？按身份排序，你得先叫朕。"林歌说完自己又笑，墨云似的长发下，鲜红的义眼幽幽地反光，"不过算了，大过节的，讲规矩没意思。"

陈老元帅用手杖敲了敲地板，道："晶体协会的主谋已经被逐出星城，宇域还有我们三万金日轮驻扎兵，几天之内就能把他逮回来审问。小阁下，论功行赏，你想什么时候来领军衔呢？"

姜见明把那堆杂物随意往桌子上一放，摇了摇头："再说吧，谢少将生死未卜，我现在加入金日轮，心里过意不去。"

黑鲨基地首领用她那无机质的电子音说话了："别着急，晶巢离阿尔法异星很远，怎么也要再等月余。"她顿了一下，"刚才我们正在好奇另一件事情——晶体协会的成员为何不会晶乱呢？"

"噢，"姜见明抬起黑色的眼眸，思考了一下，很快认真答道，"是这样，首领，我心里有一个听起来有些荒诞的猜测——这些人都是慢性晶乱患者。"

话音刚落，姜见明后背一凉，因为办公室内三个人的目光齐齐落在他身上。但他还没来得及做出什么反应，下一秒，那三个人又默契而飞快地把目光收回去了。

皇帝陛下把瓜子放下了，她握拳抵在红唇前，用力清了清嗓子，上身前倾说道："还真是，患了慢性晶乱就不会再患急性晶乱了，有道理，聪明。"

黑鲨基地首领："确实如此，慢性晶乱患者，体内晶粒子本来就处于一种混乱无序的状态，慢性转急性比急性发作本身困难得多。"

陈老元帅立刻做出感叹状："啊哟，看来那些家伙还真是一群偏执的亡命之徒啊。"

姜见明后知后觉地开始怀疑一件事：莫非，这三个人是串通好了，约在这里给我说相声的吗？

皇帝又开口了："首领，慢性晶乱患者的最高存活纪录是多少年来着？"

黑鲨基地首领："是十二年零四个月，陛下。"

陈老元帅补充道："那位患者是有晶人种，又生在条件优渥的家庭，患病后被妥善保护在深宅里，每日除了输液用药就是卧床休养，连膳食都有专门的营养师来制定。"

皇帝笑了笑："噢，那么无晶人种呢？"

姜见明低着头听到这里，嘴角终于控制不住地抽了一下，随后深深地吸了一口气。

"陛下。"

"首领。"

"大统帅阁下。"

这回顺序叫对了，黑发年轻人抬起尚显苍白的脸，面上只有淡淡的无奈与惆怅。他竖起食指抵在自己带着苦笑的嘴角，小声说："几位又何必这样呢？看在这次军功的分上，让我过个好年吧。"

办公室内瞬间落针可闻，再也没有人笑了。

如果说那笑容是一触即破的纸，此刻的死寂才是赤裸裸的现实。

偏偏在这个时候，街外的广场上，有人放起了庆祝年节的爆竹。随之而来的是一阵欢呼和大笑，之后又消散在刚被擦干净的玻璃窗后。

透过窗户，能看见远方的天空有群鸟飞过。

那是清晨时刚刚被硝烟笼罩的天空，如今却已经能承载人群的欢笑与远去的飞鸟。

世上有那么多难以抵抗的现实啊，姜见明再次如此想……可他的力量何其微小，去反抗其中之一就已经耗尽心血。

姜见明暗暗叹了口气，平静地拎起塞满年货的几个袋子，转身，艰难地尝试推开门。

只要他还活着一天，就要沿着这条路往前走。他将用那点微小的力量推开沿途一扇扇紧闭的大门，直到迎来自己的末路。其中会有轻薄的门，也会有厚重的门，有的能推开，有的推不开。但如果不伸手，他就什么都没有。

吱呀……姜见明意外地眨眼，他还没用力，门就开了。

门后，加西亚竟然站在那里。

姜见明脑中一片空白。

其实，直到很多年之后，他也无法用言语描述此刻加西亚的表情。硬要说的话，在那双翡翠般的眼眸深处，他看到了光芒溃散，看到了万物崩塌、日月失色，如同世界末日。

"看，我买苹果了。"死一般的静默中，姜见明拿出一个红润的果子递出去，很平淡地对加西亚说道，"回去再吃吧，晚上我来做饭。"

加西亚却猛地攥住他的手腕，力道大得骨头吱嘎作响。姜见明吃痛，苹果就这么掉在地板上，滚了两圈停在皇子殿下的鞋尖前。

窗外的爆竹声渐渐消散，身后的办公室内，女皇帝林歌、黑鲨基地首领与陈老元帅都静默着。

加西亚死死地盯着姜见明，眼角渐渐红了，目光暴戾得像是要把面前的残晶人类剥皮拆骨，血淋淋地吃进肚里去。

姜见明垂下头，黑发遮住了眼。

他希望加西亚能就这样认命，正如当年莱安希望他能就这样认命——不要如此狼狈地挣扎，去试图挽回什么已经无法挽回的事情。

不知过了多久，加西亚终于找回了嗓音，轻轻地问："你为什么不会晶乱？"

不甘心、不死心，不敢面对与自欺欺人，全在这样的一句问话里。

姜见明看着他，一股疲惫感涌上四肢百骸。沉重的袋子落在地上发出闷响，他看了看双手被勒红的印迹，哀伤地笑了："因为我也是慢性晶乱患者，殿下。"

加西亚猛地摇晃了一下，他浑身紧绷地扶住旁边的墙，用力吸了口气："他知道吗？离开之前。"

姜见明："不。"

加西亚蓦地抬头，怒吼道："不可能！"

"可能的，小凯奥斯。"林歌脚步声清晰，声音从姜见明身后传来，"你以为呢？现在这帝国，普通人想要患上慢性晶乱可不是什么容易的事——除非主动找死。"

加西亚如遭五雷轰顶，他先是单纯地震惊，等领悟到这句话背后隐含的意义，恐惧瞬间冻僵了脊梁，冻结了浑身的血液。

姜见明回头："陛下！"

加西亚不敢置信地握住他的肩膀："你……"

"他总要知道的，明明，长痛不如短痛，对不对？"女皇帝在门口站定，将手臂搭在姜见明的肩头，指甲点了点苍白的青年的下巴，"老实交代，莱安赴死之前……你还没有患晶乱吧？"

"对不起。"那种浓重到抹不开的哀伤再次出现在了姜见明眼瞳深处，他低声咳嗽了两声，"加西亚殿下，如果我知道会遇见你……"

让你品尝如此痛苦，从来都非我的本意。

"但如果那个晚上，我没有选择走上这条路，也不可能有勇气走向远星际，自然就不可能遇见你。所以我不后悔。"他往前走了一步，迈过落在地上的红苹果，与脸色苍白的加西亚擦肩而过，"我不后悔那个晚上，用死晶主动让自己染上慢性晶乱。"

其实没什么好说的，只是别无选择情况下的选择而已。

早在出发之前，姜见明就已经心知肚明。如果决定踏向远星际，那么他最终的目的地很大可能就是晶巢——莱安奔赴的地方。然而那里的晶粒子环境，连新晶人类一个不小心都会因急性晶乱而暴毙。对于残晶人类来说，那里是绝不可能靠近的鬼门关。

他不怕死，但也不愿枉送性命。更何况晶乱具有传染性，为了自己的私情让队友甚至整个军队一起陪葬这种行为，远远超越了他的底线。

"姜，放弃吧。"奥德莉曾经恳求他，"不可能的，你不要发疯了……"

"那你呢，兰斯家主？"姜见明笑了笑，"伪装成新晶人类，天天过着走钢丝一样的日子，明知道一旦暴露就是天塌地陷的后果，你就不疯吗？"

"啊，天哪，我……"奥德莉不停地摇头，苦涩地说，"可我怎么能看着你……"

"我已经做了计划，"姜见明坦然说道，"用雪鸠跃迁到远星际，暴露在晶粒子环境下……有可能患上急性晶乱，那就是我运气不好；但也有可能成功患上慢性晶乱，如果是后者，我就没有后顾之忧了。"

奥德莉绕到姜见明面前，情绪失控地摇晃着挚友的肩膀，声音发抖："姜，你是不是在发烧胡说，你到底知不知道这意味着什么？慢性晶乱？你怎么会想到……患病之后你的体质会日益衰弱，发病的痛苦年年加剧，这样你还想去参军？这不可能！"

"你很有可能活不过五年，甚至三年……"奥德莉声音暗哑，快说不下去了，她再次用力地闭眼，"姜，你也读过历史的，在那个黑暗年代，慢性晶乱的患者有九成九都选择自尽，为什么？因为他们熬不过那种痛苦！你真的想带着慢性晶乱去远星际？"

姜见明扶额苦笑了一下，难为情地侧过头，轻飘飘地说："当然不想，可我是个无权无势的残晶人类啊。这不是……没有其他办法吗？"

除了这条命和未来余生些许不足言道的安逸，姜见明再没有其他可以抵押的东西了。

所以他将自己仅存的东西放上了命运的天平。

那一天，兰斯家的灯火亮到了深夜。

到了最后，实在劝不住的奥德莉只能忍痛接受了挚友的决定。她拿出了一块装在盒子里的透明晶体，它的外表人畜无害，像一块美玉。

这是姜见明第一次见到死晶。

"别去远星际了，用它吧。"奥德莉轻声道，"可控的，这样至少没有急性晶乱的危险。贴身佩戴两个小时，第一次发病会十分痛苦，你愿意的话，可以待在……我家。"

姜见明道谢并收下了死晶，却拒绝了奥德莉的建议，他说："不用麻烦了，我自己再想想。"

关于余生的事情，确实应该谨慎多思。

奥德莉不由分说又抓了几支镇静剂，和装死晶的盒子一起塞给他："如果你后悔了，发病之前随时都可以把它放回盒子里，然后打上镇静剂回来找我。明天我会让医生彻夜等着。"

第二天，姜见明带着装死晶的盒子，去了亚斯兰星城最高的山。

山顶会是离星空最近的地方，他准备在那里做最后的决定，顺便看一场应季的流星雨。

据预报，这场流星雨会是几十年难遇一次的奇景，曾经他和莱安也想去看。

按照计划，他们可以爬一天的山，在山顶扎营，生起篝火，再欣赏难得的星星。

可是……现在莱安已逝，他背负着逝者的重量，注定将经历一趟糟心的旅程。

但很快，姜见明就悟到了另一个真理：当一个人被幸运抛弃的时候，糟心的事情绝不仅止于此。

次日，山脚下，天空乌云密布，雨势倾盆。姜见明浑身湿透，他背着沉甸甸的背包，喘息着站在屋檐下，面如死灰地仰头看着大雨……远处隐约有雷声隆隆。

周围同样被天气困住，跑来此处躲雨的旅客们很快散去，各自回家。

姜见明没有走，他还没从打击中缓过神来。事到如今，莱安已经不在了，他知道。所以他只是想一个人独自走走，想爬上山去看一夜的流星雨而已。

姜见明咬牙低下头，紧握的手指在发抖。

奢望了吗？这也算他的奢望了吗？还是冥冥之中命运之神认为，加诸他身上的打压还不够沉重，折磨还不够残忍？

姜见明猛然甩开背包，往前两步一头扎进了大雨。

他将死晶拿出来紧紧握在掌心，盒子一扬手扔了，冒雨往山上走。

是不是一场雨就能阻止他的脚步，是不是一个人的离去就能折断他的脊梁？是不是仅凭"人种天定"四个字，就能断绝他所有的悲愤与不甘？

他只是一个卑微的残晶人类而已，只是姜见明而已。

天地都是冰冷的，姜见明扶着树干发抖。死晶逐渐发挥作用了，他开始吐血，血水很快被雨冲走，沿着崎岖的岩缝流下去。他紧紧攥着那块正在剥夺自己生命的死晶，却好像攥着最后一根救命的稻草。

两个小时后，慢性晶乱的症状在姜见明身上发作。那时他蜷缩在被狂风捶打的树影后喘息，忽然，一阵胜过之前千百倍的剧痛直接咬上了神经。

"啊……"姜见明眼前一黑，直接一头栽倒下去，在泥泞里滚了两圈后背撞在岩石上，无法控制的惨叫从喉咙里爆发出来。

很快，骨肉肺腑中的晶粒子都开始造反，疼痛席卷了全身，呼吸也变得困难。姜见明闭上眼，用最后的气力握着那块死晶，疼得受不了的时候，就颤抖地举到嘴边咬着，直到意识在浮沉中稀薄。

后来，遍及浑身的蚀骨剧痛让姜见明出现了幻觉。他好像看到了一片冰海，莱安跪在冰面上，手掌掐着他的脖颈，将他推入深海。

他濒死地在水下挣扎，睁大的眼中倒映着星光闪烁的冰面，他想呼唤莱安的名字，冰冷咸腥的海水却灌入口鼻、灌入气管、灌满肺腑，挤走他的生命。

瓢泼大雨中，姜见明彻底昏死过去。之后的记忆是断断续续的，但也不过是他疼醒过来再疼晕过去的反复。

自始至终，没人发现他，没人来救他，他独自承受整晚的酷刑。

恍惚间，幻境与现实之间的壁垒变得模糊，像一缕又一缕飘来即散的雾。

他似乎看到雨停了，云散了，被洗净的夜空比任何时候都要清亮干净，像一块黑蓝色的水晶。

天边有赤金色的流星如雨落下，万千璀璨如归巢之鸟朝他而来，分不清是梦是幻。

金日轮的办公室门口，姜见明愕然停下了脚步，因为就在擦肩而过的那一秒，加西亚猛地攥紧了他的手腕。

"殿下！"他皱了一下眉，轻声说。

"不许走。"加西亚嗓音沙哑，他板着俊美冷硬的面容，没有看姜见明，一字一顿地咬牙，"你停下来，不要再往前走了。"

姜见明抿嘴不语，皇子把他扳过来，盯着他说道："你病了，必须接受治疗。"

姜见明闭了眼又睁开，不忍心看加西亚的眼神："慢性晶乱是无法治愈的，殿下。"

加西亚认真道："但治疗可以延长你的寿命，在这段时间内技术会进步，新的药会研发出来，你就会活着。你会活很久，拥有健康长寿的后半生。"

"您别这样。"

"那你到底怎样才会满意？"加西亚忍无可忍地低吼了一声，紧接着又语无伦次地说，"既然我是你要找的人……现在你找到他了，他只是失去了一些记忆……但如果你肯教他，他就会去学……"

"好家伙。"靠在门口的女皇帝讶然挑眉，扭头看向办公室内的黑鲨基地首领和陈老元帅，"看看这小浑蛋，居然认命了，我们软磨硬泡劝了三年都没成功。"

黑鲨基地首领也走上前，了无波澜地对皇帝说："少说几句吧，陛下。"

"他会学得和从前一样，"加西亚轻声细语地说下去，"唯独不会再伤害你。你可以惩罚他出气，你想做什么都是合理的，他会听话，只要你肯治疗。"

"不，您误会了。"姜见明推开了加西亚的手，这时他已经十分冷静，近乎无情，"我做这一切只是为了我自己。这是我的愤怒、我的悲哀、我的不甘……最终变成了我的选择，和别人没有关系。您懂我的意思吗？就算拥有完整记忆的莱安出现在我的面前，我也只会多给他一巴掌，然后让他滚。"

最决绝的话也说尽了，应该到此为止了。姜见明心想。

可加西亚还不肯放手，他竟不死心地瞪着姜见明，颤声问："那我呢？"

你的选择与莱安无关，那么加西亚呢？

姜见明张口结舌。

"我……我在求你。"加西亚眼底泛红，他另一只手握紧，指甲几乎嵌入肉里，"你要什么我都给你，我这样求你。"

什么都不重要了。他的骄傲、他的叛逆、他对自我的坚持、他对帝国与世俗的蔑视……在那些空虚的岁月里，他孤独又骄傲地坚持下来的一切。不要了，他都不要了。打碎脊梁，和血一起放到天平上，他想换另一个人在赴死之路上驻足回头。

"无论你要什么……"加西亚倏然抬眸，翠色的眼底有杀意一闪而过。

下一刻，他手腕上赤金色晶骨笔直地刺出，尖锐地扎向皇帝的咽喉！

陈老元帅脸色一变："陛下当心！"

林歌瞳孔微缩，抬手欲拔刀。然而叮当一声，窜出的真晶先一步将她腰间的"屠戮贼"弹飞！赤金色的光芒在眼中放大——基地首领闪身挡在了皇帝身前，小臂处特制的黑色铠甲上浮现银灰色的晶骨，却也已经被加西亚的晶骨刺入半厘米深。

姜见明上前两步："加西亚！"

女皇帝脸色一沉，粗暴地将基地首领往后一拽，张口骂道："混账东西，冲你老娘发什么疯？！"

加西亚直接将晶骨往林歌的脖子上一架，目光阴冷地在基地首领与皇帝之间游移："将他想知道的事情告诉他。"

只要得到了所谓的什么真相，这个已经把自己折磨得千疮百孔的残晶人类就会停下来。

"朕不会说的。"林歌冷笑一声，目光飘向旁边脸色难看的陈老元帅，以及保持沉默的黑鲨基地首领，"首领和陈也不会说的，想知道为什么吗？当你面对一个残忍的现实，发现自己无力与其对抗的时候，活在世上的每一分每一秒都是生不如死的折磨。"

姜见明想起黑鲨基地首领曾经也对自己说过类似的话，心脏加速地跳动起来——这个宇宙是残忍的，过早地接触到某些事情，只会让人在绝望中走向自毁。

而莱安接触了此事。黑鲨基地首领曾经答应过莱安向自己保密，因为后者不愿看到自己如此痛苦。

"凯奥斯，"林歌近乎恶毒地笑起来，凤眸瞥了一眼姜见明，"你身后的人，他连今晚的年节餐都没有吃。他为你新买了苹果，他说要为你做饭。而朕只需要接下来十分钟的讲述，就能毁灭这一切，让他在今后的每一个夜晚都噩梦缠身。"

加西亚神色阴沉，冷白的牙齿磨了磨，眸底似乎酝酿着一场毁天灭地的暴风雨："闭嘴。"

一只手忽然从后面伸过来，大逆不道地抓住了皇子殿下毫无防备地垂下的长鬈发。

加西亚猝不及防，被姜见明拽着头发扯得后退几步，脸上的阴沉在惊怒之下烟消云散。

"不用了，我接受陛下的旨意。"姜见明平静地拽着加西亚的头发，胁迫他跟自己一起往后退，"何况，今天您其实已经告诉了我许多。莱安死在宇宙深处的某种'无力与其对抗'的力量之下，总比死在帝国内部的阴暗政治斗争之下要令我欣慰……至少现在我这样想。"

"谢谢您，今天我们也看到了您的选择，小阁下。"黑鲨基地首领深深鞠了一躬，缓慢说道，"如果您想要回头，基地随时愿意提供最先进的医疗体系；但倘若您想坚持这份选择，是的，您的方向没有错，一切都在晶巢等着您。"

仿佛一颗石子投入湖中，荡起涟漪。姜见明怔怔地松开了手，一时感觉有些不真实。这算什么呢？皇帝和首领在向他暗示真相的所在，并且同意……至少是默许了自己前往晶巢？

老元帅压下白眉，低声道："陛下，首领！可是……"

"老陈头，够了，放人家去吧。"林歌摆了摆手，转身走回办公室中，皮笑肉不笑地道，"你拦不住他的，再拦，两边都得撞个头破血流，那就亏了。"

林歌又道："明明，好好休息几天，养养身子吧。凯奥斯这一露面，后续的麻烦事儿还一堆呢。"

老元帅："虽然现在没人拦你去晶巢了，不过小阁下这个身子嘛……不能着急冒进，懂不懂？"

姜见明难以抑制自己加速的心跳和呼吸。他还以为自己还要半死不活地挣扎上好几年才能窥到一丁点希望，不料才短短几个月的时间，这条道路就迎来了一个转折点。

去晶巢……晶巢里的秘密，才是解开这一切的钥匙！

好像……皇帝他们几个，一方面确实在隐藏这所谓的真相，不忍心让他赴死；另一方面，他们却又能很快地接受他的选择，放任他在这条路上走下去。

这感觉太奇怪了，姜见明只觉得无法理解。

低沉的喘息声落在颈侧，加西亚粗暴地箍住他的双臂，十指隐隐发抖："这么高兴吗，因为皇帝恩赐你去那个晶巢找死？所以……就算我这样求你，你还是要离开，是吗？"

姜见明：啊……完了，他把殿下彻底给惹毛了。

"说什么为了自己，满嘴谎话，你刚刚还在为莱安的死法欣慰……你还在怀念一个伤害你、抛弃你，害得你患上慢性晶乱的人。"

姜见明放轻嗓音说："没事的，您别害怕。我会好好治病，慢性晶乱也不会说死就死掉的。真的，我一边治病一边领军也不是什么不可能的事情。只要以后我能带兵，亲自上阵的次数也会减少，您说对吗？小殿下？我们先回去好吗……那个什么，说实话，我有点饿了。"

"够了。"加西亚忽然深吸一口气，冷声说道，"带上你的雪鸠，今晚跟我去欧米伽异星。他们还需要对你有所隐瞒，但我不需要了。我来告诉你……关于我的真相。"

14.

加西亚在民众面前露面之后，再回到金日轮的宿舍就变得危险起来。综合思考过后，姜见明让皇子殿下拎着那一堆年货，他们一起去了白翡翠宫。

午饭是从餐厅草草点的菜品，姜见明吃了个半饱就自觉地滚进了治疗舱。

他再睁眼的时候，加西亚正坐在治疗舱旁边，冰翠眼眸黯淡地盯着跳动的生命体征数值。这是似曾相识的情景，加西亚曾经这样坐在治疗舱旁守护过他许多回。但唯独这次，姜见明感到酸涩难言，窗外天幕上的星星好像变成了雨点，落进那双漆黑的瞳孔中。

"殿下，"姜见明望着窗外，忽然轻声细语地开口，"生命诞生在这个世上，总是要消逝的。就像生命与生命的相遇总要迎来离别，您说对吗？"

当他说出这句话的时候，远方的星云依旧在宇宙深处盘旋，或许阿尔法异星的雪又落满了要塞，帝国三星系勉强维系着它的平稳。而亚斯兰星城内，一盏又一盏的街灯依次点亮了夜空。

"你说得对。"加西亚深深凝视着治疗舱内仰躺着的青年，沙哑地说道，"但你明明沥尽心血地去为这个国度奋斗了，却还没来得及随皇太子走进白翡翠宫实现你的抱负；你明明有着凌驾于万人之上的优秀才能，却还没来得及成为传奇的残晶人类军官，再成为这个帝国的最高军事统帅。"

皇子垂下卷曲的眼睫，喉结在白皙的脖颈皮肤下滚动："现在你就要死了。"

人类的生命在宇宙的标尺上不值一提，人类的学识在宇宙的奥秘面前也显得渺小。然而跳出理性之外，信念恒久。倘若一个人至死坚守着什么，死亡会使这份坚守定格。浪漫地说，信念将延续至万星熄灭的尽头。而相反，如果一个人抱憾长眠，那么这份遗憾也就化作永恒，哪怕宇宙轮回千万次，那个在遗恨中消散的灵魂也无法归来。

偏偏命途多舛，人生多有求不得。

"别，"姜见明却温和地笑了起来，"我本来就是一个普通人而已，什么统帅……像天上掉馅饼一样，世上哪有这么好的事呢。"

"莱安，"加西亚的面色阴沉得像一块铁板，"他给你的只有伤害和病痛。"

姜见明用手肘撑着舱底想坐起来，加西亚连忙扶住："慢一点。我去做晚饭，你不用动手了。"

姜见明："不行。恕我直言，您长着一张连酱油和醋都分不清的脸。"

晚饭时，姜见明收到了郑越的一通汇报，内容不外乎殿堂动乱的伤亡统计与后续，以及一个令人隐隐不安的消息——煽动民众聚集在大殿堂的罪魁祸首，本次内乱的重要嫌疑人，格哈德·劳伦首相，至今踪迹全无。

晚饭后，加西亚坐进了雪鸠的驾驶舱，将姜见明塞进了机甲内置的减压舱，并给他扣上了氧气面罩。

在昏睡状态中，姜见明被机甲雪鸠载着完成了两次高维跃迁，直到五感再次恢复。此时，机甲雪鸠已经停在了欧米伽异星的大地上。

异星正值春季，时辰则是傍晚。姜见明与加西亚走出机甲，湿润温暖的风扑面而来，他们第一眼就看到了满天的云霞。

那是晚霞。半边天空是紫红色的，另一半则是橙红色。云雾在其中厚薄不一地翻滚，亮一些的是花瓣似的粉色和麦穗似的金色，暗一些的则接近墨黑，像彩丝线织成的绚丽的绫罗在微风中飘动。

晚霞的尽头是平原，平原上矗立着一座要塞的剪影，让人联想到童话里仙女婆婆的小屋。

"你来过这里。"加西亚看了一眼身边的人。

"是的，昔日我和莱安一起。"姜见明仰望天际，他坦荡地说道，"但当时我们看的是朝霞。"

加西亚回以一声轻蔑的哼笑："跟我走，不舒服就说话。"

加西亚带着姜见明从黑鲨基地的正门进入。这里的智能系统十分发达，拥有权限的皇子殿下畅通无阻。

脚下的指示灯幽幽地泛着蓝绿色的光，穿过一道道特制的机械门，两人一路往深处走去。

偶尔有基地人员经过，见皇子殿下带了陌生人进来也不惊异，平静地躬身致礼后各干各的事去了。

最后，加西亚在地下深处一扇巨大的机械门前停下了。

虹膜识别自动打开了门锁，皇子回头："你坚持要往前走吗？"

联系白日的种种，这句话有点一语双关的意思。

"是的。"姜见明给出了肯定的回答。

于是加西亚沉默地推开门，走了进去。

室内安静而黑暗，这个地方应该许久没人来过了。头顶的灯关着，无数精密仪器在黑暗中沉睡。

姜见明眯了眯眼，隐约能看到正前方有一个横放的棱柱状物体，有些像玻璃棺，又有些像治疗舱或减压舱的模样。它的外壳是透明的，积了些灰尘，十几根奇特的细管垂在里面。

姜见明无意识地按了一下自己的胸口，意识到自己有些紧张，他调整了一下呼吸。

"你问过我为什么不愿承认自己是莱安·凯奥斯，"加西亚扭过头，他的身影被蓝光包围，面容冰冷，"因为我出生在这里……这里面，我是黑鲨基地的造物。"

加西亚用手指着那个宽大的玻璃仓体："这是基地的生物培养舱，我在这里醒来。

"拥有视觉的第一眼，我看到无数穿白大褂的基地成员簇拥在周围，他们目光狂热，嘴里说着'成功了'，但当时我并不知道这意味着什么。

"我什么都不知道，记忆一片空白。首领叫我'莱安'，我就答应；她教给我知识，教给我战斗的方式，我就去学习。除此之外，我并不知道世界上还有什么。直到后来……”

后来，他开始了解这个世界。

原来正常的生命应该在母亲痛苦的分娩中呱呱坠地，应该放声大哭、吃奶、吮手指、牙牙学语，被亲人爱着，从小婴儿逐渐成长为少年、青年。原来记忆应该是由自己产生的，而不是“被告知”一段过去。

他是一个孤独地出生在影子里的人，那个行走在光明中，被师长亲友簇拥、受帝国万民拥戴的“莱安”对他来说过于遥远。

“我厌恶被人摆布，所以离开了黑鲨基地，后来的事你都知道了。”加西亚淡漠的脸庞和白金长鬈发都映在仪器的蓝色微光里。

姜见明看了一眼这个颇大的生物培养舱，低声道：“我知道殿下不是任命运摆布的人。但您是否想过，也有可能基地造出的只是肉体，您和莱安本质上仍是一个人……我是指意识，或者说灵魂层面上。”

加西亚说出这番话，姜见明其实并不十分意外。因为他看过机甲金晓之冕内的大片暗红，至少在姜见明的认知中，那么可怕的出血量，几乎不可能再把一个活人抢救回来了。

加西亚摇了摇头。他从胸前的口袋里摸出一枚芯片，插入培养舱旁边的精密仪器中，屏幕上立刻弹出一排密密麻麻的数据。

姜见明凑上去一看，眼前就是一阵发黑。他看不懂那些科学术语和数字，但至少认得第一排大字：000 号基体－莱安·凯奥斯生成数据档案。

加西亚从后面扶住姜见明的双肩，似乎怕他承受不住而晕过去：“我本来不想给你看这些，不想说这么多，但现在你已经……要奉献你的生命。

“所以我要告诉你，虽然我还不知道莱安是正常降生的人类还是造物，但只要有这份数据，莱安·凯奥斯就可以被制造……或者说复制出无数个。加西亚也同样。

“若是如此，姜见明，你为之付出生命的究竟是什么呢？”

实验室内静了下来，姜见明没有说话。

加西亚的喉结动了动，他缓缓放开姜见明，往前走了两步，望着屏幕上的数据——他不想去看这时姜见明的神情，或许单纯是不敢。

“最开始，得知你是皇太子的旧交，我很……无法接受。”加西亚用手指抹过“莱安·凯奥斯生成”那几行字，低声说道，“但你并没有错，是我心理失衡，因为太想在世上拥有一个自己真正的朋友，而非属于‘皇太子’这个名号下的。”

“也因为厌憎自己是程序生成的人类。”加西亚依旧没有回头，“莱安如此看重你，那么我也难以逃脱。”

姜见明上前一步："殿下，您听我说，克隆技术能够复制的只是遗传特征，我并不相信……"

加西亚突然加重了语气："但如何在这个世上找到自己的位置，这是我要考虑的问题，不是你。莱安可以死千百回，死后又被复制出千百个，并且每一个都会走到你面前……可是你难道也能复活千百次，陪他千百次吗？"

姜见明再次沉默了。

"那个交易还算数。"加西亚哑声道，"我可以永远做你的武器，我之后的无数个我也同样可以……只要你肯停下来。如果你追逐真相是为了自己，就应该好好利用这一点，你是个聪明的人，应该明白我的意思。"

这个在基地实验室里被造出的怪物已经臣服于你了，皇子用孤独的背影这样说。这副爪牙也好，这个人也好，都可供你驱使。只要你肯治病，只要你能活下去。

沉默还在继续，许久，加西亚听见身后传来衣角的摩擦声，是姜见明转身离去了。

加西亚几乎要把牙咬碎。他就这么听着姜见明走出去了，那扇大门合拢，把光明带走，黑暗从四面八方涌来。

加西亚迟缓地坐在地上，额头抵在玻璃舱的一角，闭着眼深深地吸气，好像忍受着某种难以抵御的疼痛。他的手指还搭在仪器边缘，此刻骨节泛青地凸出，不自觉地颤抖起来。

他以为姜见明至少会安慰他两句再走的，但同时，他心里又清楚地知道这是强人所难——本以为失而复得的知己却是个怪物实验体，对于姜见明来说这无疑是巨大的打击，或许他更应该庆幸病弱的残晶人类没有当场昏厥过去。无论如何……求仁得仁，现在他什么都没有了。

早知道……加西亚闭上眼暗想，早知道又能怎样？这是从他们相遇就注定了的结果。如果时间倒流，他会做的也不过是更早地把姜见明拽来这里，然后——

轰！加西亚睁开双眼。毫无征兆，他背后的机械门又打开了。被收走的光再次照射进实验室，有人走进来，带着熟悉的气息。

加西亚僵硬了几秒，脚步声在自己身后停下了。

姜见明站在加西亚的身后，一只手拿着一沓很薄的打印纸，仪器的蓝光淡淡地勾勒出无比清俊的眉目轮廓。

他用另一只手不轻不重地扯了一把加西亚的头发，淡淡道："好殿下，来给我看看，哭了吗？"

被迫转过来的是一张完美却阴沉的脸庞："你回来干什么？！"

"您应该问我离开干什么。"姜见明说道，"我去机甲里找赛特拿了一些东西。"

他边说边就地在加西亚身边坐下，将手上的纸张放在地板上："您不愿受人摆布，是因此要把自己和莱安分割开来……我很理解，也很钦佩您的这份坚持，但我不能退让。"

加西亚打断他："这和我说的不是一回事，这个已经不重要……"

"是一回事，听我说。"姜见明蓦地抬头，眼底似乎反射着锋利的光。

"三年，每一次您为自己空虚的过往而痛苦的时候，我也在为自己面对这团迷雾时感受到的无力而痛苦。那时我想，再也不会有其他人为了这个真相飞蛾扑火，只有我……我一个人。

"就像在这个世上，想要坚守一个'加西亚'的位置的人只有您一个一样。在这个世上，想要找到'莱安'的位置的人，也只有我一个。"

所以这是一场战争，两个人的战争。

加西亚放弃了，加西亚·凯奥斯就不再存在于世，只剩下黑鲨基地实验室内不知名的造物，不知因何而生。

而姜见明放弃了，莱安·凯奥斯就不再存在于世，只剩下所谓"帝国皇太子"这样一个信仰化了的称呼，不知因何而死。

"但您不如我，殿下。"姜见明温声道，"您逃离黑鲨基地，逃离帝国，逃离'莱安'这个名字的阴影，而我主动走进去。这不能怪您，毕竟您还小。但既然您逃了，胜者就会是我。"

加西亚凑近他问道："你还要和我辩论究竟是一个人还是千百个人的问题？"

"是的，您听说过精神意识投射技术吗？"姜见明打开腕机，调出一个窗口。

那是一个音频文件，他按下播放键。

加西亚："什么？"

"姜？"一个软绵绵的少女声音从音频里传出来，"你怎么还要录音？"

接着是姜见明的声音："抱歉，这是很重要的事情，我可能需要反复地听。"

加西亚皱眉看向他："这个女孩？"

姜见明道："这是兰斯家的黛安娜小姐，我曾经为了您的问题拜访过她。"

"那我从头开始说一遍吧，"音频里的黛安娜怯怯地清了清嗓子，"精神意识投射技术是神经科学依托晶粒子研究产生的一个分支技术，是近些年的新兴学科，也是我在研究的东西。

"当然，现在公认的说法是旧帝国已经较为熟练地掌握了这门技术，证据就是精神操纵系统在机甲领域的应用。但开国战争导致的科技失落问题我们都清楚，虽然很遗憾，但先按下不表……

"我先来讲一下，精神意识投射技术的原理。"

少女娓娓道来的声音在实验室内回响着。

这段音频姜见明已经听过多次，内容也谙熟于心，这时只是沉默着将打印出来的资料在恰当的时候递给加西亚。

音频里的重要谈话大约有三十分钟，这三十分钟，黛安娜·兰斯概括了"精神意识投射技术"的原理和历史渊源。

一切还是要从黑波辐射引发的晶粒子说起。为何在同样拥有神经系统的前提下，新晶人类可以自如地操纵体内的晶粒子，而残晶人类不可以？

在旧帝国时代，科学家们发现了一个惊人的现象：晶粒子之间似乎存在着某种感应，可以初步推测它们通过量子纠缠相互作用。

于是以下假说便出现了：完成了进化的新晶人类通过构成脑神经的晶粒子操纵体内其余的晶粒子，使其更不容易失控混乱；进化失败的残晶人类则没有这个能力。

同时，利用晶粒子感应的技术也蓬勃发展起来。其中最引人瞩目的就是精神意识投射技术——试图以晶粒子为载体，将生物的意识进行"投射"，即从原身转移至另一具身体上。

"你问我，这项技术有没有可能用来抢救濒死之人，有没有可能造成失忆的后遗症？"

音频里的黛安娜似乎想了想，然后说："可能的，应该说用来救人本就是这个技术的应用目的之一。比如，有一位靠现阶段医学救不回来的病人，我们就可以在病人濒死时将其冷冻，把意识投射至备用身体上。至于失忆，我觉得可能性也很大。毕竟帝国在这方面的技术还不成熟，很有可能在投射时感应不稳定，无法让意识携带那么庞大的信息量。"

"感应不稳定？"音频里又传出姜见明追问的声音，"可以解释一下这个问题吗？"

"啊，这是因为精神意识投射的技术本质上还是依托于晶粒子之间的感应……你可以想象两个桥墩分别代表病人的原身和新身体，桥梁架在上面，它是无形的，有任意长度，代表晶粒子的感应。但如果传递的信息太多，桥梁又不够稳定，当然就会垮塌。"

"同时，"黛安娜补充道，"桥墩之中只要有一个崩溃，连接也会断裂。比如病人原本的身体支撑不住死亡了，那投射也会消失，意识直接消亡；如果是新身体死亡，那么意识将会被拽回原身内，嗯……也是极大的损伤。"

姜见明似乎愣了一下，又快速追问："被投射的原身需要一直维持生命吗？意识投射稳定的前提条件，是原身与新身体同时存活？"

"噢，当然了。"黛安娜笑了笑，"姜，这可不是幻想小说里的复活术，也不可能把人类变成有九条命的狐狸。就像你一直感兴趣的机甲精神操纵，如果给驾驶员的太阳穴开一枪，他当然就死掉了，总不可能活在机甲的系统里继续操纵战斗，对不对？道理是一样的……"

音频被切断了，姜见明将手指从暂停键上移开，点了关闭："剩下的不重要了。"

加西亚怔怔地盯着姜见明，神情不能说恍惚，简直就像是魂魄离体。

"你是想说，"加西亚喉结艰难地滚动，无措地别开脸盯着地板，"我是莱安本人的……意识……投射？"

"就是这样，所以是一回事。"姜见明坦坦荡荡地说道，"我不会回头……因为我还要去收尸呢。"

黑发年轻人眉眼含着浅浅的笑意，他一只手撑着下巴偏过头，神色怅然地说道："很有可能是沉睡在晶巢附近的，一只半死不活的金毛小僵尸。"

"但这也只是……"加西亚垂着卷曲的睫毛，沙哑地说，"你的猜测。"

"是的。"姜见明转向身旁失神的皇子殿下，"但如果能找到他，我一定要先给他来一巴掌——对了，您是更喜欢打脸，还是打屁股？"

这句话显然是个玩笑，姜见明看加西亚太沮丧了，想逗他一下，但收效甚微。皇子殿下依旧将线条优美的嘴唇紧抿，眼中时明时暗，他似乎陷在某种情绪里挣扎，长久地保持着沉默。

"你……仅凭一个猜测就查了这么多。"片刻，加西亚再次低沉地开口，"我最后告诫你一次，他不值得你这样付出。"

姜见明敛容，笑意如烟雾般从他的眼尾飘散而去："殿下，您再纠结这个问题就没意思了。"

自从自己的身份被加西亚知道，他们反复拉锯，但那个拉锯的重点不知何时偏移了。他想要殿下相信"加西亚和莱安是一个人"，但殿下现在似乎更关注"莱安不值得姜见明付出"这个问题。姜见明无法理解这是怎样的一种自省精神。

仿佛看穿了他的心思，加西亚不耐烦地哼道："我不是针对莱安……好吧，可以，就假设你是对的，可至少现在，我还是一个可以批量生产的造物，这一点你又想如何反驳？"

姜见明抬起清澈的眼睛，缓慢开口："我曾听谢少将说，三年前，黑鲨基地发生过一场爆炸。"

姜见明："殿下，我印象中的莱安也好，加西亚也好，都是十分桀骜不驯的人。虽然我刚刚说您是逃离，但我无法想象您竟会甘心接受身为千百个造物之一的命运。"

加西亚微微抬头，他原本的神情一直是阴郁的，此刻却显出半秒钟的惊讶，随即在眼底流露出一丝愉悦。

"不错，当时我炸毁了档案库的计算机。实际上，基地已经没有莱安的数据了。"他以目光示意了一下面前仪器上的数字，随后伸手抽走了插在仪器中的芯片，"这是仅存的一份，在我这里。"

芯片被抽走，那些数据，包括最上方一排"000 号……生成数据"的文字也随之消失了。

姜见明又笑了，他若有所思地说："所以，其实根本没有什么千百个莱安了。"

加西亚冷然转过身，面对面地站在姜见明身前："有，如果刚才你没有回来。"

是的，加西亚心中清楚地知道，就在姜见明远离的那一刻，他本来已经认命了。他真的会独自奔赴远星际，独自战斗与跋涉，独自在冰冷的星空下度过不知多少个昼夜——就像这三年内逝去的每一天那样过活。

他会履行诺言，他会独自去晶巢，去为姜见明寻找莱安·凯奥斯的消息。芯片数据会交还给基地，倘若自己死了，将有下一个"复制品"守护面前这个动不动就有生命危险的残晶人类。

万一真的找到了活着的莱安，他将分出一艘星舰护送真正的皇太子回归亚斯兰，然后作为一个已经失去存在理由的基体，独自面对他将面对的一切。

他会被秘密地抹杀吗？还是会被改头换面地禁锢在远星际，成为帝国的终身人形武器？证据不足，无法推测，但那并不重要。

他本来已经认命了，但是姜见明又回来了。

加西亚居高临下，定定地看着姜见明，眼底泛红，沙哑道："如果你的猜想错了呢？如果还有另一个莱安·凯奥斯活着，你会怎么办？"

姜见明："我不知道。"

"我知道。"加西亚眼中寒光摄人，眉头压得死低，连呼吸都滚烫发抖，好像是用尽了浑身的力气和意志才发出声音，"我……我会杀了他。"

姜见明挑起眉，眼眸像起了雾的深海，只轻轻地用一点鼻音反问："嗯？"

"我会杀了他，把他碎尸万段，碾成肉泥和血水，骨头烧成灰……在你看不见的地方。"加西亚喘了两声，好像在拼命地克制着什么，"然后，在一个夜深人静的夜晚，你睡熟之后，我要把他埋在白翡翠宫前的花圃下面。"

姜见明轻轻道："嗯。"

加西亚说："等到明年，那里就会开出一朵金玫瑰花。"

姜见明失笑。

幽冷的实验室内，他们的身影融化在淡蓝的光芒中，宛如虚妄的一梦。

"叫我的名字。"加西亚忽然出声。

"加西亚？"姜见明歪头。

"叫错了。"加西亚却恼怒。

"那位皇太子曾经对你不好,逼你弄坏身体,不配成为你的挚友。"加西亚红着眼尾说道,"但他以后会变好,会学着背负应该背负的,你……你相信吗?"

他尾音带着一丝颤抖,但并不显得脆弱无助,更像因为蕴含了更坚定、更杀伐果断的某种力量而颤抖。因为做了某个决断,背负起某种觉悟而颤抖。

"嗯。"姜见明神色还是很平静,眼眶却无声地湿了,"我信的,小殿下。我信。"

加西亚也在看着姜见明。天知道他是忍着怎样的痛楚决定放弃,但是……姜见明又回来了,那么冷静地向他证明他不是人工复制的造物,那么坚定地说他应该是桀骜不驯的人。

"姜,看着我,"皇子说,"叫我的名字。"

一直以来,他对某个名字深恶痛绝。但就像姜见明说的那样,他背对光明,将自己藏身于暗处,是某种退让和逃避。可是现在,黑暗中的影子有了战斗的理由,对凛然不可犯的光明露出獠牙。

"名字其实不重要。"姜见明若有所思地笑着说道,"但如果您那么想听,我也可以叫……莱安。"

加西亚也缓慢地笑了起来。他又拿出那枚芯片,放在两指间,用力一捏。

咔嚓,芯片碎成几片,被他随意甩在地上。

"你完了。"皇子语气慵懒道,"千百个莱安被我捏碎了。自这一刻起,无论是从前还是以后,只有我一个了。"

他将继承这个名字的责任,弥补这个名字的过错,让笼罩在这个名字上的谜团拨云见日。

姜见明安静地望着面前的人,看着加西亚的神情从阴沉到发狂,再到如今可以自然地笑出来。这是蜕变,也是重生。

彼时,宇宙深处的晶巢依旧千百年如一日地闪动着神秘的光芒,周围潜伏的异星生物在宇宙的阴影中潜行。而在不知相隔了多少光年的宇域,银北斗的远征星舰队正浴血前进,化作一道道残影消失在高维跃迁的虫洞中,抛下激战后的大片残骸。

阿尔法异星,大雪茫茫。

银北斗第一要塞的军人们照旧巡逻、操练、探索、战斗,和过去的每一天都没有区别。

在日益紧迫的战况下,最新一批的适应期军官已驾驶机甲,奔赴前途未卜的战场。

帝国境内,经历了注定会被载入史册的内乱之夜,年节在有惊无险中过去了。

新一轮朝阳普照大地，带来崭新的光芒与希望，也带来新的阴影。

众所周知，旧帝国的统治终结于即将跨入旧帝历 64 年的年节。而如今，九座星城都在陆续迎来属于新帝历 64 年的——第一个黎明。

（未完待续）

番外
机甲智脑会梦见狗狗玩偶吗

说起来，那是姜见明与莱安相识第三年的春天发生的故事了。

"其实我想问您很久了，殿下，您的这个智脑，到底为什么会模仿狗叫？"

微风带着春天花香的清新气息，吹动少年的衣角。姜见明坐在皇家机甲场外围的休息席上，卷起袖子露出白皙结实的手臂。

旁边，莱安恰到好处地给他递来一条干净毛巾。当他歪头时，阳光会将那长而卷的睫毛染成耀眼的金色："不是很清楚，黑鲨基地弄出来的东西。可能合成了军犬的意识？"

姜见明吃惊："现在还有军犬吗？那不都是蓝母星时期的事了……"

他说着随意擦了一下湿透的黑发和后颈，然后就把毛巾放在一边。

"怎么，干扰很严重吗？"莱安问。

"倒也不是，"姜见明仰头喝了两口水，若有所思道，"赛特的计算辅助能力很强，太强了。干扰是……嗯，精神方面的，就是，您懂。"

莱安了然，面无表情地拍拍他的肩膀："懂，狗叫起来很吵。"

十分钟前，他们刚结束了一场机甲对练，姜见明操纵的是L-金晓之冕，莱安则偷了老元帅的L-海东青来打架。两架大型机甲对撞起来气势惊人，钢铁擦出四溅的火花，轰鸣声震耳欲聋。

但更令姜见明"震耳欲聋"而不能忍受的……是充斥整个驾驶舱、持续不断地回响在他耳边的汪汪声。

"赛特！"姜见明将操纵杆猛地往右一扳，忍不住喊道，"静音！"

智脑委屈巴巴地没了声响。

金晓之冕险而又险地从海东青的射击范围内擦边飞出，又猛地一个回旋，趁着对手调整机甲炮轨道的那零点几秒的空隙，给了海东青一通连射。计时器发出嘀的一声尖鸣，对练结束。

临别前，姜见明再次迟疑地摸着自己的腕机："不过小殿下，赛特放在我这里，真的没有问题吗？"

莱安："你已经问过我三遍了，我也可以第三次回答你：没关系，需要的时候，我会来找你拿回去。不上战场的时候，它待在我身边没有什么用，还不如让赛特盯着你的情况，我也放心一些。"

姜见明仍然不放心，反复强调："那说定了，您去远星际之前一定要来接走赛特。或者如果您遇到紧急情况脱不开身，给我发个信息，我直接过去您那边。"

离开皇家机甲场后，莱安戴上遮蔽器，送姜见明回军校。

两人走过一条巷子——这里与繁华的西银河街不同，杂货店和市场交错排列，多是面向上有老下有小的中年人。此时恰逢一家百货商店在做促销活动，广告声吵得人头疼。

"嗯？"忽然，姜见明脚步一顿，目光落在透明橱窗内，那里摆着一个……毛茸茸的小狗玩偶。

那只小狗是半趴在玻璃窗内的，黑耳朵，白爪子，舌头粉嫩，咧着嘴似乎在笑。玻璃珠做的眼眸亮晶晶的，确实很像狗狗看向主人时那种湿漉漉又充满热情的目光。

旁边的广告牌上，女孩和男孩发出欢快的声音："哇哦，宝宝好喜欢！萌萌犬机器人，100%覆盖人造皮毛，内置汪汪语音，最大限度还原狗狗习性！

"还可以安装人工智能，匹配市面上所有智脑型号哦。它能陪玩，能哄睡，还能教宝宝学习呢！哇哦，宝宝好喜欢，快点把狗狗接回家吧！"

价位牌上先写了个数字"888"，又用横线画掉，在旁边用通红的大字写着：大促特价666币点，机不可失，时不再来！

姜见明不禁心中一跳，猛地按住腕机，与莱安对视一眼。

一个毛茸茸的，能安装智脑的狗狗机器人！

姜见明飞速凑上去跟莱安耳语："殿下，您说，如果把赛特装进这种玩偶机器狗里，会发生什么？"

莱安严肃地回答："没……没有尝试过。"

说完，他便以一种皇太子独有的霸气推开了这家百货商店的门，并且以姜见明根本来不及阻止的速度指着橱窗里摆的小狗玩偶，对柜台前的小哥说："拿一个。"

姜见明目瞪口呆：那可是 666 币点啊殿下！四舍五入就是 700 币点，再四舍五入就是四位数了！

片刻后，姜见明怀着极大的罪恶感把黑白小狗抱在了怀里。

好可爱……好贵，但是……好可爱……

莱安拿着刚拆开的礼盒在旁边忍笑，又觉得心酸。

他知道姜见明孤身在亚斯兰生活，平常节俭惯了，也不喜欢接受昂贵的礼物，所以此次坚称是为了赛特买的，这才让姜见明肯把小狗抱上。

"那，"莱安试探性地问，"还回军校吗？"

姜见明抱着玩偶，飞快摇摇头。废话，当然要先一起试试给狗狗机器人安装智脑的效果！

幸好这个周末姜见明全天没课，莱安也罕见地空闲。两人火速掉头，返回了皇家机甲场。

他们在机甲场外找了一块草地。

姜见明心脏怦怦跳，他打开腕机，点击智脑导入功能。莱安则紧张地伸出一只手虚护在姜见明身前……赛特毕竟最初是按军用机甲智脑的规格制作的，万一失控攻击，储君的晶骨会在第一时间刺出。

但没有任何意外发生，只有一抹蓝光从姜见明的腕机飞出，咻溜地钻进了那个被摆在草地上的玩偶里。

两秒后，一个电子音传出来："嘀，匹配成功。"

那只狗狗玩偶……咔嗒地动了一下。

下一刻，那只黑白相间的小狗高高跃起，粉红的舌头一吐，发出一声响亮的"汪"。

那双明亮的黑眼睛被太阳一照，仿佛真的闪烁着鲜活的光芒。

还没等两个少年的脸上涌起惊喜之色，赛特就一头扎进绿茵茵的草地，尾巴狂摇，猛地撒腿狂奔起来！

活了，真的活了！姜见明目瞪口呆，话也说不出，直抓着莱安的衣袖摇晃。赛特有了这个新身体，果然和真的小狗一模一样！

"汪汪汪汪！汪呜汪呜汪呜！"

转眼间，黑白小狗就疯跑出去十几米。这里是机甲场外，许多零件、器械和机器人还堆在旁边，赛特不管不顾地冲刺，一路撞飞无数金属制品，噼里啪啦地响！

"赛特！不行，快回来！"姜见明吓得魂飞魄散，连忙起身去追，这万一撞坏了什么，他哪儿赔得起？

莱安本来没在乎，看到姜见明跑去追才突然起身："姜，慢一点！"

场面一度混乱。好在赛特毕竟有着智脑的服从性，姜见明喊了一声他就减速了。春色明媚，太阳刺眼，等军校生将小狗从草地里抱起，走回皇太子身边的时候，额上挂了点汗珠，脸颊也不知在哪儿蹭了点灰。

"殿下！"姜见明抱着好不容易逮住的赛特，将这只毛茸茸的狗狗举到莱安眼前，"您看，它真的很喜欢。"

赛特呼哧呼哧吐着舌头，乖巧地被抱着，原本的"白袜子"沾了泥："汪呜！"

"你好像也很喜欢。"莱安的神色柔和了些，伸手道，"我来试试。"

于是换成莱安爱不释手地抱着狗子，看来世上没有人能拒绝毛茸茸的小可爱。他们相视而笑，时而赞叹玩偶的逼真，时而吐槽黑鲨基地做出这个狗狗智脑究竟有何目的，然后又开怀大笑——他们终于有了这个年龄的少年应有的明媚感。

"飞盘，"莱安突然说，"我记得赠品里有一个飞盘。"

他们把本应上战场杀敌的机甲智脑变成狗也就算了，接下来还要变成一只接飞盘的狗。

对于这种行为，姜见明犹豫地表示"是不是不太妥"。莱安却说，如果智脑的性能因为接了一次飞盘就下降，那黑鲨基地的那位首领应该引咎辞职。

"赛特，去接！"莱安用力将飞盘扔出。

尊贵的储君学过机甲组装也学过机甲操纵，学过射击也学过擒拿，唯独没有学过怎么扔飞盘，第一次扔得有些歪。

但赛特还是高兴地吐着舌头去追，跑出几米后纵身一跃，稳稳地叼住了飞盘。

这下姜见明也手痒了，看着小狗往回跑，他不禁喊了声："赛特！"

赛特果然跑到了他脚边摇尾巴，姜见明笑着弯腰从小狗嘴里接过飞盘，拿在手里试了试，往上斜斜一扔。

他扔得比莱安要好得多，赛特也跑得更快更远，那条尾巴上长长的毛像芦苇般摇动。跃起时，它在春光下变成了一个小小的黑色剪影。

姜见明与莱安并肩站在后面，开心地望着这一幕。

直到玩累了，时间也不早了，他们就并排在场外的长椅上坐下。

赛特眯着眼，露出肚皮，满足地依偎在姜见明身边，好似完成了什么毕生的愿望。

姜见明白皙的手指伸过去，轻轻抓了抓狗子的肚皮，赛特就发出呼噜呼噜的声音。人造皮毛很柔软，姜见明觉得自己好像在摸一只真正的狗狗。

莱安侧过头，问："你喜欢狗？"

姜见明："喜欢的。"

莱安："那……要不要养一只活的？"

"汪汪！"赛特忽然吠了两声。

姜见明失笑："赛特生气了，殿下。"

他把赛特抱起来放到自己怀里，摸着它的头，温声细语地说："是啊是啊，咱们也是活的，智脑狗狗怎么就不算活的狗狗了，对吧？"

"以后就让它这样陪着你吧。"莱安轻声说，"还是按照我们说好的，我需要的时候，再来找你要。"

姜见明想了想，摇头说："那应该不行，小狗玩偶还是太显眼了。我要住军校宿舍，不方便。"

莱安指着狗子："但赛特很喜欢这个身体。"

姜见明："不如，殿下养着呢？"

于是他们花费了十分钟进行无聊的争论，究竟该让赛特以狗狗玩偶的形态被皇太子养在身边，还是该让它继续做姜见明的腕机智脑。

争论并没能得出一个结果，最后，姜见明打开自己的腕机，放在赛特面前，说："让它自己选吧。"

小狗一会儿嗅嗅莱安，一会儿嗅嗅姜见明，似乎很难抉择的样子。

最后，赛特还是不舍地走到姜见明身边，咬住了腕机。毛茸茸的狗狗瘫软下来，又变回了不能动的机器人。

姜见明的腕机则亮了起来，弹出一个"汪"字。

莱安："它选你，姜，它是真的喜欢你。"

姜见明低头笑了笑，那是独属于少年人的干净笑容，像加了半勺蜂蜜的山泉水。他抓起狗狗玩偶，难得调皮地用力按在莱安的脸上："那就没有办法了。至于这个，就寄存在您这里吧。等日后我有空了，再带赛特过来玩。"

莱安陪姜见明从长椅上站起来的时候，空中有一个小飞行器嗡嗡地飞过来。

姜见明愕然："送餐机器人……外……外卖？"

开玩笑，外卖也能进皇家机甲场吗？

"我点的，实时开一下权限就能飞进来。"旁边一条手臂伸过去，莱安取下了袋子，里面是一杯热奶咖和一份刚烤出来的苹果派。

皇太子检查了一下食品，便将这个沉甸甸的袋子塞进姜见明手里："今晚会降温，倒春寒，带回去在宿舍里喝。"

姜见明道了声谢接过来，甜点的香味顿时萦绕在身周。

他说："殿下别送了，我记得您晚上有场宴会要参加。"

他走出了皇家机甲场，踩着夕阳，背后拖着长长的影子，走向凯奥斯军校。

到了路口，姜见明忽然鬼使神差地一回头，看到那位少年储君还在看他，臂弯里抱着那个毛茸茸的狗狗玩偶。

　　彼时，两人谁都不知道，他们距离那个离别的夏季只剩三个月的时间。
　　而那片注定向他们的命运呼啸而来的星海，却早在六十多年前就温柔地照耀过两个同样坚韧的灵魂。